JOHN CONNOLLY

Âgé d'une trentaine d'années, John Connolly est né à Dublin. Il est actuellement journaliste à l'*Irish Times*. *Tout ce qui meurt* (Presses de la Cité, 2001), son premier roman, a été un best-seller aux États-Unis et en Grande-Bretagne et a été adapté pour le cinéma par la MGM.

Depuis, trois autres titres ont paru : *...Laissez toute espérance*, *Le baiser de Caïn* et *Le pouvoir des ténèbres*.

... LAISSEZ TOUTE ESPÉRANCE

DU MÊME AUTEUR
CHEZ POCKET

TOUT CE QUI MEURT
LE BAISER DE CAÏN
LE POUVOIR DES TÉNÈBRES

JOHN CONNOLLY

...LAISSEZ TOUTE ESPÉRANCE

*Traduit de l'anglais
par Philippe R. Hupp*

PRESSES DE LA CITÉ

Titre original :

DARK HOLLOW

Le Code de la propriété intellectuelle n'autorisant, aux termes de l'article L. 122-5 (2° et 3° a), d'une part, que les « copies ou reproductions strictement réservées à l'usage privé du copiste et non destinées à une utilisation collective » et, d'autre part, que les analyses et les courtes citations dans un but d'exemple et d'illustration, « toute représentation ou reproduction intégrale ou partielle faite sans le consentement de l'auteur ou de ses ayants droit ou ayants cause est illicite » (art. L. 122-4).
Cette représentation ou reproduction, par quelque procédé que ce soit, constituerait donc une contrefaçon sanctionnée par les articles L. 335-2 et suivants du Code de la propriété intellectuelle.

© John Connolly, 2000
© 2002, Presses de la Cité, pour la traduction française.
ISBN : 2-266-14325-5

Pour mon père

PREMIÈRE PARTIE

Seul, seul, dans un monde effroyable
L'homme égaré fuit un mal conscient,
Redoutant de trouver son Père.

W.H. Auden, *For the Time Being*

Prologue

La Dodge Intrepid attendait sous les sapins, face à l'océan, tous feux éteints, contact allumé, chauffage en route. Ici, dans le sud du Maine, il ne neigeait pas encore, mais une fine couche de givre nappait le sol. Seul le grondement du ressac sur Ferry Beach trouait le silence de cette nuit d'hiver. Un ponton flottant sur lequel s'empilaient des dizaines de casiers à homards tanguait doucement. Près du hangar à bateaux en bois rouge, on apercevait quatre embarcations bâchées, et il y avait un catamaran amarré non loin de la rampe de mise à l'eau. Le parking était inoccupé.

La portière droite s'ouvrit et Chester Nash s'engouffra dans la voiture en claquant des dents, emmitouflé dans son manteau brun. Chester, un petit maigre aux longs cheveux châtain foncé, arborait une fine moustache qui épousait le contour de sa lèvre supérieure et se prolongeait vers le bas. Une moustache censée lui donner un look d'enfer, mais que tout le monde trouvait sinistre. D'où ce surnom de Cheerful Chester, Chester le Jovial. Et s'il y avait bien une chose qui énervait Chester Nash, c'était qu'on l'appelle Cheerful. Un jour, Paulie Block l'avait appelé Cheerful, et Chester lui avait fourré son flingue dans la bouche. Paulie Block, du coup, lui avait presque arraché le bras, avant de lui expliquer méthodiquement, tout en le giflant à toute volée avec les battoirs qui lui tenaient lieu de mains, qu'il comprenait les raisons de son geste. Mais les raisons, voilà, n'excusaient pas tout...

— J'espère que tu t'es lavé les mains, fit Paulie Block, installé au volant, en se demandant peut-être pourquoi Chester n'était pas allé se soulager plus tôt, comme l'aurait fait n'importe qui de normal, au lieu d'insister pour aller pisser contre un arbre en bord de mer, et de laisser pendant ce temps-là tout le froid rentrer dans la voiture.

— Putain, ce qu'il fait froid ! maugréa Chester. Je suis jamais allé dans un coin aussi glacial de ma vie. J'ai bien cru que ma queue allait geler. Encore un peu, et je pissais des glaçons.

Paulie Block tira une longue bouffée et regarda l'extrémité de sa cigarette s'embraser brièvement avant de redevenir cendres. Paulie Block le bien nommé. Un mètre quatre-vingt-cinq, cent trente-cinq kilos et un visage qui semblait avoir servi à arrêter des trains. Sa seule présence faisait que l'habitacle de la voiture avait l'air trop petit. D'ailleurs, tout bien considéré, la seule présence de Paulie Block aurait suffi à rendre le Giants Stadium lui-même trop exigu.

Chester jeta un coup d'œil à l'horloge digitale dont les chiffres verts paraissaient comme suspendus dans le noir.

— Ils sont en retard, fit-il.
— Ils vont arriver, dit Paulie. Ils vont arriver.

Il retourna à sa cigarette et scruta l'océan. Sans trop se fatiguer les yeux, sans doute, car il n'y avait rien à voir. Que du noir, et les lumières d'Orchard

Beach, en face. A côté, Chester Nash se mit à jouer avec une Game Boy.

Dehors, le vent soufflait, les vagues venaient s'écraser en rythme sur la grève et, au-dessus des terres gelées, les voix des deux hommes flottaient jusqu'à l'endroit où d'autres les observaient, les écoutaient.

— ... le suspect numéro deux est revenu s'asseoir dans le véhicule. Putain, ce qu'il fait froid !

L'agent spécial du FBI, Dale Nutley, venait de répéter sans s'en rendre compte les mots mêmes de Chester Nash. Près de lui se trouvait un micro parabolique, pointé sur une petite brèche dans le mur du hangar. Juste à côté, un magnétophone Nagra à déclenchement automatique ronronnait doucement et un appareil photo Badger Mark II muni d'un téléobjectif à très haute ouverture était braqué sur la Dodge.

Nutley portait deux paires de chaussettes, un caleçon long, un jean, un T-shirt, une chemise de coton, un pull en laine, un anorak Lowe, des gants polaires et un bonnet d'alpaga gris dont les rabats recouvraient ses écouteurs et lui tenaient bien chaud aux oreilles. A ses côtés, juché sur un tabouret haut, il y avait l'agent spécial Rob Briscoe. Briscoe trouvait qu'avec son bonnet Nutley avait l'air d'un éleveur de lamas. Ou qu'il ressemblait au chanteur des Spin Doctors. Enfin, dans les deux cas, il avait une vraie tête de clown avec son bonnet en alpaga et les deux machins qui pendaient pour lui tenir chaud aux oreilles. L'agent Briscoe avait très froid aux oreilles. Il le voulait, ce bonnet. Si le thermomètre descendait encore, se disait-il, il serait peut-être obligé de descendre Dale Nutley pour le lui piquer.

Le hangar à bateaux, situé à droite du parking de Ferry Beach, offrait à ses occupants une vue imprenable sur la Dodge. Juste derrière, une voie privée longeait le rivage jusqu'à l'une des villas d'été du Neck. Ferry Road serpentait depuis le parking jusqu'à Black Point Road, qui menait à Oak Hill et Portland au nord, et Black Point même au sud. Les vitres du hangar avaient été recouvertes d'un film réfléchissant à peine deux heures plus tôt, afin d'empêcher quiconque d'apercevoir les agents postés à l'intérieur. Il y avait eu un bref instant d'appréhension lorsque Chester Nash avait collé son nez à la fenêtre et vérifié les serrures des portes avant de courir se réfugier dans la Dodge.

Malheureusement, le hangar était dépourvu d'installation de chauffage, ou celle-ci ne fonctionnait pas, et le FBI n'avait pas jugé utile de fournir aux deux agents un appareil d'appoint. Moyennant quoi, Nutley et Briscoe n'avaient jamais eu aussi froid de leur vie. Au toucher, les planches nues du hangar étaient de vrais pains de glace.

— On est là depuis combien de temps ? demanda Nutley.

— Deux heures, répondit Briscoe.

— T'as froid ?

— C'est quoi, cette question à la con ? Je suis couvert de givre. Bien sûr que j'ai froid. Je crève de froid.

— Pourquoi t'as pas pris une casquette, un bonnet, quelque chose ? lui demanda Nutley. Tu sais que c'est par le haut du crâne qu'on perd presque toute la chaleur du corps ? T'aurais dû te mettre quelque chose sur la tête. C'est pour ça que t'as froid. T'aurais dû prendre quelque chose.

— Tu sais quoi, Nutley ? fit Briscoe.

— Non, quoi ?

— Je te déteste.

Derrière eux, le magnétophone à déclenchement automatique ronronnait doucement sans rien perdre de la conversation des deux agents. Chacun d'eux portait un micro. Tout devait être enregistré, il en avait été décidé ainsi : tout. Et tant pis si cela devait inclure la haine que Briscoe vouait à Nutley, à cause de son bonnet.

Oliver Judd, l'agent de sécurité, l'entendit avant de la voir. Elle marchait d'un pas lourd et traînant sur la moquette, et elle parlait toute seule, à mi-voix. Il se leva et sortit à contrecœur du local où il regardait tranquillement la télé, les pieds devant la soufflerie du chauffage d'appoint. Le silence qui régnait au-dehors laissait présager de nouvelles chutes de neige, mais il n'y avait pas de vent, ce qui était déjà bien. La situation ne tarderait pas à se gâter — en décembre, on n'y coupait pas —, mais ici, tout au nord, elle se gâtait plus vite qu'ailleurs. Oui, vivre dans le nord du Maine, parfois, il fallait vraiment le vouloir…

Il alla rapidement à sa rencontre.

— Hé, madame, madame ! Vous devriez être au lit ! Vous allez attraper la mort !

Le dernier mot fit sursauter la vieille dame, qui regarda enfin Judd. Elle était de carrure frêle, mais son port très droit lui donnait un air imposant par rapport aux autres pensionnaires de la résidence pour personnes âgées St Martha. Selon Judd, elle ne devait pas être si vieille que ça. Il y en avait, ici, qui étaient si vieux qu'ils avaient tapé des cigarettes à des gens morts pendant la Première Guerre mondiale. Celle-là, elle devait avoir soixante ans à tout casser. Et Judd se disait que si elle n'était pas vieille, elle était probablement infirme, ce qui signifiait, pour parler clairement, qu'elle était timbrée, complètement siphonnée. Ses cheveux argentés, pas coiffés, lui arrivaient presque à la ceinture, ses yeux très bleus fixaient Judd sans vraiment le voir. Elle portait des bottines marron à lacets, une chemise de nuit, une écharpe rouge et un manteau bleu qu'elle essayait de boutonner tout en avançant.

— Je m'en vais, répondit-elle doucement, mais avec une absolue détermination, comme s'il était parfaitement normal qu'une femme de soixante ans veuille sortir d'un foyer pour personnes âgées dans le nord du Maine vêtue seulement d'une chemise de nuit et d'un vieux manteau, un soir où la météo annonçait de nouvelles chutes de neige alors qu'il y en avait déjà vingt centimètres et que le sol était gelé.

Judd se demanda comment elle avait fait pour passer devant la salle des infirmières sans se faire remarquer et, mieux encore, pour réussir à atteindre l'entrée. Ces vieux, ils étaient parfois rusés comme des renards. On leur tournait le dos cinq minutes, et voilà qu'ils s'évanouissaient dans la cambrousse, qu'ils essayaient de retrouver leur ancienne maison ou qu'ils partaient épouser un promis ou une fiancée morts trente ans plus tôt.

— Vous savez bien que vous ne pouvez pas vous en aller, lui dit Judd. Allez, faut que vous retourniez vous coucher. Je vais appeler une infirmière, vous allez rester sagement là et quelqu'un va tout de suite descendre s'occuper de vous.

La vieille dame cessa de boutonner son manteau et dévisagea de nouveau Oliver Judd. Et c'est à cet instant seulement que Judd comprit qu'elle était terrorisée, qu'elle était réellement morte de peur, qu'elle craignait pour sa vie. Comment le savait-il, il n'aurait pu l'expliquer : c'était un peu comme si un sens primitif s'était réveillé en lui à son approche. Elle l'implorait de ses grands yeux et ses mains tremblaient, maintenant qu'elles n'étaient plus occupées à fermer les boutons. La vieille femme avait si peur que Judd lui-même commençait à devenir nerveux. Et enfin, elle ouvrit la bouche.

— Il va venir, dit-elle.
— Qui va venir ? lui demanda Judd.
— Caleb. Caleb Kyle va venir.

Elle le regardait fixement, comme hypnotisée, et sa voix tremblait de terreur. Judd la prit par le bras en secouant la tête.

— Venez, lui dit-il en la conduisant vers une chaise en plastique, près de sa cabine. Asseyez-vous ici pendant que j'appelle l'infirmière.

Qui diable était Caleb Kyle ? Ce nom lui disait vaguement quelque chose, mais il avait beau chercher, il ne trouvait pas.

Il était en train de composer le numéro de poste de la salle des infirmières lorsqu'il entendit un bruit derrière lui. Il se retourna et vit la vieille dame tout près de lui, le regard concentré, les lèvres crispées. Elle avait les bras en l'air. Il leva les yeux pour voir ce qu'elle tenait et eut tout juste le temps d'apercevoir le lourd vase en verre qui s'abattait sur lui.

Puis ce fut la nuit.

— J'y vois que dalle, marmonna Cheerful Chester Nash.

Les vitres de la voiture s'étaient couvertes de buée et Chester, de plus en plus mal à l'aise, se sentait gagné par une sensation de claustrophobie que la masse imposante de Paulie Block ne contribuait pas à atténuer, ce qu'il venait d'ailleurs d'expliquer à son comparse en termes extrêmement précis.

Paulie essuya sa vitre du revers de la manche. Dans le lointain, des phares de voiture balayèrent le ciel.

— Du calme, dit-il. Ils arrivent.

Nutley et Briscoe avaient également aperçu les phares. Quelques minutes plus tôt, la radio de Briscoe s'était mise à crépiter : on l'informait qu'une voiture descendait Old Country Road en direction de Ferry Beach.

— Tu crois que c'est eux ? demanda Nutley.
— Peut-être.

Briscoe épousseta le givre qui s'était déposé sur son blouson. Au même instant, la Ford Taurus déboucha de la route et vint se garer à côté de la Dodge. Dans leurs oreillettes, les deux agents entendirent Paulie Block demander à Cheerful Chester s'il était prêt pour la bagarre. Pour toute réponse, il y eut un déclic. Briscoe n'en était pas totalement sûr, mais cela ressemblait bien au bruit d'une sécurité qu'on enlève.

A la résidence St Martha, une infirmière plaçait une compresse froide sur l'arrière du crâne d'Oliver Judd. Ressler, le sergent de Dark Hollow, était là, accompagné d'un homme de patrouille hilare. Sur les lèvres de Ressler, on distinguait encore l'ombre d'un sourire. Dans un autre coin de la salle se tenaient Dave Martel, le chef de la police de Greenville, située à huit kilomètres au sud de Dark Hollow, et un garde des Eaux et Forêts.

La résidence St Martha faisait officiellement partie de la commune de Dark Hollow, dernière ville avant les grandes forêts d'exploitation qui s'étendaient jusqu'au Canada, mais Martel avait entendu parler de la disparition de la pensionnaire et il était venu proposer son aide. Il n'appréciait guère Ressler, mais ses sentiments passaient après le devoir.

Martel, un homme intelligent et discret qui n'était que le troisième chef de la police de Greenville depuis la fondation de ce petit service, ne trouvait pas particulièrement drôle ce qui venait de se passer. Si on ne retrouvait pas très vite cette femme, elle allait mourir. A son âge, les basses températures ne pardonnaient pas, et cette nuit-là, le mercure allait encore descendre.

Oliver Judd, qui avait toujours rêvé d'entrer dans la police, mais qui était trop petit, trop gros et trop niais pour satisfaire aux critères requis, savait que les flics de Dark Hollow riaient sous cape. Et se dit que, finalement, il ne pouvait leur en vouloir. Il fallait le faire ! Lui, un vigile, assommé par une vieille... Une vieille qui se trimballait maintenant avec son Smith & Wesson 625 tout neuf.

L'équipe était sur le départ. En tête, le Dr Martin Ryley, directeur de l'établissement. Emmitouflé dans sa parka, encapuchonné, ganté, chaussé de bottes fourrées, il tenait dans une main une trousse de premiers soins et dans l'autre une énorme lampe-torche Maglite. Le sac à dos posé à ses pieds renfermait des vêtements chauds, des couvertures et une thermos de soupe.

— On ne l'a pas croisée en venant ici, ce qui veut dire qu'elle a pris à travers champs.

Judd crut reconnaître la voix de Will Patterson, le garde des Eaux et Forêts, dont la femme, qui tenait une supérette à Guildford, avait un cul à mordre à pleines dents, une vraie pêche.

— Elle va en baver, fit Ryley. Au sud, il y a Beaver Cove, mais le chef Martel ne l'a pas vue en montant ici. A l'ouest, il y a le lac. Apparemment, elle essaie de passer à travers bois sans trop savoir où elle va.

La radio de Patterson crachota quelque chose. Il se mit à l'écart pour répondre et se retourna presque aussitôt.

— L'avion l'a repérée. A environ trois kilomètres d'ici. Elle s'enfonce dans la forêt.

Les deux flics de Dark Hollow et le garde, accompagnés de Riley et d'une infirmière, se mirent en route. L'un des policiers se chargea du sac à dos renfermant les vêtements et les couvertures. Le chef Martel lança un coup d'œil vers Judd, haussa les épaules. Ressler avait refusé son offre de participer aux recherches. Martel ne tenait pas à se mêler de ce qui ne le regardait pas, mais tout cela ne lui disait rien qui vaille. Vraiment rien. Les cinq silhouettes atteignirent la forêt. Presque au même instant, les premiers petits flocons de neige se mirent à tomber.

— Hô Chi Minh, dit Cheerful Chester. Pol Pot. Lychee.

Les quatre Cambodgiens le dévisagèrent froidement. Ils étaient tous vêtus de façon identique : manteau de laine bleu, costume bleu, cravate foncée, gants de cuir noirs. Trois d'entre eux étaient très jeunes. Vingt-cinq, vingt-six ans à tout casser, se dit Paulie. Le quatrième, avec ses cheveux noirs lissés en arrière et au milieu desquels apparaissaient plusieurs mèches grises, affichait quelques années de plus. Il portait des lunettes et fumait une cigarette sans filtre. De la main gauche, il tenait une mallette de cuir noire.

— Têt, président Mao, Nagasaki, poursuivit Cheerful Chester.

— Tu vas la fermer ? fit Paulie Block.
— J'essaie de les mettre à l'aise.
Le doyen des Cambodgiens tira une dernière bouffée et catapulta son mégot vers la plage.
— Quand votre ami aura fini de se ridiculiser, dit-il, peut-être pourrons-nous commencer ?
— Tu vois, dit Paulie, c'est comme ça qu'on déclenche des guerres.

— Quel crétin, ce Chester... soupira Nutley.
Briscoe opina. Ils captaient parfaitement les échanges entre les six hommes dans l'air frais de la nuit. Nutley régla la position de l'appareil photo, prit la mallette du Cambodgien en gros plan, recula un peu pour faire entrer dans le champ le Cambodgien et Paulie Block, appuya de nouveau sur le déclencheur. Ils avaient pour instructions de regarder, d'écouter, de filmer, d'enregistrer. Pas d'intervenir. La phase d'intervention commencerait dès qu'on aurait réussi à établir le lien entre ce rendez-vous, dont l'objet demeurait pour l'instant inconnu, et Tony Celli, à Boston. Un véhicule à bord duquel se trouvaient deux autres agents devait filer la Dodge après son départ ; une autre voiture suivrait les Cambodgiens.
Brisco prit une lunette de visée nocturne et la braqua sur Cheerful Chester Nash.
— Tu as remarqué que le manteau de Chester a quelque chose de bizarre ? demanda-t-il.
Nutley déplaça l'appareil photo vers la gauche.
— Non. Attends. On dirait un truc d'il y a cinquante ans. Il n'a pas les mains dans les poches. Il les a dans des fentes, sous le plastron. Pas l'idéal pour avoir chaud, tu ne trouves pas ?
— Ouais, dit Briscoe. Pas l'idéal.

— Où est-elle ? demanda le Cambodgien le plus âgé à Paulie Block.

Paulie désigna le coffre de la voiture. Le Cambodgien acquiesça, tendit la mallette à l'un de ses acolytes, qui l'ouvrit et en présenta le contenu à Paulie et Chester.

Chester siffla.

— Putain.

— Putain, fit Nutley. Il y a un paquet de pognon dans cette mallette.

Brisco pointa sa lunette sur les liasses de billets.

— Oh, là… Il y en a peut-être pour trois millions.

— Assez pour tirer Tony Celli d'affaire, quels que soient ses problèmes, dit Nutley.

— Tu parles.

— Mais qui est dans le coffre ? s'interrogea Nutley.

— Ça, mon pote, c'est ce qu'on est venus découvrir.

Les quatre hommes et l'infirmière progressaient prudemment sur le sol ferme en exhalant des panaches blancs. Autour d'eux, les sapins griffaient le ciel et recueillaient les flocons à branches déployées. La neige fraîche rendait le terrain rocheux dangereusement glissant. Ryley s'était déjà méchamment écorché le menton en tombant. Ils entendaient tourner au-dessus d'eux le Cessna qui avait décollé de Mosehead Lake, et distinguaient le faisceau de son projecteur braqué sur un point précis, en amont.

— S'il continue à neiger comme ça, le zinc va devoir rentrer, observa Patterson.

— On y est presque, fit Ryley. Encore dix minutes, et on l'aura rattrapée.

Dans l'obscurité, devant eux, une détonation retentit, bientôt suivie d'une autre. Le projecteur de l'avion eut comme un soubresaut, puis l'appareil commença à prendre de l'altitude. La radio de Patterson cracha une bordée d'exclamations de colère.

— Je rêve, murmura Patterson, incrédule. Elle leur tire dessus...

Le Cambodgien suivit Paulie Block à un pas d'intervalle jusqu'à l'arrière de la voiture. Derrière, ses amis écartèrent les pans de leurs manteaux. Chacun avait un Uzi suspendu à l'épaule. La main sur la crosse, le doigt sur le pontet.

— Ouvrez-le, fit le plus âgé.

— C'est vous le patron, répondit Paulie en insérant la clé dans la serrure et en se préparant à ouvrir le coffre. Paulie, il est juste là pour ouvrir le coffre.

Si le Cambodgien avait écouté plus attentivement, il aurait remarqué que Paulie Block parlait très fort, en détachant bien chaque mot.

— Bordel, ce sont des fentes pour tirer ! s'écria brusquement Briscoe. Des meurtrières, quoi !

— Des meurtrières, répéta Nutley. Oh, putain !

Paulie Block ouvrit le coffre et recula de quelques pas. Une vague de chaleur accueillit le Cambodgien quand celui-ci s'avança. Dans le coffre, il y avait une couverture, et sous la couverture on distinguait la forme d'un corps humain. Le Cambodgien se pencha et retira la couverture.

Sous la couverture, il y avait un homme. Armé d'un fusil de chasse à canon scié.

— C'est quoi, ça ? fit le Cambodgien.

— Ça, c'est le moment de se dire au revoir, répondit laconiquement Paulie Block.

Les deux canons de l'arme aboyèrent presque simultanément, et le Cambodgien tressauta sous le double impact.

— Merde, fit Briscoe. Grouille-toi ! Grouille-toi !

Il dégaina son SIG, se précipita vers la porte de derrière et, tout en la déverrouillant, poussa un contacteur sur son micro pour appeler les renforts de Scarborough. Puis il plongea dans la nuit, en direction des deux voitures.

— Mais je croyais qu'on ne devait pas intervenir... protesta mollement Nutley en lui emboîtant le pas.

Les choses ne se passaient pas comme prévu. Mais alors, pas du tout.

Le pardessus de Cheerful Chester s'ouvrit comme par enchantement, laissant entrevoir les canons courts, quasiment jumelés, de deux pistolets-mitrailleurs Walther MPK. Deux des Cambodgiens étaient déjà en train de relever leur Uzi lorsque Chester pressa les deux détentes.

— Sayonara, lança-t-il, le visage fendu d'un grand rictus.

Les balles de 9 mm parabellum hachèrent les trois hommes. Elles transpercèrent le cuir de la mallette, la belle laine de leurs manteaux, la blancheur immaculée de leurs chemises, la fragile coquille de leur peau. Elles firent voler les vitres en éclats, criblèrent d'impacts la carrosserie, grêlèrent le vinyle des sièges. Il fallut moins de quatre secondes pour arroser de soixante-quatre balles les trois hommes qui s'effondrèrent comme des pantins désarticulés en faisant fondre de leur sang chaud la fine couche de givre qui recouvrait le sol. La mallette était tombée grande ouverte, à l'envers, et avait perdu dans sa chute quelques-unes de ses liasses compactes.

Chester et Paulie virent ce qu'ils avaient fait, et furent satisfaits.

— Bon, t'attends quoi ? fit Paulie. On prend le fric et on se tire d'ici vite fait.

Derrière eux, l'homme au fusil à canon scié, qui s'appelait Jimmy Fribb, parvint à s'extraire du coffre. Il étira ses jambes en faisant craquer ses articulations. Chester glissa un nouveau chargeur dans l'un de ses MPK et jeta l'autre dans le coffre de la Dodge. Il se baissait pour ramasser les liasses de billets éparpillées au sol lorsque deux hurlements s'élevèrent presque en même temps.

— Agents fédéraux ! fit la première voix. Je veux voir vos mains !

L'autre ordre, nettement moins succinct et encore moins poli, émanait d'une voix que Paulie Block devait connaître.

— Ecartez-vous de l'argent, connards, ou je vous fais sauter la cervelle !

Plantée dans un espace dégagé, la vieille dame scrutait le ciel. La neige tombait sur ses cheveux, ses épaules et ses bras écartés. Sa main droite serrait le revolver ; dans la gauche, ouverte, il n'y avait rien. Elle était là, bouche bée, et on voyait, à sa poitrine qui se soulevait, que son corps vieillissant peinait à gérer les efforts auxquels il était soumis. Elle parut ne pas remarquer la présence de l'équipe jusqu'au moment où ils ne furent plus qu'à une dizaine de mètres d'elle. L'infirmière resta à l'arrière du groupe. Ryley, en dépit des protestations de Patterson, s'avança.

— Mademoiselle Emily, dit-il doucement, mademoiselle Emily, c'est moi, le docteur Ryley. Nous sommes venus vous ramener à la maison.

La vieille femme le regarda et, pour la première fois depuis qu'ils s'étaient lancés à sa recherche, Ryley la soupçonna de ne pas être folle. Elle le fixait des yeux, calmement, et en s'approchant d'elle il crut la voir esquisser un sourire.

— Je ne veux pas rentrer, lui répondit-elle.

— Mademoiselle Emily, il fait froid. Vous allez mourir ici, si vous ne venez pas avec nous. On vous a apporté des couvertures et des vêtements chauds, et j'ai une thermos de bouillon de poule. On va vous réchauffer, on va bien s'occuper de vous, et on va vous ramener à la maison. Vous serez en sécurité.

Un vrai, un large sourire se dessina alors sur les lèvres de la vieille femme, mais c'était un sourire dépourvu d'humour, un sourire méfiant.

— Vous ne pouvez pas me protéger, murmura-t-elle. Pas contre lui.

Certains détails revinrent alors à l'esprit de Ryley. Un incident lors d'une visite. Et, quelques jours plus tôt, Mlle Emily avait affirmé à une infirmière que quelqu'un avait tenté de s'introduire dans sa chambre par la fenêtre. Ils n'avaient pas pris ses déclarations au sérieux, mais Judd, depuis, portait son arme pendant le service. Jamais tranquilles, ces vieux. Ils avaient peur des maladies, des gens qu'ils ne connaissaient pas, parfois même de leurs amis et de leurs proches, ils avaient peur de prendre froid, peur de tomber, peur qu'on leur vole les rares biens qu'ils possédaient, leurs photos, leurs derniers souvenirs.

Peur de la mort.

— S'il vous plaît, Emily, posez ce revolver et rentrez avec nous. Je vous assure que vous ne risquez rien. Personne ne vous fera de mal.

Lentement, elle secoua la tête. L'avion qui tournoyait au-dessus d'eux projetait une étrange lumière blanche sur la pauvre femme, dont les longs cheveux gris semblaient à présent dévorés par des flammes argentées.

— Je ne rentre pas. Je vais l'affronter ici. C'est son coin, là, dans la forêt. C'est ici qu'il va venir.

Et les traits de son visage, alors, changèrent. Patterson, placé juste derrière Ryley, se fit la réflexion que jamais il n'avait encore vu chez quelqu'un une telle expression de terreur. Les coins de la bouche d'Emily se nouèrent et s'affaissèrent, son menton et ses lèvres se mirent à trembler, puis le restant de son corps se mit au diapason, secoué de frissons d'une étrange violence pareils à des spasmes d'extase. Les joues ruisselantes de larmes, elle se mit à bredouiller :

— Je suis désolée. Je suis désolée, je suis désolée, je suis désolée…

— Je vous en prie, Emily, insista Ryley en se rapprochant d'elle. Posez cette arme. Il faut qu'on vous ramène.

— Je ne veux pas rentrer, répéta-t-elle.

— S'il vous plaît, Emily. Il le faut.

— Alors vous allez devoir me tuer, dit-elle simplement en pointant le Smith & Wesson sur Ryley et en pressant la détente.

Chester et Paulie regardèrent d'abord à gauche, puis à droite. A gauche, sur le parking, il y avait un homme de grande taille, en blouson noir, brandissant un SIG. Dans l'autre main, il tenait un micro. Derrière lui, ils virent un autre homme, plus jeune, lui aussi armé d'un SIG qu'il tenait à deux mains, et coiffé d'un bonnet de laine gris à rabats qui lui protégeait les oreilles.

A leur droite, près d'un petit kiosque en bois qui abritait l'employé du parking en été, se dressait une silhouette vêtue de noir de la tête aux pieds. Un Ruger à pompe entre les mains, l'homme respirait bruyamment par la bouche ronde de sa cagoule.

— Couvre-le, dit Briscoe à Nutley.

Le SIG de Nutley, jusque-là braqué sur Paulie Block, vint se pointer sur la silhouette noire postée à la lisière des arbres.

— Lâche ça, connard, dit Nutley.

Le Ruger bougea légèrement.

— J'ai dit *lâche ça* ! répéta Nutley.

Briscoe tourna brièvement la tête pour jauger la silhouette au fusil à pompe. Chester Nash n'en demandait pas davantage. Il fit un quart de tour et ouvrit le feu avec son MPK, touchant Briscoe au bras et Nutley à la poitrine et à la tête. Nutley s'écroula, tué sur le coup. Son bonnet était devenu rouge.

Briscoe, au sol, riposta. Il atteignit Chester Nash à la jambe droite et à l'aine. Chester lâcha son pistolet-mitrailleur. Du côté du bois, le Ruger se fit entendre. Touché de plein fouet, Paulie Block, l'arme à la main, se plia en deux tandis que les chevrotines perdues faisaient exploser la vitre derrière lui. Il tomba d'abord à genoux, puis s'effondra, face contre terre. Une main sur son entrejambe blessé, Chester Nash tenta de récupérer son MPK de la main droite, mais Briscoe l'immobilisa définitivement de deux autres balles. Voyant ce qui l'attendait, Jimmy Fribb laissa tomber son fusil à canon scié et leva les mains.

Briscoe s'apprêtait à se relever lorsqu'il entendit devant lui le claquement caractéristique d'une culasse de fusil à pompe.

— Reste couché, lui intima la voix.

Il obtempéra, en posant le SIG à côté de lui. Un coup de botte noire expédia le pistolet dans les taillis.

— Mets les mains sur la tête.

Briscoe parvint à soulever les mains malgré la douleur qui lui transperçait le bras gauche, et regarda l'homme masqué se diriger vers lui, le Ruger toujours pointé vers le bas. Non loin, Nutley gisait sur le flanc, le regard perdu vers l'océan. Quel bordel, songea Briscoe. Au-delà des arbres, il distingua des lumières de phares et perçut un bruit de moteur. Des voitures arrivaient. L'homme au fusil à pompe les entendit, lui aussi ; il tourna légèrement la tête au moment de placer les dernières liasses dans la mallette et de refermer celle-ci. Jimmy Fribb voulut profiter de l'occasion pour plonger vers les buissons afin de mettre la main sur le SIG, mais l'autre ne lui en laissa pas le temps. Il le tua d'une décharge dans le dos. Briscoe sentit ses doigts se crisper sur son crâne. Son bras lui faisait atrocement mal. Il se mit à prier.

— Tu restes allongé et tu ne lèves pas la tête, fit la voix.

Briscoe fit ce qu'on lui disait de faire, mais en gardant les yeux ouverts. Du sang ruisselait sur le sol ; il déplaça légèrement la tête pour l'éviter. Lorsqu'il leva de nouveau les yeux, des phares l'éblouirent. L'homme en noir avait disparu.

Le Dr Martin Ryley avait quarante-huit ans, et il tenait à fêter son quarante-neuvième anniversaire. Il avait deux enfants, un garçon et une fille, et une femme prénommée Joanie qui lui mijotait de bons petits plats le dimanche. Médecin médiocre, il était tout naturellement devenu directeur de maison de retraite. Lorsque Emily Watts ouvrit le feu dans sa direction, il plongea à terre et se couvrit la tête des mains en alternant supplications et jurons. Le premier coup partit quelque part sur sa gauche. Derrière lui, il entendit cliqueter des crans de sûreté.

— Non ! cria-t-il. Laissez-la, ne tirez pas !

La forêt retrouva son calme. Seul le lointain vrombissement du Cessna perturbait désormais le silence. Ryley risqua un coup d'œil vers Mlle Emily, qui pleurait maintenant. Avec précaution, il se releva.

— Tout va bien, mademoiselle Emily.

— Non, rétorqua la vieille femme. Ça ne va pas. Ça n'ira jamais.

Elle colla le canon du Smith & Wesson contre son sein gauche et tira. La puissance du coup de feu la projeta en arrière, sur la gauche, jambes emmêlées, et le tissu de son manteau s'enflamma brièvement autour du point d'impact. Un spasme la traversa, puis elle se figea dans le halo de lumière qui la suivait depuis le ciel. Autour de son corps, le sang noircissait déjà le sol, tandis que les flocons blancs s'amoncelaient sur ses yeux grands ouverts.

Les sapins contemplaient la scène sans un bruit, en remuant de temps en temps leurs branches pour laisser passer la neige.

C'est ainsi que ça a commencé pour moi, et pour une autre génération : deux événements violents et presque simultanés, un soir d'hiver, deux événements réunis par un unique, mince et sombre fil dont l'origine se perdait dans un écheveau de souvenirs aussi sanglants que lointains. D'autres, dont certains m'étaient proches, avaient vécu longtemps, très longtemps avec. Ils étaient morts avec. Le mal était ancien, et quand le mal est ancien, il trouve toujours le moyen de passer par le sang et de contaminer ceux qui n'ont jamais pris part à sa genèse, ceux qui sont jeunes, innocents, fragiles, sans défense. Il transforme la vie en mort et le verre en miroir pour créer son image dans tout ce qu'il touche.

Tout cela, je ne l'ai su que plus tard, après les autres morts, après avoir compris qu'il se passait quelque chose d'épouvantable, que quelque chose d'ancien et de pervers était sorti du bois. Et d'une manière ou d'une autre, j'allais jouer un rôle dans tout ce qui allait survenir. Aujourd'hui, rétrospectivement, je me dis que j'ai peut-être toujours joué un rôle sans bien comprendre comment, ni pourquoi. Mais cet hiver-là eut lieu une succession d'événements tous distincts et pourtant bel et bien liés. Ainsi s'ouvrit le passage entre ce qui s'était produit et ce qui n'aurait jamais dû se reproduire, et des mondes entiers périrent dans le choc.

Je pense à autrefois et je me revois alors, figé à différentes époques comme un personnage esquissé au crayon. Je revois ce jeune garçon qui guette le retour de son père après une journée de labeur en ville. Mon père a remisé son uniforme de policier, et il porte un sac de sport noir à la main gauche. Son physique jadis musclé s'empâte un peu, ses cheveux sont plus gris qu'avant, ses yeux légèrement plus fatigués. Je me précipite vers lui et d'un grand geste il me soulève dans le creux de son bras droit, ses doigts se referment avec douceur sur ma cuisse, et je suis émerveillé par sa force, par les muscles qui saillent sous son épaule, par ses biceps durs et tendus. Je veux devenir comme lui, réussir à faire comme lui, sculpter mon corps à son image. Et lorsqu'il commence à craquer, lorsque son corps se révèle n'être que le bouclier fendu d'un esprit fragile, je me retrouve peu à peu brisé, moi aussi.

Je me revois quelques années plus tard, devant la tombe de mon père, flanqué d'une maigre poignée de policiers. Ils sont grands et se tiennent droits, alors il faut que je sois grand et droit, moi aussi. Ce sont ses amis les plus proches, ceux qui n'ont pas honte d'être là. Ils ne sont pas nombreux, ceux qui ont envie qu'on les voie ici : en ville, ce qui s'est passé fait très mauvais effet, et seuls quelques fidèles acceptent de voir leur réputation soumise au flash d'un photographe.

Je revois ma mère, à ma droite, accablée de chagrin, recroquevillée sur elle-même. Son mari — l'homme qu'elle a si longtemps aimé — a disparu, et avec lui a disparu une réalité, celle d'un homme tendre, bon père de famille, un père capable de soulever son fils dans les airs, tel le vent emportant une feuille. Au lieu de cela, on se souviendra de lui comme d'un meurtrier, d'un homme qui s'est suicidé. Il a tué un jeune homme et une jeune fille désarmés pour des raisons que nul ne pourra jamais vraiment élucider, des raisons enfouies au plus profond de ce regard fatigué. Ils l'avaient provoqué — ce petit délinquant habitué des tribunaux pour mineurs, futur habitué des tribunaux tout court, et sa petite amie BCBG qui avait de la crasse, sa crasse à lui, sous ses ongles manucurés — et il les avait abattus parce qu'il avait vu quelque chose en eux, au-delà de ce qu'ils étaient, au-delà même de ce qu'ils auraient pu devenir. Après quoi il s'était enfoncé le canon de son revolver dans la bouche et il avait pressé la détente.

Je me revois jeune homme, au bord d'une autre tombe. Je les regarde descendre ma mère au fond. Près de moi se trouve le vieux, mon grand-père. Nous avons fait le déplacement de Scarborough, dans le Maine — l'endroit où nous nous sommes réfugiés après la mort de mon père, le lieu de naissance de ma mère —, pour l'enterrement, afin que ma mère puisse être inhumée aux côtés de mon père, comme elle l'a toujours souhaité, car elle n'a jamais cessé de l'aimer. Autour se sont rassemblés des femmes et des hommes d'un certain âge. De toutes les personnes présentes, je suis la plus jeune.

Je revois la neige qui tombe en hiver. Je revois le vieux de plus en plus vieux. Je quitte Scarborough. J'entre dans la police, comme mon père, comme mon grand-père. Personne ne pourra dire que j'ai renié mon héritage. Lorsque mon grand-père meurt, je retourne à Scarborough et je comble moi-même la sépulture en déversant soigneusement mes pelletées de terre sur le cercueil en pin. C'est une belle matinée ensoleillée. Le goût de sel, dans l'air, vient des marais situés à l'est et à l'ouest. Non loin, un roitelet à crête jaune chasse les moucherons gris, ces saloperies qui parasitent les vers de terre en pondant leurs œufs et qui, quand vient le froid, cherchent refuge dans les interstices des maisons. Dans le ciel, j'aperçois les premières oies du Canada qui partent passer l'hiver dans le Sud, flanquées de deux corbeaux, telle une escadrille de bombardiers escortée par des chasseurs noirs.

Et quand la terre a fini de noyer le cercueil, j'entends des voix d'enfants en provenance de la Ferme des Petits, la maternelle qui jouxte le cimetière, des cris joyeux d'enfants qui jouent, et je ne peux m'empêcher de sourire, car mon grand-père aurait souri, lui aussi.

Puis il y a cette dernière tombe, ces dernières prières lues dans un livre en piteux état. Une tombe qui me laisse anéanti. On descend deux corps qui vont reposer côte à côte, l'un contre l'autre, tout comme les soirs où je rentrais à Brooklyn, ma fille de trois ans endormie, blottie sur les genoux de sa mère, en quart de lune. Il avait suffi d'un instant. J'avais cessé d'être un mari. J'avais cessé d'être un père. Je n'avais pas su les protéger, et c'était elles qui avaient été punies, qui avaient payé le prix de mes manquements.

Toutes ces images, tous ces souvenirs se perdent dans les ténèbres tels les maillons d'une longue chaîne. Il faudrait les oublier, mais le passé n'est pas une chose dont on se défait facilement. L'inachevé et le non-dit finissent toujours, en fin de compte, par revenir nous hanter.

Car ainsi est le monde, et l'écho des mondes.

1

La pointe du couteau de Billy Purdue s'enfonça encore un peu plus dans ma joue et un ruisselet de sang dégoulina le long de mon visage. Purdue s'était plaqué contre moi. Ses coudes me clouaient les bras au mur, ses jambes arquées contre les miennes m'empêchaient de lui expédier un coup de genou au bas-ventre. Ses doigts se resserrèrent autour de mon cou.

Billy Purdue, me dis-je. J'aurais dû être plus prudent…

Billy Purdue était pauvre, pauvre et dangereux. Une pointe d'aigreur et de frustration venait relever sa personnalité. Avec lui, la violence guettait toujours. Elle planait au-dessus de lui comme une ombre, obscurcissant son jugement et influençant les actes des autres, de telle sorte que lorsqu'il entrait dans un bar et commandait un verre ou prenait une queue de billard pour jouer, la situation finissait vite par dégénérer. Billy Purdue n'avait pas besoin de chercher la bagarre. C'était la bagarre qui le cherchait.

Et c'était contagieux. Ainsi, même si Billy réussissait à éviter un conflit — généralement, il ne les recherchait pas, mais si l'occasion se présentait, il la laissait rarement passer —, il y avait fort à parier que sa seule présence aurait fait suffisamment grimper le taux de testostérone dans le bar pour inciter un autre consommateur à déclencher les hostilités. Billy Purdue aurait pu provoquer une rixe entre cardinaux rien qu'en pénétrant dans la salle du conclave. Bref, Billy Purdue était un danger public.

A ce jour, il n'avait encore tué personne et personne n'avait réussi à le tuer. Plus une situation de ce genre perdure, plus il y a de chances pour que les choses se terminent mal ; dans le cas de Billy Purdue, cela avait déjà mal commencé. La fin promettait donc d'être bien pire. J'avais entendu des gens le décrire comme une catastrophe ambulante, mais il était plus que cela. C'était un cataclysme en perpétuelle évolution, telle une étoile à l'agonie. Billy, peu à peu, se rapprochait du noyau en fusion.

A l'époque, j'en savais relativement peu sur le passé de Billy Purdue. Ce dont j'étais sûr, c'est qu'il avait toujours eu maille à partir avec la justice. Son casier ressemblait à un sommaire de code pénal. Tous les délits réprimés par la loi, ou presque, y figuraient : perturbation de cours, vol à l'étalage, conduite en état d'ivresse, recel d'objets volés, voies de faits, effraction, troubles à l'ordre public, non-paiement de pension alimentaire… et la liste ne s'arrêtait pas là. Enfant adopté, il avait passé sa jeunesse à changer de famille d'accueil, car les couples auxquels il était confié finissaient vite par se rendre compte que l'argent versé par les services sociaux ne pouvait compenser les soucis que leur apportait Billy. Dans certains foyers, on considère les gosses comme une source de revenus, comme un élevage de bétail ou de poulets, jusqu'au jour où on se rend compte que si un poulet fait des siennes, on peut toujours lui couper la tête et le servir au dîner du dimanche, mais qu'il est moins facile de se débarrasser d'un jeune délinquant. Il avait été prouvé que, dans de nombreuses maisons de placement, Billy Purdue avait été victime de mauvais traitements; dans deux cas, il avait vraisemblablement subi des sévices graves.

Billy avait néanmoins fini par trouver une sorte de foyer. Un homme âgé et sa femme, qui vivaient dans le nord de l'Etat et qui avaient une conception plutôt musclée de l'amour. Le type avait déjà accueilli une vingtaine d'enfants. Lorsqu'il avait commencé à comprendre qui était Billy, peut-être s'était-il dit qu'il avait accepté un placement de trop, mais il avait fait ce qu'il pouvait pour remettre Billy dans le droit chemin. Et durant cette période, Billy avait été heureux. Enfin, relativement. Puis il s'était remis à faire des bêtises. Il était parti pour Boston où il avait travaillé pour Tony Celli jusqu'au jour où il avait marché sur les pieds de quelqu'un. Réexpédié dans le Maine, il y avait fait la connaissance de Rita Ferris, de sept ans sa cadette, et ils s'étaient mariés. Ils avaient eu un enfant, mais le vrai bébé du couple, c'était lui.

Aujourd'hui, âgé de trente-deux ans, il était taillé comme un taureau. Les muscles de ses bras ressemblaient à d'énormes jambons, ses mains étaient aussi larges qu'épaisses, et ses doigts musclés paraissaient presque boudinés. Il avait de petits yeux porcins et une dentition irrégulière. Son haleine empestait le bourbon et le pain au levain. Ses ongles étaient noirs, et une éruption de boutons à tête blanche couvraient sa nuque à l'endroit où il s'était rasé avec une vieille lame émoussée.

J'eus l'occasion d'observer Billy Purdue de très

près après avoir maladroitement tenté de lui faire une clé au bras, ce qui me valut d'être projeté contre le flanc de sa caravane, dans la périphérie de Scarborough, une Airstream en aluminium de dix mètres de long, ou plutôt ce qu'il en restait, qui puait le linge sale, la nourriture avariée et le blé moisi. L'une de ses mains s'était refermée sur mon cou, et il me souleva. Mes pieds touchaient à peine le sol. L'autre main tenait le couteau à lame courte qui m'avait percé la peau, quelques centimètres sous l'œil gauche. Je sentais le sang dégouliner de mon menton.

J'avais sans doute eu tort de vouloir lui bloquer le bras. En fait, sur l'échelle des bonnes idées, cela devait se situer entre voter pour Ross Perot et envahir la Russie en hiver. J'aurais eu plus de chances de réussir en faisant une clé directement à la caravane, car, malgré mes efforts désespérés, le bras de Billy Purdue était resté aussi rigide et immobile que la statue de Longfellow dans son square. Et tandis que je prenais la mesure de mon erreur, Billy m'avait tiré vers lui et de son énorme main droite, paume ouverte, m'avait flanqué une gifle monumentale avant de me coincer contre l'autre paroi de la caravane en me bloquant les bras avec ses monstrueux avant-bras. Ma tête résonnait encore et j'avais mal à l'oreille. Je me fis la réflexion que mon tympan avait peut-être explosé, mais la pression autour de mon cou se mit à augmenter et je compris alors que mon problème de tympan n'aurait bientôt plus beaucoup d'importance.

Le couteau pivota dans sa main et je sentis une nouvelle vague de douleur. Le sang, qui coulait maintenant généreusement, gouttait de mon menton dans le col de ma chemise blanche. Quasiment violet de rage, mâchoires serrées, Billy sifflait en postillonnant copieusement.

Tandis qu'il s'évertuait à me faire expulser mon dernier souffle, je pus glisser ma main droite à l'intérieur de mon blouson et sentis la crosse froide de mon Smith & Wesson. J'étais sur le point de perdre conscience, mais je parvins à dégainer et à bouger suffisamment le bras pour enfoncer le canon sous la mâchoire de Billy. La lueur rouge de son regard s'embrasa brièvement avant de décliner. L'étau qui me broyait le cou se desserra, la lame sortit de ma joue et je m'affalai au sol. La gorge en feu, le souffle saccadé, j'essayai de ranimer mes poumons asphyxiés. Je tenais toujours Billy en joue, mais il ne me regardait même plus. Maintenant que la vague de colère refluait, ni moi ni mon arme ne semblions l'intéresser. Il prit une Marlboro, l'alluma, me tendit le paquet. Je refusai d'un signe et, aussitôt, la douleur resurgit au fond de mon oreille. Je pris la décision de ne plus secouer la tête.

— Pourquoi t'as voulu me faire une clé au bras ? voulut savoir Billy d'un ton meurtri, son regard exprimant qu'il était réellement vexé. T'aurais pas dû me faire ça.

C'était vraiment un cas, ce type. Le temps de respirer un peu plus profondément, et je lui répondis. J'avais la voix rauque et on aurait dit que quelqu'un m'avait passé l'intérieur de la gorge au papier de verre. Si Billy n'avait pas été aussi infantile, je me serais peut-être offert le plaisir de lui assener un coup de crosse.

— Tu m'as dit que tu allais prendre une batte de base-ball et me réduire en bouillie, si je me souviens bien.

— Oui mais, hé, vous avez été malpoli, protesta-t-il.

L'espace d'un instant, il me sembla voir la lueur rouge reprendre vie dans le regard de Billy. Mon arme était toujours braquée sur lui, et cela ne semblait pas l'inquiéter outre mesure. J'en venais à me demander s'il savait, sur cette arme, quelque chose que j'ignorais. La puanteur de la caravane faisait peut-être que les cartouches se décomposaient pendant que nous parlions.

Malpoli. Je m'apprêtais à secouer la tête quand mon problème d'oreille me revint à l'esprit. Je me fis la réflexion qu'il valait mieux, tout bien considéré, ne pas bouger la tête. J'étais venu rendre une petite visite à Billy Purdue pour aider Rita, son ex-femme, qui vivait dans un petit appartement de Locust Street, à Portland, avec son fils de deux ans, Donald. Rita avait obtenu le divorce six mois plus tôt, et Billy n'avait toujours pas versé un *cent* de pension alimentaire. Je connaissais la famille de Rita depuis l'enfance, quand je vivais à Scarborough. Son père avait trouvé la mort au cours d'un hold-up raté à Bangor, en 1983, et sa mère, complètement dépassée, n'avait pas réussi à assurer la cohésion de la famille. L'un des frères de Rita était en prison, l'autre recherché pour trafic de stupéfiants, et sa sœur aînée, qui vivait à New York, avait rompu les ponts avec tout le monde.

Rita était une jolie femme, blonde et mince, mais on voyait déjà sur son visage que la vie ne lui avait pas fait de cadeaux. Billy Purdue ne l'avait jamais frappée ni maltraitée physiquement, mais il était sujet à des crises de démence et il avait détruit les deux appartements occupés par le couple depuis leur mariage. Il en avait incendié un au terme d'une beuverie de trois jours, dans la banlieue sud de

Portland. Rita s'était réveillée juste à temps pour sortir de l'immeuble son fils, alors âgé d'un an, avant de tirer le corps de Billy, ivre mort, à l'extérieur et de déclencher l'alarme pour faire évacuer les locataires. Le lendemain, elle demandait le divorce.

Aujourd'hui, Billy comptait les jours dans sa caravane en forme de suppositoire et sa vie ressemblait en tous points à celle d'un pauvre. L'hiver, il trouvait du travail comme bûcheron. Il coupait des sapins pour Noël ou allait proposer ses services aux grandes sociétés d'exploitation forestière, plus au nord. Le reste de l'année, il faisait ce qu'il pouvait, autrement dit pas grand-chose. Le bout de terrain sur lequel il avait installé sa caravane appartenait à Ronald Straydeer, un Indien Penobscot originaire d'Old Town qui s'était établi à Scarborough à son retour du Vietnam. Ronald avait servi dans les rangs du K-9. Il conduisait les patrouilles sur les pistes, dans la jungle, flanqué d'un berger allemand femelle du nom d'Elsa. Elsa était capable de flairer la présence des Viêt-cong, me racontait Ronald, et un jour, elle avait même trouvé une source alors que les réserves d'eau potable du détachement arrivaient à épuisement. Lors du retrait américain, Elsa resta sur place ; on la considéra comme faisant partie des « surplus militaires » mis à la disposition de l'armée du Sud-Vietnam. Ronald avait une photo d'elle dans son portefeuille, la langue pendante, deux plaques accrochées au collier. Persuadé que les Vietnamiens l'avaient mangée dès le départ des Américains, il refusa de reprendre un chien. A la place, il hérita de Billy Purdue.

Billy savait que son ex voulait aller s'installer sur la côte Ouest pour y commencer une nouvelle vie et que, pour cela, elle avait besoin de l'argent qu'il lui devait. Mais Billy ne voulait pas la voir partir. Il croyait encore pouvoir sauver son couple, et ni l'acte de divorce, ni l'ordonnance lui interdisant d'approcher son ex-femme à moins de trente mètres n'avaient réussi à le décourager.

J'avais accepté de le rencontrer pour rendre service à Rita. Elle m'avait appelé, j'étais allé la voir chez elle. C'est au moment où je lui avais annoncé qu'elle ne voulait pas revenir et qu'il était obligé, légalement, de lui verser l'argent qu'il lui devait que Billy avait voulu prendre sa batte de base-ball et que les choses avaient dégénéré.

— Je l'aime, me dit-il en tirant sur sa cigarette et en soufflant par les narines deux colonnes de fumée, tel un taureau de combat particulièrement agressif. Qui va s'occuper d'elle, à San Francisco?

Je parvins péniblement à me relever, essuyai un peu du sang qui m'inondait la joue. La manche de mon blouson se retrouva mouillée et tachée. Heureusement, c'était un blouson noir. Compte tenu de tout ce qui s'était passé jusqu'à maintenant, j'en arrivais à me dire que j'avais eu de la chance.

— Billy, rétorquai-je, comment veux-tu qu'elle et Donald puissent vivre si tu ne verses pas les sommes que le juge t'a demandé de payer? Comment veux-tu qu'elle s'en sorte? Si tu tiens à elle, il faut que tu lui verses cet argent.

Il me regarda, puis regarda ses pieds. Ses orteils glissèrent sur le linoléum crasseux.

— Dites, je suis désolé de vous avoir fait du mal, mais... (Il passa la main derrière sa nuque pour gratter sa tignasse noire.) Vous allez voir les flics?

Si j'allais voir les flics, pas question de prévenir Billy Purdue. Les regrets de Billy étaient aussi sincères que ceux d'Exxon après le naufrage de l'*Exxon Valdez*. En outre, si j'allais voir les flics, Billy se retrouverait en cabane et Rita ne verrait toujours pas la couleur de son argent. Mais, lorsqu'il me posa cette question, il y avait dans sa voix quelque chose que j'aurais dû remarquer. Son T-shirt noir était trempé de sueur, et il y avait de la boue séchée jusque dans les revers de son pantalon. Il y avait tellement d'adrénaline dans les veines de Billy qu'en comparaison une fourmi aurait eu l'air calme. J'aurais dû comprendre que si Billy avait peur des flics, ce n'était pas à cause d'une histoire de coups et blessures ou de pension alimentaire non payée. Le flair est une chose merveilleuse.

— Si tu paies, je laisserai courir.

Il haussa les épaules.

— J'ai pas grand-chose. J'ai pas mille dollars.

— Billy, tu dois presque deux mille dollars. Je crois que tu n'as pas vraiment saisi.

Peut-être me trompais-je. La caravane était une ruine, Billy conduisait une Toyota au plancher défoncé et il se faisait peut-être cent ou cinquante dollars par semaine en ramassant de la ferraille et en coupant du bois. S'il avait eu deux mille dollars, je ne l'aurais pas trouvé dans un taudis pareil. S'il avait eu deux mille dollars, il ne se serait d'ailleurs pas appelé Billy Purdue. Billy Purdue avec deux mille dollars en poche ? Impensable.

— J'ai cinq cents dollars, me dit-il, tandis qu'une petite lueur maligne passait dans ses yeux.

— Donne-les-moi.

Billy ne bougea pas.

— Billy, si tu ne me donnes pas l'argent, les flics vont t'embarquer et ils te garderont à l'ombre jusqu'à ce que tu paies. Si tu es en taule, tu ne pourras pas gagner quoi que ce soit, donc tu ne pourras pas payer, et j'ai l'impression que là, c'est le cercle vicieux.

Il médita un instant mes observations, puis plongea le bras derrière le canapé d'une saleté repoussante qui ornait le fond de la caravane et ramena une enveloppe froissée. Il me tourna le dos, sortit cinq billets de cent dollars, replaça l'enveloppe puis me tendit l'argent d'un geste cérémonieux, tel un prestidigitateur faisant réapparaître au terme d'un numéro particulièrement impressionnant la montre qu'il a subtilisée dans le public. Les billets étaient flambant neufs, et les numéros se suivaient. A en juger par l'épaisseur de l'enveloppe, ils avaient laissé la plupart de leurs petits copains derrière.

— Tu es allé au distributeur, Billy ? demandai-je.

Cela me paraissait hautement improbable. Pour Billy Purdue, le seul moyen de se procurer de l'argent dans un distributeur aurait été de desceller l'appareil du mur avec un bulldozer.

— Dites-lui un truc de ma part. Dites-lui que je peux peut-être en avoir plus, d'accord ? Dites-lui que je suis peut-être plus vraiment un minable. Vous me suivez ?

Et il ponctua sa requête d'un sourire entendu, le genre de sourire que vous décochent les crétins qui s'imaginent savoir quelque chose que vous ignorez. Moi, je me disais que si Billy Perdue savait quelque chose, mieux valait que je l'ignore. J'avais tort.

— Je te suis, Billy. Dis-moi que tu n'es pas encore en train de bosser pour Tony Celli. Dis-le-moi.

Une petite lueur de malice brillait toujours dans son regard, mais son sourire s'estompa légèrement.

— Je connais pas de Tony Celli.

— Attends, je vais te rafraîchir la mémoire. Un affranchi de Boston, un grand mec qui se fait appeler Tony Clean. Il a commencé avec des putes, maintenant il veut devenir le maître du monde. Il fait dans la came, le porno, l'usure, tout ce qui est illégal, et je crois qu'il n'a plus aucune chance d'obtenir la médaille du civisme. (Je marquai un temps d'arrêt.) Tu as travaillé pour lui, Billy. Et je te demande si tu travailles toujours pour lui.

Il bascula la tête comme s'il avait de l'eau dans l'oreille, puis détourna le regard.

— Savez, peut-être que j'ai fait des trucs, à une époque, pour Tony. D'accord, d'accord. C'était mieux que de ramasser des épaves. Mais Tony, y a longtemps que je l'ai pas vu. Longtemps, ça oui.

— Tu ferais bien de me dire la vérité, Billy, sans quoi un paquet de gens vont avoir des mots à te dire, et tu vas déguster.

Il ne réagit pas, et je décidai de ne pas insister. Quand je pris l'argent qu'il me tendait, il se rapprocha. Instinctivement, je relevai mon arme. Nos visages se touchaient presque, le canon du pistolet s'enfonça dans sa poitrine.

— Pourquoi vous faites ça ? me demanda-t-il. (Je sentis son haleine, vis dans son regard les braises rougeoyantes reprendre vie. Son sourire avait disparu.) Elle a pas les moyens de se payer un détective.

— C'est un service que je lui rends, répondis-je. Je connaissais sa famille.

Je crois qu'il ne m'entendait même pas.

— Comment elle va vous payer ? (Il tourna la tête, médita sa question. Puis :) Vous la sautez ?

Je le regardai droit dans les yeux.

— Non. Maintenant, recule.

Il demeura sur place, puis me lança un regard noir et battit lentement en retraite.

— Y a pas intérêt, me dit-il tandis que je quittais la caravane à reculons pour disparaître dans la nuit noire de ce mois de décembre.

L'argent aurait dû me mettre la puce à l'oreille, bien entendu. Billy Purdue ne pouvait l'avoir gagné honnêtement. Peut-être aurais-je dû le cuisiner davantage, mais j'avais mal partout et je n'avais qu'une envie : ne plus voir sa gueule.

Mon grand-père, lui-même policier jusqu'à ce qu'il découvre l'arbre aux fruits étranges, dans le Nord, racontait souvent une blague qui était plus qu'une simple blague.

Un type dit à son copain qu'il va à une soirée poker.

— Mais le jeu est truqué, proteste le copain.

— Je sais, répond le type, mais question animation, ici, il n'y a rien d'autre.

Cette blague, cette blague vaguement désespérée, allait me revenir à l'esprit les jours suivants, quand les choses commencèrent à se gâter. D'autres choses que mon grand-père m'avait dites resurgirent également, des choses qui pour lui étaient loin d'être des plaisanteries, même si elles en avaient fait rire beaucoup. Moins de soixante-douze heures après la mort d'Emily Watts et des hommes de Prouts Neck, Billy Purdue allait devenir la grande animation de la région, et les fantaisies d'un vieil homme prendraient corps dans un déferlement de violence.

Je fis une halte à la banque de Oak Hill pour retirer deux cents dollars au distributeur. Je n'osais pas enlever le sang séché sous mon œil, de peur que la blessure ne recommence à saigner. Mieux valait aller voir Ron Archer, qui consultait deux soirs par semaine dans son cabinet de Forest Avenue. Il me posa trois points de suture.

— Comment est-ce arrivé ? me demanda-t-il en se préparant à m'injecter un produit anesthésiant.

Je faillis lui répondre que c'était sans importance, mais je ne voulais pas donner l'impression de jouer les durs. Le Dr Archer, âgé de soixante ans, était un bel homme aux cheveux argentés, d'allure distinguée, et qui n'avait pas son pareil pour rassurer ses patients, ce qui poussait les femmes seules à vouloir l'accueillir dans leur lit pour subir des examens intimes totalement superflus.

— J'ai voulu enlever un cil qui me gênait, répondis-je.

— La prochaine fois, utilisez des gouttes. Ça fait moins mal, et vous garderez votre œil.

Il nettoya la plaie avec un bâtonnet, puis se pencha sur moi avec la seringue. Je ne pus m'empêcher de grimacer lorsqu'il me fit la piqûre.

— Voilà un garçon courageux, murmura-t-il. Si on ne pleure pas, on aura droit à un M & M quand ce sera fini.

— Je parie qu'avec ce genre d'humour, vous étiez la vedette en médecine.

— Sérieusement, que s'est-il passé ? réitéra-t-il en commençant à coudre. On dirait que quelqu'un vous a donné un coup de couteau, et vous avez des ecchymoses autour du cou.

— J'ai voulu immobiliser Billy Purdue d'une clé au bras. On ne peut pas dire que ç'ait été un franc succès.

— Purdue ? Ce taré qui a failli faire brûler sa

femme et son gosse ? (Ses sourcils s'envolèrent comme deux corbeaux effarouchés.) Vous devez être encore plus atteint que lui. (Il se remit à coudre.) Vous savez, en ma qualité de médecin, je dois vous mettre en garde : si vous continuez à faire des idioties de ce genre, je vais devoir vous orienter vers des confrères, disons, plus spécialisés. (Il passa l'aiguille une dernière fois, puis sectionna le fil.) L'avantage, c'est que quand vous serez dans votre période Alzheimer, le choc sera moins rude.

Il recula et examina son œuvre avec une évidente fierté.

— Superbe, soupira-t-il. Très jolie broderie.

— Si je vois dans une glace que vous m'avez fait un petit cœur, je vais être obligé d'incendier votre cabinet.

Il enveloppa avec précaution les aiguilles usagées et les jeta dans un container spécial.

— Les fils se dissoudront d'ici quelques jours, précisa-t-il. Et évitez de jouer avec. Je vous connais, vous, les gosses.

Le laissant à ses gloussements, je me rendis chez Rita Ferris, qui habitait près de la cathédrale de l'Immaculée Conception et du cimetière de l'Est, où étaient enterrés Burrows et Blythe. Ces deux jeunes têtes brûlées, commandant respectivement le brick américain *Enterprise* et le *Boxer* sous pavillon anglais, avaient trouvé la mort lors d'une bataille navale qui ne s'imposait pas, au large de l'île de Monhegan, durant la guerre de 1812. On les avait inhumés au cimetière de l'Est au terme d'une cérémonie commune gigantesque qui s'était achevée par une procession dans les rues de Portland. Non loin se trouvait la stèle en marbre élevée à la mémoire du lieutenant Kervin Waters, blessé au cours du même affrontement, qui avait agonisé durant deux années. Il avait à peine seize ans lorsqu'il avait été touché, et dix-huit au moment de sa mort. Je ne sais pas pourquoi je pensais à eux en arrivant chez Rita Ferris. Peut-être était-ce parce que, après ma rencontre avec Billy Purdue, toutes ces vies fauchées en pleine jeunesse commençaient à m'obséder.

Je pris Locust, passai devant St Paul, l'église anglicane, à ma droite, et le magasin caritatif St Vincent de Paul, de l'autre côté. L'immeuble de Rita Ferris était situé au bout de la rue, en face de l'école Kavanagh. C'était une baraque blanche de trois étages sérieusement délabrée. D'un côté de la porte, en haut du perron en pierre, il y avait des sonnettes et des numéros d'appartement. De l'autre, une rangée de boîtes à lettres qui n'étaient pour la plupart pas fermées.

Une femme noire accompagnée d'une gamine qui devait être sa fille ouvrit la porte de l'immeuble au moment où j'arrivais et me regarda d'un air méfiant. Il y a relativement peu de Noirs dans le Maine ; au début des années 90, l'Etat était encore à quatre-vingt-dix-neuf pour cent blanc. Il faut du temps pour rattraper ce genre de retard, et elle avait peut-être raison d'être sur ses gardes.

Je lui octroyai mon plus beau sourire pour la rassurer.

— Je suis venu voir Rita Ferris. Elle m'attend.

Ses traits se durcirent encore davantage, si tant est que ce fût possible. Son profil semblait avoir été taillé dans l'ébène.

— Si elle vous attend, z'avez qu'à sonner, me dit-elle en me claquant la porte au visage.

Soupir. Je sonnai, Rita Ferris répondit, la porte cliqueta et je pris l'escalier.

L'appartement se trouvait au deuxième étage. A

travers la porte, j'entendais *Seinfeld* et une petite toux d'enfant. Je frappai deux coups et la porte s'ouvrit. Rita s'effaça pour me laisser entrer. Elle tenait Donald, en grenouillère bleue, sur la hanche droite. Cheveux noués en chignon, elle portait un jean, des sandales noires et un sweat-shirt bleu informe maculé de nourriture et de bouillie recrachée. Le petit appartement semblait propre, même si le mobilier avait beaucoup souffert ; une odeur de bébé flottait dans l'air.

Il y avait une femme derrière Rita. Elle plaça sur le petit canapé une caisse en carton remplie de couches, de boîtes de conserve et de produits frais. Un sac en plastique contenant des vieux vêtements et un ou deux jouets d'enfant usagés gisait par terre, et je vis que Rita tenait des billets à la main. En me voyant, elle rougit jusqu'aux oreilles, froissa les dollars et les fourra dans la poche de son jean.

La femme me considéra d'un œil curieux et, me sembla-t-il, hostile. Je lui donnai pas loin de soixante-dix ans. Coiffure argentée, permanentée, de grands yeux marron. Elle portait un élégant manteau long en laine, un pull de soie et un pantalon de coton à ses mesures. De l'or brillait discrètement à ses oreilles, à ses poignets et autour de son cou.

Rita referma la porte derrière moi et se tourna vers elle.

— Je vous présente M. Parker, expliqua-t-elle. Il est allé voir Billy pour moi. (Elle glissa les mains dans ses poches revolver et fit un signe de tête timide en direction de la femme.) Monsieur Parker, Cheryl Lansing. C'est une amie.

Je tendis la main.

— Enchanté.

Après un instant d'hésitation, Cheryl Lansing me serra la main avec une étonnante vigueur.

— Moi de même.

Rita poussa un soupir et décida d'étoffer un peu les présentations.

— Cheryl nous dépanne, expliqua-t-elle. Elle nous donne des provisions, des vêtements et d'autres trucs. On ne pourrait pas s'en sortir sans elle.

L'intéressée parut gênée, à son tour. Elle leva la main en chuchotant « Taisez-vous, taisez-vous », s'enveloppa dans son manteau, déposa une bise sur la joue de Rita, puis se pencha sur Donald pour lui ébouriffer les cheveux. Le petit lui adressa un grand sourire.

— Je repasse dans une semaine ou deux, dit-elle à Rita.

Rita eut l'air peinée, comme si elle avait le sentiment de se montrer cavalière à l'égard de son invitée.

— Vous êtes sûre que vous ne voulez pas rester ?

Cheryl Lansing me regarda et sourit.

— Non, merci. J'ai encore mille choses à faire ce soir, et je suis sûre que M. Parker et vous avez beaucoup à vous dire.

Sur quoi elle me salua du menton et s'en alla. Tandis qu'elle descendait l'escalier, je me fis la réflexion qu'elle devait faire du bénévolat pour les services sociaux, ou St Vincent de Paul qui, après tout, se trouvait juste en face. Rita parut deviner mes pensées et me murmura :

— C'est juste une amie. Elle connaissait Billy. Elle savait comment il était et comment il est encore aujourd'hui. Elle voudrait être sûre qu'on ne manque de rien.

Elle referma la porte, la verrouilla, regarda mon œil.

— C'est Billy qui vous a fait ça ?
— Il y a eu comme un malentendu.
— Oh, je suis vraiment désolée. Jamais je n'aurais pensé qu'il essaierait de vous faire du mal.

Sa sincérité se lisait sur son visage. Elle la rendait belle, malgré ses cernes noirs et les rides d'angoisse qui sillonnaient sa peau comme les craquelures d'un vieux plâtre.

Elle s'assit et posa Donald en équilibre sur son genou. C'était un enfant robuste, avec de grands yeux bleus et une perpétuelle expression de curiosité. Il me fit un sourire, leva un doigt, le rabaissa puis se tourna vers sa mère. Elle le regarda en souriant. Il émit un petit rire, qui se transforma bientôt en hoquet.

— Je peux vous offrir du café ? me demanda-t-elle. Je n'ai pas de bière, sinon je vous en aurais proposé.
— Merci, je ne bois pas. J'étais juste venu vous donner ceci.

Je lui tendis les sept cents dollars. Elle demeura sans réaction, un peu abasourdie, jusqu'au moment où Donald s'empara d'un billet de cinquante dollars et voulut le fourrer dans sa bouche.

Elle mit l'argent hors de sa portée.

— Non, non, tu me coûtes déjà assez cher comme ça. (Elle prit deux billets de cinquante et me les tendit.) Tenez. S'il vous plaît. Pour ce qui s'est passé.

Je lui refermai la main et la repoussai gentiment vers elle.

— Je n'en veux pas, lui dis-je. Je vous l'ai dit, c'était juste pour vous rendre service. J'ai bavardé un peu avec Billy. Je pense qu'il a un peu de liquide en ce moment et qu'il va peut-être commencer à s'acquitter de ses obligations. Sinon, il faudra envisager de faire appel à la police.

Elle acquiesça.

— Il n'a pas un mauvais fond, monsieur Parker. Il est un peu perturbé, c'est tout, et il souffre énormément, mais il aime Donnie par-dessus tout. Je crois qu'il ferait n'importe quoi pour je ne parte pas avec lui.

C'était bien ce qui m'inquiétait. Les braises rouges du regard de Billy s'enflammaient un peu trop facilement, et Billy avait en lui suffisamment de rage et de ressentiment pour que le feu couve longtemps, très longtemps.

Je me levai pour prendre congé. Par terre, près de mes pieds, j'aperçus l'un des jouets de Donald, un camion en plastique rouge avec un capot jaune qui couina lorsque je le ramassai pour le poser sur une chaise. Le bruit détourna brièvement l'attention de Donald, mais très vite son regard revint se fixer sur moi.

— Je viendrai faire un saut la semaine prochaine pour voir comment ça va.

Je tendis le doigt pour que Donald l'attrape avec son petit poing, et aussitôt surgit dans mon esprit l'image de ma fille effectuant le même geste, et une immense tristesse m'envahit. Jennifer était morte, à présent. Tuée en même temps que ma femme par un assassin pour lequel elles étaient si insignifiantes qu'il n'avait pas hésité à leur ouvrir le corps pour l'exposer aux regards en guise de mise en garde. Lui aussi était mort, à l'issue d'une longue traque dans les marais de Louisiane, mais cela ne me consolait guère. L'arithmétique du meurtre a des lois qui lui sont propres.

Je retirai lentement mon doigt du poing de

Donald et lui tapotai la tête. Rita le souleva, le cala de nouveau sur sa hanche et me suivit jusqu'à la porte.

— Monsieur Parker… commença-t-elle.

— Bird, fis-je en ouvrant la porte. C'est comme ça que mes amis m'appellent.

— Bird. S'il vous plaît, restez. (De sa main libre, elle m'effleura la joue.) S'il vous plaît. Je vais coucher Donald. Je n'ai pas d'autre moyen de vous remercier.

J'enlevai doucement sa main et embrassai sa paume, qui sentait la crème pour la peau et Donald.

— Désolé, je ne peux pas, lui répondis-je.

Elle parut un peu déçue.

— Pourquoi ? Vous trouvez que je ne suis pas assez jolie ?

Je tendis le bras pour passer les doigts dans ses cheveux. Elle inclina la tête et prit appui sur ma main.

— Ce n'est pas ça, lui dis-je. Ce n'est pas du tout ça.

Et je la vis enfin sourire. Un tout petit sourire, mais un sourire quand même.

— Merci.

Elle m'embrassa tendrement sur la joue, mais notre rêverie fut interrompue par Donald dont le visage s'était assombri lorsque j'avais touché sa mère et qui, maintenant, commençait à me frapper avec sa petite main.

— Hé ! fit la mère. Arrête.

Il continua à frapper jusqu'à ce que je retire ma main.

— Il est très protecteur à mon égard, m'expliqua-t-elle. Il a dû s'imaginer que vous vouliez me faire du mal.

Donald enfouit la tête dans son giron, en suçant

son pouce, et me lança un regard soupçonneux. En descendant l'escalier, j'eus une dernière vision de Rita, dans le couloir sombre, encadrée par la lumière de l'appartement. Elle souleva la main de Donald pour lui faire faire un signe d'au revoir. Je répondis d'un geste.

Je ne devais jamais plus les revoir.

2

Le lendemain de ma dernière rencontre avec Rita Ferris, je me levai de très bonne heure. Il faisait encore nuit, et le silence avait quelque chose d'oppressant. Je me rendis à l'aéroport pour prendre la première navette pour New York. A la radio, les journaux parlèrent d'une fusillade à Scarborough, sans donner beaucoup de détails.

A Kennedy, je sautai dans un taxi qui parvint tant bien que mal, malgré la circulation très dense sur Van Wyck et Queens, à me déposer au New Cavalry Cemetery, à l'angle de la 51e. Une petite foule était déjà sur place : des groupes de policiers en tenue fumant et discutant à mi-voix devant le portail ; des femmes en noir bien coiffées et soigneusement maquillées se saluant solennellement sans un mot ; des hommes plus jeunes, dont certains devaient avoir à peine vingt ans, gênés par leurs cols étriqués, avec de méchantes cravates noires empruntées, mal nouées — les nœuds trop serrés, trop plats. Certains flics me jetèrent un regard, me firent un petit signe. Je connais le nom de famille de la plupart d'entre eux. Pas le prénom.

Le corbillard approcha par Woodside, suivi de trois limousines noires, et pénétra dans le cimetière. La foule prit la suite du cortège, par rangées de deux et de trois, et lentement nous nous dirigeâmes vers la sépulture. J'aperçus un monticule de terre recouvert d'un morceau de gazon artificiel et flanqué de couronnes et autres compositions florales. Ici, il y avait davantage de monde : d'autres hommes en tenue, des policiers en civil, d'autres femmes, une poignée d'enfants. Je reconnus quelques gradés de haut rang, une demi-douzaine de capitaines et de lieutenants, tous venus rendre un dernier hommage à George Grunfeld, le vieux sergent du 30e District, mort des suites d'un cancer deux ans avant la retraite.

J'avais toujours vu en lui un homme bien, un bon flic à l'ancienne qui avait eu la malchance d'être affecté dans un commissariat où circulaient depuis des années des rumeurs faisant état de saisies illégales et de corruption. Aux rumeurs succédèrent les plaintes : vente d'armes et de stupéfiants — principalement de la cocaïne — confisqués à des trafiquants, perquisitions musclées et illégales, menaces. Le commissariat, situé à l'angle de la 151e Rue et d'Amsterdam Avenue, fit l'objet d'une enquête de grande envergure. Au bout du compte, trente-trois officiers de police faisant l'objet d'un total de deux mille plaintes furent condamnés, la plupart pour faux témoignages. Après l'affaire Dowd au 75e District — déjà des armes, de la coke et des dessous-de-table — ce scandale ternissait encore un peu plus l'image de la police new-yorkaise. Et j'avais l'impression que cela ne s'arrêterait pas là, car il se murmurait que Midtown South était dans le collimateur des Affaires internes. Apparemment, des putes du quartier offraient des passes aux flics pendant leurs heures de service...

Peut-être était-ce pour cela qu'il y avait tant de

monde à l'enterrement de Grunfeld. Grunfeld incarnait la rigueur et l'honnêteté, et il fallait pleurer sa disparition. Moi, j'étais là pour des raisons très personnelles. On m'avait enlevé ma femme et ma fille en décembre 1996, alors que je faisais encore partie de la brigade criminelle de Brooklyn. La férocité et la brutalité avec lesquelles on les avait arrachées à ce monde, l'incapacité de la police à retrouver leur assassin avaient fini par creuser un fossé entre mes collègues et moi. Ils me regardaient d'un autre œil depuis le meurtre de Susan et de Jennifer, qui démontrait qu'un policier et sa famille pouvaient être, eux aussi, vulnérables. Ils voulaient croire que j'étais une exception, que ma condition de poivrot avait, en quelque sorte, tout déclenché, pour ne pas avoir à envisager l'autre hypothèse. Ils n'avaient pas tout à fait tort : j'étais en partie responsable de ce qui nous était arrivé. Mais jamais je ne leur avais pardonné de m'avoir forcé à supporter seul ce poids.

J'avais démissionné de la police new-yorkaise un mois à peine après le drame. Rares furent ceux qui tentèrent de me faire changer d'avis, mais George Grunfeld en faisait partie. Nous nous étions donné rendez-vous un dimanche matin radieux, Chez John, sur la Deuxième Avenue, près des Nations unies. Pamplemousse rose et brioches chaudes. Nous avions pris un box côté rue. Il n'y avait pas beaucoup de circulation, et peu de passants. Patiemment, il m'écouta lui exposer les raisons de mon départ : l'ostracisme grandissant que l'on manifestait à mon égard, la douleur de vivre dans une ville où tout me rappelait ce que j'avais perdu, et ma conviction qu'un jour, peut-être — et je disais bien peut-être —, je finirais par mettre la main sur celui qui m'avait arraché tout ce qui m'importait.

— Charlie, me dit-il (il ne m'appelait jamais Bird) avec sa tignasse grise, sa face de lune et ses yeux sombres comme des cratères, ce sont là d'excellentes raisons, mais si tu démissionnes, tu vas te retrouver seul et il y a des limites à l'aide que tes amis peuvent t'apporter. Dans la police, tu as encore des proches, alors reste. Tu es un bon flic. Tu as ça dans le sang.

— Je ne peux pas. Je suis désolé.

— Si tu t'en vas, beaucoup de gens vont croire que tu prends la fuite. Ça en réjouira probablement certains, mais les autres t'en voudront de baisser les bras.

— Qu'ils m'en veuillent. Après tout, je ne pense pas que leur opinion ait une si grande importance.

Il soupira, but une gorgée de café.

— Tu n'as jamais été quelqu'un de très facile, Charlie. Tu as toujours été trop intelligent, trop susceptible. On a tous nos démons, mais toi, tu les portes en bandoulière. Je crois que tu as toujours mis les gens mal à l'aise, et s'il y a bien une chose qu'un flic ne supporte pas, c'est qu'on réussisse à le mettre mal à l'aise. C'est contraire à sa nature.

— Et toi, je ne te mets pas mal à l'aise ?

Grunfeld fit tourner sa tasse du bout du petit doigt, et je compris qu'il hésitait à me dire quelque chose. Après avoir entendu sa réponse, j'eus un peu honte, et je sentis mon admiration à son égard décupler, si tant est que ce fût possible.

— J'ai le cancer, me dit-il tranquillement. Un lymphosarcome. D'après les médecins, je vais être très malade dans l'année qui vient et j'aurai peut-être encore un an à vivre après.

— Je suis désolé, murmurai-je.

Des mots si dérisoires qu'ils s'estompent aussitôt, face à l'énormité de l'épreuve qui l'attendait. Grunfeld leva la main, haussa légèrement les épaules.

— J'aimerais bien avoir un peu plus de temps. J'ai des petits-enfants, je voudrais les voir grandir, mais au moins j'ai pu voir mes enfants grandir et je compatis parce que ça, on te l'a enlevé. Je m'exprime peut-être mal, mais j'espère que tu auras une autre chance. Tout bien pesé, c'est encore ce qui nous arrive de mieux sur terre.

« Quant à savoir si tu me mets mal à l'aise, la réponse est non. Je vais bientôt mourir, Charlie, et je vois les choses différemment, maintenant. Chaque matin, je me réveille et je remercie Dieu d'être toujours là et de ne pas avoir trop mal. Puis je vais au 30e, je m'installe au desk, je regarde les gens se crever le cul pour rien et j'envie chacune des minutes qu'ils perdent. Ne fais pas ça, Charlie. Tu es en colère, tu es malheureux, il faut absolument que tu trouves un coupable et tu finis par t'en prendre à toi-même, ce qui est la pire des choses à faire. Ou tu t'en prends à quelqu'un d'autre, ce qui n'est pas beaucoup mieux. C'est là que le cadre professionnel, l'emploi du temps régulier peuvent aider. C'est pour ça que je suis encore au desk, sans quoi, à la maison, ce serait le massacre.

Il termina son café, repoussa sa tasse.

— De toute façon, tu feras ce que tu auras à faire, et tout ce que je peux te dire n'y changera rien. Tu bois toujours ?

La brutalité de sa question ne me heurta pas. Il n'y avait pas de sous-entendus.

— J'essaie d'arrêter, répondis-je.

— J'imagine que ça ne doit pas être facile. (Il

fit signe à la serveuse d'apporter l'addition, griffonna un numéro de téléphone sur une serviette en papier.) C'est chez moi. Si tu as besoin de parler à quelqu'un, tu me passes un coup de fil.

Il paya, me serra la main et s'éloigna dans le soleil. Je ne devais jamais le revoir.

Devant la tombe, une silhouette leva la tête et je sentis un regard se braquer sur moi. Walter Cole me fit un petit signe du menton, puis son attention se reporta sur le prêtre qui lisait des prières dans son missel en cuir. Quelque part, une femme se mit à sangloter doucement et, dans le ciel noir, le rugissement d'un avion invisible déchira les nuages. Puis il n'y eut plus que les marmonnements du prêtre, le froissement à peine perceptible du drapeau que l'on repliait et, enfin, l'écho assourdi des premières poignées de terre jetées sur le cercueil.

Je me tenais près d'un saule. L'assistance commença à se disperser et je vis, avec un mélange d'amertume, de tristesse et de regret, Walter Cole partir avec les autres sans me dire un mot. Nous avions été proches, d'abord équipiers, puis amis, et de toutes les amitiés que j'avais perdues, c'était celle de Walter qui me manquait le plus. C'était un homme de culture. Il aimait les livres, les films sans Steven Seagal ou Jean-Claude Van Damme, et la bonne cuisine. A mon mariage, il avait été mon témoin, un témoin serrant l'écrin des bagues avec une telle force qu'on voyait la marque dans la paume de sa main. J'avais joué avec ses enfants. Susan et moi étions allés au restaurant, au théâtre, nous balader dans le parc avec Walter et sa femme, Lee. Et j'avais passé de longues, longues heures à ses côtés, en voiture, dans des bars, dans des salles d'audience, dans des arrière-salles, en sentant sous nos pieds les sourdes et régulières palpitations de la vie.

Je me rappelais une enquête, à Brooklyn. Nous filions un peintre décorateur soupçonné d'avoir assassiné sa femme et fait disparaître le corps. Nous nous trouvions dans un quartier mal famé, juste au nord-est d'Atlantic Avenue, et Walter sentait tellement le flic qu'on aurait pu lancer un parfum à son nom, mais le type ne se doutait apparemment pas de notre présence. Peut-être que personne ne lui avait rien dit. Nous ne dérangions ni les toxicos, ni les dealers, ni les putes, et nous étions trop voyants pour passer inaperçus, alors la faune du coin avait décidé qu'il valait mieux nous laisser faire tranquillement ce que nous avions à faire.

Chaque matin, le type chargeait sa fourgonnette de pots de peinture, de brosses et de pinceaux avant d'aller travailler, et nous le suivions. Puis nous l'observions de loin. Nous le vîmes ainsi s'occuper d'une maison et, un ou deux jours plus tard, d'une devanture de magasin. Le soir, il jetait ses pots vides et rentrait chez lui.

Il nous fallut quelques jours pour comprendre son stratagème. C'est Walter qui prit un tournevis pour ouvrir l'un des pots dans la benne à ordures. Il dut s'y reprendre à deux fois, car la peinture avait séché autour du couvercle. C'était, bien sûr, le détail qui nous avait mis la puce à l'oreille : la peinture aurait dû être encore fraîche.

A l'intérieur du pot se trouvait une main, une main de femme. Une alliance ornait encore l'un des doigts, et le moignon était resté collé au fond, ce qui donnait l'impression que la main surgissait. Deux heures plus tard, nous avions notre mandat. Après avoir enfoncé la porte de la maison, nous découvrîmes dans un coin de la chambre à coucher des pots empilés presque jusqu'au plafond. Chacun d'eux renfermait un morceau du corps de la victime, et certains étaient bourrés de chair. Nous retrouvâmes la tête de l'épouse dans un seau de laque blanche.

Ce soir-là, Walter avait invité Lee au restaurant et, au retour, il l'avait prise dans ses bras, toute la nuit. Sans lui faire l'amour, m'avait-il dit, il l'avait juste prise dans ses bras, et elle avait compris. Moi, je ne me souvenais même plus de ce que j'avais fait. C'était ce qui nous différenciait. Enfin, à l'époque. Depuis, je m'étais assagi.

J'avais fait un certain nombre de choses. J'avais commis un meurtre en voulant retrouver celui qui avait assassiné ma femme et ma fille, le Voyageur, en voulant me venger. Walter le savait et il s'en était même servi, conscient du fait que j'étais bien décidé à réduire en charpie quiconque se dresserait sur mon chemin. Je crois que, d'une certaine manière, il me testait, pour voir si je pouvais être à la hauteur de ses pires cauchemars.

Et je ne l'avais pas déçu.

Je réussis à rattraper Walter près du portail, où le grondement de la circulation ressemblait au ressac de l'océan, version urbaine. Il était en conversation avec un capitaine, Emerson, un ancien du 83e qui faisait aujourd'hui partie des Affaires internes, la police des polices, ce qui pouvait expliquer le regard qu'il me lança à mon approche. Le meurtre de Johnny Friday, proxénète pédophile, était une affaire quasiment classée, et je les voyais mal coincer le type qui l'avait descendu. J'étais bien placé pour le savoir, puisque ce type, c'était moi.

J'avais tué Johnny Friday dans un accès de rage, quelques mois après la mort de Jennifer et Susan. Vers la fin, je me fichais pas mal de ce que Johnny pouvait savoir ou pas. Je voulais juste le tuer pour ce qu'il avait fait, indirectement, à mille autres Susan, mille autres Jennifer. Je regrettais la façon dont il était mort, comme je regrettais bien d'autres choses, mais ce n'étaient pas mes regrets qui allaient le ramener à la vie. Des rumeurs avaient couru par la suite, mais rien n'avait pu être prouvé. Ces rumeurs étaient manifestement arrivées jusqu'aux oreilles d'Emerson.

— Parker, opina-t-il. Je ne pensais pas vous revoir ici.

— Capitaine Emerson. Comment va la police des polices ? Vous devez être débordés, j'imagine.

— Pas au point de refuser un client de dernière minute, rétorqua-t-il sans sourire.

Il salua Walter de la main et se dirigea vers le portail, raide comme un piquet, la colonne vertébrale maintenue en place par les élingues de la rigueur morale.

Walter contempla ses pieds, les mains dans les poches, puis leva les yeux vers moi. La retraite ne semblait pas lui réussir. Il avait l'air mal à l'aise, il avait le teint blafard, et le rasage matinal avait laissé sur son visage des rougeurs et des coupures. J'avais le sentiment que la police lui manquait, et qu'en ce genre d'occasions elle lui manquait encore davantage.

— Comme vient de le dire ce monsieur, finit-il par marmonner, je ne pensais pas te revoir ici.

— Je voulais faire mes adieux à Grunfeld. C'était quelqu'un de bien. Comment va Lee ?

— Ça va.

— Et les gosses ?

— Ça va. (Entre Walter et Emerson, côté conversation, je n'étais pas gâté.) Où es-tu, en ce moment ?

Je sentais, au ton de sa voix, qu'il me posait cette

question uniquement parce qu'il ne savait pas quoi dire.

— Je suis revenu dans le Maine. C'est calme. Il y a des semaines que je n'ai pas tué quelqu'un.

Son regard demeura de glace.

— Tu devrais y rester. Si ça te démange, tu peux toujours descendre un écureuil. Maintenant, il faut que j'y aille.

J'acquiesçai.

— D'accord. C'est sympa d'avoir bavardé.

Il ne répondit pas et, en le regardant s'éloigner, je sentis s'abattre sur moi une vague de tristesse et d'humiliation. Ils ont raison, me dis-je, je n'aurais jamais dû revenir, ne fût-ce qu'un seul jour.

Je pris le métro jusqu'à Queensboro Plaza et là, changeai pour la ligne N, direction Manhattan. J'étais assis face à un type qui lisait un tract biblique. Le fracas de la rame sur les rails et les odeurs déclenchèrent une cascade de souvenirs et une scène me revint alors en mémoire, une scène qui s'était produite sept mois plus tôt, début mai, juste au moment où s'annonçaient les premières chaleurs de l'été. Elles étaient mortes depuis près de cinq mois.

Un mardi soir, tard, très tard. Je sors du Café Con Leche, à l'angle de la 81e et d'Amsterdam, et je rentre chez moi dans l'East Village, en métro. J'ai dû m'assoupir, car quand je me réveille la voiture est déserte, et dans la suivante la lumière s'éteint par intermittence.

Dans l'autre voiture, il y a une femme, assise, qui regarde ses mains, le visage caché par ses cheveux. Pantalon noir, chemisier rouge. Elle a les mains ouvertes, écartées, comme si elle lisait le journal, mais dans ses mains il n'y a rien.

Elle a les pieds nus et, sous ses pieds, il y a du sang.

Je me lève et je remonte l'allée jusqu'à la porte de séparation. J'ignore totalement où je suis, je n'ai aucune idée du nom de la prochaine station. J'ouvre la porte, je prends la chaleur du tunnel en pleine figure, je sens dans ma bouche un goût d'ordures et d'air pollué et je passe dans l'autre voiture.

La lumière revient, mais la femme a disparu, et il n'y a plus de sang par terre, à l'endroit où elle était assise un instant plus tôt. Il y a trois autres personnes dans le compartiment : une vieille Noire, les mains crispées sur quatre énormes sacs en plastique, un Blanc mince, bien habillé, qui porte des lunettes et tient une mallette sur ses genoux, et un poivrot qui ronfle, quatre sièges plus loin, la barbe en bataille. Je m'apprête à m'adresser au type à la mallette quand, devant moi, j'aperçois une silhouette en noir et rouge brièvement éclairée. C'est la même femme, assise dans la même position qu'avant, bras écartés, paumes en l'air. Elle occupe à peu près le même siège, mais dans la voiture suivante.

Et je remarque que l'éclairage défectueux s'est déplacé avec elle, et la fige par intermittence. A côté de moi, la vieille lève les yeux et sourit. Le cadre à la mallette me dévisage sans sourciller. Le pochard bouge, se réveille et me regarde, l'œil brillant et complice.

Je remonte l'allée, je me rapproche de la porte. J'ai vaguement l'impression de l'avoir vue, cette femme. Quelque chose dans son attitude, dans sa coiffure. Elle ne bouge pas, ne lève pas les yeux, et je sens mon ventre se nouer. Autour d'elle, les lumières vacillent et s'éteignent de nouveau. Je pénètre dans la voiture, en tête de rame, et je sens l'odeur du sang par terre. Je fais un pas, encore un pas, encore un pas, jusqu'à ce que mes pieds glissent sur une flaque et là, je sais qui est cette femme.

Je chuchote : « Susan ? », mais seuls le sifflement du vent dans le tunnel et le ferraillement des roues sur les rails troublent le silence de la nuit. A la faveur des lampes de service qui défilent le long de la paroi, je distingue sa silhouette devant la porte, tête baissée, bras levés. La lumière tremblote, et je me rends alors compte qu'elle ne porte pas de chemisier rouge. Elle ne porte rien. Il n'y a que du sang : un sang noir et épais. On voit presque la lumière à travers la peau de sa poitrine qui a été décollée et déployée sur ses bras tendus, telle une cape. Elle relève la tête et, là où il y avait son visage, je vois une tache rouge foncé, des orbites vides et meurtries.

Et les freins crissent, la voiture tangue. La rame va arriver en station. Les lumières disparaissent, et seul subsiste un grand gouffre. Quand nous débouchons sous la voûte de Houston Street, une clarté artificielle submerge brusquement la voiture. L'odeur du sang et du parfum imprègne encore l'air, mais elle a disparu.

C'était la première fois.

La serveuse nous apporta la carte des desserts. Je lui fis un sourire, qu'elle me retourna. Ce qui est rare est merveilleux.

— Elle a un gros cul, observa Angel tandis qu'elle s'éloignait.

Il était en tenue d'Angel : un jean délavé, une chemise à carreaux froissée, un T-shirt noir en dessous, et des baskets qui avaient dû être blanches dans une autre vie. Il avait posé son blouson de cuir noir sur le dossier de sa chaise.

— Ce n'est pas son cul que je regardais, répondis-je. Elle a un beau visage.

— Donc elle est le visage présentable des femmes à gros cul.

— Ouais, renchérit Louis. Un peu comme la porte-parole des boudins, quoi, celle qu'ils sortent pour bien passer à la télé. Comme ça, les gens la voient et se disent : « Tiens, finalement, les boudins sont peut-être pas si mal. »

Comme d'habitude, à voir Louis, on se demandait s'il n'avait pas été conçu pour être l'antithèse de son petit copain. Il portait un costume Armani noir et, sous sa veste droite, une chemise d'un blanc immaculé qui contrastait violemment avec sa peau sombre et son crâne d'ébène rasé.

Nous étions chez J.G. Melon's, au coin de la Troisième Avenue et de la 74e Rue. Je ne les avais pas vus depuis plus de deux mois, mais ces hommes, ce Blanc pas plus haut que trois pommes, ex-cambrioleur, et son fiancé poli et énigmatique, étaient désormais mes seuls amis, ou en tout cas ce qui s'en rapprochait le plus. Ils m'avaient aidé à tenir quand Jennifer et Susan étaient mortes, ils m'avaient rejoint en Louisiane les derniers jours, en plein cauchemar, juste avant la confrontation finale avec le Voyageur. Nous ne vivions pas dans le même monde — peut-être était-ce pour cela que nous nous sentions proches — et Louis, en particulier, était un homme dangereux, un tueur professionnel qui profitait actuellement des joies d'une préretraite mal définie, mais ils étaient dans le camp des bons, même si ces derniers hésitaient parfois à s'en féliciter.

Angel pouffa de rire en répétant « porte-parole des boudins » et inspecta la carte. Je ne pus résister à l'envie de lui balancer une frite égarée.

— Hé, gamin, lui dis-je, vas-y mollo sur la chantilly. Si tu fais un casse un de ces jours, tu vas te retrouver coincé dans la porte. Tu seras obligé de t'en tenir aux baraques qui ont des baies vitrées.

— Ouais, Angel, renchérit Louis, sans l'ombre d'un sourire. Tu pourrais peut-être te spécialiser dans les cathédrales, ou le Metropolitan.

— Moi, j'ai encore de la marge, rétorqua Angel en lui lançant un regard noir.

— Attends, si tu grossis encore, tu vas te dédoubler.

— Très drôle, Louis. (Angel haussa les épaules.) N'empêche que la serveuse, elle passe pas le tourniquet en une seule fois, si tu vois ce que je veux dire.

— De toute façon, en quoi ça vous concerne ? dis-je. Vous n'avez pas le droit de faire des commentaires sur le sexe opposé. Vous êtes des homos. Vous n'avez pas de sexe opposé.

— Là, Bird, tu nous sors tes préjugés.

— Angel, quand quelqu'un te fait remarquer que tu es homo, ça n'est pas un préjugé. C'est une simple constatation. Mais quand tu te mets à débiner nos concitoyennes souffrant d'un excès pondéral, là, il y a préjugé.

— Hé, n'empêche que si tu te sens seul, nous, on peut peut-être t'aider.

Mon regard se fit perplexe.

— Je crois que c'est assez peu probable. Si je tombe aussi bas, je préfère me faire sauter le caisson.

Il sourit.

— En tout cas, je t'assure, t'as le look. On m'a parlé d'un site Internet, « taulardes.com ». Il paraît que ça vaut le détour.

— Je te demande pardon ?

Son sourire s'élargit à un point tel qu'on aurait pu y faire griller du pain de mie.

— Y a plein de nanas qui cherchent un mec comme toi.

Il pointa l'index sur moi comme s'il avait un petit pistolet et tira d'un geste du pouce. En enfer, section gay, il aurait pu faire du cabaret.

— « Taulardes.com » ? Tu peux m'en dire plus ?

Je savais qu'il se fichait de moi, mais je devinais autre chose dans l'attitude d'Angel et de Louis. Bird, tu es là-haut, dans le Maine, tout seul, semblaient-ils me dire. Les gens sur lesquels tu peux compter en cas de pépin, il n'y en a pas des centaines, et nous, depuis New York, on ne peut pas veiller au grain. Il y a des fois où, même si on ne se sent peut-être pas prêt, il faut sortir de sa coquille et se trouver quelqu'un en qui on puisse avoir confiance. Il faut que tu te trouves un point d'ancrage, sans quoi tu vas tomber et tu continueras de tomber jusqu'au noir complet.

Angel haussa les épaules.

— Tu sais, c'est un service de rencontres sur le web. Il y a des endroits où les femmes seules sont plus nombreuses qu'ailleurs : San Francisco, New York, les prisons fédérales...

— Attends, tu es en train de me dire qu'il existe un site de rencontres pour les femmes incarcérées ?

Il leva les mains au ciel.

— Oui, bien sûr. Les filles qui sont en taule, elles ont aussi des besoins. Tu te connectes, tu visionnes les photos, tu choisis ta nana.

— Elles sont derrière les barreaux, Angel, lui rappelai-je. Je peux difficilement les inviter au restaurant et au cinéma sans enfreindre la loi. Qui plus est, c'est peut-être moi qui les ai bouclées. Je me vois mal essayer de sortir avec une fille que j'ai arrêtée. Ce serait vraiment pervers.

— Tu n'as qu'à les choisir en dehors de ton Etat. Tu t'interdis toute la zone entre Yonkers et le lac Champlain, et le reste du pays est à toi.

Il leva son verre à ma santé, puis échangea un regard avec Louis. Je leur enviais cette complicité.

— Et au fait, ces femmes, pour quoi les a-t-on condamnées ? voulus-je savoir, résigné à jouer l'hétéro de service.

— Le site ne l'indique pas, me répondit Angel. Tout ce qu'on sait, c'est leur âge, ce qu'elles recherchent chez un homme, et ensuite on a la photo. Mais pas celle de l'identité judiciaire, avec le numéro en dessous. Ah, et puis, elles disent aussi si elles sont disposées à déménager, encore que la réponse soit assez évidente. Je veux dire, bon, elles sont en taule. Déménager, pour elles, c'est sûrement la priorité des priorités.

— Alors, quel intérêt de savoir pourquoi on les a mises à l'ombre ? me demanda Louis. (Je remarquai que ses yeux s'embuaient. J'étais content de le distraire.) Elles ont commis un crime, elles ont purgé leur peine, elles ont payé leur dette à la société. Tant que tu ne tombes pas sur une folle qui a coupé la queue d'un mec pour l'attacher à un ballon d'hélium, tu ne risques rien.

— C'est ça, fit Angel. Tu poses tes règles dès le départ, et après, tu testes. Mettons que ce soit une voleuse. Tu sortirais avec une voleuse ?

— Elle me piquerait des trucs.
— Une pute ?
— J'aurais pas confiance en elle.
— Je te trouve dur.
— Désolé. Tu devrais peut-être lancer une pétition contre moi.

Angel secoua la tête, l'air faussement contrit, puis ses traits s'illuminèrent.

— Et une condamnation pour coups et blessures ? Je sais pas, moi, un tesson de bouteille, ou un couteau de cuisine. Un truc pas trop grave, quoi.

— Parce qu'un couteau de cuisine, pour toi, ce n'est pas trop grave ? Mais dans quel monde tu vis, Angel ? Sur la planète des couverts en plastique ?

— Bon, d'accord, une fille condamnée pour meurtre.

— Ça dépend qui elle a tué.

— Son vieux.

— Pourquoi ?

— Qu'est-ce que j'en sais, moi ? Tu crois peut-être que je porte un micro ? Tu sors avec elle, ou non ?

— Non.

— Merde, Bird, si tu fais le difficile comme ça, tu rencontreras jamais personne.

La serveuse revint.

— Ces messieurs prendront-ils un dessert ?

Tout le monde déclina, et Angel ajouta :

— Non, je suis déjà la crème des hommes.

— Bonjour les calories, siffla la jeune femme en me décochant un autre sourire.

Angel rougit et Louis esquissa un sourire crispé.

— Trois cafés, fis-je, hilare. Vous aurez droit à un bon pourboire.

Après le repas, nous allâmes nous promener dans Central Park, en faisant halte au pied de la statue d'Alice sur le champignon, près du bassin où les enfants viennent jouer avec leurs petits bateaux. Il n'y avait pas de bambins en vue, mais un ou deux couples s'enlaçaient sur le rebord, sous le regard impassible de Louis. Angel, lui, s'installa au sommet du champignon, sous le regard d'Alice, en balançant les jambes dans le vide.

— Mais t'as quel âge ? lui dis-je.

— Je suis encore assez jeune pour aimer ça. Bon, toi, comment tu t'en sors ?

— Je survis. Il y a des bons et des mauvais jours.

— Comment tu fais la différence ?

— Les bons jours, il ne pleut pas.

Il eut un sourire compatissant.

— Tu as dû déguster, à Thanksgiving.

— Il n'a pas plu, c'était déjà ça.

— Et la maison, ça avance ?

J'achevais de rénover la vieille baraque de mon grand-père, à Scarborough. J'y habitais déjà, mais un certain nombre de travaux restaient à faire.

— J'ai presque fini. Il ne me reste plus qu'à réparer la toiture.

Il demeura un instant silencieux, puis me dit :

— Tu sais, au resto, on voulait juste te charrier un peu. On sait qu'en ce moment, pour toi, ça ne doit pas être très facile. Ça va faire bientôt un an, hein ?

— Ouais, le 12 décembre.

— Tu tiendras le coup ?

— J'irai au cimetière, je ferai dire une messe. Ce sera peut-être difficile, je ne sais pas.

Pour tout dire, j'appréhendais ce jour avec une angoisse croissante. Et je tenais à terminer la maison d'ici là, à y être solidement installé. J'avais besoin de sa stabilité, des liens qu'elle représentait avec un passé dont je me souvenais avec bonheur. J'avais besoin d'un chez-moi, d'un endroit où je puisse tenter de reconstruire ma vie.

— Donne-nous les détails. On montera te voir.

— J'apprécierais.

Il opina.

— D'ici là, il va falloir que tu te débrouilles, tu vois ce que je veux dire ? Si tu passes trop de temps tout seul, tu vas finir par péter les plombs. Tu as des nouvelles de Rachel ?

— Non.

Rachel Wolfe et moi avions eu une brève aventure. Elle était venue en Louisiane pour nous aider à traquer le Voyageur, elle avait apporté ses compétences de psychologue et son amour, un amour que je n'avais su lire, que j'avais été incapable de lui rendre. C'était trop tôt. Cet été-là, elle avait été blessée, au propre comme au figuré. Nous ne nous étions pas parlé depuis son séjour à l'hôpital, mais je savais qu'elle vivait à Boston. Un jour, je l'avais même regardée traverser le campus, un peu avant midi, avec sa belle crinière qui rougeoyait dans la lumière, mais je n'avais pas osé la déranger, et je l'avais laissée à sa solitude, ou à sa douleur.

Angel s'étira et changea de sujet :

— Tu as vu quelqu'un d'intéressant à l'enterrement ?

— Emerson.

— Le gros con des Affaires internes ? Tu as dû t'éclater.

— C'est toujours un plaisir de rencontrer Emerson. Il était à deux doigts de prendre mes mesures pour des chaînes et un costard de condamné. Walter Cole était là aussi.

— Il avait des trucs à te dire ?

— Rien de très sympa.

— C'est un intégriste, et il y a pas pire. A propos d'Emerson, tu as appris que le 247 Mulberry va être mis en vente ? Louis et moi, on se dit qu'on va peut-être l'acheter pour ouvrir un musée de la police.

Le 247 Mulberry abritait autrefois le Ravenite Social Club, quartier général de John Gotti Senior, que le témoignage de Sammy le Taureau avait envoyé derrière les barreaux. Son fils, John Junior, avait pris la tête de la famille Gambino, en employant des méthodes qui lui avaient rapidement valu une arrestation et la couronne du parrain le plus incapable de l'histoire de la mafia.

— John Junior, fit Angel, l'air incrédule. En tout cas, ça prouve bien que les gènes se transmettent pas forcément du père au fils aîné.

Je regardai ma montre.

— Apparemment, non. Il faut que j'y aille, j'ai un avion à prendre.

Louis fit demi-tour et revint tranquillement vers nous. Son costume et son manteau parvenaient mal à dissimuler ses deux mètres tout en muscles.

— Angel, dit-il, moi, si je te trouvais sur un champignon, je brûlerais toute la récolte. Alice, du coup, elle a l'air malade.

— Ha-ha. Alice, si elle voit que tu te pointes, elle croit que tu vas la dépouiller. T'es pas le Lapin Blanc.

Angel glissa jusqu'au sol en se servant de ses mains pour freiner sa chute. Puis il les leva, maculées d'une fine couche de suie, et s'approcha de son impeccable compagnon.

— Angel, tu me touches et, je te préviens, il te restera juste un moignon pour faire au revoir.

Je fis quelques pas, contemplai le parc et l'eau dormante du bassin. Un inexplicable sentiment de malaise s'insinuait en moi. J'avais confusément l'impression que tandis que je me trouvais à New York, ailleurs se produisaient des événements qui m'affectaient.

Et dans le bassin, des nuages noirs se regroupaient, se formaient, se reformaient, et des oiseaux traversaient la surface de l'eau comme pour s'y noyer, et dans la pénombre de ce monde réfléchi, les branches des arbres décharnés fouaillaient les profondeurs, tels des doigts s'enfonçant toujours plus loin dans un passé un peu flou.

3

Pour moi, c'est toujours le changement de couleur des bouleaux qui annonce l'arrivée de l'hiver. A l'automne, les troncs, normalement blancs ou gris, deviennent jaune-vert et se fondent dans le festival de la forêt, avec ses rouge brique, ses ors flamboyants et ses tons de braises mourantes. Je regarde les bouleaux, et je sais que l'hiver approche.

En novembre surviennent les premières grandes gelées, et les routes se font dangereuses. Les brins d'herbe sont fragiles comme du cristal, et lorsque vous marchez, l'écho de vos pas s'attarde derrière vous comme une cohorte d'âmes perdues. Au-dessus, dans les branches devenues squelettes, les moineaux se blottissent les uns contre les autres, les jaseurs jouent les trapézistes d'arbre en arbre et, à la nuit tombée, les orfraies sortent chercher leurs proies. Dans le port de Portland, qui ne gèle jamais complètement, il y a des malards, des colverts et des eiders.

Même au plus fort de l'hiver, dans la baie, dans les champs, dans les bois, la vie conserve ses droits. Les geais volettent, les roitelets bruns s'interpellent, les bouvreuils picorent les graines de bouleau. A l'abri des regards, de minuscules choses rampent, chassent, vivent, trépassent. Les libellules hibernent sous les plaques d'écorce. Les larves de trichoptères transportent sur leur dos des maisons faites de déchets végétaux, et les pucerons s'agglutinent sur les aulnes. Les grenouilles rousses des bois dorment, gelées, sous des tas d'humus, tandis que les scarabées, les tritons et les salamandres, la queue gonflée de toute la graisse emmagasinée, s'agitent dans les eaux glacées. Il y a des fourmis ouvrières, et des mouches, et des araignées, et des papillons qui voltigent au-dessus de la neige. Les souris à pattes blanches, les campagnols et les musaraignes courent en tous sens dans la gadoue, en se méfiant des renards, des fouines et des redoutables porcs-épics qui partagent leur habitat. Le lapin des neiges éclaircit sa fourrure à mesure que les jours raccourcissent, pour mieux se dissimuler aux yeux de ses prédateurs.

Car les prédateurs ne s'en vont jamais.

La nuit tombe à quatre heures de l'après-midi quand vient l'hiver, et les nouvelles contraintes imposées par la nature forcent les gens à comprimer leur vie. Ils retrouvent un mode de vie que n'auraient pas désavoué à certains égards leurs ancêtres, les premiers colons qui avaient suivi les grandes vallées fluviales pour trouver, à l'intérieur du continent, des forêts à exploiter et des terres à cultiver. Ils se déplacent moins, quittent moins volontiers la chaleur de leurs maisons. Ils s'acquittent de leurs tâches journalières avant qu'il fasse nuit. Ils pensent aux semences, au bien-être des animaux, des enfants, de leurs vieux. Lorsqu'ils doivent sortir de chez eux, ils prennent soin de s'emmitoufler dans des vêtements chauds et avancent tête baissée pour se protéger les yeux du sable que le vent soulève sur la route.

Les nuits les plus froides, les branches des arbres craquent dans les ténèbres, les anges fugaces des aurores boréales éclairent le ciel, et les jeunes veaux meurent.

Il y a des amorces de dégel en janvier, et davantage en février et mars, mais les arbres restent glabres. Après l'aube, la chaleur des premiers rayons du soleil transforme le sol en boue, mais, le soir, tout regèle. Impraticables dans la journée, les chemins deviennent dangereux la nuit.

Et les gens continuent de se réunir dans la chaleur, en attendant que la glace craque, en avril.

A Old Orchard Beach, au sud de Portland, les parcs d'attraction sont déserts et silencieux. Devant les motels, fermés pour la plupart, des sacs en plastique noir recouvrent les grilles des climatiseurs. Les vagues grises et froides viennent se fracasser sur le rivage, et les roues des voitures font un gros bruit sourd en franchissant les rails de la voie ferrée désaffectée dans la rue principale. Ça a toujours été comme ça aussi loin que je me souvienne, depuis mon enfance.

Quand les arbres commençaient à changer de couleur, avant que les bouleaux abandonnent le blanc cendré pour adopter les tons d'un déclin chatoyant, l'arnaqueur Saul Mann préparait ses affaires et s'apprêtait à quitter Old Orchard pour la Floride.

— L'hiver, c'est pour les ploucs, clamait-il en rangeant soigneusement ses effets — ses cravates voyantes, ses vestes criardes achetées en grande surface, ses chaussures bicolores — dans une valise couleur fauve.

Pas très grand, toujours fringant, Saul avait des cheveux noir corbeau depuis le jour où je l'avais rencontré et une petite bedaine qui soumettait les boutons de son gilet à une tension relativement supportable. Ses traits étaient excessivement quelconques, d'un anodin surprenant, comme s'il les avait expressément voulus ainsi. D'abord amical et pacifique, il n'était pas trop gourmand et savait donc se montrer prudent. Il prenait des dix et des vingt dollars, de temps en temps un billet de cinquante et, plus rarement, s'il estimait que le gogo pouvait encaisser le coup, cent ou deux cents. Il travaillait généralement seul, mais si le coup l'exigeait, il engageait un rabatteur. Parfois, quand les choses ne se passaient pas trop bien, il allait aux attractions et se faisait de l'argent avec les jeux truqués.

Saul ne s'était jamais marié.

— Le mec marié, pour sa femme, c'est un gogo. Ne te marie jamais, sauf si elle est plus riche, plus conne et plus jolie que toi. Si tu ne respectes pas ces règles-là, tu te fais pigeonner.

Il se trompait, bien entendu. Je m'étais marié avec une femme qui aimait se promener dans le parc avec moi, qui me faisait l'amour, qui m'avait donné un enfant, et que je regrettais de ne pas avoir mieux connue, maintenant qu'elle n'était plus. Saul Mann, lui, n'avait jamais eu cette joie ; il avait tellement peur de devenir un gogo que la vie lui fit les poches sans qu'il s'en aperçoive.

Saul faisait donc sa valise. A côté de lui, un autre sac, plus petit, en cuir noir verni, renfermait ses outils de travail, la panoplie du parfait petit arnaqueur. Il y avait là le portefeuille rempli de billets de vingt dollars qui, après un examen plus attentif, se révélait ne contenir qu'un seul billet de vingt dollars et la moitié d'un *Maine Sunday Telegraph* soigneusement découpée de manière à imiter des billets de vingt dollars. L'arnaqueur « trouve » le portefeuille, demande conseil au gogo, ne sachant ce qu'il doit en faire, accepte de le confier à sa garde jusqu'à l'expiration du délai légal de restitution, l'encourage à lui verser un acompte de cent dollars en geste de bonne volonté, juste pour être sûr que l'autre ne va pas le spolier de sa part et hop, voilà engrangés quatre-vingts dollars, moins le prix d'un nouveau portefeuille et d'un autre exemplaire du *Maine Sunday Telegraph*.

Il y avait de faux solitaires, tout en verre, montés sur des bagues dont le métal était de si mauvaise qualité qu'il fallait une semaine pour faire partir les taches vertes des doigts, et des capsules de bouteille pour jouer au bonneteau. Il y avait des cartes à jouer plus marquées que le sable d'Omaha Beach le jour du Débarquement. Il y avait également des accessoires plus sophistiqués : des documents portant des timbres d'allure très officielle et promettant à leur détenteur le soleil, la lune et les étoiles ; des loteries garantissant au vainqueur huit cents pour cent de rien ; des chéquiers émanant de dix ou vingt comptes bancaires différents, tous à peine approvisionnés, ce qui permettait à Saul de signer des chèques en toute légalité le vendredi soir et de bénéficier de deux jours de répit avant le rejet.

Les mois d'été, Saul Mann fréquentait les lieux touristiques de la côte du Maine, à la recherche de pigeons. Il débarquait religieusement à Old Orchard Beach le 3 juillet, louait une chambre d'hôtel — la moins chère possible — et écumait la plage durant une semaine, parfois deux, jusqu'à ce que son visage devienne trop connu. Ensuite, il montait sur Bar Harbor et recommençait ; il se déplaçait constamment, ne restait jamais longtemps au même endroit, et sélectionnait attentivement ses proies. Puis, à partir du début septembre, lorsqu'il avait amassé suffisamment d'argent et que les touristes se faisaient plus rares, quand les arbres commençaient tout doucement à changer de couleur, Saul Mann faisait ses valises et descendait passer l'hiver en Floride. C'était la haute saison, et les gogos ne manquaient pas.

Mon grand-père ne l'aimait pas, du moins ne lui faisait-il pas confiance, ce qui, chez lui, revenait un peu au même.

— S'il te demande de lui prêter un dollar, refuse, me prévenait-il régulièrement. Dans le meilleur des cas, tu ne récupérerais que dix *cents*.

Mais Saul ne me demanda jamais rien. Notre première rencontre eut lieu à Old Orchard. Je m'étais trouvé un job d'été dans les arcades du front de mer, qui consistait à prendre de l'argent à des gamins en échange de figurines en caoutchouc dont les yeux tenaient à l'aide d'épingles et dont les membres étaient reliés au torse par la force du Saint-Esprit. Saul Mann m'expliqua toutes les combines des attractions de plage : le tir au panier avec le ballon surgonflé et l'anneau trop étroit ; les fléchettes et les ballons sous-gonflés ; le stand de tir avec les carabines aux instruments de visée faussés. Je le regardais exercer ses talents, et j'apprenais. Il prenait pour cible les vieux, les âpres au gain, les désespérés, ceux qui avaient si peu confiance en eux qu'ils préféraient le jugement d'un tiers au leur. Il lui arrivait de s'attaquer aux imbéciles, mais il savait que les imbéciles pouvaient devenir méchants, ou alors ils n'avaient pas assez d'argent sur eux pour que le jeu en vaille la chandelle, ou ils avaient parfois une sorte de sixième sens qui les rendait naturellement méfiants.

Les meilleurs clients restaient encore ceux qui se croyaient intelligents, ceux qui avaient un bon job dans une ville moyenne et qui étaient persuadés que jamais quelqu'un ne réussirait à les arnaquer. Saul en avait fait sa cible préférée, et lorsqu'il les voyait débarquer, il était aux anges. Il mourut en 1994, en Floride, dans un foyer du troisième âge, au milieu des gens parmi lesquels il choisissait ses pigeons. Il avait dû les plumer à la canasta jusqu'à son dernier souffle, jusqu'à ce que Dieu se penche sur lui pour lui montrer qu'au bout du compte tout le monde est un pigeon.

La vision du monde de Saul aurait pu se résumer en quelques phrases.

Il ne faut jamais faire de cadeaux aux cons, sans quoi ils se tirent. Ne jamais avoir pitié d'eux : la pitié engendre la charité, la charité revient à jeter l'argent par les fenêtres, et l'arnaqueur ne jette pas l'argent par les fenêtres. Ne jamais les obliger à faire quoi que ce soit, parce que les meilleurs coups sont ceux où ils viennent d'eux-mêmes.

On lance l'appât, on attend, et ils finissent toujours par pointer le bout du nez.

La neige fut précoce, en ce mois de décembre, à Greenville, à Beaver Cove, à Dark Hollow et dans les autres villes situées en lisière des grandes forêts du Nord. Les premiers flocons tombèrent, et les gens scrutèrent le ciel avant de hâter le pas, aiguillonnés par le froid qu'ils sentaient déjà s'infiltrer dans leurs os. On alluma des feux, on enveloppa les enfants dans de grandes écharpes rouges, on leur passa des moufles aux couleurs de l'arc-en-ciel, on leur dit qu'il ne fallait pas rester dehors le soir, qu'ils devaient se dépêcher de rentrer avant la tombée de la nuit, et dans les cours d'écoles circulèrent des histoires de petits enfants qui n'avaient pas suivi le chemin et qu'on avait retrouvés morts de froid, à la fonte des neiges.

Et dans la forêt, au milieu des érables, des bouleaux et des chênes, entre les épicéas, les sapins du Canada et les pins blancs, une chose bougea. Elle marchait lentement, avec détermination. Ces bois, elle les connaissait, et depuis bien, bien longtemps. Elle savait où elle posait le pied, elle ne se laissait pas surprendre par les troncs d'arbres abattus, elle profitait de chaque vieux mur de pierre que la végétation s'était réapproprié pour se reposer et reprendre son souffle avant de poursuivre sa route.

Dans la nuit de l'hiver, elle se déplaçait avec une motivation nouvelle. Une chose qui avait été perdue venait d'être retrouvée. Une chose inconnue avait été révélée, comme si la main de Dieu avait retiré un voile. Elle passa près du squelette d'une ancienne ferme dont le toit avait cédé depuis longtemps et dont les murs n'abritaient plus que quelques nichées de souris. Elle atteignit le sommet d'une colline et suivit la crête sous une lune resplendissante, tandis que les arbres chuchotaient dans les ténèbres.

Et elle dévora les étoiles sur son passage.

4

Il y avait presque trois mois que j'étais revenu à Scarborough pour emménager dans la maison où j'avais passé mon adolescence après la mort de mon père, et que mon grand-père m'avait léguée par testament. Au lendemain de la disparition de ma femme et de ma fille, je m'étais installé dans l'East Village. Le jour de mon départ, la propriétaire de mon appartement à loyer bloqué m'avait fait un grand sourire en calculant ce qu'allait lui rapporter le prochain locataire. C'était une femme de soixante-douze ans, d'origine italienne, qui avait perdu son mari en Corée et se montrait généralement aussi aimable qu'une porte de prison. Selon Angel, son mari s'était sans doute livré à l'ennemi pour éviter d'être renvoyé chez lui.

C'était dans cette maison de Scarborough que ma mère avait vu le jour, et mes grands-parents y vivaient toujours à l'époque de la mort de mon père. Vieille de trois cents ans, Scarborough était déjà en train de changer à mon arrivée, vers la fin des années soixante-dix. La prospérité économique menaçait d'en faire une banlieue de Portland. Certains de ses habitants, notamment parmi les plus âgés, s'accrochaient à leurs terres, qui étaient parfois dans la famille depuis plusieurs générations, mais de plus en plus de gens vendaient, alléchés par les généreuses propositions des promoteurs. Scarborough restait cependant le genre de petite ville où l'on connaissait le facteur, où l'on connaissait sa famille, et où lui en savait autant sur vous.

Depuis la maison de mon grand-père sur Spring Street, je pouvais aller en vélo jusqu'à Portland au nord, ou bien, au sud, jusqu'à Higgins Beach, Ferry Beach, Western Beach ou Scarborough Beach, voire jusqu'à la pointe de Prouts Neck qui offre une superbe vue sur Bluff Island, Stratton Island et tout l'Atlantique.

Prouts Neck est une petite presqu'île qui s'avance dans Saco Bay à un peu moins de vingt kilomètres au sud de Portland. Le peintre Winslow Homer s'y était installé à la fin du dix-neuvième siècle. Sa famille avait acheté la majeure partie des terres du Neck et Winslow sélectionnait ses voisins au terme d'une enquête minutieuse car il tenait à conserver toute son indépendance. Les habitants du Neck sont restés comme cela. Il y a un yacht-club très chic depuis 1926, ainsi qu'une plage privée dont les membres, qui payent une cotisation annuelle, doivent résider sur place, tout au moins l'été, et faire partie de l'Association de Prouts Neck. Scarborough Beach est toujours une plage publique et gratuite, et Ferry Beach, qui se trouve tout près de l'hôtel Black Point Inn on the Neck, est également ouverte au public. Comme Chester Nash, Paulie Block et six autres personnes avaient perdu la vie à deux pas de là, les Neckers, comme on les appelait, n'allaient pas manquer de sujets de conversation l'été prochain.

Dans la vieille baraque, le passé flottait dans l'air comme des particules de poussière que les rayons de la mémoire n'avaient pas encore illuminées. C'était là, parmi les souvenirs d'une enfance encore heureuse, que j'espérais fraterniser enfin avec les spectres qui me tourmentaient. Les spectres de ma femme et de ma fille, qui m'avaient si longtemps hanté et avaient peut-être aujourd'hui trouvé une sorte de paix, une paix qui ne se reflétait pas encore dans mon âme. Le spectre de mon père, celui de ma mère, qui m'avait emmené loin de New York pour nous procurer l'apaisement. Celui de Rachel, que j'avais le sentiment d'avoir définitivement perdue, et celui de mon grand-père, qui m'avait appris le sens du devoir, ce qu'être humain signifiait, et qu'il était important de se faire des ennemis dont on puisse être fier.

J'avais quitté mon hôtel de Congress Street, à Portland, dès que la maison avait été habitable. La nuit, avec le vent, les bâches de plastique du toit claquaient comme de grandes ailes parcheminées. Il ne restait plus qu'à faire la couverture, ce qui expliquait ma présence sur la terrasse le lendemain matin à neuf heures, devant une tasse de café et le *New York Times*. J'attendais Roger Simms. Roger avait cinquante ans. C'était un homme au dos très droit, à la musculature fine, tout en longueur, et son visage avait la couleur du bois de rose. Il était capable de faire tout ce qui nécessitait l'emploi d'un marteau et d'une scie, possédait le don, propre aux bons artisans, de pouvoir mettre de l'ordre là où la nature et la négligence ont apporté le chaos.

Il arriva pile à l'heure dans son vieux Nissan dont les rejets bleuissaient l'air telles des taches de nicotine sur un poumon. Il descendit, vêtu d'un jean vieux couvert de peinture, d'une chemise en jean plus récente et d'un pull bleu qui se réduisait à un assortiment de trous reliés par un fil. Des gants de travail en gros cuir dépassaient de sa poche revolver, et sous sa casquette noire, enfoncée jusqu'aux oreilles, les mèches châtains ressemblaient aux pattes d'un bernard-l'ermite. Au bout de sa cigarette suspendue au coin des lèvres, une impressionnante carotte de cendres défiait les lois de la pesanteur.

Je lui donnai un gobelet de café qu'il vida rapidement tout en examinant mon toit d'un œil sévère, comme s'il le voyait pour la première fois. Il était déjà venu à trois reprises pour regarder les chevrons et les poutres et mesurer les angles, et n'avait donc, à mon sens, plus rien à découvrir. Il me remercia pour le café, me rendit le gobelet. Ce « merci » était le premier mot qu'il prononçait depuis son arrivée : Roger ne ménageait pas sa peine, mais l'air qu'il gaspillait à ne rien dire n'aurait pas suffi à assurer la survie d'un moustique.

J'avais le sentiment qu'en redonnant un toit à cette maison j'allais pouvoir enfin m'y ancrer. Dépouillée de ses vieilles ardoises brisées, protégée des éléments par de simples bâches de plastique, elle s'était vue réduite à l'état de structure inerte, et les souvenirs des vies d'antan que renfermaient ses murs avaient été mis en sommeil, comme s'il fallait les protéger des ravages du monde normal. Pourvue d'une nouvelle toiture, la maison retrouverait sa chaleur, son étanchéité, et si j'assurais son avenir, si j'y maintenais ma présence, il me serait donné de partager son passé.

Nous avions déjà posé les bandes et il ne restait plus qu'à clouer les bardeaux, des planches de soixante centimètres sur un mètre vingt coupées en deux dans le sens de la longueur et badigeonnées d'un produit protecteur. L'air était vif, il faisait un peu froid et aucune pluie ne s'annonçait ; nous nous mîmes donc à l'ouvrage. La pose des bardeaux, avec ses rythmes et ses gestes répétitifs, tient presque de l'exercice de méditation. Je me déplaçais méthodiquement le long du toit, je prenais un bardeau, je le plaçais sur celui d'en dessous, je l'ajustais en me servant d'un repère gravé sur le manche de mon marteau, j'enfonçais mes clous, j'allais chercher une autre planche et je recommençais. Cela m'apportait une certaine paix, et la matinée passa très vite. Je m'abstins toutefois de confier à Roger mes vagabondages spirituels, car ceux qui font ce genre de travail parce que c'est leur métier ne sont guère enclins à apprécier les réflexions des amateurs sur la nature de leur activité. Roger m'aurait certainement jeté son marteau à la figure.

Nous travaillâmes durant quatre heures, et chacun se reposait quand il en éprouvait l'envie. Puis je descendis avec précaution et annonçai à Roger que j'allais chez Seng Thai, sur Congress, pour rapporter de quoi déjeuner. Il émit un grognement que j'interprétai comme une bénédiction et je pris la Mustang pour rejoindre South Portland. Comme d'habitude, il y avait énormément de circulation sur Maine Mall Road ; les gens faisaient du lèche-vitrines chez Filene's ou allaient au cinéma, déjeunaient au Old Country Buffet ou comparaient les motels. Je dépassai l'aéroport, suivis Johnson et débouchai enfin sur Congress. Je me garai sur le parking situé derrière l'Inn on St John, entre une Pinto et une Fiat, puis me rendis à pied jusqu'à la rue suivante pour acheter mes plats chinois.

Je déposai mes sacs sur la banquette arrière. Edgar avait encore une caisse entière d'objets m'appartenant à la réception de l'hôtel ; autant en profiter pour la prendre, me dis-je. J'ouvris la porte et pénétrai dans le hall au décor chargé et vieillot, avec sa radio antédiluvienne et ses dépliants touristiques soigneusement empilés. Edgar n'était pas là, mais un autre type que je ne reconnaissais pas tira la caisse, me fit un sourire et retourna compter ses factures. Je décidai de le laisser tranquille.

En rejoignant le parking, je vis que quelqu'un m'avait bloqué. Une énorme Cadillac Coupe de Ville noire vieille de quarante ans, une véritable antiquité, était garée juste derrière la Mustang et m'empêchait de repartir. Elle avait des pneus à flancs blancs, les sièges, couleur havane, étaient refaits, et les fameux pare-chocs à rallonge étincelaient, comme neufs. Une carte du Maine, dépliée, traînait sur la banquette arrière, et les plaques étaient du Massachusetts, mais rien ne me permettait de savoir qui était le propriétaire. La Cadillac aurait pu sortir tout droit d'un musée de l'automobile.

Je mis la caisse dans le coffre de la Mustang et retournai à l'hôtel, mais le réceptionniste me répondit qu'il n'avait encore jamais vu la Cadillac. Il me proposa d'appeler la fourrière, mais je voulais d'abord essayer de trouver le propriétaire. Au Pizza Villa, de l'autre côté de la rue, personne ne savait à qui appartenait la voiture. Idem au Dunkin' Donuts et au Sportsman's Bar. Finalement, bredouille, je fis demi-tour et, dans mon énervement, donnai une grande claque sur le toit de la Cadillac.

— Belle voiture, fit une voix tandis que l'écho de mon coup se dissipait.

C'était une voix haut perchée, presque une voix de fille. La prononciation fleurait l'ironie plus que l'admiration, et on sentait comme une menace dans le premier mot.

A l'entrée du parking de l'hôtel, il y avait un homme appuyé contre le mur. Il était petit et trapu et devait bien peser cent dix kilos pour un mètre soixante-cinq. Il portait un imperméable caramel, ceinture nouée, un pantalon brun et des brodequins assortis.

Il semblait sortir tout droit d'un film d'horreur.

Son crâne complètement chauve était ceint d'une couronne de chair qui se transformait en replis de graisse dans la nuque. Des tempes à la bouche, son visage s'élargissait au lieu de rétrécir, avant de se perdre dans les épaules. Cet homme n'avait pas de cou, tout au moins au sens classique du terme. Sa grande bouche, aux lèvres épaisses et bien rouges, affichait un sourire crispé qui tranchait sur son visage blême. Ses larges et sombres narines lui faisaient une sorte de groin, et au milieu de ses yeux si gris qu'ils en paraissaient incolores, les points noirs des pupilles évoquaient de minuscules et obscures planètes perdues dans un univers aussi glacial que dangereux.

Il s'arracha au mur et avança lentement, d'un pas assuré, dans ma direction. Son odeur le précéda. Une odeur difficile à définir, masquée par une mauvaise eau de toilette, mais qui me força néanmoins à bloquer ma respiration et à reculer d'un pas. C'était une odeur de terre et de sang, comme ces aigres effluves de viande avariée et de peur animale qui flottent dans les abattoirs, le soir, après une longue journée de boucherie.

— Belle voiture, répéta-t-il.

Une main blanche et grasse émergea d'une de ses poches, une main dont les doigts ressemblaient à de grosses limaces blafardes à force d'avoir passé trop de temps dans la pénombre. Il caressa le toit de ma Mustang, l'œil admiratif, et j'eus alors l'impression que sa peau était déjà en train d'attaquer la peinture. C'était le geste d'un pédophile à l'égard d'un enfant, au square, quand sa mère a le dos tourné. J'eus une sourde et profonde envie de le pousser de là, mais un instinct plus puissant encore me dissuada aussitôt de poser les mains sur lui. Je n'aurais pu expliquer pourquoi, mais il émanait de cet homme quelque chose d'ignoble, de putride, qui décourageait toute velléité de contact. On avait l'impression qu'il aurait suffi de le toucher pour voir sa peau se couvrir de cloques, pour risquer la contagion ou la contamination.

Mais ce n'était pas tout. Il respirait la violence. C'était une violence extrême, brutale et sadique, une violence si profonde qu'elle avait quelque chose de presque sexuel. Elle suintait de tous ses pores, coulait sur sa peau tel un liquide visqueux, dégoulinait de manière presque perceptible de ses doigts et de son horrible nez écrasé. En dépit du froid, des gouttelettes de sueur perlaient sur son front et sa lèvre supérieure, et la moiteur pailletait ses traits bombés. Je devinai que même si je ne faisais que l'effleurer, mes doigts s'enfonceraient dans sa peau comme dans la chair d'un mollusque, sans rencontrer de résistance, pour être irrésistiblement aspirés.

Et qu'ensuite il me tuerait, parce que telle était sa spécialité. J'en avais la certitude.

— Elle est à vous, cette voiture ?

Une lueur froide brilla dans ses yeux gris, et la pointe d'une langue rose se faufila entre ses lèvres, comme un serpent venu goûter l'air.

— Oui, elle est à moi. Elle est à vous, la Cadillac ?

Il parut ignorer ma question et préféra caresser d'un grand geste le toit de la Mustang.

— Bonne voiture, la Mustang, fit-il en opinant. Moi et la Mustang, on a pas mal de choses en commun.

Il s'approcha de moi comme pour me confier un secret amusant venu du fond des temps. Je sentis son haleine lourde et douceâtre comme un fruit en fin de saison.

— Notre grande époque s'est arrêtée en 1970.

Et il se mit à rire, ce qui, chez lui, se traduisait par un léger sifflement, comme des gaz s'échappant d'un cadavre.

— Prenez bien soin de cette voiture, faites gaffe à ce qu'il ne lui arrive rien. Il faut toujours garder à l'œil ce qu'on a. S'occuper de ses affaires, et éviter de mettre le nez dans celles des autres.

Il contourna la voiture par l'arrière avant de monter dans sa Cadillac, et je dus me tourner pour le suivre des yeux.

— A bientôt, monsieur Parker.

La Cadillac fit entendre son ronronnement plein d'assurance, démarra en ignorant le panneau d'interdiction de tourner à gauche et, une fois sur Congress, se dirigea tranquillement vers le centre de Portland.

5

Roger n'avait pas l'air d'apprécier mon retard, car lorsque je revins avec notre déjeuner, les rides de son front s'étaient creusées de plus d'un centimètre.

— T'es parti une plombe, maugréa-t-il en prenant son sac.

Je l'avais rarement entendu prononcer une phrase aussi longue.

Je picorai mon riz au poulet, mais j'avais perdu mon appétit. Le numéro du gros chauve m'avait perturbé et il m'était difficile de dire pourquoi, si ce n'était qu'il savait comment je m'appelais et qu'il me donnait la chair de poule.

Roger et moi n'avions plus qu'à remonter sur le toit. Un petit vent sec nous obligea à accélérer la cadence, ce qui fait que nous eûmes terminé en milieu d'après-midi, juste au moment où la lumière commençait à décliner. Je payai Roger, qui me remercia d'un signe de tête avant de rentrer en ville. J'avais les doigts ankylosés, mais les travaux devaient être achevés avant les grandes chutes de neige, ou j'étais condamné à occuper un château de glace. Je pris une douche bien chaude pour enlever la poussière collée à mes cheveux et mes mains, et j'étais en train de me préparer du café lorsque j'entendis une voiture s'arrêter devant la maison.

Je ne la reconnus pas immédiatement lorsqu'elle descendit de la Honda Civic. Elle avait grandi depuis la dernière fois, et elle avait les cheveux plus clairs. Ils étaient teints. Elle avait maintenant un corps de femme, la poitrine volumineuse et les hanches larges, et j'étais un peu gêné de remarquer ces changements. Après tout, Ellen Cole n'avait qu'une vingtaine d'années, et elle était de surcroît la fille de Walter Cole.

— Ellen ?

Je descendis de la terrasse, Ellen se précipita dans mes bras.

— Je suis contente de te voir, Bird, murmura-t-elle.

Ne sachant que dire, je ne pus que la serrer un peu plus dans mes bras. Ellen Cole. Je l'avais regardée pousser. Je me revoyais en train de danser avec elle à mon mariage. Elle avait lancé un petit sourire effarouché à sa petite sœur Lauren, tiré gentiment la langue à Susan, en robe blanche, pour la taquiner. Je me souvenais également de ce soir où, sur la terrasse, chez Walter, ma bière à la main, j'avais essayé d'expliquer à Ellen, assise à côté de moi, les genoux repliés, pourquoi les garçons se conduisaient parfois comme des crétins même à l'égard des plus jolies filles. J'aimais croire que c'était l'un des domaines dans lesquels ma compétence ne pouvait être mise en cause.

Elle était amie avec Susan, et Jennifer l'adorait. Quand Susan et moi sortions, ma fille ne pleurait jamais si c'était Ellen qui la gardait. Elle restait dans ses bras, elle jouait avec ses doigts et, au bout d'un moment, elle s'endormait sur ses genoux. Ellen dégageait une force qui puisait ses racines dans ses immenses réserves de tendresse et de compassion, une force qui inspirait confiance aux plus petits et aux plus faibles qu'elle.

Deux jours après la mort de Susan et de Jennifer, j'étais tombé sur elle au funérarium, où j'étais venu prendre des dispositions pour l'enterrement. Elle m'attendait sur place, toute seule. D'autres avaient proposé de m'accompagner, mais j'avais décliné leur offre. Je ne voulais pas les voir là. Je crois que j'étais déjà en train de m'isoler dans un univers étrange qui n'appartenait qu'à moi et où la douleur laissait peu à peu la place au vide. J'ignorais depuis combien de temps elle m'attendait là. Elle s'était garée sur le parking. Elle vint à ma rencontre, me prit dans ses bras un long, très long moment, puis demeura à mes côtés tandis que je feuilletais le catalogue des cercueils et des limousines, sans me lâcher la main. Dans son regard, je voyais le reflet insondable de ma douleur et je compris qu'elle aussi, depuis la disparition de Jennifer, sentait qu'il lui manquait quelque chose dans les bras, qu'elle aussi, depuis la disparition de Susan, avait un silence dans le cœur.

Et quand vint l'heure de repartir, il se passa une chose des plus étranges. J'étais monté dans sa voiture. Et pour la première fois depuis des jours, je fondis en larmes. La force tranquille d'Ellen évacuait ma douleur, ma tristesse, comme on draine une plaie. Ellen me serra de nouveau contre elle et, l'espace d'un instant, les nuages se dissipèrent. J'étais en état de poursuivre.

Derrière Ellen, un jeune homme descendit de la voiture, côté passager. Il était très brun de peau et ses épaules disparaissaient presque sous une longue chevelure noire. Outre les chaussures de marche Zamberlan, la tenue se voulait résolument décontractée : un T-shirt qui flottait au-dessus du jean et une chemise en jean ouverte en guise de veste. Il m'avisa d'un œil méfiant, en frissonnant un peu.

— C'est Ricky, me dit Ellen en ajoutant, avec un accent approximativement espagnol : *Riccardo*. Ricky, viens que je te présente Bird.

Il me serra vigoureusement la main, puis prit Ellen par les épaules d'un geste protecteur. Ricky me paraissait à la fois très possessif et très angoissé. Dangereux cocktail, me dis-je en décidant de ne pas le quitter des yeux, au cas où l'idée lui serait venue de pisser contre ma porte pour marquer son territoire.

Je les reçus dans la cuisine et servis le café dans de grands gobelets bleus. Ricky ne dit pas grand-chose, pas même merci. Avait-il déjà rencontré Roger ? En les réunissant, on était certain d'obtenir la conversation la plus courte du monde.

— Que faites-vous ici ? demandai-je à Ellen.

Elle haussa les épaules.

— On va dans le Nord. Je ne suis encore jamais allée aussi haut. On ira visiter le lac Moosehead, le mont Katahdin, enfin, on verra. Peut-être qu'on louera des motoneiges.

Ricky se leva et demanda où se trouvaient les toilettes. Je lui indiquai le chemin, il partit en roulant des hanches comme s'il suivait une piste dévastée en marchant dans les ornières.

— Tu l'as trouvé où, ton hidalgo ?

— Il a un diplôme de psychologie.

— Ah bon ? répondis-je en veillant à ne pas laisser poindre le moindre cynisme.

Ricky essayait peut-être de faire d'une pierre deux coups. En suivant des cours de psychologie, il avait la possibilité de s'analyser lui-même.

— Il est adorable, je t'assure, Bird. C'est juste qu'il est un peu farouche quand il ne connaît pas les gens.

— Tu en parles comme si c'était un chien.

Pour toute réponse, elle me tira la langue.

— C'est fini, les études ?

Elle éluda la question.

— J'ai encore deux, trois choses à travailler.

— Hum. Tu penses à quoi ? A la biologie ?

— Très drôle.

Elle ne souriait pas. Ricky lui avait probablement fait oublier la menace des examens semestriels.

— Comment va ta maman ?

— Pas trop mal.

Elle demeura silencieuse un moment, puis ajouta :

— Elle se fait du souci pour Papa et toi. Il lui a dit que tu étais venu à l'enterrement, dans le Queens, mais que vous n'aviez pas trouvé grand-chose à vous dire. Je crois qu'elle pense que vous devriez tout mettre à plat et régler vos problèmes une fois pour toutes.

— Ce n'est pas aussi facile.

Elle hocha la tête.

— Je les ai entendus discuter, murmura-t-elle. C'est vrai, ce qu'il raconte sur toi ?

— En partie, oui.

Elle se mordit la lèvre, parut prendre une décision.

— Tu devrais lui parler. Tu étais son ami et tu sais, des amis comme toi, il n'en a pas tellement.

— On est presque tous dans le même cas, lui répondis-je. J'ai bien essayé de lui parler, Ellen, mais il m'a jugé, et pour lui je ne suis pas à la hauteur. Ton père est un type bien, mais ce qui est bien pour les autres ne l'est pas forcément pour lui.

Quand Ricky revint, la conversation mourut quasiment d'elle-même. J'étais prêt à leur prêter mon lit pour la nuit, mais heureusement Ellen déclina ma proposition. Le simple fait d'imaginer Ricky en train d'y faire des cabrioles m'aurait sans doute empêché d'y redormir. Ils décidèrent de passer la nuit à Portland plutôt qu'à Augusta, afin de se rendre directement dans les grandes forêts du Nord le lendemain matin. Je leur suggérai d'aller à l'Inn on St John en se recommandant de moi, et les laissai à leurs activités, dont je ne tenais pas trop, d'ailleurs, à connaître le détail. Je pense que Walter Cole n'aurait pas aimé savoir, lui non plus.

Après leur départ, je pris la voiture et retournai à Portland pour aller transpirer au Bay Club, la salle de sport du One City Center. La pose des bardeaux m'avait déjà donné l'occasion de m'agiter un peu, mais j'essayais de perdre les petites poignées de graisse qui s'accrochaient à mes flancs comme des gosses entêtés. Au bout de quarante-cinq minutes d'exercices intenses sollicitant tantôt les jambes, tantôt le haut du corps, j'avais le cœur qui battait à se rompre et le maillot trempé de sueur. Après, je pris ma douche et me regardai dans la glace pour voir si les petits dépôts de graisse commençaient à fondre. J'allais avoir trente-cinq ans, les premiers cheveux gris faisaient leur apparition et mon mètre soixante-dix-sept cachait quatre-vingt-cinq kilos d'angoisse. Je devais absolument changer de vie, ou alors m'offrir une liposuccion.

En sortant du Bay Club, je vis que tous les arbres du Vieux Port avaient été illuminés de blanc pour

Noël ; de loin, on aurait dit qu'ils étaient en flammes. Je fis un saut à l'Exchange pour acheter quelques bouquins chez Allen Scott, puis, toujours à pied, poussai jusqu'au Java Joe's, histoire de boire un bon café et lire la presse. Je feuilletai le *Village Voice*, à l'affût du dernier point de vue de Dan Savage sur les joies de l'œuf à usage sexuel ou les jeux urinaires. Cette semaine, Dan répondait à un lecteur qui affirmait n'être pas homosexuel, mais aimer coucher avec des hommes. Dan Savage voyait mal la différence. Pour tout dire, je partageais son avis. J'essayais d'imaginer ce qu'Angel aurait répondu au type, mais il me vint très vite à l'esprit que même le *Voice* refuserait de publier les propos d'Angel.

Il s'était mis à pleuvoir. La pluie griffait les vitres comme le poinçon d'un tailleur de cristal et mitraillait les jeunes qui se dirigeaient vers les bars du Vieux Port. Je contemplai le spectacle quelques minutes avant de me replonger dans mon *Voice*. Et là, je sentis plus que je ne vis une silhouette s'approcher de moi et une odeur fétide m'envahit les narines. Ma peau se couvrait déjà de picotements de malaise.

— Je peux vous poser une question ?

Cette voix me disait quelque chose. Je levai les yeux, eus un sursaut de surprise. Encore ce regard froid et amusé, ce visage informe, ce crâne chauve que la pluie avait rendu brillant. Les remugles de sang et d'eau de toilette avaient gagné en force, et je dus m'écarter légèrement de la table.

— Voulez-vous trouver Dieu ? poursuivit-il.

Il avait cet air un peu soucieux du médecin face à un fumeur lorsque celui-ci farfouille dans ses poches en salle d'attente, à la recherche de ses cigarettes. Sa main blafarde tenait un tract biblique froissé sur lequel je distinguai un dessin assez mal exécuté représentant un enfant et sa mère.

Je lui lançai un regard perplexe, puis mes traits se détendirent. L'espace d'un instant, je me fis la réflexion qu'il s'agissait peut-être d'un évangéliste ; si tel était le cas, Jésus devait être vraiment aux abois pour engager de pareilles recrues.

— Quand Dieu me voudra, il saura où me trouver, rétorquai-je en reprenant ma lecture.

J'avais les yeux sur le journal, mais toute mon attention restait braquée sur l'homme debout devant moi.

— Qu'est-ce qui vous dit que c'est pas Dieu qui vous cherche, là, maintenant ? dit-il en s'asseyant face à moi.

Je compris alors que je n'aurais pas dû ouvrir la bouche. Si c'était un illuminé venu faire du prosélytisme, lui parler ne pouvait que l'encourager. Ces gars-là se comportent comme des moines dont le vœu de silence a été suspendu le temps d'un week-end. Mais celui-là n'avait pas l'air d'un dévot, et j'avais le désagréable sentiment de ne pas avoir bien saisi le sous-entendu de ses questions.

— Je suis un peu déçu, répondis-je. Je l'imaginais plus grand.

— Le changement est pour bientôt, annonça le chauve, une lueur intense dans le regard. Il n'y aura pas de place pour les pécheurs, les divorcés, les fornicateurs, les sodomites, les femmes qui ne respectent pas leur mari.

— Je crois que vous venez d'évoquer certaines de mes activités préférées, dis-je. (Je repliai le journal, bus à regret une dernière gorgée de café. Ce n'était pas ma journée.) Et vous avez fait le tour de tous mes amis. Je ne sais pas où ils échoueront, mais je serai ravi de les rejoindre.

Il me fixa des yeux tel un serpent prêt à frapper à la première occasion.

— Pas de place pour l'homme qui s'interpose entre un autre homme et sa femme, ou son petit garçon. (Son ton était devenu nettement menaçant. Il sourit, et j'aperçus ses petites dents jaunes de rongeur.) Je cherche quelqu'un, monsieur Parker, et je crois que vous pouvez m'aider à le trouver.

Ses lèvres écarlates insupportablement molles s'étirèrent tellement que j'eus peur qu'elles n'éclatent et m'aspergent de sang.

— Qui êtes-vous ?

— Peu importe qui je suis.

Mon regard fit le tour du café. Le jeune derrière le comptoir ne s'intéressait qu'à la fille assise près de la fenêtre, et dans le fond, où nous nous trouvions, il n'y avait pas d'autres clients.

— Je cherche Billy Purdue, poursuivit-il. J'espérais que vous pourriez me dire où le trouver.

— Que lui voulez-vous ?

— Il a quelque chose qui m'appartient. Je voudrais le récupérer.

— Je suis désolé, je ne connais pas de Billy Purdue.

— Je pense que vous mentez, monsieur Parker.

Le ton n'avait pas changé, mais la menace devenait plus perceptible.

J'écartai un pan de ma veste pour laisser apparaître la crosse de mon arme.

— Cher monsieur, lui dis-je, je crois que vous vous trompez de personne. A présent, je vais m'en aller et si vous avez le malheur de vous lever avant que j'aie passé la porte, je vous casse la tête. Vous saisissez ?

Le sourire demeura intact, mais le regard se ternit.

— Je saisis, me répondit-il avec, de nouveau, cet horrible sifflement dans la voix. Finalement, je ne pense pas que vous puissiez m'aider.

— Arrangez-vous pour que je ne vous voie plus.

Il hocha pensivement la tête.

— Oh, vous ne me verrez pas.

Cette fois-ci, la menace était explicite. Je pris garde de ne pas le quitter des yeux jusqu'à la porte. Je le vis mettre le feu à son dépliant avec un Zippo couleur cuivre. Mais son regard restait fixé sur moi.

Je repris ma voiture au parking de Temple et me rendis chez Rita Ferris, mais tout était éteint et mes coups de sonnette demeurèrent sans effet. Je descendis alors jusqu'à Scarborough Downs. Ronald Straydeer habitait près de l'intersection entre Payne Road et Two Rod Road. Je me garai à côté de la caravane argentée de Billy Purdue et frappai à la porte. Tout était silencieux et il n'y avait pas de lumière à l'intérieur. Les mains en visière, je mis le nez à la vitre, mais le capharnaüm habituel semblait régner à l'intérieur. La voiture de Billy se trouvait à côté, le capot parfaitement froid.

J'entendis un bruit derrière moi. Je m'attendais presque à voir cette tête monstrueuse sortir de l'imper brun comme un bouton de fièvre. Mais en me retournant, je ne vis que Ronald Straydeer, en jean noir, sandales et T-shirt des Sea Dogs. Ses cheveux châtains courts disparaissaient sous une casquette de base-ball frappée d'un homard rouge. Il tenait une Kalachnikov à la main.

— Je t'avais pris pour quelqu'un d'autre, m'expliqua-t-il en regardant son fusil d'un air gêné.

— Pour qui ? Pour un Viêt-cong ?

Je savais que, comme beaucoup d'hommes ayant servi au Vietnam, Ronald ne jurait que par sa Kalach. Il m'avait raconté, un jour, que leur arme réglementaire, le M1, avait une fâcheuse tendance à s'enrayer à cause des pluies, et qu'ils la remplaçaient souvent par les AK-47 pris aux Viets abattus. Le fusil de Ronald avait l'air assez ancien pour être un trophée de guerre.

— De toute façon, il était pas chargé, fit Ronald avec un haussement d'épaules.

— Je cherche Billy. Tu l'as vu ?

Il secoua la tête.

— Pas depuis hier. Il n'est pas dans le coin.

Il paraissait malheureux, comme s'il avait voulu en dire plus.

— Quelqu'un d'autre le cherche ?

— Je ne sais pas. Peut-être. J'ai cru voir quelqu'un regarder dans la caravane hier soir, mais je peux me tromper. J'avais pas mes lunettes.

— Tu te fais vieux.

— Ouais, c'était peut-être un vieux, répondit Ronald qui, manifestement, m'avait mal compris.

— Tu pourrais répéter ?

Mais ça ne l'intéressait déjà plus.

— Je t'ai déjà parlé de mon chien ? commença-t-il.

Je compris alors qu'il ne pouvait plus rien m'apprendre.

— Ouais, Ronald, lui répondis-je en regagnant ma voiture. On pourra peut-être en reparler une autre fois.

— Tu penses pas ce que tu dis, Charlie Parker.

Il souriait.

— Tu as raison, lui dis-je en souriant, moi aussi. Je ne le pense pas.

Ce soir-là, une pluie glaciale cribla mes bardeaux fraîchement posés et aucune fuite n'apparut, même aux endroits refaits par mes soins. C'est donc avec un profond sentiment de satisfaction que je sombrai dans le sommeil en écoutant le vent fouetter les vitres et faire craquer les boiseries. J'en avais passé, des années, à m'endormir bercé par le grincement des planches, le doux murmure de la voix de ma mère dans le séjour, le martèlement de la pipe de mon grand-père sur la rambarde de la terrasse. Il y avait d'ailleurs toujours une marque sur cette rambarde, une tache de tabac ocre à l'endroit où le bois était usé. Je ne m'étais pas résigné à la dissimuler d'un coup de peinture, et cet accès de sentimentalisme me surprenait moi-même.

J'ignore ce qui me réveilla, mais un profond sentiment d'inquiétude s'était infiltré dans mon sommeil paradoxal pour me ramener dans les ténèbres de la nuit. La pluie avait cessé, je n'entendais pas un bruit, mais les poils de ma nuque s'étaient dressés et tous mes sens étaient brusquement aux aguets. La perception instinctive d'un danger immédiat avait dissipé les brumes du sommeil.

Je sortis du lit sans un bruit, passai un jean. Mon Smith & Wesson se trouvait dans son étui, près du lit. Je dégainai l'arme, enlevai la sécurité. La porte de la chambre était entrouverte, telle que je l'avais laissée. Je pus la tirer discrètement, car les gonds étaient bien graissés, avant de poser avec précaution un pied sur le plancher nu du couloir.

Il y avait quelque chose de mou et d'humide par terre. Je retirai immédiatement mon pied. La lune, à travers les fenêtres situées près de la porte d'entrée, éclairait le hall d'une lumière argentée. On voyait le vieux portemanteau, quelques pots de peinture et une échelle, à ma droite. Et des traces de pas boueuses, qui partaient de la porte de derrière, traversaient la cuisine, allaient jusqu'à la porte de ma chambre, puis dans le séjour. Mon pied avait laissé sa marque dans celle qui se trouvait le plus près de ma porte.

Avant d'aller dans la cuisine, je jetai un coup d'œil dans le salon et dans la salle de bains. J'entendais mon cœur battre violemment, je voyais les panaches blancs de ma respiration dans la froideur de la nuit. Je comptai jusqu'à trois et fis irruption dans la cuisine, l'arme au poing, en balayant tous les angles.

Il n'y avait personne, mais la porte qui donnait sur le jardin était entrouverte. Quelqu'un avait crocheté la serrure, traversé toute la maison — à en juger par la dimension des empreintes, il s'agissait d'un homme —, et m'avait observé pendant mon sommeil. Le chauve que j'avais rencontré la veille me revint à l'esprit, et j'eus un haut-le-cœur en imaginant la créature en train de m'observer dans la pénombre. J'ouvris largement la porte, regardai de gauche à droite. Sans allumer la lumière dans la cuisine ni sur la terrasse, j'enfilai les brodequins que je laissais toujours près de la porte, sortis et fis le tour de la maison. Il y avait encore d'autres empreintes sur la terrasse et dans la boue, en contrebas. Elles changeaient légèrement d'orientation devant la fenêtre de ma chambre, à l'endroit où l'intrus était venu m'épier.

Je retournai à l'intérieur pour prendre ma Maglite et passer un pull, puis suivis les traces dans la boue, jusqu'à la route. Il n'y avait pas eu beaucoup de circulation, et l'on voyait encore les empreintes se perdre sur le bitume. Personne sur la route. Je fis demi-tour.

Ce n'est qu'en allumant la lumière dans la cuisine que je remarquai le petit objet posé sur la table, dans le coin de la pièce. Je le pris délicatement, à l'aide d'une serviette en papier.

C'était un petit clown en bois, hilare. Le corps se composait d'anneaux bariolés que l'on pouvait enlever en retirant la tête d'un simple mouvement de torsion. Après l'avoir longuement contemplé, je le glissai avec précaution dans une pochette en plastique et le laissai près de l'évier. Après avoir verrouillé la porte de derrière, je vérifiai que toutes les fenêtres étaient bien fermées puis retournai me coucher.

Je dus sombrer dans un sommeil agité, car je fis un rêve. Je voyais une ombre se déplacer dans la nuit et occulter les étoiles sur son passage. Je voyais un arbre, tout seul, au milieu d'une clairière, et sous cet arbre, des ombres qui bougeaient. Je sentais une odeur de sang et de parfum écœurant. Des petits doigts boudinés et blanchâtres couraient sur mon torse nu.

Puis je vis une lumière s'éteindre, et j'entendis un enfant pleurer dans les ténèbres.

6

Une aube grise pointa le nez à la fenêtre. Le sol avait de nouveau gelé. Je me levai, retournai dans la cuisine, contemplai le clown dans son sac, avec ses contours masqués, son grand nez rouge qui menaçait de percer le plastique blanc, ses couleurs que l'on discernait à peine, comme s'il n'était qu'un fantôme défraîchi.

Le temps d'enfiler ma tenue de sport, et je pris la direction de l'US 1. Non sans m'être assuré que toutes les portes et fenêtres étaient bien fermées, ce que je ne faisais pas d'ordinaire. Je suivis Spring Street plein sud jusqu'à l'embranchement de Mussey Road. A gauche, l'église baptiste, murs de brique rouge et barrières blanches ; devant moi, le magasin 8 Corners. Une fois au bout, je pris la 114. La route était déserte, les pins bruissaient au-dessus de moi. Je dépassai Scarborough High, sur ma droite, le collège où ma mère m'avait inscrit à notre arrivée dans le Maine, où j'avais même eu l'occasion de jouer deux, trois fois contre les Redskins, un printemps, alors que la moitié de l'équipe avait été terrassée par la grippe. Le parking du Shop' n' Save, à ma gauche, était silencieux, mais des véhicules circulaient déjà sur l'US 1, qui tenait plus du dépotoir que de l'autoroute. Ce n'était pas nouveau. Quand on décida de s'intéresser à son entretien, tronçon par tronçon, dans les années quatre-vingt, il était déjà trop tard pour la sauver. Mais cela tient peut-être à la nature même de l'US 1, parce qu'elle offre le même aspect partout où je suis allé.

La première fois que j'ai débarqué à Scarborough, il n'y avait qu'un seul centre commercial, l'Orion. On y trouvait le Mammoth Mart, une grande surface de style Woolworths, une épicerie Martin's, une laverie automatique et une boutique de vins et spiritueux. Mon grand-père surnommait ces commerces les « Dr Green's » depuis l'époque où la loi les avait obligés à être tous entièrement peints en vert.

Au Dr Green, nous achetions de l'Old Swilwaukee et de la Pabst Blue Ribbon et nous allions boire nos bières à Higgings Beach, du côté le plus calme, près de la réserve ornithologique, où le pluvier marque son territoire en lançant des trilles qui ressemblent à un air de carillon.

Je me souviens de cet été 82 où j'essayais de persuader Becky Berube de s'allonger dans le sable avec moi. En vain, évidemment, mais c'était le genre d'été où on se dit qu'on va mourir puceau. Becky Berube a cinq gosses aujourd'hui, alors je pense qu'elle a dû apprendre à s'allonger pas longtemps après. Nous conduisions des voitures des années soixante — des cabriolets Pontiac, des MG, des Thunderbird, des Chevrolet Impala ou Camaro avec de gros V-8, et même, une fois, une Plymouth Barracuda décapotable. Nous financions nos vacances en travaillant au Clambake de Pine Point, ou bien au Black Point Inn comme serveurs ou plongeurs.

Je me rappelle une bagarre qui avait éclaté par une chaude soirée d'été, au centre commercial Orion. Nous étions une petite bande et nous avions croisé des jeunes d'Old Orchard Beach qui avaient suivi l'US 1 vers le nord en espérant justement que ce genre d'occasion se présenterait. Echange de mots, puis de menaces, puis de coups. Je n'avais pas réussi à faire bonne figure — c'était il y a longtemps — et j'avais pris un méchant coup de poing en plein dans le nez, expédié par quelqu'un dont je n'ai jamais su le nom, que nous n'avions jamais vu et que nous ne reverrions jamais, quelqu'un qui était le cousin de quelqu'un et qui venait de Chicago. Il avait un regard de bovin agressif, il portait un jean javellisé par endroits et un T-shirt Aerosmith sous un cuir noir de motard.

Son poing fonça vers mon arête nasale aussi sûrement, aussi implacablement qu'une boule de démolition fend l'air avant de percuter un immeuble condamné, et sous la violence du coup, le cartilage se déplaça. Le nez fracturé, je me suis effondré, le visage baigné de sang tiède. Autour de moi, l'échauffourée se poursuivait, et quelqu'un se retrouva recroquevillé à terre, sous un déluge de coups de pieds au ventre et à la tête, mais la douleur, la peur et la nausée mêlées ne me permettaient pas de percevoir clairement tout ce qui se passait autour de moi. La bagarre s'acheva sur quelques derniers coups et quelques dernières menaces, mais moi, j'étais toujours là, un genou à terre, les mains autour de mon nez éclaté, les joues mouillées de larmes et de sang.

Anthony Hutchence, dit Tony Hutch, qui avait commencé à pratiquer l'art de la lutte bien avant d'arriver à Scarborough High, le pratiquerait encore en entrant à l'université de Nouvelle-Angleterre, aurait pu être sélectionné aux jeux Olympiques si une blessure au dos n'avait mis fin à ses ambitions, Anthony Hutchence écarta mes doigts avec précaution et mit ses mains autour de mon visage pour l'examiner avec un professionnalisme détaché acquis sur le tapis aussi bien qu'en dehors. Puis il appela deux copains à la rescousse afin qu'ils me tiennent les bras et la tête, et il me remit le nez en place en se servant de ses pouces.

La douleur fut terrible, profonde. Un éclair me traversa le crâne et je vis comme une explosion d'abord blanche, puis rouge vif. J'ai hurlé, mais je ne sais plus ce que j'ai hurlé, et c'était un hurlement que je n'avais encore jamais entendu. Puis la douleur foudroyante laissa place à une douleur plus lancinante, Tony Hutch recula, les pouces ensanglantés, et je compris alors que mon visage avait retrouvé son dessin habituel.

Après ce jour, ma peur de la violence ne fut jamais plus la même. Je savais à quel point cela pouvait faire mal et n'avais nullement l'intention de rééditer l'expérience, mais je ne voyais plus les choses de la même façon. J'avais encaissé, et j'étais prêt à encaisser encore si besoin était, mais ce ne serait plus le même choc, le même sentiment d'impuissance, la même douleur. Tout cela était derrière moi, et l'épreuve m'avait renforcé. La mort de Jennifer et de Susan m'a sonné d'une manière similaire, mais cette fois elle a tué quelque chose en moi ; je crois qu'au lieu de me fortifier, elle m'a à jamais privé d'une partie de moi-même.

Je traversai l'US 1 au niveau du restaurant italien Amato's et suivis Old Country Road au milieu des marais salants que la mer envahissait une fois par mois, en fonction de la lune. Après l'église catholique Maximilian Kolbe, j'atteignis le cimetière. Mon grand-père était enterré là, sur la Cinquième Avenue ; lorsque ma grand-mère et lui avaient acheté la concession, ça les avait fait beaucoup rire. Ils y reposaient désormais tous les deux. Tout en reprenant mon souffle, j'arrachai quelques mauvaises herbes et dis une prière à leur intention.

En rentrant chez moi, je préparai une cafetière, mangeai un peu de pamplemousse et réfléchis à ce qui s'était produit la veille. La pendule affichait presque neuf heures lorsque Ellis Howard se présenta devant ma porte.

Ellis ressemblait à du lard déversé dans un moule flexible, de forme vaguement humaine, et qu'on aurait laissé reposer. Emmitouflé dans une grosse peau de mouton, le chef adjoint responsable du service des enquêtes de la police de Portland parvint péniblement à s'extraire de son véhicule. Assisté d'un lieutenant et de quatre sergents chargés respectivement des sections Stupéfiants et Mœurs, Atteinte aux personnes, Atteinte aux biens, et Administration, Ellis chapeautait un total de vingt-deux officiers et quatre techniciens. Une équipe réduite, qui obtenait de bons résultats.

Ellis roula jusqu'à la terrasse, telle une boule de bowling que quelqu'un aurait revêtue de fourrure par peur du givre. A le voir, on l'imaginait d'ailleurs mal se déplaçant aussi vite qu'une boule de bowling, ni capable de courir si sa vie, ou celle de quelqu'un d'autre, était en danger. Cela dit, le travail d'Ellis ne consistait pas à courir, et de toute manière il ne fallait pas se fier aux apparences. Ellis observait, gambergeait, posait des questions, observait, gambergeait encore un peu. Ellis ne laissait pas passer grand-chose. C'était le genre d'homme à manger sa soupe avec une fourchette sans en perdre une goutte.

Sa femme, la redoutable Doreen, se tartinait de fond de teint et lorsqu'elle souriait, ce qui n'arrivait pas tous les jours, elle ressemblait à une peau d'orange dont on retirait une lamelle. Ellis la supportait un peu comme les saints supportaient le supplice, mais j'avais le sentiment qu'au fond, tout au fond de lui-même, il ne l'aimait pas vraiment beaucoup.

Ellis compensait grâce au boulot et au base-ball, dont il connaissait toutes les statistiques. En moins d'une seconde, Ellis était capable de vous dire quel était le seul match de l'histoire de la Major League au cours duquel on avait comptabilisé plus de neuf lancers blancs entre deux joueurs — le 2 mai 1917, Fred Toney, des Reds, et Hippo Vaughn, des Cubs, avaient enchaîné neuf tours de batte jusqu'à ce que Larry Kopf frappe enfin une bonne balle et boucle un tour de piste en terminant sur une pirouette à la Jim Thorpe — ou les détails de l'exploit de Lou Gehrig, des Yankees, qui en l'espace de quatre matches, au cours des World Series de 1932, avait inscrit trois *home runs* et huit *runs batted in* (c'est-à-dire en sortant la balle du terrain), avec une moyenne à la batte de 529 et une *slugging mark* de 1 118. Babe Ruth avait peut-être raflé toute la presse, mais Ellis se souvenait surtout de Lou Gehrig. Lou avait son Eleanor adorée, Ellis, lui, avait Doreen. Ce qui résumait un peu toute l'histoire d'Ellis.

Je m'effaçai pour le laisser entrer. D'ailleurs, je n'avais guère le choix.

— Vous avez l'air en forme, Ellis, lui dis-je. Je vois que le régime beignets commence à payer, hein ?

— Et moi, je vois que quelqu'un vous a enfin réparé le toit, rétorqua-t-il. Je le savais, y avait qu'un mec de la ville pour refaire sa toiture en hiver. Vous avez mis la pain à la pâte ?

— Ouais, effectivement.

— Holà, on ferait peut-être mieux d'aller causer dehors, ce serait moins risqué.

— Vous savez que vous êtes un rigolo, vous ? lui dis-je tandis qu'il s'affalait sur une de mes chaises de cuisine, dont les jours étaient désormais comptés. Vous devriez peut-être plutôt vous inquiéter de savoir si le sous-sol ne va pas s'effondrer sous votre poids.

Je lui versai du café. Il en but une gorgée, et je vis alors qu'il avait pris un air grave, presque triste.

— Un problème ?

— Et comment, répondit-il en opinant. Vous connaissez Billy Purdue ?

J'avais de bonnes raisons de croire qu'il connaissait déjà la réponse à cette question. Mon doigt se promena sur la cicatrice qui balafrait ma joue. Je sentais encore les points de suture.

— Ouais, je le connais.

— J'ai appris que vous aviez eu une prise de bec avec lui il y a deux ou trois jours. Il vous a dit quelque chose au sujet de son ex-femme ?

— Pourquoi ?

Je ne voulais pas aggraver inutilement la situation de Billy, mais un mauvais pressentiment me rongeait déjà le ventre.

— Parce qu'on a retrouvé Rita et son fils ce matin, morts, chez eux. Pas de signe d'effraction, et personne n'a rien entendu.

Un interminable soupir s'échappa de ma bouche et je revis alors, avec une tristesse accablante, la petite main de Donald accrochée à mon doigt, et sa mère qui me caressait la joue. Un flot de colère à l'égard de Billy Purdue m'envahit aussitôt, car, l'espace d'un instant, sa responsabilité me parut évidente. Cette réaction instinctive s'estompa rapidement, mais sa violence, elle, persista. Pourquoi les a-t-il abandonnés ? me disais-je. Pourquoi n'était-il pas là lorsqu'ils avaient besoin de lui ? Peut-être n'avais-je pas le droit de poser de telles questions, mais, compte tenu de tout ce qui s'était passé depuis un an, peut-être étais-je malgré tout le mieux placé pour les poser.

— Que leur est-il arrivé ?

Ellis se pencha vers moi et se frotta les mains avec un bruissement feutré.

— D'après ce qu'on m'a dit, la femme a été étranglée. Le gamin, je ne sais pas. A première vue, ni l'une ni l'autre n'aurait subi de violences sexuelles.

— Vous n'êtes pas allé à l'appartement ?

— Non. Normalement, aujourd'hui, j'étais de congé, mais j'y vais maintenant. Le médecin légiste est déjà sur place. Le pauvre, il était à Portland, pour un mariage.

Je me levai et allai à la fenêtre. Une saute de vent balaya les sapins et deux mésanges à crête noire s'envolèrent dans les hauteurs.

— Vous pensez que c'est Billy Purdue qui aurait tué son propre fils et son ex-femme ? demandai-je.

— Peut-être. Ce ne serait pas le premier à commettre ce genre de geste. Elle nous a appelés il y a trois soirs pour nous signaler qu'il rôdait autour de chez elle en hurlant, en beuglant comme un pochard. Il voulait absolument qu'elle le laisse entrer. On a envoyé une voiture l'embarquer, le temps qu'il dessoûle, et on lui a dit de se tenir à l'écart, sans quoi on le bouclerait. Il a peut-être décidé qu'il n'était pas question qu'elle le largue, quel que soit le prix à payer.

— Non, ça ne ressemble pas à Billy, fis-je.

Une réponse qui ne m'empêchait pas d'avoir quelques doutes. Je me rappelais ce regard rougeoyant, ces mains qui avaient bien failli m'étrangler, et les craintes de Rita, convaincue qu'il était prêt à tout pour l'empêcher de lui enlever son fils.

Ellis suivait mes pensées.

— Peut-être, peut-être pas. Dites donc, c'est une belle cicatrice que vous avez sur la joue, là. Vous pouvez me dire comment c'est arrivé ?

— Je suis allé le voir dans sa caravane pour essayer de lui faire payer une partie de la pension alimentaire. Il m'a menacé de me virer à coups de batte de base-ball, j'ai voulu l'en empêcher et la situation a légèrement dégénéré.

— C'est elle qui vous a engagé pour récupérer l'argent ?

— Non, je l'ai fait pour lui rendre service.

Ellis eut une moue dubitative et répéta, en hochant la tête :

— Un service. Et quand vous êtes allé rendre ce… *service*, vous a-t-il dit quoi que ce soit au sujet de son ex ?

Le ton s'était fait plus insidieux.

— Il m'a dit qu'il voulait s'occuper d'elle et du petit. Ensuite, il m'a demandé si je couchais avec elle.

— Et que lui avez-vous répondu ?

— Je lui ai dit que non.

— Vous avez sûrement bien fait, vu les circonstances. Vous couchiez avec elle ?

— Non. (Mon regard se durcit.) Non, je ne couchais pas avec elle. Vous avez mis la main sur Billy ?

— Il s'est tiré. Il n'est pas dans sa caravane, et Ronald Straydeer dit qu'il ne l'a pas vu depuis avant-hier.

— Je sais, j'y étais hier soir.

Ellis fronça les sourcils.

— Je peux savoir pourquoi ?

Je lui fis le récit de ma rencontre avec le monstre au visage blême, sur le parking de l'hôtel, et un peu plus tard au café. Ellis sortit son calepin pour y inscrire le numéro d'immatriculation de la Coupe de Ville.

— On va vérifier sur le fichier central. Rien d'autre d'intéressant à me dire ?

Je me dirigeai vers l'évier et lui tendis le petit clown dans son sachet en plastique.

— Quelqu'un est entré dans la maison la nuit dernière, pendant que je dormais. Il a fait le tour, il m'a observé et il a laissé ceci.

J'ouvris la pochette et la posai sur la table, devant Ellis. Il prit un gant de latex dans sa poche, effleura doucement le jouet.

— A mon avis, vous allez découvrir qu'il appartenait à Donald Purdue.

Ellis me dévisagea.

— Et vous, où étiez-vous, hier soir ?

— Ah, non, Ellis, ne me posez pas une question pareille, lui dis-je en sentant mon sang commencer à bouillir. N'y faites même pas allusion, s'il vous plaît.

— Du calme, Bird, ne pleurez pas avant d'avoir été battu. Vous savez très bien que je suis obligé de vous poser cette question. Autant le faire tout de suite, non ?

Il attendit.

— J'ai passé l'après-midi ici, répondis-je, crispé. Je suis allé à Portland hier soir, j'ai fait un peu d'exercice en salle, j'ai acheté quelques bouquins, j'ai pris un café, je suis passé chez Rita…

— Vers quelle heure ?

Je réfléchis.

— Huit heures, huit heures et demie au grand maximum. Ça ne répondait pas.

— Et ensuite ?

— Je suis allé chez Ronald Straydeer, je suis rentré ici, j'ai lu un peu et je suis allé me coucher.

— Quand avez-vous trouvé le jouet ?

— Il devait être trois heures du matin, quelque chose comme ça. Vous devriez peut-être faire venir quelqu'un pour prendre les empreintes autour de la maison. Dans la boue, avec le gel de la nuit, elles ont dû tenir.

— On va le faire, acquiesça-t-il en se levant, avant de s'immobiliser. Il fallait que je vous pose la question, vous le savez bien.

— Je sais.

— Et il y a autre chose encore : la présence de cet objet (il leva la pochette renfermant le clown) signifie que quelqu'un vous a dans le collimateur. Quelqu'un a établi un rapport entre Rita Ferris et vous, et a priori je ne vois qu'un candidat sérieux.

Billy Purdue. Et pourtant, cela ne collait pas vraiment, sauf si Billy avait décidé que j'étais d'une certaine manière responsable de la situation qui avait entraîné la mort de son fils, qu'en venant en aide à Rita je l'avais forcé à commettre ce double meurtre…

— Ecoutez, dis-je, laissez-moi vous accompagner. Sur place, je trouverai peut-être quelque chose d'intéressant.

Ellis s'adossa contre l'encadrement de la porte.

— Je me suis laissé dire que vous aviez demandé une licence de détective privé à Augusta.

C'était vrai. Il me restait encore un peu d'argent de l'assurance de Susan et de la vente de notre maison, plus une partie de ce que m'avaient rapporté diverses affaires à New York, mais je savais bien que, tôt ou tard, je serais obligé de gagner ma vie. On m'avait déjà proposé plusieurs missions dites d'études des pratiques concurrentielles, qui consistaient souvent, en fait, à faire du contre-espionnage industriel. Ce n'était pas aussi passionnant qu'on aurait pu le croire : un agent commercial soupçonné de vendre les produits de deux sociétés concurrentes alors que son contrat le lui interdisait, des actes de sabotage dans la chaîne de production d'un fabricant de logiciels de South Portland, et des fuites dans l'appel d'offres d'un programme de construction de logements sociaux à Augusta.

— Ouais, la licence m'a été accordée la semaine dernière.

— Vous valez mieux que ça. Nous savons tous ce que vous avez fait, les types que vous avez réussi à retrouver. Un gars comme vous nous serait utile.

— Qu'êtes-vous en train de me dire ?

— Je suis en train de vous dire qu'il y a une plaque qui vous attend, si ça vous intéresse. Il y a un poste qui va se libérer bientôt.

— Suite à un suicide ?

— Ne déconnez pas.

— Il y a une minute, vous sous-entendiez que je pouvais être l'un des suspects d'un double meurtre. Vous êtes un homme extrêmement versatile, Ellis.

Il se contenta de sourire.

— Alors ?

— Je vais y réfléchir.
— C'est ça, réfléchissez-y.

Rita gisait sur le ventre, tout près du téléviseur. Les extrémités d'une cordelette dépassaient de son cou, en spirale, et on distinguait, au milieu des mèches de cheveux enchevêtrées, la pointe d'une oreille, toute bleue. La jupe avait été remontée presque jusqu'à la ceinture, mais la culotte et le collant étaient toujours en place, apparemment intacts. J'éprouvai soudain un immense élan de pitié pour Rita et, plus encore, une sorte d'amour découlant d'un bref et intense sentiment de deuil. J'avais le ventre noué, mes yeux piquaient, et sur mon visage je sentis une fois de plus sa dernière et fugitive caresse, comme si sa main avait laissé une marque indélébile sur ma peau.

Et dans cette petite pièce bien propre, bien rangée, où seuls traînaient les jouets et les vêtements, les couches et les épingles à nourrice, tout le quotidien de son enfant, de cette vie qui se formait peu à peu, je fis en sorte de vivre ses derniers instants. Je ressentis…

Je vois… un mouvement flou au moment où la boucle passe par-dessus sa tête et elle qui, instinctivement, porte les mains à sa gorge pour tenter de glisser les doigts sous la cordelette, mais celle-ci ne fait que lui brûler la peau et se resserrer sur elle.

C'est une longue mort; elle suffoque, et la vie s'échappe lentement de son corps. C'est une amère et terrible lutte contre la force qui, impitoyablement, petit à petit, lui broie la gorge et détruit progressivement le cartilage cricoïde jusqu'à ce qu'enfin résonne, tel un glas lugubre, le craquement du fragile os hyoïde.

Prise de panique, elle sent son cœur s'affoler et sa tension s'envoler. Elle se débat, cherche désespérément un peu d'air. Elle essaie de donner des coups de talon au corps qui est derrière elle, mais cette réaction a été prévue et la cordelette se resserre davantage. Son visage se congestionne et la peau bleuit à mesure que la cyanose se développe. Ses yeux sortent de leurs orbites, sa bouche se met à écumer et elle a l'impression que sa tête va exploser sous la pression.

Puis des spasmes lui secouent le corps et elle a un goût de sang dans la bouche, elle sent le sang qui coule de son nez et lui baigne les lèvres. A présent, elle sait qu'elle va mourir et, dans un ultime effort désespéré, elle essaie de se libérer, de sauver son enfant, mais déjà son corps s'avoue vaincu, son esprit s'assombrit et, tandis que la lumière s'estompe, elle sent son odeur parce que ses muscles ne lui obéissent plus, et elle se dit : Moi qui ai toujours été si propre...

— Vous avez fini ? demanda le médecin légiste au photographe de la police.

Le Dr Henry Vaughan, érudit grisonnant, philosophe autant que médecin, exerçait sa spécialité depuis plus de vingt ans. Le poste de médecin légiste était attribué pour une durée de sept ans, ce qui signifiait que tous les gouverneurs, qu'ils fussent démocrates, républicains ou indépendants, avaient régulièrement reconduit Vaughan dans ses fonctions. Je savais qu'il allait bientôt prendre sa retraite et abandonner sa chambre froide d'Augusta remplie de vieux bocaux de cacahuètes, de mayonnaise et de sauce renfermant chacun une partie des restes de quelqu'un. Ce qui ne l'attristait pas trop : selon Ellis, il voulait disposer de «davantage de temps pour réfléchir».

Le photographe prit un dernier cliché du nœud, puis indiqua que c'était bon. Les croquis préliminaires étaient faits, les mesures avaient été prises. Le gars du labo en avait terminé avec les corps, il s'intéressait à présent au pourtour de la scène de crime. Deux infirmiers attendaient dans un coin avec un brancard, prêts à intervenir dès que Vaughan le leur demanderait.

— On va la retourner, annonça Vaughan.

Deux enquêteurs, mains gantées, se placèrent à côté du corps, le long de la silhouette tracée à la craie, l'un au niveau des jambes, l'autre près du torse. Vaughan tenait la tête de la victime.

— Prêts ? dit-il. On y va.

Ils retournèrent le corps délicatement mais avec beaucoup de maîtrise, et j'entendis alors l'un des deux flics, un homme d'une quarantaine d'années, tout en muscles, le crâne un peu dégarni, murmurer :

— Oh, non...

Elle avait les yeux écarquillés et pleins de sang ; les vaisseaux capillaires s'étaient rompus, et les pupilles ressemblaient à des soleils noirs dans un ciel rougeoyant. Le bout des doigts bleu, du sang et de la bave séchés dans les narines et sur la bouche.

Et ses lèvres, les lèvres qui m'avaient embrassé tendrement trois soirs plus tôt, les lèvres que j'avais connues pourpres et accueillantes, désormais froides et bleuâtres,

dis au revoir

ses lèvres avaient été cousues à l'aide d'un gros fil noir selon un vague tracé en zigzag, avec un nœud grossier à une extrémité pour le tenir en place pendant l'opération.

Ce n'est qu'en m'approchant que je vis l'enfant. Il était caché par le canapé mais, en m'avançant, je découvris les petits pieds en chaussettes, puis le reste du corps vêtu d'une barboteuse violette à l'effigie de Barney le dinosaure. Il y avait du sang autour de sa tête, du sang séché dans ses fins cheveux blonds, du sang sur le rebord de la fenêtre à l'endroit où le crâne l'avait heurté.

Ellis se trouvait à mes côtés.

— Il a une blessure au visage. Nous pensons que celui qui a fait ça l'a frappé soit parce qu'il pleurait, soit parce qu'il le gênait. La force du coup l'a expédié contre le rebord de la fenêtre et lui a fracassé le crâne.

Je secouai la tête. Je me rappelai la réaction agressive du petit lorsque j'avais touché sa mère.

— Non, dis-je.

Je dus fermer les yeux. La brûlure était trop forte. Je songeais à ma fille, à l'enfant que j'avais perdu et à tous ceux dont on avait enveloppé le corps dans du plastique, à tous ceux qu'on avait enterrés dans une cave humide du Queens, à tous ces minuscules visages dans des bocaux, à cette cohorte de petites vies abandonnées qui se perdait dans les ténèbres, marchant vers l'oubli, main dans la main.

— Non, dis-je, ce n'était pas juste parce qu'il pleurait. Il essayait de protéger sa mère.

Tandis qu'on glissait les corps dans des *body bags* blancs pour les transporter à Augusta, où ils seraient autopsiés, je fis le tour de l'appartement. Il n'y avait qu'une chambre, mais elle était suffisamment spacieuse pour contenir un lit double et un lit d'enfant muni d'une rambarde coulissante. Le reste du mobilier comprenait une commode et une armoire en pin, ainsi qu'une petite étagère couverte de livres d'images. Juste à côté se trouvait une caisse remplie de jouets. Dans un coin de la pièce, près d'un tiroir ouvert, un technicien passait une empreinte au pinceau.

La vue de ces vêtements soigneusement empilés et de ces jouets bien rangés dans leur coffre raviva un souvenir qui me transperça le cœur. Moins d'un an auparavant, dans notre petite maison de Hobart Street, à Brooklyn, en l'espace d'une nuit, j'avais fait le tri de toutes les affaires de ma femme et de ma fille, en respirant les odeurs qui imprégnaient leurs vêtements comme des spectres. Ma Susan et ma Jennifer : je voyais encore leur sang sur les murs de la cuisine et les tracés à la craie indiquant l'emplacement des chaises, les chaises sur lesquelles on les avait ficelées puis mutilées pendant que le mari et père qui aurait dû les protéger jouait les piliers de comptoir.

Et là, dans la chambre de Rita, je me dis : Qui va prendre leurs vêtements et les trier ? Qui va caresser le coton du chemisier jusqu'à ce que les doigts marquent le tissu comme un sceau ? Qui va prendre ses sous-vêtements, tenir délicatement son soutien-gorge rose sans armature (elle avait de tout petits seins) en se revoyant, avant de le remiser à jamais, le dégrafer d'une seule main, et elle qui se penche légèrement pour faire glisser les bretelles, et les bonnets qui tombent lentement, sans bruit ?

Qui va prendre son tube de rouge à lèvres et faire glisser son doigt sur la pointe en sachant que cet endroit, elle le touchait, elle aussi, que seules ses lèvres l'ont jamais touché, que nulle autre bouche ne le touchera jamais ? Qui remarquera les petites traces laissées par le bout de son index dans son poudrier, qui démêlera soigneusement, un à un, les cheveux de sa brosse, comme si, par ce geste, il pouvait commencer à la reconstruire morceau par morceau, atome par atome.

Et qui prendra les jouets du petit ? Qui fera tourner les roues du camion en plastique de toutes les couleurs ? Qui appuiera sur le petit nez et les yeux de verre de l'ours en peluche, sur la trompe fièrement dressée de l'éléphant blanc ? Et qui va emballer ces petits vêtements, ces petits souliers à lacets que ses menottes n'avaient pas encore appris à manipuler correctement ?

Qui fera tout cela, qui rendra ces petits services aux défunts, qui accomplira ces gestes symboliques somme toute plus parlants que la plus belle des stèles funéraires ? En laissant derrière eux ce qui leur avait appartenu, les morts demeuraient intimement, intensément présents, car l'ombre d'un enfant, quoi qu'on puisse en dire, c'est toujours un enfant, et l'écho d'un amour, quand bien même des décennies se sont écoulées, n'en reste pas moins de l'amour.

Au pied de l'immeuble, sous le soleil glacial de l'hiver, j'assistai à l'enlèvement des corps. Selon Vaughan, la mort remontait à une dizaine d'heures, voire moins. Il faudrait un certain temps pour établir l'heure exacte du décès des deux victimes, et ce pour différentes raisons, notamment le froid qui régnait dans le vieil appartement mal isolé, et la manière dont Rita Ferris avait été tuée. La rigidité cadavérique s'était manifestée tout d'abord dans les paupières, puis la mâchoire et le cou avant de s'étendre aux autres muscles, mais dans le cas de

Rita, qui avait tenté de se débattre, le phénomène s'était accéléré.

La rigidité cadavérique intervient lorsque disparaît la source d'énergie qui permet au muscle de se contracter, autrement dit le triphosphate d'adénosine, ou TPA. Généralement, le TPA se dissout entièrement dans les quatre heures qui suivent le décès, et les muscles restent alors rigides jusqu'à ce que débute le processus de décomposition. Mais si la victime se débat avant de mourir, elle brûle ses réserves de TPA et la rigidité cadavérique s'installe plus rapidement. Dans le cas de Rita, il fallait prendre ce paramètre en compte et Vaughan estimait donc que l'examen de Donald Ferris lui fournirait une indication plus précise de l'heure de la mort des deux victimes.

La lividité cadavérique apparaissait sur la face inférieure des deux corps, où le sang s'était accumulé par l'effet de la pesanteur — phénomène qui intervient normalement six à huit heures après la mort —, et si l'on appuyait sur la peau, celle-ci ne blanchissait pas car le sang avait déjà coagulé, ce qui signifiait que la mort remontait à cinq heures au moins. La fourchette de temps écoulé depuis le décès des victimes se situait donc entre cinq et huit à dix heures. Le dos des deux corps ne présentait pas de signes de lividité, ce qui prouvait que les victimes n'avaient pas été déplacées après le meurtre. Lorsque j'étais venu sonner, la veille, Rita et son fils n'étaient pas encore morts. Peut-être Rita était-elle allée faire des courses, ou voir des amis. Si je l'avais vue, aurais-je pu la mettre en garde ? Aurais-je pu la sauver, aurais-je pu sauver son fils ?

Ellis vint me rejoindre. Je m'étais éloigné de la foule des badauds.

— Quelque chose vous a frappé ? me demanda-t-il.

— Non. Pas pour l'instant.

— S'il vous vient une idée, tenez-nous au courant, d'accord ?

Mais j'avais déjà l'esprit ailleurs. Deux types en civil s'identifièrent auprès du flic qui tenait les curieux à l'écart et pénétrèrent dans l'immeuble. Je n'eus pas besoin de voir leurs papiers pour deviner de qui il s'agissait.

— Des fédéraux, dis-je.

Un troisième homme, plus grand, les cheveux noirs, vêtu d'un costume bleu pétrole, leur emboîtait le pas.

— Agents spéciaux Samson et Doyle, m'expliqua Ellis. Et le flic canadien, Eldritch. Ils sont déjà venus un peu plus tôt. J'ai l'impression qu'ils ne nous font pas confiance.

Je me tournai vers lui.

— On me cache quelque chose.

Il plongea la main dans sa poche, en sortit une pochette de plastique transparent renfermant quatre billets de cent dollars tout neufs sur lesquels on distinguait juste la marque d'une pliure.

— Donnant, donnant, fit Ellis. Ces billets vous disent quelque chose ?

Impossible d'éluder la question.

— Ils ressemblent aux billets que Billy Purdue m'a donnés en règlement d'une partie de la pension alimentaire qu'il devait à Rita.

— Merci, me dit-il.

Il allait s'en aller, visiblement irrité, pour une raison que j'ignorais, mais je réussis à le rattraper par le bras. Mon geste ne sembla guère lui plaire, mais peu m'importait. Deux flics en tenue remarquèrent la scène, mais Ellis leur fit signe de ne pas s'en mêler.

— Ne vous fiez pas trop à ma bonne humeur, Bird, me prévint-il, l'œil rivé sur ma main toujours refermée sur son bras. Pourquoi ne pas m'avoir dit qu'il vous avait donné cet argent ?

— C'est vous qui me devez des explications, lui répondis-je, sans lui lâcher le bras. Je ne pouvais pas savoir, à ce moment-là, que cet argent avait de l'importance.

Il se renfrogna, puis répliqua :

— Disons que c'était juste pour vous tester. Maintenant, vous voulez bien me rendre mon bras ? Je commence à avoir les doigts engourdis.

Je retirai ma main et il se frotta doucement le bras.

— Je vois que vous faites toujours du sport.

Il lança un regard vers l'immeuble, mais les fédéraux et le flic canadien étaient toujours à l'intérieur.

— L'histoire de Prouts Neck, il y a quelques jours ? commença-t-il.

— Ouais, j'ai vu ça au journal. Huit morts, dont un agent du FBI d'origine irlandaise, trois Italiens et quatre Cambodgiens. Enfin une tuerie dans laquelle toutes les minorités sont représentées. Et alors ?

— Il y avait un autre participant. Il a descendu Paulie Block et Jimmy Fribb avec un fusil à pompe, et il n'est pas reparti les mains vides.

— Continuez.

— Il y a eu une transaction au Neck : du cash contre autre chose. Le FBI en a eu vent quand Paulie Block et Chester Nash se sont pointés à Portland. Pour eux, il s'agissait sûrement d'une rançon, pour quelqu'un qui était déjà mort. Le bureau du shérif de Norfolk County, dans le Massachusetts, a exhumé un cadavre hier, près du parc Larz Anderson. Une ressortissante canadienne du nom de Thani Pho. On l'a trouvée grâce à un chien.

— Laissez-moi deviner, l'interrompis-je. Thani Pho était d'origine cambodgienne.

Ellis opina.

— Apparemment, elle était en première année à Harvard. On a retrouvé son sac auprès d'elle. Selon l'autopsie, elle aurait été violée, puis enterrée vivante. Elle avait de la terre dans la bouche. Le FBI et ce fameux Eldritch pensent que c'est la bande de Tony Celli qui a enlevé la fille, qui a entourloupé les Cambodgiens et les a ensuite dégommés au nez et à la barbe des fédéraux. L'enquête se concentre sur Boston. Malgré tout le grabuge au Neck, le FBI a décidé de s'intéresser avant tout à Tony Celli. Les deux agents sont juste là pour régler quelques détails.

— Qui a payé la rançon ?

Il haussa les épaules.

— Le guichet des renseignements, au FBI, est fermé, mais on croit savoir que la transaction et le meurtre de Thani Pho sont liés, et que l'affaire a des ramifications au Canada, puisque Eldritch est dans le coup. Ces billets proviennent d'une banque de Toronto, tout comme ceux qu'on a retrouvés au Neck et qui faisaient partie de la rançon. Le problème, c'est que le reste de l'argent a disparu, et le type qui a réussi à se tirer doit y être pour quelque chose.

— Combien ?

— Deux millions, à ce qu'il paraît.

Je passai mes mains dans mes cheveux et me massai la nuque. Billy Purdue était une véritable balle infernale, qui ricochait d'une victime à l'autre et détruisait des vies jusqu'à ce qu'elle n'ait plus assez d'énergie ou rencontre un obstacle. Si Ellis disait vrai, Billy avait dû entendre parler de la transaction organisée au Neck par Tony Celli ou il y avait peut-être même été associé à un moindre degré, et il avait sans doute décidé de monter un gros coup, peut-être dans l'espoir de récupérer son ex-femme et son fils et de recommencer une nouvelle vie ailleurs, en laissant son passé derrière lui.

— Vous pensez toujours que Billy a tué Rita et son propre fils ? demandai-je tranquillement.

— Possible, fit Ellis avec une moue perplexe. Je ne vois pas d'autre client potentiel.

— Et qu'il lui aurait cousu la bouche avec du fil noir ?

— Je ne sais pas. S'il est assez fou pour vouloir doubler Tony Celli, il est bien capable de coudre sa bonne femme.

Je savais pourtant qu'il ne croyait pas ce qu'il disait. L'argent changeait tout. Il y avait des gens prêts à faire beaucoup de mal pour mettre la main sur un pareil pactole, et Tony Celli en faisait partie, d'autant qu'il estimait sans doute que cet argent lui appartenait. Mais cette histoire de lèvres cousues ne cadrait pas avec le reste. Et Rita n'avait pas été torturée. Celui qui l'avait tuée ne l'avait donc pas fait en cherchant à lui extorquer des renseignements. Elle avait été tuée parce que quelqu'un voulait qu'elle meure, et on lui avait cousu la bouche en guise de message à ceux qui la trouveraient.

Deux millions de dollars : cette somme colossale allait exposer tout le monde aux foudres de Tony Celli, ou des types qu'il avait tenté de doubler. Et — mais je l'ignorais encore à l'époque — elle avait également attiré d'autres personnes, des individus isolés tout à fait disposés à abattre n'importe qui pour se l'approprier.

Mais Billy Purdue, en entrant dans la partie, avait également attiré quelqu'un d'autre, quelqu'un qui n'avait que faire de l'argent, des types de Boston, de la mort d'un enfant, d'une jeune femme dont l'unique ambition était d'essayer de s'en sortir. Il était revenu se réapproprier quelque chose, il était revenu se venger de ceux qui l'avaient tenu à l'écart, et malheur à ceux qui se mettraient en travers de son chemin.

Les vents mauvais de l'hiver étaient descendus du nord, et il les avait accompagnés.

7

Après le départ d'Ellis, j'attendis un bon moment, planté là, ne sachant si je devais faire quelque chose ou laisser travailler la police. Puis, au lieu de tout bonnement reprendre ma voiture pour rentrer chez moi, je retournai à l'intérieur de l'immeuble et montai au troisième. La porte de l'appartement 5 avait été fraîchement repeinte d'un beau jaune d'or, et le chiffre en bronze était encore constellé de petites éclaboussures de peinture. Je frappai doucement, et la porte s'entrouvrit, retenue par une chaînette. Dans l'interstice apparut, à un mètre vingt du sol, un petit visage sombre encadré de boucles noires, avec de grands yeux interrogateurs.

— Reste pas là, ma fille, fit une voix.

Une silhouette plus grande et plus sombre occupa l'espace, et la ressemblance entre les deux visages me sauta aux yeux.

— Madame Mims ?

— Oui, mais je viens de répondre aux questions d'un officier de police il y a même pas vingt minutes.

— Je ne suis pas de la police, m'dame.

Je lui montrai mon permis de conduire. Elle

l'examina attentivement sans le toucher tandis que sa fille, dressée sur la pointe des pieds, tentait d'en faire autant, puis me regarda.

— Je me souviens de vous. Vous êtes venu ici, il y a deux ou trois soirs.

— C'est exact, je connaissais Rita. Puis-je entrer un instant ?

Elle se mordilla la lèvre, puis opina et referma la porte. J'entendis glisser la chaînette, et la porte s'ouvrit largement sur une pièce lumineuse et haute de plafond. Je vis d'abord le canapé bleu, garni de coussins jaune paille, sur un parquet vitrifié. Deux grandes étagères qui débordaient de livres de poche flanquaient une vieille cheminée de marbre tachée, et près de la fenêtre, à côté d'un combiné téléviseur-magnétoscope, un radiocassette trônait sur un tabouret. La pièce sentait bon les fleurs. Il y avait un petit couloir qui, à droite, menait vraisemblablement à la chambre et à la salle de bains, et, à gauche, s'achevait dans une cuisine exiguë et bien propre. Le jaune tendre des murs récemment repeints répandait du soleil dans toute la pièce.

— Il est sympa, votre appartement. Vous avez tout fait vous-même ?

Elle acquiesça sans réussir à dissimuler sa fierté.

— Je l'ai aidée, pépia la gamine, qui devait avoir huit ou neuf ans et laissait déjà entrevoir les germes d'une beauté qui, un jour, éclipserait celle de sa mère.

— Vous devriez monnayer vos talents, lui dis-je. Je connais des gens qui seraient prêts à payer cher du travail de cette qualité. Et j'en fais partie.

La fillette eut un gloussement timide. Sa mère la prit par les épaules.

— Bon, ma fille, maintenant, va jouer un peu pendant que je discute avec M. Parker.

La petite obéit mais, à l'entrée du couloir, se retourna pour me lancer un regard inquiet. Je lui souris pour la rassurer et, à son tour, elle m'accorda un petit sourire.

— Elle est drôlement jolie, votre fille, dis-je.

— Elle tient de son père, me répondit Mme Mims, la voix lourde de sarcasme.

— Cela m'étonnerait. Il est avec vous ?

— Non. C'était un bon à rien fini. Je l'ai viré d'ici à coups de pied. La dernière fois que j'ai eu de ses nouvelles, il était à la charge de l'Etat du New Jersey.

— Oh, il est aussi bien là-bas.

— Absolument. Vous voulez du café ? Du thé, peut-être ?

— Je veux bien du café.

Je n'en avais pas vraiment envie, mais je me disais que cela permettrait de détendre un peu l'atmosphère. Mme Mims était du genre coriace et si elle décidait de ne pas m'aider, je n'avais aucune chance de l'amadouer.

Au bout de quelques minutes, elle émergea de la cuisine avec deux gobelets qu'elle déposa soigneusement sur des sous-verres, sur une table basse en pin, avant de retourner chercher du lait et du sucre. Nous nous assîmes et lorsqu'elle voulut boire son café, je vis que sa main tremblait. Elle surprit mon regard et leva la main gauche pour stabiliser son gobelet.

— Ce n'est pas facile, lui dis-je doucement. Quand quelque chose de ce genre arrive, c'est comme si on jetait un caillou dans l'eau. Il y a des vaguelettes, et elles secouent tout ce qu'il y a autour.

Elle hocha la tête.

— Ruth me pose des questions. Je ne lui ai pas

dit qu'ils étaient morts. Je me demande comment je vais lui annoncer ça.

— Connaissiez-vous bien Rita ?

— Je la connaissais un petit peu. Je la connaissais plutôt de réputation. J'étais au courant, pour son mari. Je savais qu'il avait failli les tuer en mettant le feu. (Elle marqua un temps d'arrêt.) Vous pensez que c'est lui qui a fait ça ?

— Je ne sais pas. On m'a dit qu'il est passé dans le coin il n'y a pas longtemps.

— Je l'ai déjà aperçu une ou deux fois, il surveillait l'appart'. Je l'ai dit à Rita, mais la seule fois où elle a appelé la police, c'est la dernière fois ; il était saoul et il faisait un boucan de tous les diables. Le reste du temps, elle le laissait tranquille. Je crois qu'elle avait pitié de lui.

— Etiez-vous là hier soir ?

Elle opina, puis au bout de quelques secondes, répondit :

— Je suis allée me coucher tôt — à cause de mes embarras de femme, quoi. J'ai pris deux aspirines, j'ai bu un fond de whisky et je me suis réveillée seulement ce matin. En descendant, j'ai vu que la porte de Rita était ouverte, je suis entrée et c'est là que je les ai trouvés. J'arrête pas de me dire que si j'avais pas pris mes cachets, si j'avais pas bu un verre…

Elle déglutit bruyamment, lutta contre les larmes. Je regardai ailleurs et après, en me retournant, je vis qu'elle semblait s'être reprise.

— Savez-vous si quelque chose ou quelqu'un d'autre lui posait des problèmes ? poursuivis-je.

Il y eut un nouveau silence, mais assourdissant cette fois. J'attendis. Elle ne disait rien.

— Madame Mims…

— Lucy, fit-elle.

— Lucy. Rien de ce que vous me direz ne risque de lui faire du tort maintenant, mais si vous savez quelque chose qui puisse nous aider à trouver celui qui a fait ça, je vous en prie, dites-le-moi.

Elle but une gorgée de café.

— Elle avait besoin d'argent. Je le savais, c'est elle qui me l'a dit. Il y avait une dame qui la dépannait, mais ça ne suffisait pas. Je lui en ai proposé un peu, mais elle a refusé. Elle m'a dit qu'elle avait trouvé un moyen d'arrondir ses fins de mois.

— Vous a-t-elle dit comment ?

— Non, mais c'est moi qui me suis occupée de Donnie quand elle n'était pas là. Elle est partie trois fois. Elle me prévenait toujours à la dernière minute. La dernière fois, quand elle est rentrée, j'ai vu qu'elle avait pleuré. On aurait dit qu'elle avait peur de quelque chose, mais elle ne m'a pas dit ce qui s'était passé, elle m'a juste dit qu'elle n'aurait plus besoin de me laisser Donnie, que ça n'avait pas marché pour son travail.

— Vous avez raconté tout ça à la police ?

— Non. Je ne sais pas pourquoi. C'est juste que… c'était quelqu'un de bien, vous voyez ? Je crois que ce qu'elle a fait, elle l'a fait uniquement pour s'en sortir. Si je l'avais dit à la police, ça aurait été différent, ça serait devenu quelque chose de sordide.

— Savez-vous pour qui elle travaillait ?

Elle se leva et disparut dans le couloir. Ses pas résonnaient sur le plancher. Elle revint, un bout de papier à la main.

— Elle m'a dit que s'il y avait un problème avec Donnie ou Billy, ou si elle ne rentrait pas à l'heure, je devais appeler ce numéro et demander ce monsieur.

Elle me tendit le mot. De sa petite écriture serrée et appliquée, Rita Ferris avait inscrit un numéro de téléphone et le nom de Lester Biggs.

— Lorsque vous l'avez revue et qu'elle avait pleuré, c'était quand, Lucy ?

— Il y a cinq jours.

Ce qui signifiait que Rita m'avait appelé le lendemain parce qu'elle avait besoin d'aide et d'argent pour quitter Portland.

— Puis-je garder ça ? lui demandai-je.

Elle acquiesça. Je mis le bout de papier dans mon portefeuille.

— Vous savez qui c'est ? m'interrogea-t-elle.

— Il tient une agence d'escort girls à South Portland.

Inutile d'enjoliver, Lucy Mims avait déjà deviné la vérité.

Pour la première fois, ses yeux se mirent à briller. Une larme perla à l'extrémité d'un cil puis, lentement, glissa le long de sa joue. La fillette surgit du couloir et courut se réfugier dans les bras de sa maman. Elle me lança un regard dénué de reproche. Au fond d'elle-même, elle comprenait que ce n'était pas moi qui avais fait pleurer sa mère.

Je sortis une carte de visite de mon portefeuille et la donnai à Lucy.

— Appelez-moi si quelque chose d'autre vous revient à l'esprit, ou même juste pour discuter. Ou si vous avez besoin d'aide.

— Je n'ai pas besoin d'aide, monsieur Parker.

Dans sa voix, je perçus l'écho des glapissements d'un type expédié à coups de pied jusqu'au New Jersey.

— Je veux bien vous croire, lui dis-je en ouvrant la porte. Au fait, presque tout le monde m'appelle Bird.

Elle traversa le séjour pour refermer la porte derrière moi, la petite toujours suspendue au cou.

— Vous allez le trouver, le type qui a fait ça, hein ?

Une flottille de nuages griffa le soleil blafard et sur les murs, derrière Lucy, un jeu d'ombres parut composer une silhouette humaine, la silhouette d'une jeune femme passant dans le séjour, et je dus secouer légèrement la tête pour chasser cette vision. L'image s'attarda une seconde avant de disparaître avec les nuages.

— Oui, répondis-je, je le trouverai.

Les bureaux de Lester Biggs se trouvaient sur Broadway, au-dessus d'un salon de coiffure. Je sonnai à l'interphone et attendis une bonne demi-minute que quelqu'un se manifeste. C'était une voix d'homme.

— Je viens voir Lester Biggs, dis-je.
— C'est à quel sujet ?
— Rita Ferris. Je m'appelle Charlie Parker. Je suis détective privé.

Rien ne se passa. Je m'apprêtais à sonner une nouvelle fois quand la serrure bourdonna. Je poussai la porte, qui donnait sur un escalier extrêmement étroit dont la moquette avait dû être verte dans une autre vie, éclairé par une petite fenêtre de palier aux vitres sales. Deux étages plus haut, je débouchai dans un local dont la porte était grande ouverte. La même moquette, un bureau avec un téléphone, deux chaises en bois sans coussins et, par terre, une pile de revues porno, une double colonne de cassettes vidéo. Il y avait trois armoires métalliques contre le mur. De l'autre côté, autour des deux grandes baies vitrées qui donnaient sur l'avenue, un empilement d'appareils électriques dans leurs cartons d'origine défiait les lois de la pesanteur. Fours à micro-ondes, sèche-cheveux, robots ménagers, chaînes stéréo, et même quelques ordinateurs dont la marque m'était inconnue. Les emballages semblaient porter des inscriptions en caractères cyrilliques. Logique. Qui d'autre qu'un grand spécialiste comme Lester Biggs pouvait acheter ou vendre du matériel informatique russe ?

Derrière le bureau, dans un fauteuil en cuir, trônait Lester en personne, flanqué à sa droite d'un individu barbu au ventre énorme et aux biceps gros comme des melons, et dont les fesses débordaient de la chaise tels des ballons remplis d'eau.

Lester Biggs, lui, était plutôt mince et distingué, façon disc-jockey au mariage de la belle-sœur. Il affichait la quarantaine, portait un costume rayé trois pièces qui n'avait pas dû lui coûter cher, une chemise blanche et une cravate rose étroite. Côté coiffure, c'était plutôt le style mule : court sur le dessus, long et brillantiné derrière. Le visage bronzé aux UV, il avait la paupière lourde, comme s'il était mal réveillé. A mon arrivée, il était en train de marteler le bureau avec son stylo, en faisant danser par la même occasion son élégante gourmette en or.

S'il fallait en croire certains, compte tenu des critères en vigueur dans sa profession, Biggs n'était pas un mauvais bougre. Il avait commencé par ouvrir une petite boutique de matériel électronique d'occasion, n'avait pas tardé à se lancer dans l'achat et la vente de matériel volé, puis avait décidé de diversifier ses activités. Son agence d'escort girls avait peut-être six ou sept mois d'existence. D'après ce que je savais, il prenait les appels, contactait la fille, lui trouvait une voiture pour la déposer à l'adresse voulue, ainsi qu'un homme tel que, parfois, le gros Jim assis à côté de lui, pour être sûr que tout se passe bien. Pour prix de ses services, il prenait cinquante pour cent. On ne pouvait pas parler de faillite morale : c'était un simple découvert.

— Tiens, notre Sherlock Holmes local, dit-il. Bienvenue. Asseyez-vous.

Du bout de son crayon, il indiqua la seule chaise encore disponible. En prenant place, j'entendis le bois craquer et perçus un léger mouvement de roulis, signes qui m'incitèrent à me pencher en avant pour alléger la charge.

— Je vois que les affaires sont florissantes.

Biggs haussa les épaules.

— Je me débrouille pas trop mal. Dans ma branche, l'image de marque n'a jamais été une priorité.

— Dans votre branche, c'est-à-dire… ?
— J'achète et je vends de la marchandise.
— Des gens, par exemple ?
— Je fournis un service. Je ne force personne à faire quoi que ce soit. Mis à part Jim, ici présent, personne ne travaille pour moi. Chacun travaille pour soi. Moi, je ne suis que le meneur de jeu.

— Racontez-moi donc dans quel jeu vous avez entraîné Rita Ferris.

En guise de réponse, Biggs se tordit dans son fauteuil pour contempler la rue.

— Je suis au courant, finit-il par soupirer. Je suis désolé. C'était une femme bien.

— Comme vous dites. J'essaie de savoir si sa mort a un rapport avec ce qu'elle faisait pour vous.

J'eus l'impression de le voir grimacer.

— En quoi ça devrait vous concerner ?
— Il se trouve que ça me concerne. Et vous aussi, vous devriez vous sentir concerné.

Il échangea un regard avec Jim, qui haussa les épaules, et me demanda :

— Comment m'avez-vous trouvé ?

— J'ai regardé dans les pages jaunes, à la rubrique « cul sordide ».

Biggs sourit.

— Il y a des hommes qui ont besoin de pimenter leur quotidien. Les barjots, c'est pas ce qui manque, et tous les jours je remercie Dieu de les avoir inventés.

— Rita Ferris a-t-elle rencontré un de ces barjots ?

Biggs repoussa son fauteuil du pied jusqu'à ce que le mur l'arrête. Il m'observa sans dire un mot.

— Ou vous me le dites à moi, ou vous le dites aux flics. Je suis sûr que les Stups et les Mœurs seraient ravis que vous leur expliquiez votre conception du métier de « meneur de jeu ».

— Que voulez-vous savoir ?

— Racontez-moi ce qui s'est passé lundi soir.

Jim et lui se regardèrent une fois de plus, et il parut se résigner à parler.

— Un client un peu spécial, rien de plus. Un type téléphone du Radisson, sur High Street, il veut une fille. Je lui demande ses préférences, il me répond une blonde pas trop grande avec des petits seins et un beau cul. C'était ce qu'il voulait. Rita tout craché. J'appelle Rita, je lui propose le boulot, elle me dit oui. C'était que la troisième fois, mais elle avait envie de se faire un peu de blé. Quelques galipettes et par ici la monnaie. (Il eut un sourire désabusé.) Bref, Jim passe la prendre, la dépose à l'hôtel, gare la bagnole et attend dans le hall. Elle, elle monte à la chambre.

— Quelle chambre ?

— 927. Dix minutes plus tard, Rita redescend

et se précipite vers Jim. Elle veut absolument qu'il la ramène chez elle. Jim la traîne dans un coin, essaie de la calmer, lui demande ce qui s'est passé. Apparemment, quand elle est arrivée à la chambre, c'est un vieux qui a ouvert la porte et qui l'a fait rentrer. D'après elle, il était bizarrement habillé…

Il regarda Jim, guettant une confirmation.

— Oui, c'était un vieux, dit Jim. Il était fringué à l'ancienne, avec un costard qui aurait pu avoir trente ou quarante ans. Rita disait qu'il sentait la naphtaline.

Pour la première fois, Biggs parut mal à l'aise.

— C'était bizarre, d'après elle. Il n'y avait pas de vêtements dans la chambre, pas de valises, pas de sacs, rien que le vieux avec son vieux costard. Elle a commencé à paniquer. Il y avait quelque chose, chez ce vieux, qui lui faisait peur.

— Il sentait mauvais, renchérit Jim. C'est ce qu'elle m'a dit. Pas comme du poisson ou des œufs pourris, mais comme s'il y avait quelque chose de pourri à l'intérieur de lui. Un peu comme si… Enfin, si le mal avait une odeur, ç'aurait été cette odeur-là.

Et comme gêné par ses propres déclarations, il se mit à examiner ses doigts.

— Alors il lui pose la main sur l'épaule, reprit Lester, et elle, du coup, elle veut se sauver vite fait. Elle le repousse, il tombe à la renverse sur le lit, elle en profite pour foncer vers la porte mais il l'avait verrouillée. Le temps qu'elle réussisse à l'ouvrir, le type est derrière elle et elle se met à hurler. Il tire sur sa robe, il essaie de lui mettre la main sur la bouche, mais elle lui donne un autre coup, à la tête cette fois. Pendant que l'autre retrouve ses esprits, elle ouvre la porte et elle file. Mais dans le couloir, elle entend que le type la suit, et qu'il va la rattraper. Au coin du couloir, il y a des gens en train de monter dans l'ascenseur. Elle arrive à les rejoindre, elle bloque les portes avec le pied au moment où elles allaient se refermer et elle descend avec eux. Le vieux, elle ne le voit plus, mais elle le sent toujours et elle sait qu'il est toujours dans les parages. Elle a eu de la chance. Dans cette aile-là, au Radisson, il n'y a qu'un ascenseur en service. Si elle l'avait loupé, le type était sûr de la coincer. Quand elle est arrivée au rez-de-chaussée, elle s'est précipitée vers Jim.

Jim contemplait toujours ses mains. De grosses mains aux veines saillantes et aux jointures couvertes de cicatrices. Peut-être se demandait-il s'il aurait pu sauver la vie de Rita Ferris en se servant de ces mains pour arrêter le vieux.

— Je lui ai dit de m'attendre dans le hall, près de la réception, expliqua-t-il. Je suis monté à la chambre, mais la porte était ouverte et la chambre était vide. Pas de valises, rien, comme elle avait dit. Alors je suis redescendu à la réception, je leur ai dit que j'avais rendez-vous avec un ami qui était à l'hôtel, chambre 927. (Il ourla les lèvres, tira sur l'une de ses cicatrices avec un ongle d'un demi-centimètre.) La chambre 927 était libre. Le vieux avait dû raconter je ne sais quoi à un employé de l'hôtel pour pouvoir entrer. J'ai emmené Rita au bar, je lui ai commandé un cognac et j'ai attendu qu'elle se calme avant de la ramener chez elle. Voilà, c'est tout.

— Et ce type, vous l'avez signalé aux flics?

Biggs secoua la tête.

— Et comment j'aurais fait?

— Vous avez le téléphone.

— J'ai surtout une société à faire tourner, rétorqua-t-il.

Plus pour longtemps, me dis-je. Malgré ses airs contrits, Biggs n'était guère plus qu'un parasite qui s'insinuait dans la vie de jeunes femmes en difficulté pour les ronger de l'intérieur.

— Il pourrait réessayer, dis-je. C'est peut-être ce qu'il a fait, et qui a fini par causer la mort de Rita.

— Non, ça arrive, ce genre de trucs. L'autre taré est sûrement rentré chez lui se branler.

Son regard me disait qu'il ne croyait pas à ses propres mensonges. Jim, lui, gardait la tête baissée, dans son halo de mauvaise conscience.

— Elle vous a fait une description ?
— Comme on vous l'a dit : vieux, grand, cheveux gris, puant. C'est tout.

Je me levai.

— Merci. Vous m'avez bien aidé.
— N'hésitez pas à repasser. Et si vous avez envie de vous éclater, donnez-moi un petit coup de fil.
— Ouais, c'est ça, vous serez le premier informé.

J'avais à peine mis le nez dehors qu'une voiture se gara près de moi. C'était celle d'Ellis. Il n'avait pas l'air franchement enchanté de me voir.

— Que faites-vous ici ? me demanda-t-il.
— La même chose que vous, j'imagine.
— On a reçu un appel anonyme.
— Vous en avez de la chance.

Lucy Mims avait sans doute décidé de suivre sa conscience...

Ellis se frotta le visage et, en tirant la peau, laissa entrevoir le rouge sous ses yeux.

— Vous n'avez toujours pas répondu à ma

question. Comment saviez-vous qu'elle se prostituait ?

— Je l'ai peut-être appris de la même manière que vous. Cela n'a pas d'importance.

— Et pourtant, vous n'aviez pas l'intention de nous tenir au courant ?

— Je vous l'aurais dit tôt ou tard. Je voulais simplement éviter qu'on lui colle l'étiquette de pute tant que les journalistes couvrent l'affaire et tant que je n'ai pas réussi à en savoir plus.

— Je ne vous savais pas si sentimental, observa Ellis, le plus sérieusement du monde.

— J'ai certaines faiblesses, mais je ne m'en vante pas, répondis-je en regagnant ma voiture. A bientôt, Ellis.

8

En sortant du bureau de Lester Biggs, je fis une halte au Green Mountain Coffee Roasters, sur Temple Street, histoire de grignoter une brioche et boire un vrai café en regardant défiler les voitures. Quelques personnes faisaient la queue devant le Nickelodeon pour aller voir un film de série B, d'autres prenaient l'air autour de Monument Square. A deux pas de là, Congress Street était noire de monde. Le quartier avait souffert lorsque les centres commerciaux avaient vidé la ville de ses petits commerces, mais d'innombrables restaurants et le café-théâtre Keystone avaient réussi à le ranimer, et il était aujourd'hui considéré comme le haut lieu de la vie culturelle de Portland.

Cette ville avait souvent frôlé la mort. Les Indiens l'avaient brûlée par deux fois, en 1676 et en 1690. En 1775, à la suite d'un différend portant sur des mâts de navire, l'Anglais Henry Mowatt l'avait embrasée à coups de canon. Et en 1866, quelqu'un avait eu la bonne idée de lancer un pétard dans un chantier naval de Commercial Street, déclenchant un incendie qui allait réduire en cendres toute la moitié est de la ville. Et pourtant la ville avait survécu, et elle ne cessait de se développer.

Mes sentiments à son égard ressemblaient beaucoup à ceux que m'inspirait la maison de Scarborough : c'était un lieu où le passé survivait encore, où un homme pouvait trouver sa place à la seule condition de comprendre qu'il était un maillon de la chaîne, car un homme coupé de son passé est un homme à la dérive dans le présent. Peut-être était-ce en partie le problème de Billy Purdue. Il y avait eu peu de stabilité dans sa vie. Son parcours se résumait à une succession d'épisodes sans liens et dont le seul point commun était d'avoir laissé des souvenirs désagréables. Avec un homme comme Billy Purdue, tout couple était voué à l'échec, car lorsqu'un être malheureux se lance dans l'aventure du mariage, on obtient généralement deux êtres malheureux, et parfois même deux êtres malheureux qui finissent par divorcer.

Au bout du compte, je finis par me dire que la vie de Billy Purdue, après tout, ne me regardait pas. Ce qu'il avait fait à Tony Celli et les raisons pour lesquelles il l'avait fait ne concernaient que Tony et lui. Billy était un grand garçon, maintenant, et sa prestation à Ferry Beach prouvait qu'il avait décidé de jouer dans la cour des grands. Alors si la vie de Billy Purdue ne me regardait pas, pourquoi avais-je l'impression qu'il fallait que j'essaie de le sauver ?

Si j'allais jusqu'au bout de mon raisonnement, ce qui était arrivé à Rita et à Donald ne me regardait pas davantage, et pourtant... Devant ces deux corps brièvement figés dans la lumière des flashes de l'appareil photo, j'avais senti quelque chose vibrer en moi, quelque chose de familier, quelque chose que j'avais reçu en offrande, des mains de quelqu'un d'autre. Dans ce café bondé, entouré de gens venus se protéger du froid, qui parlaient de leurs enfants, médisaient de leurs voisins, tripotaient les mains de leurs copines, de leurs copains, de leurs maîtresses, de leurs amants, je fis doucement glisser mes doigts, ceux de la main gauche, dans la paume de ma main droite, et ce petit geste me fit revivre un contact plus intense que la caresse d'une femme, et les lourdes odeurs des marais de Louisiane flottèrent de nouveau jusqu'à mes narines.

Huit mois plus tôt ou presque, j'étais resté un certain temps assis dans la chambre d'une vieille femme aveugle du nom de Tante Marie Aguillard, une énorme masse d'ébène dont les yeux morts, s'ils ne voyaient plus, scrutaient pourtant avec une étrange sensibilité les zones d'ombre de sa vie comme celles de la vie des autres. Je ne savais pas précisément ce que j'attendais d'elle, mais elle avait affirmé entendre dans le marais les appels d'une petite fille assassinée. Et je me disais que celui qui avait tué cette petite pouvait être également le meurtrier de ma propre femme et de ma propre fille — si tant est que je n'avais pas affaire à une femme complètement folle, ou qui cherchait à se venger de quelqu'un, ou qui simplement, souffrant de solitude, voulait qu'on s'intéresse à elle.

Mais lorsqu'elle avait effleuré ma main dans cette pièce en plus en plus sombre, j'avais senti quelque chose me traverser le corps comme une décharge d'électricité, et j'avais alors compris qu'elle ne mentait pas, qu'elle avait bien entendu les cris de cette gamine au milieu de cette végétation pourrissante et de ces eaux vert soupe, et qu'elle s'était efforcée de la réconforter dans ses derniers instants.

Et à travers Tante Marie, j'avais également entendu les voix de Susan et de Jennifer, faibles mais distinctes, des voix que j'avais emportées avec moi, et une semaine plus tard, dans le métro, ma femme m'était apparue pour la première fois. Tante Marie m'avait légué le don de voir et d'entendre ma femme et ma fille disparues, de voir et d'entendre d'autres personnes encore. Tante Marie faisait désormais partie du nombre. Tel était ce pouvoir, transmis par le seul toucher de sa main, et je ne parvenais toujours pas à me l'expliquer.

Je pense qu'il peut s'agir d'une sorte d'empathie ; j'aurais ainsi la faculté de ressentir la souffrance de ceux qui ont été arrachés à la vie dans la douleur, brutalement et sans la moindre pitié. Ou peut-être suis-je victime d'une forme de folie, engendrée par le chagrin et le sentiment de culpabilité qui me rongent. Peut-être suis-je perturbé, peut-être ai-je imaginé, dans mon désarroi, des mondes parallèles dans lesquels les morts harcèlent les vivants en exigeant réparation. Je ne sais pas au juste. Tout ce que je puis dire, c'est que ceux qui sont absents deviennent ainsi présents.

Mais certains dons peuvent se révéler pires que des malédictions, et le revers de la médaille, ici, est qu'ils savent. Les égarés, les laissés-pour-compte, ceux qui n'auraient pas dû être pris mais l'ont été, les innocents, les ombres désespérées et tourmentées, les morts qui se rassemblent en hordes silencieuses, tous savent.

Et les voici qui viennent.

Malgré mes doutes, je passai l'après-midi à aller de bar en bar pour interroger ceux qui avaient connu Billy Purdue et auraient pu savoir où il était allé. Dans certains cas, la police de Portland m'avait devancé, et on me recevait plutôt froidement. Personne ne pouvait ou ne voulait me dire quoi que ce soit, et j'avais presque abandonné tout espoir quand enfin se présenta James Hamill.

Il ne devait pas y avoir énormément de branches dans l'arbre généalogique de Hamill. C'était un misérable déchet humain, soixante kilos d'aigreur, de colère latente, de mentalité arriérée, le genre à faire spontanément du tort à son prochain au lieu de l'aider s'il en avait la possibilité. Hamill se situait assez bas dans la chaîne alimentaire, et j'étais prêt à parier que, généralement, ses prédateurs naturels le mangeaient tout cru.

Il était en train de jouer au billard tout seul dans une salle de Fore Street, la casquette en arrière, un semblant de moustache vrillé par la concentration. Il loupa son coup, jura bruyamment. Même si la bille avait été en fer et la poche un aimant, il aurait loupé son coup. Hamill était comme ça.

Au Gritty McDuff's, quelqu'un m'avait dit que Hamill traînait parfois ses guêtres au Old Port Billiards avec Billy Purdue. Je ne voyais pas très bien pourquoi. C'était peut-être pour Billy un moyen de se valoriser...

— James Hamill ?

Il se gratta le cul et me tendit la main. Son sourire aurait fait déprimer n'importe quel dentiste.

— Enchanté, même si je vous connais pas. Maintenant, allez vous faire foutre.

Et il retourna à sa partie de solitaire.

— Je recherche Billy Purdue.

— Prenez un ticket et faites la queue.

— Quelqu'un d'autre a posé des questions à son sujet ?

— Tout ce qui porte un uniforme dans le coin, ouais, à ce que j'ai entendu. Vous êtes un flic ?

— Non.

— Un privé ?

Il fit lentement coulisser sa queue. Il avait l'ambition de rentrer une bille rayée dans la poche du milieu.

— On peut dire ça.
— Vous êtes le type qu'il a engagé ?

Je pris la bille qu'il visait, et la blanche fila directement dans la poche.

— Hé ! s'écria Hamill. Rendez-moi ma bille !

On aurait dit un petit garçon gâté, mais j'imaginais mal une femme se vanter de l'avoir mis au monde.

— Billy Purdue a engagé un détective privé ? demandai-je.

Mon intonation dut me trahir, car un rictus intéressé balaya subitement l'expression profondément malheureuse qui marquait le visage de Hamill.

— En quoi ça vous intéresse ?
— J'aimerais parler à tous ceux qui peuvent m'aider à retrouver la trace de Billy. C'est qui, ce privé ?

Si Hamill refusait de me le dire, je parviendrais sans doute à obtenir le renseignement en donnant quelques coups de fil, à la condition que l'intéressé veuille bien reconnaître que Billy avait fait appel à ses services.

— Ça m'embêterait que mon pote ait des histoires à cause de moi, fit Hamill en se frottant le menton pour prendre un air qui se voulait songeur. Vous voulez quoi ?
— J'ai travaillé pour son ex-femme.
— Elle est morte. J'espère qu'elle vous a payé d'avance.

Ma main soupesa la bille, que j'avais très envie d'écraser sur le crâne de Hamill. L'autre, devinant mes pulsions, se radoucit.

151

— Ecoutez, j'ai besoin de fric. Filez-moi quelque chose, et je vous donne son nom.

Je sortis mon portefeuille pour en extraire un billet de vingt dollars que je posai sur la table.

— Putain, vingt sacs ! cracha Hamill. Vous êtes un comique, vous. Ça vous coûtera plus que ça.

— Je vous donnerai plus. Je veux le nom.

Hamill réfléchit un moment.

— Je connais pas son prénom, mais il s'appelle Wildon ou Wifford ou quelque chose comme ça.

— Willeford ?

— Ouais, ouais, c'est ça, Willeford.

J'acquiesçai et m'éloignai.

— Hé ! Hé ! cria Hamill, dont j'entendis les baskets couiner derrière moi. Et mon supplément ?

Je me retournai.

— Pardon, j'ai failli oublier.

Je déposai une pièce de dix *cents* sur le billet de vingt dollars, accompagnai mon geste d'un clin d'œil et remis la bille sur la table.

— Ça, c'est pour la plaisanterie sur son ex-femme. Profitez-en bien, et pas de folies, surtout.

Je pris la direction de l'escalier.

— Hé, le milliardaire ! hurla Hamill dans mon dos. Revenez ici tout de suite !

Marvin Willeford ne se trouvait pas dans son bureau, une unique pièce située au-dessus d'un restaurant italien, en face du terminal bleu du ferry de Casco Bay, mais un mot sur la porte signalait qu'il était parti déjeuner. Manifestement, ce n'était pas un déjeuner pris sur le pouce. Au restaurant où Willeford avait ses habitudes, le serveur m'indiqua un bar sur les quais, le Sail Loft Tavern, à l'angle de Commercial et Silver.

Aux dix-huitième et dix-neuvième siècles,

pêcheurs et armateurs prospéraient à Portland. Sur les quais s'empilait du bois à destination de Boston et des Antilles. Plus tard, ce même bois partirait pour la Chine et le Moyen-Orient. Entre-temps, on avait modernisé le port, mais l'apparition de résidences et de boutiques destinées à attirer touristes et jeunes cadres avait fait naître une polémique qui, aujourd'hui encore, n'avait rien perdu de sa vigueur. Il est difficile de faire fonctionner correctement un port de commerce envahi de gens en sandales et vêtements délavés qui passent leur temps à se prendre en photo et à déguster des cornets glacés. Le Sail Loft ressemblait à un hommage au bon vieux temps et, ici, certaines personnes se sentaient vraiment chez elles.

Je connaissais Willeford de vue, mais je ne lui avais jamais parlé et je ne savais quasiment rien de lui. Il me parut plus âgé que dans mon souvenir lorsque je le découvris dans la pénombre du bar, en train de regarder la rediffusion d'un match de basket sur un téléviseur mural cerné d'hippocampes et d'étoiles de mer. Il devait avoir passé depuis peu le cap de la soixantaine. La joue flasque, il n'avait conservé que quelques mèches de cheveux blancs collées sur le crâne comme des algues sur un rocher. La peau de son visage, d'une étonnante pâleur, presque translucide, laissait apparaître de chaque côté un fin réseau de veines, et son nez bulbeux, pivoine, criblé de cratères, ressemblait à une carte en relief de la surface de Mars. Ses traits donnaient l'impression d'être flous et inexacts, comme s'ils étaient lentement en train de se dissoudre dans l'alcool que charriait son sang, pour n'être plus que des reflets estompés.

Il tenait une bière à la main, à côté d'un petit verre à alcool vide, et sur l'assiette posée devant lui on distinguait les restes d'un sandwich accompagné de chips. Mais Willeford n'était pas avachi au comptoir ; il se tenait bien droit sur son tabouret, légèrement en appui contre le petit dossier.

— Bonjour, dis-je en m'asseyant à côté de lui. Marvin Willeford ?

— Il te doit de l'argent ? demanda Willeford sans détacher son regard de l'écran.

— Pas encore.

— Bien. C'est toi qui lui dois de l'argent ?

— Pas encore, répétai-je.

— Dommage. Cela dit, si j'étais toi, je m'arrangerais pour que ça reste comme ça. (Il se tourna vers moi.) Que puis-je pour toi, fiston ?

Un peu décontenancé de m'entendre appeler « fiston » à l'âge de trente-quatre ans, j'eus presque envie de sortir mes papiers.

— Je suis Charlie Parker.

Il opina.

— J'ai connu ton grand-père, Bob Warren. C'était un gars bien. Je me suis laissé dire que tu allais peut-être marcher sur mes plates-bandes, Charlie Parker.

— Peut-être, répondis-je en haussant les épaules. J'espère qu'il y aura assez de boulot pour nous deux. Je vous paie une bière ?

Il assécha son verre, en commanda un autre. Je demandai du café.

— « L'ordre ancien change et cède la place au nouveau », cita tristement Willeford.

— Tennyson, fis-je.

Un sourire appréciateur lui fendit le visage.

— Je suis heureux de voir que tous les romantiques n'ont pas disparu.

Willeford n'était visiblement pas qu'un type enclin à déjeuner de longues heures durant dans un bar sombre. En général, les hommes comme lui réservent des surprises.

Il me salua avec sa nouvelle bière, la mine réjouie.

— Enfin, au moins, petit, tu n'es pas totalement philistin. Tu sais, ça fait trop longtemps que je viens ici. Quand je regarde cet endroit, je me demande combien de temps il tiendra encore, avec tous les apparts de luxe et les petites boutiques chic qui envahissent le port. Il y a des jours où je me dis qu'il faudrait que je m'enchaîne sur place pour protester, mais le problème, c'est que j'ai la hanche qui déconne et le froid me donne envie de pisser. (Il secoua la tête, l'air mélancolique.) Bon, quel bon vent t'amène à la porte de mon bureau, fiston ?

— J'espérais que vous pourriez me parler de Billy Purdue.

Il but sa bière en ourlant les lèvres.

— Tu me demandes ça à titre professionnel ou personnel ? Parce que si c'est perso, on ne fait que bavarder, d'accord ? Mais si c'est pour le boulot, il y a la déontologie, le secret professionnel, les lois de la concurrence, encore que — et là, je dis ça à titre perso, tu comprends —, si tu veux prendre Billy Purdue en portefeuille, surtout ne te gêne pas. Il a un défaut que je considère comme rédhibitoire chez un client : il est fauché. Mais d'après ce que je crois savoir, il a plus besoin d'un avocat que d'un détective.

— Disons alors que c'est à titre personnel.

— Va pour personnel. Il m'a engagé pour retrouver ses parents naturels.

— Quand ?

— Il y a environ un mois. Il m'a versé deux cent cinquante dollars d'avance, tout en coupures de cinq et de un, direct de la tirelire, mais après, il n'a pas pu suivre, alors je l'ai largué. On ne peut pas dire que ça lui ait fait plaisir, mais le business, c'est le business. De toute façon, ce gus était une vraie plaie.

— Jusqu'où avez-vous réussi à remonter ?

— Oh, j'ai fait les démarches habituelles. J'ai demandé à l'administration tous les renseignements non confidentiels, tu vois, l'âge des parents, la profession, le lieu de naissance, l'origine. Rien, que dalle. Ce type était né dans un chou.

— Pas de registre de naissance ?

Il leva les mains en feignant la stupéfaction, avant d'engloutir une énorme gorgée de bière. Je le soupçonnais d'être capable de vider son verre en trois lampées. Et je n'avais pas tort.

— Alors je suis monté à Dark Hollow. Tu vois où c'est, juste après Greenville ? (J'acquiesçai.) J'avais un autre truc à régler près de Moosehead pour un client et je me suis dit que je pouvais peut-être travailler un peu pour Purdue sans avoir à le lui facturer. Le dernier type qui l'a accueilli vit dans ce coin-là, mais c'est un vieux maintenant, il est plus âgé que moi. Il s'appelle Payne, Meade Payne. Il m'a dit que d'après ce qu'il savait, Billy Purdue avait été adopté par l'intermédiaire d'une femme de Bangor et des sœurs de St Martha's.

Le nom de St Martha's m'était vaguement familier, et Willeford parut deviner mes interrogations.

— St Martha's, répéta-t-il. Là où une vieille s'est suicidée il y a quelques jours, celle qui avait fugué. C'est un ancien couvent où les religieuses recueillaient les femmes, comment dire... de mauvaise vie. Sauf qu'aujourd'hui, toutes les bonnes sœurs sont mortes ou sérieusement atteintes d'Alzheimer, et St Martha's est devenue une maison de retraite privée, pas très reluisante. Dans les couloirs, ça sent la pisse et les légumes bouillis.

— Et donc, pas d'état civil ?

— Rien. J'ai épluché les rares archives qui restaient. Ils avaient le registre des naissances et ils avaient conservé des copies des certificats importants, mais je n'ai rien trouvé qui corresponde à Billy Purdue. Sa naissance n'avait pas été enregistrée, ou alors quelqu'un s'était débrouillé pour faire disparaître toutes les traces. Et apparemment, personne ne savait pourquoi.

— Avez-vous pu voir cette femme, celle qui avait organisé l'adoption ?

— Lansing. Cheryl Lansing. Ouais, j'ai discuté avec elle. Elle aussi, elle est âgée. Attends, même ses gosses commençaient à être vieux. J'ai l'impression de ne plus voir que des vieux, même chez mes clients. Je crois qu'il serait temps que je me fasse des amis un peu plus jeunes.

— Attention aux rumeurs. Vous risquez d'être catalogué.

— Pour m'offrir de la jeunesse, il faudrait que j'aie de l'argent, gloussa-t-il.

— Je ne sais pas. Vous pouvez essayer, mais je ne pense pas que cela vous emmène très loin.

Il hocha la tête et acheva sa bière.

— Eh oui, ça, c'est l'histoire de ma vie. Même les morts ont une vie plus mouvementée que moi.

C'était donc Cheryl Lansing qui avait organisé l'adoption de Billy Purdue. Et elle avait dû prendre cette aventure très à cœur pour venir encore en aide, trois décennies plus tard, à son ex-femme et à son fils. Je revoyais le sac de vêtements, le carton de victuailles, le petit rouleau de billets dans la main de Rita Ferris. Cheryl Lansing m'avait fait l'impression d'être une femme bien. Le double meurtre de ses protégés avait dû la secouer.

Je commandai une autre bière, et Willeford me

remercia. Il commençait à être bien cuit et je ne me sentais pas très fier : pour les besoins de ma noble croisade, j'allais le mettre hors d'état de travailler pendant le restant de la journée.

— Parlez-moi de Cheryl Lansing, lui dis-je, impatient d'en savoir davantage.

— Oh, elle n'a rien voulu me dire sur Purdue. J'ai longuement insisté, mais ça n'a servi à rien. Tout ce qu'elle a lâché, c'est que la mère venait du nord de l'Etat, qu'elle ne connaissait même pas son nom, qu'elle avait organisé l'adoption pour rendre service aux bonnes sœurs. Apparemment, chaque adoption lui rapportait un peu d'argent dont elle reversait une partie aux sœurs, mais celle-ci avait été faite à titre gracieux. Elle avait la copie d'un acte de naissance, mais les parents n'étaient pas identifiés. Je me suis dit qu'il y avait forcément une déclaration de naissance quelque part.

— Qu'avez-vous fait ?

— Eh bien, en me basant sur les déclarations de Payne et sur tout ce que j'avais pu glaner à droite à gauche, je me suis rendu compte que presque toutes les personnes qui avaient hébergé Billy Purdue étaient elles aussi originaires du nord de l'Etat. Purdue n'est jamais allé plus bas que Bangor, jusqu'au jour où, adulte, il est descendu à Boston. Alors j'ai interrogé les gens, j'ai balancé quelques avis de recherche en indiquant une fourchette de dates de naissance, j'ai même fait paraître une annonce dans la presse locale, et j'ai attendu. De toute façon, le budget était déjà bouffé et je voyais mal comment Purdue pourrait verser une rallonge.

« Puis j'ai reçu un coup de fil me disant qu'il fallait je m'adresse à une pensionnaire de la maison de retraite de Dark Hollow, ce qui me ramenait à St Martha's. (Il s'interrompit, le temps de boire une longue gorgée de bière.) J'ai donc informé Billy que j'avais peut-être trouvé une piste et je lui ai demandé s'il voulait que je continue. Il m'a répondu qu'il n'avait plus d'argent, je lui ai dit que malheureusement notre collaboration allait s'arrêter là. Il m'a insulté, menacé de bousiller mon bureau si je ne l'aidais pas. Je lui ai montré mon copain (il écarta le pan de sa veste pour dévoiler un Colt Python avec un immense canon de huit pouces, qui lui donnait des airs de vieux pistolero) et il s'est tiré.

— Vous lui avez donné le nom de la vieille ?

— Je lui aurais donné ce que je portais sur le dos pour me débarrasser de lui. Pour moi, c'était l'heure du repli stratégique. J'ai fait ce que j'ai pu.

Mon café était froid. Je me penchai au-dessus du comptoir et vidai mon gobelet dans l'évier.

— Avez-vous une idée de l'endroit où pourrait être Billy ?

Willeford secoua la tête. Puis :

— Ah, autre chose…

J'attendis.

— La vieille de St Martha's. Elle s'appelait Mlle Emily Watts, ou du moins elle se faisait appeler comme ça. Ce nom vous dit quelque chose ?

Non, je ne voyais pas.

— A priori, ça ne me dit rien. Pourquoi, ça devrait ?

— C'est la petite vieille qui s'est tiré une balle le soir où il neigeait, en pleine forêt. Bizarre, non ?

Les détails de ce fait divers tragique me revinrent alors à l'esprit. La fusillade de Prouts Neck l'avait fait passer au second plan.

— Vous pensez que Billy Purdue serait allé la voir ?

— Je ne sais pas, mais en tout cas quelque chose

l'a terrifiée, et suffisamment pour qu'elle s'enfuie à travers bois et se suicide pour qu'on ne la ramène pas à l'hospice.

Je me levai, le remerciai, endossai mon pardessus.

— Ce fut un plaisir, fiston. Tu sais, tu ressembles un peu à ton grand-père. Si tu marches dans ses pas, tu ne donneras à personne l'occasion de regretter de t'avoir connu.

J'eus un nouveau pincement, un petit sentiment de culpabilité.

— Merci. Je vous dépose quelque part ?

Il agita son verre pour commander une autre bière, assortie d'un petit whisky. Je mis dix dollars sur le comptoir, de quoi payer les nouvelles consommations. Il leva son verre vide pour saluer mon geste.

— Fiston, me dit-il, je ne vais nulle part.

Quand je ressortis du bar, la nuit tombait déjà. Je dus m'emmitoufler dans mon pardessus pour me protéger du froid. Le vent venu du large passait ses doigts de glace dans mes cheveux, me frictionnait la peau. J'avais garé la Mustang sur le parking du One India, un lieu tristement célèbre de Portland. C'était l'ancien emplacement de Fort Loyal, érigé par les colons en 1680 et détruit dix ans plus tard par les Français et leurs alliés indiens. Ses cent quatre-vingt-dix occupants avaient été massacrés après s'être rendus. C'était au même endroit qu'avait été bâtie la fameuse gare d'India Street, point de départ des lignes Atlantic and St Lawrence Railroad, Grand Trunk Railway of Canada et Canada National Railways à l'époque où Portland était encore un grand centre ferroviaire. Au One India, aujourd'hui occupé par une compagnie d'assurances, on voyait encore au-dessus de la porte l'enseigne du siège de la Grand Trunk and Steamship.

Les chemins de fer avaient disparu depuis près de trente ans, mais il était question de reconstruire Union Station, sur St John, et de rouvrir la ligne passagers de Boston. C'était étrange de voir ainsi renaître, revivre, des fragments du passé que l'on pensait à jamais ensevelis.

Les vitres de la Mustang étaient déjà en train de se couvrir de givre, et la petite brume qui flottait au-dessus des entrepôts et des bateaux amarrés donnait au moindre son un relief particulier. J'allais atteindre la voiture lorsque j'entendis des pas derrière moi. Avant que j'aie eu le temps de me retourner, pardessus à présent ouvert, en rapprochant négligemment ma main droite de mon arme, quelque chose se ficha au creux de mes reins et une voix ordonna :

— Touche pas à ça. Garde les mains écartées.

Mes bras se déployèrent, paumes vers le sol. A ma droite, une deuxième silhouette arriva en boitillant, le pied gauche légèrement rentré. L'homme s'empara de mon arme. Il devait faire un mètre soixante à tout casser, sans doute pas loin de la quarantaine. Des cheveux noirs et touffus, des yeux marron, des épaules qu'on devinait solides sous le manteau, et un ventre ferme. Il aurait presque pu être beau sans ce bec-de-lièvre qui fendait sa bouche en cœur comme une blessure au couteau.

L'autre énergumène était plus grand, plus massif. Le col de sa chemise d'un blanc immaculé disparaissait presque sous sa crinière châtain. Le regard agressif et la bouche crispée contrastaient curieusement avec la cravate Winnie l'Ourson bariolée parfaitement nouée. Un cou épais et très musclé séparait la tête, quasiment cubique, des épaules larges et bien carrées. Il se déplaçait comme une figurine entre les mains d'un gosse, en se balançant d'un côté sur l'autre sans jamais plier les genoux. A eux deux, ils faisaient un sacré couple.

— Hé, les enfants, c'est peut-être un peu tard pour essayer de faire peur aux gens. C'est passé, Halloween ! (Et en me penchant vers le plus petit, j'ajoutai à mi-voix :) Et tu sais que si le vent change de direction, tu vas rester comme ça ?

C'était un peu nul, mais j'avais horreur des gens qui se faufilent en douce dans le brouillard pour m'enfoncer leur arme dans le dos. Comme aurait dit Billy Purdue, ils étaient malpolis. Le petit retourna mon arme dans sa main et examina le Smith & Wesson troisième génération d'un œil expert.

— Bel engin.

— Rendez-le-moi et je vous montrerai comment ça marche.

Un étrange sourire lui cisailla le visage.

— Vous devez venir avec nous, fit-il en indiquant la direction d'India Street, où un appel de phares venait de trouer la nuit.

Je me retournai vers la Mustang. Bec-de-Lièvre prit un air faussement prévenant.

— Merde, c'est ta bagnole qui te tracasse ?

Il enleva d'un coup de pouce la sécurité du Smith et tira sur la Mustang. Côté gauche, les deux pneus éclatèrent et aussitôt, non loin, une alarme de voiture se déclencha.

— Voilà. Comme ça, maintenant, personne vous la volera.

— Ce que vous venez de faire, je vous garantis que je vais m'en souvenir, dis-je.

— Oh, oh. Si vous voulez que je vous épelle mon nom, vous le dites.

Le grand me poussa en direction de l'autre voiture, une BMW Série 7 gris métallisé qui glissa vers nous et braqua brusquement à droite. La portière arrière s'ouvrit brutalement. Un autre charmant voyou, cheveux bruns, courts, une arme de poing sur les genoux, était installé sur la banquette arrière. Le conducteur, plus jeune que les autres, s'amusait à faire des bulles avec son chewing-gum en écoutant la FM. En montant dans la voiture, j'eus droit à la chanson de *Don Juan de Marco* par Bryan Adams.

— Vous pensez qu'il serait possible de changer de station ? m'enquis-je au moment où la BMW redémarrait.

Bec-de-Lièvre m'aiguillonna le flanc du canon de son pistolet.

— Moi, je l'aime bien, ce morceau, dit-il avant de commencer à le fredonner. T'as aucune sensibilité.

Je le regardai. A mon avis, il parlait tout à fait sérieusement.

Notre destination n'était autre que le Regency sur Milk Street, le meilleur hôtel de Portland, construit à l'emplacement d'une ancienne armurerie de brique rouge dans le Vieux Port. Le chauffeur gara la voiture à l'arrière et nous nous dirigeâmes vers la petite entrée, près de la salle de sport de l'hôtel. Là, un autre jeune homme vêtu d'un costume noir impeccable nous ouvrit la porte avant d'annoncer notre arrivée grâce au micro fixé au revers de sa veste. L'ascenseur nous déposa au dernier étage. Bec-de-Lièvre frappa respectueusement à la porte de droite, au fond du couloir. Lorsqu'elle s'ouvrit, on me fit entrer pour me présenter à Tony Celli.

Tony était assis dans un énorme fauteuil, les pieds sur un repose-pieds assorti. Il ne portait pas de chaussures. Chaussettes de soie noire, pantalon au pli irréprochable, chemise à rayures bleues et col blanc, cravate bordeaux ornée d'un savant motif de spirales noires. Ses manchettes blanches scintillaient d'or. Il était rasé de près, et une raie séparait sur le côté ses cheveux noirs bien coiffés. De fins sourcils épilés surmontaient ses yeux marron. Il avait le nez long et intact, la bouche un peu molle, le menton légèrement gras. Les doigts — sans bague — croisés sur le ventre, il regardait le résumé de la journée boursière à la télévision. Sur la table, près de lui, la présence d'un casque et d'un détecteur de micros indiquait que la pièce avait déjà été sécurisée.

Je connaissais Tony Celli de réputation. Il avait gravi tous les échelons de la hiérarchie mafieuse. Ses débuts, il les avait faits dans le quartier chaud de Boston. Gérant de divers sex-shops et proxénète, il s'était peu à peu bâti une solide surface commerciale en prenant soin de toujours payer les commissions réclamées. Il prenait de la monnaie aux gens qui étaient en dessous de lui et en reversait une bonne partie à ceux qui étaient au-dessus de lui. Il respectait ses engagements et on le disait promis à un brillant avenir. Je savais qu'il avait déjà un certain nombre de responsabilités dans le domaine des finances, car on l'estimait doté d'un certain flair en matière d'argent ; sa chemise à rayures et son regard rivé aux cours de la Bourse défilant sur l'écran renforçaient d'ailleurs utilement ce sentiment.

Il devait avoir à présent la quarantaine, guère

plus, et on pouvait qualifier sa présentation d'excellente. En fait, c'était le genre de gars qu'on pouvait ramener à la maison et présenter à sa mère, n'eût été le fait qu'il risquait de la torturer, de la sauter, puis de balancer ce qui restait d'elle dans le port de Boston.

Son surnom de Tony Clean ne tenait pas uniquement à son goût pour l'élégance : il ne salissait jamais. Beaucoup de gens avaient répandu le sang pour son compte, s'étaient lavé les mains en le regardant s'écouler dans de vieilles baignoires en faïence lézardée ou des éviers en inox, mais jamais une éclaboussure n'avait atteint la chemise de Tony.

On m'avait un jour raconté une histoire à son propos. Cela remontait à l'année 1990, à l'époque où il tailladait encore les macs qui avaient eu le tort d'oublier qu'il ne fallait jamais empiéter sur son territoire. Stan Goodman, un promoteur immobilier de Boston, possédait une résidence secondaire à Rockport, une immense demeure de caractère, avec des pignons partout, de magnifiques pelouses et un chêne vieux de deux cents ans. La propriété était située non loin de l'ancienne enceinte. Rockport est un pittoresque port de pêche près de Cape Ann, au nord de Boston. On s'y gare encore pour un *cent* symbolique et, moyennant quatre dollars, le tramway Salt Water vous fait faire le tour de la ville.

Stan Goodman avait une femme et deux enfants, un garçon et une fille, adolescents, qui eux aussi adoraient cette maison. Tony voulut l'acquérir, et il était prêt à la payer très cher, mais Goodman refusait de la vendre. Il l'avait héritée de son père, disait-il, et son père l'avait achetée dans les années quarante à son premier propriétaire. Il proposa à

Tony Clean de lui trouver une propriété du même genre, dans le même quartier, en s'imaginant qu'avec un peu de bonne volonté de part et d'autre tout se passerait bien. Mais Tony Clean n'était pas un homme de bonne volonté.

Une nuit de juin, quelqu'un pénétra par effraction chez les Goodman, abattit le chien et bâillonna les quatre membres de la famille avant de les conduire dans les anciennes carrières de granit de Halibut Point. Je présume que c'est Stan Goodman qui mourut le dernier, après qu'on eut tué sa femme, sa fille et son fils en leur plaçant la tête sur une pierre plate et en leur défonçant le crâne à coups de masse. Il y avait énormément de sang par terre lorsqu'on retrouva les corps, le lendemain matin, et je parierais que les auteurs du massacre eurent bien du mal à nettoyer leurs vêtements. Le mois d'après, Toni Celli achetait la propriété. Personne d'autre n'était sur les rangs.

La simple présence de Tony Celli à Portland après ce qui s'était passé à Prouts Neck prouvait qu'il ne plaisantait pas. Tony voulait récupérer cet argent, et sa détermination était telle qu'il ne craignait pas de s'exposer pour arriver à ses fins.

— Vous avez vu les infos ? demanda-t-il enfin.

Son regard restait rivé à l'écran, mais je savais que la question m'était destinée.

— Euh, non.

Pour la première fois, il se tourna vers moi.

— Vous ne regardez pas les infos, vous ?

— Euh, non.

— Pourquoi ?

— Ça me déprime.

— Vous devez déprimer facilement.

— Je suis d'une nature sensible.

Il demeura silencieux un instant, se concentra

sur un reportage consacré à la faillite d'une banque japonaise.

— Vous ne regardez pas les infos ? répéta-t-il comme si je venais de lui dire que je n'aimais pas faire l'amour ou manger chinois. Jamais ?

— Comme vous le disiez justement, je déprime facilement. Même la météo me déprime.

— Ça, c'est parce que vous habitez ici. Vous n'avez qu'à aller vivre en Californie, la météo vous déprimera moins.

— Il paraît qu'il y a du soleil toute l'année.

— Ouais, il fait tout le temps beau.

— Là, c'est la monotonie qui va me déprimer.

— J'ai l'impression que vous, vous ne serez jamais vraiment heureux.

— Vous avez peut-être raison, mais je m'efforce de rester toujours de bonne humeur.

— Vous êtes d'ailleurs de si bonne humeur que vous commencez à me déplaire.

— C'est vraiment dommage. Je pensais qu'on aurait peut-être pu passer un peu de temps ensemble. Je ne sais pas, moi, aller au cinéma, par exemple…

Les actualités financières prirent fin. Il éteignit le téléviseur d'une légère pression de son doigt manucuré sur la télécommande, puis m'accorda enfin toute son attention.

— Savez-vous qui je suis ? demanda-t-il.

— Oui, je sais qui vous êtes.

— Bien. Dans ce cas, comme vous êtes quelqu'un d'intelligent, vous savez sans doute pourquoi je suis ici.

— Pour faire vos achats de Noël ? Ou alors vous cherchez une maison à acheter ?

Un sourire glacial lui crispa le visage.

— Je sais tout sur vous, monsieur Parker. C'est vous qui avez supprimé les Ferrara.

Les Ferrara étaient des mafieux new-yorkais, une famille dont on pouvait désormais parler au passé. Je m'étais retrouvé mêlé à leurs affaires, et les choses avaient mal tourné. Pour eux.

— Ils se sont supprimés eux-mêmes. Moi, je n'ai fait que profiter du spectacle.

— Ce n'est pas ce que je me suis laissé dire. Beaucoup de gens, à New York, seraient ravis de vous savoir mort. Ils trouvent que vous manquez de respect.

— Je n'en doute pas.

— Comment se fait-il, dans ce cas, que vous soyez toujours en vie ?

— Parce que j'apporte un peu de lumière dans un monde glauque ?

— S'ils ont besoin de lumière, il leur suffit d'allumer une lampe. Essayez autre chose.

— Parce qu'ils savent que je tuerai tous ceux qui me chercheront, et que je tuerai ensuite ceux qui me les auront envoyés.

— Moi, je peux vous tuer tout de suite. A moins que vous ne soyez capable de revenir du royaume des morts, ce ne sont pas vos menaces qui m'empêcheront de dormir.

— J'ai des amis. Je vous donne une semaine, mettons dix jours. Et après, vous aussi, vous serez mort.

Il fit une grimace, et deux de ses gardes du corps ricanèrent. Lorsqu'ils eurent fini de glousser, il me demanda :

— Vous jouez aux cartes ?

— Je ne fais que des réussites. J'aime bien jouer avec des gens en qui j'ai confiance.

— Savez-vous ce que signifie l'expression « pourrir le jeu » ?

— Ouais, je sais.

Pourrir le jeu, c'est la spécialité des joueurs néophytes. En demandant des cartes à tort et à travers, ils perturbent la donne. C'est la raison pour laquelle certains joueurs chevronnés refusent de partager leur table avec des amateurs, susceptibles de pourrir le jeu à un point tel que les risques de perdre deviennent trop importants.

— Billy Purdue a pourri mon jeu, et maintenant j'ai l'impression que vous aussi, vous risquez de pourrir mon jeu. C'est pas bien. Je veux que vous arrêtiez. Pour commencer, je veux que vous me disiez ce que vous savez sur Purdue. Ensuite, je vous paierai pour que vous mettiez les voiles.

— Je n'ai pas besoin d'argent.

— Tout le monde a besoin d'argent. Je peux payer toutes vos dettes, en faire disparaître certaines.

— Je ne dois rien à personne.

— Tout le monde doit quelque chose à quelqu'un.

— Pas moi. Je suis entièrement libre, j'ai l'esprit tranquille.

— Ou alors, vous estimez avoir des dettes, mais vous savez que ce n'est pas avec de l'argent que vous pourrez les rembourser.

— Très perspicace. Que voulez-vous dire ?

— Ce que je veux dire, c'est que je ne sais plus trop comment raisonnablement vous faire changer de cap, Bird-*man*.

Il accompagna la dernière syllabe d'un geste pour mettre les guillemets, puis baissa le ton et se leva. Même en chaussettes, il était plus grand que moi.

— Maintenant, écoutez-moi, reprit-il à quelques centimètres à peine de moi. Ne me forcez pas à vous arracher les ailes, Birdman. Je sais que vous avez travaillé pour l'ex-femme de Billy Purdue. Je sais aussi qu'il vous a donné de l'argent, mon argent, pour elle. Ce qui fait de vous un personnage très intéressant, Birdman, parce que je pense que vous êtes l'une des dernières personnes à leur avoir parlé, avant que l'un et l'autre ne disparaissent, chacun à sa manière. Bon, êtes-vous disposé à me dire ce que vous savez, et comme ça vous pourrez retrouver votre petit pigeonnier et dormir bien au chaud ?

Je le regardai droit dans les yeux.

— Si j'avais des renseignements utiles et que je vous les communiquais, j'aurais tellement mauvaise conscience que je ne réussirais pas à dormir. Mais il se trouve que je ne sais rien, que cela puisse vous être utile ou non.

— Vous savez que Purdue a mon fric ?

— Ah bon ?

Il secoua la tête, presque dépité.

— Vous allez m'obliger à vous faire du mal.

— Est-ce vous qui avez tué Rita Ferris et son fils ?

Tony recula d'un pas et m'expédia un monstrueux direct à l'estomac. Le voyant arriver, j'eus le temps de me contracter, mais la violence du coup me fit tomber à genoux, le souffle coupé. J'entendis le cliquetis d'un chien qu'on armait et sentis du métal froid contre ma nuque.

— Je ne tue pas les femmes et les enfants, déclara Tony.

— Depuis quand ? fis-je. C'était une de vos bonnes résolutions de fin d'année ?

Quelqu'un empoigna une touffe de mes cheveux et me força à me relever. L'arme était toujours collée derrière mon oreille. Tony se massait les phalanges.

— Vous êtes con ou vous le faites exprès ? Vous avez vraiment envie de mourir ?

— Je ne sais rien, répétai-je. J'ai fait un petit truc pour son ex-femme, histoire de lui rendre service, je me suis accroché avec Billy Purdue, je suis reparti. Fin de l'histoire.

Tony Clean hocha la tête.

— Avec le poivrot, au bar, vous avez discuté de quoi ?

— D'autre chose.

Je vis Tony se préparer à frapper de nouveau.

— On a parlé d'autre chose, insistai-je en haussant le ton. C'était un ami de mon grand-père. Je voulais juste voir comment il allait. Vous avez raison, c'est un poivrot. Foutez-lui la paix, il ne fait de mal à personne.

Tony recula, sans cesser de se frotter les phalanges.

— Si j'apprends que vous m'avez menti, vous mourrez, mais je vous ferai souffrir avant, c'est bien compris ? Et si vous êtes intelligent, et pas seulement quelqu'un qui sait s'exprimer de façon intelligente, vous arrêterez de vous mêler de mes affaires.

Le ton se fit plus aimable, mais les traits du visage se durcirent lorsqu'il ajouta :

— Je suis vraiment désolé qu'il faille en arriver là, mais je veux être certain que vous ayez bien compris le but de notre discussion. Si, à un moment ou à un autre, quelque chose vous vient à l'esprit, quelque chose que vous auriez oublié de me dire, vous n'avez qu'à gémir un peu plus fort.

Il fit un signe du menton au type qui se trouvait derrière moi, et on me força à me mettre à genoux une fois de plus. On m'enfonça un chiffon dans la bouche, on me tira les bras en arrière, on me menotta les poignets. En levant les yeux, je vis Bec-de-Lièvre qui boitillait dans ma direction. Il tenait à la main une barre de métal noire tout au long de laquelle dansaient des arcs de lumière bleue.

Les deux premières décharges de l'aiguillon à bétail me firent tomber à la renverse. Parcouru de spasmes, je mordis mon chiffon pour essayer d'oublier la douleur. Au bout de la troisième ou quatrième secousse, je perdis toutes mes facultés et des éclairs bleus zébrèrent la nuit de mon esprit jusqu'à ce qu'enfin les nuages m'emportent, et que retombe le silence.

Lorsque je revins à moi, j'étais étalé par terre, derrière la Mustang, à l'abri du regard des passants. J'avais le bout des doigts à vif et mon pardessus miroitait de cristaux de givre. Une migraine démentielle me vrillait le crâne, je frissonnais encore de la tête aux pieds, le côté de mon visage et ma poitrine étaient maculés de sang séché et de vomissures. Je sentais mauvais. Une fois debout, non sans mal, je tâtai mes poches. Dans l'une se trouvait mon arme, dont le chargeur avait disparu, dans l'autre mon téléphone portable. J'appelai un taxi puis, en attendant, fis un saut jusqu'au garage près du Veteran's Memorial Bridge pour demander qu'un mécanicien prenne ma voiture en charge.

A mon retour à Scarborough, j'avais tout le côté droit du visage sérieusement enflé, et de petites brûlures aux endroits où l'aiguillon électrique avait touché ma peau. Deux ou trois entailles à la tête, dont une assez profonde, complétaient le tableau. Bec-de-Lièvre avait dû me donner quelques coups de pied pour faire bonne mesure. Je me mis de la glace sur la tête, vaporisai mes brûlures avec un analgésique, avalai quelques antalgiques puissants, enfilai un pantalon de jogging et un T-shirt pour ne pas souffrir du froid, et essayai de dormir.

Quelque chose me tira de mon sommeil, mais lorsque j'ouvris les yeux, la chambre semblait en suspens entre obscurité et lumière, comme si l'univers s'était interrompu, le temps de souffler, au moment où les premiers rayons du soleil transperçaient les nuages gris de l'hiver.

Et quelque part dans la maison j'entendis un trottinement, comme si des petits pieds fins arpentaient le parquet. Je pris mon arme avant de me lever. Le sol était froid, les fenêtres grinçaient doucement. J'ouvris lentement la porte et m'avançai dans le couloir.

Sur ma droite, une silhouette bougea. Je perçus le mouvement du coin de l'œil, et il m'était difficile de savoir si quelqu'un s'était réellement déplacé, ou s'il ne s'agissait que d'un mouvement d'ombres dans la cuisine. Lentement, je fis quelques pas vers le fond de la maison, mais mes efforts n'empêchèrent pas les lattes du plancher de gémir à mon passage.

Et c'est là que, brusquement, j'entendis un petit rire d'enfant, un gloussement joyeux, et ce même trottinement, sur ma gauche cette fois. J'atteignis l'entrée de la cuisine, l'arme légèrement relevée, et en me tournant j'eus juste le temps d'entrevoir un autre mouvement près de la porte séparant la cuisine du séjour, et de percevoir un autre couinement, comme celui d'un bambin ravi de jouer à ce petit jeu de cache-cache avec moi. Et j'étais convaincu d'avoir vu un pied d'enfant protégé par le tissu-éponge d'une barboteuse violette. Tout comme je savais que j'avais déjà vu ce petit pied, ailleurs. Ma gorge se serra.

J'entrai dans la salle à manger. Au-delà de la porte du fond, quelque chose m'attendait, quelque chose de petit. Je distinguais la silhouette dans la pénombre, je voyais les yeux briller, mais cela s'arrêtait là. Lorsque je voulus m'approcher, la forme bougea et j'entendis la porte de devant s'ouvrir en grinçant, claquer contre le mur. Le vent s'engouffra dans la maison, fouetta les rideaux, secoua les encadrements, soulevant des spirales de poussière dans l'entrée.

J'accélérai le pas. Arrivé à la porte, je perçus fugitivement l'image de cette petite silhouette vêtue de violet qui se faufilait entre les arbres et allait bientôt disparaître dans les ténèbres. Je descendis de la véranda. L'herbe était glacée. Les petits cailloux s'enfonçaient dans la plante de mes pieds, et tout mon corps se raidit violemment lorsqu'une bête minuscule mais pleine de pattes vint se balader sur mes orteils. J'étais à l'orée de la forêt, et j'avais peur.

C'était là qu'elle m'attendait, debout, immobile, le corps dissimulé par les taillis et les arbres, la tête occultée à intervalles réguliers par l'ombre des branches. Elle avait les yeux pleins de sang, et le gros fil noir qui zigzaguait à travers son visage évoquait la bouche mal finie d'une vieille poupée de chiffon. Elle m'observait depuis la forêt, sans rien dire, et derrière elle la petite silhouette dansait et sautillait dans les fourrés.

Je fermai les yeux et me concentrai pour essayer de me réveiller, mais le froid que je sentais sous mes pieds était bien réel, tout comme la douleur lancinante qui me perçait le crâne, et l'écho de ce rire d'enfant porté par le vent.

Je perçus un mouvement derrière moi, et quelque chose m'effleura l'épaule. Je faillis me retourner, mais la pression sur mon épaule s'accentua, et je compris que je ne devais pas me retourner, que je ne devais pas voir ce qui se trouvait derrière moi. Je regardai à ma gauche, là où cela appuyait, et un irrépressible frisson me parcourut alors tout le corps. Je refermai aussitôt les yeux, mais ce que je venais de voir restait imprimé dans mon esprit comme une image rémanente après un instant d'éblouissement.

C'était une main douce, blanche, fine, aux longs doigts fuselés. Une alliance brillait dans l'étrange clarté qui précédait l'aube.

bird

Combien de fois avais-je entendu le chuchotement de cette voix dans l'obscurité, juste avant la douce caresse d'une main bien chaude, juste avant de sentir son souffle sur ma joue et mes lèvres, ses petits seins fermes qui se pressaient contre mon corps, ses jambes qui se lovaient autour de moi comme de la vigne vierge ? Je l'avais entendu au temps de l'amour et de la passion, lorsque nous étions heureux ensemble, je l'avais entendu dans les moments de colère, de fureur et de tristesse, quand notre couple se désintégrait. Et je l'avais entendu depuis, dans le frou-frou des feuilles sur l'herbe, dans le bruissement des branches agitées par le vent d'automne. Un chuchotement venu des ombres, dans le lointain.

Susan, ma Susan.

bird

La voix s'était rapprochée, elle n'était plus loin de mon oreille, mais je ne sentais pas sur ma peau le souffle d'une respiration.

aide-la

Là-bas, dans la forêt, la jeune femme m'observait de ses grands yeux rouges, sans ciller.

Comment ?
retrouve-le
Retrouver qui ? Billy ?
Les doigts se crispèrent.
oui
Je ne suis pas responsable de lui.
tu es responsable de tout le monde
Et sous les arbres, dans les flaques de lune, des silhouettes se tortillèrent et se retournèrent. Leurs pieds ne touchaient pas terre, leur ventre dévasté luisait d'un sang noir. Et de chacune d'entre elles, j'étais responsable.

Puis la pression sur mon épaule cessa, et je la sentis alors s'en aller. Devant moi, dans les fourrés, il y eut un bruit, et la jeune femme que j'avais connue sous le nom de Rita Ferris disparut dans la forêt. J'entrevis une dernière fois une tache violette filant derrière les arbres, et un rire musical flotta jusqu'à mes oreilles.

Et je vis autre chose.

Une petite fille aux longs cheveux blonds, qui tourna la tête vers moi et me regarda avec une expression qui ressemblait à de l'amour avant de rejoindre son camarade de jeu dans la nuit.

9

A mon réveil, la chambre était inondée de lumière. Le soleil avait réussi à se frayer un chemin entre les tentures. J'avais horriblement mal à la tête, et ma mâchoire raide et endolorie me rappela que j'avais violemment serré les dents au moment où j'avais subi les décharges électriques. Je voulus me relever, et la douleur qui me taraudait le crâne devint brusquement plus intense ; c'est alors seulement que le rêve me revint à l'esprit. Si rêve il y avait eu.

Mon lit était plein de feuilles mortes et de brindilles, et j'avais de la boue sur les pieds.

Sur la recommandation de Louis, j'avais acheté des médicaments homéopathiques que je pris avec un verre d'eau en attendant que l'eau de la douche soit à bonne température. J'eus ainsi la joie d'ingurgiter un mélange de phosphore, pour combattre la nausée, et de gelsemium qui, selon Louis, empêchait les sensations de tremblement. L'hypericum, lui, était censé être un antalgique naturel. Pour tout dire, je me sentais un peu ridicule, mais tant qu'il n'y avait pas de témoin, tout allait bien.

Je fis une cafetière, me remplis un gobelet et le

regardai refroidir sur la table de la cuisine. Je n'avais pas le moral et je me dis qu'il était peut-être temps de changer de métier, de me faire jardinier ou pêcheur de homards. Une fine pellicule s'était formée à la surface du café quand je décidai d'appeler Ellis Howard. S'il était allé voir Lester Biggs, j'en déduisais qu'il avait décidé de suivre l'affaire de très près. Il mit une éternité à prendre la communication. Sans doute m'en voulait-il encore d'être passé chez Biggs.

— Je vous trouve bien matinal, commença-t-il par me dire.

Je l'entendis soupirer tandis qu'il s'efforçait d'insérer son énorme corps entre les accoudoirs de son fauteuil. J'entendis même ledit fauteuil couiner pour marquer sa désapprobation. S'il s'était assis sur moi, j'aurais couiné, moi aussi.

— Je peux vous retourner le compliment, lui répondis-je. Je suppose que vous avez déjà pris votre café et vos beignets ?

— J'ai pris mon café, mes beignets, et même ceux qui n'étaient pas à moi. Vous êtes au courant, pour Tony Celli ? Il était à Portland hier.

— Ouais, les mauvaises nouvelles vont vite.

Notamment lorsqu'on vous les enfonce dans la mâchoire sous la forme d'un courant électrique.

— Il s'est de nouveau volatilisé ce matin. On dirait qu'il a décidé de jouer profil bas.

— Dommage. Moi, je pensais qu'il allait venir s'installer ici et ouvrir une boutique de fleurs.

A l'autre bout du fil, j'entendis une main se plaquer sur le micro du combiné. Il y eut un échange de mots étouffés, un bruit de papier, puis :

— Que voulez-vous, Bird ?

— Je veux savoir s'il y a du nouveau pour Rita Ferris ou Billy Purdue, ou la décapotable.

Ellis émit un rire niais.

— La réponse est non dans les deux premiers cas, mais du côté de la Coupe de Ville, on a trouvé quelque chose d'intéressant. Il s'agit en fait d'une voiture de société, au nom d'un certain Leo Voss, avocat à Boston.

Il y eut un silence. J'attendis, jusqu'au moment où je finis par me rappeler que c'était à moi de jouer le rôle du candide.

— Or… fis-je enfin.

— *Or*, reprit Ellis, Leo Voss n'est plus des nôtres. Il est mort, il y a six jours.

— Tiens donc, un avocat qui meurt. Il n'en reste plus qu'un million.

— L'espoir fait vivre, commenta Ellis.

— Il est tombé, ou bien on l'a poussé ?

— C'est là que ça devient vraiment intéressant. Sa secrétaire l'a découvert et a appelé la police. Il était assis à son bureau, encore en tenue de jogging — baskets, chaussettes, survêt' —, et il y avait une bouteille d'eau minérale, entamée, devant lui. On a d'abord pensé à une crise cardiaque. D'après la secrétaire, il ne se sentait pas très bien depuis un ou deux jours. Il se demandait s'il n'avait pas la grippe.

« Mais à l'autopsie, on a nettement décelé une inflammation des nerfs des mains et des pieds. Il avait également perdu des cheveux, et ce probablement depuis moins de deux jours. On en a analysé quelques-uns, et on a trouvé des traces de thallium. Savez-vous ce qu'est le thallium ?

— Oui, je sais.

Mon grand-père s'en était servi comme raticide jusqu'à ce qu'on en interdise la vente au public. C'était un métal, au même titre que le plomb ou le mercure, mais beaucoup plus nocif. Ses sels, solubles dans l'eau, presque sans saveur, déclenchaient des symptômes semblables à ceux de la grippe espagnole, de la méningite ou de l'encéphalite. Une forte dose de sulfate de thallium, soit huit cents milligrammes ou plus, pouvait entraîner la mort en moins de quarante-huit heures.

— Et que faisait ce Leo Voss ?

— Apparemment, il traitait des affaires relativement classiques. La plupart de ses clients étaient des entreprises. Cela dit, ça devait rapporter. Il avait une maison à Beacon Hill, une petite propriété à Martha's Vineyard, et des liquidités, sûrement parce qu'il était célibataire et que personne ne se servait de *sa* carte de crédit pour acheter des visons...

Doreen, me dis-je. S'il avait pu se le permettre, Ellis aurait placardé des photos d'elle autour des églises pour mettre en garde les paroissiens.

— On n'a pas fini d'éplucher ses dossiers, mais il semblerait que ses activités aient été irréprochables, conclut Ellis.

— Ce qui signifie sans doute qu'elles ne l'étaient pas.

Ellis émit du bout de la langue un claquement désapprobateur.

— Si jeune, et déjà cynique... Bon, j'ai quelque chose pour vous. On m'a dit que vous étiez allé voir Willeford.

— Exact. Est-ce un problème ?

— Possible. Il a mis les voiles, et moi, je commence à trouver ça pénible : chaque fois que je débarque quelque part, j'apprends que vous êtes déjà passé. Je vais finir par croire que je ne suis pas à la hauteur, et dans ce registre-là, j'ai déjà tout ce qu'il faut à la maison.

Je sentis ma main se crisper sur le combiné.

— La dernière fois que je l'ai vu, il était au Sail Loft, en train de boire un verre.

— Boire un verre, ça m'étonnerait. Cinq ou six, ce serait plus crédible. Vous a-t-il dit ou laissé entendre qu'il comptait aller quelque part ?

— Non, rien.

L'intérêt manifesté par Tony Celli à l'égard de Willeford me revint à l'esprit, et j'eus brusquement la bouche sèche.

— De quoi avez-vous discuté, tous les deux ?

— Il a travaillé pour Billy Purdue, répondis-je au bout d'un silence de quelques secondes. Il devait retrouver ses parents naturels.

— C'est tout ?

— C'est tout.

— Et il a réussi ?

— Je ne crois pas.

Ellis resta un instant muet, puis déclara, en détachant bien les mots :

— Pas de cachotteries avec moi, Bird. Je n'apprécierais pas.

— Je ne vous cache rien.

Ce n'était pas tout à fait un mensonge, mais de là à dire qu'il s'agissait de la vérité... J'attendis qu'Ellis ajoute quelque chose, mais il n'insista pas.

— Tâchez d'éviter les ennuis, Bird, se contenta-t-il de me dire avant de raccrocher.

Je venais de débarrasser la table et j'étais dans ma chambre, en train d'enfiler mes bottes, lorsque j'entendis une voiture s'arrêter devant la maison. A travers l'interstice séparant les tentures j'aperçus l'arrière d'une Mercury Sable couleur or garée sur le côté. Je pris mon Smith & Wesson, l'enveloppai d'une serviette et sortis sur la véranda. Il y avait du soleil, et l'air du matin était vif. J'entendis une voix qui m'était familière :

— Quel intérêt, de planter autant d'arbres ? Je veux dire : faut avoir du temps à perdre. Quand je pense que moi, j'ai déjà du mal à m'occuper de mon linge !

Angel, le dos tourné, contemplait les arbres bordant mon terrain. Il portait un blouson Timberland doublé en peau de mouton, un pantalon en velours havane et de grosses chaussures brun clair. A ses pieds se trouvait une valise en plastique rigide si abîmée qu'on aurait dit qu'elle avait été lâchée d'un avion, fermée grâce à un bout de corde de montagne bleue et à la bienveillance du Saint-Esprit.

Angel respira à pleins poumons avant de se plier en deux, en proie à une violente quinte de toux. Il expulsa vers le sol un crachat monstrueux.

— C'est l'air pur qui te décrasse les poumons, fit une voix grave et traînante.

Jusque-là dissimulé par le coffre ouvert, Louis apparut. Il tenait à la main une valise Delsey et une housse à vêtements assortie. Son costume gris à veston croisé luisait sous son manteau Boss noir. Il avait boutonné le col de sa chemise noire, et son crâne rasé brillait. Dans le coffre, j'aperçus une longue malle métallique. Louis ne se déplaçait jamais sans ses joujoux.

— Je crois que c'était ça, mon poumon, fit Angel en tisonnant du bout de son brodequin la chose que son corps venait d'expulser.

En les regardant, tous les deux, je sentis mon moral remonter. Je me demandais un peu ce qu'ils faisaient là, au lieu d'être à New York, mais de toute façon j'étais content de les voir. Louis me lança un regard furtif et me salua d'un hochement de tête, ce qui, chez lui, correspondait à une expression réjouie.

— Tu sais, Angel, dis-je, on a l'impression que rien qu'en restant là, tu dégueulasses la nature.

Angel se retourna et, d'un grand geste du bras, balaya le paysage.

— Des arbres. (Il secouait la tête, éberlué mais souriant.) Des arbres, des arbres et encore des arbres. C'est la première fois que j'en vois autant depuis que je me suis fait virer des scouts indiens.

— Tu sais, je n'ai même pas envie de savoir pourquoi.

Angel souleva sa valise.

— Les enfoirés. Et juste quand j'allais avoir mon insigne d'explorateur, en plus.

— Je savais pas qu'on donnait des insignes pour le genre de merde que t'explorais, ricana Louis, dans son dos. Avec un insigne comme ça, en Georgie, tu te retrouves à l'ombre.

— Très drôle ! aboya Angel. Comme si on ne pouvait pas être homo et faire des trucs machos. C'est un mythe.

— C'est sûr. Et que tous les homos aiment bien s'habiller et prendre soin de leur peau, c'est aussi un mythe.

— J'espère que c'est pas à moi que tu fais allusion.

J'étais content de voir que certaines choses n'avaient pas changé.

— Alors, comment tu vas ? demanda Angel en me bousculant au passage. Et ton flingue, tu peux l'oublier. On va s'incruster, que ça te plaise ou non. Et franchement, t'as pas l'air très frais.

— Beau costume, dis-je à Louis, qui lui emboîtait le pas.

— Merci. N'oublie pas : un Black mal sapé, c'est un Black fauché.

J'attendis quelques minutes sur la terrasse, avec mon arme emmaillotée, l'air idiot. Puis, me faisant la réflexion qu'ils avaient sans doute pris leur décision bien avant de débarquer dans le Maine, je les rejoignis à l'intérieur de la maison.

Le mobilier de la chambre d'amis se limitait à un matelas posé à même le sol et à une vieille penderie.

— Putain, siffla Angel. On se croirait dans une prison viêt. Si on tape sur la tuyauterie, y a intérêt à ce que quelqu'un réponde.

— Tu vas nous donner des draps, ou il faut qu'on assomme deux types bourrés pour leur piquer leurs manteaux ?

— Moi, je peux pas dormir ici, décréta très sérieusement Angel. Si les rats veulent me bouffer, je voudrais au moins qu'ils se donnent le mal de grimper aux montants du lit.

Il passa devant moi en me poussant une fois de plus au passage et, quelques secondes plus tard, je l'entendis lancer :

— Eh, elle est vachement mieux, celle-là. On va la prendre.

Puis il y eut un bruit de ressorts caractéristique. Quelqu'un était en train de sauter sur mon lit. Louis me lança un regard.

— Finalement, tu vas peut-être en avoir besoin, de ton flingue, me dit-il avec un haussement d'épaules.

Sur quoi il suivit le bruit des ressorts.

Après que j'eus, non sans difficultés, réussi à les expulser de ma chambre puis demandé la livraison de quelques éléments de mobilier, dont un lit, entreposés dans un garde-meubles de Gorham Road, nous nous retrouvâmes autour de la table de la cuisine et j'attendis qu'ils m'expliquent la raison de leur venue. La pluie s'était mise à tomber, des gouttes compactes et glacées qui annonçaient la neige.

— Nous sommes tes bonnes fées, commença Angel.

— C'est marrant, je vous voyais plutôt en sorcières, rétorquai-je.

— Disons qu'on s'est laissé dire que le coin était hyper-branché, reprit-il. Il n'y a que du beau monde, ici. Tony Celli, les fédéraux, les gros bras du secteur, les bridés qui se sont fait dégommer. Attends, on se croirait à l'ONU, les flingues en plus.

— Que savez-vous ?

— Ce qu'on sait, c'est que tu t'es déjà mis du monde à dos. On t'a méchamment esquinté la gueule, dis donc...

— Un type avec un bec-de-lièvre a voulu m'éduquer avec un aiguillon à bétail électrique, et après il m'a refait la frange à coups de pompe.

Angel eut une grimace de compassion.

— Les types qui ont des becs-de-lièvre, ils veulent toujours faire bénéficier tout le monde de leurs infirmités.

— Lui, c'est Mifflin, intervint Louis. Il est avec un autre mec, un gus qui a l'air de s'être pris un coffre-fort sur le crâne. Et c'est le coffre qui a explosé.

— Ouais, dis-je. Mais lui, il ne m'a pas donné de coups de pied.

— C'est sûrement parce que le message s'est perdu entre le cerveau et le pied. Berendt, il s'appelle. Il est tellement con qu'à côté de lui, n'importe quel veau ressemble à Einstein. Tony Clean était avec eux ?

Tout en parlant, il s'amusait à poser un de mes couteaux à viande en équilibre sur le bout de son index, à le jeter en l'air et à le rattraper par le manche. Beau numéro d'adresse. Le jour où un cirque viendrait planter son chapiteau dans le coin, il était sûr de trouver du boulot.

— Ils étaient au Regency, dis-je. J'ai eu l'honneur de visiter la suite de Tony.

— C'était bien ? me demanda Angel tout en passant la main sous le rebord de la table et en contemplant ostensiblement ses doigts couverts de poussière.

— Ouais, pas mal, mis à part les coups de latte et les décharges électriques.

— Quel enfoiré. On devrait l'obliger à dormir là. Un petit séjour ici, ça lui rappellerait d'où il vient.

— Si tu oses critiquer ma maison encore une fois, je te fais dormir dans le jardin.

— Ça sera sûrement plus propre, bougonna-t-il. Et j'aurai sûrement moins froid.

Le doigt effilé de Louis martela doucement la table.

— Il paraît qu'un paquet de pognon s'est égaré dans le coin. Un gros paquet, qui ne serait pas arrivé au bon destinataire.

— Ouais, c'est ce que je crois savoir.

— Tu as une idée de qui pourrait l'avoir récupéré ?

— Peut-être. Je pense que c'est un type qui s'appelle Billy Purdue.

— C'est aussi ce qu'on m'a dit.

— Du côté de Tony Celli ?

— Des mecs qui bossaient pour lui. Pour eux, ce Billy Purdue est mort, tellement mort qu'on devrait donner son nom à un cimetière.

Je leur parlai de la mort de Rita et Donald. En voyant Angel et Louis échanger un regard, je compris qu'ils avaient bien d'autres nouvelles à m'apprendre.

— C'est Billy Purdue qui a descendu les hommes de Tony ? voulut savoir Angel.

— Deux, au moins. En supposant que c'est lui qui a pris l'argent, et c'est apparemment ce que pensent Tony Celli, le FBI et la police.

Louis se leva et rinça soigneusement son gobelet avant de lâcher :

— Tony a des petits soucis. Il a monté un coup à Wall Street, et le plan a foiré.

A en croire certaines rumeurs, les Italiens avaient effectivement fait leur apparition à Wall Street ; ils créaient des sociétés fictives et, par l'intermédiaire d'agents de change véreux, escroquaient les investisseurs auxquels ils faisaient appel. Quand l'opération était bien exécutée, les profits pouvaient se révéler considérables.

— Tony s'est planté, poursuivit Louis, et maintenant, il peut compter les jours qui lui restent à vivre sur les doigts de sa main.

— C'est grave à ce point-là ?

Louis renversa le gobelet sur l'égouttoir, se pencha au-dessus de l'évier.

— Les PERLS, tu connais ?

— Tu veux dire ces trucs qu'on trouve dans les huîtres ?

— Non, à moins de trouver une huître qui te rapporte un million et demi de dollars. On voit bien que t'as jamais eu d'argent à investir.

— Je mène une vie ascétique, comme le père de Foucauld, mais sans les lépreux.

— PERLS, reprit Louis, les initiales de Principal Exchange Rate Linked Security. Des titres émis par des banques d'investissement, qui sont présentés comme des obligations relativement sûres, alors qu'il n'y a pas plus risqué. En gros, l'acheteur parie sur l'évolution du taux de change d'un certain nombre de devises étrangères. C'est un système qui peut rapporter gros quand tout se passe bien.

J'étais toujours sidéré de voir l'aisance avec laquelle Louis pouvait se défaire de son jargon monosyllabique de tueur black si le sujet l'exigeait, mais je m'abstins de le lui faire remarquer.

— Tony Celli se prend pour un petit génie de la finance, poursuivit-il, et à Boston, il y a des gens qui le croient. Il s'occupe de blanchir des capitaux, fait transiter des sommes importantes par des paradis fiscaux et des sociétés bidon jusqu'à ce que l'argent se retrouve sur les comptes voulus. Il est en relation avec les directeurs financiers, mais c'est aussi lui qu'on contacte en premier pour tout ce qui est cash. C'est un peu le milieu du sablier : tout doit passer par lui. Et de temps en temps, Tony fait quelques investissements perso en se servant de l'argent des autres, ou gagne un peu sur les taux de conversion entre les monnaies, et ce qu'il gagne, il le garde. Personne ne dit rien tant qu'il ne se montre pas trop gourmand...

— Laisse-moi deviner, l'interrompis-je. Tony est devenu trop gourmand.

Louis acquiesça.

— Tony en a marre d'être un petit soldat, il veut devenir général. Et il se dit que pour y arriver il lui faut de l'argent, et il n'en a pas assez. Alors il discute avec un conseiller en placements qui ne sait absolument pas qui est Tony, si ce n'est que c'est un Rital qui porte des chemises rayées et qui a du fric à dépenser, vu que Tony essaie de gérer ses activités aussi discrètement que possible. Le type réussit à convaincre Tony d'acheter une variante de ces PERLS, en misant donc sur l'évolution du taux de change entre je ne sais plus quelles devises d'Asie du Sud-Est et un panier d'autres monnaies — le dollar, le franc suisse, le mark allemand, à ce que je me suis laissé dire —, et il empoche sa commission. L'opération est tellement casse-gueule qu'on devrait l'entendre faire tic-tac, mais Tony en prend pour un million et demi. Qui, en grande partie, ne sont pas à lui, parce qu'il y a aussi des compagnies d'assurances du Midwest et des fonds de pension dans le coup, et il pense à tort qu'ils sont trop rangés pour prendre ce genre de risques. C'est un investissement strictement à court terme, et Tony se dit qu'il aura récupéré ses billes bien avant qu'on se rende compte qu'il garde les fonds plus longtemps que d'habitude.

— Et que s'est-il passé ?

— Tu as lu les journaux. Le yen chute, les banques font faillite, toute l'économie du Sud-Est asiatique commence à vaciller. Les bons de Tony perdent quatre-vingt-quinze pour cent de leur valeur en quarante-huit heures, et son espérance de vie diminue d'autant. Tony envoie des gens à la recherche du conseiller en placements, et ils le retrouvent dans un bar à putes de la 18e Rue, en train de se vanter d'avoir explosé la gueule d'un type. C'est le terme employé par les courtiers quand ils fourguent des valeurs qui se plantent.

Et selon Louis, le type avait signé son arrêt de mort. Embarqué au moment où il était allé aux toilettes, il s'était retrouvé dans un sous-sol du

Queens, ficelé à une chaise. Puis Tony était arrivé, lui avait enfoncé deux doigts sous le menton et avait commencé à tirer. En moins de deux minutes, il lui avait arraché le visage. Ensuite, ils avaient balancé le type dans le coffre d'une voiture pour l'achever à coups de gourdin, quelque part dans la forêt.

Louis s'empara de nouveau du couteau, lui fit exécuter quelques pirouettes de plus pour conjurer le sort, le replaça dans son socle de bois. Malgré la pression de la pointe de la lame, aucune goutte de sang n'apparaissait sur le bout de son index.

— Bref, Tony a perdu tout son fric, et au-dessus de lui, les gens qui attendent leur retour sur investissement commencent à trouver le temps un peu long. Mais, coup de chance, un petit truand de Toronto, que Tony a beaucoup aidé, le tuyaute et lui parle d'un vieux Cambodgien qui vit tranquillement sa vie dans la banlieue sud d'Hamilton. Apparemment, c'est un ancien Khmer rouge, l'adjoint du directeur du camp de Tuol Seng, à Phnom Penh.

J'avais entendu parler de Tuol Seng. Cette ancienne école avait été transformée en centre de torture et d'exécution lorsque les Khmers rouges s'étaient emparés du pays. Le directeur du camp, qui avait des espions partout et qu'on surnommait Camarade Deuch, s'était servi de fouets, de chaînes, de serpents venimeux et d'eau pour supplicier et tuer près de seize mille personnes, dont certains Occidentaux ayant eu le tort de s'aventurer trop près des côtes cambodgiennes.

— Le vieux avait des amis en Thaïlande, et il gagnait, accessoirement, beaucoup d'argent en jouant les intermédiaires dans le trafic d'héroïne, reprit Louis. Au moment de l'invasion vietnamienne, il a disparu pour se refaire une virginité à Toronto, comme restaurateur. Sa fille venait de commencer ses études à Boston, alors Tony l'a retrouvée, l'a fait enlever et a envoyé au père une demande de rançon, largement de quoi couvrir ses dettes. Compte tenu de son passé, le vieux ne risquait pas de prévenir les flics, et Tony lui a donné soixante-douze heures pour réunir la somme, alors que la fille était déjà morte. Le vieux trouve l'argent, envoie ses hommes dans le Maine déposer la rançon et là, vlam! c'est le carnage.

Ce qui expliquait la présence d'Eldritch, le flic de Toronto. Je le dis à Louis, qui leva un doigt.

— Encore une chose : pendant qu'ici ça canardait dans tous les sens, un incendie ravageait la maison du Cambodgien. Lui, le reste de la famille, les gardes du corps, tout le monde y est passé. Sept morts. Tony voulait faire le ménage, pour être à la hauteur de sa réputation.

— Résultat, la tête de Tony est mise à prix, observai-je, et Billy Purdue, lui, a touché le gros lot. Maintenant, j'aimerais bien savoir à quoi rime votre petit numéro.

Dès que Louis s'était tu, Angel lui avait de nouveau lancé un regard lourd de signification : ce n'était pas tout, et la suite n'allait pas me plaire...

Les yeux de Louis étaient fixés sur les vitres balafrées par la pluie.

— Tu as plus de problèmes que Tony et la police, déclara-t-il calmement, le visage aussi fermé que celui d'Angel, d'ordinaire si expansif.

— C'est grave ?

— Je ne pense pas que ça puisse être pire. Tu as déjà entendu parler d'Abel et Stritch ?

— Non. Ils font quoi ? Ils fabriquent des savonnettes ?

— Ils tuent des gens.

— Sans vouloir te vexer, ça n'a rien d'exceptionnel. Pas besoin de chercher bien loin pour en trouver d'autres, si tu vois ce que je veux dire.

— Eux, ils aiment ça.

Et une demi-heure durant, Louis retraça le parcours de deux individus connus sous les seuls noms d'Abel et Stritch, un parcours semé d'actes de torture, d'exécutions par le feu ou le gaz, de meurtres à caractère sexuel, de viols avec violences sur des femmes et des enfants, d'assassinats, commandités ou non. Ils brisaient des os et répandaient le sang, ils électrocutaient et asphyxiaient. Leur histoire ressemblait à un fil de fer barbelé enroulé autour du globe. D'Asie en Afrique du Sud, en passant par l'Amérique latine, ils avaient sévi sur tous les points chauds où certaines personnes étaient prêtes à payer pour terroriser et faire abattre leurs ennemis, et peu importait que ceux-ci fussent des guérilleros ou des agents du gouvernement, des paysans ou des prêtres, des religieuses ou des enfants.

Louis me décrivit dans le détail un épisode particulièrement horrible. Les services de renseignement de Pinochet soupçonnaient une famille chilienne de donner asile à des Indiens Mapuches. Les trois fils, âgés respectivement de dix-sept, dix-huit et vingt ans, furent emmenés dans les sous-sols d'un bâtiment administratif abandonné, bâillonnés et ligotés contre des piliers de béton. Puis on obligea, sous la menace d'armes, la mère et les filles à s'asseoir face aux fils. Pas un mot ne fut prononcé.

Au fond de la salle, quelqu'un émergea de l'obscurité ; c'était un homme trapu, à la peau très blanche, chauve, et dont le regard paraissait sans vie. Un autre homme demeura dans l'ombre, mais, de temps à autre, on voyait s'embraser le bout de sa cigarette, et on sentait la fumée qu'il recrachait.

L'homme blafard tenait dans sa main droite un gros fer à souder de cinq cents watts dont la pointe incandescente, réglée à deux ou trois cents degrés, mesurait plus d'un centimètre de long. Il s'avança jusqu'au benjamin de la famille, souleva sa chemise et appliqua l'extrémité du fer sur son torse, juste au-dessous du sternum. Le fer pénétra dans la chair avec un grésillement, et une odeur de porc grillé envahit les lieux. Tandis que le fer s'enfonçait lentement, l'adolescent tentait vainement de se débattre en couinant de terreur et de douleur. Le regard de son bourreau avait changé ; il s'était éclairci, avait pris vie. Sa respiration saccadée trahissait l'excitation qu'il ressentait. De sa main libre, il ouvrit la fermeture Eclair du pantalon du garçon et saisit son sexe pendant que le fer se rapprochait du cœur. Quand la pointe finit par percer la paroi du muscle, la main de l'homme blême se crispa et un sourire se dessina sur son visage lorsque sa victime succomba dans un dernier spasme.

La mère et les filles révélèrent ce qu'elles savaient, autrement dit bien peu, et les deux autres fils moururent rapidement, en raison de la fatigue de l'homme pâle autant que des aveux qu'il avait obtenus.

Et voici que ces deux hommes étaient montés dans le Nord, jusqu'au Maine.

— Pourquoi sont-ils ici ? finis-je par demander.

— Ils veulent l'argent, expliqua Louis. Les types comme eux, ça se fait des ennemis. S'ils sont assez doués, la plupart de ces ennemis ne vivront pas assez longtemps pour leur nuire. Mais plus ils continuent à travailler, plus les chances que quelqu'un passe à travers les mailles du filet augmentent. Ces mecs tuent depuis des dizaines d'années, et maintenant le temps joue contre eux. Ce magot pourrait leur assurer une belle retraite. Quelque chose me dit qu'ils risquent de s'intéresser à toi, et c'est pour ça qu'on est là.

— Ils ressemblent à quoi ? voulus-je savoir, même si j'avais déjà une petite idée en tête.

— Tout le problème est là. On sait rien d'Abel, sinon qu'il est grand, avec des cheveux argentés, presque blancs. Mais Stritch, le tortionnaire... alors lui, c'est un vrai phénomène de foire : petit, avec une grosse tête, chauve, et une bouche comme une balafre. On dirait qu'il sort de la famille Addams, mais sans le côté sympa.

Je revoyais l'étrange créature du parking de l'hôtel, le troll qui m'avait harcelé jusque chez Java Joe's, avec sa propagande religieuse, le dessin maladroit de la mère et l'enfant, ses menaces voilées.

— Je l'ai vu, dis-je.

Louis se passa la main sur la bouche. Je ne l'avais encore jamais vu aussi soucieux face à une menace. Dans ma tête, je conservais l'image de ce vieil entrepôt du Queens où j'avais vu l'obscurité s'animer et l'un des tueurs les plus craints de New York se dresser sur la pointe des pieds, bouche bée, quand Louis lui avait enfoncé sa lame à la base du crâne. Pour faire peur à Louis, il en fallait beaucoup. Je lui parlai de la voiture, de la rencontre au café, de Leo Voss, l'avocat.

— Je suppose que Voss était l'intermédiaire, me dit Louis, celui qu'on contactait pour engager Abel et Stritch. S'il est mort, c'est que c'est eux qui l'ont tué. Ils ferment la boutique, et ils ne veulent rien laisser derrière eux. Si Stritch est ici, Abel est avec lui. Ils ne travaillent jamais séparément. Il n'a rien fait d'autre ?

— Non. J'ai eu l'impression qu'il voulait simplement me faire savoir qu'il était là.

— Se balader dans la Cadillac d'un macchabée, faut déjà le vouloir, commenta Angel. Le type, il cherche à attirer l'attention sur lui.

— Ou à la détourner de quelqu'un d'autre, dis-je.

— Il observe, déclara Louis. Son partenaire aussi, quelque part. Ils attendent de voir si tu peux les conduire jusqu'à Billy Purdue. (Il réfléchit un instant.) La femme et l'enfant, ils ont été torturés ?

Je secouai la tête.

— La femme a été étranglée. Pas d'autres blessures apparentes, ni de traces de violences sexuelles. Le gamin est mort parce qu'il avait essayé de s'interposer. (Je revis alors la bouche de Rita Ferris au moment où les policiers l'avaient retournée.) Un détail : le tueur a cousu la bouche de la femme avec du fil noir après l'avoir tuée.

Une grimace déforma le visage d'Angel.

— Ça tient pas debout.

— Ça tient pas debout si c'est Abel et Stritch, renchérit Louis. Ils lui auraient arraché les doigts et ils auraient esquinté le gosse pour lui faire cracher ce qu'elle savait à propos du fric. Ce genre de boulot, ça ne leur ressemble pas.

— Et je vois pas Tony Celli derrière un coup pareil, ajouta Angel.

— D'après les flics, ce pourrait être Billy, dis-je. C'est possible, mais je ne m'explique pas l'histoire de la bouche.

Il y eut un silence. Nous réfléchissions. Je crois que chacun d'entre nous finit par arriver aux mêmes conclusions, mais ce fut Louis qui exprima l'opinion générale :

— Il y a quelqu'un d'autre.

Dehors, la pluie redoublait de violence ; elle martelait la toiture, griffait les vitres. Je sentis comme un froid près de mon épaule, ou peut-être n'était-ce que le souvenir d'un frôlement, et on eût dit que la pluie me chuchotait quelque chose, dans une langue que je ne comprenais pas.

Quelques heures plus tard, un camion vint livrer une partie de mes meubles. Avec un lit et quelques tapis, nous réussîmes à donner à la chambre d'amis un côté plus accueillant, même si on était loin du palace. Puis, après avoir pris le temps de nous rafraîchir, nous allâmes à Portland. Nous passâmes devant les illuminations bleu et blanc du sapin de Noël de Congress Square, puis l'arbre de Monument Square, plus imposant encore, et après avoir garé la voiture nous poursuivîmes tranquillement à pied jusqu'à la Stone Coast Brewing Company, une micro-brasserie de York Street. Angel et Louis avaient envie de boire une bière en attendant que nous nous mettions d'accord sur l'endroit où nous irions dîner.

— Il y a un bar à sushis, dans le coin ? demanda Angel.

— J'évite tout ce qui vient de la mer, répondis-je.

— Tu évites ce qui vient de la mer ? (Louis haussa le ton.) Comment ça, tu évites ce qui vient de la mer ? Tu vis dans le Maine, dans un coin où les homards sautent carrément dans ton assiette !

— Tu sais bien que je ne mange pas de poisson, de fruits de mer, de crustacés, répondis-je patiemment. C'est comme ça.

— C'est une phobie, oui !

Angel, à côté de moi, se marrait. Ce petit cinéma nous faisait du bien, après la conversation que nous venions d'avoir.

— Navré, repris-je, mais moi, je refuse de toucher à tout ce qui a plus de quatre pattes, ou pas de pattes du tout. Je parie que vous, dans le crabe, vous bouffez même les poumons.

— Les poumons du crabe, le jus du crabe…

— C'est pas du jus, Louis, c'est le contenu de son système digestif. Pourquoi crois-tu que c'est jaune ?

Il balaya ma remarque d'un geste.

— De toute façon, dans les sushis, y a pas de merde de crabe.

Angel vida son verre jusqu'à la dernière goutte.

— Moi, là, je serais plutôt du côté de Bird, dit-il. La dernière fois que j'étais à LA, je suis allé manger dans un bar à sushis. J'ai dû goûter à tout ce qui avait des ouïes. En sortant, j'ai regardé la vitrine et là, j'ai vu le rapport de l'inspection sanitaire. Pas brillant. Le restau avait eu un C. C, putain ! Bon, à la limite, je veux bien manger dans un fast-food classé C ; au pire, je m'en tirerai avec une bonne chiasse. Mais des sushis C… attends, des trucs pareils, ça peut te tuer. Leur poiscaille était hyper-dangereux, j'aurais pu y rester.

Louis enfouit sa tête dans ses mains et se mit à prier. Quels dieux pouvait invoquer un homme comme Louis ? Smith & Wesson, probablement.

Notre choix se porta finalement sur un restaurant thaïlandais du Vieux Port, sur Wharf Street. Le hasard voulut que trois tables plus loin se trouvent Samson et Doyle, les deux agents du FBI que j'avais vus chez Rita Ferris, et le policier canadien, Eldritch. Ils nous lancèrent quelques regards curieux et vaguement hostiles avant de retourner à leur curry rouge.

— Des amis à toi ? me demanda Angel.

— Les fédéraux, et leur cousin du Nord, de l'autre côté de la frontière.

— Les fédéraux, ils ont aucune raison de t'aimer, Bird. Et d'ailleurs, ils ont pas besoin d'avoir une raison pour détester quelqu'un.

Nos plats finirent par arriver : un poulet Paradise pour Louis et deux spécialités du chef pour Angel et moi, du bœuf avec des poivrons, de l'ananas et des petits pois, relevé d'une sauce à la citronnelle, à l'ail et au piment. Louis fronça le nez en sentant l'ail et je me fis la réflexion que personne, ce soir, n'aurait droit à son bisou avant d'aller se coucher.

Nous mangeâmes en silence. Les fédéraux et Eldritch s'en allèrent pendant notre dîner, mais quelque chose me disait que nous étions appelés à nous revoir. Après leur départ, Louis se tamponna délicatement la bouche avec sa serviette, acheva sa Tsing-Tao et me demanda :

— Pour Billy Purdue, tu as un plan de campagne ?

Je ne pus que hausser les épaules.

— J'ai posé des questions à droite, à gauche, mais il a disparu de la circulation. D'un côté, je me dis qu'il a dû rester dans le coin, mais d'un autre, je me demande s'il n'est pas parti dans le Nord. S'il a des ennuis, je pense qu'il a peut-être envie de se rapprocher des gens qui l'ont aidé autrefois, et il n'y en a pas des milliers. Je connais un gars près du lac Moosehead, dans un bled qui s'appelle Dark Hollow. Il a été le tuteur de Billy Purdue, à une époque. Il pourrait savoir quelque chose, ou avoir eu de ses nouvelles.

Je leur décrivis ma conversation au bar avec Willeford, et la disparition soudaine du détective.

— Je vais également rendre une petite visite à Cheryl Lansing, histoire de voir si elle a quelque chose à ajouter à ce qu'elle a raconté à Willeford.

— On dirait bien que cette affaire a sérieusement excité ta curiosité, observa Angel.

— Peut-être, mais…

— Mais ?

Je ne tenais pas à lui faire part de l'expérience que j'avais vécue la veille, même si j'avais totalement confiance en lui. On pénétrait là dans le territoire de la folie.

— Mais j'ai une dette à l'égard de Rita et de son fils. Et de toute manière, il semblerait que d'autres personnes aient décidé de m'y mêler sans me demander mon avis.

— C'est toujours comme ça, tu crois pas ?

— Ouais. (Je pris dans mon portefeuille la facture du garde-meubles et la lui agitai sous le nez.) C'est toujours comme ça, tu crois pas ?

Il sourit.

— Continue sur ce ton, et on risque de ne jamais repartir.

— Ne me cherche pas, Angel, lui dis-je. Et paye l'addition. C'est la moindre des choses.

10

Je me réveillai tard. Le temps de prendre une douche, de me raser, et j'étais prêt à partir pour Bangor. Angel et Louis étant encore au lit, je me rendis d'abord à Oak Hill pour retirer un peu de liquide avant mon périple vers le nord. En repartant, je ne pus cependant m'empêcher de descendre un peu plus bas, jusqu'à Black Point Road puis Ferry Road, après la boutique de sandwiches White Caps. A ma gauche se trouvait le parcours de golf, à ma droite les résidences d'été, et j'avais devant moi le parking où les hommes étaient morts. La pluie avait effacé toutes les traces du drame, mais, le long d'une des barrières, des dizaines de mètres de ruban de police à moitié arraché claquaient encore dans le vent qui hurlait sans fin depuis le large.

Je contemplais le décor lorsqu'une voiture s'arrêta près de moi. Une voiture de patrouille conduite par un flic du Neck.

— Tout va bien, monsieur ? me demanda le flic en descendant du véhicule.

— Oui, je regardais juste, comme ça. J'habite à Spring Street.

Il me jaugea du regard, puis hocha la tête.

— Ah, oui, je vous remets, maintenant. Désolé, monsieur, après ce qui s'est passé ici, vous comprenez, il faut qu'on prenne des précautions.

Je fis un geste pour le saluer avant de repartir, mais il semblait disposé à bavarder un peu. Il était jeune, sans aucun doute plus jeune que moi. Il avait des cheveux couleur paille, et un regard à la fois grave et pacifique.

— Drôle d'histoire, marmonna-t-il. D'habitude, ici, c'est si calme, si tranquille.

— Vous êtes du coin ?

Il secoua la tête.

— Non, monsieur. Je suis de Flint, Michigan. Je suis venu sur la côte quand General Motors nous a plantés, et j'ai tout recommencé. Je peux vous dire que je ne regrette pas.

— Vous savez, cette région n'a pas toujours été aussi tranquille, lui dis-je.

Mon grand-père avait réussi à retracer son arbre généalogique jusqu'au milieu du dix-septième siècle, près de deux décennies après la fondation de Scarborough, en 1632 ou 1633. A l'époque, toute la région s'appelait Black Point et la colonie dut être abandonnée à deux reprises à cause d'attaques indigènes. En 1677, les Wabanakis avaient par deux fois lancé l'assaut contre le fort de Black Point, tuant plus de quarante soldats anglais et une douzaine de leurs alliés indiens de Natick, la mission protestante située près de Boston. Et nous n'étions guère qu'à une dizaine de minutes, en voiture, de l'étang du Massacre, où Richard Hunnewell et dix-neuf de ses compagnons avaient été mis en pièces par les Indiens en 1713.

Aujourd'hui, en voyant les villas, le yacht-club, la réserve ornithologique et les courts de tennis, il était facile d'oublier que cet endroit avait jadis été le théâtre de combats acharnés et sans pitié. Ici, sous le sol, il y avait du sang, des strates de sang semblables aux marques successives laissées sur les rochers par les océans disparus depuis des centaines de millions d'années. J'avais parfois le sentiment que les lieux conservaient la mémoire, que les demeures, les terres, les villes et les montagnes renfermaient encore le spectre de ce qu'elles avaient vécu, et que l'Histoire se répétait de telle manière qu'un homme pouvait être amené à penser que dans certaines circonstances, tels des aimants, ces mêmes lieux attiraient la malchance et la violence. Et en suivant ce raisonnement, on pouvait se dire que lorsque le sang s'était abondamment répandu quelque part, il y avait de fortes chances pour qu'il s'en répande encore au même endroit.

Si cette théorie était fondée, comment s'étonner que huit hommes eussent connu ici une fin aussi tragique ? Comment s'en étonner...

Sitôt rentré chez moi, je fis griller quelques brioches, me préparai du café et pris tranquillement un bon petit déjeuner dans la cuisine tandis qu'Angel et Louis se faisaient couler une douche et s'habillaient.

La veille, nous avions décidé que Louis resterait à la maison et ferait peut-être également un petit tour de la ville pour voir si Abel et Stritch se trouvaient dans le coin. S'il se passait quelque chose pendant notre absence, il pourrait me joindre sur le mobile.

De Portland à Bangor, par l'autoroute, il y a environ deux cents kilomètres. Pendant le trajet, Angel passa son temps à écumer ma discothèque de bord sans la moindre patience ; il écoutait un ou deux morceaux, puis balançait la cassette sur la banquette arrière. Les Go-Betweens, les Triffids, les Gourds d'Austin, Jim White et Doc Watson finirent ainsi entassés misérablement, et ma voiture commençait à ressembler à un cauchemar de directeur artistique. Je mis alors une cassette de Lampchop, et les accords mélancoliques de *I Will Drive Slowly* emplirent la Mustang.

— Comment t'appelles ça, toi ? me demanda Angel.

— De la country alternative.

— C'est quand le semi redémarre, que ta femme revient et que ton clébard ressuscite, ricana-t-il.

— Si Willie Nelson t'entendait dire ça, il te botterait le cul.

— Tu parles du Willie Nelson que sa femme avait un jour coincé dans un drap et assommé à coups de balai ? Il fume trop de pétards, c'est pas un mec comme lui qui risque de me faire peur.

Finalement, pour éviter les conflits, nous écoutâmes les informations locales à la radio. Il était notamment question d'un contremaître d'une exploitation forestière dont on était sans nouvelles, plus au nord, mais je ne fis guère attention à la nouvelle.

Nous sortîmes à Waterville pour faire une halte soupe et café. Angel jouait avec un sachet de croûtons grillés tandis que nous attendions l'addition. Quelque chose le travaillait, et il ne put se taire longtemps.

— Tu te rappelles quand je t'ai posé la question, à propos de Rachel, à New York ? me demanda-t-il enfin.

— Je m'en souviens.

— Tu voulais pas trop en parler.

— Maintenant non plus.

— Peut-être que tu devrais.

Il y eut un silence. Louis et Angel avaient dû évoquer le sujet entre eux, et pas qu'une fois. Je ne me sentais pas très à l'aise.

— Elle n'a pas envie de me voir, dis-je.

Il prit un air dubitatif.

— Et toi, tu en penses quoi ?

— Tu comptes me facturer la consultation ?

Il catapulta un croûton dans ma direction.

— Réponds à ma question.

— Je ne suis pas très optimiste, mais, franchement, il y a beaucoup d'autres choses qui me préoccupent.

Angel me lança un bref regard, puis baissa de nouveau les yeux.

— Tu sais, un jour, elle a appelé, pour savoir comment tu allais…

— Elle a appelé *chez vous* ? Comment a-t-elle eu votre numéro ?

— On est dans l'annuaire.

— Non, vous êtes sur liste rouge.

— Alors, c'est qu'on a dû lui donner notre numéro.

— Vous êtes trop aimables, soupirai-je en me passant les mains sur le visage. Je ne sais pas, Angel. Cette histoire est mal barrée. Je ne sais pas si je suis prêt et de toute façon, je lui fais peur. C'est elle qui m'a repoussé, tu te souviens ?

— Elle a pas eu besoin d'insister beaucoup.

L'addition arriva, je sortis un billet de dix et posai quelques billets d'un dollar par-dessus.

— Oui, enfin… j'avais mes raisons. Comme elle.

Angel se leva en même temps que moi.

— Peut-être, dit-il. Dommage que ni elle, ni toi, vous n'ayez trouvé une bonne raison en commun.

Tandis nous reprenions le chemin de l'Interstate 95, Angel s'étira d'aise. La manche de sa chemise ample glissa jusqu'au coude, révélant une cicatrice blanche et irrégulière tout le long de l'avant-bras. Elle s'arrêtait à quelques centimètres à peine du poignet. J'étais déjà en train de me demander pourquoi je ne l'avais encore jamais remarquée, quand il m'apparut que cette découverte résultait de plusieurs facteurs : Angel ne portait jamais de T-shirt à manches courtes ; lorsque nous nous étions retrouvés en Louisiane pour traquer le Voyageur, j'étais trop absorbé pour prêter attention à lui ; et enfin, il n'aimait guère parler de ses expériences douloureuses.

En voyant mon regard braqué sur sa cicatrice, il rougit, mais, au lieu de vouloir immédiatement la dissimuler, il la contempla à son tour et se rembrunit, comme s'il se rappelait dans quelles circonstances il en avait hérité.

— Tu veux savoir ? me demanda-t-il finalement.

— Tu as envie de me raconter ?

— Pas spécialement.

— Dans ce cas, laisse tomber.

Il ne réagit pas immédiatement, puis fit, à mi-voix :

— Vu que ça te concerne un peu, tu as peut-être le droit de savoir.

— Si tu me dis que tu as toujours été amoureux de moi, j'arrête la voiture et tu iras à Bangor à pied.

Angel se mit à rire.

— Tu refuses de voir la vérité en face.

— Si tu savais à quel point...

— De toute façon, t'es pas si mignon que ça. (De l'index, il effleura sa cicatrice.) Tu es allé à Rikers, hein ?

J'acquiesçai. Plusieurs enquêtes m'avaient conduit à me rendre à la prison de Rikers Island. Je m'y étais également rendu à l'époque où Angel y était incarcéré ; un autre détenu du nom de William Vance avait menacé de le tuer, et j'étais intervenu. Vance était mort, depuis. Il avait fini par succomber, au mois d'octobre, au terme d'une longue agonie. Des détenus dont on ignorait l'identité l'avaient forcé à avaler du détergent après avoir appris que la justice lui imputait plusieurs crimes sexuels pour lesquels il ne serait pas jugé, faute de preuves. C'était moi qui avais fourni les informations à l'origine de l'agression. Je l'avais fait pour sauver Angel, et Vance n'était pas une perte, mais sa mort pesait encore sur ma conscience.

— La première fois que Vance m'est tombé dessus, expliqua tranquillement Angel, je lui ai pété une dent. Il me menaçait depuis des jours, il arrêtait pas de me dire qu'il allait me faire ma fête. Il voulait vraiment ma peau, ce connard. C'était pas un coup hyper-violent, mais un surveillant s'est pointé, Vance était par terre, il saignait, et moi j'étais là. Je me suis pris vingt jours de mitard.

Les détenus condamnés au mitard passaient vingt-trois heures sur vingt-quatre en cellule d'isolement, et avaient droit à une heure de promenade dans la cour. Laquelle n'était en fait qu'une sorte de cage, à peine plus grande qu'une cellule, dans laquelle les détenus restaient menottés. Il y avait des cercles de basket, mais pas de ballon, en supposant qu'on pût jouer avec des menottes. La seule chose que pouvaient faire les détenus, c'était se battre. Et généralement, sitôt dans la cour, ils ne s'en privaient pas.

— La plupart du temps, reprit Angel, je restais dans ma cellule. Vance avait récolté dix jours juste pour s'être fait esquinter la bouche, et je savais qu'il m'attendait dehors. (Il marqua un temps d'arrêt, se mordilla la lèvre inférieure.) On se figure que ça va être simple, tu vois, qu'on va être bien tranquille, qu'on va roupiller et qu'on sera à l'abri du matin au soir ou presque, mais c'est faux. On peut rien emmener avec soi. On te prend tes fringues et on te file trois survêt' à la place. On a pas le droit de fumer, mais j'avais réussi à passer presque tout un paquet de tabac dans trois capotes que je m'étais fourrées dans le fion, et je me roulais des clopes avec du papier-cul.

« Au bout de cinq jours, j'avais plus rien à fumer, et j'ai jamais fumé après. J'en pouvais plus. Le bruit, les hurlements, c'est de la torture psychologique. La première fois que je suis sorti en promenade, Vance m'est tout de suite tombé dessus. Je me suis d'abord pris des coups de poing dans la tempe et ensuite, quand j'étais par terre, il y est allé à coups de pied. Il a bien dû m'en allonger cinq ou six avant qu'on l'embarque, mais là, j'ai compris que je pouvais plus tenir. C'était au-dessus de mes forces.

« On m'a emmené à l'infirmerie. Ils m'ont examiné, ils ont décidé que j'avais rien de cassé, et ils m'ont réexpédié au trou. J'avais réussi à piquer une vis à bois sur le socle d'une armoire à pharmacie, elle faisait peut-être neuf, dix centimètres de long. Quand ils m'ont ramené au mitard et qu'ils ont éteint la lumière, j'ai essayé de m'ouvrir les veines.

Il secoua la tête et, pour la première fois depuis le début de son récit, je le vis sourire.

— Tu as déjà essayé de t'ouvrir les veines avec une vis ? me demanda-t-il.

— Non, pas que je sache.

— Eh bien, je peux te dire que c'est pas du

gâteau. Les vis, elles ont pas été conçues pour ça. Après beaucoup d'efforts, j'ai réussi à faire couler pas mal de sang, mais de là à ce que je crève, les vingt jours auraient sûrement été tirés. Enfin, de toute façon, ils m'ont vu en train de me charcuter le bras et ils m'ont ramené à l'infirmerie. C'est là que je t'ai appelé.

« Après des discussions, et un profil psychologique, et ce que tu as dû leur dire, ils m'ont remis au régime normal. Ils se sont sûrement dit que j'étais pas dangereux, sauf pour moi, et qu'ils avaient besoin du mitard pour quelqu'un de plus méritant.

J'étais allé parler à Vance peu après, avant sa sortie d'isolement, pour lui dire que je savais ce qu'il avait fait et que je mettrais les autres au courant s'il s'en prenait à Angel. Ma démarche n'avait servi à rien, car, sitôt libéré, il avait tenté de tuer Angel aux douches. Dès lors, c'était un homme mort.

— Si on m'avait remis au trou, conclut Angel, j'aurais trouvé un moyen de me suicider. Peut-être que j'aurais laissé faire Vance, juste pour en finir. Tu sais, Bird, y a des dettes qu'on rembourse jamais, et des fois c'est pas si mal. Louis, il le sait, et moi aussi. Quand on fait un truc parce qu'on pense que c'est bien, ça rend les choses plus faciles, mais si tu décides de faire sauter le Capitole, Louis se démerdera pour allumer la mèche. Et, pendant ce temps, je lui tiendrai son manteau.

Cheryl Lansing habitait à la périphérie de Bangor, à l'ouest. Une belle maison blanche, des pelouses immaculées plantées de conifères adultes. Avec ses demeures cossues et ses allées encombrées de voitures neuves, le quartier respirait l'aisance et la tranquillité. Angel resta dans la Mustang pendant que j'allais sonner. Personne ne se manifesta. Les mains en visière, je tentai de voir ce qui se passait à l'intérieur, mais rien ne bougeait.

Je décidai de faire le tour. Il y avait un jardin, tout en longueur, et une piscine près de la maison. Angel me rejoignit.

— Apparemment, revendre des bébés, ça paie, fit-il. (Et il agita en rigolant un portefeuille noir rectangulaire, son outil de travail, en ajoutant :) Juste au cas où.

— Génial. Si les flics du coin débarquent, je leur dirai que je t'ai pris sur le fait et que je t'ai arrêté moi-même.

La véranda vitrée qui complétait la villa permettait à Cheryl Lansing de contempler sa pelouse été comme hiver. La piscine, qui n'était pas couverte, n'avait manifestement pas été nettoyée depuis un certain temps. Elle ne semblait pas très profonde — peut-être un mètre d'un côté, deux mètres de l'autre — mais elle était pleine de terre et de feuilles mortes.

— Bird.

Devant la baie vitrée, Angel contemplait l'intérieur de la véranda. Il y avait un coin-cuisine, une grande table de chêne et cinq chaises. Sur la table, on distinguait des tasses, des soucoupes, une cafetière, ainsi qu'un assortiment de pains et de brioches. Et, au milieu, une corbeille de fruits. Même de loin, j'apercevais la moisissure.

Angel sortit de sa poche des gants de travail et s'attaqua à la porte coulissante, qui s'ouvrit sans résistance.

— Tu veux jeter un coup d'œil à l'intérieur ?
— Je veux bien.

Une forte odeur de lait caillé et de nourriture

avariée régnait dans la maison. Nous traversâmes la cuisine, puis le séjour, meublé de canapés et de fauteuils profonds décorés de motifs à fleurs roses. Je décidai d'explorer le rez-de-chaussée tandis qu'Angel vérifierait les chambres, à l'étage. Lorsqu'il m'appela, j'étais déjà dans l'escalier, prêt à le rejoindre.

Il se trouvait dans un petit bureau comprenant une table de bois sombre, un ordinateur et deux armoires. Sur les étagères, le long du mur, des classeurs extensibles étaient répertoriés par année. Ceux de 1965 et 1966 avaient été retirés et leur contenu répandu par terre.

— Billy Purdue est né début 66, dis-je calmement.

— Tu penses qu'il est passé ?

— Ce n'est pas forcément lui.

Billy Purdue voulait connaître la vérité sur ses origines. Etait-il allé jusqu'à saccager le bureau d'une dame âgée pour découvrir ce qu'elle savait ?

— Regarde dans les armoires, dis-je à Angel. Jette ensuite un coup d'œil sur ces dossiers pour voir s'il reste quelque chose qui pourrait avoir un rapport avec Billy Purdue. Moi, je fais un dernier tour dans la maison. On ne sait jamais.

Il acquiesça. Nouvelle inspection des lieux : les chambres, la salle de bains, les pièces du bas. Dans la cuisine, les fruits pourris évoquaient le cœur d'une boussole avec, en guise de points cardinaux, deux tasses à café et deux verres de lait tourné.

Je sortis dans le jardin. Tout au bout, côté est, se trouvait une cabane. Je pris un mouchoir avant de faire glisser le verrou. A l'intérieur, il n'y avait qu'une tondeuse à essence, des pots en terre cuite, des plateaux à semis et divers petits outils de jardinage. Sur les étagères, de vieux pots de peinture côtoyaient des bocaux remplis de clous et de pinceaux usagés. Aucun locataire n'occupait la cage à oiseau suspendue à un crochet. Je refermai l'appentis et rebroussai chemin.

Une saute de vent fit frissonner les arbres et coucha le gazon. Les feuilles accumulées dans la piscine à sec roulèrent les unes sur les autres dans un bruissement sec. Et là, parmi les verts, les bruns, les jaunes tendres du grand bassin, surgit une tache rouge vif.

Je dus m'accroupir au bord de la piscine pour voir de quoi il s'agissait. C'était une tête de poupée, coiffée d'une touffe de cheveux roux. Je parvins à distinguer un œil de verre et une bouche écarlate. Le bassin était large. Dans un premier temps, je voulus retourner à la cabane, puis je me fis la réflexion que je n'y avais pas vu d'outils suffisamment longs pour m'aider à récupérer la poupée. Une poupée qui pouvait très bien, d'ailleurs, n'avoir aucune importance. Les enfants avaient l'art d'égarer leurs jouets dans les endroits les plus improbables. Mais une poupée, ça se bichonnait. Jennifer en avait une, qui s'appelait Molly. Elle avait des cheveux noirs épais, et une bouche de starlette ; à table, elle restait toujours à côté d'elle, les yeux fixés sur son assiette, sans expression. Molly et Jenny, les inséparables.

A l'autre bout de la piscine, il y avait quelques marches. Le fond disparaissait sous les feuilles mortes. Je descendis, puis avançai à pas prudents. Je m'enfonçais littéralement dans les feuilles. Quand je fus sur le point d'atteindre la poupée, j'en avais à mi-cuisse ; je sentais l'humidité de toute cette végétation pourrissante, l'eau qui s'infiltrait dans mes chaussures. Il fallait que je fasse très attention, car le carrelage était glissant et la pente s'accentuait.

L'œil de verre fixait le ciel, et un mélange de feuilles rousses et de terre masquait l'autre partie du visage. Je tendis prudemment le bras, enfonçai ma main dans le magma végétal et tirai la tête de la poupée. Les feuilles se détachèrent et l'œil droit, libéré, s'ouvrit avec un petit déclic. Lentement, je vis apparaître le petit corsage bleu, la petite jupe verte. Les jambes potelées étaient couvertes de boue et de compost.

J'entendis un léger bruit de succion lorsque le corps tout entier de la poupée émergea de l'amas de feuilles. Mais avec, il y avait autre chose. La main refermée sur les jambes de la poupée était petite, mais gonflée par la décomposition et marbrée de couleurs hivernales. Deux ongles avaient commencé à se détacher et la peau déchirée laissait entrevoir les longues stries des muscles. Au niveau du coude, juste au-dessus d'une grosse cloque de gaz, j'aperçus l'extrémité d'une manche en état de désagrégation. C'était un joli rose, presque entièrement noirci par les feuilles pourries, la terre et le sang séché.

Instinctivement, je fis un pas en arrière, sans lâcher la poupée, et avec panique et horreur je me sentis déraper sur le fond carrelé de la piscine. Tandis que je tombais à la renverse, mes pieds heurtèrent quelque chose de mou et d'humide. J'avais des feuilles dans la bouche et une odeur putride me fouetta les narines lorsque la petite fille jaillit, propulsée à l'air libre par les mouvements de mes jambes et ma main qui tenait toujours la poupée. En glissant, alors que mes pieds cherchaient désespérément un point d'appui, j'eus juste le temps d'entrevoir des cheveux poisseux, une peau grisâtre et des yeux laiteux. Terrifié, je lâchai enfin la poupée et, par pur réflexe, repoussai le corps de l'enfant qui sombra de nouveau dans le magma, en imprégnant ma main de son odeur. Puis une forme plus lourde interrompit ma glissade et des doigts morts me frôlèrent la cheville, et je compris alors qu'elles étaient toutes là, sous cet amas de feuilles en décomposition, pourriture sur pourriture, et que si je m'enfonçais encore plus loin sous ces feuilles, je les verrais et risquais de ne plus jamais me relever.

Une main me saisit la main droite et j'entendis Angel crier :

— Bird, du calme, du calme !

Je levai les yeux et vis que j'avais rejoint le bord droit de la piscine. Angel m'aida à sortir. J'eus juste la force de ramper jusqu'à la pelouse et là, il ne me resta plus qu'à me frotter les mains sur le gazon humide et glacé, encore, encore et encore, avec un acharnement dérisoire, pour tenter d'enlever de mes doigts l'odeur de cette pauvre petite.

— Elles sont là, au fond, dis-je. Elles sont toutes là, au fond.

Angel appela Louis, puis je prévins la police de Bangor. Angel ne s'attarda pas sur place. Compte tenu de ses antécédents, sa présence n'aurait fait que compliquer le travail des enquêteurs. Je lui dis de repartir en taxi, de prendre une chambre au Days Inn, près du gigantesque centre commercial Bangor Mall, et de m'attendre là-bas. Et moi, pendant ce temps, au bord de la piscine dans laquelle on distinguait clairement maintenant la chevelure et le petit pull de l'enfant au milieu des feuilles bousculées par le vent, j'attendis l'arrivée de la police.

Quatre heures plus tard, je rejoignis Angel au Days Inn. J'avais tout dit aux flics, y compris le fait que j'avais fouillé la maison. Cela ne leur plut pas trop, mais Ellis Howard, en ligne depuis Portland, me couvrit, puis demanda à me parler.

— Alors comme ça, on ne me cache rien ? (Ses accents de colère faisaient presque vibrer le combiné.) J'aurais dû leur dire de vous boucler pour entrave à la justice.

J'aurais pu m'excuser, mais à quoi bon ?

— C'est Willeford qui m'a parlé d'elle. Elle avait organisé l'adoption de Billy Purdue. Elle était chez Rita Ferris deux jours avant le meurtre de Rita et Donald.

— D'abord sa femme et son fils. Ensuite, cette femme qui l'a fait adopter. J'ai l'impression que Billy Purdue en veut à toute la planète.

— Vous n'en croyez pas un mot, Ellis.

— Que savez-vous de ce que je crois ? Si vous voulez jouer les cœurs blessés, allez vous épancher ailleurs. On a déjà ce qu'il faut ici.

Il était si contrarié qu'il dut bruyamment s'y reprendre à trois fois pour raccrocher. Je communiquai mon numéro de portable aux flics de Bangor en leur disant que j'étais disposé à les aider dans la mesure de mes moyens.

Dans la piscine, il y avait quatre cadavres. Cheryl Lansing était au fond du grand bassin, sous le corps de sa belle-fille, Louise. Ses deux petites-filles, Sophie et Sarah, se trouvaient un peu plus loin, toutes les deux en chemise de nuit. On les avait recouvertes de feuilles ramassées dans tout le jardin, puis de paille prélevée dans le tas derrière la cabane.

Toutes les quatre avaient eu la gorge tranchée, de gauche à droite. Un coup porté au côté gauche du visage avait en outre fracassé la mâchoire de Cheryl Lansing, dont la bouche béait curieusement. Elle gisait là, sous le cadavre de sa belle-fille, et lorsqu'on eut fini de dégager sa tête, il apparut que celui qui l'avait assassinée avait infligé à son corps un dernier outrage.

Avant de mourir, Cheryl Lansing avait eu la langue arrachée.

Cheryl Lansing morte, il fallait en déduire que quelqu'un — Billy Purdue lui-même, ou bien Abel et son comparse Stritch, ou une autre personne, encore inconnue — était en train de sillonner le passé de Billy. Un parcours qui se révélait avoir un lien avec la courte enquête de Willeford sur les origines de Billy. Je pris la décision de pousser plus au nord. Angel proposa de m'accompagner, mais je préférais qu'il rentre à Portland le lendemain matin, par la navette.

— Bird ? me demanda-t-il quand je fis démarrer la Mustang. Tu m'as parlé de Billy Purdue, de sa femme, de son gosse. Y a un truc qui m'échappe : comment une nana peut se retrouver avec un type pareil ?

Je haussai les épaules. Issue d'une famille à problèmes, elle devait chercher à reproduire le schéma qu'elle avait connu enfant en fondant elle-même une famille à problèmes avec Billy Purdue. Mais il n'y avait pas que cela. Il y avait chez Rita Ferris quelque chose de bon, une parcelle restée intacte, et saine, en dépit de tout ce qui lui était arrivé. Et peut-être, oui, peut-être avait-elle cru déceler la même chose chez Billy, peut-être s'était-elle dit qu'en localisant cette parcelle de lui-même, en le touchant au bon endroit, elle réussirait à le sauver, elle le conduirait à avoir besoin d'elle autant qu'elle avait besoin de lui, car, pour elle, amour et besoin se confondaient. Des millions d'épouses et de maîtresses battues, de femmes maltraitées et d'enfants malheureux, auraient pu lui dire qu'elle se trompait, qu'il faut vraiment avoir des œillères pour s'imaginer qu'un individu peut en racheter un autre. Les hommes doivent se racheter eux-mêmes, mais il en est qui refusent la rédemption, ou ne la reconnaissent pas lorsqu'elle les nimbe de sa lumière.

— Elle l'aimait, finis-je par répondre. Au bout du compte, elle n'avait que cela à offrir, et il fallait qu'elle le fasse.

— Tu parles d'une réponse...

— Les réponses, je ne les connais pas, Angel. Je ne fais que formuler différemment les questions.

Sur quoi je sortis du parking et pris la direction de l'embranchement de la 15 et de l'autoroute, vers Dover-Foxcroft, Greenville et Dark Hollow. Sans le savoir, je venais d'entamer un périple qui allait me forcer à faire face non seulement à mon propre passé, mais aussi à celui de mon grand-père. Réveiller de vieux esprits que tout le monde croyait assoupis. Et me conduire, pour finir, à affronter ce qui attendait depuis si longtemps dans la pénombre des Grandes Forêts du Nord.

11

Durant une bonne partie de son histoire, le Maine s'est pour ainsi dire limité à un chapelet de communautés de pêcheurs installées le long de la côte atlantique. Sous la mer gisaient les vestiges d'un autre monde, un monde qui avait cessé d'exister avec la montée des eaux. Le Maine a vu disparaître son littoral : ses îles sont d'anciennes montagnes, et des champs oubliés tapissent le fond de l'océan. Son passé englouti repose à des brasses de profondeur, hors de portée de la lumière.

Le présent a ainsi pris naissance au bord du gouffre du passé, et les gens se sont accrochés à la côte. Rares sont ceux qui s'aventurèrent dans les contrées sauvages de l'intérieur, mis à part les missionnaires français soucieux d'évangéliser les tribus — lesquelles, de toute manière, ne comptèrent jamais plus de trois mille âmes environ, et s'éloignaient rarement des régions côtières —, ou les trappeurs essayant de vivre du commerce des fourrures. Les terres du littoral étaient fertiles, et les Indiens qui les exploitaient se servaient, en guise d'engrais, de poissons pourris dont l'odeur se mêlait au parfum des roses sauvages et de la lavande de mer. Plus tard vinrent les fermes aquacoles, les parcs à palourdes et les immenses hangars où l'on entreposait la glace du Maine avant de l'exporter à l'autre bout de la planète.

Puis, conscients des possibilités que leur offrait la forêt, les colons s'enfoncèrent à l'intérieur des terres, vers le nord et vers l'ouest. Sur ordre du roi, ils coupèrent à leur base les pins blancs dont les troncs faisaient plus de soixante-dix centimètres de large afin d'en faire des mâts pour ses navires. Les mâts du HMS *Victory*, le vaisseau de l'amiral Nelson, qui combattit la flotte de Napoléon lors de la bataille de Trafalgar, provenaient du Maine.

Il fallut cependant attendre le début du dix-neuvième siècle pour qu'on se rende compte qu'il y avait une fortune à gagner en exploitant le bois du Maine. On explora donc tous les territoires, on fit des relevés, on ouvrit la route des Grandes Forêts du Nord. Au beau milieu de nulle part, on construisit des fabriques destinées à la production de papier et de planches. Les schooners remontaient la Penobscot pour charger les troncs d'épicéas et de sapins abattus aux confins du Nord et acheminés par voie fluviale. Les scieries se multiplièrent au bord du fleuve, tout comme le long du Merrimack, du Kennebec, du Saint Croix ou de la Machias. Bien des hommes périrent en tentant de désenchevêtrer des troncs ou de maintenir ensemble de gigantesques trains de bois ballottés par le courant, jusqu'en 1978, année qui marqua la fin des grandes campagnes de flottage. On modifia le paysage pour satisfaire aux exigences des barons du bois : des cours d'eau furent détournés, des lacs surélevés, des barrages érigés. Des incendies ravagèrent les zones sèches abandonnées par les bûcherons et des rivières entières virent leur faune disparaître, victime de la sciure déversée par les compagnies forestières. Une première génération d'arbres, les sapins, a été coupée il y a deux siècles. La seconde fut celle des bois durs comme le bouleau, l'érable et le chêne.

Aujourd'hui, les sociétés d'exploitation ont mis en coupe réglée une bonne partie des forêts du Nord et les semi-remorques chargés de troncs d'arbres fraîchement abattus sillonnent les routes de l'Etat. Les compagnies forestières taillent des percées pendant l'hiver, dégagent tous les arbres et les entassent en mars-avril. Le bois, c'est la richesse du Maine. Mon grand-père, comme bien d'autres habitants de la côte, vendait des sapins de Noël de début novembre à mi-décembre, des sapins qu'il plantait et coupait lui-même.

Quelques forêts adultes demeurent cependant intactes. On y trouve des pistes d'animaux et des crottes d'élans qui mènent à des points d'eau bien cachés, alimentés par des cascades jaillissant par-dessus rochers et arbres morts. C'était l'une des dernières régions encore peuplées de loups, de pumas et de caribous. Il reste encore cinq millions d'hectares inhabités dans le Maine, plus verdoyant aujourd'hui qu'il y a cent ans. L'épuisement des sols a entraîné le déclin de l'agriculture, et la forêt, comme toujours, a repris ses droits. Entre les murs de rondins qui abritaient autrefois des familles se dressent aujourd'hui des conifères de toutes sortes.

Dans cet environnement sauvage, celui qui le voulait pouvait facilement se perdre.

Dark Hollow se trouve au nord de Greenville, à environ huit kilomètres. Non loin, à l'ouest, il y a le lac Moosehead et les cent mille hectares du parc naturel de Baxter, où le mont Katahdin domine le bout de la Piste des Appalaches. J'avais vaguement songé à faire halte à Greenville — il faisait nuit noire sur la route, et l'air était glacial —, mais je savais que le plus important, c'était de trouver Meade Payne. Les proches de Billy Purdue — sa femme, son fils, la femme qui avait organisé son adoption — mouraient les uns après les autres, et dans d'effroyables conditions. Il fallait que je prévienne Payne.

Greenville était la porte des forêts du Nord, et le bois avait longtemps été l'unique richesse de cette ville et de ses alentours. La scierie, principal employeur, avait dû fermer ses portes au milieu des années soixante-dix, frappée comme tant d'autres par la crise économique. Faute de travail, de nombreuses personnes avaient alors quitté la région ; celles qui étaient restées avaient essayé de se reconvertir dans le tourisme, la pêche et la chasse, mais Greenville et les bourgs éparpillés plus au nord, tels que Beaver Cove, Kokadjo et Dark Hollow, où s'arrêtaient les lignes électriques et la civilisation, n'avaient jamais retrouvé leur prospérité d'antan. Lorsque le prix du parcours au golf de Greenville était passé de dix à douze dollars, on avait frôlé l'émeute.

Je suivis Lily Bay Road entre deux murs de neige. Au loin, on ne voyait que la forêt. Durant de nombreuses années, c'était cette route qui avait servi à acheminer le matériel lourd jusqu'aux camps de bûcherons. J'atteignis enfin Dark Hollow, une toute petite localité, avec quelques pâtés d'immeubles au centre et un poste de police à la périphérie nord. Dark Hollow récupérait une partie des touristes et des chasseurs de Greenville, mais sans pouvoir pavoiser. D'ici, on voyait la montagne et la forêt, mais pas le lac. Il n'y avait qu'un seul motel, le Tamara Motor Inn, qui semblait sorti tout droit des années cinquante, avec son arche immense sur laquelle brillait un grand néon rouge et vert. Une ou deux boutiques d'artisanat vendaient des bougies parfumées et des sièges, du genre à vous laisser des débris d'écorce sur le pantalon. Un café-librairie, un snack-restaurant et un petit supermarché constituaient les principaux commerces de la ville, et des amoncellements de neige gelée se dressaient encore dans les caniveaux et à l'ombre des bâtiments.

Seul le restaurant était ouvert. L'extérieur avait été repeint en style psychédélique, avec de belles couleurs. J'imaginais l'établissement repris par la bande de Scoubidou, le chien du dessin animé, parce que leur Machine à Mystères était tombée en panne, comme ces Coccinelle à refroidissement par air qui rendaient l'âme à Santa Fe, dans les années soixante, quand leurs hippies de proprios voulaient leur faire traverser tout le pays.

A l'intérieur, il y avait des reproductions d'affiches de concerts et de paysages sans doute signées par des artistes du cru. J'aperçus dans un coin une photo sous cadre, décorée d'un ruban tricolore aux couleurs défraîchies, d'un gamin en uniforme militaire, à côté d'un homme d'un certain âge. Dans l'un des boxes, un couple de vieux bavardait autour d'un café. En me voyant débarquer, quatre jeunes prirent un air malin et vaguement menaçant, et ricanèrent sans faire éclater leurs boutons.

Je commandai un club sandwich et un café. C'était bon et, l'espace d'un instant, je faillis en oublier ce qui s'était passé à Bangor. La serveuse, qui s'appelait Annie, m'expliqua comment me rendre chez Payne, avec un grand sourire mais en ajoutant qu'il y avait du verglas, qu'on attendait encore de la neige et que l'état de la route laissait à désirer, même lorsqu'il faisait beau.

— Vous êtes un ami à Meade ? me demanda-t-elle.

Elle semblait avoir envie de parler, plus que moi. Avec ses cheveux roux, son rouge à lèvres criard, son fard à paupières bleu nuit et sa peau très pâle, elle me faisait l'effet d'un dessin inachevé, qu'un enfant distrait aurait abandonné en cours d'exécution.

— Non, répondis-je, je veux juste lui parler de quelque chose.

Son sourire s'estompa légèrement.

— Rien de grave, j'espère ? Parce que, question coups durs, le pauvre vieux, il a déjà eu son compte.

— Non, mentis-je. Rien de grave. Je suis désolé pour Meade, je ne savais qu'il avait eu des problèmes.

Elle haussa les épaules, et son sourire reprit des forces.

— Il a perdu sa femme il y a quelques années, et après, son fils est mort pendant la guerre du Golfe. Depuis, il reste la plupart du temps seul. On l'a pas vu beaucoup, ces temps-ci.

Quand Annie se pencha pour enlever ce qui restait de mon sandwich, ses seins m'effleurèrent le bras.

— Autre chose ? fit-elle d'un ton plein d'entrain, pour clore le chapitre Meade.

Sa question cachait-elle un sous-entendu ? Je décidai que non. Autant se simplifier la vie.

— Non, merci.

D'un geste théâtral, elle arracha l'addition de son calepin.

— Alors je vous laisse juste ça. (Elle me décocha un autre sourire en glissant la feuille sous le bol de crackers, avant de repartir en ondulant des fesses.) Et surtout, soyez prudent sur la route, hein ?

— Promis, lui dis-je en la regardant s'éloigner avec un certain soulagement.

Meade Payne n'avait pas le téléphone, ou du moins son nom ne figurait-il pas dans l'annuaire. Je dus donc me résigner à attendre le lendemain pour lui parler. Je pris une chambre au Tamara moyennant vingt-huit dollars et dormis dans un lit ancien, avec un matelas très haut et une tête de lit en bois sculpté. Au cours de la nuit, je ne pus m'empêcher de me réveiller. L'odeur des feuilles pourries et le bruit des choses lourdes en décomposition qui bougeaient en dessous m'étaient devenus insupportables.

La serveuse ne s'était pas trompée : à mon départ, le lendemain matin, une épaisse couche de givre couvrait le sol, et le gazon de l'étroite pelouse, devant le motel, se brisait sous mes pas comme du cristal. C'était une belle matinée ensoleillée. Les voitures descendaient l'artère principale à petite vitesse et les piétons gantés et emmitouflés soufflaient dans l'air des panaches blancs, comme des locomotives à vapeur. Laissant la voiture au Tamara, je me rendis au restaurant à pied. De l'extérieur, je vis que la plupart des banquettes étaient déjà occupées. L'ambiance semblait chaleureuse ; on sentait que les gens attablés ici avaient conscience d'appartenir à une même communauté, qu'ils étaient heureux d'avoir conservé leurs racines. Les serveuses, parmi lesquelles je ne voyais pas Annie, voletaient de table en table et derrière la caisse un gros barbu, un tablier autour

du ventre, discutait avec les clients. Je m'apprêtais à pousser la porte lorsque, derrière moi, une petite voix douce et au ton familier me fit :
— Charlie ?
Je me retournai et là, soudain, dans le souvenir d'un baiser, passé et présent se télescopèrent.

Lorna Jennings avait six ans de plus que moi et elle habitait à moins de deux kilomètres de la maison de mon grand-père. Elle était petite et menue, devait faire un mètre cinquante-cinq et peser une cinquantaine de kilos à tout casser, avait des cheveux châtain foncé, courts et coiffés à la Jeanne d'Arc, et une bouche qui paraissait toujours sortir d'un baiser ou sur le point d'en donner un. Ses yeux étaient bleu-vert, et sa peau blanche comme de la porcelaine.

Son mari se prénommait Randall, mais tout le monde l'appelait Rand. Il était grand, et avait failli devenir hockeyeur professionnel. Il était flic, toujours en tenue, mais espérait être muté au bureau des inspecteurs. Il n'avait jamais frappé sa femme, ne lui avait jamais fait mal, et elle était persuadée que leur couple était solide. Jusqu'au jour où il lui parla de sa première et, affirmait-il, dernière aventure. C'était avant que je fasse sa connaissance, avant notre liaison.

C'était l'été. Je venais de décrocher — péniblement — mon diplôme de littérature anglaise à l'université du Maine. J'avais vingt-trois ans. Après le lycée, j'avais fait quelques petits boulots mal payés, puis je m'étais offert un long voyage sur la côte Ouest avant d'entrer en fac. J'étais revenu à Scarborough pour y passer un dernier été. J'avais déjà proposé ma candidature au NYPD en me servant des quelques contacts que j'avais avec les personnes qui avaient conservé une bonne image de mon père. Sans doute avais-je eu le tort d'imaginer, naïvement, que ma présence au sein de la police new-yorkaise me permettrait de laver son nom. Je crois qu'au contraire je ne fis que raviver de vieux souvenirs chez certains, comme la boue que l'on remue au fond d'une mare.

Mon grand-père m'obtint un job dans une société d'assurances. Je devins employé de bureau, mais employé à tout faire. Je faisais le café, je lessivais les sols, je répondais au téléphone, je cirais les bureaux, et j'en appris suffisamment sur le métier d'assureur pour savoir qu'il faut être vraiment né de la dernière pluie ou en situation de grande détresse psychologique pour croire ce que vous raconte un agent d'assurances.

Lorna Jennings était la secrétaire du responsable d'agence. Elle se montrait toujours très polie à mon égard, mais, au début, nous ne nous parlions quasiment pas, même si, une ou deux fois, je la surpris à me regarder d'un air amusé avant de se replonger dans ses documents ou son courrier à taper. Notre première vraie conversation eut pour cadre un pot organisé pour le départ à la retraite d'une secrétaire, une femme très grande, aux cheveux blanc et bleuté, qui allait être inculpée un an plus tard pour avoir tué un de ses chiens à coups de hache. J'étais assis au bar, devant ma bière, faisant comme si je n'avais strictement aucun rapport avec le monde des assurances, lorsque Lorna vint tranquillement me trouver et me dit :

— Bonsoir. Vous allez l'air bien seul. Vous faites exprès de vous tenir à l'écart ?

— Bonsoir, répondis-je en faisant tourner mon verre. Non, non, je vous assure.

Elle haussa les sourcils, et je dus passer aux aveux :

— Enfin, juste un peu, admettons. Mais vous ne me dérangez pas.

Les sourcils montèrent encore d'un cran ; je me sentais tellement gêné que j'en vins à me demander si les vaisseaux sanguins de mon visage allaient tenir le coup.

— Je vous voyais en train de lire quelque chose, aujourd'hui, me dit-elle.

Elle s'installa sur un tabouret, en face de moi. Sa longue robe de laine noire lui moulait parfaitement le corps, et elle sentait les fleurs. J'apprendrais plus tard que c'était sa crème pour le corps. Elle se parfumait rarement.

— C'était quoi ?

Je crois que ma gêne n'avait pas encore disparu. J'étais en train de lire *Le Bon Soldat* de Ford Madox Ford. J'avais choisi ce livre sans savoir qu'il s'agissait, en fait, d'une série de portraits de personnages infidèles les uns aux autres, chacun à sa manière. Et au bout du compte, à mesure que nos rapports évoluaient, j'en vins à le juger plus proche du manuel pratique que du roman.

— Un livre de Ford Madox Ford. Vous l'avez déjà lu ?

— Non, j'en ai juste entendu parler. C'est à lire ?

— Je dirais que oui. (La recommandation manquait d'enthousiasme et, question critique littéraire, c'était un peu léger. Je me hâtai donc d'enchaîner :) Enfin, si on aime les histoires d'hommes faibles et de couples à problèmes.

Mon commentaire lui arracha une petite grimace et là, même si je ne savais encore rien d'elle, une petite parcelle de mon univers se détacha, tomba et rebondit sur le sol au milieu des mégots de cigarettes et des épluchures de cacahuètes. J'étais si mal à l'aise que j'aurais voulu creuser un trou jusqu'au centre de la Terre et demander à ce qu'on le rebouche derrière moi. Je l'avais blessée, sans trop savoir de quelle manière.

— Vraiment ? me dit-elle enfin. Vous devriez peut-être me le prêter, un de ces jours.

Nous parlâmes encore un peu, du bureau, de mon grand-père. En se levant pour repartir, elle passa la main sur sa robe, au-dessus du genou, pour enlever un minuscule bout de peluche blanche pris dans le tissu. Un geste qui eut pour effet de tendre encore davantage la robe, mettant sa silhouette en évidence presque jusqu'au genou. Et elle me lança alors un regard curieux, tête penchée de côté, et je vis dans ses yeux une lueur que je n'avais encore jamais vue. C'était la première fois que quelqu'un me regardait de cette manière. Et sans doute la dernière, me dis-je. Elle m'effleura délicatement le bras, et le contact de sa peau fut pour moi comme une brûlure.

— N'oubliez pas le bouquin, me dit-elle avant de s'éloigner.

C'est ainsi que tout commença, si ma mémoire est bonne. Comme promis, je lui prêtai mon livre et, très vite, le fait de savoir qu'elle le manipulait, que ses doigts en caressaient doucement les pages, me procura un étrange plaisir. Une semaine plus tard, je quittais mon emploi. Enfin, pour être tout à fait honnête, disons que je fus viré à la suite d'un différend qui m'opposa au directeur d'agence. Il m'avait traité de feignasse, je l'avais qualifié d'enculé, ce qui était la stricte vérité. En apprenant mon départ précipité, mon grand-père s'énerva, mais je savais qu'au fond de lui-même il n'était pas mécontent. Selon mon grand-père également, le directeur d'agence était un enculé.

Une autre semaine s'écoula avant que je trouve le courage d'appeler Lorna. Nous nous étions donné rendez-vous dans un petit café près du Veterans Memorial Bridge. Elle avait adoré *Le Bon Soldat*, me dit-elle, mais ça l'avait démoralisée. Elle voulait me le rendre, je lui répondis de le garder. Sans doute voulais-je me persuader qu'elle penserait à moi chaque fois qu'elle le verrait. Voilà ce qui arrive lorsqu'on s'amourache de quelqu'un. Mais, très vite, les choses prirent une autre dimension.

En sortant du café, je lui proposai de la raccompagner chez elle dans la MG que mon grand-père m'avait offerte le jour de mon diplôme, un modèle made in USA avant que British Leyland ne rachète la firme et ne massacre la marque. C'était plus une voiture de nana, mais sur la route je me régalais. Lorna déclina ma proposition.

— Il faut que j'aille retrouver Rand, m'expliqua-t-elle.

La déception dut se lire sur mon visage, car elle se pencha pour m'embrasser tendrement sur la joue.

— La prochaine fois, n'attendez pas aussi longtemps.

Je suivis son conseil.

Nous nous revîmes souvent à partir de ce jour, mais c'est par une chaude soirée de juillet que nous échangeâmes notre premier vrai baiser. Nous étions allés voir un très mauvais film et nous nous dirigions vers nos voitures. Rand n'aimait pas le cinéma, bon ou mauvais. Elle ne lui avait pas dit qu'elle allait voir un film avec moi et elle m'avait demandé si cela posait un problème. Je lui avais répondu non, mais sans doute péchais-je par optimisme. Ce qui est sûr, c'est que Rand, lui, ne vit pas les choses de la même façon quand son couple commença à battre de l'aile, sur la fin.

— Tu sais, je ne voudrais pas t'empêcher de rencontrer une fille sympa, me dit-elle sans me regarder.

— Non, non, pas de danger, mentis-je.

— Parce qu'il n'y a pas de place pour toi entre Rand et moi, mentit-elle à son tour.

— Très bien, lui répondis-je sans en penser un mot.

Nous étions arrivés devant nos voitures et elle restait plantée là, les clés à la main, le regard vers le ciel. Puis sans lâcher les clés, elle mit les mains dans les poches et baissa la tête.

— Viens ici, lui dis-je. Juste une minute.

Elle m'obéit.

La première fois que nous fîmes l'amour, ce fut dans ma chambre, un vendredi après-midi. Rand était allé à Boston pour un enterrement. Mon grand-père avait rejoint d'anciens collègues en ville, histoire de parler du bon vieux temps et de mettre à jour la rubrique nécrologique. Il n'y avait pas un bruit dans la maison.

Elle était venue de chez elle à pied. Même si nous nous étions mis d'accord, je fus surpris de la voir là, tout en jean, avec un T-shirt blanc sous sa chemise. Elle ne prononça pas un mot tandis que je l'entraînais dans ma chambre. D'abord timides, nos baisers s'enhardirent. Sa chemise était encore boutonnée. Les nerfs de mon ventre dansaient la sarabande. Je ressentais intensément sa présence, son odeur, ses seins qui se pressaient contre moi, mon manque d'expérience, le désir et même en un pareil instant, je crois, l'amour qu'elle m'inspirait.

Elle fit un pas en arrière, déboutonna sa chemise, puis enleva son T-shirt. Elle ne portait pas de soutien-gorge et son geste eut pour effet de soulever légèrement sa poitrine. Une seconde plus tard, j'étais en train de m'acharner sur son jean pendant qu'elle tirait sur ma chemise, ma langue lovée autour de la sienne, mes hanches plaquées contre elle.

Et je me souviens de ces instants d'abandon dans la lumière moirée de cet après-midi de juillet, de la chaleur de ses baisers, de la douce reddition de son corps lorsqu'elle m'accueillit en elle.

Nous avons dû sortir quatre mois ensemble avant que Rand ne découvre le pot aux roses. Je la retrouvais chaque fois qu'elle arrivait à se libérer. A l'époque, je gagnais ma vie comme serveur, ce qui me laissait la plupart des après-midi libres, ainsi que deux ou trois soirées si je décidais de ne pas travailler plusieurs jours de suite. Nous faisions l'amour où et quand nous le pouvions, et nous communiquions essentiellement par lettres et par téléphone, à la dérobée. Nous fîmes une fois l'amour à Higgins Beach, ce qui me permit en quelque sorte d'oublier mes déboires avec la petite Berube, et nous fîmes l'amour le jour où je reçus la lettre m'annonçant que le NYPD avait accepté ma candidature, mais, pendant nos étreintes, je crus percevoir les regrets de Lorna.

Cette liaison ne ressemblait en rien à celles que j'avais déjà connues. Elle était faite de rencontres brèves et souvent abrégées, gâchées par l'esprit petite ville de Scarborough, où les types venaient vous raconter qu'ils avaient baisé votre copine dans tous les sens quand elle était avec eux, et qu'elle suçait comme une déesse. Lorna semblait être au-dessus de tout cela, même si ces mesquineries provinciales l'avaient affectée d'une autre manière, qui se reflétait dans la désagrégation progressive et insidieuse de ce couple né sur les bancs du lycée.

Elle prit fin le jour où un copain de Rand nous surprit dans un café, en train de nous tenir la main, sur une table couverte de sucre à beignets et de taches de lait. Ce fut aussi bête que ça. Le temps tourna à l'orage et Rand proposa à Lorna de lui faire l'enfant qu'elle voulait depuis si longtemps. Et finalement, elle choisit de ne pas sacrifier sept ans de mariage pour un simple gamin. Sans doute avait-elle raison, mais sa décision me fit atrocement souffrir durant deux bonnes années, et, longtemps après, je ne pus penser à elle sans ressentir un pincement. Je ne l'avais jamais rappelée ni revue. Elle n'était pas venue à l'enterrement de mon grand-père, dont elle avait pourtant été la voisine durant près de dix ans. Il s'avérait que Rand et elle avaient quitté Scarborough, mais je n'avais même pas cherché à savoir où ils étaient.

L'histoire connut un post-scriptum. Environ un mois après la fin de notre liaison, j'étais en train de prendre un verre dans un bar, près de Fore Street, avec des copains que je n'avais pas vus depuis longtemps. Eux étaient restés à Portland, quand les autres étaient partis en fac, ou avaient trouvé un boulot dans un autre Etat, ou s'étaient mariés. Aux toilettes, au moment de me laver les mains, j'entendis la porte s'ouvrir et, dans la glace, je vis Rand Jennings debout derrière moi, en civil, et dans son dos un gros type baraqué qui s'adossait contre la porte pour la bloquer.

Je le saluai d'un signe de tête dans le miroir; après tout, je ne pouvais pas faire grand-chose d'autre. Après m'être essuyé les mains, je me retournai et pris son poing au creux de l'estomac. Un coup terrible, accompagné par tout le poids de son corps, qui me vida entièrement les poumons. Je tombai à genoux en me tenant le ventre, et reçus alors un violent coup de pied dans les côtes. Et pendant que j'étais là, étalé dans la saleté et la pisse, il s'en donna à cœur joie : coups de pied dans les cuisses, dans les fesses, dans les bras, dans le dos. Il évita la tête jusqu'à la fin où, là, il me tira par les cheveux et me flanqua une gifle monstrueuse. Pendant ce déluge de coups, il ne prononça pas le moindre mot et il m'abandonna sur place, couvert de sang, en laissant le soin à mes amis de me récupérer. D'une certaine manière, je m'en tirais bien, même si, sur le moment, j'avais du mal à le croire. Ceux qui ont couché avec la femme d'un flic ont parfois connu pire.

Et voici qu'aujourd'hui, dans cette petite ville perdue en pleine cambrousse, je faisais un bond dans le passé. Elle était de nouveau là, devant moi. Ses yeux avaient pris quelques années, les pattes-d'oie étaient un peu plus prononcées, et il y avait également de minuscules rides autour de sa bouche, comme si elle était restée trop longtemps les lèvres soudées. Et pourtant, lorsqu'un sourire prudent se dessina sur son visage, je vis briller dans ses yeux cette fameuse lueur, et également qu'elle n'avait rien perdu de sa beauté et qu'un homme pouvait retomber amoureux d'elle s'il manquait de vigilance.

— C'est bien toi ? me demanda-t-elle. (J'acquiesçai.) Mais que fais-tu ici, à Hollow ?

— Je cherche quelqu'un, répondis-je.

A son regard, je compris qu'elle avait cru, l'espace d'un instant, que je faisais peut-être allusion à elle.

— Tu veux prendre un café ? lui proposai-je.

Elle parut perplexe, regarda autour d'elle comme pour s'assurer que Rand n'était pas en train de l'épier, puis retrouva son sourire.

— Oui, j'aimerais bien.

A l'intérieur, nous réussîmes à trouver une banquette libre loin de la vitrine et nous commandâmes deux gobelets de café fumant. Je pris également des toasts et du bacon, qu'elle ne put s'empêcher de grignoter. Durant ce laps de temps de quelques secondes, dix années s'effacèrent comme par enchantement. Nous étions de nouveau dans un café de Portland, en train d'évoquer un avenir que nous ne connaîtrions pas, en échangeant des caresses furtives du bout des doigts.

— Comment ça va ?

— Pas trop mal, me répondit-elle. Le coin est sympa. C'est un peu isolé, mais sympa.

— Tu es ici depuis quand ?

— 1988. Les choses ne se passaient pas très bien à Portland. Comme Rand n'a pas réussi à se faire nommer inspecteur, il a pris un poste ici. Il est chef de la police, maintenant.

S'installer dans un trou perdu pour rafistoler un couple me paraissait être une idée saugrenue, mais je m'abstins de tout commentaire. S'ils étaient restés aussi longtemps ensemble, je me disais qu'ils devaient savoir ce qu'ils faisaient.

Je me trompais, bien entendu.

— Alors, vous êtes toujours ensemble, tous les deux ?

Pour la première fois, quelque chose parcourut son visage. Un sentiment de regret ou de colère, peut-être, ou bien elle venait de se rendre compte que c'était la vérité, mais se demandait pourquoi cela devait être ainsi. Ou alors c'était tout simplement moi qui transférais sur elle mes souvenirs, comme lorsqu'on grimace à l'évocation d'une vieille blessure.

— Ouais, on est ensemble.
— Vous avez des enfants ?
— Non.

Ma question parut la troubler, et je vis une ombre de douleur lui traverser le visage. La promesse de Rand, qui voulait la reconquérir, me revint à l'esprit, mais je ne dis rien. Elle but une gorgée de café et, lorsqu'elle reprit la parole, la douleur avait disparu, remisée dans la boîte où elle la dissimulait habituellement.

— Je suis désolée. J'ai appris ce qui est arrivé à ta famille, à New York.
— Merci.
— Quelqu'un a payé pour ça, hein ?

Curieuse façon de présenter les choses.

— Beaucoup de gens ont payé.

Elle hocha la tête, puis m'observa, la tête penchée sur le côté.

— Tu as changé. Tu as l'air... plus âgé, comment dire, plus *dur*. C'est bizarre de te voir comme ça.

— Ça fait un bail, dis-je avec un haussement d'épaules. Beaucoup de choses se sont passées depuis la dernière fois que je t'ai vue.

La conversation s'orienta vers d'autres sujets : la vie à Dark Hollow, le travail de Lorna, prof à mi-temps à Dover-Foxcroft, mon retour à Scarborough. Aux yeux de n'importe quel badaud, nous devions être deux amis qui ne s'étaient pas vus depuis longtemps et se racontaient leur vie en toute décontraction, mais il régnait entre nous une tension qui n'était pas uniquement due à notre passé commun. Je sentais — peut-être à tort — chez

Lorna un besoin, quelque chose d'instable et d'imprécis qui cherchait à prendre vie.

Elle but d'un trait le reste de son café et, lorsqu'elle reposa son gobelet, je vis que sa main tremblait légèrement.

— Tu sais, me dit-elle, quand ça a été fini entre nous, j'ai continué à penser à toi. J'écoutais quand on parlait de toi, j'essayais de savoir ce que tu devenais. J'ai parlé de toi à ton grand-père. Il te l'a dit ?

— Non, il ne m'a jamais rien dit.

— C'est moi qui lui ai demandé de ne pas t'en parler. Je crois que j'avais peur que tu le prennes mal.

— Mal ? C'est-à-dire ?

C'était une question sans importance, mais la réaction de Lorna me surprit. Elle pinça les lèvres et me fixa des yeux. Je lus dans son regard un mélange de souffrance et de colère.

— Tu sais, il m'est arrivé d'aller au Neck, tout au bord de la falaise, et de prier pour qu'une vague, comme celles qui font sept mètres de haut, m'emporte. Il y avait des jours où je pensais à toi et à Rand et à toute cette histoire et où je rêvais de disparaître sous la mer. Tu imagines ce que c'est, de souffrir à ce point-là ?

— Oui, je le sais.

Elle se leva, boutonna son manteau et esquissa un sourire avant de s'en aller.

— Oui, je pense que tu le sais. Ça m'a fait plaisir de te voir, Charlie.

— Moi aussi.

La porte se referma derrière elle avec un petit claquement. Je suivis Lorna des yeux. Elle regarda des deux côtés, traversa la rue presque en courant, les mains dans les poches, la tête basse.

Je l'imaginais au bord des falaises noires de Prouts Neck, les cheveux flottant au vent, un goût de sel sur les lèvres : une femme dont la silhouette sombre se découpait sur un ciel crépusculaire, et qui attendait que l'océan la prenne.

Meade Payne habitait une maison de bois rouge qui surplombait le lac Ragged. Dans la cour, à laquelle on accédait par un long chemin tortueux et mal entretenu, il y avait un vieux pick-up Dodge dévoré par la rouille. Tout était calme. La neige gelée crissait sous mes pneus, et aucun chien n'aboya lorsque je garai ma Mustang à côté du Dodge.

Je frappai à la porte. Pas de réponse. Je m'apprêtais à contourner la maison lorsque la porte s'ouvrit et quelqu'un mit le nez dehors. C'était un homme qui devait avoir autour de trente ans, les cheveux châtain foncé, la peau jaunâtre et tannée par le vent. Il avait l'air rude, et ses doigts noueux étaient couverts de cicatrices. Il ne portait ni alliance, ni montre, et ses vêtements ne semblaient pas être à sa taille. Son T-shirt lui moulait la poitrine et les épaules, et son jean trop court laissait voir de grosses chaussettes de laine qui disparaissaient dans des chaussures noires au bout ferré.

— Je peux vous aider ? me demanda-t-il d'un ton suggérant que, même s'il le pouvait, il préférait s'abstenir.

— Je cherche Meade Payne.

— Pourquoi ?

— Je veux lui parler d'un enfant dont il était le tuteur, il y a longtemps. M. Payne est-il là ?

— Je vous connais pas.

Pour une raison qui m'échappait, il devenait agressif. Je décidai de rester calme.

— Je ne suis pas de la région. Je viens de Portland. Je dois le voir, c'est important.

Le jeune homme prit un air pensif, puis m'abandonna là, dans la neige, en refermant la porte derrière lui. Quelques minutes plus tard, un vieux fit son apparition sur le côté de la maison. Légèrement voûté, il se déplaçait lentement, en traînant les pieds, comme si ses articulations le faisaient souffrir, mais quelque chose me disait qu'avant il avait dû être presque aussi grand que moi, si ce n'était plus. Il portait un bleu de travail, une chemise à carreaux rouge et des baskets blanches sales. Sa casquette des Chicago Bears enfoncée jusqu'aux oreilles laissait dépasser quelques mèches de cheveux gris. Il avait des yeux bleus extraordinairement clairs. Les mains dans les poches, il m'examina, tête penchée, comme s'il m'avait déjà vu mais ne parvenait pas à mettre un nom sur mon visage.

— C'est moi, Meade Payne. Je peux faire quelque chose pour vous ?

— Je m'appelle Charlie Parker. Je suis détective privé à Portland. Cela concerne un gamin que vous avez accueilli il y a plusieurs années : Billy Purdue.

Ses yeux s'écarquillèrent légèrement à l'évocation de ce nom, et il désigna deux vieux rocking-chairs au bout de la terrasse. Avant que je m'assoie, il sortit un chiffon de sa poche et prit soin d'essuyer le siège.

— Désolé, mais des visiteurs, j'en ai pas souvent. J'ai toujours essayé de les décourager, surtout rapport aux gosses.

— Je ne vous suis pas très bien.

D'un mouvement du menton, il indiqua la maison. Sa peau, brun-rouge, était encore étonnamment ferme.

— Vous savez, les gosses que j'ai accueillis pendant toutes ces années, y en avait qui étaient difficiles. Il leur fallait une poigne pour les guider, il fallait les tenir à l'écart des tentations. Ici (d'un geste de la main, il engloba le lac et la forêt), les seules tentations, c'est la chasse au lapin et la branlette. Je sais pas si le bon Dieu est indulgent à l'égard de ceux qui les pratiquent, mais je crois pas que ça pèse bien lourd dans le grand décompte.

— Votre foyer d'accueil, quand l'avez-vous fermé ?

— Y a un bail, répondit-il laconiquement, avant de tendre le bras et de tapoter de son long doigt l'accoudoir de mon fauteuil. Bon, monsieur Parker, dites-moi : Billy, il a des ennuis ?

Je lui appris tout ce qui, à mon sens, pouvait lui être dit : que la femme et le fils de Billy avaient été assassinés, que Billy était soupçonné d'avoir commis ce double meurtre mais que je ne le croyais pas coupable, que certaines personnes appartenant au milieu étaient convaincues qu'il leur avait volé de l'argent et qu'elles étaient prêtes à s'en prendre à lui pour récupérer ces sommes. Le vieil homme m'écouta en silence. Le jeune, l'air toujours aussi mauvais, nous observait, adossé contre le chambranle de la porte.

— Vous savez où il pourrait être, Billy ? finit par me demander Meade.

— J'espérais que vous pourriez m'aider.

— Je l'ai pas vu, si c'est ce que vous voulez savoir. Et si jamais il vient me voir, je vous garantis pas que je vais le livrer à qui que ce soit avant d'être sûr qu'on le laisse s'expliquer.

Un bateau à moteur fendait les eaux du lac. Des oiseaux s'envolèrent sur son passage, mais à cette distance je ne pus les reconnaître.

— L'affaire est peut-être plus compliquée, poursuivis-je en soupesant soigneusement ce que j'allais lui dire ensuite. Vous souvenez-vous de Cheryl Lansing ?

— Je me souviens d'elle.

— Elle est morte. On l'a également assassinée, avec trois autres membres de sa famille. Je n'en suis pas sûr, mais je pense que leur mort remonte à quelques jours à peine. Si c'est lié à Billy Purdue, vous pourriez être en danger.

Le vieux secoua doucement la tête, se pinça les lèvres du bout des doigts et demeura un instant silencieux avant de déclarer :

— J'apprécie que vous ayez pris le temps de venir jusqu'ici, monsieur Parker, mais, comme je vous le disais, j'ai pas de nouvelles de Billy et si j'en ai, faudra que je réfléchisse bien avant de décider ce que je vais faire. Pour ce qui d'être en danger, je sais me servir d'un fusil et j'ai le gamin avec moi.

— Votre fils ?

— Caspar. Cas, pour ceux qui le connaissent. On est capables de se couvrir, et j'ai peur de personne, monsieur Parker.

Il n'y avait sans doute plus rien à ajouter. Je donnai à Meade Payne mon numéro de portable. Il empocha le bout de papier, me serra la main et rentra chez lui lentement, d'un pas raide, en fredonnant un air. C'était une vieille chanson qu'il me semblait avoir déjà entendue quelque part, dans laquelle il était question de jeunes femmes au cœur tendre, d'un séduisant joueur de cartes et de souvenirs obsédants. Je me surpris à en siffloter un couplet tandis que, dans le rétroviseur, je regardais Caspar aider son père à entrer dans la maison. Ni l'un ni l'autre ne se retournèrent au moment de mon départ.

12

De retour à Dark Hollow, je m'arrêtai au restaurant pour consulter l'annuaire téléphonique. L'adresse de Rand Jennings s'y trouvait ; le cuistot m'indiqua comment m'y rendre. Rand et Lorna habitaient à trois kilomètres et demi de la ville. Une maison à la façade jaune et noir, sur deux niveaux, avec un beau jardin et une clôture noire. De la fumée s'échappait de la cheminée. Derrière la maison, une rivière serpentait des lacs jusqu'à l'ouest de l'agglomération. En passant devant la propriété, je ralentis, sans m'arrêter. Je ne savais même pas vraiment pourquoi j'étais là ; sans doute parce que de vieux souvenirs étaient remontés à la surface. Je ressentais encore quelque chose pour elle, je le savais. Ce n'était pas de l'amour. Je crois qu'en fait j'étais triste pour elle. Puis je fis demi-tour pour aller à Greenville.

Les locaux de la police de Greenville, qui jouxtaient l'hôtel de ville, sur Minden Street, faisaient peine à voir. Des murs brun clair, des volets verts, et quelques couronnes de Noël aux fenêtres censées rendre l'endroit plus riant. Juste à côté se trouvait le bureau des pompiers. Le parking n'était occupé que par une voiture de patrouille et un tout-terrain des gardes forestiers.

A l'intérieur, après avoir donné mon nom aux deux secrétaires de joyeuse humeur, j'attendis sur un banc, face à la porte. Vingt minutes s'écoulèrent, et je vis enfin sortir d'un bureau, au fond du couloir, un homme trapu, moustache et cheveux foncés, au regard en alerte. Son uniforme bleu avait l'air de sortir du pressing. Il me tendit la main.

— Désolé de vous avoir fait attendre. C'est nous qui sommes chargés de Beaver Cove. J'y ai passé presque toute la journée. Je suis Dave Martel, le chef de la police.

A son instigation, nous quittâmes le poste pour aller au Hard Drive Café, dans le Sanders Store, après l'église de l'Union évangélique. Derrière les quelques voitures garées sur le parking, de l'autre côté de la rue, on apercevait l'imposante coque blanche du *Katahdin*, un vieux vapeur. La brume qui planait sur le lac formait au bout de l'artère un mur blanc que les véhicules transperçaient. Au Hard Drive, nous commandâmes des cafés à la vanille avant de nous asseoir près de l'un des terminaux mis à la disposition des clients souhaitant récupérer leur courrier électronique.

— Je connaissais votre grand-père, commença Martel. (Parfois, il était facile d'oublier à quel point les gens étaient encore proches les uns des autres dans certaines régions du Maine.) Bob Warren, ça remonte à quand j'étais gosse, à Portland. C'était un type bien.

— Vous êtes ici depuis longtemps ?
— Dix ans.
— Et ça vous plaît ?
— Oh, oui. Le coin est un peu spécial. Il y a pas mal de gens, par ici, qui se fichent des lois, qui sont

venus parce qu'ils n'ont pas envie d'être soumis à des règles. Ce qui est amusant, c'est qu'il y a moi, il y a les gardes-chasse, il y a le shérif du comté et il y a les patrouilles routières, et que tout le monde les tient finalement à l'œil. La plupart du temps, on n'a pas de problèmes, mais il y a de la délinquance, ce qui fait que j'ai quand même de quoi m'occuper.

— De la grande déliquance ?

Martel sourit.

— Si vous interrogez les gardes, ils vous diront que la grande délinquance, c'est quand quelqu'un tire un élan pendant la période de fermeture.

Je ne pus m'empêcher de grimacer. Les coqs de bruyère, les faisans, même les écureuils, je pouvais comprendre — les écureuils, au moins, se déplaçaient assez vite pour qu'il y ait un peu de sport —, mais pas les élans. D'environ trois mille dans les années trente, leur population était passée à trente mille, et la chasse à l'élan était aujourd'hui autorisée une semaine par an, en octobre. A une époque de l'année où les touristes se faisaient rares, elle faisait rentrer beaucoup d'argent dans les caisses des petites localités comme Greenville, mais elle attirait également un nombre non négligeable de beaufs bon teint. Cette année-là, près de cent mille personnes avaient fait une demande de permis, alors qu'on n'en attribuait que deux mille. Tout le monde voulait sa tête d'élan au-dessus de la cheminée.

Tuer un élan n'est pas difficile. A dire vrai, le seul animal plus facile à toucher qu'un élan, c'est un élan mort. Si son ouïe et son odorat sont assez développés, l'élan voit mal et il ne bouge que lorsqu'il y est contraint. La plupart des chasseurs tirent leur élan le premier ou le deuxième jour, et ils s'en vantent auprès de tous les autres crétins. Après, quand tous les chasseurs sont rentrés chez eux avec leurs motos d'obèses et leurs casquettes orange, on peut faire des sorties et admirer les animaux qui ont survécu. Ils sont de toute beauté. Ils descendent lécher le sel sur les rochers, le long des routes, ce sel répandu pour faire fondre la neige et dont ils font leur complément alimentaire.

— Cela dit, reprit Martel, si voulez connaître les dernières nouvelles, il y a un forestier, un contremaître indépendant du nom de Gary Chute, qui n'est toujours pas venu au rapport.

Je me souvins alors du bulletin d'information de la station PBS, mais l'aspect préoccupant de la situation ne m'avait pas frappé.

— J'en ai entendu parler à la radio. C'est grave ?

— Difficile à dire. Apparemment, sa femme ne l'a pas vu depuis un bout de temps, mais ce n'est pas franchement anormal. Il travaille sur plusieurs chantiers, et il était censé rester absent de chez lui un certain temps. Il se raconte, en outre, qu'il aurait une petite amie à Troy, dans le Vermont. Si on ajoute à ça son penchant pour la bouteille, on se dit que le type n'est pas forcément totalement fiable. Reste que s'il ne réapparaît pas d'ici vingt-quatre heures, il va peut-être falloir organiser une battue. Ce sont sans doute les gardes-chasse et le shérif de Piscataquis qui vont s'en occuper, mais tout le monde sera peut-être sollicité. A propos de choses graves, je me suis laissé dire que vous vouliez des informations au sujet d'Emily Watts ?

J'acquiesçai. Je m'étais dit qu'il me serait plus facile de parler d'abord à Martel, puis d'essayer de m'entendre avec Rand Jennings, que de tenter d'obtenir les renseignements qui m'intéressaient en m'adressant uniquement à Jennings. Et Martel, rusé comme il l'était, avait vite deviné mes intentions.

— Puis-je vous demander pourquoi vous n'interrogez pas directement Rand Jennings, à Dark Hollow ?

Il souriait, mais son regard, toujours fixe, restait aux aguets.

— Rand et moi, on a eu un petit problème, répondis-je. Vous vous entendez bien, tous les deux ?

Quelque chose dans la manière dont Martel avait posé la question me disait que je n'étais pas le seul à avoir eu maille à partir avec Rand.

— Je fais des efforts, dit Martel, fort diplomatiquement. J'ai connu des types plus sympa, mais il est consciencieux à sa façon. Son sergent, Ressler, c'est autre chose. Un con fini. Je ne l'ai pas beaucoup vu ces temps derniers, ce qui m'arrange. Ils sont débordés, en ce moment, avec la mort d'Emily Watts et toute cette histoire.

Dehors, une voiture remontait la rue à petite vitesse, mais je n'apercevais pas un seul piéton. Dans le lointain, les îles peuplées de sapins se résumaient à des taches sombres dans la brume.

Nos cafés arrivèrent et Martel me raconta alors ce qui s'était passé la nuit où Emily Watts était morte, autrement dit la nuit où Billy Purdue avait mis la main sur un pactole de deux millions de dollars qui avait coûté la vie à bien d'autres personnes. Quelle étrange fin... Le froid aurait eu raison d'elle de toute manière si les secours ne l'avaient pas retrouvée, mais se suicider comme ça, au milieu des bois, à l'âge de soixante ans...

— Sale histoire, poursuivit Martel. Mais ces choses-là arrivent, et on ne peut rien faire pour les empêcher. Peut-être que si le vigile ne s'était pas fait assommer, si l'infirmière d'étage avait passé moins de temps à regarder la télé, si les portes avaient été mieux fermées, si une douzaine d'autres éléments n'étaient pas intervenus, les choses se seraient passées différemment. Vous voulez bien me dire en quoi tout ça vous concerne ?

— Billy Purdue.

— Billy Purdue. Voilà un nom qui réchauffe le cœur par une froide nuit d'hiver.

— Vous le connaissez.

— Oh oui, je le connais. Il s'est fait embarquer il n'y a pas longtemps. Il y a peut-être dix jours. Il a fait irruption à St Martha's, complètement déchaîné, imbibé de whisky, en hurlant qu'il voulait voir sa maman, mais personne ne le connaissait ni d'Eve, ni d'Adam. Les hommes de Jennings sont allés le chercher, ils l'ont mis en cellule le temps qu'il dégrise, et il est reparti. On l'a prévenu que s'il revenait, il serait inculpé d'entrée illégale sur un domaine privé et d'atteinte à l'ordre public. Il a également fait parler de lui dans le journal local. D'après ce que j'ai pu lire, il ne s'est pas vraiment assagi au cours des derniers jours.

Billy Purdue avait manifestement suivi la piste mise au jour par Willeford.

— Savez-vous que sa femme et son fils ont été tués ? demandai-je.

— Ouais, je suis au courant. Il ne me faisait pas l'effet d'un tueur. (Il me dévisagea d'un air pensif.) J'ai l'impression que vous êtes du même avis.

— Je ne sais pas. Selon vous, cherchait-il la vieille qui s'est tuée ?

— Qu'est-ce qui vous fait penser cela ?

— Je ne suis pas un grand amateur de coïncidences. C'est Dieu qui nous les envoie pour signaler qu'on n'a rien compris.

En outre, je savais que Willeford avait donné à Billy, pour le meilleur ou pour le pire, le nom d'Emily Watts.

— Eh bien, quand vous aurez compris, faites-le-moi savoir, parce que je peux vous dire que moi, je n'ai pas la moindre idée de ce qui a pu pousser cette pauvre vieille au suicide. Ses cauchemars, peut-être ?

— Des cauchemars ?

— Oui, elle a dit aux infirmières qu'elle avait vu la silhouette d'un homme devant sa fenêtre et que quelqu'un avait essayé d'entrer dans sa chambre.

— A-t-on retrouvé des traces de tentative d'effraction ?

— Rien du tout. Attendez, sa chambre était au troisième étage. Pour y entrer, le type aurait dû escalader la gouttière. Il se peut que quelqu'un se soit baladé dans le parc quelques jours avant, ça arrive. Un poivrot qui cherche un coin pour pisser, des gosses qui s'amusent. Finalement, je crois que la vieille commençait à péter un câble, parce que je ne vois pas, sinon, comment expliquer son geste, ni le nom qu'elle a prononcé juste avant de mourir.

— Quel nom ? fis-je en me penchant vers lui.

— Celui du croque-mitaine, répondit Martel avec un sourire. Le type que les mamans invoquent pour faire peur aux enfants qui ne veulent pas aller se coucher.

— Quel nom ? répétai-je, un soupçon de peur dans la voix.

Lorsque Martel répondit enfin à ma question, son sourire laissa la place à un air perplexe.

— Caleb, me répondit-il. Elle a appelé Caleb Kyle.

DEUXIÈME PARTIE

*Car la chose que
je redoutais grandement s'est présentée à moi,
et ce dont j'avais peur
m'est maintenant arrivé.*

Job

DEUXIÈME PARTIE

13

Les années roulent comme des feuilles mortes dans le vent du soir, offrant toute une palette de couleurs, du vert des souvenirs encore frais aux teintes automnales, mordorées, du passé lointain. Je me revois enfant, jeune homme, amant, mari, père, je me revois éploré. Je me vois entouré de vieux messieurs en pantalons de vieux et chemises de vieux, des vieux qui dansent d'un pas délicat, selon un enchaînement que les plus jeunes ont oublié, des vieux qui content des histoires au coin du feu en agitant leurs mains tavelées, avec leur peau parcheminée et leur voix aussi douce que le bruissement des enveloppes d'épis de maïs.

Un vieil homme traverse les hautes herbes d'août les bras chargés de bois, en enlevant de sa main gantée les débris d'écorce ; un vieil homme grand et droit, coiffé d'un halo de cheveux blanc qui lui donne des airs d'ange antique, flanqué d'un chien qui se déplace lentement et paraît finalement plus âgé que lui, avec son museau grisonnant moucheté de bave, sa langue pendante et sa queue qui fouette doucement l'air du soir, encore chaud. Les premières rousseurs apparaissent dans les arbres, et la clameur des insectes a commencé à s'estomper.

Les bouleaux, les derniers à déployer leurs feuilles au printemps, sont à présent les premiers à les perdre. Les aiguilles de pin pourrissent sur le sol de la forêt, les mûres sont gorgées de sucre, et l'homme qui passe ne fait qu'un avec les rythmes de la nature.

Voici ce qu'il fait, veste ouverte, en laissant sur son passage l'empreinte nette de ses pas assurés : il coupe du bois en savourant le poids de la hache dans ses mains, la perfection du geste, le craquement sec du rondin d'érable qui se fend. Il fait pivoter le fer pour séparer les deux moitiés, puis replace soigneusement un autre rondin, soupèse sa hache, sent ses muscles de vieux bouger et s'étirer sous sa chemise de vieux. Vient ensuite le moment d'empiler les bûches les unes sur les autres en les déplaçant, en les retournant, pour que l'ensemble soit bien stable, pour qu'aucune bûche ne tombe, pour qu'aucune ne soit perdue. Pour finir, il pose la bâche, maintenue en place à chaque coin par une brique, toujours la même, car il est et a toujours été extrêmement méthodique. Et quand, l'hiver venu, il faudra faire du feu, il retournera chercher son bois et en s'accroupissant il sentira la boucle de sa ceinture de vieux s'enfoncer dans sa bedaine molle, et il se souviendra qu'autrefois ce ventre avait été ferme, lorsqu'il était jeune, lorsque son ceinturon portait un revolver, une matraque et une paire de menottes, et que son insigne brillait comme un soleil d'argent.

Je deviendrai vieux, moi aussi, et je serai cet homme, si le ciel me prête vie. J'éprouverai un certain bonheur à reproduire ses gestes, avec la même précision, et je sentirai la boucle se refermer, et je deviendrai cet homme, qui a fait ma mère, qui m'a fait. Et en faisant ce qu'il faisait jadis, devant cette même demeure, avec les mêmes arbres ployant dans le vent, la même hache entre les mains pour fendre le bois, j'accomplirai un acte de mémoire plus puissant que mille prières. Et mon grand-père vivra en moi, et le fantôme d'un chien lapera l'air puis, tout heureux de l'avoir goûté, poussera des jappements joyeux.

Ce sont ses mains que je vois maintenant s'agiter devant la cheminée, c'est sa voix qui raconte l'histoire de Caleb Kyle et de l'arbre au fruit étrange, aux portes de la forêt. C'est la première fois qu'il me la raconte, ce sera aussi la seule et jamais il ne me dira comment elle finit, car elle n'a pas de fin, pas pour lui. Ce sera moi qui terminerai le récit à sa place, moi qui achèverai le mouvement.

Judy Giffen fut la première à disparaître, en 1965, à Bangor. C'était une fille de dix-neuf ans, mince, aux beaux cheveux châtain foncé. Elle avait des lèvres tendres et bien rouges avec lesquelles elle dégustait les hommes, qu'elle savourait comme des baies fraîchement cueillies. Elle travaillait chez un chapelier et se volatilisa dans la douceur d'un beau soir d'avril qui annonçait déjà l'été. On lança des recherches gigantesques, en vain. Dix mille journaux publièrent son portrait en la figeant dans ses jeunes années aussi sûrement que si on l'avait incluse dans de l'ambre.

Ruth Dickinson, de Corinna, une autre jeune beauté, blonde, les cheveux jusqu'à la taille, fut la deuxième à disparaître, fin mai, à la veille de son vingt et unième anniversaire. A ces deux noms s'ajouteraient ceux de Louise Moore, d'East Corinth, Laurel Trulock, de Skowhegan, et Sarah Raines, de Portland. Elles disparurent toutes en l'espace de quelques jours, fin septembre. Raines, enseignante, avait vingt-deux ans; c'était la plus âgée. Son père, Samuel Raines, avait fréquenté la même école que Bob Warren, mon grand-père, et Bob était le parrain de Sarah. La dernière des disparues s'appelait Judith Mundy. Cette étudiante de dix-huit ans avait cessé de donner signe de vie après une soirée passée à Monson, la première semaine d'octobre. Contrairement aux autres filles, elle était plutôt ronde et sans grand attrait, mais, à ce stade, tout le monde avait compris qu'il se passait quelque chose de grave et ce détail fut jugé sans importance. On organisa dans le Nord une battue pour la retrouver; d'innombrables personnes prêtèrent leur concours et certaines, dont mon grand-père, n'hésitèrent pas à faire le déplacement depuis la région de Portland. Il prit sa voiture un samedi matin pour participer aux recherches, mais, ce jour-là, l'espoir n'était déjà plus de mise. Mon grand-père se joignit à un groupe chargé d'explorer un secteur aux abords du lac Sebec, à quelques kilomètres à l'est de Monson. Ils n'étaient que trois, puis bientôt deux, et finalement il ne resta que mon grand-père.

Ce soir-là, il prit une chambre à Sebec et dîna dans un bar, à la sortie de la ville. L'endroit était bondé; il y avait là tous les gens qui avaient participé à la battue, des journalistes, des policiers. Mon grand-père était en train de boire une bière au bar lorsqu'une voix, derrière lui, demanda :

— Savez-vous pourquoi on fait tout ce remue-ménage ?

Il se retourna et découvrit un homme de grande taille, aux cheveux châtains et au regard glacial, dont la bouche ressemblait à une balafre. Il crut reconnaître dans cette voix une pointe d'accent du Sud. L'homme était vêtu d'un pantalon en velours marron et d'un pull sombre criblé de trous à travers lesquels on voyait sa chemise jaune sale. Il portait également un pardessus brun, jusqu'aux chevilles, et la pointe de ses brodequins noirs dépassait sous les ourlets trop larges de son pantalon.

— On cherche la fille qui a disparu, répondit mon grand-père.

L'homme le mettait mal à l'aise. Il y avait quelque chose dans sa voix, disait-il se souvenir, quelque chose d'aigre-doux, un peu comme du sirop auquel on aurait ajouté de l'arsenic. Il sentait la terre, la sève, et quelque chose d'autre, une odeur que mon grand-père ne parvint pas à reconnaître.

— Vous pensez qu'on va la retrouver?

Une lueur fugitive brilla dans les yeux de l'inconnu, et mon grand-père crut y déceler un air amusé.

— Peut-être.

— On n'a pas retrouvé les autres.

Il dévisageait à présent mon grand-père, les traits graves, mais le regard toujours étrangement malicieux.

— Non, on ne les a pas retrouvées.

— Vous êtes de la police?

Mon grand-père acquiesça. Prétendre le contraire n'aurait servi à rien. Un certain nombre de gens étaient au courant.

— Mais vous n'êtes pas du coin, hein?

— Non. Je suis de Portland.

— Portland? fit l'autre, qui semblait impressionné. Et vous avez cherché où?

— Sur les bords du lac Sebec, côté sud.

— C'est sympa, le lac Sebec. Moi, je préfère le Petit Wilson, le torrent près de la route d'Elliotsville, au nord. C'est joli, faudrait prendre le temps d'y jeter un œil. Y a du terrain à couvrir, sur les berges. (Il commanda un whisky d'un geste, lança quelques pièces sur le comptoir, vida son verre d'un trait.) Vous y retournez demain ?

— Je pense.

L'homme hocha la tête et s'essuya la bouche du dos de la main. Mon grand-père aperçut des cicatrices sur la paume, et de la saleté sous les ongles.

— Ah, peut-être que vous aurez plus de chance que les autres, vu que vous êtes de Portland. Des fois, il faut un regard neuf pour remarquer quelque chose là où tout le monde est déjà passé.

Et l'homme s'en alla.

Ce dimanche-là, le jour où mon grand-père découvrit l'arbre au fruit étrange, à l'aube, l'air était vif, le ciel dégagé, et les oiseaux s'époumonaient déjà dans les arbres et les buissons en fleurs qui bordaient les eaux miroitantes du lac Sebec. Mon grand-père abandonna sa voiture près du lac, au Packard's Camps, montra son insigne et se joignit à un petit groupe, composé de deux frères et leur cousin, qui se dirigeait vers la rive nord. Les quatre hommes battirent les fourrés durant trois heures sans échanger un mot, ou presque, puis les trois autres rentrèrent chez eux pour le repas familial. Ils invitèrent mon grand-père, qui déclina leur offre car il avait pris avec lui du pain, du poulet frit et une thermos de café. Il retourna à Packard's Camps et pique-niqua sur un banc de pierre, dos aux vaguelettes qui battaient la berge, en regardant les lapins folâtrer dans les herbes.

Ne voyant pas les autres revenir, il finit par prendre sa voiture et suivit la route en direction du nord jusqu'au petit pont de fer qui franchissait le

Petit Wilson. En passant sur les grilles, on pouvait voir les eaux boueuses du torrent. De l'autre côté, la route montait jusqu'à une patte-d'oie. A gauche, elle menait à Onawa et au mont Boarstone. A droite, c'était la direction de Leighton. Les berges du torrent disparaissaient sous les arbres. Une grive jaillit d'un bouleau et exécuta plusieurs boucles au-dessus du cours d'eau. Quelque part, une fauvette lança un cri.

Mon grand-père ne traversa pas le pont. Il gara sa voiture sur le bas-côté de la route et emprunta un petit sentier caillouteux qui descendait vers le torrent. Il longea le Petit Wilson vers l'amont. Les eaux étaient rapides, et les rochers et les troncs d'arbres qui obstruaient le chemin le forcèrent plusieurs fois à se mouiller les pieds. Bientôt, il n'y eut plus de maisons sur les versants. Les berges devenaient sauvages, et mon grand-père fut obligé de marcher le plus souvent dans l'eau pour progresser.

Il remontait le torrent depuis près d'une demi-heure lorsqu'il entendit les mouches.

Devant lui, une immense plate-forme rocheuse, qui se terminait en pointe, dominait le Petit Wilson. Il parvint à se hisser jusqu'au sommet en mettant à profit les anfractuosités de la roche. A sa droite se trouvait le torrent, à sa gauche il remarqua un espace dégagé, où le bourdonnement semblait plus fort. Il pénétra dans la trouée, sous les arbres voûtés comme une cathédrale, et atteignit une petite clairière. Ce qu'il vit alors le figea sur place, et il vomit tout ce qu'il avait dans l'estomac.

Les filles étaient pendues à un chêne, un vieux chêne au tronc épais et tordu, dont les lourdes branches évoquaient des doigts écartés. Elles tournaient doucement sur elles-mêmes, ombres noires sur le soleil, pieds nus pointés vers le sol, bras ballants, la tête penchée sur le côté. Autour d'elles vrombissait une nuée de mouches affolées par les effluves de la putréfaction. En s'avançant, il commença à distinguer la couleur des cheveux, les brindilles et les feuilles prises dans les mèches, les dents jaunies, les éruptions cutanées, les ventres mutilés. Certaines étaient nues, tandis que les autres portaient encore leurs robes en lambeaux. Elles tournoyaient au-dessus du sol comme les spectres de cinq danseuses libérées des lois de la pesanteur. Une grosse corde rêche les retenait par le cou aux branches du chêne.

Elles n'étaient que cinq. Quand les corps furent détachés, puis identifiés, on constata que Judith Mundy ne faisait pas partie des victimes. On ne trouva aucune trace d'elle, personne ne la revit jamais, mais les autorités estimèrent que sa disparition n'avait probablement aucun rapport avec le meurtre des cinq autres filles. Plus de trente ans s'écouleraient avant qu'elles ne se rendent compte de leur erreur.

Mon grand-père parla à la police de l'homme qu'il avait croisé au bar et relata ses propos. Les détails furent consignés, et on découvrit qu'un individu dont le signalement correspondait à celui de cet inconnu avait été aperçu à Monson à l'époque de la disparition de Judith Mundy. D'autres personnes déclarèrent avoir vu la même personne à Skowhegan, mais les avis sur sa taille, la couleur de ses yeux, sa coiffure, différaient. L'inconnu fut donc placé en tête de la liste des suspects, jusqu'à ce qu'un rebondissement vienne relancer l'affaire.

Les vêtements de Ruth Dickinson, souillés et maculés de sang, furent retrouvés à Corinna, dans une cabane appartenant à la famille de Quintin

Fletcher. Fletcher, vingt-huit ans, souffrait d'un léger handicap mental. Il se faisait un peu d'argent en sculptant des objets dans le bois qu'il récupérait en forêt ; il sillonnait le Maine en bus, la valise pleine de pantins, de petits camions et de bougeoirs qu'il vendait un peu partout. Ruth Dickinson s'était plainte auprès de ses proches, puis, par la suite, à la police, d'avoir été plusieurs fois suivie par Fletcher, qui l'avait reluquée et lui avait fait des propositions indécentes. Après qu'il eut essayé de lui palper la poitrine lors d'une fête campagnarde, la police fit savoir à la famille qu'il serait interné s'il tentait encore d'approcher la jeune Dickinson. Au cours de l'enquête sur le meurtre des cinq jeunes filles, son nom réapparut. On l'interrogea, on perquisitionna son domicile, et c'est ainsi qu'on découvrit les effets de la victime. Fletcher fondit en larmes en soutenant qu'il ne savait pas d'où venaient ces vêtements et qu'il n'avait fait de mal à personne. En attendant d'être jugé, il fut placé en quartier de haute sécurité à la prison fédérale. On craignait en effet que quelqu'un n'attente à sa vie s'il demeurait en détention dans la région. Il aurait pu y passer le restant de ses jours, à fabriquer des jouets et des bateaux-souvenirs pour la boutique de York, près de l'autoroute, qui vend les créations des détenus. Malheureusement, un jour où Fletcher passait un examen à l'hôpital de la prison, un détenu jouissant de certains privilèges, lointain parent de Judy Giffen, le poignarda à trois reprises dans le cou et au thorax à l'aide d'un scalpel. Fletcher mourut vingt-quatre heures plus tard, deux jours avant de comparaître devant le jury.

Et pour la plupart des gens, l'histoire s'arrêtait là : les meurtres avaient pris fin avec l'arrestation de Fletcher et son décès derrière les barreaux. Mais mon grand-père, lui, refusait d'oublier l'homme du bar, l'étrange lueur de son regard, son allusion à la route d'Elliotsville. Des mois durant, il affronta l'hostilité de ses concitoyens, désireux de faire leur deuil et d'oublier, avec une opiniâtreté tranquille et un tact admirable. Et il finit par obtenir un nom, un nom que les gens avaient entendu, sans bien se souvenir dans quelles circonstances, et la confirmation que l'homme du bar avait été aperçu dans toutes les localités dont étaient originaires les disparues. Il lança alors une sorte de campagne, déclarant dans tous les journaux et émissions de radio qui acceptaient de lui donner une tribune que, selon lui, l'homme qui avait assassiné ces cinq jeunes filles avant de s'en servir pour décorer un arbre courait toujours. Il parvint même à convaincre certaines personnes durant un certain temps, jusqu'à ce que la famille de Quintin Fletcher ne se range de son côté, ce qui eut pour effet de dresser contre lui la majorité de la population, et même son vieil ami Sam Raines.

Finalement, l'hostilité et l'indifférence générales eurent raison de sa détermination. Soumis à des pressions, il quitta la police et, pour faire vivre sa famille, travailla dans le bâtiment avant de se lancer dans l'ébénisterie. Il créait des lampes, des chaises, des tables qu'il vendait par l'intermédiaire du HOME, une entreprise d'ameublement gérée par les sœurs franciscaines d'Orland. Il sculptait chacune de ses pièces avec autant de soin et de doigté que lorsqu'il avait interrogé les proches des victimes. Il n'évoqua l'affaire qu'une seule fois, ce fameux soir, devant la cheminée, imprégné de l'odeur du bois, son chien couché à ses pieds. La découverte qu'il avait faite par cette chaude journée avait fait basculer sa vie. Jusque dans son sommeil, une question l'obsédait : l'homme qui avait assassiné ces jeunes filles avait-il réussi à échapper à la justice ?

Après qu'il m'eut raconté cette histoire, chaque fois que je le trouvais assis sur la terrasse, la pipe en bouche, éteinte, le regard fixé sur un point quelque part au-delà du couchant, je savais qu'il pensait à ce qui s'était produit plusieurs années auparavant. Et lorsqu'il repoussait son assiette presque intacte, après avoir lu dans le journal qu'on était sans nouvelles d'une jeune fille n'ayant pas regagné son domicile, il était de nouveau sur la route d'Elliotsville, les bottes pleines d'eau, et entendait chuchoter les fantômes des filles sacrifiées.

Et le nom qu'il avait mis au jour des années plus tôt était entre-temps devenu une sorte de talisman dans les villes du Nord, même si nul ne savait exactement comment une chose pareille avait pu se produire. Il servait à faire peur aux enfants qui n'étaient pas sages, qui refusaient de faire ce qu'on leur disait de faire, qui ne voulaient pas aller se coucher ou qui allaient se balader dans les bois avec leurs copains sans prévenir leurs parents. C'était un nom que l'on prononçait la nuit tombée, juste avant d'éteindre la lumière, quand une main familière ébouriffait une chevelure et que subsistait, après le dernier baiser, la douce odeur du parfum d'une mère : « Maintenant, sois sage et endors-toi vite. Et tu ne vas plus dans la forêt, sinon Caleb viendra te chercher. »

Je revois mon grand-père en train de remuer les bûches dans l'âtre, du bout de son tison. Il leur laisse le temps de reprendre, avant d'en ajouter une autre. Le feu crépite, les étincelles filent dans la cheminée telle une nuée de lutins, la neige fondue grésille dans les flammes.

— Caleb Kyle, Caleb Kyle, scande-t-il en répétant la comptine des enfants, tandis que le feu projette des ombres sur son visage. Il t'attrapera où que tu ailles.

Et la neige siffle, et le bois craque, et le chien gémit doucement dans son sommeil.

14

L'hospice St Martha's disposait d'un domaine ceint d'un mur de pierre haut de cinq mètres. A en juger par les cloques et les écailles, la peinture noire du portail de fer forgé avait hâte de rejoindre le sol enneigé. Le bassin du parc était rempli de feuilles mortes et de détritus divers, la pelouse n'avait pas été tondue depuis belle lurette et personne ne s'était donné la peine de tailler les arbres, dont les branches à présent emmêlées avec celles de leurs voisins formaient comme un auvent sous lequel le gazon avait dû succomber. Le bâtiment était parfaitement dans le ton ambiant : trois étages de granit anthracite surmontés d'un toit à pignon, sous lequel une croix sculptée trahissait les origines religieuses de l'établissement.

Je suivis l'allée jusqu'à l'entrée principale et me garai sur un emplacement réservé au personnel, puis gravis les marches de pierre et pénétrai dans les lieux. Sur le côté se trouvait le local du vigile où la vieille dame avait assommé Judd avant de courir rejoindre la mort. Face à moi, à l'accueil, une employée en tenue blanche classait des papiers. La porte ouverte derrière elle laissait entrevoir un bureau bourré de livres et d'archives. Son visage était quelconque, et avec ses grosses joues blafardes et son ombre à paupières, elle ressemblait à un squelette de Mardi Gras. Elle ne portait pas de badge à son nom. En m'approchant, je vis des taches sur sa blouse, au niveau de la poitrine, et des cheveux blancs qui s'échappaient de son col froissé, comme les fils d'une toile d'araignée. Willeford ne m'avait pas menti : il régnait dans ces lieux une odeur de légumes bouillis et d'excréments humains que le désinfectant ne parvenait pas à masquer. Tout bien considéré, Emily Watts n'avait peut-être pas eu tort de s'enfuir à travers bois.

— Puis-je vous aider ? s'enquit l'employée.

Son visage ne laissait rien paraître, mais le ton de sa voix me rappelait celui du fils de Meade Payne. A sa façon de prononcer le mot « aider », on aurait pu croire qu'il s'agissait d'une obscénité. Et le « vous » n'était guère plus avenant...

Je lui donnai mon nom et lui dis que le chef Martel avait déjà appelé et fait le nécessaire pour que je puisse interroger quelqu'un au sujet de la mort d'Emily Watts.

— Je suis désolée, mais le Dr Ryley, le directeur, est en réunion à Augusta jusqu'à demain.

Elle se voulait agréable, mais, à voir sa tête, quiconque venait poser des questions sur Emily Watts était à peu près aussi bienvenu que le leader noir musulman Louis Farrakhan à un dîner du Ku Klux Klan.

— Je l'ai signalé au chef, mais vous étiez déjà parti, ajouta-t-elle.

Ses traits s'adoucirent, mais dans son regard une lueur malicieuse trahissait son amusement à l'idée que j'avais fait tout ce déplacement pour rien.

— Laissez-moi deviner, dis-je. Vous ne pouvez

pas me laisser interroger qui que ce soit sans l'autorisation du directeur, or le directeur est absent, et vous n'avez aucun moyen de le contacter.

— Exactement.

— Je suis ravi de vous avoir épargné la peine d'avoir à me le dire.

Visiblement froissée, elle serra violemment son stylo, comme si elle s'apprêtait à me l'enfoncer dans l'œil. Du poste de garde émergea un vigile corpulent vêtu d'un pauvre uniforme étriqué. Il mit sa casquette en s'avançant vers moi, pas suffisamment vite cependant pour dissimuler les cicatrices qui marquaient le côté de son crâne.

— Tout va bien, Glad ? demanda-t-il à la réceptionniste.

Glad... Certaines personnes sont vraiment une insulte à la civilisation.

— Oh, là, c'est fou ce que j'ai peur, fis-je. Un gros vigile et pas de vieille dame pour me protéger.

Il s'empourpra et rentra légèrement le ventre.

— Je crois que vous feriez mieux de partir. Comme madame vient de vous le dire, il n'y a personne qui puisse vous aider.

En hochant la tête, je désignai son ceinturon.

— Je vois que vous avez un nouveau revolver. Je serais vous, je l'attacherais avec une chaîne et un cadenas. Un gamin pourrait essayer de vous le piquer en passant.

Je quittai la réception pour regagner ma voiture. Je n'étais pas très fier de m'en être pris à Judd, mais j'étais fatigué, j'avais les nerfs à fleur de peau, et le fait d'entendre prononcer le nom de Caleb Kyle au bout de toutes ces années m'avait fichu un sacré coup. Une fois sur la pelouse, je me retournai pour contempler la façade sale et lugubre de l'hospice. Selon Martel, la chambre d'Emily Watts se trouvait à l'angle ouest, au dernier étage. Les rideaux étaient tirés, et des fientes d'oiseaux maculaient le rebord de la fenêtre. Je vis une silhouette bouger derrière la fenêtre voisine. Une vieille coiffée d'un chignon m'observait. Je lui lançai un sourire, elle ne réagit pas. En partant, je vis dans le rétroviseur qu'elle n'avait pas bougé. Elle me suivait des yeux.

J'avais prévu de rester encore un jour à Dark Hollow, car je n'avais toujours pas rencontré Rand Jennings. En croisant sa femme, j'avais exhumé des sentiments que j'avais longtemps réussi à oublier : un mélange de colère et de regret, les braises d'un désir ancien. Je revoyais mon humiliant passage à tabac : moi, allongé sur le carrelage des toilettes, Jennings en train de me bourrer de coups, son copain obèse qui bloquait la porte. Et curieusement, je sentais qu'aujourd'hui encore, obscurément, je guettais l'occasion d'une nouvelle confrontation.

Sur la route du motel, je tentai de joindre Angel avec mon téléphone portable, mais apparemment ça ne passait pas. Je dus donc m'arrêter dans une station-service ; dans la maison de Scarborough, le téléphone que j'avais fait installer tout récemment sonna cinq fois avant qu'Angel se décide à décrocher.

— Ouais ?
— C'est Bird. Du nouveau ?
— Plutôt, oui, mais rien de génial. Pendant que tu jouais les Perry Mason dans le Nord, Billy Purdue a été repéré dans une quincaillerie du coin. Il s'est tiré avant que les flics le ramassent, mais il est encore dans les parages.

— Pas pour longtemps, maintenant qu'on l'a vu. Et en ce qui concerne Tony Celli ?

— Rien, mais la police a retrouvé la Cadillac décapotable dans une vieille grange, près de Westbrook. Louis a entendu ça sur son scanner. Faut croire que le monstre a largué sa bagnole pour prendre quelque chose de moins voyant.

J'allais lui dire les deux ou trois choses que j'avais apprises lorsqu'il m'interrompit :

— Au fait, il y a autre chose. Tu as de la visite, il est arrivé ce matin.

— Qui ça ?

— Lee Cole.

Surprenant, compte tenu de la détérioration de mes rapports avec son mari. Peut-être espérait-elle nous réconcilier.

— Elle a dit ce qu'elle voulait ?

Je sentis un rien d'hésitation dans la voix d'Angel et, aussitôt, mon estomac se noua.

— Ouais, si on veut. Bird, c'est au sujet de sa fille, Ellen. Elle a disparu.

Je repris immédiatement la route, en dépassant gaillardement le 120 une fois sur l'I-95. J'étais presque à l'entrée de Portland lorsque mon portable sonna. Sans doute Angel, me dis-je. Ce n'était pas lui.

— Parker ?

— Billy ? fis-je en reconnaissant presque immédiatement la voix. Où es-tu ?

Il suait la panique et la peur.

— Je suis dans la merde. Ma femme, elle vous faisait confiance, et aujourd'hui, c'est moi qui vous fais confiance. C'est pas moi qui les ai tués, Parker. Jamais j'aurais fait une chose pareille. Je l'aurais pas tuée. J'aurais pas tué mon gosse.

— Je sais, Billy, je sais.

Je répétais sans cesse son nom pour tenter de l'apaiser et renforcer la confiance qu'il semblait vouloir m'accorder. J'essayais de ne pas penser à Ellen Cole, du moins dans l'immédiat. Ce problème-là, je m'en occuperais après.

Il bafouillait, au bord de l'hystérie.

— Les flics me cherchent. Ils croient que c'est moi qui les ai tués. Je les aimais. Jamais je leur aurais fait du mal. Je voulais juste qu'ils restent avec moi.

— Calme-toi, Billy. Ecoute, dis-moi où tu es, et je passe te prendre. On se trouve un endroit tranquille et on discutera de tout ça.

— Il y avait un vieux, chez eux, Parker. Je l'ai vu, il surveillait, le soir où les flics m'ont embarqué. Moi, je voulais être sûr qu'il leur arrive rien, mais j'ai pas pu.

Je me demandais s'il avait seulement entendu que je lui avais proposé de l'aider, mais je décidai de le laisser parler. Je venais de passer la sortie de Falmouth, à cinq kilomètres de la ville.

— Tu l'as reconnu, Billy ?

— Non, c'était la première fois que je le voyais, mais je suis sûr de le reconnaître si je le revois.

— Bien, Billy. Maintenant, dis-moi où tu es et je passe te prendre.

— Je suis dans une cabine téléphonique sur Commercial, mais je peux pas rester ici. Il y a des passants, des voitures. Je me suis planqué dans le complexe Portland Company, sur Fore Street, près du musée de la locomotive. Il y a un immeuble vide, juste après l'entrée principale. Tu vois où c'est ?

— Oui, je vois. Retourne à l'intérieur. J'arrive dès que je peux.

J'appelai une nouvelle fois Angel pour lui demander de me retrouver avec Louis à l'angle d'India et Commercial, après avoir déposé Lee Cole Chez Java Joe. Je ne voulais pas qu'elle reste chez moi, au cas où Tony Celli, ou quelqu'un d'autre, se serait mis en tête de me rendre une petite visite.

Une fois arrivé à l'angle d'India et Commercial, je ne vis personne. Je me garai sur le parking, à l'ombre des trois niveaux du vieux terminal désaffecté. Au moment où je descendais de voiture, les premières gouttes de pluie se mirent à tomber, de grosses gouttes qui explosaient littéralement sur le capot et laissaient des impacts larges comme des pièces sur le pare-brise. Je contournai le terminal, passai devant une table de pique-nique et des bureaux de plain-pied, couleur brique, puis me retrouvai sur le port. Les eaux étaient noires, le tonnerre claquait, et dans le lointain, vers la baie de Casco, un éclair figea un navire. Devant moi, sur une portion de voie restaurée pour donner aux touristes une idée de l'étroitesse des anciens gabarits, un wagon plat chargé d'une citerne symbolisait le début de la ligne. Il y avait plusieurs conteneurs verrouillés alignés derrière le wagon. A ma droite, au-dessus du terminal du ferry de Casco, se dressait l'immense carcasse bleue d'une grue de dix-huit tonnes, perchée sur ses quatre pattes comme un insecte mutilé.

J'allais retourner à ma voiture lorsque j'entendis un bruit sur le gravier, derrière moi. Une voix qui m'était vaguement familière accompagna le déclic d'un chien qu'on armait.

— Hé, Bird, c'est pas un temps pour les

oiseaux. Tu devrais être dans ton nid, bien au chaud.

Je sortis lentement les mains de mes poches et, en me retournant, je découvris Mifflin, le type au bec-de-lièvre qui bossait pour Tony Celli. Rictus aux lèvres, il serrait dans son poing potelé la crosse arrondie d'un Ruger Speed Six.

— J'ai l'impression d'avoir déjà vécu tout ça, dis-je. La prochaine fois, il faudra vraiment que je trouve un autre endroit pour me garer.

— Je crois que ton problème de parking va être bientôt résolu. De manière définitive. Et la tête, ça va ?

Son sourire sardonique semblait installé à demeure.

— Elle est encore un peu fragile. J'espère que je ne t'ai pas fait trop mal aux pieds.

— J'ai des semelles spéciales pour amortir les chocs. Je n'ai rien senti.

Il était peut-être à deux mètres de moi. Je me demandais bien d'où il pouvait sortir ; peut-être m'avait-il attendu dans l'ombre, derrière le One India, ou il m'avait suivi en voiture, mais je voyais mal comment il avait pu faire pour savoir que j'avais rendez-vous ici. Derrière moi, la pluie crépitait sur l'eau du port.

Mifflin désigna le parking d'un mouvement du menton.

— Je vois que tu as fait réparer ta Mustang.

— Les accidents, ça arrive. C'est pour ça que j'ai une assurance.

— Tu aurais mieux fait de garder ton fric pour les nanas. T'auras plus besoin de voiture, sauf s'il y a des courses de stock-cars en enfer. (Il leva son arme et son doigt se crispa sur la détente.) Je parie que ton assurance te couvre pas pour ça.

— Moi, je crois que si.

Tandis que j'assenais ma réplique, Louis surgit de derrière le bâtiment de bureaux rouge. Sa main noire saisit le bras armé de Mifflin pendant que je faisais un bond de côté, et de la main droite il enfonça le canon d'un SIG dans la joue flasque du tueur.

— Doucement, chuchota-t-il. S'agirait pas qu'un coup parte, fasse peur à quelqu'un, et qu'un type se retrouve avec une balle dans les bajoues.

Mifflin retira avec précaution son doigt du pontet et, lentement, rabaissa le chien. Angel rejoignit Louis, retira le Ruger des mains de Mifflin et le braqua sur son crâne.

— Salut, mon beau. Dis donc, c'est un bien gros flingue pour un petit gars comme toi...

Mifflin resta muet lorsque Louis décolla le SIG de sa joue et le glissa dans la poche de son manteau noir, sans lui lâcher le bras. Puis d'un geste que j'eus à peine le temps d'entrevoir, avec un craquement sec, Louis lui cassa le bras droit au niveau du coude avant de lui cogner deux fois la tête contre le mur. Le tueur s'effondra. Angel s'éclipsa et revint une minute après au volant de la Mercury. Il ouvrit à distance le coffre, dans lequel Louis s'empressa de balancer le corps inerte de Mifflin. Nous suivîmes la voiture. Angel roula jusqu'au fond du parking ; il y avait là une brèche dans le grillage, tout près du quai. Louis sortit le corps de Mifflin, le tira jusqu'au bord et le jeta à la mer. L'énorme *splash* fut vite noyé par le martèlement de la pluie.

Je pense que Louis m'aurait taxé de faiblesse si je l'avais avoué, mais je regrettais la mort de Mifflin. Bien évidemment, le fait qu'il s'apprêtait à me tuer indiquait qu'aux yeux de Tony Celli je ne présentais plus la moindre utilité. Si nous l'avions laissé vivre, il serait revenu à la charge, et sans doute avec des renforts. Mais il y avait dans ce plongeon quelque chose de définitif qui m'épuisait nerveusement.

— Il a garé sa voiture une rue plus loin, annonça Angel. On a trouvé ça par terre.

Il brandissait un récepteur VHF à trois canaux, large d'une quinzaine de centimètres et épais de cinq, prévu pour fonctionner sur la batterie. S'il y avait un récepteur, il y avait forcément un émetteur.

— Ils ont posé des micros chez moi, dis-je. Sans doute pendant que j'étais dans la suite de Celli. J'aurais dû m'en douter, c'est pour ça qu'ils ne m'ont pas tué.

Angel haussa les épaules et balança l'appareil à l'eau.

— S'il était ici, on peut être sûr que ses copains vont bientôt rappliquer, maugréa-t-il.

A ma gauche, Fore Street remontait vers le nord, parallèlement au port, et je distinguais au loin la silhouette des bâtiments de la Portland Company.

— On va suivre la voie ferrée et on entrera côté port, décidai-je.

Je dégainai mon arme et enlevai la sûreté, mais Louis me tapota l'épaule et sortit de la poche droite de son manteau un Colt Government calibre 9 mm court, puis de sa poche intérieure un silencieux qu'il vissa sur le canon de l'arme.

— Si tu te sers de ton Smith & Wesson et qu'il y a de la casse, tu seras vite repéré. Prends plutôt ça, et on pourra s'en débarrasser plus tard. En plus, c'est beaucoup plus discret.

Question armement, Louis s'y connaissait : en général, les silencieux ne sont efficaces qu'avec les pistolets semi-automatiques chambrés pour des munitions subsoniques. Si les employés de chez Hertz avaient su quel genre de bagages Louis trimballait dans leur voiture, ils auraient fait une crise cardiaque collective.

Louis tendit son SIG à Angel avant de sortir de sa poche gauche un 9 mm court identique au mien, sur lequel il vissa également un silencieux. Son manège aurait dû me mettre la puce à l'oreille — si Louis portait sur lui deux armes munies de silencieux, ce n'était certainement pas par hasard —, mais j'étais trop préoccupé par Billy Purdue.

Louis et moi longeâmes la voie ferrée ; Angel nous suivait. Des rails complètement rouillés étaient restés là, empilés, près de traverses dont le bois vérolé était devenu presque noir par endroits. Derrière les aires de stockage, où des rangées entières de vieilles boules de démolition côtoyaient des étais de béton armé aux entrailles suintantes de rouille, des amas de bois allaient et venaient au gré des vagues, tels les vestiges d'une forêt vierge.

Le complexe de la Portland Company se dressait de l'autre côté de la marina. A l'entrée, on apercevait, figées pour l'éternité, les voitures rouge et vert de la Sandy River Railroad, qui servaient autrefois à promener les touristes. A l'époque où la Portland Company fabriquait des moteurs et des locomotives à vapeur, le complexe travaillait pour les chemins de fer. On l'avait fermé dans les années soixante-dix, et les bâtiments accueillaient désormais un centre d'affaires. Dans l'enceinte, une antique locomobile en acier noir, dont la cheminée avait été entièrement restaurée, montait la garde devant l'entrée du Narrow Gauge Railroad Museum, mémoire de l'époque glorieuse des « voies étroites ». C'était un bâtiment de brique rouge, comme tous les autres, haut de deux étages en son point le plus élevé ; un passage couvert le reliait au bâtiment voisin, de conception identique mais plus vaste, qui abritait une usine d'outillage. Sur la gauche se trouvaient deux autres bâtiments jumeaux, tout en longueur ; le premier accueillait, si ma mémoire était bonne, le siège d'une société de services pour plaisanciers, et l'autre, un fabricant de fibre de verre.

Au fond, côté sud, il y avait un autre bâtiment de deux étages, plus grand que les autres. Les fenêtres du rez-de-chaussée avaient été condamnées, celles des étages, grillagées, ne laissaient rien deviner. C'était là que Billy Purdue avait apparemment trouvé refuge. L'entrée se trouvait de l'autre côté, sous une sorte d'auvent en bois qui ressemblait à une vieille cabane. Une allée de service passait devant la porte et montait jusqu'à l'entrée des visiteurs, sur Fore Street. L'endroit paraissait totalement désert, et la pluie était si drue qu'on aurait dit qu'un déluge de pierres s'abattait sur le toit du musée. Une porte latérale était restée ouverte. Je fis un signe, et nous pénétrâmes à l'intérieur du bâtiment.

Sous la voûte, soigneusement alignées, des voitures de chemin de fer attendaient des passagers qui ne viendraient jamais : il y avait là les voitures vertes de la Wicasset et Québec, les voitures rouge et vert de Franklin County, aux armes de la Sandy River, une voiture vert et jaune de la Bridgton & Saco et, à notre droite, un vieux Railbus sur un châssis REO Speedwagon de la Sandy River.

Près du Railbus, un corps gisait recroquevillé sous un grand manteau sombre aux allures de linceul. Je le retournai, en me blindant. Je m'attendais à voir le cadavre de Billy Purdue, mais je découvris les traits convulsés de Berendt, l'acolyte de Mifflin, à la tête carrée. Une vilaine blessure noire lui perçait le front, à l'endroit où la balle était ressortie. Je sentais une odeur de cheveux brûlés. Au sol, le sang s'était mêlé à la poussière.

L'ombre de Louis me recouvrit.

— Tu crois que c'est Billy Purdue qui a fait ça ?

Je déglutis, et il y eut comme une détonation dans mes oreilles. Je secouai la tête. Louis opina en silence.

Nous nous faufilâmes entre deux voitures Edaville, sur la gauche, pour nous rapprocher du bureau. Il n'y avait personne d'autre dans le bâtiment, mais la porte métallique de l'entrée principale claqua bruyamment. Le vent soufflait toujours, et la pluie n'avait pas cessé.

Dans la pénombre du passage reliant l'usine d'outillage au musée, j'aperçus une Ford quatre portes noire aux vitres opaques sous le déluge. Je l'avais déjà vue devant chez Rita Ferris, au moment de l'enquête sur le double meurtre.

— C'est le FBI, dis-je à mi-voix. Ils ont dû découvrir les hommes de Celli.

— Ou alors ils ont eux aussi posé des micros chez toi, bougonna Louis.

— Génial, fit Angel. Qui manque à l'appel ? Billy Purdue a tellement d'amis qu'on devrait donner son nom à une rue.

La portière arrière de la voiture s'ouvrit. Un homme vêtu d'un manteau sombre sortit du véhicule, tête baissée, referma doucement la portière et se dirigea vers nous d'un pas rapide, une main enfoncée dans la poche, tenant de l'autre un parapluie noir ouvert. Un rayon de lumière en provenance de la fabrique d'outillage le balaya.

— Et celui-là, ce serait... ? marmonna Angel, désabusé.

— Eldritch, le flic canadien. Ne bougez pas.

Je sortis de l'ombre et Eldritch s'immobilisa, l'air intrigué, en essayant de me reconnaître.

— Parker ? dit-il au bout d'un moment. Vous voulez bien que vos amis sortent de l'ombre, eux aussi ?

Louis et Angel me rejoignirent. Louis observait Eldritch avec un intérêt parfaitement détaché.

— Bon, vous comptez rester là, sous la pluie ? demanda le Canadien.

— Après vous, répondis-je.

Un détail avait attiré mon regard lorsque Eldritch était descendu de voiture. La lumière du plafonnier m'avait laissé entrevoir une petite flaque rouge sous la portière, côté conducteur. Elle n'était pas complètement fermée, et quelque chose s'écoulait par l'interstice, au goutte à goutte.

Eldritch vint jusqu'à moi sans lâcher son parapluie. J'aperçus un bouton en or et une manchette blanche. Et lorsqu'il se retourna pour me voir avancer jusqu'à la voiture, une tache sombre était en train de s'étendre sur son poignet.

Je lançai un regard à Louis, mais lui avait remarqué quelque chose d'autre.

— Vous avez sali votre col de chemise, déclara-t-il tranquillement à Eldritch, juste sous la lumière.

Le col de la chemise d'Eldritch dépassait de son manteau. Sur les bords, juste au-dessus du nœud de cravate, il y avait des mouchetures noires, comme de la suie. Mais pendant que Louis lui parlait, Eldritch abaissa son parapluie pour dissimuler son geste suivant et je parvins tout juste à entrevoir l'arme qu'il sortait de sa poche droite. Louis avait déjà dégainé. Eldritch fit volte-face, lâcha le parapluie. Angel, de côté, surveillait la scène. Je fus le premier à faire feu. Le silencieux et la pluie battante étouffèrent la détonation. Ma première balle traversa le parapluie et toucha Eldritch à la cuisse. La seconde le frappa au côté. Son arme lui échappa, il tituba et, dos contre le mur, glissa jusqu'au sol où il demeura assis, les mâchoires crispées par la douleur, la main sur la tache rouge en train de s'étendre sur le devant de son manteau. Louis prit son arme en prenant soin de glisser un stylo à l'intérieur du pontet pour ne pas la toucher et l'examina d'un œil très professionnel.

— Un Taurus, déclara-t-il. Fabrication brésilienne. On dirait que notre ami est allé passer des vacances en Amérique du Sud.

J'allai voir la voiture. Dans le pare-brise, il y avait deux points d'impact en étoile, nimbés chacun d'une couronne de sang. J'ouvris la portière du conducteur — j'avais mis un gant — et reculai d'un pas. L'agent Samson s'affala sur le côté et tomba à terre ; l'arête de son nez, où la balle était ressortie, n'était plus qu'un trou béant. L'agent Doyle, à côté de lui, avait le front posé sur la planche de bord, et une flaque de sang s'était formée à ses pieds. Les deux corps étaient encore chauds.

Avec précaution, je replaçai Samson à l'intérieur du véhicule et refermai la portière. Puis je rejoignis Angel et Louis, qui contemplaient notre blessé.

— C'est Abel, fit Louis.

Malgré la douleur, l'homme au sol nous observait d'un regard noir, plein de haine, sans proférer le moindre mot.

— Pas question de l'emmener où que ce soit, décidai-je. On le met dans le coffre de la Ford, on appelle les flics et ils se chargeront de lui quand on aura fini.

Mais ni Angel ni Louis ne semblaient m'écouter. Bien au contraire, Angel secoua la tête d'un air consterné et s'adressa à Abel, le ton moqueur :

— Un homme de ton âge, se faire teindre les cheveux… C'est vraiment de la coquetterie.

— Et tu sais ce qu'on dit de la coquetterie ? intervint Louis, à voix basse. (Abel le regarda, en écarquillant les yeux.) La coquetterie, ça peut coûter cher. Très cher.

Sur quoi il l'abattit. Le Colt tressauta dans son poing. Le crâne d'Abel heurta le mur, ses yeux se fermèrent nerveusement, son menton retomba sur sa poitrine.

Pour la première fois de ma vie, j'eus envers Louis un geste de colère. Des deux mains, je le repoussai violemment. Il recula d'un pas, impassible.

— Pourquoi ? hurlai-je. Pourquoi l'as-tu tué ? Putain, Louis, il faut vraiment qu'on tue tout le monde ?

— Non, me répondit-il. Juste Abel et Stritch.

Je compris alors pourquoi Louis et Angel étaient venus ici, et ce fut comme si je venais d'encaisser un coup de poing dans le ventre.

— C'est un contrat, dis-je. On vous chargés de l'exécuter.

Je savais à présent pourquoi Leo Voss avait été tué, pourquoi Abel et Stritch avaient choisi ce moment pour se faire discrets. L'occasion offerte par Billy Purdue et l'argent volé n'expliquait pas tout. Abel et Stritch étaient en fuite, et ils fuyaient Louis.

Il hocha la tête. Angel, à ses côtés, me regarda d'un air à la fois triste et déterminé. Je savais de quel bord il était.

— Combien ? voulus-je savoir.

— Un dollar, répondit laconiquement Louis. Je me serais contenté de cinquante *cents*, mais le type n'avait pas la monnaie.

Un *dollar* ?

Curieusement, je faillis me surprendre à sourire. Louis avait accepté un dollar, mais la vie de ses victimes ne valait même pas autant. En regardant le cadavre d'Abel, j'eus une pensée pour les deux agents du FBI, abattus dans la voiture, et le véritable Eldritch, qui selon toute probabilité n'avait même pas réussi à franchir la frontière.

— Tu sais, Bird, me dit Angel, ces types sont de vraies ordures. Il n'y a pas pire qu'eux. On va pas se fâcher pour des merdes pareilles.

— Vous auriez dû me mettre au courant, c'est tout. Vous auriez dû me faire confiance.

Louis intervint :

— C'est toi qui as raison. C'est de ma faute. J'ai merdé, j'aurais dû t'en parler.

Il guetta ma réponse, mais moi, je savais pourquoi il ne m'avait rien dit. Après tout, j'étais un ancien flic, avec des copains flics. Peut-être Louis avait-il encore des doutes. J'avais sauvé la vie d'Angel lorsque celui-ci était en prison et eux, de leur côté, m'avaient soutenu au moment de la mort de Jennifer et de Susan, avaient risqué leur vie lorsque nous avions traqué leur assassin et d'autres tueurs, sans rien demander en contrepartie. Je n'avais aucune raison de douter d'eux, mais eux, un cambrioleur et un tueur professionnel, pouvaient légitimement se poser des questions à mon sujet.

— Je comprends, dis-je enfin.

Louis se contenta d'acquiescer, mais ce geste de la tête et ce regard disaient tout.

— Allons-y, conclus-je. Il serait temps qu'on trouve Billy Purdue.

Tandis que nous nous dirigions vers le bâtiment désert, sous une pluie qui avait redoublé d'intensité, je ne pus m'empêcher de jeter un coup d'œil vers le cadavre d'Abel, avec un petit frisson. Son corps recroquevillé et les restes de Berendt, dans le musée du chemin de fer, étaient la preuve, bien morte, que Stritch, Stritch le difforme, ne se trouvait pas loin.

Deux voitures étaient garées plus haut, sur Fore Street, en face d'un ensemble immobilier sorti de terre depuis peu — des maisons où le bois gris se mêlait à la brique rouge. Il faisait trop sombre pour voir si les véhicules étaient occupés. Arrivés devant l'entrée principale du bâtiment, nous vîmes que la porte était entrouverte. La serrure avait été forcée. En longeant le mur, je fis quelques pas jusqu'à l'angle de l'immeuble, pour inspecter la façade. Les fenêtres du dernier étage étaient condamnées, et une passerelle de bois permettait d'accéder au premier depuis la pelouse. Le rez-de-chaussée se trouvait en fait plus bas que les espaces verts, et des planches, là aussi, masquaient les fenêtres.

Je retrouvai Angel et Louis devant la porte, et il fut décidé qu'Angel retournerait chercher la voiture afin que nous puissions filer en vitesse si nous parvenions à ramener Billy Purdue.

La porte s'ouvrit sur un escalier poussiéreux et jonché de vieux journaux ; il permettait d'accéder au premier, qui n'était qu'une sorte de vaste dalle entrecoupée de colonnes d'acier. Plus loin, on apercevait des bureaux vides et des ateliers déserts et sans éclairage. Le parfum de bois qui flottait encore dans l'entrepôt luttait difficilement contre les odeurs d'humidité et de pourriture. Louis s'abstint d'allumer sa lampe-torche pour ne pas attirer l'attention.

Dans un coin, près de l'escalier, il y avait encore un tas de planches pourries. L'eau pénétrait par le toit, s'infiltrait dans les sols et gouttait d'un étage à l'autre. Nous pénétrâmes dans l'un des ateliers, derrière l'escalier. L'endroit était vide, si l'on exceptait quelques établis de bois et une chaise en plastique fendue. Nous approchions d'une porte lorsque, au milieu du fracas de la pluie et des gouttières, je perçus un autre bruit de l'autre côté du mur. Je fis signe à Louis de se placer à gauche tandis que je longeais le mur jusqu'à ce que je puisse jeter un œil dans l'autre salle. Voyant que personne ne braquait son arme sur moi, j'avançai prudemment.

Il y avait deux pièces, d'anciens bureaux qui communiquaient. Dans la première régnait une odeur de fumée ; elle provenait d'un tas de bois et de détritus qui se consumait encore, dans un coin. A l'autre bout de la pièce, quelque chose bougea.

Je fis volte-face, le doigt crispé sur la détente de mon pistolet.

— Ne tirez pas, implora une voix rauque, fêlée.

Une silhouette émergea lentement de la pénombre où elle était tapie. Ses pieds étaient enveloppés de sacs plastique, ses jambes prisonnières d'un jean raidi par la crasse, et un bout de ficelle retenait autour de sa taille un imperméable sans coudes. Sous la tignasse, une barbe grise laissait apparaître des traînées jaune nicotine.

— Non, pitié, tirez pas. Je voulais pas faire de mal quand j'ai fait le feu.

— A droite, et vite !

Dans l'une des planches qui condamnaient les fenêtres, une fente laissait passer la lumière blafarde d'un lampadaire. Le vieux se déplaça et je pus enfin le voir. Il avait de petits yeux éteints et, à quatre mètres de moi, il puait déjà l'alcool, et d'autres choses.

Je le tins encore un instant en joue puis, lorsque Louis apparut, je fis un signe vers la droite, du canon de l'arme.

— Tirez-vous d'ici. C'est dangereux.

— Je peux prendre mes affaires ?

Il désignait ses maigres possessions, entassées dans un Caddie.

— Prenez ce que vous pouvez trimballer avec vous, et allez-vous-en.

Le vieux clodo me remercia d'un mouvement du menton et commença à faire son choix : une paire de bottes, des canettes vides, un rouleau de fil de cuivre. Il reposa certains objets dans le chariot, s'interrogeant visiblement sur le sort qu'il devait réserver à d'autres. Il était en profonde méditation devant une unique basket Reebok lorsque, derrière lui, une voix grave l'avertit :

— Hé, le vieux, t'as cinq secondes pour sortir tes merdes d'ici, sans quoi c'est le coroner qui les triera à ta place.

La réflexion de Louis parut éclaircir les idées du SDF, car, un instant plus tard, il détalait, les bras encombrés de chaussures, de boîtes et de fils.

— Vous allez rien voler, dites ? s'inquiéta-t-il en partant.

— Mais non, lui répondit Louis. T'as pris tout ce qui avait de la valeur.

Rassuré, l'autre s'en alla, laissant Louis déconcerté. Puis, sur le pas de la porte, il lança simplement, avant de disparaître définitivement :

— Les autres, ils sont montés.

Sans perdre de temps, toujours aux aguets, nous

poursuivîmes notre progression. Au bout de l'étage, il y avait deux cages d'escaliers, une dans chaque coin. Au milieu, une double porte donnait accès à la grande cour. Un morceau de chaîne brisée gisait au sol, et une demi-brique bloquait l'une des portes pour l'empêcher de se refermer. Louis prit l'escalier de droite, moi celui de gauche. Je prenais soin de marcher sur les côtés, pour éviter de faire grincer les planches, mais cette précaution était inutile : la pluie avait redoublé d'intensité, et le vacarme résonnait dans toute la vieille bâtisse.

Nous nous rejoignîmes sur une sorte de palier, d'où un escalier large menait à l'étage. Louis prit la tête. Il poussa un battant de porte percé à hauteur de visage d'une petite fenêtre grillagée sale, et commença à inspecter les lieux. Moi, j'avais décidé de me charger de l'étage supérieur, mais un bruit, au rez-de-chaussée, attira mon attention. En me penchant par-dessus la rambarde, je vis un homme pénétrer dans mon champ de vision et frotter une allumette pour fumer une cigarette. La brève lueur me permit de reconnaître l'un des sbires de Tony Celli ; on l'avait chargé de surveiller la porte, mais la pluie l'avait incité à se réfugier à l'intérieur. Au-dessus de moi, une latte de plancher grinça, puis une autre : il y avait déjà au moins un homme de Celli au dernier étage.

J'observais le cerbère de Tony Clean en train de fumer sa cigarette lorsque quelque chose accrocha mon regard, sur la gauche. Les fenêtres du palier, qui donnaient autrefois sur la cour, avaient été condamnées. La seule lumière provenait d'un gros trou dans le mur, au pourtour humide : le plâtre autour d'un vieux climatiseur avait fini par tomber, entraînant l'appareil avec lui. La brèche créait une sorte de tache de lumière entre deux flaques d'obscurité. Et dans l'un de ces coins sombres, je sentis une présence. Une silhouette pâle tremblotait, un peu comme un bout de papier en train de tomber. Je fis quelques pas, le cœur battant, et jamais mon arme ne m'avait paru aussi lourde.

Dans les ténèbres apparut un visage. Ses yeux étaient sombres, je n'en voyais pas le blanc, et un collier de couleur foncée semblait lui ceindre le cou. Peu à peu, je pus distinguer la bouche, le fil noir qui zigzaguait à travers les lèvres et, plus bas, la marque laissée par la corde qui lui avait entaillé la peau. Elle m'observa un instant, puis parut se contracter, et il n'y eut plus que du vide. Des sueurs froides m'inondèrent le dos, et une vague de nausée me submergea. Après un dernier coup d'œil, je rebroussai chemin. Et c'est alors que j'entendis, plus bas, un petit gémissement de douleur.

Je m'arrêtai sur la première marche, attendis. La pluie tombait toujours, et l'eau gouttait de partout. Il y eut un bruit de pas traînant sur le plancher, puis un homme arriva au pied de l'escalier de droite. Un crâne chauve émergeait à peine de l'imperméable couleur fauve. Stritch leva la tête. Toujours cet étrange visage, dont les traits évoquaient de la cire fondue... Il me regarda un instant, avec ses yeux blêmes, incolores, puis sa bouche démesurée se fendit d'un sourire dénué de tout humour, et il redisparut sous la mezzanine. Je me demandai s'il savait déjà qu'Abel était mort, et si je représentais une menace importante à ses yeux.

Comme pour répondre à mes interrogations, plusieurs balles déchiquetèrent le bois imbibé d'eau de la rambarde, et des éclats volèrent dans la pénombre. Stritch était, lui aussi, un adepte du silencieux. J'eus tout juste le temps de parcourir les dernières marches, poursuivi par une giclée de projectiles. Stritch essayait de calculer à l'oreille l'endroit où je me trouvais. En parvenant en haut de l'escalier, je sentis quelque chose tirer le bas de mon imperméable, et je compris alors qu'une de ses balles avait bien failli faire mouche.

Parvenu à l'étage, je me mis à la recherche de Louis. Il y avait une sorte de hall d'accueil, avec un vieux comptoir à ma droite, derrière lequel se trouvaient de petits locaux disposés en enfilade, de sorte qu'avec suffisamment de lumière j'aurais pu distinguer le fond de l'entrepôt. D'où je me tenais, j'apercevais des bureaux hors d'âge, des fauteuils cassés, des rouleaux de moquette moisie et des cartons d'archives inutiles. Deux couloirs parcouraient toute la longueur de l'étage, l'un juste devant moi, l'autre à ma droite. C'était ce dernier qu'avait logiquement dû emprunter Louis. Je m'engageai donc dans l'autre sans cesser de me retourner nerveusement pour voir si Stritch me rattrapait.

Une série de détonations retentit devant moi, sur la droite, suivie de deux autres coups de feu atténués. J'entendis des cris et des pas précipités dont l'écho se répercuta dans tout le bâtiment. A l'entrée d'un local, sur ma droite, un corps vêtu d'un blouson de cuir noir gisait à terre, une flaque de sang se formant près de la tête. Louis était déjà en train de prendre le dessus, mais il ignorait que Stritch n'était pas loin, et il fallait absolument que je le prévienne. En revenant dans le couloir, j'entrevis une silhouette brune derrière le comptoir de la réception. Je me déplaçai sur le côté, en laissant là le cadavre du garde du corps de Tony Celli, pour voir au-delà du comptoir, mais aucun signe de Stritch. Et au moment de pénétrer dans le local suivant, à peine le seuil franchi, je sentis l'embout d'un silencieux se coller contre ma tempe droite.

— Putain, Bird, j'ai failli te faire sauter la cervelle.

Dans la pénombre, Louis était presque invisible ; on ne distinguait que ses dents et le blanc de ses yeux.

— Stritch est ici, lui dis-je.

— Je sais. J'ai eu le temps de l'apercevoir avant que tu viennes me distraire.

D'autres détonations vinrent interrompre notre discussion. Trois coups de feu, tirés par la même arme, et pas de tir de riposte. Puis on entendit des cris, suivis d'une rafale d'arme automatique. Quelqu'un montait à toute vitesse. Louis et moi échangeâmes un signe de tête, et nous poursuivîmes notre progression en nous plaçant chaque fois de part et d'autre de chaque entrée, de manière à ne pas nous laisser surprendre. Nous finîmes par arriver devant un ascenseur de service dont la porte était ouverte. Dans la cabine gisait le corps sans vie d'un autre employé de Tony Celli. A côté de la cage d'ascenseur, un escalier droit montait au dernier étage. Nous venions de poser le pied sur la deuxième marche lorsque j'entendis derrière moi un bruit horriblement familier : le double déclic d'une cartouche engagée dans la chambre d'un fusil à pompe. Nous nous retournâmes lentement, bras écartés, armes pointées vers le haut, pour nous retrouver face à Billy Purdue. Le visage noirci, les vêtements détrempés, il portait un sac à dos noir.

— Posez vos flingues.

Ainsi, il avait trouvé le moyen de se dissimuler au milieu du mobilier et de la paperasse au rebut pour échapper aux regards de ses poursuivants comme aux nôtres. Nous obtempérâmes en jetant des coups d'œil anxieux vers le fusil de Billy et l'escalier.

— C'est toi qui les as amenés ici, me dit-il, la voix tremblante de colère, les joues baignées de larmes. Tu m'as vendu.

— Non, Billy. On est venus te mettre à l'abri. Tu risques gros, ici. Pose ton fusil et on va essayer de te sortir de là.

— Non. Allez vous faire foutre. Personne est venu pour moi.

Sur quoi il tira deux coups de feu. Les décharges firent voler le bois et le plâtre derrière nous et nous dûmes plonger au sol. Quand nous relevâmes la tête, les cheveux couverts d'éclats et de débris, Billy avait disparu, mais je l'entendais courir. Il fuyait par le chemin que nous avions pris pour venir. Louis se releva d'un bond et fonça à sa poursuite.

Une autre rafale claqua, suivi d'un coup de feu bien distinct. Je gravis les marches une à une, le nez en l'air, les mains moites de transpiration. En haut de l'escalier, près de l'ascenseur, il y avait encore un homme de Celli affalé dans un coin. Le sang ruisselait de son cou, transpercé par une balle. Mais un autre détail faillit m'échapper.

Son pantalon était ouvert, et on apercevait ses parties génitales.

Devant moi, il y avait une porte ouverte, et derrière cette porte régnait l'obscurité la plus totale. Je savais que Stritch était là, et qu'il attendait. Je humais les effluves écœurants de sa mauvaise eau de toilette, et cette lourde odeur de terreau qu'il cherchait à couvrir. Je devinais ses sens aux aguets, les vrilles qu'il déployait pour flairer ses proies. Et je sentais son désir, l'excitation sexuelle qu'il éprouvait en faisant mal et en mettant fin à une vie, la perversion qui l'avait amené à palper et à exposer le sexe de l'homme en train d'agoniser.

Et je sus alors, avec une certitude absolue, que si je franchissais ce seuil, Stritch m'abattrait et me toucherait avant que je rende mon dernier soupir. Je sentais les ombres se déplacer autour de moi, et un rire d'enfant résonna dans la faible clarté de l'étage inférieur. Un rire qui semblait me demander de redescendre, ou peut-être était-ce ma peur qui m'incitait à le penser. Quoi qu'il en soit, je pris la décision de laisser Stritch dans les ténèbres et de revenir à la lumière.

J'étais encore dans l'escalier quand Louis réapparut, le pantalon déchiré aux genoux, en boitant légèrement.

— J'ai glissé, cracha-t-il. Il s'est tiré. Des nouvelles de Stritch ?

J'indiquai le dernier étage.

— Tony Celli va peut-être te rendre un petit service.

— Tu crois ? fit-il, sceptique, avant de me demander, en me regardant de plus près : T'es sûr que ça va, Bird ?

Je passai devant lui pour qu'il ne puisse pas voir mon visage. J'avais honte de ma faiblesse, mais je savais ce que j'avais ressenti, et ce que j'avais vu dans les yeux rouge sang d'une morte.

— Celui qui m'inquiète, c'est Billy Purdue, lui dis-je. Quand Stritch va s'apercevoir que son pote s'est fait descendre, il ne repartira pas avant d'avoir remis les compteurs à zéro. Tu trouveras une autre occasion.

— Je préférerais profiter de celle-là.

— Il fait nuit noire, là-haut. Il t'allumera dès que tu auras posé le pied par terre.

Louis, immobile, m'observait sans rien dire. Dans le lointain, je perçus des ululements de sirènes qui se rapprochaient. Je vis Louis hésiter entre les risques que représentaient la police et les ombres tapies au-dessus de nous et l'opportunité d'abattre Stritch. Puis, lentement, après avoir lancé un dernier regard vers l'escalier menant à l'obscurité du dernier étage, il m'emboîta le pas.

Nous atteignîmes la grande salle où nous avions trouvé le clodo.

— Si on sort par-devant, dis-je, on risque de tomber sur les hommes de Tony Celli, ou bien les flics. Et si c'est par là que Billy est passé, il est déjà mort à l'heure qu'il est.

Louis opina, et nous nous dirigeâmes vers la porte du fond. L'homme que Stritch avait abattu était allongé en travers du seuil, le corps à moitié à l'extérieur, un bras sur les yeux comme pour se protéger d'une éruption solaire. J'aperçus la Mercury au loin. Le moteur rugit. Angel traversa la place à toute allure, fit demi-tour et s'arrêta devant nous.

— Tu as vu Billy ?
— Non, rien. Vous deux, ça va ?
— Impec, répondis-je alors que j'étais encore sous le coup de la peur. On a vu Stritch. Il est arrivé par l'arrière du bâtiment.
— Apparemment, tout le monde est au courant de ce qui te concerne, sauf toi, ricana Angel.

Nous démarrâmes sur les chapeaux de roues en suivant les rails vers India Street et, juste avant le bout de la voie ferrée, Angel braqua à droite pour franchir la brèche de la clôture et retrouver le parking du One India. Il coupa les phares. Toutes sirènes hurlantes, deux voitures pie remontaient Fore Street. Nous attendîmes, histoire de voir si Billy Purdue allait se montrer.

J'essayai de reconstituer le déroulement des événements. Soit le FBI avait mis ma ligne sur écoute, soit il avait filé les hommes de Tony Celli. Et quand les choses avaient commencé à bouger, Abel avait contacté Stritch pour lui dire où aller, en ayant l'intention de le rejoindre après avoir liquidé les fédéraux. Traqué par trois groupes différents dans un espace clos, Billy Purdue avait pourtant trouvé le moyen de s'échapper.

Et je repensai à ce visage que j'avais cru voir dans la pénombre. Rita Ferris était morte et, bientôt, la neige recouvrirait sa tombe. Mon esprit me jouait des tours, ou du moins l'espérais-je.

Personne ne vint nous rejoindre à pied depuis le complexe. Selon moi, les survivants de l'équipe de Tony Celli avaient vraisemblablement pris la direction du nord ; en repassant par le centre-ville, ils risquaient de tomber sur les flics.

— Tu penses qu'il est toujours à l'intérieur ? demandai-je à Louis.

— Qui ? Stritch ? Si oui, c'est qu'il est mort, et je vois mal qui aurait été assez doué, de côté de Tony Celli, pour le descendre. En supposant qu'ils ne soient pas déjà tous morts.

Il me regardait dans le rétroviseur, toujours pensif. Puis il ajouta :

— Je vais te dire un truc. S'il sait qu'Abel est mort, là, il doit vraiment être furax.

15

Louis et Angel me déposèrent devant ma Mustang, puis me suivirent jusque Chez Java Joe. J'étais vidé, j'avais envie de vomir. Je revoyais les yeux d'Abel au moment de mourir, et ce jeune mafioso, violé dans ses derniers instants, et ce vieux en train de décamper dans le froid, dans la pluie, dans la nuit, avec ses pauvres baskets et son fil de cuivre.

Au café, Louis et Angel commandèrent des mokas, mais décidèrent d'aller les boire dans la Mercury. Lee Cole était assise près de la vitrine, le jean rentré dans de hautes bottes garnies de fourrure, un grand gilet de laine blanc boutonné jusqu'au col. Lorsqu'elle se leva pour m'accueillir, la lumière fit briller dans sa chevelure des ruisselets d'argent. Elle m'embrassa doucement sur la joue, me serra dans ses bras. Son corps se mit à trembler et je l'entendis sangloter contre mon épaule. Gênée, elle secoua la tête, fouilla ses poches à la recherche d'un mouchoir en papier. Elle était encore très belle. Walter avait de la chance.

— Elle a disparu, Bird, me dit-elle. Impossible de la trouver. Aide-moi.

— Elle était encore avec moi il y a à peine

quelques jours, m'étonnai-je. Elle était de passage avec son copain, elle s'est arrêtée quelques heures.

Elle acquiesça.

— Je sais. Elle nous a appelés de Portland pour nous dire qu'elle partait avec Ricky. Elle nous a donné un autre coup de fil sur la route, un peu plus tard, et, depuis, pas de nouvelles. On lui avait bien dit de nous appeler tous les jours. Quand elle a arrêté de téléphoner, on…

— Avez-vous contacté la police ?

— Walter l'a fait. D'après eux, il y a des chances pour que ce soit une fugue. Walter et elle ont eu des mots le mois dernier, il lui reprochait de courir les garçons au lieu de se concentrer sur ses études. Tu sais comment il est, parfois, et la retraite ne l'a pas rendu plus tolérant.

Je hochai la tête. Oui, je savais comment il était, parfois.

— En rentrant, appelle l'agent spécial Ross, au FBI, au bureau de Manhattan. De ma part. Il vérifiera si le nom d'Ellen figure dans le fichier du NCIC, le fichier national des personnes disparues. S'il n'y est pas, c'est que la police fait mal son boulot, et Ross pourra peut-être t'aider.

Elle se décontracta un peu.

— Je vais demander à Walter de s'en occuper.

— Il sait que tu es ici ?

— Non. Quand je lui ai demandé de te contacter, il a refusé. Il est déjà venu dans le coin pour demander à la police locale de s'activer un peu. On lui a répondu qu'il valait mieux attendre, mais ce n'est pas le genre de Walter. Il a fait le tour des autres localités du secteur, il a interrogé tout le monde, rien. Il est rentré hier, mais je pense qu'il ne va pas rester longtemps. Je lui ai dit qu'il fallait que je sorte un peu. J'avais déjà réservé mon vol.

J'ai essayé de te joindre sur ton portable, mais ça ne passait pas. Je ne sais pas… (Elle hésita un instant.) Je ne sais pas exactement tout ce qui a pu se passer entre vous deux. J'en connais une partie, je peux en deviner une autre, mais ça n'a rien à voir avec ma fille. Je lui ai laissé un mot sur le réfrigérateur, il a dû le lire à l'heure qu'il est.

Son regard se perdit dans le vague, comme si elle imaginait Walter en train de découvrir le message, et sa réaction.

— Y a-t-il une chance pour que la police ait raison, pour qu'elle ait fugué ? demandai-je. Bon, d'accord, ça n'a jamais été son genre et je ne l'ai pas trouvée perturbée, mais quand le sexe intervient dans l'équation, les jeunes ont parfois des comportements inattendus. Je sais que c'était mon cas.

Pour la première fois, je la vis sourire.

— Je me souviens encore de ce qu'est le sexe, Bird. Je suis peut-être plus âgée que toi, mais je ne suis pas encore morte. (Le sourire s'estompa lorsque ses mots déclenchèrent une réaction en chaîne dans son esprit, et je compris qu'elle s'efforçait de ne pas imaginer ce qui avait pu arriver à Ellen.) Elle n'a pas fugué. Je la connais et jamais elle ne nous ferait une chose pareille, même après la pire des disputes.

— Et le garçon, Ricky ? J'ai l'impression qu'elle et lui, c'est le jour et la nuit.

Lee ne semblait pas savoir grand-chose de Ricky, hormis le fait que sa mère avait quitté le foyer familial lorsqu'il avait trois ans, que son père l'avait élevé en même temps que ses trois sœurs en cumulant deux petits boulots. Il bénéficiait d'une bourse. Il était un peu rustre, reconnaissait-elle, mais elle pensait qu'il avait un bon fond et l'imaginait mal fuguant avec Ellen.

— Tu veux bien la rechercher, Bird ? Je n'arrête pas de me dire qu'elle doit avoir des ennuis quelque part. Ils sont peut-être partis faire une randonnée et ont eu un problème, ou bien quelqu'un... (Elle s'interrompit brutalement pour me prendre la main.) Tu la trouveras, dis ?

Je pensais à Billy Purdue et aux hommes qui le traquaient, à Rita et à Donald, à la petite-fille de Cheryl Lansing émergeant d'un tas de feuilles mouillées, en pleine décomposition. J'estimais avoir un devoir à l'égard des morts, de cette jeune femme en détresse qui avait cherché à améliorer sa vie et celle de son fils, mais elle n'était plus, et je ne pouvais rien faire pour sauver Billy Purdue, prêt à tout, même à mourir, pour connaître ses origines. Peut-être avais-je désormais un devoir à l'égard des vivants, à l'égard d'Ellen, qui avait veillé sur ma gamine durant sa courte vie.

— Je vais me mettre à sa recherche, déclarai-je. Tu veux bien me dire où elle allait quand elle a téléphoné ?

En entendant la réponse de Lee, j'eus l'impression que le monde basculait sur son axe, projetant des ombres étranges sur des scènes familières, transformant chaque chose en une version décalée de ce qu'elle était auparavant. Et je maudis Billy Purdue car, d'une manière qui pour l'instant m'échappait encore, il était responsable de ce qui s'était passé. Dans les paroles de Lee, des univers autrefois lointains s'éclipsèrent les uns les autres, et des formes indistinctes, telles des plaques tectoniques, s'assemblèrent pour constituer un nouveau et noir continent.

— Elle a dit qu'elle allait dans un coin appelé Dark Hollow.

Je la conduisis à l'aéroport de Portland juste à temps pour qu'elle prenne le vol de New York, puis je rentrai chez moi. Angel et Louis, vautrés dans le séjour, regardaient un programme « spécial talk show » diffusé sur le câble.

— C'est *Je ne peux pas t'épouser, tu n'es pas vierge*, m'informa Angel. Au moins, les filles prétendent pas qu'elles sont vierges, sinon ça s'appellerait *Je ne peux pas t'épouser, tu es une menteuse*.

— Ou alors *Je ne peux pas t'épouser, t'es trop moche*, proposa Louis en sirotant une bouteille de bière blonde, toujours de la Katahdin, les pieds posés sur une chaise. Je voudrais bien savoir comment ils réussissent à trouver des gens assez cons pour assister à leurs émissions. Ils accrochent des dollars à une ficelle et ils se baladent dans les camps de caravanes ?

Il coupa le son d'un méchant coup sur la télécommande.

— Comment va Lee ? s'inquiéta Angel, l'air soudainement grave.

— Elle tient le coup, mais c'est limite.

— Alors, vous avez décidé quoi ?

— Il faut que je remonte dans le Nord, et je crois que je vais avoir besoin de vous là-bas. La dernière fois qu'elle a donné de ses nouvelles, Ellen Cole se rendait à Dark Hollow. C'est aussi le patelin où Billy Purdue a passé une partie de son enfance, et je pense que c'est sa destination actuelle.

Louis haussa les épaules.

— Alors ce sera également la nôtre.

Je m'assis dans un fauteuil à côté de lui.

— Il risque d'y avoir un problème.

— Hé, Bird, protesta Angel, je te signale que pour ce qui est des problèmes, on est déjà largement servis.

— Ce problème, il a un nom ? s'enquit Louis.

— Rand Jennings.

— Qui se trouve être ?

— Le chef de la police de Dark Hollow.

— Et il ne t'aime pas parce que... ? enchaîna Angel.

— J'ai eu une aventure avec sa femme.

— C'est tout toi, fit Louis. Dès que tu bouges, ça devient compliqué.

— C'était il y a longtemps.

— Assez longtemps pour que Rand Jennings ait pardonné et oublié ? demanda Angel.

— Sans doute pas.

— Tu devrais peut-être lui écrire un mot, suggéra-t-il. Ou lui envoyer des fleurs.

— Vous ne m'aidez pas beaucoup.

— Moi, j'ai pas couché avec sa femme. Ce qui me donne un net avantage sur toi, si tu commences à chipoter.

— Tu l'as vu, la dernière fois que tu es monté là-haut ? voulut savoir Louis.

— Non.

— T'as vu la femme ?

— Oui.

— Tu m'étonneras toujours, Bird ! s'esclaffa Angel. Tu penses pouvoir éventuellement te tenir tranquille quand on sera sur place, ou tu comptes renouer avec de vieilles connaissances ?

— On s'est rencontrés par accident. Ce n'était pas voulu.

— Ben voyons. Va raconter ça à Rand Jennings.

« Salut, Rand, c'était un accident. J'ai trébuché et je suis tombé sur ta femme... »

Son rire résonnait encore lorsqu'il disparut dans sa chambre.

Louis acheva sa bière, souleva ses pieds de la chaise et s'apprêta à suivre Angel.

— Ce soir, on a merdé, me dit-il.

— Ce n'est pas de notre faute. On a fait ce qu'on a pu.

— Tony Celli ne va plus lâcher. Stritch non plus.

— Je sais.

— J'aimerais que tu me racontes ce qui s'est passé au dernier étage.

— Je sentais qu'il était là, Louis, qu'il m'attendait. Je le sentais, et je savais parfaitement que si je me lançais à sa poursuite, j'étais mort. Contrairement à ce que les apparences pourraient laisser croire, je ne suis pas suicidaire. Je n'avais pas l'intention d'être sa prochaine victime, ni là, ni ailleurs.

Louis, toujours sur le seuil de la porte, médita mes explications avant de lâcher :

— Si c'est comme ça que tu l'as senti, alors c'était ça. Des fois, c'est ce qui fait toute la différence entre vivre et mourir. Mais si je le revois, je le descends.

— Sauf si je le vois avant toi.

Je le pensais sincèrement, en dépit de tout ce qui s'était passé et de la peur que j'avais ressentie.

Il tordit la bouche pour m'infliger un de ses fameux petits sourires.

— Je te parie un dollar que non.

— Cinquante *cents*, lui dis-je. Tu as déjà gagné la moitié de ton contrat.

— Oui, c'est vrai. C'est vrai.

Louis et Angel partirent de bonne heure le lendemain matin. Louis pour l'aéroport, tandis qu'Angel, lui, allait fureter du côté de la caravane de Billy Purdue en espérant trouver des indices négligés par les flics. Je m'apprêtais à fermer la porte de la maison à clé lorsque la voiture d'Ellis Howard déboula en cahotant dans l'allée. Ellis parvint à s'extraire du véhicule, regarda mon sac, le désigna d'un geste du pouce.

— Vous allez quelque part ?
— Ouais.
— Et ça vous gênerait de me dire où ?
— Ouais.

Il donna une petite claque sur le capot de la Mustang, comme pour communiquer sa frustration à la carrosserie.

— Où étiez-vous hier soir ?
— Sur la route. Je rentrais de Greenville.
— Vers quelle heure êtes-vous arrivé à Portland ?
— Vers six heures. Dois-je appeler un avocat ?
— Etes-vous rentré directement chez vous ?
— Non, je me suis arrêté, j'ai garé la voiture et je suis allé voir quelqu'un dans un café, Java Joe's. Alors, dois-je appeler un avocat ?
— Non, sauf si vous avez quelque chose à avouer. J'allais vous raconter ce qui s'est passé hier soir au complexe de la Portland Company, mais peut-être êtes-vous déjà au courant, vu que votre Mustang était au port ?

C'était donc cela. Ellis allait à la pêche. Il n'avait strictement rien, et je n'avais pas l'intention de me mettre à genoux pour implorer sa pitié.

— Je vous l'ai dit, j'avais rendez-vous avec quelqu'un.
— Cette personne est-elle toujours en ville ?

— Non.
— Et vous ne savez rien de ce qui s'est passé au complexe hier soir?
— J'essaie d'éviter les infos. Cela affecte mon karma.
— Si je pensais que ça pouvait nous aider, votre karma serait déjà en train de faire les cent pas dans sa cellule. On a trouvé quatre cadavres dans ce complexe, tous des sbires de Tony Celli, plus deux agents du FBI abattus et un mystérieux inconnu.
— Un mystérieux inconnu? répétai-je.

J'étais en train de penser à autre chose. Normalement, la police aurait dû découvrir cinq corps à l'intérieur du complexe. Autrement dit, l'un des hommes de Tony avait survécu et réussi à prendre la fuite, et il y avait fort à parier que Tony Celli était désormais au courant de ma présence et de celle de Louis dans le bâtiment.

Ellis me scrutait, essayant de deviner ce que je pouvais savoir. Il se décida à poursuivre, guettant ma réaction. Je dus le décevoir.

— On a retrouvé le flic de Toronto, Eldritch, mort. Trois balles, provenant de deux armes différentes. Une dans la tête, ce qui prouve qu'on l'a exécuté.
— J'attends le «mais».
— Le «mais», c'est que ce type n'est pas Eldritch. Les papiers correspondent, mais pas les empreintes ni le visage. Maintenant, j'ai toute la police de Toronto qui veut que je retrouve un de ses flics qui a disparu, un paquet de fédéraux très intéressés par l'inconnu qui a descendu deux de leurs agents, et quatre petits mafiosi de Boston qui m'encombrent la morgue. Le coroner envisage de venir s'installer ici définitivement, étant donné que nous sommes d'excellents clients. Et pour couron-

ner le tout, on n'a pas revu Tony Celli depuis la nuit qu'il a passée au Regency.

— Il s'est étouffé en voyant la note ?

— Non, Bird, je ne suis pas d'humeur. N'oubliez pas que Willeford n'a toujours pas réapparu et qu'avant que vous débarquiez, il savait sur Billy Purdue ce que tout le monde savait déjà.

Je m'abstins de tout commentaire. Je n'avais pas envie de penser à ce qui avait pu arriver à Willeford à cause de notre rencontre. Au lieu de cela, je demandai :

— Bangor a du nouveau sur Cheryl Lansing ?

— Non, et pour ce qui concerne Rita Ferris et son fils, on n'a pas avancé non plus. Ce qui m'amène à la deuxième raison de ma visite. Vous voulez me redire ce que vous faisiez à Bangor ? Puis à Greenville ?

— Comme je l'ai expliqué à vos collègues de Bangor, Billy Purdue a engagé quelqu'un pour retrouver la trace de ses parents. Je me suis dit qu'ayant des ennuis, il avait peut-être décidé de suivre cette piste-là.

— Et alors, est-ce qu'il la suit ?

— Quelqu'un la suit, en tout cas.

Ellis s'approcha de moi. Son regard s'était fait plus menaçant que son énorme corps.

— Vous allez me dire où vous allez, Bird, sans quoi, je vous le jure solennellement, je vous mets immédiatement en état d'arrestation et je regarde votre arme de près.

Je savais qu'Ellis ne plaisantait pas. Même si les Colt avec silencieux dont nous nous étions servis reposaient à présent au fond de la baie de Casco, près de Mifflin, je ne pouvais pas me permettre de prendre du retard. Il fallait que je retrouve Ellen Cole, et vite.

— Je vais dans le Nord, dans un petit bled qui s'appelle Dark Hollow. La fille d'une de mes amies a disparu, je vais essayer de la retrouver. C'est avec sa mère que j'avais rendez-vous hier soir, Chez Java Joe.

Son expression s'adoucit légèrement.

— Dark Hollow, la région de Billy Purdue. Est-ce une coïncidence ?

— Je ne crois pas aux coïncidences.

Il tapota une fois encore le capot, puis sembla prendre une décision.

— Moi non plus. Vous me tenez au courant, Bird, c'est bien compris ?

Il tourna le dos et regagna sa voiture.

— C'est tout ? fis-je, surpris de le voir lâcher prise aussi facilement.

— Non, je ne pense pas, mais je vois mal ce que je pourrais faire de plus. (Il avait déjà ouvert la portière. Il me dévisagea.) Pour être tout à fait franc, Bird, j'hésite entre vous embarquer pour vous cuisiner en espérant obtenir quelque chose, et vous laisser en liberté pour que vous puissiez fouiner un peu partout. Pour l'instant, la seconde solution me paraît préférable, mais votre marge de manœuvre est faible. Ne l'oubliez pas.

J'attendis une seconde. Puis :

— Dois-je comprendre que vous avez décidé de ne plus m'engager, Ellis ?

Pour toute réponse, il se contenta de secouer la tête et il s'en alla en me laissant penser à Tony Celli, à Stritch et au vieil homme qui buvait des bières dans un bar du port en attendant que le nouveau monde l'engloutisse.

J'avais dit une partie de la vérité à Ellis, mais pas tout. Je me rendais bien à Dark Hollow, et j'y serais à la tombée de la nuit, mais, auparavant, Louis et moi irions faire un petit tour à Boston. Il n'était pas impossible que Tony Celli eût enlevé Ellen Cole, en espérant peut-être l'utiliser comme monnaie d'échange si je mettais la main sur Billy Purdue avant lui. Même si ce n'était pas le cas, quelques points restaient à éclaircir avant notre prochaine confrontation avec Celli. Tony était un affranchi dont l'avenir nous concernait. Il était important que chacun prenne position.

Avant de prendre Louis à l'aéroport, je fis un arrêt au garde-meubles Kraft. Là, trois compartiments contigus renfermaient ce que j'avais conservé des biens de mon grand-père : quelques meubles, une petite bibliothèque, un peu d'argenterie, un pare-feu en bronze, et quelques cartons remplis de vieux documents et de dossiers. Il me fallut un quart d'heure pour retrouver ce que je cherchais et l'emporter : un classeur à soufflet, de type administratif, fermé par un bout de ruban rouge. Sur l'onglet, mon grand-père avait inscrit, de sa belle écriture, les mots *Caleb Kyle*.

16

Al Z avait installé son quartier général au-dessus d'une librairie de BD de Newbury Street. Ce choix pouvait paraître insolite, mais Al Z se sentait parfaitement à l'aise dans ce quartier où les touristes venaient acheter à prix d'or des vêtements qu'ils ne pourraient jamais porter, déguster des thés exotiques ou flâner dans les galeries d'art. Il y avait toujours de l'animation, les passants étaient trop nombreux pour que quelqu'un fasse du grabuge et il pouvait envoyer un de ses hommes lui chercher du café aromatisé ou des bougies parfumées quand ça lui chantait.

Nous nous étions assis à la terrasse d'un glacier Ben & Jerry, face au *brownstone* qui abritait les bureaux d'Al Z, avec nos glaces aux cookies-avec-des-pépites-de-chocolat-dedans et nos grands cafés. Et si nous étions seuls, c'était surtout parce qu'il faisait extrêmement froid, si froid que ma glace n'avait même pas commencé à fondre...

— Tu crois qu'il nous a vus ? demandai-je à Louis alors que mes doigts venaient de renoncer à tenir la petite cuiller sans trembler.

Louis sirota son café, songeur.

— Un grand et beau black et son boy blanc à

une terrasse, en plein hiver, en train de bouffer de la glace ? Je pense que le monde entier nous a remarqués.

— J'apprécie modérément qu'on me traite de « boy », fis-je sans me départir de mon calme.

— Dans ce cas, petit blanc, fais la queue. Nous, on y a droit depuis trois siècles.

Au-dessus de la librairie, derrière une fenêtre, une ombre bougea.

— Allons-y, proposa Louis. Sans ce putain de froid, y a longtemps que les Noirs seraient les maîtres du monde.

Près de la vitrine, en haut de quelques marches, il y avait une porte en bois, aveugle, et un interphone. J'enfonçai le bouton.

— Oui, fit une voix.
— Je cherche Al Z.
— Yapadalzèdici, rétorqua la voix.
Un déclic, et le silence.
Louis sonna à son tour.
— Oui, fit la même voix.
— Alors, vous l'ouvrez, cette porte ?

Nouveau déclic. La serrure bourdonna, nous entrâmes et la porte blindée se referma aussitôt derrière nous. Quatre volées de marches s'achevaient sur une porte de bois brut, ouverte. Derrière cette porte, appuyée contre la fenêtre, une ombre trapue nous épiait, la main entre le cou et la taille, prête à dégainer si nécessaire. Au mur, pour toute décoration, une triste pendule noire et blanche égrenait les secondes. Sans doute dissimulait-elle une caméra de surveillance. En pénétrant dans la pièce, je vis que l'écran, sur le bureau d'Al Z, ne montrait qu'un escalier vide. J'avais vu juste.

Il y avait là quatre hommes, dont le courtaud qui nous avait regardés arriver, la peau jaune comme de la cire d'abeille. Un type d'âge mûr, aux joues charnues comme celles d'un basset, était assis sur un vieux canapé en cuir, jambes croisées, costard noir, chemise blanche et cravate rouge, les yeux cachés derrière de petites lunettes noires de forme ronde. Contre le mur, un jeune loup, les pouces dans les passants libres de son pantalon, retenait les pans de sa veste gris argent comme pour bien mettre en évidence la crosse de son pistolet H & K. Son pantalon de ville gris, ample à la taille, s'achevait en fuseau sur des bottes western aux bouts renforcés. Visiblement, ce type venait d'un coin où la nostalgie des années quatre-vingt avait frappé très fort.

Louis regardait droit devant lui, comme si le seul occupant de la pièce était le quatrième homme installé derrière son bureau de teck au plateau gainé de cuir vert, sur lequel il n'y avait qu'un téléphone noir, un stylo, un carnet et l'écran de contrôle de la caméra qui surveillait l'escalier.

Al Z évoquait un croque-mort en vacances, un croque-mort à la mise soignée. Front large, fine chevelure argentée légèrement plaquée en arrière, il avait le visage ridé et craquelé, avec des yeux sombres comme des opales, des lèvres minces et sèches, un long nez aux narines fines et curieusement étirées, comme s'il appartenait à une race à l'odorat particulièrement développé. Sous son costume trois-pièces qui jouait la carte de l'automne — tons rouges, orange et jaunes délicatement mêlés — il portait une chemise blanche avec un col à pointes étroites, ouvert. Sa main droite tenait une cigarette; la gauche, posée à plat sur le bureau, laissait voir des ongles propres et bien coupés, mais pas manucurés. Al Z faisait office de tampon entre le haut et le bas de l'organisation. Lorsque surgissaient des problèmes, il les résolvait. C'était chez lui un don, mais quel intérêt d'aller chez la manucure quand on était voué à se salir les mains ?

Il n'y avait pas de chaises devant le bureau et l'homme au costume noir était toujours vautré sur son canapé, alors nous restâmes debout. Al Z opina à la vue de Louis, puis me jaugea longuement du regard.

— Tiens, tiens, tiens, le fameux Charlie Parker, chantonna-t-il enfin. Si j'avais su que vous veniez, j'aurais mis une cravate.

— Tout le monde te connaît, et tu espères gagner ta vie comme détective ? bougonna Louis. Le type qui t'engage pour un travail discret, il est mal barré.

Al Z le laissa achever sa phrase avant de s'intéresser à lui.

— Si j'avais su que vous viendriez en aussi excellente compagnie, monsieur Parker, j'aurais demandé à tout le monde de porter également une cravate.

— Ça faisait un bail, dit Louis.

Al Z acquiesça, en agitant sa cigarette.

— J'ai des problèmes de poumons. L'air de New York ne me vaut rien. Celui d'ici me convient mieux.

La vérité était plus complexe : la mafia avait du plomb dans l'aile. L'univers du *Parrain* avait disparu bien avant la sortie du film. Dès le début des années soixante-dix, quand l'héroïne avait commencé à inonder les Etats-Unis, le rôle des Italiens dans ce trafic avait sérieusement écorné leur image, et, depuis, les catastrophes ambulantes style John Gotti Jr n'avaient fait qu'aggraver la situation. Les lois RICO, destinées à lutter contre le racket et la corruption, avaient mis un terme aux distributions d'enveloppes dans le secteur du bâtiment et aux monopoles de collecte des ordures. A New York, la mafia avait vu le marché aux poissons de Fulton Street lui échapper. En 1987, le FBI avait fermé toutes les pizzerias où venaient se fournir les dealers d'héroïne. Tous les vieux pontes étaient morts, ou derrière les barreaux.

Pendant ce temps, les Asiatiques de Chinatown avaient traversé Canal Street pour s'attaquer à Little Italy, et à Harlem, c'étaient désormais les Noirs et les Latinos qui avaient la mainmise sur toute l'économie parallèle. Al Z, sentant l'odeur de la mort, s'était fait encore plus discret, et il avait fini par s'exiler dans le Nord. Aujourd'hui, avec pour tout quartier général un bureau non meublé au-dessus d'une librairie de BD, à Boston, il s'efforçait d'assurer au peu qui restait un semblant de stabilité. Voilà pourquoi Tony Celli était si dangereux : il croyait aux mythes, et dans les ruines de l'ordre ancien il entrevoyait encore l'opportunité de nourrir sa propre gloire. Ses initiatives exposaient inutilement ses associés à une époque où l'organisation se trouvait affaiblie, et, d'une manière générale, son existence même menaçait la survie de tout son entourage.

A notre gauche, le jeune loup se détacha du mur.

— Ils sont armés, Al. Tu veux que je les déleste ?

Du coin de l'œil, je vis le sourcil de Louis se soulever d'un demi-centimètre. Al Z remarqua la réaction, et un sourire aimable se dessina sur ses lèvres.

— Je te souhaite bonne chance. Je ne suis pas certain que nos hôtes soient du genre à se séparer si facilement de leurs joujoux.

Une ombre glissa sur les traits arrogants du petit

truand. Son patron était-il en train de le mettre à l'épreuve ?

— Ils n'ont pas l'air si méchants que ça, dit-il.

— Regarde bien, insista Al Z.

Le pistolero observa, mais ses facultés de perception laissaient beaucoup à désirer. Il lança de nouveau un regard vers Al Z, puis avança vers Louis.

— Je m'abstiendrais, si j'étais toi, fit doucement Louis.

— T'es pas moi, rétorqua le jeune homme, avec toutefois un léger tressaillement de doute dans la voix.

— C'est vrai, admit Louis. Si j'étais toi, je serais pas habillé comme un mac de seconde zone.

Il y eut comme un éclair dans le regard de l'autre.

— Tu me parles comme ça, enfoiré de nèg…

Sa phrase s'acheva sur un gargouillis, car le corps de Louis ploya et sa main gauche se referma sur le cou de l'insolent pour le propulser en arrière, tandis que la droite s'emparait prestement de son arme, logée dans un étui de ceinture, et la jetait à terre. Le jeune homme hoqueta en heurtant le mur, et des postillons s'échappèrent de sa bouche lorsque ses poumons se vidèrent. Puis, lentement, ses pieds entreprirent de quitter le sol. D'abord les talons, puis les pointes, jusqu'à ce que seule la poigne inflexible de Louis le maintienne droit. Son visage rosit, avant de tourner au cramoisi. Louis ne lâchait toujours pas prise. Lorsque enfin un soupçon de bleu gagna les lèvres et les oreilles de sa victime, il ouvrit brusquement la main et l'autre s'écroula, en essayant d'ouvrir le col de sa chemise pour aspirer, difficilement, avec force sifflements, quelques goulées d'air dans ses poumons asphyxiés.

Durant toute la durée de l'incident, nul dans la pièce n'avait bougé, Al Z n'ayant donné aucune indication dans ce sens. Il contempla son soldat à la peine comme il aurait pu contempler un crabe pourvu d'une seule pince en train de crever sur une plage, puis se tourna de nouveau vers Louis.

— Vous voudrez bien l'excuser, dit-il. Ces gamins, ils apprennent parfois les manières et l'élocution dans la rue.

Il se tourna vers le petit gros planté à la porte et, du bout de sa cigarette, désigna le malheureux assis contre le mur, les yeux vitreux, la bouche ouverte.

— Tu l'emmènes aux toilettes, tu lui donnes un verre d'eau, et après, tu lui expliques où il s'est trompé.

L'intéressé aida le jeune homme à se relever et l'accompagna au-dehors. Le gros vautré sur le canapé ne bougea pas. Al Z se leva, alla se planter devant la fenêtre pour contempler le spectacle de la rue, puis se retourna et s'appuya contre le rebord. Nous étions à présent tous trois à la même hauteur, et je reconnus là un geste de courtoisie après ce qui venait de se produire.

— Bien, et maintenant, messieurs, que puis-je faire pour vous ?

— Une jeune fille est venue me voir il y a quelques jours... commençai-je.

— Vous avez de la chance. La dernière fois qu'une fille est venue me voir, ça m'a coûté cinq cents dollars.

Sa plaisanterie le fit sourire.

— Cette fille est la fille d'un de mes amis, un ancien flic.

Al Z haussa les épaules.

— Excusez-moi, mais je ne vois pas en quoi cela me concerne.

— J'ai eu l'occasion de rencontrer Tony Clean après la visite de cette jeune fille. L'épisode a été un peu douloureux, mais je ne pense pas que Tony en ait retiré beaucoup plus de satisfaction que moi.

Al Z tira longuement sur sa cigarette, puis souffla la fumée par le nez, avec un soupir bruyant.

— Continuez, me dit-il d'un ton las.

— Je veux savoir si Tony a enlevé la fille, peut-être pour l'utiliser comme monnaie d'échange. Si c'est lui qui l'a, il faut qu'il la libère. Sans quoi les flics vont lui tomber dessus. Et il n'a pas besoin de ça en ce moment.

Al Z se frotta le coin des yeux et hocha la tête sans rien dire. Il lança un regard au gros sur le canapé. La tête du gros bougea légèrement. Derrière les lunettes noires, impossible de distinguer les yeux.

— Donc si j'ai bien compris, dit enfin Al Z, vous voudriez que je demande à Tony Clean s'il a kidnappé la fille d'un ex-flic, et si c'est le cas, vous voudriez que je lui dise de la libérer ?

— Si vous ne le faites pas, fit Louis, tranquille, il va falloir qu'on le fasse nous-mêmes.

— Vous savez où il est ? demanda Al Z.

Je sentais que l'air de la pièce était en train de devenir électrique.

— Non, répondis-je. Si nous le savions, nous ne serions peut-être pas ici. Nous nous étions dit que vous, vous aviez une chance d'être au courant.

Mais à la manière dont il avait posé sa dernière question, je devinai qu'il ne savait pas, que les activités de Tony Clean échappaient à son contrôle et qu'avant même notre arrivée il s'interrogeait sur l'attitude à adopter face au problème Tony. D'où la présence de l'homme vautré sur le canapé. Si Al Z ne lui avait pas demandé de sortir, c'était parce que ce n'était pas le genre de type auquel on demandait de sortir, mais plutôt l'inverse. Pour Tony Clean, ça commençait à sentir le roussi, comme ne tardèrent pas à le confirmer les déclarations d'Al Z.

— Vu le contexte, dit-il doucement, vous seriez malavisés de vous mêler de cette affaire.

— Vu quel contexte ? rétorquai-je.

Il exhala quelques volutes.

— Disons qu'il s'agit de relations commerciales purement confidentielles. Si vous tenez à vous en mêler, il va peut-être falloir qu'on vous repousse.

— On risque d'insister.

— Pas si vous êtes morts.

— Plus facile à dire qu'à faire, fis-je en haussant les épaules.

Nous ne faisions que gesticuler, mais je percevais parfaitement les menaces voilées d'Al Z. Il écrasa le mégot de sa cigarette dans un cendrier de verre taillé avec une excessive violence, puis demanda :

— Donc, vous persistez à vouloir vous occuper de nos affaires ?

— Vos affaires ne m'intéressent pas. J'ai d'autres préoccupations.

— La fille ? Ou bien Billy Purdue ? (Il me laissa juste le temps d'accuser le coup.) Parce que si c'est Billy Purdue, il pourrait y avoir matière à problème.

— La fille qui a disparu est une amie, mais Rita Ferris, l'ex-femme de Billy Purdue, était ma cliente.

— Votre cliente est morte.

— Ce n'est pas aussi simple.

Al Z pinça les lèvres. A sa droite, tel un bouddha, le gros demeurait sur son canapé, impassible.

— Je vois que vous êtes un homme de principes, dit-il en appuyant sur le mot « principes » comme s'il broyait une enveloppe de cacahuètes sous son talon. Eh bien, moi aussi, je suis un homme de principes.

J'avais du mal à le croire. Les principes coûtent cher à l'entretien et Al Z ne donnait pas l'impression d'avoir, sur le plan moral, les moyens de s'en offrir. D'ailleurs, je ne l'imaginais même pas capable de réunir suffisamment de ressources morales pour pisser sur un orphelinat en feu.

— Je ne pense pas que vos principes et les miens répondent aux mêmes critères, finis-je par lui balancer.

Il se contenta de sourire.

— Possible. (Il se tourna vers Louis.) Et vous, quelle est votre position, dans toute cette histoire ?

— Moi, je suis avec lui, répondit Louis en inclinant doucement la tête dans ma direction.

— Dans ce cas, il faut que nous trouvions un moyen de nous entendre, conclut Al Z. Je suis un pragmatique. Procédez avec tact, et je ne vous tuerai que si j'y suis contraint.

— Il en sera de même de notre côté, rétorquai-je. Etant donné, entre autres, que vous nous avez si bien accueillis...

Sur quoi nous nous en allâmes.

Dehors, il faisait froid et le ciel s'était couvert.

— T'en penses quoi ? me demanda Louis.

— Je pense que Tony est livré à lui-même, et qu'il espère peut-être régler le problème avant qu'Al Z perde patience. Tu crois que c'est lui qui tient Ellen ?

Louis ne répondit pas immédiatement. Lorsqu'il parla, son regard s'était durci.

— Qu'il l'ait enlevée ou pas, tout est lié, d'une manière ou d'une autre, à Billy Purdue. Ce qui veut dire que l'histoire va forcément mal se terminer pour quelqu'un.

Nous marchâmes tranquillement jusqu'à Boylston et, là, fîmes signe à un taxi. Quand la voiture s'arrêta, Louis se glissa à l'intérieur en lançant au chauffeur « A l'aéroport », mais je levai la main.

— Si on fait un petit détour, ça t'ennuie ?

Louis haussa les épaules, et le chauffeur l'imita. On aurait dit un mauvais numéro de mime.

— Harvard, fis-je, en ajoutant à l'intention de Louis : Tu n'es pas obligé de venir, je peux te retrouver à l'aéroport.

Ses sourcils montèrent d'un centimètre.

— Non, je viens avec toi, sauf si t'as peur que je te fasse perdre tous tes moyens.

Le taxi nous déposa devant l'imposant William James Hall, non loin de l'intersection de Quincy et Kirkland. Laissant Louis en bas, je pris l'ascenseur. La salle 232 abritait les bureaux du département de psychologie. J'avais l'estomac noué, et les mains moites. A l'accueil, une secrétaire très polie m'indiqua où se trouvait le bureau de Rachel Wolfe, en me précisant toutefois que Rachel était absente. Elle participait à un séminaire dans une autre ville, et ne serait de retour que le lendemain matin.

— Puis-je prendre un message ?

Une petite voix me chuchota de rebrousser chemin, mais je parvins à trouver le courage de sortir une carte de visite de mon portefeuille, d'y inscrire le nouveau numéro de téléphone de la maison de Scarborough et de la tendre à la secrétaire.

— Vous voulez bien lui remettre ceci ?

Elle l'accepta avec un sourire. Après l'avoir remerciée, je repartis.

Nous marchâmes jusqu'à Harvard Square pour trouver un taxi. Et quand nous prîmes la direction de l'aéroport Logan, Louis ouvrit enfin la bouche.

— Tu as déjà fait ça ? m'interrogea-t-il avec l'ombre d'un sourire.

— Une fois. Cela dit, je n'étais pas allé aussi loin.

— En fait, tu la harcèles, quoi…

— Quand on connaît bien la personne, ce n'est pas du harcèlement.

— Ah, bon, fit-il en opinant d'un air pénétré. Merci pour cette révélation. Jusqu'à maintenant, je ne faisais pas vraiment la différence. (Il s'interrompit, avant d'ajouter :) Et tu essaies de faire quoi ?

— J'essaie de lui dire que je regrette.

— Tu veux retourner avec elle ?

Je me mis à pianoter nerveusement sur la vitre.

— Je ne veux pas que ça se passe comme ça entre nous, c'est tout. Pour être franc, je ne sais pas trop ce que je suis en train de faire et comme je le disais à ton cher et tendre, je ne suis même pas certain d'être prêt.

— Mais tu l'aimes ?

— Oui.

— Alors c'est la vie qui décidera quand tu seras prêt.

Et la conversation s'arrêta là.

17

Angel nous accueillit à l'aéroport et nous conduisit au Maine Mall. Il fallait que nous mangions quelque chose avant de monter vers le nord.

— Putain, regardez-moi ça, maugréa Angel tandis que nous approchions du centre commercial. Un Burger King, une International House of Pancakes, un Dunkin' Donuts, et je sais pas combien de pizzerias. Burgers, crêpes, beignets, pizzas. Toute la bouffe industrielle à portée de main. Si t'habites trop longtemps dans le coin, tu vas d'un snack à l'autre en fauteuil roulant.

Il y avait toutes sortes de restaurants regroupés à l'intérieur du centre commercial. Nous décidâmes de manger chinois. Après que nous lui eûmes raconté notre rencontre avec Al Z, Angel, pour ne pas être en reste, nous montra une lettre froissée adressée à Billy Purdue, aux bons soins de Ronald Straydeer.

— Les flics et les fédéraux ont plutôt bien fait leur boulot, mais avec ton pote Ronald, ils ont pas su y faire.

— Tu lui as parlé de son chien ? demandai-je.

— Je lui ai parlé de son chien, et après j'ai eu

droit au ragoût, répondit-il avec une moue vaguement gênée.

— Du gibier tué sur la route ?

Je savais que Ronald n'avait rien contre cette forme de braconnage accidentel, même si ramasser une bête sur la route était illégal. Moi-même, je ne voyais pas ce qu'il y avait de mal à cuisiner un chevreuil ou un écureuil plutôt que de le laisser se décomposer dans le fossé. Ronald faisait de merveilleux civets, accompagnés de blettes et de carottes qu'il conservait en les enfouissant dans le sable.

— Il m'a dit que c'était de l'écureuil, expliqua Angel, mais ça sentait plutôt la moufette. J'ai pas osé demander, par politesse. Cette lettre pour Billy est arrivée il y a environ une semaine, et comme Ronald ne l'a pas revu, il n'a pas pu la lui donner.

Le timbre indiquait que la lettre avait été postée à Greenville. Le texte était court. Il se résumait essentiellement à quelques bons vœux, des détails sur les travaux de réfection de la maison de l'auteur, et des allusions à un vieux chien que Billy Purdue avait dû connaître chiot. Et la lettre était signée d'une écriture maladroite de vieil homme : *Meade Payne*.

— Ils étaient donc restés en contact pendant toutes ces années, dis-je.

Ce qui confirmait ma théorie : si Billy Purdue avait décidé de demander de l'aide, ce ne pouvait être qu'auprès de Meade Payne.

Nous fonçâmes jusqu'à Dark Hollow sans nous arrêter. J'avais du mal à suivre Angel et Louis qui me précédaient dans la Mercury. A mesure que nous progressions vers le nord, la brume s'épaississait, et ce trajet me faisait l'effet d'une plongée dans un monde étrange, spectral. On distinguait à peine les lumières des maisons, et les phares, devenus de véritables lances de lumière parfaitement compactes, heurtaient de temps à autre des panneaux annonçant des communes réduites à de simples hameaux. Je savais qu'on annonçait de nouvelles chutes de neige, et que bientôt les hordes de motoneiges déferleraient le long de l'Interstate Trail. Mais, pour l'instant, le calme régnait encore à Greenville, où le sable se mêlait à la neige sur les bas-côtés, et sur la route bosselée et crevassée qui menait à Dark Hollow je ne croisai que deux véhicules.

A mon arrivée au motel, Angel et Louis étaient déjà en train de prendre leur chambre. La bonne femme aux cheveux bleus, celle à laquelle j'avais eu affaire en début de semaine, examinait leur fiche de renseignements et à côté d'elle, sur le comptoir, un chat brun dormait en boule, la queue presque contre le nez. Tandis qu'Angel se chargeait des formalités, Louis jetait un coup d'œil sur le présentoir chargé de dépliants touristiques défraîchis. Lorsque je franchis la porte, il se contenta de me lancer un regard.

— Vous comptez partager la chambre, messieurs ? s'enquit la gérante.

— Oui, m'dame, lui répondit Angel avec la mine du provincial plein de sagesse. Un dollar économisé, c'est un dollar de gagné.

L'autre avisa Louis, resplendissant dans sa chemise blanche, son costume et son manteau noirs.

— Votre ami est prêtre ?

— En quelque sorte, m'dame, répondit Angel. Mais il se limite strictement à l'Ancien Testament. Œil pour œil, vous voyez, ce genre de choses, quoi.

— Ah, bien. Vous savez, des religieux, on n'en reçoit pas beaucoup, par ici.

Sur le visage de Louis se lisait la détresse immémoriale du saint supplicié qui vient d'entendre quelqu'un donner l'ordre de resserrer le chevalet.

— Si cela vous intéresse, poursuivit la femme, il y a un service baptiste ce soir, ici. Vous serez les bienvenus parmi nous.

— Je vous remercie, m'dame, répondit Angel, mais nous préférons célébrer le culte selon nos traditions.

Elle eut un sourire compréhensif.

— Tant que ça ne fait pas de bruit et que ça ne dérange pas les autres clients…

— Nous ferons de notre mieux, intervint Louis en s'emparant de la clé.

Miss Cheveux Bleus me reconnut lorsque je me présentai à mon tour devant le comptoir.

— Encore vous ? Vous devez vous plaire, à Dark Hollow.

— J'ai encore beaucoup de choses à découvrir par ici, lui dis-je. Peut-être pourriez-vous m'aider, d'ailleurs.

— Bien sûr, si je peux, me répondit-elle, tout sourire.

Je lui tendis un portrait d'Ellen Cole. C'était une photo d'identité que j'avais agrandie sur une photocopieuse couleur.

— Vous reconnaissez cette fille ?

Elle examina le cliché. Derrière ses verres épais comme des culs de bouteilles, ses yeux se plissèrent.

— Oui, je la connais. Elle a des ennuis ?

— J'espère que non, mais elle a disparu, et ses parents m'ont demandé de la retrouver.

Elle se concentra de nouveau sur la photo, en hochant la tête.

— Oui, je me souviens d'elle. Le chef Jennings a posé des questions à son sujet. Elle a pris une chambre ici avec un jeune homme, une seule nuit. Je peux vous ressortir la date, si vous voulez.

— Ah oui, j'aimerais bien.

Elle sortit une fiche d'un classeur métallique vert et en lut les détails.

— Le 5 décembre. Réglement par carte de crédit au nom d'Ellen C. Cole.

— Vous rappelez-vous quoi que ce soit de particulier ?

— Non, rien d'important. Quelqu'un leur avait conseillé de venir visiter le coin, quelqu'un qui avait fait le voyage avec eux depuis Portland. Je crois que c'est tout. C'était une fille sympa, je me souviens. Lui, il avait plutôt l'air renfrogné, mais à cet âge-là, ça arrive. Je suis bien placée pour le savoir : j'ai eu quatre gosses, et jusqu'à vingt-cinq ans, c'étaient des vraies terreurs.

— Ils ne vous auraient pas dit où ils comptaient aller en repartant d'ici ?

— Vers le nord, je crois. Peut-être au lac Katahdin. Je ne suis pas vraiment sûre, mais je leur ai dit que s'ils avaient un peu de temps, ce serait bien qu'ils aillent jusque là-bas pour voir le coucher de soleil sur le lac. Ça avait l'air de les intéresser. C'est très joli. Et romantique, en plus, pour un jeune couple. Je leur ai permis de libérer la chambre en fin d'après-midi, pour qu'ils aient le temps de faire leurs bagages tranquillement.

— Et ils ne vous ont pas dit qui leur avait recommandé de visiter Dark Hollow ?

Ce conseil me paraissait incongru, la commune n'ayant pas beaucoup d'attrait.

— Si, ils me l'ont dit. C'était un vieux monsieur qu'ils avaient rencontré sur la route. Ils l'ont déposé à Hollow, et je crois qu'ils l'ont peut-être revu avant de repartir.

Mon ventre se crispa.

— Vous ont-ils dit comment il s'appelait ?

— Non, mais je ne crois pas que c'était quelqu'un de la région. (Son front se creusa légèrement.) Ils n'avaient pas l'air de s'inquiéter de ce gars-là. Enfin, bon, c'était un vieux, que vouliez-vous qu'il leur fasse ?

C'était une question qui, de sa part, se voulait sans doute purement rhétorique, mais elle éveilla en moi un écho différent.

La femme s'excusa, m'expliqua qu'elle n'en savait pas davantage, puis me montra à l'aide d'une carte touristique comment me rendre au bord du lac, situé à moins de trois kilomètres. Je la remerciai, déposai mon sac dans ma chambre et frappai à la porte de la chambre voisine, désormais occupée par Angel et Louis. Ce fut Angel qui m'accueillit. Louis était en train de suspendre ses costumes dans une armoire brune, ou plutôt ce qu'il en restait. Je chassai le vieil homme de mes pensées ; il était encore trop tôt pour parvenir à des conclusions.

Angel se laissa tomber sur l'un des deux lits doubles de la pièce.

— Ils font quoi, ici, les gens, pour s'amuser ? J'ai rarement vu un coin aussi mort.

— Ils s'habillent chaudement pour l'hiver. Ils attendent l'été.

— Et quand l'été arrive, il se passe quoi ?

— L'été n'arrive pas toujours.

— Alors comment ils voient la différence ?

— En hiver, la pluie se transforme en neige.

— C'est une vie bien remplie, si on est un arbre.

Louis acheva de lisser ses vêtements et se tourna vers nous.

— Tu as trouvé quelque chose ?

— La bonne femme se souvient d'Ellen et de son petit copain. Elle leur a dit d'aller voir le coucher de soleil sur le lac, et elle pense qu'ils sont partis vers le nord.

— C'est ce qu'ils ont peut-être fait, dit Louis.

— D'après Lee Cole, les gardes du parc naturel de Baxter n'ont noté aucune trace de leur passage. Qui plus est, vers le nord, les possibilités sont limitées. Et toujours d'après la gérante, ils avaient pris en stop un vieux, et c'est ce vieux qui leur avait conseillé de passer la nuit à Dark Hollow.

— Tu penses que c'est inquiétant ?

— Je ne sais pas. Tout dépend de qui il s'agissait. Il se peut que ce ne soit rien.

Mais je ne pus m'empêcher de songer à ce vieux qui avait voulu s'attaquer à Rita Ferris, à l'hôtel, et à cette silhouette d'homme âgé que Billy Purdue prétendait avoir aperçue peu avant le meurtre de sa famille. Et quelque chose me revint alors à l'esprit, ces mots prononcés par Ronald Straydeer, qui m'avait mal compris, alors que nous nous trouvions près de la caravane de Billy et qu'il était question d'un homme qu'il pensait avoir vu sur son terrain : « *Tu te fais vieux.* — Ouais, c'était peut-être un vieux. »

— Et maintenant ?

J'eus un haussement d'épaules résigné.

— Maintenant, il va falloir que je parle à Rand Jennings.

— Tu veux qu'on t'accompagne ?

— Non, j'ai d'autres projets pour vous. Allez

faire un tour du côté de chez Payne pour voir ce qui se passe.

— Tu veux dire : si Billy Purdue est passé, corrigea Angel.
— Peu importe.
— Et s'il s'est bel et bien pointé là-bas ?
— Alors on fonce le chercher.
— Et sinon ?
— On attend, jusqu'à ce que je sois sûr qu'Ellen Cole n'est pas dans le coin et qu'elle n'a pas des ennuis. Ensuite…

Je ne pus que hausser les épaules.

— On attend encore un peu, acheva Angel.
— On va dire ça, fis-je.
— C'est bon à savoir, conclut-il. Au moins, je saurai comment m'habiller.

Le commissariat de Dark Hollow se trouvait à un peu moins d'un kilomètre de la sortie nord. C'était un bâtiment de brique, sans étage, disposant de son propre générateur installé dans un silo de béton, côté est. Ces locaux étaient récents : deux ans plus tôt, un incendie avait détruit l'ancien poste, situé à deux pas de l'artère principale.

L'intérieur était bien éclairé, et il y faisait chaud. Derrière un bureau en bois, un sergent en bras de chemise remplissait des imprimés. Sur son badge brillant je lus *Ressler*, et j'en déduisis que c'était le même Ressler qui avait assisté à la mort d'Emily Watts. Après m'être présenté, je demandai à voir le chef.

— Puis-je vous demander à quel sujet, monsieur ?
— Ellen Cole, répondis-je.

Il plissa légèrement le front, décrocha son téléphone et composa un numéro de poste.

— Il y a ici un gars qui voudrait vous parler à propos d'Ellen Cole, chef.

Il mit la main sur le micro, se tourna de nouveau vers moi.

— Votre nom, c'est comment, déjà ?

Je lui redonnai mon nom, il le répéta au téléphone.

— C'est ça, chef, Parker. Charlie Parker.

Il écouta un instant, puis me jaugea du regard.

— Ouais, je crois que ce serait bien. D'accord, d'accord.

Il raccrocha et me toisa une nouvelle fois des yeux, sans rien dire.

— Alors, il se souvient de moi ? fis-je.

Ressler ne répondit pas, mais j'eus l'impression qu'il connaissait bien son supérieur, et qu'il avait décelé dans le ton de sa voix quelque chose qui l'avait mis sur ses gardes.

— Suivez-moi.

Il déverrouilla une porte de séparation située près de son bureau, l'ouvrit et me laissa passer. Il referma à clé, et je le suivis entre deux bureaux, jusqu'à l'intérieur d'un petit aquarium. Et là, derrière un bureau métallique jonché de documents et sur lequel ronronnait un ordinateur, il y avait Randall Jennings.

Il n'avait pas tellement changé. Certes, ses cheveux grisonnaient et il avait pris un peu de poids — le visage était légèrement bouffi, et un double menton avait fait son apparition —, mais il était encore plutôt bel homme, avec ses grands yeux marron, son regard vif, ses épaules larges. Je me fis la réflexion que quand sa femme avait commencé à coucher avec moi, son amour-propre avait dû en prendre un méchant coup.

Il attendit le départ de Ressler et referma la porte

de son bureau avant de prendre la parole. Il ne m'invita pas à m'asseoir, sans paraître gêné de me laisser debout, en position de domination.

— Je ne pensais pas revoir votre gueule, dit-il enfin.

— Je m'en suis douté quand j'ai vu votre manière de dire au revoir. Je m'étonne que vous n'ayez pas demandé à votre sergent de rester ici pour bloquer la porte.

En guise de réponse, il déplaça quelques papiers sur son bureau. Un geste qui me laissa perplexe : était-ce pour détourner mon attention, ou la sienne ?

— Vous êtes là pour Ellen Cole ?
— Exact.
— Nous ne sommes au courant de rien. Elle est arrivée, elle est repartie.

Il leva les mains en signe d'impuissance.

— Ce n'est pas ce que pense sa mère.
— Je me fiche de ce que pense sa mère. Moi, je vous dis ce que nous savons, et j'ai dit la même chose au père lorsqu'il est passé me voir.

Il me vint alors à l'esprit que j'avais dû manquer Walter Cole de peu et que nous aurions même pu nous croiser. Et j'eus un pincement au cœur en pensant qu'il avait été obligé de venir jusqu'ici seul, parce qu'il craignait pour la vie de sa fille. Si j'avais su, je l'aurais aidé.

— La famille a officiellement déclaré sa disparition.

— Je suis au courant. Un agent du FBI m'a appelé pour me bassiner au sujet d'un avis de recherche qui n'aurait pas été diffusé. (Il me dévisagea froidement.) Je lui ai répondu qu'ici, on n'était pas à New York. On a nos propres méthodes.

Sans réagir à ce commentaire, parfaite caricature des mesquineries territoriales dont les forces de l'ordre ont le secret, j'insistai :

— Allez-vous donner une suite à ce rapport ?

Jennings se leva, les poings posés sur le bureau. J'avais presque oublié qu'il était aussi baraqué. Il portait au ceinturon un Coonan 357 Magnum fabriqué à St Paul, Minnesota, qui avait l'air flambant neuf. Rand Jennings ne devait pas avoir souvent l'occasion de s'en servir dans ce trou perdu, sauf s'il s'amusait à tirer les lapins depuis sa terrasse.

— Me suis-je mal fait comprendre ? me dit-il sans hausser le ton, mais avec un soupçon d'énervement contenu. Nous avons fait ce que nous pouvions. Nous avons pris l'avis de recherche en compte. Nous pensons que la fille et son petit copain peuvent avoir fugué ensemble, et pour l'instant, rien ne nous pousse à envisager une autre hypothèse.

— La gérante du motel a dit qu'ils faisaient route vers le nord.

— C'est possible.

— Au nord, il n'y a que Baxter et Katahdin. Ils n'y sont jamais arrivés.

— Alors ils sont peut-être allés ailleurs.

— Quelqu'un les a peut-être accompagnés.

— C'est possible. Tout ce que je sais, moi, c'est qu'ils ont quitté la ville.

— Je comprends maintenant pourquoi vous n'avez jamais réussi à passer inspecteur.

Il grimaça, et son visage s'empourpra.

— Vous ne savez strictement rien de moi. (Sa colère était palpable, et il prononça les mots suivants lentement, avec une emphase calculée.) Maintenant, si vous voulez bien m'excuser, nous avons d'autres dossiers à traiter, des vrais délits, ceux-là.

— Allons bon. On vous a volé des sapins de Noël ? Ou bien quelqu'un aura essayé d'enculer un élan ?

Il passa tout près de moi pour ouvrir la porte du bureau. S'il s'attendait à me voir reculer d'un pas, il en fut pour ses frais.

— J'espère que vous n'avez pas l'intention d'aller au-devant des ennuis, dit-il.

Il aurait pu faire allusion à Ellen Cole, mais son regard me fit comprendre qu'il évoquait quelqu'un d'autre.

— Je n'ai pas besoin d'aller au-devant des ennuis, rétorquai-je. Si je reste sur place suffisamment longtemps, ce sont les ennuis qui viennent à moi.

— Ça, c'est parce que vous n'êtes pas très futé, siffla-t-il tout en me tenant la porte. Vous ne tenez pas compte des leçons de la vie.

— Vous seriez surpris de voir à quel point j'ai progressé.

J'allais sortir lorsque son bras gauche jaillit pour me bloquer le passage.

— N'oubliez pas une chose, Parker : vous êtes ici chez moi, dans ma ville. N'abusez pas de mon hospitalité.

— Si je comprends bien, il ne faudrait pas que je m'imagine que tout ce qui est à vous est à moi ?

— Non, conclut-il, menaçant. Non, surtout pas.

Je sortis du poste et regagnai ma voiture. Le vent hurlait dans les arbres et me mordait les doigts, car je n'avais pas de gants. Au-dessus de moi, le ciel s'était obscurci. En arrivant à la Mustang, je vis une vieille Datsun Sunny verte se garer sur le parking.

Et Lorna Jennings en sortir. Parka de cuir noir avec un gros col en fourrure, et le jean dans les bottes, celles qu'elle portait lors de notre rencontre fortuite. Elle ne me remarqua pas tout de suite. A quelques mètres de l'entrée principale, elle m'aperçut enfin, se figea avant de me reconnaître, tout en lançant un regard inquiet en direction du sas illuminé.

— Que fais-tu ici ? me demanda-t-elle.

— J'étais venu parler à ton mari. On ne peut pas dire qu'il m'ait beaucoup aidé.

Elle me regarda, perplexe.

— Et ça te surprend ?

— Non, pas vraiment, mais il ne s'agissait pas de moi. Une fille et un jeune homme ont disparu, et je pense que quelqu'un, ici, sait peut-être ce qui leur est arrivé. En attendant de trouver la bonne personne, je vais rester dans le coin.

— Qui sont les jeunes qui ont disparu ?

— La fille d'un ami, et son petit copain. Elle s'appelle Ellen Cole. As-tu déjà entendu Rand prononcer son nom ?

Elle acquiesça.

— Il a dit qu'il avait fait ce qu'il avait pu. D'après lui, il y a des chances pour qu'ils soient partis vivre le grand amour en cachette.

— Ah, c'est beau, l'amour. Surtout au début...

Lorna déglutit et se passa la main dans les cheveux.

— Il t'en veut toujours autant, Bird. A cause de ce que tu as fait. A cause de ce que nous avons fait.

— C'est déjà une vieille histoire.

— Pas pour lui. Pas pour moi.

Je regrettais déjà d'avoir parlé d'amour « au début ». Je n'aimais pas son regard. Il me mettait mal à l'aise. Et pourtant, à ma grande surprise, je parvins à lui poser la question :

325

— Pourquoi es-tu toujours avec lui, Lorna ?

— Parce que c'est mon mari. Parce que je n'ai nulle part où aller.

— Ce n'est pas vrai, Lorna. Il y a toujours un endroit où aller.

— C'est une proposition ?

— Non, non, une simple remarque. Bon, prends bien soin de toi.

J'étais sur le point de m'en aller, mais elle m'arrêta en posant la main sur mon bras.

— Non, Bird, c'est à toi de faire attention. Comme je te le disais, il ne t'a pas pardonné, et il ne te pardonnera jamais.

— Et à toi, t'a-t-il pardonné ?

Lorsqu'elle me répondit, je lus dans son expression quelque chose qui me rappela notre premier après-midi ensemble, et la chaleur de sa peau contre la mienne.

— Son pardon, il peut se le garder.

Elle eut un petit sourire désabusé, puis elle me laissa là.

L'heure suivante, je la passai à faire le tour des commerces de Dark Hollow en montrant la photo d'Ellen Cole à toutes celles et tous ceux qui voulaient prendre le temps de la regarder. On se souvenait de l'avoir croisée au restaurant, ainsi qu'au supermarché, mais personne n'avait vu Ellen et Ricky s'en aller, personne n'était en mesure de me dire si un autre homme les accompagnait, et encore moins de me suggérer un nom tandis que je continuais à m'interroger sur l'identité de l'inconnu. Je serrais mon manteau pour lutter contre le froid de plus en plus vif, et l'éclairage des magasins nappait de jaune la neige déjà sale.

Ayant frappé à toutes les portes, du moins pour

l'instant, je rentrai au motel, pris une douche et changeai de vêtements — jean, chemise et pull — avant de retrouver Angel et Louis pour le dîner. Angel était déjà dehors, devant la porte de sa chambre, en train de boire un café et de cracher des panaches blancs, telle une machine à vapeur souffreteuse.

— Tu sais, me dit-il, il fait meilleur ici que dans la chambre. Dans la salle de bains, le carrelage est si froid que j'ai perdu une couche de peau sous les pieds.

— Tu es trop sensible. Je suis sûr que c'est un truc d'homo, ça.

— Ben voyons. Et je joue du violon, et j'écris des chefs-d'œuvre quand je suis aux chiottes. Tu sais quoi, c'est ce genre de stéréotypes qui a empêché les gays de...

— De quoi ? Dis-moi ce que tu rêves de faire et que tu n'as pas fait ?

— Rentrer à New York ?

— Et c'est le fait d'être homo qui t'empêche de le faire ?

— Euh, non. C'est toi qui m'empêches de le faire.

— Tu vois ? Que tu sois homo n'y change rien. Tu pourrais être hétéro, tu serais toujours coincé ici.

Angel renâcla, vexé, et entreprit de battre la semelle en tenant son gobelet tantôt de la main droite, tantôt de la main gauche, en se coinçant la main libre sous l'aisselle.

— Arrête, fis-je, tu vas nous amener la pluie. Du mouvement chez Meade Payne ?

Il parvint à atteindre un degré relatif d'immobilisme.

— Rien, a priori. Pour en savoir plus, il aurait

fallu qu'on frappe à la porte et qu'on demande des gâteaux et un verre de lait. On a aperçu le jeune et Payne en train de manger, mais ils étaient apparemment seuls. Et ta rencontre avec Jennings, elle a donné quelque chose ?

— Non.

— Ne me dis pas que ça t'étonne.

— Oui et non. Il n'a aucune raison de m'aider, mais ce n'est pas moi qui suis concerné. Il s'agit d'Ellen et de son copain, mais à sa façon de me regarder, j'ai bien vu qu'il était prêt à se servir d'eux pour m'atteindre. Je ne le comprends pas. Il a souffert, je le sais. Sa femme l'a trompé avec un type de dix ans de moins, mais il est toujours avec elle, et ils en bavent tous les deux. Ce n'est pas comme si Rand avait été vieux, violent ou impuissant. Il avait tout ce qu'il fallait ou, peut-être, tout ce qu'il fallait d'après ses critères à lui. Moi, je lui ai enlevé quelque chose, et il ne me le pardonnera jamais. Mais comment fait-il pour laisser tomber Ellen Cole, Ricky, les familles ? Quelle que soit sa haine à mon égard, il devrait penser à eux. (Machinalement, je donnai un coup de pied dans la terre.) Excuse-moi, Angel, je parle tout seul.

Angel jeta le fond de son gobelet sur un tas de neige gelée. J'entendis siffler les cristaux noircis, un à un, par le café encore chaud.

— C'est pas tout de souffrir, Bird, murmura Angel. Bon, d'accord, il a souffert, et alors ? On est tous dans la même galère. C'est pas tout de souffrir, et tu le sais très bien. Ce qui compte, c'est de comprendre que les autres souffrent, et qu'il y en a qui souffrent plus que toi tu ne souffriras jamais. Et si tu peux faire quelque chose, tu le fais sans pleurnicher, sans montrer ta croix à tout le monde. Tu le fais parce que c'est ce qu'il faut faire.

« Quand je t'écoute, je me dis qu'il y a aucune générosité chez ce Rand Jennings. Il se plaint de son sort, et les seules souffrances qu'il comprenne, c'est les siennes. Je veux dire : regarde son couple. Ils sont deux, Bird. Elle est restée avec lui jusqu'à maintenant et si tu t'étais pas pointé, ça n'aurait rien changé. Il serait malheureux, elle serait malheureuse et ils seraient malheureux ensemble. Faut croire qu'ils se sont fixé des limites, qu'ils tiennent pas forcément à ce que la situation change.

« Mais lui, Bird, c'est un égoïste. Il pense uniquement à ce qui lui fait mal, et il l'accuse, elle, il t'accuse, il finit par accuser le monde entier. Il se fiche pas mal d'Ellen Cole, de Walter ou de Lee. Il passe son temps à gueuler contre le destin parce qu'il trouve qu'il a une vie pourrie, et ça changera jamais.

Je le regardai, avec son profil pas rasé, les petites boucles de cheveux noirs qui dépassaient de son bonnet de laine bleu marine, sa main qui tenait encore le gobelet vide. Ce type était un paradoxe ambulant. Et moi, j'étais là, en train de prendre des leçons d'humanité auprès d'un cambrioleur en préretraite, court sur pattes, dont le petit copain, moins de vingt-quatre heures plus tôt, avait exécuté un homme contre un mur de briques. Ma vie, me disje, était en train de prendre un curieux tournant…

Angel parut deviner mes pensées, car il se tourna vers moi avant de reprendre la parole :

— Ça fait longtemps qu'on est amis, toi et moi, même si on s'en rendait peut-être pas forcément compte à l'époque. Je te connais, et à un moment, t'étais pas loin de devenir comme Jennings et des millions d'autres mecs comme lui, mais aujourd'hui je sais que ça arrivera pas. Je sais pas trop comment ce changement a eu lieu et je tiens pas forcément à connaître tous les détails. Ce que je sais, Bird, c'est que tu es en train de devenir quelqu'un de généreux. Rien à voir avec la pitié, ni la culpabilité, ni le fait de vouloir remercier le destin ou Dieu. C'est pouvoir ressentir la douleur des autres comme si c'était la tienne, et faire ce que tu peux pour qu'elle disparaisse. Et peut-être que, des fois, t'es obligé de faire des choses qui craignent pour y arriver, mais dans la vie, l'équilibre est pas toujours facile à trouver. Tu peux être quelqu'un de bien et commettre des actes qui le sont pas, parce que c'est la nature des choses. Les gens qui sont pas de cet avis, c'est que des fonctionnaires, vu qu'ils passent tellement de temps à se débattre avec leur conscience que rien ne se fait, rien ne change, et pendant ce temps-là, les innocents et les faibles continuent à en prendre plein la gueule. Au bout du compte, tu fais ce que tu peux, ou tu fais ce que t'es obligé de faire, pour que les choses s'améliorent. Quand on jugera ton cœur, Bird, après ta mort, j'espère que ça sera par rapport à celui des autres. S'ils font pas une étude comparative, on va tous se retrouver en enfer.

Et il me sourit, d'un petit sourire froid signifiant qu'il savait le prix à payer pour suivre cette philosophie. Il le savait, car il la suivait lui-même : parfois avec moi, parfois avec Louis, mais toujours, toujours selon ce qu'il pensait être juste. Je n'étais pas certain que ce qu'il avait dit pût s'appliquer à moi. Je portais sur mes actes un jugement moral, mais je n'étais pas persuadé d'avoir toujours raison et je savais que je n'avais pas encore trouvé le moyen de me défaire d'un certain sentiment de culpabilité et de regret. J'agissais pour atténuer ma propre souffrance et, ce faisant, je réussissais parfois à atténuer celle des autres. Ce n'était pas à proprement parler de la générosité, mais je n'étais pas capable de faire mieux pour l'instant.

De l'autre bout de la ville nous parvinrent des ululements de sirènes. Ils se rapprochaient. Des éclairs rouges et bleus zébrèrent les immeubles de la rue principale, et une voiture de patrouille surgit. Fonçant dans notre direction, elle tourna à gauche au carrefour dans un hurlement de pneus et disparut dans la nuit. A l'avant, côté passager, j'avais eu le temps d'entrevoir la silhouette de Randall Jennings.

— Les soldes ont dû commencer chez le marchand de beignets, observa Angel.

Un second véhicule, banalisé celui-ci, mais tout aussi pressé, fila sous notre nez. Même itinéraire.

— Et le café doit être gratuit, ajouta-t-il.

Je fis sauter les clés dans ma main, poussai Angel qui venait de s'installer sur le capot de la Mustang.

— Je vais aller jeter un œil. Tu veux venir avec moi ?

— Non, j'attends que Narcisse ait fini de se pomponner. On sera là à ton retour. D'ici là, on brûlera quelques meubles pour se réchauffer.

Je pris en point de mire les phares des voitures qui transperçaient les arbres dans le lointain et donnaient aux branches des allures de mains en train de se refermer sur la route. Moins de deux kilomètres plus loin, je les avais rattrapés. Les deux voitures s'engagèrent sur un chemin forestier réservé aux bûcherons. Près de la barrière ouverte, je vis un homme en parka et bonnet de laine. Derrière lui, un sentier serpentait jusqu'à un petit chalet bâti à la lisière de la zone d'exploitation. Peut-être était-ce lui qui avait appelé la police...

Les yeux rivés sur les feux arrière, je suivis à

courte distance la seconde voiture qui tanguait et valsait sur la piste étroite et défoncée. La voiture de patrouille finit par s'arrêter près d'un pick-up Ford derrière lequel se trouvait une motoneige. Et à côté, j'aperçus un colosse barbu à la bedaine de femme enceinte. Jennings émergea de la première voiture, Ressler sortit simultanément de la seconde, accompagné d'un homme en tenue. Des lampes-torches s'allumèrent, et les trois policiers, côte à côte, se dirigèrent vers l'arrière du pick-up et se penchèrent pour regarder à l'intérieur. Je pris ma Maglite dans le coffre de la Mustang, avant de les rejoindre. Et en arrivant, j'entendis le gros barbu expliquer :

— Je voulais pas le laisser comme ça, là-bas. Il va bientôt neiger, et on risquait de plus le retrouver avant le dégel.

Les visages se tournèrent vers moi à mon approche, et l'un d'eux était celui de Rand Jennings.

— Que foutez-vous ici ?

— Je suis venu cueillir des myrtilles. Vous avez trouvé quoi ?

Je braquai le faisceau de ma torche sur le plateau du pick-up. Ce qui s'y trouvait n'avait pas besoin d'un surcroît de lumière, mais d'obscurité, de terre, et d'une dalle de pierre, six pieds plus haut.

C'était le corps d'un homme gisant sur une bâche, la bouche grande ouverte et remplie de feuilles mortes. Il avait les yeux fermés, et la tête curieusement tordue. Un corps brisé et recroquevillé au milieu d'outils et de bidons en plastique, la tête contre le râtelier à fusils, qui était vide.

— Qui est-ce ?

L'espace d'un instant, je crus que Jennings ne répondrait pas. Puis il soupira, et lâcha :

— Apparemment, ce serait Gary Chute. Il faisait du repérage pour les forestiers. C'est Daryl, ici présent, qui l'a découvert en allant relever des pièges, à perpète. Et il a aussi trouvé son pick-up à quelques kilomètres du corps.

Daryl fit mine de vouloir réfuter l'allusion à ses activités de braconnage. Il ouvrit brièvement la bouche, mais Jennings lui décocha un regard, et il la referma. Daryl me paraissait un peu lent du cervelet. Il avait l'œil lourd, le front bas, et sa bouche, même fermée, était en perpétuel mouvement, comme s'il se rongeait l'intérieur de la lèvre.

Près de lui, Ressler était en train de fouiller le portefeuille de la victime.

— C'est bien Chute, conclut-il. Ses cartes de crédit sont toujours là, mais il n'y a pas de liquide. C'est toi qui l'as pris, Daryl ?

Daryl secoua frénétiquement la tête.

— Non, non, j'ai touché à rien.
— T'es sûr ?

Daryl opina.

— Sûr. Cent pour cent sûr.

Quoique visiblement peu convaincu, Ressler s'en tint là.

Je me tournai vers Daryl.

— Comment l'avez-vous trouvé ?
— Hein ?
— Je veux dire : dans quelle position ?
— Il était par terre, au pied d'une petite butte, répondit Daryl. Avec la neige et les feuilles, on le voyait presque plus. On aurait dit qu'il aurait glissé, qu'il se serait payé des pierres et des arbres en dégringolant, avant de se casser le cou sur une souche. Sûr que ça a pété comme un bout de bois.

Daryl eut un sourire gêné : il se demandait s'il avait dit ce qu'il fallait.

Ses explications me paraissaient d'autant moins crédibles que l'argent du portefeuille avait disparu.

— Vous dites qu'il y avait de la neige *et* des feuilles sur lui, Daryl?

— Oui, m'sieur, s'empressa de répondre Daryl. Et puis des branches, aussi.

En acquiesçant, je braquai une fois de plus ma Maglite sur le cadavre. Quelque chose, au niveau des poignets, attira mon attention, et j'attendis un peu avant d'éteindre la lampe.

— Dommage que le corps ait été déplacé, dis-je.

Même Jennings dut en convenir…

— Merde, Daryl, vous auriez dû le laisser comme il était; c'était aux gardes forestiers d'aller le chercher.

— Je pouvais pas le laisser là comme ça, glapit Daryl. C'était pas bien.

— Daryl n'a peut-être pas tort, intervint Ressler. S'il avait neigé, et il va forcément neiger, on n'avait plus qu'à attendre le printemps. Daryl dit qu'il a trouvé le corps près de l'étang d'Island, qu'il l'a emballé dans la bâche et qu'il l'a remorqué jusqu'au pick-up avec sa motoneige. Il y a, quoi, dix-sept, dix-huit kilomètres de l'étang à ici, et d'après Daryl, dès qu'il se met à neiger, il y a tellement de congères que la route devient vite impraticable.

Je lançai à Daryl un regard des plus respectueux : des hommes capables de trimballer le cadavre d'un inconnu sur une distance pareille, il ne devait pas y en avoir beaucoup.

— Impossible d'envoyer qui que ce soit là-bas de nuit, à supposer qu'on retrouve l'endroit, déclara Jennings. De toute façon, ça concerne les gardes, ou peut-être le bureau du shérif, mais pas nous. On va le faire descendre sur Augusta demain matin, et le médecin légiste pourra l'examiner.

Je levai les yeux. Derrière les arbres, le ciel était d'un noir absolu, et on sentait comme une lourdeur dans l'air, une masse prête à s'abattre sur nous. Ressler suivit mon regard.

— Comme je le disais, Daryl avait raison. La neige arrive.

Jennings se tourna vers Ressler, le sourcil grave, histoire de lui faire comprendre qu'il ne voulait plus l'entendre parler de cette découverte macabre devant Daryl, et surtout devant moi. Il claqua sèchement des mains.

— Bon, on y va.

Il se pencha à l'intérieur du pick-up, recouvrit le corps de Gary Chute avec la bâche, qu'il coinça à l'aide de morceaux de ferraille, d'un démonte-pneu et de la crosse d'un fusil à pompe. De l'index, il fit signe au patrouilleur de venir.

— Stevie, tu montes là-dedans et tu fais attention à ce que cette bâche ne s'envole pas.

Stevie, qui avait l'air vaguement demeuré, balança la tête d'un air dépité avant de grimper avec précaution dans le véhicule et de s'accroupir près du corps. Ressler regagna sa voiture. J'étais seul avec Jennings.

— Nous sommes tous ravis que vous nous ayez apporté votre aide, Parker.

— C'est drôle, mais j'ai l'impression que vous n'en pensez pas un mot.

— Vous avez raison, je n'en pense pas un mot. Arrangez-vous pour rester à l'écart de mon chemin, et de mon travail. Je ne veux pas avoir à vous le répéter.

Sur quoi il m'enfonça un doigt ganté dans la poitrine. Il tourna les talons et s'éloigna. Les voitures démarrèrent presque en même temps, encadrèrent le pick-up, et le convoi transportant la dépouille de Gary Chute prit la route de Dark Hollow.

Daryl affirmait avoir trouvé le corps recouvert de feuilles, de branches et de neige. Si la mort était accidentelle, et que Daryl avait pris l'argent du portefeuille, cela n'avait guère de sens. Les arbres avaient depuis longtemps perdu leurs feuilles, et il avait neigé assez régulièrement au cours des huit derniers jours. Le corps aurait dû être enseveli sous la neige, uniquement la neige. La présence de feuilles et de branches suggérait que quelqu'un avait peut-être essayé de dissimuler le cadavre de Gary Chute.

En retournant à ma voiture, je songeai à ce que j'avais remarqué dans la lumière de ma lampe-torche : des marques rouges sur les poignets du mort. Des marques qui ne résultaient pas d'une chute, de morsures d'animaux ou du froid.

Ces marques étaient des brûlures de corde.

A mon arrivée au motel, Angel et Louis n'étaient plus là, mais ils avaient glissé un mot sous la porte de ma chambre. D'une écriture curieusement appliquée, Angel m'expliquait qu'ils allaient au restaurant et que je pouvais les y rejoindre. Mais, au lieu de les retrouver, je descendis à la réception pour aller me prendre deux grands gobelets de café que je remontai à la chambre.

La mort de Chute me perturbait toujours autant. Par malchance, c'était Daryl qui avait découvert le corps, même s'il avait agi avec les meilleures intentions. Le pick-up de Chute aurait probablement pu faire office de marqueur approximatif pour la scène de crime, mais, en transportant la victime, Daryl avait sérieusement brouillé les cartes.

Peut-être n'était-ce rien, mais je fis une croix sur une carte pour situer grossièrement l'endroit où le corps avait été découvert, près de l'étang d'Island. L'étang se trouvait au nord-est de Dark Hollow. On ne pouvait y accéder qu'en empruntant un chemin privé dont l'usage était réservé aux détenteurs d'un permis spécial. Si Gary Chute avait bien été tué, son meurtrier avait forcément pris ce chemin pour le suivre en pleine forêt. Ou il s'y trouvait déjà, et l'attendait. Ou bien alors…

Ou alors, autre possibilité, Chute avait eu le malheur de voir quelqu'un, ou quelque chose, qu'il n'aurait pas dû voir. Celui qui l'avait tué ne l'avait peut-être pas suivi dans les bois, mais était au contraire en train de repartir. Et si tel était le cas, sa première étape après le meurtre ne pouvait être que Dark Hollow.

Mais il ne s'agissait que d'hypothèses. Il fallait que je mette un peu d'ordre dans ma tête. Sur une page de mon carnet, j'entrepris d'inscrire tout ce qui s'était passé depuis le soir où Billy Purdue m'avait enfoncé sa lame dans la joue. Chaque fois qu'il existait un lien entre deux noms, je le matérialisais par une ligne en pointillé. Et le plus souvent, on en revenait à Billy Purdue, sauf dans le cas de la disparition d'Ellen Cole et celui de la mort de Gary Chute.

Au milieu de la liste, il y avait un blanc, un vide, aussi immaculé que la neige fraîche. Et autour de ce blanc, noms et événements tournaient telles les planètes autour d'un soleil. Je sentais revenir mon vieil instinct, cette volonté de trouver une logique à une succession de faits dont la signification précise m'échappait encore, une explication quelconque susceptible de me mener à une vérité définitive. Avant, à New York, lorsque j'étais enquêteur, j'étais régulièrement confronté à la mort d'individus que je ne connaissais pas, avec lesquels je n'avais aucun lien, envers lesquels je n'avais pas d'autres obligations que celles du policier, autrement dit découvrir ce qui s'était passé et faire en sorte que les responsables soient punis. Je suivais les pistes de mon enquête à mesure qu'elles se dessinaient et lorsqu'elles ne menaient nulle part, ou se révélaient être fausses, j'en prenais mon parti et je retournais à la case départ pour en suivre une autre. J'étais prêt à commettre des erreurs dans l'espoir de mettre au jour, tôt ou tard, les éléments qui, eux, se révéleraient déterminants.

Ce recul, cette distance étaient un luxe, un luxe qui avait disparu avec Susan et Jennifer. Maintenant, toutes et tous avaient une importance à mes yeux, morts ou disparus, mais Ellen Cole comptait plus que quiconque. Si elle était en difficulté, plus question de me tromper, plus question de commettre des erreurs en espérant qu'elles finiraient par me mettre sur la bonne piste. Et je ne pouvais pas davantage oublier Rita Ferris et son fils. Il me suffisait de penser à elle pour me retourner, instinctivement, vers le rectangle noir de la fenêtre, et me rappeler cette main familière qui s'était posée sur mon épaule, cette main froide et pourtant prête à s'ouvrir.

Il se passait trop de choses, il y avait trop de morts en orbite autour du soleil blanc de ma page. Dans cet espace, j'inscrivis donc un point d'interrogation, avant de le souligner d'un pointillé que je prolongeai jusqu'au bas de la page.

Et là, j'écrivis le nom *Caleb Kyle*.

A ce moment-là, j'aurais dû aller manger. J'aurais dû rejoindre Angel et Louis et les suivre dans un bar où j'aurais pu les regarder boire et se faire leur curieux cinéma entre mecs. Peut-être aurais-je même pu boire un verre, rien qu'un verre… Des femmes seraient passées devant moi en chaloupant, corps et âme sous l'emprise de l'alcool. L'une d'elles m'aurait peut-être souri, et je lui aurais peut-être souri à mon tour, en sentant jaillir cette étincelle qui se produit lorsqu'une belle femme concentre son attention sur un homme. J'aurais pu boire un autre verre, puis un autre encore, et très vite j'aurais tout oublié pour plonger définitivement dans l'oubli.

L'anniversaire approchait, et cette échéance me faisait l'effet d'un nuage noir à l'horizon, se rapprochant inexorablement, prêt à me submerger de souvenirs atroces et de regrets déchirants. J'avais envie d'une vie normale, mais cette vie persistait à m'être inaccessible. J'aurais même eu du mal à expliquer précisément pourquoi je m'étais rendu au bureau de Rachel, si ce n'était que je savais que j'avais envie d'être avec elle, même si les sentiments que j'éprouvais à son égard m'inspiraient un mélange d'écœurement et de honte, comme si j'étais, d'une certaine manière, en train de trahir la mémoire de Susan. Avec de telles pensées en tête, après tout ce qui s'était produit au cours des derniers jours, après tant de temps passé à m'interroger sur la nature de tous ces meurtres récents ou lointains, je n'aurais pas dû rester seul.

Fatigué et si affamé que mon appétit s'était estompé pour laisser place à un malaise plus profond qui me rongeait le ventre, j'eus juste la force de me dévêtir avant de me coucher et de tirer le drap au-dessus de ma tête en me demandant combien de temps il me faudrait pour trouver le sommeil. Et il s'avérerait que ce serait le temps qu'il me faudrait pour évacuer cette question de mon esprit.

Un bruit me réveilla, et des effluves désagréables vinrent aussitôt me chatouiller les narines. C'était une odeur de végétation en décomposition, de feuilles, de terreau et d'eau croupie. Je me redressai en me frottant les yeux, encore englués, et en fronçant le nez : l'odeur de pourriture s'accentuait. Le radio-réveil posé sur ma table de chevet indiquait 0 h 33. Mon premier réflexe fut de vérifier s'il ne s'était pas déclenché à la suite d'un mauvais réglage, mais la radio était coupée. Je regardai autour de moi, conscient à présent que la lumière avait quelque chose de bizarre, une teinte légèrement anormale.

Et j'entendais chanter dans la salle de bains.

Deux voix chantonnaient un air qui ressemblait à une comptine. La porte était fermée, et je ne percevais pas les paroles.

Sous cette porte filtrait une lumière verte qui se répandait en faisceaux irréguliers sur la moquette. Rejetant les couvertures, je me levai. J'étais nu, mais je n'avais pas froid, je ne frissonnais pas. En me rapprochant de la salle de bains, je sentis l'odeur, de plus en plus puissante, me coller à la peau et aux cheveux comme si je me baignais dans sa source. Le chant était plus fort, et les mots désormais intelligibles, toujours les mêmes syllabes répétées à l'infini par des voix fluettes et aiguës comme des voix d'enfants.

Caleb Kyle, Caleb Kyle

J'avais presque atteint la plus longue des flèches de lumière qui passaient sous la porte. Et dans la salle de bains, j'entendais à présent un petit clapotis.

Caleb Kyle, Caleb Kyle

Je demeurai un instant à la lisière de la flaque de lumière, puis posai un pied à l'intérieur.

Dès que mon pied toucha le sol, les chants s'arrêtèrent, mais la lumière, elle, était toujours là. Elle glissait, visqueuse, entre mes orteils nus. Je tendis la main, fis tourner prudemment la poignée, ouvris la porte et m'avançai sur le carrelage.

La pièce était vide. Il n'y avait que les surfaces blanches, les serviettes soigneusement empilées au-dessus des toilettes, le lavabo et ses petites savonnettes bon marché toujours emballées, les verres et leur protection en papier, le rideau de douche à fleurs presque entièrement tiré…

Et c'était de là, derrière le rideau, que provenait la lumière, une lumière d'un vert malsain qui luisait plus qu'elle ne brillait, comme si, en franchissant obstacle après obstacle, elle avait fini par perdre presque toute sa puissance. Et dans le silence de la pièce, que seul perturbait le clapotis de l'eau derrière le rideau, on eût dit que quelque chose retenait son souffle. J'entendis un petit rire, vite étouffé par la paume d'une main, et un autre rire lui fit écho, et le clapotis s'intensifia.

Je tendis le bras, attrapai le voile de plastique et voulus le rabattre. Il y eut une certaine résistance, mais je parvins à ouvrir le rideau pour distinguer enfin toute la baignoire.

La surface de l'eau était recouverte de feuilles, si nombreuses qu'elles atteignaient les robinets. Des feuilles vertes, rouges, brunes, jaunes, noires, or. Des feuilles de tremble et de bouleau, des feuilles de cèdre et de cerisier, des feuilles d'érable et de tilleul, des feuilles de frêne et des aiguilles de pin, déformées, les unes sur les autres, dans un tel état de décomposition que la puanteur qui montait de l'eau polluée était presque visible.

Sous les feuilles, une forme bougea, et quelques bulles vinrent crever la surface. La nappe végétale se sépara, et quelque chose de blanc se rapprocha de la surface, en montant très lentement, comme si la baignoire était d'une profondeur jusque-là insoupçonnée. Et en se rapprochant de l'air libre, cela parut se scinder en deux silhouettes, deux silhouettes qui bientôt surgirent hors de l'eau, main dans la main, longues chevelures déployées, la bouche ouverte, les yeux aveugles.

Laissant retomber le rideau, je voulus m'enfuir, mais les dalles du carrelage me trahirent, tout comme elles m'avaient trahi le jour où j'avais découvert les petites filles. Et en tombant, je vis les formes bouger derrière le rideau, et j'en fus réduit à m'éloigner en rampant sur le dos, cherchant éperdument à trouver prise avec mes doigts et mes orteils, jusqu'à ce que je finisse par me réveiller de nouveau, draps et couvertures repoussés au pied du lit, matelas à nu, avec une déchirure tachée de sang à l'endroit où je l'avais lacéré avec mes ongles.

Un martèlement secoua la porte.

— Bird ! Bird !

C'était la voix de Louis. Je sortis péniblement du lit en me rendant compte que je tremblais de froid, et il me fallut plusieurs secondes pour parvenir à faire glisser la chaînette, puis enfin la porte s'ouvrit et Louis était là, devant moi, en T-shirt blanc et pantalon de jogging gris, l'arme au poing.

— Bird ? répéta-t-il, avec dans le regard une lueur d'inquiétude et quelque chose qui ressemblait à de l'amour. Qu'est-ce qu'il y a ?

Des bulles remontèrent dans ma gorge, et je perçus un goût de bile et de café.

— Je les vois, répondis-je. Je les vois, elles sont toutes là.

18

Assis au bord du lit, la tête dans les mains, j'attendais Louis, parti à la réception, où la cafetière était branchée en permanence. Je l'entendis échanger quelques mots avec Angel en passant devant sa chambre, mais il revint seul. Il s'empressa de refermer la porte derrière lui pour ne pas laisser l'air froid envahir la pièce, et me tendit un gobelet de café fumant. Après l'avoir remercié, je bus quelques gorgées avec précaution, en essayant de ne pas me brûler, sans faire de bruit. J'entendais le mitraillage feutré de la neige contre la baie vitrée. Louis demeura un instant silencieux. Il me paraissait plongé en pleine réflexion.

— Je t'ai déjà parlé de ma grand-mère Lucy ? me demanda-t-il enfin.

Je le regardai, étonné.

— Attends, Louis, je ne connais même pas ton nom de famille...

Il esquissa un sourire, comme s'il n'était pas sûr de pouvoir lui-même s'en souvenir.

— Enfin, bref, reprit-il en ravalant son sourire, Lucy, c'était ma grand-mère, la maman de ma maman, et elle était pas beaucoup plus âgée que moi maintenant. C'était vraiment une belle femme : grande, avec une peau de la couleur du jour qui tombe. Elle avait toujours les cheveux longs. Je me souviens de ne l'avoir jamais vue autrement, avec des boucles noires jusqu'aux épaules. Elle a habité avec nous jusqu'à sa mort, et elle est morte jeune. C'est une pneumonie qui l'a tuée ; elle tremblait, elle avait des sueurs froides.

« Il y avait un gars, en ville, qui s'appelait Errol Rich. Et tout le temps que je l'ai connu, c'était pas le genre à tendre l'autre joue. Quand t'étais noir et que tu vivais dans ce genre de bled, c'était la première chose que t'apprenais. Toujours, toujours tendre l'autre joue, parce que sinon, pour le shérif blanc, les jurés blancs, les bandes de beaufs avec leurs cordes, prêts à t'attacher à l'essieu d'une camionnette pour te traîner sur un chemin jusqu'à ce que t'aies plus de peau, t'étais qu'un nègre qui se tenait pas à sa place et qui donnait le mauvais exemple à tous les autres nègres, qui risquait de les exciter, ce qui faisait qu'après, les braves Blancs qui avaient mieux à faire seraient peut-être obligés de sortir une nuit bien noire pour leur donner à tous une bonne leçon. Leur apprendre un peu les manières, quoi.

« Mais Errol, lui, il voyait pas les choses comme ça. Fallait voir la bête que c'était. Quand il marchait dans la rue, on voyait plus le soleil. Il réparait des trucs — des moteurs, des tondeuses, tout ce qui avait un mécanisme et qu'une main d'homme pouvait bricoler. Il habitait dans une grande vieille baraque en bois, sur une des anciennes routes de campagne, avec sa mère et ses sœurs, et les gosses blancs, il les regardait dans les yeux, et il savait qu'il leur faisait peur.

« Sauf que ce jour-là il passe en voiture près d'un bar, sur la 5, et il entend crier : "Hé, le nègre !" et voilà que le pare-brise de son camion, qui était déjà tout fendillé, explose complètement. On lui avait balancé une grosse bouteille pleine de pisse, la pisse de tous ces connards. Alors Errol, il s'arrête sur le côté, et il reste assis un moment, couvert de sang, de verre et de pisse, puis il sort de la cabine, il va à l'arrière chercher une planche qui faisait peut-être un mètre de long, et il va voir les braves ploucs assis sur la terrasse. Ils sont quatre, et dans le lot il y a le patron, un vrai porc qui s'appelle Little Tom Rudge, et il les voit complètement tétanisés.

« "Qui a fait ça ? demande Errol. C'est toi qu'as lancé ce machin, Tom ? Si c'est toi, tu ferais mieux de me le dire tout de suite, sans quoi je vais te cramer ta baraque de merde, et je peux te dire qu'il restera rien."

« Mais personne répond. Abrutis, les mecs. Même à plusieurs et bien bourrés, ils prennent pas le risque de se frotter à Errol. Alors Errol, il les regarde, puis il crache par terre, il prend sa planche et il l'expédie dans la vitrine du bar, et Little Tom, il reste là, sans rien pouvoir faire. Enfin, pour l'instant.

« Ils lui sont tombés dessus le lendemain soir, ils sont venus à trois équipes. Ils l'ont embarqué devant sa mère et ses sœurs, et ils l'ont emmené dans un coin qui s'appelle le Champ d'Ada, où il y avait un noyer qui devait bien avoir cent ans. Quand ils sont arrivés là-bas, la moitié du village les attendait. Il y avait des femmes, et même des grands gosses. Les gens bouffaient du poulet et de la brioche, ils avaient leurs bouteilles de limonade, ils causaient du temps, de la moisson qui était pour bientôt, peut-être de la saison de base-ball, comme à une fête champêtre, en attendant que le spectacle commence. En tout, il y avait plus d'une centaine de personnes qui attendaient, installées sur le capot de leurs bagnoles.

« Et quand Errol est arrivé, il avait les mains et les pieds attachés, on l'a monté sur le toit d'une vieille Lincoln garée sous l'arbre, on lui a passé une corde autour du cou, et on a serré. Puis quelqu'un est venu avec un bidon, l'a aspergé d'essence, et il a parlé pour la première fois depuis qu'ils l'avaient attrapé, et c'étaient les derniers mots qu'il dirait jamais.

« Il a dit : "Me brûlez pas." Il leur demandait pas de le laisser en vie, ou de pas le pendre. Ça, ça lui faisait pas peur. Mais il voulait pas brûler. Et je crois qu'il a dû voir dans leurs yeux que c'était ce qui l'attendait, et il a baissé la tête et il s'est mis à prier.

« Alors ils ont bien resserré la corde autour de son cou, ils l'ont tiré jusqu'à ce qu'Errol se retrouve sur la pointe des pieds, sur le toit de la voiture, et quand la voiture a démarré, Errol s'est retrouvé dans le vide, en train de se débattre. Et là, quelqu'un s'est avancé avec une torche et ils ont brûlé Errol Rich comme ça, pendu à l'arbre, et les gens l'ont écouté hurler jusqu'à ce qu'il ne puisse plus, parce qu'il avait les poumons calcinés. Et puis il est mort.

« Ça s'est passé un soir de juillet, à neuf heures dix, peut-être à cinq bornes de chez nous, juste à l'autre bout de la ville. Et à neuf heures dix, ce soir-là, ma grand-mère, Lucy, s'est levée de son fauteuil, près de la radio. Moi, j'étais assis devant elle. Les autres étaient dans la cuisine, ou déjà au lit, mais moi, j'étais toujours avec elle. Mémé Lucy, elle est allée jusqu'à la porte et elle est sortie dans le noir, alors qu'elle portait juste sa chemise de nuit et un châle. Elle regardait en direction des bois. Je l'ai suivie et je lui ai demandé : "Mémé Lucy, qu'est-ce qu'il y a ?", mais elle me répondait pas, et elle a marché, comme ça, jusqu'à quelques mètres de la forêt et là, elle s'est arrêtée.

« Là-bas, en pleine nuit, au milieu des arbres, on voyait une lumière. On aurait dit que c'était juste la lune, mais quand j'ai essayé de la trouver, il y avait pas de lune, et le reste de la forêt était dans le noir.

« Je me suis tourné vers Mémé Lucy et je l'ai regardée dans les yeux. (Louis s'arrêta, et cligna brièvement des yeux, tel un homme se rappelant une douleur oubliée depuis longtemps.) Ses yeux, ils étaient en feu. Dans ses pupilles, dans le noir de ses pupilles, en plein milieu, je voyais des flammes. Je voyais un homme en train de brûler, comme s'il était devant nous, à l'abri des arbres. Mais quand j'ai regardé dans le noir, il y avait que la tache de lumière, rien d'autre.

« Et Lucy, elle a dit : "Mon pauvre petit, oh, mon pauvre petit", et elle s'est mise à pleurer. Et c'était comme si son chagrin éteignait les flammes, parce que l'homme qui brûlait dans ses yeux a commencé à disparaître et au bout d'un moment, il y a plus rien eu, et la lumière dans les bois a disparu en même temps.

« Elle a parlé à personne d'autre de ce qui s'était passé, et elle m'a dit d'en parler à personne. Mais je crois qu'elle savait. Ce qui est sûr, c'est qu'elle savait que sa mère avait une espèce de don qu'elle était la seule à avoir. Elle était capable de trouver les endroits sombres, les coins que personne d'autre pouvait trouver, les coins où personne serait allé regarder. Et les choses qui se déplaçaient au milieu des ombres, les gens qui passaient, elle les voyait aussi.

Il s'interrompit et me demanda très doucement :
— C'est ce que tu vois, Bird ? Les ombres ?

J'eus soudain froid au bout des doigts et des orteils.

— Je ne sais pas, répondis-je.

— Parce que je me souviens de ce qui s'est passé en Louisiane, Bird. Là-bas, tu voyais des choses que personne d'autre ne voyait. Je le sais, ça. Je le sentais, et ça te faisait peur.

Je secouai lentement la tête. Il m'était difficile d'admettre ce que je refusais de croire. Il m'arrivait de me dire — et peut-être même d'espérer — que c'était la détresse qui m'avait fait basculer, que la mort de ma femme et de ma fille avait fait de moi un malade mental, que j'étais perturbé affectivement aussi bien que psychologiquement, rongé par un tel sentiment de culpabilité que mon esprit malade faisait renaître les images des victimes pour qu'elles viennent me hanter. Et pourtant, c'était bien Jennifer et Susan que j'avais vues juste après ma rencontre avec Tante Marie Aguillard, en Louisiane, avec cette femme qui m'avait dit des choses qu'elle ne pouvait pas savoir. Les autres étaient venues après, et elles m'avaient parlé dans mes rêves.

Maintenant, quand je voyais Rita et Donald, ma petite Jennifer, quand je sentais la main de Susan sur mon épaule, j'en arrivais presque à espérer que c'était parce que la date anniversaire approchait, et que mes abominables souvenirs, en se frayant un chemin dans les recoins de ma tête, avaient recommencé à miner ma raison. Ou peut-être n'était-ce que le produit de ma mauvaise conscience, de cette culpabilité que m'inspiraient mes élans pour Rachel Wolfe, mon désir de vouloir tenter de tout recommencer.

Il existe une forme de narcolepsie qui fait qu'on rêve éveillé, que les rêves du sommeil paradoxal surviennent en pleine journée, au quotidien. Le réel et l'imaginaire se mêlent, les univers de la nuit et du jour se télescopent. L'espace d'un instant, il me vint à l'esprit que je souffrais peut-être d'une affection de ce type, mais je savais très bien, au fond de moi, que ce n'était pas le cas. Deux mondes s'étaient certes rejoints, mais il n'était pas question de sommeil ou d'état de veille. Dans ces mondes-là, nul ne dormait, et nul ne se reposait.

J'expliquai une partie de tout cela à Louis, qui s'était assis dans un coin de la chambre et m'observait tranquillement. Maintenant, j'avais un peu honte d'avoir été victime de cette crise, de l'avoir obligé à venir écouter mes délires.

— J'ai peut-être simplement fait un cauchemar, Louis. Ça va aller. Je crois que ça va aller. Merci.

Il me regarda fixement, se leva, alla jusqu'à la porte.

— N'hésite pas à m'appeler. (Il ouvrit le verrou, s'arrêta.) Je suis pas superstitieux, Bird. Surtout ne crois pas ça de moi, tu te tromperais. Mais je sais ce qui s'est passé ce soir-là. J'ai bien senti que ça brûlait, Bird. Cette odeur de feuilles en train de brûler.

Et sur ce, il retourna dans sa chambre.

La neige tombait sans bruit, et au contact des vitres les cristaux se transformaient en glace. Je contemplais leur métamorphose en songeant aux petites-filles de Cheryl Lansing, à Rita Ferris, à Gary Chute. Je ne voulais pas voir Ellen Cole s'ajouter à la liste, ni Billy Purdue. Je voulais sauver ceux qui étaient encore en vie.

Pour tenter de penser à autre chose, j'essayai de lire. J'avais presque terminé une biographie du duc de Rochester, un dandy anglais, contemporain de Charles II, qui avait passé sa courte vie à boire, à fréquenter les dames de petite vertu et à écrire de magnifiques poèmes. Je lus les dernières pages au lit, à la lumière jaune de la lampe murale, en écoutant bourdonner le chauffage. En 1676, le duc de Rochester, soupçonné du meurtre d'un agent de police, avait apparemment décidé, pour échapper à la justice, de changer d'identité. Devenu le Dr Alexander Bendo, il vendait aux Londoniens des médicaments faits à partir d'argile, de suie, de savon et de débris de vieux murs. Les gogos qui furent ses victimes ne soupçonnèrent jamais qui se cachait derrière cet imposteur, auquel ils confiaient leurs secrets, et les parties les plus intimes de l'anatomie de leurs épouses.

Le vieux Saul Mann aurait apprécié le duc de Rochester, me dis-je. Il aurait aimé cet art du déguisement, et cette faculté de se glisser dans la peau d'un autre pour se mettre à l'abri des poursuites, puis d'arnaquer ceux-là mêmes qui le traquaient. Puis je m'endormis, bercé par le doux staccato de la neige, et dans mon rêve, drapé d'une cape de lunes et d'étoiles, cartes étalées devant lui, Saul Mann attendait tranquillement que la grande partie commence.

19

Cette nuit-là fut celle des premières grandes chutes de neige de l'hiver. Il neigea sur Dark Hollow et Beaver Cove, sur le lac Moosehead, sur Rockwood, sur Tarratine. Tous les massifs, de Big Squaw Mountain à Elephant Mountain en passant par Mount Kineo et Baker Mountain, disparurent sous un nappage de sucre glace. Les Longfellows se transformèrent en une longue cicatrice blanche dans le dos de Piscataquis. Les petits étangs gelèrent et se couvrirent d'une couche de glace aussi fine et traîtresse que la dague d'un félon. La neige s'accumula sur les sapins. Au sol, tout était calme et silencieux, sauf lorsque les branches renonçaient à supporter tout ce poids et que les flocons, par paquets entiers, rejoignaient lourdement ceux qui s'étaient amassés au sol. Dans mon sommeil désordonné et perturbé, je sentais tomber la neige, je sentais l'atmosphère changer pendant que le monde disparaissait sous son linceul blanc et que la nuit, patiemment, attendait que les premières lueurs de l'aube révèlent l'exquise perfection des œuvres de l'hiver.

De très bonne heure, j'entendis un chasse-neige dégager la rue principale. Ce fut ensuite le cliquetis caractéristique des chaînes, quand les premières voitures passèrent prudemment, à vitesse réduite. Il faisait si froid, maintenant, dans ma chambre, que les vitres, zébrées de gouttelettes de condensation, paraissaient brisées, mais je n'eus qu'à passer la main pour qu'elles retrouvent miraculeusement leur aspect normal. Je pus alors contempler le monde, les traces laissées par les véhicules, les premiers piétons, mains au fond des poches ou bras ballants, engoncés dans d'innombrables pulls, T-shirts, maillots de corps isolants et cache-nez qui les contraignaient à se déplacer de manière gauche et comique, tels des enfants dans des habits neufs.

Avec une certaine appréhension, je finis par entrer dans la salle de bains, mais tout était propre, tout était calme. Je pris une douche, en réglant la température et la puissance du jet à la limite du supportable, puis me séchai en claquant des dents tant le froid me frigorifiait la peau. Le temps d'enfiler un jean, des bottes, une grosse chemise de coton et un pull de laine sombre, d'ajouter un manteau et des gants, et je sortis dans l'air vif du matin. La neige crissait et glissait sous mes pieds, et mes pas laissaient une empreinte bien nette. Je frappai deux coups secs à la porte voisine.

— Tire-toi !

Les quatre épaisseurs de couverture n'avaient pas réussi à atténuer la puissance de la voix d'Angel. Je m'en voulus un peu de les avoir réveillés la veille, et j'essayai de ne pas penser à la conversation que j'avais eue avec Louis.

— C'est Bird, répondis-je.
— Je sais. Tire-toi.
— Je vais au resto. On se retrouve là-bas.
— On se retrouve en enfer, oui. Il fait froid, dehors.

— Il fait encore plus froid à l'intérieur.

— Si je veux prendre des risques, c'est mon problème.

— Vingt minutes.

— C'est ça. Tire-toi, c'est tout.

Je m'apprêtais à suivre son conseil et à aller au restaurant lorsqu'un détail, sur ma voiture, attira mon regard. Depuis ma chambre, il m'avait semblé que la carrosserie était visible par endroits, comme si quelqu'un avait enlevé la neige de-ci de-là. Mais la voiture était striée de rouge pour une autre raison.

Il y avait du sang sur le pare-brise, du sang sur le capot. Une traînée pourpre prenait naissance devant la voiture, passait par la portière du conducteur et la vitre arrière, pour s'achever en flaque, sous le coffre. Je franchis les quelques mètres qui me séparaient de la Mustang en entendant craquer la neige. Derrière la roue arrière droite, j'aperçus un petit tas de fourrure brune. Le chat avait la gueule ouverte, et sa langue pendait sur ses petits crocs blancs. Une blessure rougeâtre lui balafrait le ventre, mais la plus grande partie du sang semblait se trouver sur ma voiture.

Sur ma gauche, j'entendis claquer la porte de la réception. La gérante vint à ma rencontre, les yeux rougis de pleurs.

— J'ai déjà appelé la police, m'expliqua-t-elle. Quand je l'ai vue, la pauvre, j'ai d'abord pensé que c'était vous, que vous l'aviez écrasée avec votre voiture, mais après, quand j'ai vu tout le sang, j'ai compris que c'était forcément quelqu'un d'autre. Comment peut-on faire une chose pareille à une bête ? Qui peut bien trouver du plaisir à lui faire du mal comme ça ?

Et elle fondit de nouveau en larmes.

— Je ne sais pas, lui répondis-je.

En fait, je savais.

Je dus frapper trois fois à la porte pour qu'Angel consente à se lever. Je lui appris l'histoire du chat. Il m'écouta, tremblant de froid. Louis, derrière lui, ne disait rien. Puis il déclara :

— Il est ici.

— On n'en est pas sûrs, dis-je.

Je savais cependant qu'il avait raison. Quelque part, non loin de là, Stritch attendait.

Je les laissai pour me rendre au restaurant. Il n'était que huit heures dix, mais l'endroit était déjà presque plein. Il faisait chaud, de bonnes odeurs de café et de bacon flottaient déjà dans l'air, et le personnel s'interpellait derrière le comptoir et en cuisine. Pour la première fois, je remarquai les décorations, le père Noël Coca-Cola, les guirlandes et les étoiles. Ce serait mon deuxième Noël sans tout cela. J'avais presque envie de remercier Billy Purdue, voire Ellen Cole ; grâce à eux, je pouvais me concentrer sur quelque chose. Toute l'énergie que j'aurais peut-être dépensée à pleurer, à enrager, à m'en vouloir, à redouter l'anniversaire, je la consacrais maintenant à mes recherches pour tenter de retrouver deux personnes. Mais ce sentiment de gratitude se révéla fugace. Je trahissais honteusement la confiance de mes proches, je me servais de la souffrance des autres pour alléger la mienne, je me dégoûtais.

Je m'installai dans un box et regardai les passants. Lorsque la serveuse arriva, je me bornai à commander un café. La vision de ce pauvre chat et l'évocation de Stritch à nos trousses m'avaient coupé l'appétit. Je me surprenais même à examiner le visage des clients, comme si Stritch pouvait avoir muté, s'être emparé de leur corps. De l'autre côté de l'allée, deux forestiers mangeaient des œufs au jambon, et parlaient déjà de la mort de Gary Chute.

Je tendis l'oreille, histoire de m'instruire, car les contrées sauvages du Nord allaient vivre des bouleversements. Une zone de près de cinquante mille hectares, propriété d'un papetier européen, devait être prochainement mise en coupe. Elle avait été exploitée dans les années trente et quarante, et elle arrivait de nouveau à maturité. Au cours de la dernière décennie, la société avait procédé à la réfection des routes et des ponts pour permettre le passage des énormes semi-remorques qui, avec leurs grues hydrauliques à pinces, iraient chercher au cœur de la forêt pins, épicéas et sapins, chênes, érables et boulots, dans un premier temps. Chute, diplômé de l'université du Maine, à Orono, avait été l'un des responsables chargés de vérifier l'état des routes, la maturité des arbres, et d'établir les limites de la zone de coupe.

Les lois régissant l'exploitation forestière avaient changé depuis la dernière campagne. Autrefois, les compagnies déboisaient entièrement toutes les zones qui leur étaient affectées. La sciure envasait les cours d'eau et tuait les poissons, l'abattage forçait la faune à se déplacer et entraînait une importante érosion des sols. Aujourd'hui, elles avaient l'obligation de travailler en damier, en laissant la moitié de la forêt telle quelle durant vingt ou trente ans pour permettre aux habitats de se reconstituer. On voyait déjà les traces des premières coupes : daims et élans venaient mâchonner les framboisiers, les saules et les aulnes qui jaillissaient de toutes parts, attirés par la lumière soudaine. Hommes et machines allaient bientôt s'enfoncer dans les forêts du Nord, et mettre fin à leur quiétude. Gary Chute était venu en éclaireur, et bien d'autres suivraient ses traces. Oui, à n'en pas douter, le métier de Gary Chute avait dû le conduire dans des contrées où peu d'hommes avaient posé le pied depuis plusieurs dizaines d'années.

De l'autre côté du restaurant, Lorna Jennings sortit de sa Nissan verte. Parka blanche molletonnée et lacée, jean noir, bottines noires. Je me demandai depuis combien de temps elle était là : on ne voyait pas de fumées d'échappement autour de la voiture, et alors qu'il y avait très peu de circulation, plusieurs véhicules avaient déjà croisé ses traces de pneus.

Au bord du trottoir, les mains dans les poches, Lorna jeta un coup d'œil en direction du restaurant. Son regard balaya la devanture et s'arrêta sur la banquette où j'étais installé, mon gobelet de café en main. Elle parut m'étudier un instant, puis traversa la chaussée, pénétra dans le restaurant et s'assit juste en face de moi en déboutonnant son blouson. En dessous, elle portait un pull rouge à col roulé qui lui galbait la poitrine. Une ou deux personnes se retournèrent, et j'entendis des chuchotements.

— Tu attires les regards, lui dis-je.

Elle rougit à peine.

— Je les emmerde.

Elle avait mis un soupçon de rose sur ses lèvres, laissé ses cheveux ruisseler jusqu'à la naissance de son cou, et, telles les plumes sombres d'une aile d'oiseau, ses mèches lui taquinaient l'œil gauche.

— Il y en a qui savent que tu étais là-bas hier soir, quand ils ont retrouvé le corps. Les gens se demandent pourquoi tu es venu ici.

Elle passa sa commande. La serveuse lui apporta

son café et un bagel, accompagné de fines tranches de bacon sur une autre assiette ; lorsqu'elle s'éloigna, nous eûmes chacun droit à un petit regard en biais. Lorna mangea son bagel sans le beurrer, en picorant de l'autre main ses lamelles de bacon.

— Et que leur a-t-on répondu ?

— Ils ont entendu dire que tu recherchais une fille. Maintenant, ils essaient de savoir si tu avais une raison particulière de t'intéresser à la disparition du forestier. (Elle s'interrompit, but une gorgée de café.) Alors, tu confirmes ?

— Est-ce toi qui as envie de savoir, ou Rand ?

Elle grimaça.

— Tu sais bien que c'est un coup bas, me répondit-elle calmement. Rand est capable de poser ses questions lui-même.

— Je ne pense pas que la mort de Chute soit accidentelle, dis-je en haussant les épaules, mais c'est au médecin légiste de le confirmer. Je ne vois pas de lien entre lui et Ellen Cole.

Ce qui n'était pas totalement vrai. Il y avait des points communs : Dark Hollow, et le fil noir de cette route tracée en pleine forêt, sur laquelle la mort de Chute ne représentait qu'un petit point rouge.

— Mais il y a peut-être eu d'autres meurtres, repris-je, dont certains pourraient être liés à un certain Billy Purdue. Il faisait partie des gamins élevés par Meade Payne.

— Tu penses qu'il pourrait être ici ?

— Je crois qu'il y a des chances pour qu'il essaie de revoir Payne. Il a du monde aux trousses, des gens dangereux. Il a pris de l'argent qui ne lui appartenait pas, et maintenant, il est terrorisé, et il fuit. Je pense que Meade Payne est l'une des dernières personnes auxquelles il puisse faire confiance.

— Et quel est ton rôle, dans toute cette histoire ?

— J'ai travaillé un peu pour sa femme. Enfin, son ex-femme. Elle s'appelait Rita Ferris. Elle avait un fils.

Le front de Lorna se creusa, ses yeux se fermèrent brièvement. Elle hocha la tête. Ce nom, elle le connaissait.

— La mère et l'enfant qui ont été tués à Portland, c'étaient eux, n'est-ce pas ? Et ce Billy Purdue, c'était l'ex-mari ?

— Oui, il s'agit bien d'eux.

— On raconte que c'est lui qui les a assassinés.

— On se trompe.

Elle observa un silence, avant de déclarer :

— Tu en as l'air bien sûr.

— Ce n'était pas le genre de type à faire une chose pareille.

— Parce que ce genre de type, toi, tu connais.

Elle m'observait avec attention, à présent, et dans son regard des sentiments divers s'affrontaient. Je les sentais affleurer, tout comme j'avais senti les flocons de neige tomber en silence dans la nuit. Il y avait de la curiosité, de la pitié, et quelque chose d'autre, quelque chose qui était resté en sommeil durant des années, un sentiment longtemps réprimé qui, maintenant, apparaissait peu à peu au grand jour. Et qui me donnait envie de m'éloigner d'elle. On ne gagnait pas toujours à vouloir raviver le passé.

— Oui, je connais.

— Tu connais, parce qu'il y en a que tu as tué.

J'attendis une fraction de seconde avant de répondre :

— Oui.

— Est-ce ce que tu fais maintenant ?
— En partie, apparemment.
— Méritaient-ils de mourir ?
— Ils ne méritaient pas de vivre.
— Ce n'est pas pareil.
— Je le sais.

— Rand sait tout de toi, me dit-elle en repoussant son assiette. Il a parlé de toi, hier soir. En fait, il criait, et j'ai crié aussi. (Elle but une petite gorgée de café.) Je crois qu'il a peur de toi. (Elle se tourna vers la vitre, comme pour s'adresser à mon reflet au lieu de me regarder en face.) Je sais ce qu'il t'a fait, dans les toilettes. Je le sais depuis toujours. Je suis désolée.

— J'étais jeune. Je m'en suis remis.

Elle se tourna de nouveau vers moi.

— Moi, non. Mais je ne pouvais pas le quitter, pas à cette époque-là. Je l'aimais encore, ou en tout cas, je le croyais. Et j'étais assez jeune pour m'imaginer que notre couple pouvait tenir le coup. On a essayé d'avoir des enfants. On se disait que ça pourrait améliorer les choses. J'en ai perdu deux, Bird, et le dernier, c'était il y a trois ans. Je crois que je ne suis pas capable de les emmener à terme. J'étais tellement nulle que je ne pouvais même pas lui donner un enfant.

Ses lèvres se crispèrent, elle écarta les mèches de son front. Dans son regard, il y avait quelque chose de mort.

« Aujourd'hui, je rêve de m'en aller, mais si je pars, je pars sans rien. Les choses sont claires, et ce sera peut-être toujours comme ça. Il veut que je reste, ou du moins c'est ce qu'il dit, mais moi aussi, j'ai appris beaucoup de choses ces dernières années. J'ai appris que les hommes ont des manques et des envies, mais qu'au bout d'un moment, lorsqu'ils ont ce qu'ils veulent, ce manque, ils finissent par ne plus le ressentir. Alors ils vont chercher ailleurs. J'ai vu de quelle manière il regarde les autres femmes, les filles en robes moulantes qui débarquent en ville. Il croit qu'il y en a une qui comblera ses désirs, mais elles n'y arrivent pas, et il rentre à la maison, il dit qu'il regrette, que maintenant il a compris. Le problème, c'est qu'il ne comprend qu'au début, quand il se sent encore terriblement coupable. Ensuite, ça lui passe, et ses envies le reprennent.

« Un homme, c'est tellement bête, tellement égocentrique. Il croit qu'il est différent des autres, que le vide a quelque chose d'exceptionnel et peut excuser son comportement. Mais c'est faux, et il finit par reprocher à sa femme de le brider, comme si, sans elle, il pourrait être et faire beaucoup mieux. Alors le manque augmente et, tôt ou tard, il se transforme en obsession, et tout s'écroule lamentablement.

— Et les femmes, elles ne connaissent pas le manque ? demandai-je.

— Oh, si, mais la plupart du temps, nous sommes obligées de faire avec. En tout cas, dans la région. Toi aussi, tu ressens un manque, Charlie Parker. Et des envies, tu en as peut-être encore plus que la plupart des autres hommes. Tu me voulais, à l'époque, parce que j'étais à part, parce que j'étais plus mûre que toi, parce que, normalement, tu n'aurais pas dû pouvoir sortir avec moi, mais que tu en avais la possibilité. Tu me voulais parce que j'avais l'air inaccessible.

— Je te voulais parce que je t'aimais.

Lorna sourit à l'évocation de ces souvenirs.

— Tu m'aurais larguée. Peut-être pas tout de suite — ça aurait peut-être pris des années —, mais tu m'aurais larguée. J'aurais vieilli, les premières rides seraient apparues, je serais devenue stérile, et puis un jour une petite minette se serait pointée avec un grand sourire, et tu te serais dit : « Je suis encore jeune, je peux faire mieux que ça. » Et tu serais parti, ou bien tu te serais offert des escapades pour revenir, quelques jours après, la queue entre les jambes. Enfin, si je peux dire... Et ça m'aurait fait trop mal, Charlie, venant de toi. J'en serais morte. Je me serais recroquevillée sur moi-même et j'aurais perdu toute envie de vivre.

— Ce n'était pas une raison pour rester avec lui, rétorquai-je avant de me rendre compte que j'étais engagé sur la mauvaise voie. Enfin, quoi qu'il en soit, il y a prescription. Ce qui est fait est fait.

Elle détourna le regard, le front creusé par la tristesse.

— As-tu déjà trompé ta femme ?
— Uniquement avec une bouteille.

Elle eut un petit rire et me regarda, l'œil au ras des cheveux.

— Je ne sais pas si c'est mieux ou pire qu'avec une femme. Pire, je pense. (Le sourire s'estompa, mais son expression conserva une certaine tendresse.) Tu étais malheureux comme une pierre, Bird, même à l'époque. As-tu encore beaucoup souffert depuis ?

— Ce n'est pas par choix, mais c'est moi qui ai lancé le mouvement.

On aurait dit que les autres clients étaient désormais réduits à l'état d'ombres, et que le petit cercle de lumière naturelle, autour de notre table, représentait les limites du monde ; au-delà, des silhouettes floues glissaient lentement, en disparaissant par intermittence, comme des spectres d'étoiles.

— Et qu'as-tu fait, Bird ?

Je sentis sa main effleurer la mienne, avec une infinie douceur.

— Comme tu le disais tout à l'heure, j'ai fait du mal à certaines personnes. Maintenant, j'essaie de compenser mes actes.

Et autour de nous, dans la pénombre, les silhouettes parurent se rapprocher, mais ce n'étaient pas celles des clients d'un snack-restaurant de campagne, avec son brouhaha chaleureux et ses petites familiarités. C'étaient les ombres des disparus et des damnés, et parmi ces ombres figuraient celles que j'avais jadis appelées amie, amante ou enfant.

Lorsque Lorna se leva, le décor retrouva toute sa netteté, et les fantômes du passé devinrent la substance du présent. Elle me regarda, et je ressentis une douce brûlure à l'endroit où sa main m'avait touché.

— Ce qui est fait est fait, répéta-t-elle. Tu disais cela pour nous ?

Les liens avec notre passé s'étaient distendus, et nous étions en train de rouvrir de vieilles blessures qui auraient dû être cicatrisées depuis longtemps. Je ne répondis pas. Alors elle enfila son blouson, prit un billet de cinq dollars dans son sac et le laissa sur la table avant de s'éloigner, en me laissant seul avec le souvenir de sa main sur ma peau et, dans l'air, une légère trace de parfum, telle une promesse. Elle savait que Rand apprendrait que nous nous étions vus, que nous avions parlé longuement. Je pense qu'elle savait très bien ce qu'elle faisait, et qu'elle cherchait à le pousser dans ses retranchements. Moi aussi, elle me poussait. J'entendais presque l'horloge égrener les heures et les minutes jusqu'à l'instant où son couple, enfin, s'autodétruirait.

Devant elle, la porte s'ouvrit, et Angel et Louis entrèrent dans le restaurant. Ils me lancèrent un regard, auquel je répondis d'un signe de tête. Lorna surprit l'échange, et leur adressa un petit sourire au passage. Ils vinrent s'asseoir face à moi tandis que je la regardais traverser la rue et prendre à droite, emmitouflée dans sa parka blanche, la tête courbée, comme un cygne.

Angel commanda deux cafés et, en attendant, se mit à siffloter « Nos plus belles années ».

Lorsqu'ils eurent achevé leur petit déjeuner, je leur fis le récit détaillé de la découverte du corps de Gary Chute, la veille, puis nous établîmes le programme de la journée. Louis irait jusqu'au lac Moosehead pour essayer de trouver un point d'observation permettant de surveiller la baraque de Payne, la mission exploratoire de la veille n'ayant pas donné de résultats. Sur le chemin, il déposerait Angel à Greenville, dans une station-service. Angel devrait y louer une vieille Plymouth, réservée à son nom, puis aller à Rockwood, Seboomook, Pittston Farm et Jackman, West Forks et Bingham, toutes les localités situées à l'ouest et au sud-ouest du lac. Moi, je me chargerais de Monson, Abbot Village, Guilford et Dover-Foxcroft, au sud et au sud-est. Partout, nous montrerions des photos d'Ellen Cole. Nous ferions le tour des boutiques et des motels, des cafés et des restaurants, des bars et des offices de tourisme. Chaque fois que ce serait possible, nous interrogerions la police locale et les habitués des bars et restaurants, ceux qui, forcément, auraient remarqué l'arrivée d'inconnus. Une tâche pénible et peu gratifiante, mais il fallait bien le faire.

Louis me paraissait nerveux. Il ne cessait de regarder à gauche, à droite, de surveiller la rue.

— Il ne s'attaquera pas à nous de jour, lui dis-je.
— Il aurait pu nous tuer hier soir, répliqua-t-il.
— Mais il ne l'a pas fait.
— Il veut qu'on sache qu'il est là. Ça l'excite.
Et la conversation s'orienta vers un autre sujet.

Avant de me rendre dans les localités prévues, je décidai de suivre l'itinéraire qu'Ellen et son ami étaient susceptibles d'avoir emprunté le jour où ils avaient quitté Dark Hollow. En chemin, je fis halte dans une station-service pour faire équiper de chaînes les pneus de la Mustang. J'ignorais dans quel état se trouvaient les routes, plus au nord, et mieux valait prendre des précautions.

Je conduisis sans cesser de regarder dans le rétroviseur, sachant que Stritch pouvait se trouver dans les parages, mais aucune voiture ne me suivait, et je n'eus même pas l'occasion de croiser le moindre véhicule. A un peu plus de trois kilomètres de la ville, je vis le panneau indiquant le début de la route panoramique. La dénivellation était impressionnante et, dans certaines côtes, la Mustang me parut un peu à la peine. Bientôt apparut un embranchement avec deux chemins serpentant de part et d'autre, mais je suivis la route principale qui s'achevait sur un petit parking. De là, on avait une vue imprenable sur les massifs. A l'ouest miroitaient les eaux de Ragged Lake, au nord-est on pouvait admirer le parc naturel de Baxter et Katahdin. Ici s'arrêtait le réseau routier public. Au-delà, les chemins étaient réservés aux compagnies forestières, et la plupart des voitures y auraient laissé leurs amortisseurs. Le paysage, figé dans le froid et d'une extraordinaire blancheur, était magnifique. Je comprenais pourquoi la gérante du motel les avait envoyés ici, et j'imaginais aisément la splendeur du lac, baigné d'or, au coucher du soleil.

Je fis demi-tour jusqu'à l'embranchement et empruntai la petite route qui allait vers l'est. De part et d'autre de la chaussée couverte de neige, la forêt serrait les rangs et paraissait encore plus noire qu'au naturel. Au bout d'un peu moins de deux kilomètres, un barrage de troncs d'arbres et de ronces me força à rebrousser chemin. Je pris l'autre route qui, peu à peu, s'orientait au nord-ouest pour longer un étang aux berges hérissées de bouleaux squelettiques et de gros sapins. La pièce d'eau devait faire un kilomètre et demi de long sur huit cents mètres de large. Sur la rive gauche, un petit sentier se faufilait entre les arbres. Laissant là ma voiture, je suivis le chemin à pied. Très vite, le bas de mon jean se retrouva trempé.

Je marchais depuis une dizaine de minutes lorsque je sentis une odeur de fumée et entendis des aboiements. Je quittai le sentier pour gravir une pente boisée au sommet de laquelle je découvris une maisonnette coiffée d'un toit en surplomb, avec une terrasse et des fenêtres à quatre carreaux, dont la peinture s'écaillait. La bicoque avait dû être blanche, jadis, mais seules certaines boiseries, sous l'avant-toit et autour des fenêtres, avaient résisté aux assauts du temps. Le long d'un des murs, il y avait trois ou quatre poubelles en plastique comme celles qu'utilisent les professionnels pour le tri des déchets. De l'autre côté, j'aperçus un vieux pick-up Ford jaune et, juste derrière, la carcasse rouillée d'une Oldsmobile bleue aux vitres si sales qu'elles étaient devenues opaques, et dont les pneus avaient depuis longtemps disparu. Je perçus un mouvement à l'intérieur de l'épave, et un petit bâtard noir à la queue coupée, tous crocs dehors, bondit de la banquette arrière par la vitre ouverte, fonça droit sur moi et s'arrêta à un mètre en aboyant férocement.

La porte de la maison s'ouvrit, et je vis alors apparaître un vieux en bleu de travail sous un grand imperméable rouge. Il portait une petite barbe, ses cheveux longs lui collaient au crâne, et ses mains étaient littéralement noires de crasse. Je les distinguais bien, ces mains, car elles serraient un fusil à pompe Remington A-70 pointé dans ma direction. Lorsque le chien vit son maître émerger de la baraque, ses aboiements se firent plus puissants et plus féroces encore, et il se mit à agiter frénétiquement la queue.

— Qu'est-ce que vous voulez? demanda le vieux en avalant un peu les mots.

Sa bouche semblait paralysée d'un côté; j'en déduisis qu'un nerf ou un muscle de son visage avait dû être endommagé.

— Je cherche quelqu'un, répondis-je, une jeune femme qui est peut-être passée par ici il y a quelques jours.

Le vieux m'infligea une sorte de sourire en dévoilant ses chicots de dents tachetés de jaune et largement espacés, en haut comme en bas.

— Des jeunes femmes, y en a plus qui viennent ici, maugréa-t-il sans détourner son arme. Suis pas leur genre.

— C'était une blonde, pas très grande. Elle s'appelle Ellen Cole.

— Les ai pas vus, continua le vieux en agitant le fusil dans ma direction. Maintenant, dégagez de mon terrain.

Je ne fis pas mine de bouger. Le chien se rua sur le bas de mon pantalon pour le mordiller gaillardement. J'avais très envie de lui expédier un coup de pied, mais quelque chose me disait que mes mollets risquaient de le regretter. Sans détacher mon regard du vieux, je méditai sa réponse.

— Comment ça, « les ai pas vus » ? Je n'ai parlé que de la fille.

Le vieux plissa les yeux en comprenant qu'il s'était trahi. Il engagea une cartouche dans la chambre du fusil, ce qui eut pour effet de rendre le bâtard totalement hystérique. Il mordit le bas mouillé de mon jean et se mit à tirer de toute la force de ses crocs blancs.

— Je plaisante pas, insista-t-il. Vous vous tirez et vous remettez pas les pieds ici, sans quoi je vous descends, là, maintenant, et tant pis si j'ai des emmerdes avec les flics. (Il siffla son chien.) Reste pas là, bonhomme, je voudrais pas te blesser.

Aussitôt, le clébard battit en retraite, sauta à l'intérieur de la Plymouth d'un bond impressionnant et resta ainsi, à m'observer depuis la banquette avant, sans cesser d'aboyer.

— Ne m'obligez pas à revenir, mon vieux, dis-je tranquillement.

— Je vous ai pas obligé à venir, et c'est pas moi qui vais vous obliger à revenir, vous pouvez me croire. J'ai rien à vous dire. Et maintenant, c'est la dernière fois que je le répète : foutez-le camp de chez moi.

Je haussai les épaules, fis demi-tour et m'éloignai. Difficile de faire autrement sans prendre le risque de me faire exploser la cervelle. En me retournant, je vis l'autre toujours là, sur sa terrasse, le fusil à pompe entre les mains. J'avais d'autres personnes à interroger, mais quelque chose me disait que je ne tarderais pas à revoir ce vieux fou.

Ce fut ma première erreur.

20

Je pris la direction du sud. Les paroles du vieux me laissaient perplexe. Peut-être n'était-ce rien. Après tout, il pouvait très bien avoir aperçu Ricky et Ellen ensemble, à Dark Hollow, et la nouvelle de leur disparition avait dû très vite se répandre, y compris jusque dans les trous les plus perdus. Et s'il s'avérait qu'il m'avait caché quelque chose, je savais où le retrouver si nécessaire.

J'entrepris donc de faire ma tournée. Guilford et Dover-Foxcroft me prirent plus de temps que les autres localités, mais mes investigations demeurèrent infructueuses. D'une cabine, j'appelai Dave Martel, à Greenville. Il accepta de me rejoindre à St Martha's pour faciliter ma rencontre avec le directeur, le Dr Ryley. J'avais des questions à lui poser au sujet d'Emily Watts.

Et de Caleb Kyle.

— On m'a dit que vous interrogiez les gens, que vous recherchiez la fille Cole, me dit-il au moment où je m'apprêtais à raccrocher.

Je ne répondis pas tout de suite. Je ne lui avais pas parlé depuis mon retour à Dark Hollow. Il parut déceler mon étonnement.

— Hé, c'est un petit bled, tout se sait, ici. J'ai

reçu un coup de fil de New York, tôt ce matin, à propos d'elle.

— Qui était-ce ?

— Son père. Il va venir. Il semblerait qu'il se soit accroché avec Rand Jennings, et que Jennings lui ait dit de ne pas mettre les pieds à Dark Hollow s'il voulait aider sa fille. Cole voulait savoir si j'étais capable de lui en dire plus que Jennings. Il a sans doute également appelé le shérif du comté.

J'émis un soupir. Lancer un ultimatum à Walter Cole, c'était comme demander à la pluie de monter au lieu de tomber.

— A-t-il dit quand il allait arriver ?

— Demain, je pense. Je crois qu'il va prendre une chambre ici, plutôt qu'à Hollow. Vous voulez que je vous prévienne quand il sera là ?

— Non, répondis-je. Je le saurai assez vite.

Je lui fis une rapide description de l'affaire, en lui expliquant que c'était Lee, et non Walter, qui m'avait demandé d'intervenir. J'entendis Martel ricaner.

— Je me suis aussi laissé dire que vous étiez là quand on a retrouvé Gary Chute, me dit-il. Vous, on peut dire que vous avez une vie compliquée.

— De nouveau, de ce côté-là ?

— Daryl a conduit les gardes forestiers à l'endroit où il pense avoir découvert le corps — ce qui fait une sacré trotte, à ce qu'il paraît —, et dès qu'on aura dégagé la route, ils ramèneront le camion pour faire les analyses. Le corps sera bientôt à Augusta. D'après l'un des extras qui bossent pour lui et qui étaient ici ce matin, Jennings a l'impression d'avoir vu des traces de coups, comme si Chute avait été tabassé avant de mourir. Ils vont interroger sa femme et voir si ce n'est pas elle qui a envoyé quelqu'un s'occuper de lui, parce qu'elle en aurait eu marre…

— N'importe quoi, commentai-je.

— Je suis d'accord, me répondit Martel. On se retrouve à la maison de retraite.

A mon arrivée, sa voiture était déjà garée devant la grille de St Martha's. Le Dr Ryley et lui m'attendaient à l'accueil.

Le directeur de l'établissement était un homme d'une cinquantaine d'années. Superbe dentition, complet bien coupé, et les manières onctueuses d'un représentant en cercueils. Il me tendit une main aussi molle que moite, et je dus résister à l'envie de m'essuyer la paume sur mon jean. Je comprenais mieux, maintenant, pourquoi Emily Watts lui avait tiré dessus.

Il commença par nous dire à quel point il regrettait ce qui s'était passé, puis nous expliqua qu'à la suite de ces tragiques événements de nouvelles mesures de sécurité avaient été prises. En d'autres termes, on fermait désormais les portes à clé et on dissimulait tous les objets susceptibles de défoncer le crâne du vigile. Après quelques palabres avec Martel, il accepta de me laisser rencontrer Mme Schneider, la voisine d'étage d'Emily Watts. Martel décida de rester dans le hall ; selon lui, si nous débarquions à deux, la vieille risquait de paniquer. Il s'assit, tira à lui, du bout des pieds, une autre chaise, étendit ses jambes et parut s'assoupir.

Mme Erica Schneider était une juive allemande venue se réfugier aux Etats-Unis avec son mari en 1938. Joaillier, celui-ci avait emporté avec lui suffisamment de pierres précieuses pour ouvrir une boutique à Bangor. Ils avaient toujours vécu très confortablement, me dit-elle, jusqu'à son décès.

On s'aperçut alors qu'au cours des cinq dernières années il avait accumulé à l'insu de sa femme des dettes considérables. Elle s'était donc vue contrainte de vendre leur maison et la plupart de leurs biens, et était tombée malade, minée par le stress. Ses enfants l'avaient placée en maison de retraite, en arguant du fait qu'ils habitaient tous dans la région, ce qui faciliterait les visites. Mais en fait, nous assura-t-elle, ils ne se donnaient jamais la peine de venir la voir. Elle passait le plus clair de son temps à regarder la télé ou à lire, et s'il faisait suffisamment bon, elle allait se promener dans le parc.

J'étais assis à côté d'elle. La chambre était petite, mais bien rangée. Le lit était fait. L'unique placard renfermait une impressionnante collection de robes anciennes, toutes de couleur sombre, et on pouvait voir sur une tablette les différents produits de beauté que la vieille dame prenait soin d'appliquer sur sa peau chaque matin. Elle se tourna vers moi pour me dire :

— J'espère que je mourrai bientôt. Je veux partir d'ici.

Je fis mine de n'avoir pas entendu. Que pouvais-je répondre ?

— Madame Schneider, lui dis-je, je ferai tout ce que je peux pour que tout ce qui se dira aujourd'hui reste entre nous, mais j'ai besoin de savoir une chose : avez-vous téléphoné à un homme du nom de Willeford, à Portland, et lui avez-vous parlé d'Emily Watts ?

Elle ne répondit pas. L'espace d'un instant, je me dis qu'elle allait peut-être fondre en larmes, car elle regarda ailleurs et ses yeux semblaient lui poser un problème.

— Madame Schneider, poursuivis-je, il faut

vraiment que vous m'aidiez. Plusieurs meurtres ont été commis, et une jeune fille a disparu. J'ai des raisons de croire que ces différents événements ont tous un rapport avec Emily Watts. Si vous pouviez m'apprendre quoi que ce soit, me donner des éléments susceptibles de m'aider à boucler cette affaire, je vous en serais extrêmement reconnaissant, croyez-moi.

Elle attrapa la ceinture de sa robe de chambre et la tordit en grimaçant. Puis, enfin, elle parla.

— Oui. Je pensais que ça pourrait l'aider. (La ceinture se tendit, et la voix de la vieille femme se mit à tressaillir de peur, comme si le cordon était en train de se serrer autour de son cou, et non de ses mains.) Elle était tellement triste.

— Pourquoi, madame Schneider ? Pourquoi était-elle triste ?

Ses mains torturaient toujours le cordon.

— Un soir, il y a peut-être de ça un an, je l'ai vue en train de pleurer. Je suis allée la voir, je l'ai prise dans mes bras et là, elle m'a parlé. Elle m'a dit que c'était l'anniversaire de son fils — un garçon, à ce qu'elle disait, mais elle n'avait pas pu le garder parce qu'elle avait peur.

— Peur de quoi, madame Schneider ?

— Peur de l'homme qui lui avait fait l'enfant.

Elle déglutit, regarda vers la fenêtre.

— A qui ça ferait du tort, de parler de ces choses-là maintenant ? chuchota-t-elle, surtout à sa propre intention, avant de se tourner vers moi. Elle m'a dit que quand elle était jeune, son père... Son père était quelqu'un de très mauvais, monsieur Parker. Il la battait et il la forçait à faire des choses, vous comprenez ? Des choses sexuelles, *ja* ? Et même après, il a refusé qu'elle s'en aille, parce qu'il voulait qu'elle reste près de lui.

Je me contentais de hocher la tête, sans rien dire. Les mots s'échappaient d'elle comme des rats d'un sac.

— Puis un autre homme est arrivé en ville, et cet homme-là lui a fait l'amour, et l'a emmenée dans son lit. Elle ne lui a pas dit que son père la violait, mais elle a fini par lui dire qu'il la battait. Et cet homme, il a trouvé le père dans un bar, il lui a cassé la figure et il lui a dit qu'il ne devait plus jamais frapper sa fille. (Elle soulignait chaque mot d'un geste du doigt, détachait soigneusement les syllabes pour renforcer son témoignage.) Il a dit à son père que s'il arrivait quoi que ce soit à sa fille, il le tuerait. Et à cause de ça, Mlle Emily est tombée amoureuse de cet homme.

« Mais il y avait un problème chez cet homme, monsieur Parker, ici (elle toucha sa tête) et ici (elle désigna son cœur). Elle ne savait pas où il habitait, ni d'où il venait. Il venait la retrouver quand il en avait envie. Il était absent des jours entiers, et parfois pendant plusieurs semaines. Il sentait le bois, la sève et une fois, quand il est venu la voir, il avait du sang sur les vêtements et sous les ongles. Il lui a dit qu'il avait tué un cerf sur la route. Une autre fois, il lui a dit que c'était arrivé à la chasse. Deux raisons différentes, qu'il lui a données, et elle a commencé à avoir peur.

« C'est à cette époque-là que les jeunes filles ont commencé à disparaître, monsieur Parker, deux filles. Et un jour, quand elle était avec lui, elle a senti une odeur, un parfum de femme. Son cou, il était tout écorché, comme par une main. Ils ont commencé à se disputer, et il lui a répondu qu'elle imaginait des choses, qu'il s'était égratigné contre une branche.

« Mais elle savait que c'était lui, monsieur Parker. Elle savait que c'était lui qui kidnappait les filles, mais elle n'aurait pas pu dire pourquoi. Et maintenant, voilà qu'elle était enceinte de lui, et lui, il le savait. Elle ne voulait pas le lui dire, elle était morte de peur, mais, quand il l'a su, il était ravi. Il voulait un fils, monsieur Parker. Il le lui avait dit, comme ça : "Je veux un fils."

« Mais pour elle, il n'était pas question de confier un enfant à un homme pareil. Elle avait de plus en plus peur. Et lui, monsieur Parker, il le voulait, ce gosse, vous ne pouvez pas savoir à quel point. Il n'arrêtait pas de lui poser des questions, de lui dire qu'il fallait faire attention au bébé qu'elle avait dans le ventre. Mais de la part de cet homme-là, ce n'était pas de l'amour, ou alors une forme d'amour bizarre, malsaine. Elle savait qu'il emporterait l'enfant s'il le pouvait, et qu'elle ne le reverrait jamais. Elle savait que cet homme-là, il était mauvais, encore pire que son père.

« Un soir, elle était avec lui, dans son pick-up, près de chez son père, et elle lui a dit qu'elle avait mal au ventre. Dans les toilettes, dehors, elle avait un journal, et dans le journal il y avait… (Elle peina à prononcer les mots.) Des boyaux, du sang, des cochonneries. Enfin, vous comprenez, hein ? Et elle a commencé à pleurer, elle s'est mis du sang sur elle, elle a tout jeté dans la cuvette, et puis elle l'a appelé et elle lui a dit, elle lui a dit qu'elle avait perdu le bébé…

Mme Schneider s'interrompit une nouvelle fois. Elle se drapa dans l'une des couvertures de son lit. Elle avait froid.

— Quand elle lui a dit ça, reprit-elle, elle a cru qu'il allait la tuer. Il s'est mis à hurler, monsieur Parker, à hurler comme une bête sauvage, et il l'a tirée par les cheveux, et il lui a donné des coups, encore et encore. Il lui criait qu'elle était faible, qu'elle était une moins que rien. Il disait qu'elle avait tué son bébé. Et puis il est parti et elle l'a entendu farfouiller dans la cabane à outils de son père. Et quand elle a entendu le bruit de la lame, elle s'est sauvée dans la forêt. Mais lui, il l'a suivie et elle l'entendait se rapprocher. Elle est restée sans bouger, sans respirer, et il l'a dépassée sans la voir, et il n'est jamais, jamais revenu.

« Après, on a retrouvé les filles pendues à l'arbre, et elle, elle savait que c'était lui qui les avait laissées là. Mais elle ne l'a jamais revu, et elle est venue chez les sœurs, ici, à St Martha's, et je pense qu'elle leur a peut-être dit pourquoi elle avait peur. Elles l'ont hébergée jusqu'à l'accouchement et elles lui ont pris le bébé. Après, elle n'a jamais plus été la même et, des années et des années plus tard, elle est revenue ici et les sœurs se sont occupées d'elle. Quand la maison a été vendue, elle a dépensé le peu qu'il lui restait pour rester ici. Ce n'est pas bien cher, ici, monsieur Parker, vous le voyez bien, hein, dites ?

Elle désigna le décor sinistre de sa chambrette. La peau de sa main n'était guère plus épaisse que du papier à cigarettes, et le soleil dégoulinait comme du miel entre ses doigts.

— Madame Schneider, Emily vous a-t-elle dit comment s'appelait cet homme, le père du bébé ?

— Je ne sais pas, me répondit-elle.

Le temps d'un léger soupir, je me rendis compte que je ne lui avais pas laissé de temps de terminer, qu'elle avait encore quelque chose à dire.

— Je ne connais que son prénom, poursuivit-elle.

Et sa main balaya doucement l'air, comme pour faire surgir le nom du passé.

— Caleb, il s'appelait.

De la neige, à l'intérieur comme à l'extérieur. Des rafales de souvenirs. Ces jeunes filles qui tournoient dans le petit vent, sous les yeux de mon grand-père, lentement submergé par un mélange de colère et de tristesse, et cette odeur atroce qui l'enveloppe comme une cape en état de décomposition. Il les contemple, lui qui est père et mari, et il songe à tous ces jeunes hommes qu'elles n'embrasseront jamais, à ces amants dont elles ne sentiront jamais le souffle contre leur joue au cœur de la nuit, et que la chaleur de leur corps ne réconfortera jamais. Il songe aux enfants qu'elles n'auront jamais, puisqu'il leur est désormais interdit de créer de nouvelles vies, puisqu'il y a un trou béant dans leur ventre, à l'endroit où on leur a déchiré l'utérus. Chacune d'elles renfermait d'inépuisables possibilités et, avec leur mort, un nombre infini d'existences a pris fin, des univers potentiels ont disparu à jamais. Elles ne sont plus, et le monde s'en trouve encore un peu rétréci.

Je me levai et allai à la fenêtre. La neige rendait le parc plus accueillant et les arbres moins dépouillés, mais tout cela n'était qu'une illusion. Les choses sont ce qu'elles sont, et les changements dus à la nature ne dissimulent qu'un temps leur véritable essence. Et je pensais à Caleb, lancé en pleine forêt, dans cette pénombre rassurante, fou furieux d'avoir perdu son enfant, d'avoir été trahi par le corps trop mince, trop faible, de cette femme qu'il avait protégée, puis fécondée. Après elle, il avait tué trois jeunes filles pour calmer sa colère, puis les avait suspendues à un arbre, telles des décorations, pour qu'un autre les découvre, un homme qui ne lui ressemblait pas, un homme si différent de lui que la mort de chacune de ces jeunes femmes le touchait personnellement. Car dans l'univers de Caleb, chaque chose menait à son contraire : la création menait à la destruction, l'amour menait à la haine, la vie menait à la mort.

Cinq cadavres, mais six disparues. L'une d'entre elles n'avait jamais été retrouvée. Dans les dossiers de mon grand-père, j'avais découvert une liasse entière de pages la concernant. Son emploi du temps, le jour de sa disparition, avait été soigneusement reconstitué. La photo était agrafée dans le coin supérieur. Judith Mundy, aux allures de fille saine, aux traits un peu rudes, parce que des générations, avant elle, s'étaient épuisées à travailler un sol ingrat pour prendre pied et réussir à survivre dans ce pays. Judith Mundy, que personne n'avait jamais revue et que tout le monde avait oubliée, tout le monde sauf ses parents, pour qui son absence s'était muée en gouffre, un gouffre dans lequel leurs cris ne rencontraient pas même un simple écho.

— Pour quelle raison un homme aurait-il fait une chose pareille à ces filles ? entendis-je Mme Schneider dire.

Malheureusement, je n'avais aucune réponse à lui donner. J'avais dévisagé des hommes qui avaient assassiné en toute impunité durant des décennies entières, et j'ignorais toujours les raisons de leurs actes. Je regrettais de ne plus avoir Walter Cole comme collègue. Walter avait cette capacité : il regardait en lui-même et, persuadé d'être un juste, il se représentait ce qui n'était pas juste, une minuscule tumeur de malignité et de mauvaise volonté, une petite zone atteinte à partir de laquelle il pouvait prévoir l'évolution du cancer. Pour moi, il était un peu comme ces mathématiciens qui, face à un carré sur une feuille, sont capables de calculer son évolution dans d'autres dimensions, dans d'autres sphères, tout en restant totalement détachés du problème qu'on les a chargés de résoudre.

C'était sa force et aussi, me semblait-il, sa faiblesse. Au bout du compte, il n'allait pas suffisamment au fond de lui-même, car il avait peur de découvrir ses propres aptitudes au mal. Il résistait au besoin de bien se connaître pour mieux connaître les autres. Se comprendre, c'est prendre la mesure de son potentiel face au bien comme au mal, et j'avais le sentiment que Walter Cole refusait de s'imaginer capable de commettre, à quelque degré que ce fût, un acte hautement répréhensible. Parce que j'avais fait des choses qu'il jugeait moralement inacceptables, parce que j'avais traqué ceux qui avaient mal agi et qu'à cette occasion j'avais mal agi moi-même, Walter avait rompu tout lien avec moi, alors qu'il s'était pourtant servi de moi pour retrouver ces individus, en sachant très bien ce que je ferais. Voilà pourquoi nous n'étions plus amis : moi, je reconnaissais ma culpabilité, mes torts les plus graves — cette douleur, cette blessure, cette colère, cette mauvaise conscience, ce désir de revanche —, et je me servais de tout cela. Peut-être tuais-je un peu de moi-même chaque fois que je le faisais, peut-être était-ce le prix à payer. Mais Walter, lui, était un homme bien, et comme beaucoup d'hommes bien, il avait le tort de se croire meilleur que son prochain.

— A mon avis, c'était la mère, murmura Mme Schneider.

Appuyé contre la fenêtre, j'attendis qu'elle poursuive.

— Un jour, cet homme, ce Caleb, avait bu, et il a parlé à Mlle Emily de sa mère. C'était une femme sévère, monsieur Parker. Le père, il les avait abandonnés parce qu'il avait peur d'elle, et puis il était mort à la guerre. Elle battait son petit garçon, elle le frappait avec des baguettes et des chaînes et elle lui faisait aussi des choses pires encore. La nuit, monsieur Parker, elle venait dans sa chambre, dans la chambre du gosse, et elle le touchait et le prenait en elle. Et ensuite, quand elle avait fini, elle lui faisait du mal. Elle le tirait par les jambes ou par les cheveux, et elle lui donnait des coups de pied jusqu'à ce qu'il tousse du sang. Elle l'attachait dehors, comme un chien, tout nu, sous la pluie, sous la neige. Tout ça, il l'a raconté à Mlle Emily.

— Lui a-t-il dit où cela s'était passé ?

Elle secoua la tête.

— Dans le Sud, peut-être. Je ne sais pas. Je crois que…

Elle se concentra. Les doigts de sa main droite dansèrent devant moi. Je ne l'interrompis pas.

— *Medina*, fit-elle enfin, le regard triomphal. Il a parlé à Mlle Emily d'un coin qui s'appelait Medina.

Je notai le nom dans mon calepin.

— Et qu'est devenue sa mère ?

Mme Schneider se tortilla sur sa chaise, me regarda et me dit simplement :

— Il l'a tuée.

La porte, derrière moi, s'ouvrit. Une infirmière apporta une cafetière et deux tasses, ainsi qu'un plateau de gâteaux secs. Sans doute devions-nous cette initiative au Dr Ryley. Mme Schneider afficha sa surprise avant de jouer les hôtesses. Elle me servit du café, me proposa du sucre et du lait. Elle insista pour que je prenne des gâteaux, mais je préférai décliner son offre, sachant qu'elle serait contente de les manger plus tard. J'avais vu juste : elle en prit un seul pour elle, puis emballa soigneusement les autres dans deux serviettes en papier pour les entreposer dans le dernier tiroir de sa commode. Puis, alors que de nouveaux nuages annonciateurs de neige se rassemblaient dans le ciel et que l'après-midi s'obscurcissait, elle me parla encore d'Emily Watts, toujours avec cette prononciation appliquée et ce durcissement des consonnes qui trahissaient ses origines.

— Ce n'était pas une femme qui parlait beaucoup, monsieur Parker, à part ce jour-là. Elle disait bonjour ou bonsoir, ou bien elle parlait du temps, mais rien de plus. Elle n'a jamais reparlé du garçon. Les autres, ici, si vous leur posez des questions, ou même si vous allez les voir dans leur chambre un moment, ils ou elles vont vous parler de leurs enfants, de leurs petits-enfants, de leur femme ou de leur mari. (Elle sourit.) Comme je l'ai fait moi, monsieur Parker.

J'allais lui dire quelque chose, lui dire que cela ne me gênait pas, que c'était intéressant, que c'était la moindre des choses, enfin, une réponse pas tout à fait sincère, mais bien intentionnée, lorsqu'elle leva la main pour m'arrêter.

— Ne commencez pas à me dire que ça vous a amusé. Je ne suis plus une jeune fille qu'il faut essayer de faire rire.

Elle me parlait sans se départir de son sourire. Il y avait chez elle quelque chose, comme un écho de sa beauté d'antan, qui me disait que, dans sa jeunesse, bien des hommes avaient dû essayer de la faire rire, et avec le plus grand enthousiasme.

— Et elle, elle ne parlait pas de ces choses-là,

poursuivit-elle. Il n'y avait pas de photos dans sa chambre, pas de cadre, et depuis mon arrivée ici, il y a cinq ans, tout ce qu'elle m'avait dit, c'était "bonjour, madame Schneider" ou "belle journée, madame Schneider". Que ça, et rien d'autre, sauf cette fois-là, et je crois qu'après, elle a eu honte, ou alors peur. Elle n'a pas eu de visites, et elle n'en a jamais reparlé, jusqu'au jour où le jeune homme est venu.

Je me penchai en avant et elle m'imita, ce qui fit que nous n'étions plus qu'à quelques centimètres l'un de l'autre.

— Il est arrivé quelques jours après mon coup de téléphone à M. Willeford, dont j'avais vu la publicité dans le journal. D'abord on a entendu des cris qui venaient d'en bas, puis quelqu'un qui courait. Un homme jeune, très fort, avec des grands yeux, l'air fou furieux, est passé devant ma porte et je l'ai vu se précipiter dans la chambre de Mlle Emily. Alors j'ai eu peur pour elle, et pour moi, mais j'ai pris ma canne (elle désigna une canne à la poignée sculptée en forme d'oiseau et au bout ferré) et je l'ai suivi.

« Quand je suis arrivée dans la chambre, Mlle Emily était assise près de la fenêtre, comme moi maintenant, mais elle avait les mains, comment dire, *ach*, comme ça. (Mme Schneider plaqua ses mains sur ses joues et ouvrit la bouche d'un air effaré.) Et le jeune homme, il l'a regardée et il n'a dit qu'un seul mot : "Maman ?" Comme ça, comme si c'était une question. Mais elle, elle a juste fait "non, non, non" en secouant sans arrêt la tête. Le jeune, il a voulu s'approcher d'elle, mais elle a reculé, reculé, jusqu'au coin de la chambre, et là elle s'est mise par terre.

« Ensuite, derrière moi, j'ai entendu les infirmières qui arrivaient avec le vigile, le gros, celui que Mlle Emily a assommé le soir où elle s'est sauvée, et on m'a fait sortir de la chambre pendant qu'ils emmenaient le jeune. Je l'ai regardé, à ce moment-là, monsieur Parker, et son visage... Oh, son visage, c'était comme s'il avait vu quelqu'un mourir, quelqu'un qu'il aimait. Il a crié en pleurant "Maman, Maman" encore une fois, mais elle n'a pas répondu.

« La police est arrivée et elle a emmené le jeune homme. L'infirmière, elle est venue voir Mlle Emily pour lui demander si c'était vrai, ce que le jeune avait dit. Et elle lui a répondu que non, qu'elle ne savait pas de quoi il parlait, qu'elle n'avait pas de fils, pas d'enfant.

« Mais ce soir-là, je l'ai entendue pleurer tellement longtemps que j'ai cru qu'elle ne s'arrêterait jamais. Je suis allée chez elle, je l'ai prise dans mes bras. Je lui ai dit qu'elle ne devait pas avoir peur, qu'elle était en sécurité, mais elle a simplement répondu une chose.

Elle s'arrêta, et je vis que ses mains tremblaient. Je les pris dans les miennes pour les immobiliser. Elle dégagea sa main droite, la glissa au-dessus de la mienne et la serra vigoureusement, les yeux clos. Et je crois que, l'espace d'un instant, je devins son fils, l'un de ceux qui ne lui rendaient jamais visite et qui la laissaient s'éteindre dans le froid du Nord aussi sûrement que s'ils étaient allés l'abandonner dans les forêts de Piscataquis ou d'Aroostock. Ses yeux se rouvrirent, elle me lâcha la main. Elle ne tremblait plus.

— Madame Schneider, demandai-je à mi-voix, qu'a-t-elle dit ?

— Elle a dit : « Maintenant, il va me tuer. »

— De qui parlait-elle ? De Billy, le jeune homme qui était venu la voir ?

Mais j'avais déjà une idée de la réponse. Mme Schneider secoua la tête.

— Non, l'autre. Celui qui la recherchait, celui dont elle avait peur. Elle disait que s'il la retrouvait, personne ne pourrait l'aider, personne ne pourrait la sauver. C'est lui qui est venu, après, conclut la vieille femme. Il a appris ce qui s'était passé, et il est venu.

J'attendis. Quelque chose effleura la fenêtre et je regardai un flocon glisser lentement le long de la vitre en fondant.

— C'était la veille du jour où elle s'est sauvée. Il faisait froid, ce soir-là. Je m'en souviens, j'ai dû demander une couverture en plus, tellement j'avais froid. Quand je me suis réveillée, il faisait nuit noire, il n'y avait pas de lune. Et j'ai entendu un bruit, dehors, quelque chose qui grattait.

« Je me suis levée, et le sol était si froid que j'en ai frissonné. Je suis allée à la fenêtre, j'ai tiré un peu le rideau, mais je ne voyais rien. Puis j'ai de nouveau entendu le bruit, j'ai regardé en bas, et là…

Elle était terrifiée. Je sentais s'échapper d'elle, par vagues successives, une peur immense qui l'avait profondément ébranlée.

— Il y avait un homme, monsieur Parker, et il était en train d'escalader la gouttière, centimètre par centimètre. Comme il avait la tête baissée et qu'il regardait dans l'autre sens, je n'ai pas pu le voir. Et de toute façon, il faisait si noir que ce n'était qu'une silhouette. Mais il est monté jusqu'à la fenêtre de Mlle Emily et je l'ai vu essayer de la forcer d'une main. J'ai entendu Mlle Emily hurler, et je me suis mise à hurler aussi, et je me suis précipitée dans le couloir pour appeler une infirmière. Pendant ce temps, Mlle Emily n'arrêtait pas de hurler. Mais quand le personnel est arrivé, l'homme avait disparu et on n'a trouvé aucune trace de lui dans le parc.

— Quel type d'homme était-ce, madame Schneider ? Grand ? Petit ? Gros ? Maigre ?

— Je vous l'ai dit : il faisait nuit noire. J'avais du mal à voir.

Elle balançait la tête de gauche à droite, désespérée de ne pas se souvenir.

— Pensez-vous qu'il pouvait s'agir de Billy ?

— Non, me répondit-elle, catégorique. Ce n'était pas sa silhouette. Lui, il était plus massif. (Elle leva les mains pour simuler la carrure des épaules de Billy.) Quand j'ai parlé de l'homme à l'infirmière, je crois qu'elle s'est dit que j'avais imaginé des choses, que nous n'étions que deux vieilles en train de se faire peur. Mais je vous assure que ce n'était pas ça, monsieur Parker. Cet homme, je ne l'ai pas bien vu, mais je l'ai *senti*. Ce n'était pas un cambrioleur qui venait voler des vieilles dames. Il voulait quelque chose d'autre. Il voulait faire du mal à Mlle Emily, la punir à cause de quelque chose qu'elle avait fait il y a longtemps. Le jeune Billy, celui qui l'avait appelée « Maman », il a déclenché quelque chose en venant ici. Ou peut-être que c'est moi, monsieur Parker, qui ai déclenché quelque chose en appelant ce Willeford. Peut-être que tout est de ma faute.

— Non, madame Schneider, lui dis-je. Ce n'est pas de votre faute. Tout a été déclenché par quelque chose qui s'est passé il y a très longtemps.

Elle me regarda alors d'un œil attendri, puis posa

la main sur mon genou pour souligner ses mots, et chuchota :

— Elle avait peur, monsieur Parker. Elle avait tellement peur qu'elle voulait mourir.

L'heure était venue de l'abandonner à ses souvenirs et à ses remords. L'hiver, ce voleur de lumière, éclipsait par instants les feux qui brillaient dans le lointain. Martel et moi rejoignîmes nos voitures.

— Avez-vous appris quelque chose ? me demanda-t-il.

Au lieu de répondre immédiatement, je regardai vers le nord, vers la forêt, vers les immensités inhabitées.

— Un homme pourrait-il survivre là-bas ?

Martel prit un air songeur.

— Tout dépend du temps qu'il y passe, de ce qu'il porte, de ce qu'il a comme provisions...

— Ce n'est pas ce que je voulais dire, l'interrompis-je. Pourrait-il survivre longtemps, mettons, des années ?

Martel s'accorda quelques secondes de réflexion. Et en me répondant très sérieusement, sans un soupçon de moquerie, il monta dans mon estime.

— Je ne vois pas pourquoi ce ne serait pas possible. Des gens ont survécu ici depuis l'arrivée des premiers colons. On a retrouvé des vestiges de cabanes de fermiers qui le prouvent. Ce serait une vie difficile, et je suppose que le gars serait obligé de retourner à la civilisation de temps en temps, mais c'est faisable.

— Et il serait sûr que personne ne viendrait le déranger ?

— Tout est resté tel quel depuis près de cinquante ans. Si on s'enfonce suffisamment dans les bois, on est même sûr de n'y rencontrer ni chasseurs, ni gardes forestiers. Vous pensez que quelqu'un y serait allé ?

— Oui, je le pense, lui dis-je en lui serrant la main, avant d'ouvrir la portière de la Mustang. Et le problème, c'est que je pense aussi qu'il est ressorti du bois.

21

J'avais reniflé sa trace, j'avais commencé à m'imprégner du peu que je savais de lui, mais si je voulais le comprendre, si je voulais le traquer et mettre la main sur lui avant qu'il ne retrouve Billy Purdue, il m'en fallait davantage. J'étais tout près d'établir le contact : c'était là, à ma portée, comme une mélodie familière dont on ne retrouve pas le nom. J'avais besoin d'une personne capable d'établir, à partir de mes esquisses de soupçons, un schéma global cohérent, et pour cela, je ne connaissais qu'une seule personne de confiance.

Il fallait que je voie Rachel Wolfe.

De retour à Dark Hollow, je pris ce qu'il me fallait pour la nuit, sans oublier le dossier Caleb Kyle. Louis et Angel arrivèrent, chacun dans sa voiture, juste au moment où je repartais. Je leur expliquai ce que j'avais en tête avant d'attaquer la route pour Bangor. J'avais un avion à prendre, destination Boston.

Je venais de dépasser Guildford lorsque j'aperçus, trois voitures devant moi, un pick-up Ford jaune dont le pot d'échappement vomissait une fumée noire sur la chaussée. J'accélérai pour le doubler et en profitai pour jeter au passage un coup d'œil au conducteur, l'air de rien. C'était le vieux qui m'avait menacé avec son fusil à pompe. Je restai un moment devant lui, puis fis un bref arrêt dans une station-service, à Dover-Foxcroft, pour le laisser passer. Je le pris en filature en lui laissant quatre ou cinq longueurs d'avance. Arrivé à Orono, il s'engagea dans le parking d'un petit centre commercial pas très reluisant et s'arrêta devant un magasin, Stuckey Trading. Je regardai ma montre. Si je m'attardais, j'allais louper mon vol. J'eus juste le temps de regarder le vieux prendre deux sacs noirs à l'arrière du Ford et les transporter dans la boutique, avant de flanquer une claque énervée à mon volant et de foncer vers l'aéroport de Bangor.

Je savais que Rachel Wolfe occupait un poste de directrice d'études à Harvard ; l'université finançait ses recherches sur le lien entre les malformations du cerveau et les comportements criminels. Elle avait quitté le privé et, à ma connaissance, ne proposait plus ses services en matière de profilage.

Rachel avait souvent conseillé, à titre officieux, la police new-yorkaise, notamment au cours des différentes enquêtes sur les meurtres commis par le Voyageur. C'était ainsi que j'avais fait sa connaissance, que nous étions devenus amants, et c'était également ce qui avait fini par nous séparer brutalement. Rachel, dont le frère, officier de police, avait été abattu par un déséquilibré, était convaincue qu'une meilleure connaissance de la psychologie criminelle pouvait permettre d'empêcher des tragédies semblables de frapper d'autres innocents. Mais le Voyageur ne raisonnait pas comme les autres, et en voulant le traquer, Rachel avait failli perdre la vie. Elle avait fait savoir qu'elle ne souhaitait plus me voir, et jusqu'à récemment, j'avais respecté son choix. Je ne voulais pas la faire souffrir davantage, mais aujourd'hui, je ne voyais pas vers qui d'autre me tourner.

Et je savais qu'il n'y avait pas que cela. Au cours des trois derniers mois, je m'étais rendu deux fois à Boston dans l'intention de la voir, de rétablir les ponts, mais chaque fois j'avais rebroussé chemin sans avoir l'occasion de lui adresser la parole. Lors de ma dernière visite, je n'avais pu faire mieux que laisser ma carte de visite tandis que Louis m'attendait en bas, à la réception. Peut-être était-ce Caleb Kyle qui, paradoxalement, allait nous rapprocher, en nous donnant l'occasion de travailler ensemble à nouveau.

Dans l'avion, j'ajoutai au dossier établi par mon grand-père tout ce que j'avais appris de la bouche de Mme Schneider, en inscrivant soigneusement chaque mot en capitales. Je pris également le temps de contempler en détail toutes les photos de ces jeunes filles décédées depuis longtemps, dont mon grand-père avait minutieusement retracé le parcours, plus minutieusement, sans doute, qu'on ne l'avait fait de leur vivant. A bien des égards, il les avait connues, s'était intéressé à elles autant que leurs propres parents. Et dans certains cas, davantage, même. Il avait vécu treize ans de plus que son épouse, douze ans de plus que sa fille. Oui, décidément, il en avait pleuré, des femmes...

Je me souvins d'une de ses phrases, un jour, alors que je venais d'entrer dans la police. J'étais assis à côté de lui, à la maison, à Scarborough, nous avions chacun notre gobelet de café, et je le voyais examiner mon insigne en le retournant dans tous les sens. Les reflets jouaient sur les verres de ses lunettes. Dehors, le soleil brillait, mais il faisait sombre et presque froid dans la maison.

— Drôle de vocation, finit-il par dire. Ces violeurs, ces meurtriers, ces voleurs, ces revendeurs de drogue, on a besoin d'eux pour exister. Sans eux, on ne servirait à rien. Ce sont eux qui donnent un sens à notre vie professionnelle.

«Et le danger est là, Charlie. Parce qu'à un moment ou un autre, tu vas tomber sur un type qui sera un cas à part, un type que tu ne pourras pas laisser derrière toi en enlevant ton insigne, le soir. Et il faudra que tu luttes, sinon tes amis, tes proches vont tous être contaminés par son ombre. Un type de ce genre fait de toi sa créature. Ta vie finit par devenir le prolongement de la sienne, et si tu ne le retrouves pas, si tu ne le supprimes pas, il te hante jusqu'à la fin de tes jours. Me comprends-tu, Charlie ?

Je comprenais, ou du moins le pensais-je. Au crépuscule de sa vie, il portait encore la marque de sa rencontre avec Caleb Kyle. Il espérait que cela ne m'arriverait pas, mais cela m'était arrivé. J'en avais fait l'expérience avec le Voyageur, et aujourd'hui, cela recommençait. J'avais hérité de la bête noire de mon grand-père, de son fantôme, de son démon.

Après avoir effectué mes ajouts, je relus l'intégralité du dossier en essayant de me mettre à la place de mon grand-père et, à travers ses efforts, à la place de Caleb Kyle. Le dernier document était une page du *Maine Sunday Telegraph* datée de 1977, douze ans après que l'homme que mon grand-père avait connu sous le nom de Caleb Kyle eut totalement disparu de la circulation. On y voyait une photo prise à Greenville, une photo d'un représentant de la Scott Paper Company — propriétaire de la majeure partie des forêts au nord de Greenville — offrant le vapeur *Katahdin* au musée de la marine de Moosehead, qui allait le restaurer. En arrière-plan, on voyait des gens sourire et saluer. Tout au fond, on distinguait une silhouette, face à l'objectif, un carton style carton à provisions dans les bras. Un homme grand et efflanqué, avec de longs et maigres bras, des jambes fines mais musclées. Le visage, flou, avait été soigneusement entouré d'un cercle rouge, au feutre.

Mais mon grand-père l'avait agrandi, agrandi, agrandi encore, en superposant les tirages. Jusqu'à obtenir la forme et les dimensions d'un crâne, un crâne de points noirs sur fond blanc, avec des fosses en guise d'yeux. L'homme de la photo était devenu un spectre aux traits indéfinissables, et seul mon grand-père aurait pu le reconnaître. Car mon grand-père l'avait côtoyé dans ce bar, avait senti son odeur, l'avait écouté lui indiquer comment trouver cet arbre sous lequel des filles mortes se balançaient dans la brise.

Pour mon grand-père, il ne faisait pas de doute que cet homme était Caleb Kyle.

A l'aéroport, j'appelai le département de psychologie de Harvard pour savoir si Rachel Wolfe devait donner des cours dans la journée. On commença par vérifier mon identité, puis on me répondit qu'elle en donnait un à dix-huit heures. Soit trois quarts d'heure plus tard. Si je la manquais sur le campus, je pouvais essayer d'obtenir son adresse personnelle, mais cela me prendrait forcément beaucoup de temps, un temps dont je ne disposais pas. Je hélai un taxi et, après avoir très vivement encouragé le chauffeur à prendre le tunnel Ted Williams pour éviter les embouteillages, je parvins à Cambridge.

C'était la période des élections universitaires : une banderole flottait au-dessus du Grafton Pub et de nombreux étudiants avaient épinglé des badges sur leurs vêtements et leurs sacs. Je n'eus qu'à traverser le campus jusqu'à l'intersection de Quincy et Kirkland, puis à m'asseoir à l'ombre de l'église de la Nouvelle-Jérusalem, face au William James Hall.

A dix-sept heures cinquante-neuf, une silhouette vêtue d'un manteau de laine et d'un pantalon noirs, chaussée de bottines, cheveux noués en arrière par un ruban noir et blanc, descendit Quincy et pénétra dans le Hall. Même de loin, Rachel paraissait toujours aussi belle, et je surpris un ou deux étudiants à lui lancer un regard au passage. Je la suivis à faible distance jusqu'à la salle 6, au sous-sol, afin de m'assurer qu'elle n'allait pas annuler et s'en aller. Elle entra dans la salle et referma la porte derrière elle. Je n'avais plus qu'à m'installer sur une chaise en plastique et à guetter sa sortie.

Au bout d'une heure, la porte s'ouvrit et je vis surgir un flot d'étudiants, la plupart encombrés de grands cahiers à spirale qu'ils serraient contre leur poitrine ou qui dépassaient de leur sac — Rachel avait toujours eu un faible pour les cahiers à spirale. Je m'effaçai pour laisser passer le dernier élève, puis entrai dans la salle, qui n'était pas très vaste. Il n'y avait qu'une seule grande table, et des chaises tout autour, ainsi que le long des murs. Rachel Wolfe était assise tout au bout, sous un tableau noir. Elle avait retourné le col de la chemise blanche, une chemise d'homme, qu'elle portait sous son pull vert foncé. Comme toujours, elle était maquillée avec discrétion, avec une touche de rouge à lèvres foncé.

Elle leva la tête, curieuse, mais son demi-sourire

s'effaça dès qu'elle me reconnut. Je refermai doucement la porte derrière moi et pris place sur la première chaise disponible, à l'autre bout de la table.

— Bonsoir, fis-je.

Elle prit le temps de ranger ses stylos et ses notes dans sa sacoche en cuir avant de se lever et d'enfiler son manteau.

— Je t'avais demandé de ne pas essayer de me revoir, me dit-elle.

Comme elle avait du mal à trouver la manche gauche, je vins à sa rescousse. J'avais quelques scrupules à m'imposer ainsi, mais j'éprouvais également un vague ressentiment à son égard. Après tout, Rachel n'était pas la seule personne à n'être pas ressortie indemne de la chasse à l'homme qui nous avait conduits en Louisiane, sur les traces du Voyageur. Mais ce ressentiment se mua très vite en remords. Je la revoyais dans mes bras, le corps secoué de sanglots, alors qu'elle venait d'abattre un homme dans le cimetière de Metairie. Elle n'avait pas eu le choix. Je revoyais son bras lever l'arme, son doigt se crisper sur la détente, la flamme jaillir du canon tandis que le poing tressautait sous le recul. Ce terrible jour d'été, un instinct de survie aussi profond que puissant l'avait forcée à tuer pour ne pas être tuée. Et j'avais le sentiment qu'aujourd'hui, en me voyant, elle se rappelait ce qu'elle avait fait et avait peur de ce que je représentais : ce potentiel de violence qui s'était brièvement exprimé en elle et dont les braises rougeoyaient encore dans les recoins de son crâne.

— Ne t'inquiète pas, lui dis-je, en mentant un peu. Je suis ici pour raisons professionnelles, et non personnelles.

— Dans ce cas, je ne tiens pas à connaître les

détails. (Son porte-documents sous le bras, elle tourna les talons.) Excuse-moi, j'ai du travail.

Je lui touchai le bras. Elle me foudroya du regard. Je retirai ma main.

— Rachel, attends. J'ai besoin de ton aide.

— Sois gentil, laisse-moi partir. Tu me bloques le passage.

Je m'écartai. Elle passa en me bousculant légèrement, tête basse. Elle avait déjà ouvert la porte lorsque je lui dis :

— Rachel, écoute-moi, je n'en ai pas pour longtemps. Si ce n'est pas pour moi, fais-le au moins pour Walter Cole.

Elle s'arrêta, ne se retourna pas.

— Walter ?

— Sa fille Ellen a disparu. Je n'en suis pas certain, mais il se pourrait que ce soit lié à une affaire sur laquelle je travaille en ce moment. Et il y a peut-être aussi un rapport avec le meurtre de Thani Pho, l'étudiante.

Rachel hésita un instant, inspira longuement, referma la porte et vint s'asseoir sur la chaise que je venais d'occuper. Pour faire bonne mesure, je pris sa place sous le tableau noir.

— Tu as deux minutes, déclara-t-elle.

— Je voudrais que tu jettes un coup d'œil sur un dossier et que tu me donnes ton avis.

— Je ne fais plus ce genre de choses.

— J'ai appris que tu étais en train de mener une étude sur les rapports entre les crimes violents et les pathologies du cerveau, en te basant notamment sur des scanners.

J'en savais en réalité un petit peu plus que cela. Rachel étudiait les dysfonctionnements affectant deux parties du cerveau humain, l'amygdale et le lobe frontal. Elle avait signé un article dans un journal de psychologie. Si j'avais bien compris, l'amygdale, une petite aire du système limbique, déclenche des signaux d'alerte et des stimuli affectifs qui nous permettent de réagir à la détresse des autres. Les sentiments prennent forme dans le lobe frontal. C'est là qu'émerge la conscience de soi et que s'élaborent les projets, et c'est également cette zone qui contrôle nos pulsions.

Chez les psychopathes, estimait-on aujourd'hui, le lobe frontal ne réagissait pas comme il le devait face à une situation d'ordre affectif, soit par suite d'une défaillance de l'amydale elle-même, soit à cause d'une mauvaise transmission des signaux au cortex. Rachel et d'autres médecins réclamaient un vaste programme de dépistage chez les délinquants ayant fait l'objet d'une condamnation. Selon eux, grâce au scanner, on pouvait révéler un lien entre la lésion ou la malformation cérébrale et le comportement psychopathe criminel.

Elle se renfrogna.

— Tu donnes l'impression d'en savoir long sur moi. Je ne suis pas sûre d'apprécier l'idée de figurer dans tes notes.

Mon ressentiment réapparut, et avec une telle force que je ne pus éviter un rictus.

— Je n'en suis pas là, mais je constate que ton orgueil est toujours intact.

Un sourire fragile et fugace glissa sur le visage de Rachel.

— Le reste de ma personne n'est pas aussi solide. Je vais garder mes cicatrices jusqu'à la fin de mes jours, Bird. Je vois un psy deux fois par semaine et j'ai dû arrêter d'exercer. Je pense toujours à toi, et tu me fais encore peur. Parfois.

— Je suis vraiment désolé.

Peut-être était-ce mon imagination, mais il y

avait dans cet intervalle entre ses derniers mots, dans ce «parfois», quelque chose qui sous-entendait qu'elle avait également d'autres pensées pour moi.

— Je sais. Parle-moi de ce dossier.

Ce que je fis, en lui résumant l'historique des meurtres, en ajoutant une partie des déclarations de Mme Schneider, de mes soupçons et de mes théories.

— Presque tout est là-dedans, lui dis-je en lui tendant le vieux classeur cartonné. J'aimerais que tu jettes un œil et que tu me dises ce que ça t'inspire.

Elle tendit le bras et je fis glisser le classeur à travers la table. Elle feuilleta rapidement les notes manuscrites, les copies carbone, les clichés. Il y avait notamment une photo prise sur la scène de crime près du Petit Wilson. Rachel murmura «Oh, mon Dieu» et ferma les yeux. Lorsqu'elle les rouvrit, j'y découvris un éclat nouveau, une lueur de curiosité professionnelle à laquelle s'ajoutait autre chose. Ce qui, justement, m'avait attiré chez elle la première fois.

De la compassion.

— Il me faudra peut-être un jour ou deux, me dit-elle.

— Je n'ai pas un ou deux jours. Il me le faut ce soir.

— Impossible. Je suis navrée, mais j'ai besoin de davantage de temps, ne serait-ce que pour commencer...

— Rachel, personne ne me croit. Personne ne veut admettre que cet homme a jamais existé, et encore moins qu'il est encore en vie aujourd'hui. Mais il est toujours dans la nature. Je le sens, Rachel. Il faut que je réussisse à le saisir, au moins partiellement. J'ai besoin de quelque chose, n'importe quoi, pour lui donner corps, pour l'extraire de ce dossier et obtenir une image cohérente. Je t'en supplie. J'ai tout un fatras de détails dans la tête, et il faut que quelqu'un m'aide à faire la synthèse. Tu es la seule personne vers laquelle je puisse me tourner et, de toute manière, tu es la meilleure spécialiste de psychologie criminelle que je connaisse.

— Je suis la *seule* spécialiste de psychologie criminelle que tu connaisses, rectifia-t-elle.

Et son sourire craquant réapparut.

— Oui, c'est pas faux.

Elle se leva.

— Je ne peux absolument rien faire pour toi ce soir, mais retrouve-moi demain à la librairie Co-op, disons vers onze heures. Je te donnerai ce que j'aurai réussi à trouver.

— Merci.

— De rien.

Et sur ce, elle s'éclipsa.

Comme chaque fois que je venais à Boston, je pris une chambre au Nolan House, sur G Street, dans les quartiers sud. C'était un bed & breakfast calme, meublé en ancien, avec deux, trois restaurants dans les environs. J'appelai Angel et Louis, mais à Dark Hollow il ne s'était rien passé.

— Tu as vu Rachel ? me demanda Angel.

— Oui, je l'ai vue.

— Elle l'a pris comment ?

— Elle n'a pas eu l'air ravie de me voir.

— Tu lui as rappelé de mauvais souvenirs.

— C'est l'histoire de ma vie. Mais qui sait, peut-être qu'un jour quelqu'un sera content de me voir…

— N'y compte pas trop, me balança-t-il. Reste cool, et dis-lui qu'on a demandé de ses nouvelles, OK ?

— D'accord. Du mouvement chez Payne ?

— Le jeune est allé en ville acheter du lait et de la bouffe, c'est à peu près tout. Aucun signe de Billy Purdue, de Tony Celli ou de Stritch, mais Louis continue de faire son numéro. Stritch est toujours quelque part dans le coin, il en est sûr. Reviens dès que tu peux.

Je pris une douche, mis un T-shirt propre et mon jean, puis finis par trouver un atlas routier Gousha de 1995 parmi les guides et les magazines proposés aux clients de la résidence. Le Gousha mentionnait huit localités du nom de Medina — au Texas, dans le Tennessee, dans l'Etat de Washington, dans le Wisconsin, dans l'Etat de New York, dans le Dakota du Nord, dans le Michigan et dans l'Ohio — et une dans l'Illinois, dont le nom s'écrivait Medinah. Je décidai d'éliminer les villes du Nord en espérant que mon grand-père avait vu juste : si Caleb était originaire du Sud, le choix se réduisait au Tennessee et au Texas. Je commençai par le Tennessee. Au bureau du shérif de Gibson County, personne ne se souvenait d'un Caleb Kyle susceptible d'avoir tué sa mère dans une ferme, au cours des années quarante, mais comme me le fit remarquer un adjoint aux commentaires ô combien précieux, cela ne signifiait pas qu'un tel fait divers n'avait pas eu lieu, cela signifiait simplement que personne n'en avait le souvenir. Je donnai également un coup de fil à la police d'Etat, juste au cas où, mais j'obtins la même réponse : pas de Caleb Kyle.

Il allait être huit heures et demie lorsque je m'attaquai au Texas. Medina se trouvait en fait dans le comté de Bandera, et non dans celui de Medina, et mon entretien avec le shérif de Medina County ne donna donc aucun résultat. Mais mon deuxième appel se révéla des plus fructueux, et je ne pus m'empêcher de me demander ce que mon grand-père aurait ressenti s'il avait pu aller aussi loin dans son enquête, s'il avait appris la vérité sur Caleb Kyle.

22

Le shérif s'appelait Dan Tannen, me dit un adjoint. J'attendis qu'on lui passe la communication. Quelques cliquetis plus tard, une voix de femme fit :
— Allô ?
— Shérif Tannen ? fis-je, sans me tromper.
— C'est moi. Vous n'avez pas l'air surpris.
— Je devrais ?
— Il arrive qu'on me prenne pour la secrétaire et je peux vous dire que ça me gonfle sérieusement. Dan, c'est le raccourci de Danielle. Faut faire avec. Si je comprends bien, vous voulez vous renseigner sur Caleb Kyle ?
— C'est exact, répondis-je. Je suis détective privé à Portland, dans le Maine. Je…
Elle m'interrompit :
— Où avez-vous entendu ce nom ?
— Caleb ?
— C'est ça. Enfin, plus particulièrement Caleb *Kyle*. Où avez-vous entendu *ce* nom-là ?
Excellente question. Par où commencer ? Par Mme Schneider ? Par Emily Watts ? Par mon grand-père ? Par Ruth Dickinson, Laurel Trulock et les trois autres filles qui s'étaient retrouvées en

train de se balancer aux branches d'un arbre, sur les berges du Petit Wilson ?

— Monsieur Parker, je vous ai posé une question.

J'avais comme l'impression que le shérif Tannen n'était pas prête à laisser son poste lui échapper.

— Excusez-moi, dis-je, c'est compliqué. La première fois que je l'ai entendu, j'étais gamin, c'était dans la bouche de mon grand-père, et là, je viens de l'entendre prononcer un paquet de fois en une semaine.

Et je lui fis le récit de ce que je savais. Elle m'écouta sans faire de commentaires, puis observa un long silence avant de parler :

— Ça s'est passé avant que j'entre en fonctions. Enfin, en grande partie. Le gosse habitait dans les hauteurs, à environ sept kilomètres d'ici. Lui et sa maman. Il est né, si je me souviens bien, en 1928 ou 1929, mais sous le nom de Caleb Brewster. Son papa, Lyall Brewster, est parti se battre contre Hitler et il s'est fait tuer en Afrique du Nord en laissant le gamin, Caleb, et sa mère livrés à eux-mêmes. Qui plus est, Lyall Brewster n'a jamais eu l'occasion d'épouser Bonnie Kyle — c'était le nom de jeune fille de la mère. Voyez, c'est pour ça que j'ai tiqué quand vous avez prononcé le nom *Caleb Kyle*. Il n'y a pas beaucoup de gens, ici, qui le connaissent sous ce nom-là. D'ailleurs, je crois bien que jamais je n'ai entendu quelqu'un l'appeler comme ça. Ici, ça a toujours été Caleb Brewster, jusqu'à ce qu'il tue sa mère.

« D'après ceux qui la connaissaient, cette femme, c'était une vraie harpie. Elle restait dans son coin, et le gosse était toujours avec elle. Mais il était doué, monsieur Parker. En classe, il était toujours le premier en maths, en lecture, dans toutes les matières auxquelles il pouvait s'intéresser. Et puis, un beau jour, sa mère s'est dit qu'il attirait trop l'attention et elle l'a retiré de l'école. Elle prétendait s'occuper elle-même de son instruction.

— Pensez-vous qu'il ait été victime d'abus sexuels ?

— Il me semble que certaines histoires ont circulé. Je me souviens que quelqu'un m'a dit, un jour, qu'on l'avait retrouvé en train de se balader à poil sur la route de Kerrville, couvert de boue et de merde de porc. La police l'a ramené chez sa mère dans une couverture. Le gosse devait avoir quatorze, quinze ans, au grand maximum. Et dès que la porte s'est refermée, ils l'ont entendu crier. Des coups, il s'en prenait, ça, c'est sûr, mais pour le reste...

Elle marqua un nouveau temps d'arrêt et, au bout du fil, je l'entendis boire quelque chose.

— De l'eau, précisa-t-elle, au cas où vous vous poseriez des questions.

— Je ne m'en posais pas.

— Enfin, bon, peu importe. Bref, pour ce qui est des sévices, je ne sais pas. La question a été évoquée au moment du procès, mais si vous regardez ce qui s'est passé pour les frères Menendez quand on les a jugés, ça ne veut pas dire grand-chose. Comme je vous le disais, monsieur Parker, Caleb était intelligent. A seize ans, à dix-sept ans, il était déjà plus intelligent que la plupart des gens qui habitent ici.

— Pensez-vous qu'il aurait pu tout inventer ?

Elle ne répondit pas immédiatement. Puis :

— Je ne sais pas, mais il était suffisamment malin pour essayer de s'en servir comme circonstance atténuante. N'oubliez pas, monsieur Parker, qu'à l'époque, on ne parlait pas tellement de ces choses-là. Il était rare que quelqu'un ose évoquer le sujet. Je crois qu'au bout du compte on ne saura jamais vraiment ce qui s'est passé dans cette maison.

« Mais Caleb Brewster n'était pas seulement intelligent. Dans le coin, on se souvient de lui comme d'un enfant méchant, et peut-être même pire que méchant. Il torturait des bêtes, monsieur Parker, et il pendait leurs dépouilles aux arbres : des écureuils, des lapins, même des chiens. Il n'y avait pas de preuves directes, vous comprenez, mais tout le monde savait que c'était lui. Peut-être qu'il en a eu assez de tuer des animaux, et qu'il est passé à l'étape suivante. Et il n'y avait pas que ça.

— Que voulez-vous dire ?

— Bon, je vais tout vous raconter dans l'ordre où ça s'est passé. Ce qu'on sait, c'est qu'il a tué sa mère et qu'il l'a donnée à manger aux cochons. Deux ou trois jours après qu'on l'a retrouvé à poil sur la route, le shérif Garrett et un autre adjoint sont allés voir ce que devenait le gosse. Ils l'ont trouvé assis sur la terrasse, en train de boire du lait caillé dans une cruche. Il y avait du sang dans la cuisine : sur les murs, par terre. Le plancher en était carrément imbibé. Le jeune avait encore le couteau à côté de lui. Les vêtements de Bonnie Kyle étaient dans la porcherie, avec quelques ossements, autrement dit, c'était à peu près tout ce que les cochons avaient laissé. Ça, et une bague en argent. On l'a retrouvée dans les déjections d'un des cochons. Je crois que, maintenant, elle doit être exposée au Frontier Museum à Banderas, à côté des agneaux à deux têtes et des pointes de flèches.

— Et qu'est devenu Caleb ?

— Il a été jugé en qualité d'adulte, et incarcéré.

— Prison à perpétuité ?

— Vingt ans. Il est ressorti en 63 ou 64, il me semble.

— Il s'est réinséré ?

— *Réinséré ?* Oh, non. Je crois qu'il était déjà largement perdu pour la société bien avant d'avoir tué sa mère, et on ne peut pas dire que ça ait changé après. Il n'empêche que quelqu'un a jugé bon de le remettre en liberté, en tenant compte des circonstances atténuantes. Il avait purgé sa peine et on ne pouvait pas le garder éternellement en taule, même si ce n'était pas forcément une mauvaise idée. Et comme je l'ai déjà dit, c'était un futé. En prison, il s'est tenu à carreau. Eux, ils se sont dit qu'il s'était amélioré. Moi, je crois qu'il attendait son heure.

— Est-il revenu dans le coin ?

Nouveau silence. Et cette fois, il me parut durer une éternité.

— La maison était toujours là, répondit enfin Tannen. Je me rappelle qu'il est rentré en car. Je devais avoir dix ou onze ans. Il est allé jusqu'à la maison à pied. Les gens changeaient de trottoir et le regardaient passer. Je ne sais pas combien de temps il y est resté. Quelques nuits, à tout casser, mais…

— Mais ?

Elle soupira.

— Une fille est morte. Lillian Boyce. On disait que c'était la plus belle fille du pays, et c'était sûrement vrai. On a retrouvé son corps à quelques mètres d'un ruisseau, le Hondo, près de Tarpley.

Complètement charcuté. Mais ce n'était pas le pire…

J'attendis. Au fond de moi-même, je devinais déjà ce qu'elle allait dire.

— Elle était pendue à un arbre. Comme si quelqu'un avait voulu qu'on la trouve. Comme un avertissement à nous tous.

Un bourdonnement se fit entendre, et mon téléphone mobile me brûlait presque la main. Le shérif Tannen acheva son histoire :

— Quand on a découvert le corps, Caleb Brewster avait de nouveau disparu. Il y a toujours un mandat d'arrêt, pour autant que je sache, mais je ne pensais pas qu'il servirait à quelque chose. Enfin, jusqu'à aujourd'hui.

Après avoir raccroché, je restai un instant assis sur le lit. Il y avait un jeu de cartes sur l'étagère et je me surpris à le mélanger. Je ne voyais plus que des bords flous. Puis, apercevant la reine de cœur, je la retirai du paquet. La Galipette. C'était ainsi que Saul Mann appelait le jeu « Trouvez la reine ». Installé derrière sa petite table à tréteaux recouverte de feutrine, il disposait les cartes devant lui en se servant de la tranche de l'une pour retourner l'autre et faisait semblant de parler tout seul. « Vous misez cinq, vous touchez dix, vous misez dix, vous touchez vingt. » Il donnait même l'impression de ne pas remarquer les gogos qui s'attroupaient lentement, attirés par la sûreté de ses gestes et les promesses d'argent facile, mais il était toujours aux aguets. Il les guettait, il attendait, et, lentement mais sûrement, ils venaient à lui. Le vieux était pareil au chasseur qui sait qu'à un moment ou à un autre le cerf va débouler devant lui.

Et je pensais à Caleb Kyle en train de contempler les dépouilles des filles qu'il avait éventrées et suspendues aux arbres. Un souvenir me traversa l'esprit, celui d'une légende concernant l'empereur Néron. On disait qu'après avoir fait assassiner sa mère, Agrippine la Jeune, il avait ordonné qu'on ouvre son cadavre. Il voulait voir l'endroit d'où il venait. On ne savait pas trop ce qui avait motivé ce geste : une obsession morbide, peut-être, voire les sentiments incestueux que lui prêtaient les chroniqueurs antiques. Ou bien, ce qui n'était pas à exclure, l'espoir de mieux se connaître, de mieux comprendre sa propre nature, en découvrant le site de ses origines. Il l'avait forcément aimée, me disais-je, avant de n'être plus que fureur et haine, avant de se révéler capable de la tuer et de réduire son corps en charpie. L'espace d'un instant, je ressentis une sorte d'élan de pitié pour Caleb : je plaignais l'enfant qu'il avait été, tout en haïssant l'homme qu'il était devenu.

Je voyais des ombres tomber des arbres, et une silhouette se déplacer vers le nord, toujours vers le nord, telle l'aiguille d'une boussole. Le choix était parfaitement logique. Le Nord, loin du Texas, loin de cette petite ville qui avait osé le faire mettre en prison parce qu'il avait tué sa mère, et qui l'avait payé chèrement.

Mais ce n'était sans doute pas qu'une question de distance. Mon grand-père m'avait raconté que, lorsqu'il était petit, le prêtre lisait les gospels du côté nord de l'église, car on estimait alors que cette partie-là n'avait pas encore vu la lumière de Dieu. Pour les mêmes raisons, c'était sur les terrains situés au nord de l'église, hors des murs, qu'on enterrait ceux qui n'avaient pas été baptisés, ceux qui s'étaient suicidés, et les assassins.

Parce que les territoires au nord étaient ceux du noir.

Dans le Nord régnait la nuit.

Le lendemain matin, la librairie était bondée d'étudiants et de touristes. En attendant mon café, je lus le dernier *Rolling Stone,* que quelqu'un avait laissé sur une chaise. Rachel arriva en retard, comme d'habitude. Manteau noir, jean et pull bleu ciel à col en V, sous lequel elle portait cette fois une chemise Oxford à rayures bleues, boutonnée jusqu'en haut. Ses cheveux ruisselaient sur ses épaules.

— T'arrive-t-il d'être en avance ? lui demandai-je juste avant de lui commander un café et une brioche.

— J'ai travaillé jusqu'à cinq heures du matin sur ton dossier à la con, me rétorqua-t-elle. Si je te facturais le temps passé, tu serais obligé de faire un emprunt.

— Excuse-moi. J'ai déjà du mal à payer le petit déjeuner.

— Arrête, je vais pleurer.

Peut-être me faisais-je de douces illusions, mais j'avais néanmoins l'impression que son attitude s'était adoucie depuis la veille.

— Prêt à écouter ce que j'ai à te dire ? me demanda-t-elle.

J'acquiesçai, mais, avant de la laisser poursuivre, je lui appris ce que m'avait révélé le shérif de Medina, en soulignant que Caleb avait pris le nom de sa mère pour échapper à son passé.

— Ça concorde, opina-t-elle. Tout concorde.

Le café arriva. Elle le sucra, déballa sa brioche, la déchiqueta et commença :

— Il s'agit surtout d'hypothèses et de suppositions. N'importe quel officier de police digne de ce nom me rirait au nez, mais étant donné que tu n'es ni digne, ni officier de police, libre à toi d'en faire ce que tu veux. D'ailleurs, tout ce que tu m'as donné est également basé sur des hypothèses et des suppositions, avec un zeste de superstition et de paranoïa.

Elle prit un air amusé, mais son visage s'assombrit lorsqu'elle ouvrit son cahier à spirale. Elle avait rédigé des pages entières, en lignes serrées, émaillées de Post-it jaunes.

— Je pense que tu sais déjà une bonne partie de ce que je vais te dire. Tout ce que je peux faire, c'est clarifier ce que tu as, lui donner un semblant de structure.

« Si cet homme existe, Bird — enfin, si c'est un seul et même homme, ce Caleb Kyle, qui a commis tous ces meurtres —, tu as affaire à un sadique psychopathe typique. Et je dirais même pire que cela, car je n'ai jamais rencontré un cas pareil, ni dans la littérature spécialisée, ni dans les rapports cliniques. Du moins, jamais un individu cumulant toutes ces caractéristiques. Au fait, ce dossier ne fait état d'aucun meurtre après 1965. Même en tenant compte de la photo du journal, as-tu envisagé que ce type puisse être mort, ou incarcéré de nouveau pour d'autres délits ? Ce qui expliquerait l'arrêt brutal des crimes...

— Il est possible qu'il soit mort, admis-je, auquel cas je suis en train de perdre mon temps, et nous avons affaire à un problème totalement différent. Mais on peut écarter l'hypothèse de la prison : si Dan a vu juste et si Caleb est aussi intelligent qu'elle le pense, il ne serait pas retourné derrière les barreaux. Qui plus est, mon grand-père a fait des recherches — ça figure dans le dossier — et je sais que, durant toute cette période, il s'est renseigné de toutes les manières possibles. Cela dit, évidemment, il cherchait un Caleb Kyle, pas un Caleb Brewster.

Elle haussa les épaules.

— Ce qui nous laisse encore deux autres possibilités : soit il a continué à tuer, mais ses victimes sont toutes des personnes disparues, voire des personnes qui n'ont même pas fait l'objet de recherches parce qu'elles n'avaient pas de proches…

— Ou bien ?

Rachel martela son cahier de la tête de son stylo, près d'un mot entouré d'un cercle rouge.

— Soit il est resté en sommeil. Les profileurs du FBI estiment que certains tueurs en série peuvent très bien rester inactifs pendant des périodes plus ou moins longues. Tu le sais, je t'en ai déjà parlé. Ce n'est qu'une théorie, mais cela expliquerait pourquoi il arrive qu'une vague de meurtres s'interrompe brutalement alors que personne n'a été arrêté. Le tueur finit par atteindre un seuil. Le besoin de trouver une victime n'est plus aussi fort, et les meurtres s'arrêtent.

— S'il est resté en sommeil jusqu'à maintenant et qu'il vient de reprendre du service, c'est que quelque chose l'a réveillé, dis-je.

Je songeai à l'arpenteur qui s'était enfoncé au cœur de la forêt pour ouvrir la voie à l'invasion destructrice de sa société, à ce qu'il avait pu rencontrer. Je me rappelai également le récit de Mme Schneider, puis l'article dans le journal. Je pensai à Willeford et à ses enquêtes à l'ancienne, qui consistaient à frapper aux portes, à placarder des avis et à faire circuler l'information jusqu'à ce qu'elle parvienne à la personne qu'il essayait de joindre. Et à cet entrefilet relatant l'arrestation de Billy Purdue, à St Martha's. Quand on sort le miel, il ne faut pas s'étonner de voir arriver les guêpes.

— C'est mince, reprit-elle, mais il faut qu'on tienne compte de ces hypothèses. Prenons les premiers meurtres. Pour commencer, même si ce n'est peut-être qu'un détail, l'endroit où on a retrouvé les corps est important. Ce Caleb Kyle a tout calculé : à quel moment les cadavres seraient découverts, où, et par qui. C'était sa façon à lui de piloter les recherches et d'y participer. Les crimes eux-mêmes se sont peut-être produits de manière désorganisée — impossible de savoir exactement, puisqu'on ignore à quel endroit les victimes ont été tuées —, mais les corps ont fait l'objet d'une véritable mise en scène, parfaitement organisée, elle. L'auteur a voulu, d'une certaine manière, prendre part à l'instant de la découverte. Je ne serais pas étonnée qu'il ait suivi et épié ton grand-père jusqu'à ce qu'il trouve les filles.

« Pour ce qui est des meurtres eux-mêmes, si ce que cette Mme Schneider t'a raconté est vrai, ce qui dépend aussi de l'exactitude de ce que lui a dit Emily Watts, Kyle était déjà en train de sévir au moment de son idylle avec Watts. Les cinq cadavres n'étaient pas dans le même état de décomposition : les deux premières victimes ont été Judy Giffen et Ruth Dickinson, mais il s'est écoulé près d'un mois entre les deux crimes. Laurel Trulock, Louise Moore et Sarah Raines, elles, ont été tuées à intervalles très rapprochés : d'après le rapport du médecin légiste, Trulock et Moore sont peut-être mortes au cours des mêmes vingt-quatre heures, et Raines moins de vingt-quatre heures plus tard.

« Je pense que toutes ces filles, ou en tout cas, les trois dernières, ressemblaient physiquement à

Emily Watts. Elles étaient minces, avaient les traits fins. Peut-être étaient-elles plus passives qu'Emily, qui a su trouver la force de réagir au bon moment, mais elles ont toutes ce point en commun. Quand tu étais dans la police, tu as vu des affaires de viol par vengeance, non ?

J'acquiesçai. Je savais de quoi elle parlait.

— Un homme se dispute avec sa femme ou sa petite amie, il claque la porte, et il se défoule sur quelqu'un qu'il ne connaît pas, poursuivit Rachel. Dans sa tête, les femmes, toutes les femmes, portent collectivement la responsabilité des fautes reprochées à une seule d'entre elles, et donc n'importe quelle femme peut être rappelée à l'ordre et punie s'il estime qu'elle l'a insulté ou qu'elle a franchi une limite à ne pas dépasser.

« Eh bien, Caleb Kyle ressemble à cet homme-là, mais il est allé beaucoup plus loin. Le médecin légiste n'a pas décelé de signes d'agression sexuelle à proprement parler sur les trois dernières victimes, mais — et là, on retrouve la vieille peur morbide du champ sexuel féminin — les organes sexuels ont subi des lésions, visiblement infligées par l'arme qui a également servi à porter les coups au ventre et à détruire l'utérus. En fait, ce qui est intéressant, c'est que dans le cas de Giffen et de Dickinson il a donné les coups de couteau alors qu'elles étaient déjà mortes depuis près d'un mois, sans doute alors qu'il venait de tuer les trois autres filles, ou juste avant.

— Il est revenu s'attaquer à elles quand il a cru qu'Emily avait perdu le bébé.

— Exactement. C'était une manière de les punir parce que le corps d'Emily Watts, en perdant son bébé, l'avait trahi. Il a puni beaucoup de femmes pour les fautes d'une seule. Et je serais prête à parier qu'il en avait déjà puni avant, pour des raisons différentes.

Elle mangea un petit morceau de brioche, but une gorgée de café.

— Maintenant, si on se replonge dans le rapport du médecin légiste, on constate que chacune des filles a été torturée avant de mourir. Des dents et des ongles arrachés, des doigts et des orteils cassés, des brûlures de cigarette, des blessures occasionnées par l'utilisation d'un cintre. Cela pourrait avoir une signification, mais il est trop tôt pour le dire. En ce qui concerne les trois dernières victimes, les actes de torture ont été beaucoup plus violents. Ces filles ont énormément souffert avant de mourir, Bird.

Elle me regarda, le visage grave, et je lus dans ses yeux toute la souffrance qu'elle éprouvait pour ces filles, et toutes les souffrances qu'elle-même avait vécues.

— D'après tous les renseignements réunis par ton grand-père, ces jeunes femmes étaient douces, elles venaient de bonnes familles. Elles étaient en général timides et sans véritable expérience sexuelle, si l'on excepte Judy Giffen. A mon avis, elles ont dû le supplier, en pensant pouvoir le convaincre de ne pas les tuer. Et c'était justement ce que, lui, il voulait : il voulait qu'elles pleurent, qu'elles hurlent. Il y a peut-être là un lien entre agression et satisfaction : leurs supplications l'excitent sexuellement, mais en même temps elles l'énervent, alors les filles doivent mourir.

Ses yeux, maintenant, brillaient. Ses gestes et le débit de sa voix trahissaient sa fébrilité. Elle était en train de s'insinuer dans l'esprit du tueur, et le plaisir intellectuel qu'elle éprouvait à mettre en évidence des liens curieux, inattendus, ne l'empêchait pas de mesurer toute l'horreur des crimes qu'elle était en train d'évoquer.

— Tu sais, reprit-elle, j'imagine parfaitement son scanner : des anomalies du lobe frontal associées à la déviance sexuelle, une déformation du lobe frontal qui pousse à la violence, une faible activité entre le système limbique et le lobe frontal, d'où une absence presque totale de culpabilité, de conscience. (Elle secoua la tête, comme si elle était face à un insecte particulièrement redoutable, merveille d'ingéniosité.) Et pourtant, il n'est pas asocial. Ces filles étaient peut-être timides, mais pas idiotes. Pour gagner leur confiance, il devait se montrer habile. Comme on le disait intelligent, ça concorde.

« Pour ce qui est de son environnement familial, si ce qu'il a déclaré à Emily Watts est vrai, il a donc été au cours de son enfance battu et peut-être violé par une mère omniprésente qui lui disait qu'elle l'aimait pendant qu'elle abusait de lui, ou juste après, et qui ensuite le punissait. Il n'a quasiment pas reçu d'éducation, n'a jamais été protégé, et a sans doute appris à être autonome parce qu'il n'avait pas le choix. Devenu suffisamment grand, il s'est retourné contre celle qui l'avait maltraité, l'a tuée, puis a commencé à s'attaquer aux autres. Avec Emily Watts, il s'est passé quelque chose de différent. Elle était elle-même violée par son père, et elle était tombée enceinte. Je pense qu'il l'aurait tuée de toute façon, dès qu'elle aurait eu l'enfant. D'après ce qu'elle a dit à sa voisine, cet enfant, il le voulait.

Elle but un peu de café, et j'en profitai pour l'interrompre :

— Et Rita Ferris, et Cheryl Lansing ? Est-ce lui qui les a tuées ?

— Possible, répondit laconiquement Rachel en me regardant tranquillement, guettant l'instant où je trouverais un rapport.

— Quelque chose m'échappe, admis-je enfin. Et c'est pour ça que tu affiches cet air narquois.

— Tu oublies les mutilations de la bouche. Les coups portés à l'utérus de ces filles, en 1965, étaient censés véhiculer un message. Les mutilations ont une signification. Ce n'est pas la première fois que l'on voit quelqu'un se servir des victimes de cette façon.

Son sourire s'estompa, et je ne pus que hocher la tête. Le Voyageur, bien sûr…

— Et donc, trois décennies plus tard, nous voici de nouveau face à des mutilations. Cette fois-ci, c'est la bouche des victimes qui a été visée, et dans chaque cas, le message est différent. La bouche de Rita Ferris a été cousue. Qu'est-ce que cela signifie ?

— Qu'elle aurait dû se taire ?

— Probablement, convint Rachel. Ce n'est pas très subtil, mais celui qui l'a tuée s'en fichait un peu.

Je pris le temps de méditer les réflexions de Rachel avant de proposer une explication :

— C'est elle qui a appelé les flics et ils ont embarqué Billy Purdue.

Cela pouvait indiquer qu'il surveillait la maison le soir où Billy avait été interpellé, qu'il était ce vieil homme que Billy avait affirmé avoir aperçu avant le meurtre de Rita et Donald, et peut-être celui qui avait tenté d'agresser Rita à l'hôtel.

— Dans le cas de Cheryl Lansing, reprit Rachel, la mâchoire a été fracassée et la langue arrachée. Là, il se peut que je pousse le bouchon un peu loin, mais j'aurais tendance à penser qu'elle a été punie pour ne *pas* avoir parlé.

— Parce qu'elle a aidé à dissimuler la naissance de l'enfant...

— Ce serait plausible. Au final, quels que soient les traumatismes qui ont fait de Caleb ce qu'il est, les messages qu'il nous adresse et les griefs qu'il puisse avoir, c'est une véritable machine à tuer, incapable d'éprouver le moindre remords.

— Et pourtant, la perte de son enfant l'a affecté...

Rachel bondit presque de sa chaise en me regardant d'un air béat, comme une prof devant un élève particulièrement brillant.

— Le problème, ou plutôt la clé, c'est la sixième fille, celle qu'on n'a jamais retrouvée. Pour toute une série de raisons qui me vaudraient sûrement d'être mise à l'écart par mes confrères si je les exposais par écrit, je pense que ton grand-père avait raison de soupçonner qu'elle faisait partie des victimes, mais qu'il se trompait sur la nature du crime.

— Je ne te suis pas.

— Ton grand-père pensait qu'elle avait été tuée, comme les autres, mais que, pour une raison inconnue, son cadavre n'avait pas été mis en scène.

— Et toi, tu n'es pas de cet avis.

Je devinais à présent où elle voulait en venir, et cette hypothèse me noua l'estomac. Je l'avais dans un coin de ma tête depuis un certain temps, et peut-être mon grand-père l'avait-il également envisagée. A mon avis, il l'espérait morte parce que l'alternative était pire encore.

— Non, je ne pense pas qu'il l'ait tuée, et on en revient aux tortures infligées à ces pauvres filles. Pour cet homme, il ne s'agissait pas simplement de trouver du plaisir ou d'assouvir un besoin : c'était un test. Il a voulu mesurer leur force, tout en sachant, mais peut-être sans vouloir se l'avouer, qu'elles ne satisferaient pas à l'épreuve, pour la simple raison qu'elles n'étaient pas assez fortes.

« Mais regarde le profil de Judith Mundy. Elle est vigoureuse, bien bâtie, elle a une forte personnalité. Elle ne pleure pas facilement, elle sait se battre. Elle était capable de passer ce genre d'épreuve, au point qu'il n'a sans doute pas été obligé de la faire énormément souffrir pour comprendre qu'elle était différente des autres.

Rachel se pencha vers moi et je vis alors apparaître sur son visage une immense et profonde tristesse.

— Il ne l'a pas enlevée parce qu'elle était faible, Bird. Il l'a enlevée parce qu'elle était forte. »

Je fermai les yeux. Je savais à présent ce qui était arrivé à Judith Mundy, pourquoi on ne l'avait pas retrouvée, et Rachel, à mon expression, sut que j'avais compris.

— Il l'a enlevée pour en faire une reproductrice, Bird, déclara-t-elle doucement. Il l'a enlevée pour avoir des enfants.

Rachel proposa de me conduire à l'aéroport, mais je déclinai sa proposition. Elle en avait fait suffisamment, et j'avais déjà l'impression d'abuser. En traversant Harvard Square à ses côtés, je ressentis pour elle un amour d'autant plus intense que j'avais la conviction qu'elle s'éloignait inexorablement de moi.

— Tu penses que ce Caleb pourrait être impliqué dans la disparition d'Ellen Cole ? me demanda-t-elle.

Son bras toucha le mien et, pour la première fois

depuis mon arrivée à Boston, elle ne se déroba pas à mon contact.

— Je n'en suis pas vraiment sûr, répondis-je. Il se peut que la police ait raison : qu'elle ait eu une poussée d'hormones et qu'il s'agisse bel et bien d'une fugue, auquel cas je ne sais pas trop ce que je dois faire. Mais un vieux l'a rencontrée et l'a attirée jusqu'à Dark Hollow, et comme je le répète à tout le monde, je ne crois pas aux coïncidences.

« Ce type-là, Rachel, je t'assure que je le flaire. Il est revenu. Je pense que c'est à cause de Billy Purdue, et pour se venger de tous ceux et toutes celles qui ont aidé à le cacher. Je pense que c'est lui qui a tué Rita Ferris et son fils. C'était peut-être par jalousie, ou pour que Billy se retrouve livré à lui-même, ou alors parce qu'elle allait le quitter en prenant le gosse avec elle. Je ne crois pas qu'il ait prévu de tuer le gosse. C'est une bavure.

Arrivé sur la place, je lui tendis la main. Je ne me sentais pas le droit de l'embrasser. Elle serra ma main, ne la lâcha pas.

— Bird, cet homme s'estime en droit de se venger de quiconque se met en travers de sa route parce qu'il est persuadé d'avoir été victime d'une injustice. Pour moi, c'est le parfait psychopathe.

Dans son regard, je crus déceler de l'inquiétude, et même plus.

— En d'autres termes, quelle est mon excuse à moi ?

Je souriais, mais le cœur n'y était pas.

— Elles ne sont plus là, Bird, me dit-elle. Susan et Jennifer sont mortes, et ce qui leur est arrivé, ce qui t'est arrivé est quelque chose d'horrible. Mais chaque fois que tu fais payer quelqu'un pour ce qu'on t'a fait, tu te fais du mal et tu risques de devenir ce que tu hais. Comprends-tu, Bird ?

— Il ne s'agit pas de moi, Rachel. Enfin, pas uniquement de moi. Il faut que quelqu'un arrête ces gens. Il faut qu'il y ait un responsable.

Et toujours cet écho : *tu es responsable de tout le monde*.

Sa main glissa doucement sur la mienne, ses doigts se superposèrent aux miens, son pouce me caressa la paume puis, de l'autre main, elle effleura mon visage.

— Pourquoi es-tu venu ici ? Presque tout ce que je t'ai dit, tu aurais pu le trouver tout seul.

— Je ne suis pas si doué que ça.

— Ne raconte pas de conneries. Pas à moi, je suis une professionnelle.

— C'est donc vrai, ce qu'on raconte sur les psychologues ?

— Seulement pour ceux qui sont branchés New Age. Tu éludes la question.

— Je sais. Tu as raison : j'en avais trouvé une partie, ou en tout cas je l'avais plus ou moins devinée, mais j'avais besoin d'être conforté par quelqu'un d'autre, sans quoi je me voyais déjà devenir complètement fou. Mais je suis venu également parce que tu comptes toujours pour moi, parce que, en partant, tu m'as pris quelque chose. Je me suis dit que ce serait l'occasion de me rapprocher de toi. J'avais envie de te revoir. Peut-être qu'en fin de compte, c'est la seule vraie raison de ma présence ici.

Je détournai les yeux. Sa main se crispa sur la mienne.

— J'ai vu ce que tu as fait, en Louisiane. Tu n'es pas allé là-bas pour retrouver le Voyageur. Tu y es allé pour le tuer, et tous ceux qui ont eu le malheur de se trouver sur ton chemin ont été blessés.

Certains ont failli mourir. Ta violence potentielle m'a fait peur. Tu m'as fait peur.

— Je ne savais pas comment faire autrement, à ce moment-là.

— Et aujourd'hui ?

J'allais répondre lorsque son doigt effleura la cicatrice de ma joue, celle que je devais au couteau de Billy Purdue.

— Comment est-ce arrivé ? voulut-elle savoir.

— Un type m'a piqué avec un couteau.

— Et qu'as-tu fait ?

Un silence, puis je lui dis :

— Je suis parti.

— Qui était-ce ?

— Billy Purdue.

Ses yeux s'écarquillèrent, et ce fut comme si, en elle, quelque chose commençait à lentement se déployer, après être longtemps resté roulé en boule, pour se protéger. Je le voyais en elle, je le sentais au contact de sa peau.

— Lui, il n'a jamais eu la moindre chance de s'en sortir, Rachel. Les jeux étaient faits dès le départ.

— Si je te pose une question, tu me répondras franchement ?

— J'ai toujours essayé d'être franc avec toi, rétorquai-je.

— Je sais, opina-t-elle, mais là, c'est important. Il faut que je sois sûre.

— Je t'écoute.

— Cette violence, Bird, elle t'est nécessaire ?

Je pris le temps de réfléchir. Dans le passé, mon besoin de vengeance avait été ma principale motivation. J'avais blessé certaines personnes, j'en avais tué d'autres, à cause de ce que Susan et Jennifer avaient subi, à cause de ce que j'avais, moi, subi. Mais ce désir de vengeance s'était peu à peu estompé, en laissant place à une réelle capacité de réparation. J'avais une part de responsabilité dans ce qui était arrivé à Susan et à Jennifer. Un poids que je porterais sur la conscience sans doute jusqu'à la fin de mes jours, mais peut-être pouvais-je l'alléger en assumant mes erreurs passées et en les mettant à profit pour améliorer le présent.

— Elle l'était, à une époque, admis-je.

— Et aujourd'hui ?

— Aujourd'hui, je n'en ai plus besoin, mais je suis prêt à y recourir si nécessaire. Je ne peux pas voir des innocents prendre des coups et rester là, sans rien faire.

Rachel se pencha et déposa un baiser sur ma joue. Lorsqu'elle se détacha, son regard était plein de douceur. Elle me dit :

— Si j'ai bien compris, tu es l'ange de la vengeance.

— En quelque sorte, répondis-je.

— Alors au revoir, ange de la vengeance, me chuchota-t-elle tendrement.

Et elle repartit vers la bibliothèque et son travail. Elle ne se retourna pas. Elle marcha tête baissée — je sentais le poids de ses pensées — et s'offrit enfin à l'étreinte de la foule.

L'avion quitta Logan et grimpa, cap au nord, au milieu des nuées glaciales qui nimbaient l'aéroport comme le souffle de Dieu. Je songeai au shérif Tannen, qui m'avait promis de mettre la main sur les photos les plus récentes de Caleb Kyle. Des photos vieilles de trente ans, certes, mais des photos quand même. Je sortis la coupure de journal que mon grand-père avait conservée pour contempler, encore et encore, l'image floue de Caleb. Caleb me faisait désormais l'effet d'un squelette en train de se recouvrir de chair, comme si le phénomène de décomposition s'était progressivement, inexorablement inversé. Cette figure autrefois réduite à un simple nom, à une silhouette parmi les ombres, était en train d'acquérir une véritable réalité.

Je te connais, me dis-je. Je te *connais*.

23

Arrivé à Bangor en début d'après-midi, je repris ma voiture sur le parking de l'aéroport et retournai à Dark Hollow. J'avais l'impression d'être tiraillé en tous sens ; j'explorais dix pistes différentes qui, pourtant, me ramenaient toutes à la même conclusion : Caleb Kyle était revenu. Il avait tué une jeune fille au Texas, dès sa sortie de prison, sans doute pour se venger des habitants de la localité qui l'avait vu naître. Ensuite, il avait pris le nom de sa mère et il était parti dans le Nord, au fin fond du Nord, pour se perdre dans des régions inhabitées.

Si Emily Watts avait dit la vérité à Mme Schneider, et il n'y avait aucune raison de mettre ses déclarations en doute, elle avait mis un enfant au monde et l'avait caché car elle était persuadée que le père était un tueur de jeunes filles, et elle avait senti que cet homme voulait l'enfant pour satisfaire des besoins qui lui étaient propres. Un dernier pas restait à franchir : supposer que Billy Purdue était cet enfant, et que son père s'appelait Caleb Kyle.

Pendant ce temps, Ellen Cole et son petit copain n'avaient toujours pas donné signe de vie, pas plus que Willeford. Tony Celli restait terré quelque part, ce qui ne devait pas l'empêcher de faire rechercher

Billy. Il n'avait guère le choix : faute de retrouver Billy, il serait incapable de remplacer l'argent qu'il avait perdu et on l'abattrait à titre d'exemple. J'avais d'ailleurs le sentiment qu'il était déjà trop tard pour Tony Clean, qu'il était trop tard depuis l'instant même où il avait acheté ses titres, voire depuis l'instant où l'idée de se servir de l'argent des autres pour assurer son avenir lui avait traversé l'esprit. Tony faisait évidemment ce qu'il fallait pour dénicher Billy, mais toutes ses initiatives, toutes les violences auxquelles ses hommes se livraient, toute l'attention qu'il attirait sur lui et ses patrons, tout cela rendait sa survie de plus en plus improbable. On aurait dit un homme qui, dans l'obscurité d'un tunnel, est obnubilé par la seule lueur qu'il aperçoit devant lui, sans savoir que ce qu'il prend pour la lumière du salut n'est, en fait, que l'incendie dans lequel il périra.

Il y avait également d'autres raisons de s'inquiéter. Quelque part dans la pénombre, Stritch attendait. Je supposais qu'il recherchait toujours l'argent, mais qu'avant tout il voulait venger la mort de son camarade. Je revoyais le jeune homme abattu dans le complexe de Portland, violé dans ses derniers instants par la main perverse de Stritch, et je repensais également à la peur que j'avais éprouvée, à la certitude que si je l'avais voulu, là, dans la pénombre, j'aurais pu laisser la mort étendre ses ailes sur moi.

Restait le vieux qui vivait dans la forêt. Peut-être en savait-il davantage que ce qu'il m'avait dit, et que sa remarque à propos des deux jeunes n'était pas due à de simples ragots entendus en ville. Pour cette raison, j'avais encore une halte à faire avant de retourner à Dark Hollow.

A Orono, la boutique était encore ouverte. Au-dessus de la porte, on lisait en script *Stuckey Trading* sur l'enseigne éclairée par le dessous. A l'intérieur, il y avait de quoi suffoquer. L'air était lourd, imprégné d'une odeur de moisi, de poussière et de renfermé, et un climatiseur manifestement incapable de le renouveler ferraillait comme s'il broyait du verre. Des types en blousons de motard étaient en train d'examiner des fusils à pompe d'occasion, tandis qu'une femme qui avait dû étrenner sa robe au moment de Woodstock farfouillait dans une caisse de cartouches huit-pistes. Il y avait des présentoirs entiers de montres anciennes et de chaînes en or, et près de la caisse, dressés sur un râtelier, des arcs de chasse attendaient un éventuel acquéreur.

Ne sachant trop ce que je recherchais, je fis le tour du magasin, entre les vieux meubles et les housses pour sièges de voiture presque neuves, jusqu'à ce que quelque chose accroche mon regard. Dans un coin, à côté d'un portant réservé aux vêtements de pluie — vieux impers et cirés jaunes à l'agonie — il y avait deux rangées de chaussures et de bottes, la plupart en assez piteux état, et il était impossible de ne pas remarquer les Zamberlan. Des chaussures d'homme, presque neuves, beaucoup plus chères que toutes les autres, et qui avaient été visiblement entretenues récemment. Quelqu'un, sans doute le patron de la boutique, les avait nettoyées et cirées avant de les mettre en vente. J'en soulevai une pour en renifler l'intérieur. Cela sentait le Lysol, un désinfectant courant, et autre chose : la terre, et la viande pourrie. Pareil pour l'autre. Or je n'avais pas oublié que Ricky portait des Zamberlan le jour où Ellen et lui étaient passés me voir, et il n'était pas courant de voir des chaussures de cette qualité chez un brocanteur. Je pris les Zamberlan pour les emmener à la caisse.

Et à la caisse, il y avait un petit gars qui s'était collé sur le crâne de gros cheveux noirs synthétiques qu'il avait dû emprunter à un mannequin de grand magasin. Côté nuque, les rares mèches couleur souris qui lui étaient propres dépassaient de la moumoute comme des parents demeurés qu'on aurait consignés au grenier. Suspendues à une cordelette, ses lunettes rondes se perdaient dans la toison de son torse, et sa chemise rouge vif à demi déboutonnée laissait entrevoir des cicatrices. Ses mains fines semblaient vigoureuses, mais de l'auriculaire et l'annulaire, côté gauche, il ne lui restait que la première phalange. Les ongles des autres doigts étaient parfaitement coupés.

Surprenant mon regard, il leva sa main mutilée comme pour imiter un pistolet, à la manière des gosses dans les cours d'école.

— Je les ai perdus dans une scierie, expliqua-t-il.

— Voilà ce qui arrive quand on est distrait, fis-je.

Il haussa les épaules.

— La lame a bien failli me prendre aussi les autres doigts. Vous avez déjà bossé dans une scierie ?

— Non, je trouve que mes doigts vont bien avec le reste de mes mains. Je préfère les garder tels quels.

Il considéra ses moignons d'un air songeur.

— C'est bizarre, mais je les sens encore, vous savez, comme s'ils étaient toujours là. Vous vous rendez peut-être pas compte de l'effet que ça fait.

— Si, j'imagine, dis-je. C'est vous, Stuckey ?

— Oui, m'sieur. C'est ma boutique.

Je déposai les brodequins sur le comptoir.

— Super-pompes, fit-il en en soulevant un de sa main intacte. Je les lâche pas à moins de soixante dollars. Je viens juste de les cirer, de les faire briller, et c'est moi-même qui les ai mises en vente y a pas deux heures.

— Sentez-les.

Stuckey plissa les yeux, pencha la tête de côté.

— Vous avez dit quoi ?

— J'ai dit : sentez-les.

Il me regarda d'un air perplexe, puis prit une des chaussures et approcha son nez de l'intérieur en tordant les narines tel un lapin devant un piège.

— Je sens rien, me dit-il.

— Le Lysol. Vous sentez le Lysol, non ?

— Oui, c'est sûr. Je désinfecte toujours les chaussures avant de les vendre. Personne a envie de porter des pompes qui puent.

Je me penchai vers lui pour lui coller la deuxième chaussure sous le museau et, gentiment, je lui dis :

— Vous voyez, c'est la question que je me pose. Que sentaient-elles *avant* que vous les nettoyiez ?

Il n'était pas du genre à se laisser facilement intimider. Il se pencha vers moi à son tour, plaqua sur le comptoir ses poings incomplets et me dévisagea, les sourcils au plafond.

— Vous êtes pas bien, ou quoi ?

Dans la glace, derrière la caisse, je vis que les motards s'étaient retournés pour assister au numéro. Je pris soin de ne pas élever la voix.

— Ces chaussures, elles étaient pleines de terre quand vous les avez achetées, hein ? Et elles sentaient la pourriture, la chair pourrie ?

Il recula d'un pas.

— Vous êtes qui ?
— Un type comme les autres.
— Si vous étiez un type comme les autres, vous auriez acheté les godasses et vous seriez déjà reparti.
— Qui vous les a vendues, ces chaussures ?

Son ton devint agressif.

— C'est pas vos oignons. Maintenant, barrez-vous de mon magasin.

Je n'avais pas l'intention de bouger.

— Ecoutez-moi, vous pouvez tout me dire à moi ou tout dire aux flics, mais vous allez parler, compris ? Je ne tiens pas à vous créer des problèmes, mais s'il le faut, je n'hésiterai pas, d'accord ?

Stuckey me regarda fixement, comprit que je ne plaisantais pas. Il allait répondre lorsqu'une voix l'interrompit :

— Hé, Stuck ! lança l'un des motards. Tout va bien ?

Il leva sa main gauche mutilée pour indiquer qu'il n'y avait pas de problème, se tourna de nouveau vers moi et me parla d'une voix sans amertume. Stuckey était un pragmatique — une qualité qui s'imposait dans son métier — et savait quand il fallait céder du terrain.

— C'était un vieux, il vient du Nord, soupira-t-il. Il débarque ici peut-être une fois par mois et il me ramène des trucs qu'il a trouvés. La plupart du temps, c'est invendable, mais je lui file quelques billets et il repart. Des fois, il apporte des trucs bien.

— Ces chaussures, il vous les a amenées récemment ?

— Récemment, ça oui. Hier. Trente dollars, c'est ce que je lui ai donné. Il m'a aussi ramené un sac à dos, un Lowe Alpine. Je l'ai vendu tout de suite. En gros, c'est tout. Il avait rien d'autre à me proposer.

— Ce vieux, il venait de vers Dark Hollow?
— Ouais, c'est ça, Dark Hollow.
— Vous avez son nom?

Le regard se fit de nouveau méfiant.

— Dites-moi, qui vous êtes, au juste? Un détective privé, un type dans ce genre?
— Je l'ai déjà dit, je suis un type comme les autres.
— Pour un type comme les autres, je trouve que vous posez beaucoup de questions.

Je sentais que Stuckey recommençait à s'énerver.

— Je suis d'un naturel curieux, expliquai-je en lui montrant néanmoins ma carte d'enquêteur, au cas où. Son nom?
— Barley. John Barley.
— C'est son vrai nom?
— Comment vous voulez que je sache?
— Il vous a montré des papiers?

Stuckey faillit éclater de rire.

— Suffit de le voir pour comprendre que c'est pas le genre à se trimballer avec des papiers sur lui.

J'acquiesçai, pris mon portefeuille pour en extraire six billets de dix dollars.

— J'aurai besoin d'une facture, lui dis-je.

Il m'en établit une, en capitales penchées, apposa le cachet de la boutique, marqua un temps d'arrêt avant de me tendre le feuillet.

— Comme je vous l'ai dit, je veux pas d'histoires.
— Si vous m'avez dit la vérité, vous n'en aurez pas.

Il plia la facture en deux et la glissa dans un sac en plastique, avec les chaussures.

— J'espère que vous le prendrez pas mal, mais je dois dire que pour ce qui est de vous faire des amis, vous valez bien le scorpion.

Je pris le sac et rempochai mon portefeuille.

— Pourquoi ? Vous vendez aussi de l'amitié, ici ?

— Non, ça, sûrement pas, me répondit-il, avec quelque chose d'irrévocable dans la voix. Mais même si j'en vendais, je vous vois pas en client.

24

Il faisait déjà nuit lorsque je repartis pour Dark Hollow. Une neige nonchalante m'accompagna jusqu'à Beaver Cove, puis sur la petite route sinueuse et bordée d'arbres qui conduisait à Hollow. Dans le pinceau des phares, les flocons brillaient comme des petits fragments de lumière d'or, comme si le ciel lui-même était en train de se désintégrer et de tomber à terre. Je voulus appeler Angel et Louis sur mon mobile, mais la communication ne passait pas. En fait, à mon arrivée au motel, ils étaient déjà là. Lorsque je frappai à leur porte, ce fut Louis qui m'ouvrit. Il portait un pantalon noir au pli impeccable et une chemise couleur crème. Jamais je n'avais réussi à comprendre par quel miracle les tenues de Louis étaient toujours aussi irréprochables. Moi, j'avais des chemises neuves qui étaient plus froissées que les siennes.

— Angel est sous la douche, m'annonça-t-il tandis que j'entrais dans la chambre.

A la télévision, en direct de la pelouse de la Maison-Blanche, Wolf Blitzer pérorait, son coupé.

— Ce qui est rare est beau, commentai-je.

— Tu l'as dit. Si c'était l'été, il attirerait les mouches.

Ce n'était pas vrai, bien évidemment. Certes, Angel pouvait donner l'impression d'être légèrement brouillé avec le savon et l'eau chaude, mais, tout bien considéré, il était d'une remarquable propreté. Ce qui le desservait, c'était son côté fripé. En fait, jamais je n'avais vu quelqu'un d'aussi fripé que lui.

— Du nouveau chez Payne ?

— Rien. Le vieux est sorti, il est revenu. Le jeune est sorti, il est revenu. La quatrième ou la cinquième fois, on a commencé à en avoir marre. Pas de nouvelles de Billy Purdue, ni de qui que ce soit.

— Tu crois qu'ils savaient que vous étiez là ?

— Possible. En tout cas, si oui, ils ne l'ont pas montré. Et de ton côté ?

Je lui montrai les chaussures et lui résumai ma conversation avec Stuckey. A cet instant, Angel émergea de la douche, emmailloté dans quatre serviettes.

— Merde, Angel, fit Louis. Tu te prends pour Gandhi, ou quoi ? Pourquoi t'as pris toutes les serviettes ?

— Fait froid, couina Angel. Et je suis resté si longtemps le cul collé dans cette bagnole que j'ai des marques.

— Oui, ben, des marques, je vais t'en faire, moi, et à coups de pompes, si tu me ramènes pas des serviettes. Tu te grouilles d'essuyer ton cul de Blanc rabougri, tu files à la réception et tu demandes d'autres serviettes à la dame. Et t'as intérêt à ce qu'elles soient moelleuses, Angel. J'ai pas l'intention de me frotter le dos au papier de verre.

Tandis qu'Angel se séchait et s'habillait en ronchonnant, je fis le récit de mes différentes rencontres avec Rachel, le shérif Tannen et Erica Schneider, et de ce que j'avais appris sur le passage de Billy Purdue à St Martha's.

— Ce que j'en pense, observa Louis une fois que j'eus terminé, c'est qu'on a de plus en plus d'informations, mais qu'on ne sait pas ce qu'elles signifient.

— Si, pour une partie, on sait, rectifiai-je.

— Ce Caleb, tu penses qu'il existe vraiment ?

— Suffisamment pour avoir tué sa mère, et peut-être une autre fille de la région plus d'une dizaine d'années plus tard. Et il faut bien se dire que les filles qui ont été massacrées en 65 ne l'ont pas été par un handicapé mental. La mise en scène des corps avait des significations multiples — geste de mépris, volonté de choquer —, mais il s'agissait également de faire croire à l'acte d'un déséquilibré. A mon avis, il voulait que les gens se disent que seul un fou pouvait avoir commis des crimes pareils, et en déposant un vêtement compromettant chez Fletcher, il leur a donné le fou qu'ils recherchaient.

— Et il est allé où, alors ? demanda Louis.

Je me laissai tomber sur l'un des deux lits.

— Je ne sais pas, mais je pense qu'il est allé dans le Nord, dans une zone inhabitée.

— Et pourquoi il aurait pas continué à tuer ? s'étonna Angel.

— Là non plus, je n'ai pas de certitudes. Il a peut-être fait d'autres victimes qu'on n'a jamais retrouvées.

Je savais qu'on avait retrouvé les corps de plusieurs randonneurs assassinés sur la Piste des Appalaches, et j'avais entendu dire que d'autres avaient mystérieusement disparu. Je me demandais s'ils n'avaient pas quitté la piste, dans l'espoir de trouver un raccourci, et fait des rencontres bien plus cauchemardesques que tout ce qu'ils auraient pu imaginer.

— Il est également possible, poursuivis-je, qu'il ait commis d'autres meurtres avant de débarquer dans le Maine, sans qu'on réussisse à remonter jusqu'à lui. D'après Rachel, il aurait pu entrer dans une période de sommeil dont il aurait été tiré par des événements récents.

Angel s'empara d'une des Zamberlan et la fit tourner dans ses mains.

— En tout cas, si c'est effectivement les grolles du petit copain d'Ellen, on sait ce que ça veut dire.

Il me regarda d'un œil triste. Je préférai ne rien répondre. Peut-être était-ce pour ne pas évoquer le pire : si Ricky était mort, Ellen avait vraisemblablement subi le même sort.

— Des nouvelles de Stritch ?

Louis se hérissa.

— Je pourrais presque le suivre au nez. La bonne femme de la réception n'a toujours pas digéré ce qui est arrivé à son chat. Les flics pensent que c'est des gosses qui ont fait le coup.

— Et maintenant ? demanda Angel.

— Il faut que j'aille voir John Barley, répondis-je.

Louis secoua la tête.

— Mauvais plan, Bird. Il fait nuit, et il connaît les bois bien mieux que toi. Tu risques de le perdre, et tu sauras jamais comment il a mis la main sur ces bottes. En plus, il y a son connard de chien. Il va alerter le vieux, le vieux va se mettre à tirer et toi, tu seras peut-être obligé de le descendre. Mort, il nous servira à rien.

Il avait raison, bien entendu, mais cela ne me réconfortait guère.

— Dès qu'il fera jour, dans ce cas, décidai-je, sans enthousiasme.

Nous avions tous à l'esprit une éventualité déprimante : peut-être avais-je rencontré Caleb Kyle avant de rebrousser chemin parce qu'il me menaçait d'un fusil.

— Dès qu'il fera jour, approuva Louis.

Je rejoignis ma chambre pour appeler les Cole, dans le Queens. Ce fut Lee qui décrocha, à la troisième sonnerie, et je reconnus aussitôt ce mélange d'espoir et de crainte que j'avais déjà perçu dans la voix de centaines de parents, d'amis et de proches attendant des nouvelles d'une personne disparue.

— Lee, c'est Bird.

Elle ne parla pas immédiatement, mais je l'entendis se déplacer, comme pour éviter d'être entendue. Sans doute voulait-elle épargner Lauren.

— Bird ? Tu l'as retrouvée ?

— Non. On est à Dark Hollow et on continue à chercher, mais on n'a rien pour l'instant.

Mieux valait ne pas lui parler des chaussures de Ricky. Si mes inquiétudes n'étaient pas fondées, ou si je me trompais sur l'identité de leur précédent propriétaire, Lee se ferait du mauvais sang pour rien. Si j'avais vu juste, nous saurions le reste bien assez tôt.

— As-tu vu Walter ?

Je lui répondis que non. J'imaginais qu'il devait se trouver en ce moment à Greenville, mais je ne tenais pas à le voir. Il ne ferait que compliquer les choses, et j'avais déjà du mal à contenir mes émotions.

— Bird, si tu savais comme il s'est mis en

colère quand il a su ce que j'avais fait. (Elle se mit à pleurer, poursuivit d'une voix étranglée :) Il m'a dit que chaque fois que tu te mêles de quelque chose, il y a des blessés, il y a des morts. Je t'en prie, Bird, fais qu'il n'arrive rien à Ellen. Je t'en supplie.

— C'est promis, Lee. Je te rappelle. Au revoir.

Je raccrochai et me passai les mains sur le visage et dans les cheveux avant de les poser sur mes épaules, coudes en l'air. Walter avait raison. Il y avait bien eu des victimes chaque fois que je m'étais mêlé de quelque chose, mais, le plus souvent, elles avaient elles-mêmes choisi de prendre des risques. On peut parfois pousser les gens à faire ceci ou cela, mais les décisions importantes, ce sont eux qui les prennent.

Walter avait des principes, mais des principes avec lesquels il n'avait jamais été amené à transiger pour sauver ses proches ou les venger. Aujourd'hui, il n'était plus loin de Dark Hollow et, avec son arrivée, une situation déjà difficile et complexe allait vraisemblablement s'aggraver. Pendant de longues minutes, je ne pus que rester prostré, le visage dans les mains. Puis je parvins à trouver l'énergie de me déshabiller et de prendre ma douche, tête basse, en laissant l'eau masser les muscles fatigués, contractés, de mes épaules.

J'étais en train de me sécher lorsque le téléphone sonna. C'était Angel. Ils m'attendaient pour aller manger. Je n'avais pas faim et, trop préoccupé par le sort d'Ellen, je n'avais pas les idées très claires, mais j'acceptai de me joindre à eux. En arrivant au restaurant, nous trouvâmes un avis annonçant que l'établissement avait exceptionnellement fermé de bonne heure. Le Roadside Bar accueillait une soirée au profit de l'orchestre du collège local et tout le monde serait de la fête. Angel et Louis échangèrent un regard qui trahissait une profonde contrariété.

— Il faut qu'on aide l'orchestre si on veut bouffer ? s'insurgea Louis. C'est quoi, ce bled pourri ? Il faut qu'on graisse la patte à qui pour boire une bière ? A la police ? (Il examina l'avis d'un peu plus près.) Hé, c'est un groupe de country : Larry Fulcher et les Gamblers. Ce coin est peut-être pas complètement naze, finalement.

— Ah, non, fit Angel, pas encore cette musique de facho ! Tu peux pas écouter de la soul comme tous les gens de ta catégorie ethnique ? Tu sais, Curtis Mayfield, ou peut-être un peu de Wilson Pickett. C'est eux, tes potes, pas les Louvin Brothers et Kathy Mattea. En plus, je te ferai remarquer qu'il y a pas si longtemps, c'est cette merde de country qui passait en musique de fond quand on pendait tes amis.

— Angel, répondit Louis avec une patience étonnante, personne n'a jamais pendu un Black sur un disque de Johnny Cash.

Nous n'avions d'autre choix que de nous rendre au Roadside. Retour au motel pour récupérer mes clés de voiture. En ressortant de ma chambre, je vis que Louis avait ajouté à sa tenue un chapeau de cow-boy noir garni d'une couronne de soleils argentés. Angel, les mains sur la tête, se mit à pousser des jurons.

— Tu attends le reste des Village People ? lui demandai-je en souriant. Tu sais, je ne pense pas que tu aies beaucoup de succès avec ton numéro de country & western black. Si tes frères te voient fringué comme ça, ils risquent d'avoir deux mots à te dire.

— Ce sont mes frères qui ont aidé à construire

436

ce beau et grand pays, et cette « musique de facho », pour reprendre l'expression de notre grand théoricien de la culture ici présent, a bercé des générations de travailleurs. Il n'y avait pas que les *negro spirituals* et Paul Robeson, tu sais. Qui plus est, ce chapeau, je l'aime bien.

Et il ponctua sa déclaration d'une chiquenaude sur le bord de son couvre-chef.

Tandis que nous montions dans la Mustang, je leur dis :

— J'espérais vaguement que, sauf cas de force majeure, vous seriez capables de faire preuve d'une relative discrétion pendant notre séjour ici...

Louis soupira bruyamment.

— Bird, je suis le seul Black d'ici à Toronto. Donc à moins que ma peau ne se dépigmente entre le motel et le bar, je vois mal comment je peux être discret. Alors tais-toi et conduis.

— Oui, c'est ça, renchérit Angel à l'arrière, tais-toi et conduis, sans quoi le Dieu black du six-coups et ses hommes vont t'en faire voir de toutes les couleurs. On ne plaisante pas avec les Cowboys Branchés, avec la Terreur des Grandes Plaines...

— Angel, fit la voix à l'avant. Ta gueule.

Le Roadside était une grande et vieille bâtisse en bois foncé. La salle, tout en longueur, possédait des fenêtres en façade et le gable qui surmontait l'entrée, au milieu, ressemblait à un clocher d'église. Il y avait déjà beaucoup de voitures sur le parking, mais la clientèle s'était également garée de part et d'autre du bar, presque jusqu'aux arbres. Le Roadside se trouvait à la périphérie de la ville, côté ouest. Au-delà, c'était la forêt.

Après nous être acquittés à la porte des cinq dollars de droit d'entrée — « Cinq dollars ! avait sifflé Angel. C'est la mafia qui gère la boîte, ou quoi ? » —, nous pénétrâmes dans l'immense salle, une vraie caverne où il faisait presque aussi sombre que dehors. Aux murs, quelques appliques diffusaient un semblant de lumière, et au bar, les consommateurs pouvaient tout juste distinguer la marque de leur bière, mais pas la date de péremption. Le Roadside se révélait bien plus vaste qu'on ne l'aurait soupçonné de l'extérieur, et seuls le bar et le centre de la piste de danse étaient éclairés. Près d'une centaine de mètres séparaient la porte d'entrée de la scène, au fond de la salle. Le bar surélevé se trouvait au milieu, et les tables rayonnaient tout autour jusqu'aux boxes plongés dans la pénombre, le long du mur. Il faisait si sombre, sur les côtés, qu'on ne distinguait que des visages blafards lorsque les clients pénétraient dans une flaque de lumière. Sinon, ils étaient réduits à de vagues silhouettes glissant tels des linceuls le long des murs.

— C'est un bar pour Stevie Wonder, décréta Angel. Je parie que la carte est en braille.

— Plutôt sombre, cet endroit, convins-je. Tu laisses tomber une pièce par terre et le temps que tu la retrouves, elle a perdu plus de la moitié de sa valeur.

— Ouais, gloussa Angel, c'est un peu le système économique période Reagan, en miniature.

— T'as pas intérêt à dire du mal de Reagan, le prévint Louis. Moi, j'ai de bons souvenirs de Ron.

— Et Ron, lui, ne doit plus en avoir beaucoup, ricana Angel.

Louis nous conduisit vers un box, sur le côté droit, tout près de l'une des deux sorties de secours situées de part et d'autre de l'entrée du Roadside. Sans doute y en avait-il au moins une autre, derrière la scène. Laquelle était actuellement occupée par ce qui devait être Larry Fulcher et les Gamblers. Louis accompagnait déjà la musique en battant du pied et en dodelinant de la tête.

En fait, Larry Fulcher et son groupe se débrouillaient plutôt bien. Ils étaient six en tout, et Fulcher jouait de la mandoline, de la guitare et du banjo. Après « Bonaparte's Retreat » et deux compositions de Bob Wills, « Get with It » et « Texas Playboy Rag », ils reprirent « Wabash Cannonball » et « Worried Man Blues » de Carter Family, puis « You're Learning » des Louvin Brothers et enfin offrirent une belle interprétation du « One Piece at a Time » de Johnny Cash. Le programme était éclectique, mais le groupe jouait bien, et avec un enthousiasme manifeste. Même Louis fut impressionné, et la dernière fois que je l'avais vu aussi impressionné, c'était lorsque Angel avait ouvert le feu sur la pelouse de Joe Bone, à La Nouvelle-Orléans, en réussissant l'exploit de ne toucher aucun de nous deux.

Nous commandâmes des hamburgers et des frites. On nous les servit dans des paniers de plastique rouge, avec une serviette dans le fond pour absorber la graisse. Dès que l'odeur atteignit mes narines, je sentis mes artères se durcir. Angel et Louis prirent chacun une bière, une Pete's Wicked. Moi, j'étais à l'eau minérale.

Le groupe s'accorda une pause, et aussitôt tout le monde se rua vers le bar et les toilettes. Tout en sirotant mon eau, je balayai la foule du regard. Pas de trace de Rand Jennings ni de sa femme, ce qui était sans doute bon signe.

— On devrait être chez Meade Payne, en ce moment, dit Louis. Si Billy Purdue débarque, ça ne sera pas en fanfare et en pleine journée.

— Si tu étais là-bas en ce moment, lui répondis-je, tu serais mort de froid et tu n'y verrais absolument rien. On fait ce qu'on peut.

J'avais vraiment l'impression que la situation m'échappait totalement, mais peut-être était-ce ainsi depuis le jour où j'avais commis l'erreur d'accepter cinq cents dollars de la main de Billy Purdue sans lui demander d'où venait tout cet argent. Je n'en restais pas moins persuadé que Billy ferait tôt ou tard son apparition à Dark Hollow. Sans la coopération de Meade Payne, nous courions toujours le risque de le voir filer entre nos doigts, mais je pressentais que Billy irait se terrer quelque temps chez Meade, et peut-être même tenter de gagner le Canada avec son aide. L'arrivée de Billy perturberait forcément le quotidien de la maison Payne, et je faisais confiance à Angel et Louis pour déceler tout signe de changement.

Mais le cas de Billy m'inquiétait moins que celui d'Ellen Cole, même si, confusément, je devinais qu'il y avait entre eux un lien, un lien dont la nature m'échappait. Un vieil homme les avait tous deux guidés jusqu'ici, et peut-être était-ce le même homme qui avait harcelé Rita Ferris dans les jours précédant sa mort, et peut-être était-ce également cet homme qui avait autrefois vécu dans une bourgade du Texas, sous le nom de Caleb Brewster. Comment croire aux coïncidences, dans une ville aussi petite que Dark Hollow ?

Comme un fait exprès, une femme se fraya un passage dans la foule massée près du bar et commanda un verre. C'était Lorna Jennings, dont le pull rouge vif faisait l'effet d'un fanal au milieu de l'assistance. Il y avait à côté d'elle deux autres femmes, une brune assez svelte en chemisier vert, et une femme un peu plus âgée, aux cheveux noirs, qui portait un haut de coton blanc orné de roses. Une soirée entre filles, sans doute. Lorna ne me vit pas. Peut-être ne tenait-elle pas à me voir.

Une salve d'applaudissements accueillit le retour sur scène de Larry Fulcher et son groupe. Dès les premières mesures de «Blue Moon of Kentucky», la piste de danse s'anima. Les couples virevoltaient, tout sourire, les femmes tournoyaient sur la pointe des pieds, guidées par les mains expertes de leurs cavaliers. Il y avait du rire dans l'air. Des groupes d'amis et de voisins bavardaient, bière à la main, heureux d'être ensemble. Au-dessus du bar, une banderole remerciait chacun de son soutien à l'orchestre du collège de Dark Hollow. Dans la pénombre, de jeunes couples s'embrassaient discrètement, tandis que leurs parents se livraient aux préliminaires sur la piste. La musique paraissait plus forte, les mouvements de la salle s'accéléraient. Du bar parvint un bruit de verre brisé, accompagné de rires embarrassés. Lorna se tenait près d'un pilier, flanquée de ses deux amies. Elles ne se parlaient pas, elles écoutaient la musique. Sur les côtés, dans l'obscurité, des ombres se déplaçaient, parfois réduites à de simples formes floues : des couples en train de bavarder, des jeunes en train de plaisanter, une communauté en train de se détendre. Çà et là, j'entendais parler de la découverte du corps de Gary Chute, mais il n'y avait pas d'implications personnelles et l'ambiance de la soirée n'en souffrait pas. Un couple assis au bar, en face de Lorna, s'embrassait goulûment. Je voyais les langues se mêler, la main de la jeune femme glisser le long du corps de son partenaire, toujours plus bas, toujours plus bas...

Et là, tout en bas, il y avait un enfant, éclairé par

un cercle de lumière qui semblait émaner de lui-même. Des couples se déplaçaient à proximité, des groupes d'hommes fendaient la foule en portant leurs plateaux de bouteilles de bière, mais l'enfant disposait toujours d'un espace qui lui était propre et personne ne s'approchait de lui, personne ne pénétrait dans la cloche de lumière qui le nimbait. Elle illuminait sa chevelure blonde, faisait ressortir sa barboteuse violette, et les ongles de sa toute petite main étincelèrent lorsqu'il pointa le doigt vers les ombres.

— Donnie ? m'entendis-je murmurer.

Et dans les ténèbres, à l'autre bout du bar, apparut une forme blanche. La bouche de Stritch s'ouvrait sur un sourire. Ses lèvres molles et épaisses lui fendaient le visage de part en part, et son crâne chauve luisait. Il se tourna dans la direction de Lorna Jennings, puis me regarda, fit glisser son index droit en travers de sa gorge et se dirigea vers Lorna à travers la foule.

— Stritch, soufflai-je en me levant d'un bond.

Louis balaya la salle des yeux. Il était déjà debout, prêt à dégainer son SIG.

— Je ne le vois pas. Tu es sûr ?

— Il est de l'autre côté du bar. Il cherche Lorna.

Louis passa à droite, la main sous sa veste noire posée sur son arme. Je partis sur la gauche. Difficile de traverser une foule aussi dense. Il fallait que je passe en force. Les gens s'écartaient en vociférant parce que je leur faisais renverser leur bière (« Hé, mec, on se calme, là ! »). J'essayais de garder le pull rouge de Lorna en point de mire, mais, très vite, je dus renoncer. Sur ma droite, j'apercevais tout juste Louis en train de passer au milieu des couples, au bord de la piste, en s'attirant des regards intrigués. A ma gauche, Angel essayait de contourner le bar en virant large.

Près du comptoir, hommes et femmes agglutinés commandaient à boire, agitaient des billets, riaient, se caressaient. Il fallait que je m'enfonce dans ce mur vivant. Un plateau chargé de consommations bascula, un jeune homme maigre et acnéique se retrouva à genoux, des mains essayèrent de me rattraper, des voix furieuses s'élevèrent, mais je n'en tins pas compte. L'un des barmen, un gros barbu à la peau foncée, leva la main en me voyant grimper sur le comptoir. Mes pieds glissaient sur la surface mouillée.

— Hé, descendez de là !

Il aperçut le Smith & Wesson dans ma main, recula et se dirigea vers le téléphone, près de la caisse.

Maintenant, je voyais bien Lorna. Elle tourna la tête vers moi, et elle n'était pas la seule. On me regardait, l'air ébahi. Je vis Louis qui se frayait un chemin dans la foule, les yeux en mouvement, à la recherche de ce crâne blême en forme de dôme.

Je l'aperçus le premier. Il avançait toujours vers Lorna et il y avait une vingtaine de personnes entre eux. Quelques clients le regardèrent, mais c'était surtout moi, debout sur le bar, le bras le long du corps, armé, qui attirais l'attention. Stritch me lança un nouveau sourire, et cette fois quelque chose jaillit dans sa main : un petit poignard à lame courbe. D'un bond, je rejoignis le milieu du bar, près de la caisse et des bouteilles. Un autre, et j'étais presque à côté de Lorna. Sous mes pieds, les verres volaient pour aller s'écraser au sol. Les gens s'écartaient, j'entendais des cris. Je descendis du bar et parvins à me frayer un chemin jusqu'à Lorna.

— Ne reste pas là, lui dis-je. Tu es en danger.

Elle souriait presque, l'air perplexe, jusqu'au moment où elle aperçut mon arme.

Derrière elle, Stritch était déjà en train de se fondre dans la foule. Puis une tête apparut. Louis s'était perché sur une table, en restant accroupi pour ne pas offrir une cible trop facile. Il se tourna vers moi et désigna l'issue de secours centrale. Sur scène, le groupe jouait toujours, mais je voyais les musiciens échanger des regards inquiets.

Sur ma gauche, des videurs en T-shirt se rapprochaient de nous. Je pris Lorna par les épaules.

— Ramène tes copines et ne vous éloignez pas du bar. Je suis sérieux. Je t'expliquerai plus tard.

Elle acquiesça mais cette fois, elle ne souriait plus. Elle avait peut-être aperçu Stritch et deviné, dans ses yeux, ce qu'il lui réservait.

J'entrepris de me frayer un chemin à coups d'épaule jusqu'à l'issue centrale. Il fallait monter quelques marches. Devant la porte, une serveuse, mignonne, avec de longs cheveux châtains, essayait manifestement de comprendre ce qui se passait aux alentours du bar. Puis une silhouette se matérialisa à côté d'elle, et sous le dôme blanc du crâne naquit un large sourire. Une main blafarde se perdit dans la chevelure de la jeune femme, et la lame étincela près de sa tête. En tentant de se dégager, la serveuse tomba à genoux. Impossible de pointer mon arme sur Stritch : on me bousculait, des têtes et des bras m'empêchaient de viser. Un jeune homme taillé comme un footballeur professionnel voulut m'attraper par le bras, mais un coup de coude en plein visage le força à battre en retraite. Rien ne semblait pouvoir empêcher Stritch de trancher la gorge de la serveuse, lorsqu'un objet de couleur sombre tournoya dans l'air et vint exploser sur son crâne. Debout sur sa chaise, Angel, qui avait lancé la bouteille, avait encore le bras en l'air. Je vis Stritch reculer en titubant, la tête en sang. La serveuse parvint à se dégager et à dégringoler les marches en abandonnant une poignée de cheveux dans le poing de son agresseur. La porte s'ouvrit brutalement, et Stritch se fondit dans la nuit.

Quelques mètres à peine nous séparaient. Louis atteignit le petit escalier presque en même temps que moi. Derrière nous, des uniformes surgirent à l'entrée. J'entendis des cris et des ordres aboyés.

Dehors, il y avait des tonnelets empilés d'un côté de la porte, une poubelle verte de l'autre. Les énormes projecteurs qui illuminaient le flanc du bar éclairaient également la lisière de la forêt. Derrière les premiers arbres, une forme blanche glissait dans la nuit. Nous nous lançâmes à sa poursuite.

25

Le silence de la forêt était impressionnant. On eût dit que la neige avait bâillonné la nature, étouffé toute vie. Pas de vent, pas de cris d'oiseaux de nuit, rien que le crissement de la neige et le craquement des brindilles enfouies sous nos pieds.

Je pris appui contre un tronc d'arbre et fermai les yeux, puis les forçai à s'adapter à la faible luminosité ambiante. Autour de nous, en grande partie dissimulées par les congères, de grosses racines serpentaient sur le sol mince. Louis s'était déjà offert une première gamelle, comme en témoignait son manteau saupoudré de blanc.

Nous entendions des cris et des bruits en provenance du bar, mais pour l'instant personne ne semblait nous poursuivre. Après tout, on ne savait pas très bien ce qui s'était passé : un individu avait dégainé une arme à feu, un autre avait lancé une bouteille et blessé quelqu'un ; certaines personnes pensaient avoir vu un couteau, un élément que la serveuse confirmerait sans aucun doute. Trouver des lampes-torches et organiser une battue prendrait un certain temps. De temps à autre, nous distinguions dans le lointain la lumière jaune d'un faisceau anémique, mais bientôt la forêt de plus en plus dense lui fit obstacle, et seule demeura la lueur d'une lune livide dégoulinant à travers les frondaisons.

Louis était tout près de moi, si près que nous ne nous perdions pas de vue. Je levai la main, et nous nous immobilisâmes. Il n'y avait pas de bruit devant nous. Soit Stritch avançait très prudemment, soit il s'était arrêté pour nous piéger, dans la pénombre. Je revoyais déjà ce seuil que je n'avais pas osé franchir à Portland, parce que j'étais certain de trouver Stritch, et certain qu'il me tuerait. Et je pris la résolution de ne pas reculer cette fois.

Puis, sur ma gauche, j'entendis quelque chose. Comme un bruissement de feuilles contre des vêtements, suivi du crissement de la neige sous une semelle. Des bruits à peine perceptibles, mais bien réels. A en juger par son expression, Louis les avait entendus, lui aussi. Il y eut un deuxième pas, puis un troisième. Des pas qui s'éloignaient de nous.

— On l'aurait dépassé ? chuchotai-je.

— Je crois pas. Ça pourrait être quelqu'un du bar.

— Il n'a pas de lampe-torche, et il est seul. Ce n'est pas un groupe.

Mais il y avait autre chose : ce bruit paraissait désinvolte, presque voulu. Comme si quelqu'un tenait à nous informer de sa présence.

Je me surpris à déglutir bruyamment. Louis, à mes côtés, exhala un panache diaphane. Il me regarda, haussa les épaules.

— Continue de tendre l'oreille, mais on ferait mieux de pas traîner dans le coin.

Il s'écarta du sapin qui le protégeait, et aussitôt un coup de feu claqua. L'impact projeta des débris d'écorce et des gouttelettes de sève. Louis plongea à terre et roula vers la droite jusque dans un fossé devant lequel la pointe d'un rocher transperçait la neige.

— J'ai eu chaud, l'entendis-je marmonner. Putains de pros !

— Tu es censé en faire partie, lui rappelai-je. C'est pour ça que tu es ici.

— Ben voilà, à force d'être entouré d'amateurs, je finis par oublier.

Je me demandai depuis combien de temps Stritch nous observait, en attendant le bon moment. Depuis assez longtemps, en tout cas, pour m'avoir vu en compagnie de Lorna, et avoir compris qu'il existait une sorte de lien entre nous.

— Pourquoi a-t-il voulu l'attaquer dans ce bar, alors qu'il y avait autant de monde autour ? m'interrogeai-je à haute voix.

Louis risqua un œil par-dessus le rocher, sans déclencher de tir.

— Il voulait la faire souffrir, et que tu saches que c'était lui. Mais il voulait surtout nous obliger à sortir.

— Et nous, on l'a suivi ?

— On n'allait quand même pas le décevoir, rétorqua Louis. Je te le dis, Bird : je pense que, maintenant, ce type-là se fiche pas mal de l'argent.

Je commençais à trouver le temps long, adossé contre mon gros sapin.

— Je vais bouger un peu et voir jusqu'où je peux aller, dis-je. Tu veux bien sortir encore une fois le nez de ton trou et me couvrir ?

— C'est toi le chef. Vas-y.

Le temps de respirer à fond, et je partis en zigzaguant, plié en deux, en me prenant deux fois les pieds dans des racines invisibles tout en réussissant à conserver l'équilibre. L'arme de Stritch aboya à deux reprises et les projectiles firent voler la neige et la terre près de mon talon droit. En réponse, une salve du SIG de Louis fracassa des branches, ricocha sur les rochers, mais parut également contraindre Stritch à baisser la tête.

— Tu le vois ? hurlai-je en m'accroupissant, le dos contre un épicéa.

Ma respiration emplissait l'air d'énormes panaches blancs. Je commençais enfin à me réchauffer, mais, même dans la pénombre, j'avais l'impression d'avoir les doigts et les mains rouge vif. Avant que Louis n'ait eu le temps de répondre, une forme blanchâtre virevolta dans un bosquet et j'ouvris le feu. La silhouette disparut dans les ténèbres.

— Oublie, ajoutai-je. Il est à une dizaine de mètres de toi, à une heure, et il est en train de s'enfoncer dans la forêt.

Louis était déjà en action. J'apercevais sa silhouette noire sur la neige. Je pointai mon arme sur la zone où j'avais vu Stritch et tirai quatre coups. Pas de riposte. Louis se retrouva bientôt à ma hauteur, trois ou quatre mètres plus loin.

Puis, toujours sur ma gauche, mais cette fois-ci bien plus loin, nous entendîmes quelque chose bouger dans les bois. Quelqu'un marchait dans la direction de Stritch, d'un pas rapide et assuré.

— Bird ? fit Louis.

Je levai aussitôt la main et indiquai la source du bruit. Louis se tut, et nous attendîmes. Durant une trentaine de secondes, il ne se passa rien. Pas le moindre bruit de pas, pas de paquets de neige tombant des arbres. Je n'entendais que les palpitations de mon cœur, et le sang qui me battait les tempes.

Puis deux détonations se succédèrent rapidement, et il y eut comme le bruit de deux corps entrant en collision. Louis et moi démarrâmes en même temps, en levant nos pieds glacés le plus haut possible pour réussir à progresser dans la neige. Nous débouchâmes dans le bosquet, un bras en l'air pour nous protéger des branches, et c'est là que nous découvrîmes Stritch.

Il était là, le dos tourné, dans un petit espace rocheux dégagé. Ses pieds touchaient à peine terre, ses bras serraient le tronc d'un grand épicéa. Dans le dos de son imperméable havane, on voyait ressortir quelque chose d'épais et de rouge, quelque chose qui luisait sous la lune, d'un éclat sombre. A notre approche, Stritch fut pris de tremblements et parut vouloir resserrer son étreinte, comme pour s'arracher au moignon de branche acéré sur lequel on l'avait empalé. Une fine brume de sang jaillit de sa bouche, et il poussa un gémissement. Sa prise faiblit. En nous entendant arriver, il tourna la tête et, les yeux écarquillés par le choc, ses grosses lèvres humectées étirées en un grand rictus, les dents serrées, il tenta de se redresser. De son crâne blessé s'écoulaient de noirs ruisselets de sang qui inondaient son visage blême.

Au moment où nous allions l'atteindre, il ouvrit la bouche et laissa échapper un râle. Un dernier spasme lui secoua le corps, ses mains lâchèrent prise, sa tête bascula en avant et se posa sur l'écorce du tronc.

Et tandis qu'il rendait l'âme, mon regard balaya la clairière. Louis, je le savais, était en train de m'imiter. Nous savions l'un comme l'autre qu'au-delà de notre champ de vision quelqu'un nous observait, et que ce qu'il voyait, ce qu'il avait fait, lui procurait une joie certaine.

26

J'étais assis dans le bureau de Rand Jennings, au poste de police de Dark Hollow, et je regardais la neige marteler les vitres en silence. La nuit tirait à sa fin. Face à moi, Jennings avait posé son double menton sur ses mains nouées. Ressler était resté debout, derrière moi. Dans le couloir, des hommes en tenue, pour la plupart des adjoints à temps partiel réquisitionnés pour l'occasion, allaient et venaient en se télescopant comme des fourmis perturbées par une modification de leurs signaux chimiques.

— Dites-moi qui était cet homme, reprit Jennings.
— Je vous l'ai déjà dit.
— Redites-le-moi.
— Il se faisait appeler Stritch. Il travaillait à la commande : torture, assassinat, tout ce qu'on lui demandait.
— Pourquoi s'est-il attaqué à des serveuses de Dark Hollow, au fin fond du Maine ?
— Je ne sais pas.

Je mentais, mais si je lui avais répondu que Stritch avait cherché à venger son camarade, Jennings aurait voulu savoir qui avait tué ledit camarade et quel rôle j'avais joué dans l'affaire. Et répondre à ces questions m'aurait sans doute valu de me retrouver en garde à vue.

— Interroge-le au sujet du nègre, intervint Ressler.

Instinctivement, les muscles de mes épaules et de ma nuque se contractèrent, et j'entendis Ressler ricaner dans mon dos.

— Monsieur le VIP a un problème avec ce mot ? Il aime pas qu'on traite quelqu'un de négro de chez négro, surtout si c'est son pote ?

Je dus respirer à fond pour conserver mon sang-froid.

— Je ne sais pas quel est votre problème, à vous. Mais je serais curieux de vous entendre parler comme ça en plein Harlem.

Jennings dénoua ses doigts pour pointer l'index sur moi.

— Et moi, Parker, je répète que vous êtes un menteur. J'ai des témoins qui ont vu un type de couleur sortir de la salle par l'issue de secours juste après vous. Ce type de couleur a pris une chambre au motel, le jour de votre arrivée, avec un petit Blanc, plutôt maigre, qui le suivait comme un chien. Ce type de couleur a payé la chambre d'avance, en liquide, la chambre qu'il partageait avec le petit Blanc plutôt maigre, celui qui a balancé la bouteille sur le crâne de ce Stritch... Et ce type de couleur a quitté le motel et s'est évaporé dans la nature avec son copain. Vous me suivez ?

Moi, je savais où Angel et Louis étaient allés. Ils étaient au India Hill Motel, sur la Route 6. Angel avait pris la chambre, tandis que Louis restait planqué dans la voiture. Ils allaient se taper un McDo dans le coin et attendre que j'appelle.

— Comme je vous l'ai déjà dit, je ne sais pas

de quoi vous parlez. J'étais seul quand j'ai trouvé Stritch. Il est possible que quelqu'un m'ait suivi en pensant que j'aurais peut-être besoin d'aide pour coincer le type, mais si c'est le cas, moi, je ne l'ai pas vu.

— Vous ne me racontez que des conneries, Parker. D'après les empreintes qu'on a relevées, trois ou quatre personnes différentes se sont dirigées vers cette clairière. Maintenant, je vous repose la question : pourquoi ce type s'en prend-il à des serveuses dans mon bled ?

— Je ne sais pas, mentis-je une nouvelle fois.

Si notre entretien avait été un cheval, quelqu'un l'aurait déjà achevé.

— A d'autres. Le gars, vous l'aviez repéré. Vous l'avez pris en chasse avant même qu'il s'attaque à la fille. (Il marqua un temps d'arrêt.) En supposant que c'était bien Charlene Simmons qu'il avait dans le collimateur.

Il prit un air songeur, sans détacher ses yeux de mon visage. Je ne l'aimais pas. Je ne l'avais jamais aimé, et ce qui s'était passé entre nous ne nous incitait pas à faire le moindre effort, mais ce n'était pas un idiot. Il se leva, alla à la fenêtre, contempla un instant la nuit.

— Sergent, dit-il enfin, voulez-vous bien nous excuser ?

J'entendis Ressler, derrière moi, basculer d'un pied sur l'autre, se diriger d'un pas discret mais déterminé vers la porte et la refermer doucement derrière lui. Jennings se tourna alors vers moi et, dans la paume de sa main gauche, fit craquer les articulations de sa droite.

— Si je vous balançais mon poing dans la gueule maintenant, il n'y a pas un homme, dans ce poste, qui essaierait de m'arrêter, même s'il le voulait. Personne ne viendrait s'en mêler.

Il parlait d'une voix calme, mais son regard était incandescent.

— Si vous voulez me frapper, Rand, j'espère pour vous que quelqu'un essaiera de s'en mêler. Vous serez peut-être content qu'on vienne à votre aide.

Il s'assit au bord de son bureau, face à moi, le poing toujours dans la paume gauche, en travers de ses cuisses.

— Il paraît qu'on vous a vu en ville avec ma femme.

Il ne me regardait pas. Toute son attention semblait concentrée sur ses mains ; il s'arrêtait sur chaque cicatrice, chaque ride, chaque veine, chaque pore. Des mains de vieux, me dis-je, plus marquées qu'elles n'auraient dû l'être. On sentait chez Jennings la fatigue et la lassitude. Rester avec quelqu'un qui ne vous aime pas juste pour que personne d'autre ne puisse l'avoir, ça vous use un homme. Et ça vous use également une femme.

Je m'abstins de réagir à sa déclaration, mais je devinais ses pensées. Il est des situations qui, parfois, se répètent. Appelez ça le destin ou la volonté de Dieu. Appelez ça la malchance si vous essayez de conserver un couple à l'agonie au congélateur pour l'empêcher de se décomposer davantage, comme ces narcissiques qui demandent à être cryogénisés après leur mort dans l'espoir que, quelques siècles plus tard, la science médicale aura suffisamment progressé pour qu'on puisse les ramener à la vie, comme si le monde avait envie de voir un vieux cadavre du passé se balader dans le présent. Je crois que le couple de Rand ressemblait à cela, qu'il tenait par la force de sa volonté, congelé dans une sorte de monde fantasmatique, en attendant le miracle qui le réanimerait. Puis j'étais arrivé, tel le dégel en avril, et Rand avait senti que tout commençait à fondre. Je n'avais rien à offrir à sa femme, rien, en tout cas, que je ne fusse disposé à céder. Je ne savais pas trop ce qu'elle voyait en moi. Peut-être s'agissait-il moins de moi que de ce que je représentais : les occasions perdues, les voies qu'elle n'avait pas suivies, les deuxièmes chances…

— Avez-vous entendu ce que je vous ai dit ? me demanda-t-il.

— J'ai entendu.

— Est-ce vrai ?

Il me dévisagea. Il avait peur. Lui, il aurait dit autre chose, il ne se le serait même pas avoué, mais c'était bien de la peur. Peut-être qu'au fond de lui-même il aimait toujours sa femme, mais d'une manière si bizarre, si décalée, que cet amour avait perdu toute signification pour l'un comme pour l'autre.

— Si vous me posez la question, c'est que vous connaissez déjà la réponse.

— Vous essayez de me la reprendre ?

J'en arrivais presque à avoir pitié de lui.

— Je ne suis pas ici pour arracher quelqu'un à qui que ce soit. Si elle vous quitte, ce sera pour des raisons qui lui seront propres, pas parce qu'un type qu'elle a connu dans le temps l'embarque contre son gré. Si vous avez un problème avec votre femme, c'est à vous de le gérer. Je ne suis pas votre conseiller matrimonial.

Il se laissa glisser du bureau, les bras le long du corps, ferma les deux poings.

— N'essayez pas de faire le malin. Je vais…

Je me levai et m'avançai. Nous étions à présent

face à face. S'il voulait me frapper, il n'avait plus assez d'espace pour armer son bras. Ma réplique fut nette et posée :

— Vous n'allez rien faire du tout. Si vous me cherchez, je vous démolis. En ce qui concerne Lorna, il vaudrait sans doute mieux qu'on ne parle même pas d'elle, parce qu'il y a de fortes chances pour que ça tourne mal et qu'un de nous deux reste au tapis. Il y a des années, c'est moi qui me suis retrouvé sur le carrelage, dans la pisse, à prendre vos coups de pied pendant que votre copain regardait. Depuis, j'ai tué des hommes, et si vous essayez de me barrer la route, je vous démolis. Si vous avez d'autres questions, chef, ou si vous voulez m'inculper, vous savez où me trouver.

Je le laissai, récupérai mon arme à l'accueil et rejoignis ma Mustang. Je me sentais sale, j'étais éreinté, j'avais encore les pieds froids et mouillés. Je pensais à Stritch en train de se tortiller contre son tronc d'arbre, sur la pointe des pieds, tentant vainement, désespérément, de survivre. Je pensais à la force qu'il avait fallu pour l'empaler sur ce moignon de branche. Stritch était un homme râblé, massif, au centre de gravité assez bas. Les gens de ce gabarit sont difficiles à déplacer. Le col de son imper était déchiré à l'endroit où son meurtrier l'avait saisi avant de se servir du poids de son propre corps pour le planter sur l'arbre. Nous avions affaire à un homme robuste et rapide, un homme aux yeux duquel Stritch représentait une menace.

Pour lui, ou pour quelqu'un d'autre.

Un vent froid sifflait dans la rue principale de Dark Hollow et saupoudrait ma voiture de neige lorsque le motel apparut. Je me dirigeai vers ma chambre, glissai la clé dans la serrure, la fis tourner : quelqu'un avait déjà déverrouillé la porte. Je m'écartai sur la droite, dégainai mon arme et ouvris doucement.

Lorna Jennings était assise sur mon lit, pieds nus, les genoux ramenés contre le menton. Elle avait allumé la lampe de chevet. Les mains sur les chevilles, doigts noués, elle regardait un talk-show. Le son du téléviseur était à peine audible.

Lorsqu'elle se tourna vers moi, il y avait dans son regard quelque chose qui se rapprochait de l'amour — et de la haine. L'univers qu'elle s'était créé, ce cocon d'indifférence tissé autour des sentiments qu'elle ne cessait de réprimer et du cœur mourant d'un couple bancal, s'effondrait autour d'elle. Elle secoua la tête, les yeux toujours fixés sur moi, comme au bord des larmes. Puis elle regarda la fenêtre par laquelle la lumière sinistre de l'hiver se déverserait bientôt dans la chambre.

— C'était qui ?
— Il s'appelait Stritch.

Près de ses pieds nus, en jouant du pouce et de l'index, elle fit glisser son alliance et la retint entre ses doigts. Ce qui ne me semblait pas bon signe.

— Il allait me tuer, hein ? fit-elle d'un ton très détaché, sous lequel on décelait néanmoins comme des frissons.
— Oui.
— Pourquoi ? Je ne l'avais jamais vu. Je ne lui avais rien fait, pourtant...

Elle posa la joue sur son genou, elle attendait ma réponse. Des larmes brillaient sur son visage.

— Il voulait te tuer parce qu'il pensait que tu comptais pour moi. Il cherchait à se venger, et il a trouvé l'occasion de le faire.
— Et est-ce que je compte pour toi ? voulut-elle

savoir, d'une voix qui s'était réduite à un chuchotement.

Je répondis laconiquement :
— Il fut un temps où je t'aimais.
— Et aujourd'hui ?
— Je tiens encore suffisamment à toi pour vouloir empêcher qui que ce soit de te faire du mal.

Elle secoua la tête, comme si ma réponse n'était pas celle qu'elle espérait. Elle pleurait, et ne le cachait pas.
— C'est toi qui l'as tué ?
— Non. Quelqu'un d'autre l'a rattrapé avant moi.
— Mais tu l'aurais tué, hein ?
— Oui.

Elle avait la bouche déformée par la douleur et le désarroi, et ses larmes éclaboussaient les draps en silence. Je pris un mouchoir en papier dans la boîte posée sur la commode et le lui tendis, puis je m'assis à côté d'elle sur le lit.
— Mais pourquoi a-t-il fallu que tu viennes ici ? me demanda-t-elle, le corps secoué de sanglots si profonds qu'ils interrompaient le débit de ses paroles, comme de petites césures de douleur. Parfois, il se passait des semaines entières sans que je pense à toi. Quand j'ai appris que tu t'étais marié, ça m'a fait mal, mais je me suis dit que ça pourrait m'aider, que ça pourrait cautériser la plaie. Et c'est ce qui s'est passé, Bird, vraiment. Mais maintenant...

Je tendis la main pour lui effleurer l'épaule, mais elle s'écarta.
— Non, ne me touche pas.

Je ne l'écoutais pas. Je me mis à genoux près d'elle et la tirai à moi. Elle se débattit, me frappa le corps, le visage, les bras du plat de la main. Puis son visage entra en contact avec mon torse, et la lutte cessa. Lorna me prit dans ses bras, plaqua sa joue contre moi et laissa échapper, dents serrées, comme une plainte animale. Mes mains sillonnèrent son dos, mes doigts caressèrent l'agrafe de son soutien-gorge, sous le pull. Tel un croissant de lune, une bande de peau était visible au-dessus du jean et du slip en dentelle.

Lorna bougea la tête sous mon menton, frotta son visage contre mon cou et monta, sans jamais se détacher de ma peau, jusqu'à ce qu'elle rejoigne ma joue. Je sentis monter en moi une bouffée de désir. Mes mains tremblaient. C'était le contrecoup de la poursuite en forêt, mais aussi le fait d'être là, avec elle, dans cette chambre. Il m'aurait été si facile de me laisser glisser, de recréer, l'espace d'un instant, l'un de mes souvenirs de jeunesse.

Je déposai un baiser sur sa tempe, puis m'écartai.

— Je suis désolé.

Je me relevai et allai à la fenêtre. J'entendis Lorna passer dans la salle de bains. La porte se referma, les robinets couinèrent. Pendant un court instant, j'étais redevenu un jeune homme, brûlant de désir pour quelque chose que je n'avais pas le droit d'avoir. Mais ce jeune homme n'était plus, et l'homme qui l'avait remplacé n'éprouvait plus des sentiments aussi intenses à l'égard de Lorna Jennings. Dehors, la neige tombait comme les années, recouvrant le passé du manteau blanc immaculé des possibilités ignorées.

J'entendis la porte de la salle de bains se rouvrir. Je me retournai : Lorna était nue.

Je la regardai un instant avant de lui dire, sans bouger d'un centimètre :

— Je crois que tu as oublié quelque chose dans la salle de bains.

— Tu ne veux pas coucher avec moi ? s'étonna-t-elle.

— Je ne peux pas, Lorna. Si je le faisais, ce serait pour de mauvaises raisons, et, franchement, je ne suis pas sûr de pouvoir en affronter les conséquences.

— Non, ce n'est pas ça, dit-elle, tandis qu'une larme glissait le long de sa joue. J'ai vieilli. Je ne suis plus comme j'étais la première fois.

C'était vrai : elle n'était pas la Lorna dont je me souvenais. Elle avait des fossettes en haut des cuisses et des fesses, et des petits bourrelets de graisse au ventre. Sa poitrine était moins ferme, la chair de ses bras plus flasque. En haut de sa jambe gauche, on commençait à distinguer le tracé sinueux d'une veine variqueuse. Sur son visage, de fines rides encadraient sa bouche, et elle avait des pattes-d'oie au coin des yeux.

Pourtant, si les années l'avaient transformée et la transformaient encore, elles n'avaient pas porté atteinte à sa beauté. Lorna semblait au contraire avoir gagné en féminité. La fragile beauté de sa jeunesse avait su affronter les rigoureux hivers du Nord et les difficultés de son couple, et cette force se lisait sur son visage comme sur le reste de son corps. Elle laissait enfin affleurer une dignité, une maturité profondes que ses traits, jusqu'alors, n'avaient révélées que rarement. Et quand nos regards se rejoignirent, je compris que cette femme que j'avais aimée, et pour laquelle je ressentais encore quelque chose qui n'était pas loin de l'amour, avait su demeurer intacte au fond d'elle-même.

— Tu es toujours belle, lui dis-je.

Elle m'étudia pour s'assurer que je ne cherchais pas simplement à la bercer de belles paroles, et lorsqu'elle vit que je lui disais la vérité, elle ferma doucement les yeux comme si elle venait d'être touchée au plus profond d'elle-même, sans savoir si cela lui faisait du bien ou du mal.

Elle se couvrit le visage des mains, secoua la tête.

— C'est un petit peu gênant.
— Un petit peu, convins-je.

Elle acquiesça et réintégra la salle de bains. Lorsqu'elle en ressortit, elle se dirigea droit vers la porte. Je lui emboîtai le pas. Au moment d'ouvrir, elle se retourna, posa sa main sur ma joue.

— Je ne sais pas, Bird, murmura-t-elle en collant doucement son front contre mon épaule. Vraiment, je ne sais pas.

Puis elle glissa hors de la chambre et disparut dans la lumière du matin.

Après avoir dormi un peu, je pris une douche et m'habillai. En mettant ma montre, je jetai machinalement un coup d'œil sur le cadran, et là, une douleur telle que je n'en avais pas ressenti depuis des mois me tordit le ventre. Je me pliai en deux, m'affalai à terre et me mis à sangloter, les bras autour du corps, en proie à des spasmes de détresse. Avec ce qui s'était passé — l'enquête sur Caleb Kyle, la rencontre avec Rachel, la mort de Stritch —, j'avais perdu toute notion du temps.

Nous étions le 11 décembre. La veille de la date anniversaire.

Il était déjà plus de trois heures de l'après-midi lorsque je finis par me traîner jusqu'au restaurant pour boire un café et grignoter quelques tranches de pain grillé, sans rien dessus, en pensant à Susan, en maudissant ce monde qui avait accepté qu'on me l'arrache et qu'on m'arrache ma fille, en me demandant comment, avec toute la souffrance, tout le chagrin que je portais en moi, j'allais pouvoir un jour recommencer à vivre.

Mais je voulais Rachel, je le savais, et j'avais si profondément besoin d'elle que j'en étais le premier surpris. Je l'avais compris à Harvard Square, assis en face d'elle, en l'écoutant et en observant ses gestes. Combien de fois avions-nous été ensemble ? Deux fois ? Et pourtant, à ses côtés, j'avais ressenti une paix qui m'avait été si longtemps refusée...

Une autre question trottait dans ma tête : si nos relations étaient appelées à se développer, nous risquions de le regretter, elle autant que moi. J'étais un homme hanté par le spectre de sa femme. Je n'avais toujours pas fait mon deuil. Les sentiments que j'éprouvais pour Rachel et ce que nous avions fait ensemble m'inspiraient encore des remords. Etait-ce trahir la mémoire de Susan que de vouloir refaire ma vie ? Au cours des douze derniers mois, j'avais vécu tant d'émotions fortes, commis tant d'actes de vengeance, espéré tant de revanches, que l'énergie venait à me manquer. Et il y avait ces images qui s'invitaient sournoisement dans mes rêves, et parfois me tourmentaient même lorsque je ne rêvais pas. J'avais vu le petit Donald Purdue, dans ce bar. Je l'avais vu aussi nettement que j'avais vu Lorna nue devant moi, aussi nettement que j'avais vu Stritch empalé sur un arbre.

J'aurais aimé pouvoir tout recommencer, mais comment m'y prendre ? Tout ce que je savais, c'était que je me rapprochais inexorablement du gouffre, et qu'il fallait que je trouve un point d'ancrage pendant qu'il était encore temps.

En sortant du restaurant, je pris la direction de Greenville. La Mercury, garée sous un bosquet, derrière le motel, était quasiment invisible depuis la route. Selon moi, tant qu'il m'aurait sous la main, Rand laisserait Angel et Louis tranquilles, mais mieux valait prendre des précautions. Je n'avais pas encore coupé le moteur quand Angel sortit de la chambre 6. Il s'effaça pour me laisser entrer et referma la porte derrière lui.

— Tiens donc, un homme, un vrai, fit-il avec un grand sourire.

Allongé sur l'un des deux grands lits, Louis était en train de lire le dernier *Time*.

— Il a raison, Bird, dit-il. Toi, au moins, tu assures. Bientôt, tu te retrouveras avec Michael Douglas dans une clinique pour obsédés sexuels, et on verra ta tronche dans la presse people.

— On l'a vue arriver au moment où on s'en allait, expliqua Angel. Elle avait l'air un peu à côté de ses pompes. Je voyais mal ce qu'on pouvait faire, à part la laisser rentrer. (Il s'assit à côté de Louis.) Maintenant, je sais très bien ce que tu vas me dire. Tu vas me dire que tu as rencontré le chef de la police, que vous avez abordé le sujet et qu'il t'a répondu : « Oui, bien sûr, pas de problème, vous pouvez coucher avec ma femme, vu que vous, elle vous aime, et que moi, elle m'aime pas. » Parce que si c'est pas le cas, ta cote dans le coin va encore baisser. Et si tu veux la vérité, en ce moment, t'es déjà aussi tricard qu'un macchabée en plein été.

— Je n'ai pas couché avec elle, dis-je.

— Elle t'a fait des avances ?

— As-tu déjà entendu parler d'une chose qu'on appelle le tact ?

— Tout de suite les grands mots. J'en déduis que la réponse est oui, et je présume donc que tu t'es pas laissé faire. La vache, Bird, y a qu'un saint qui peut se retenir comme ça.

— Angel, ça va aller, là. D'accord ?

Je m'assis au bord du second lit, pris ma tête dans mes mains, fermai les yeux de toutes mes forces. Quand je les rouvris, Angel était presque à côté de moi. D'un geste, je lui fis comprendre que ça allait. Le temps de me passer le visage à l'eau fraîche, dans la salle de bains, et j'étais prêt à poursuivre.

— En ce qui concerne le chef, repris-je, je reste à la fois témoin et suspect dans l'enquête sur le meurtre d'un inconnu retrouvé dans les forêts du Maine. Jennings m'a donc demandé de rester dans le coin, en m'occupant comme je pouvais. Il m'a aussi dit autre chose : le médecin légiste n'a pas encore officiellement remis son rapport, mais il va sans doute confirmer que Chute a été battu avant d'avoir été tué. Les marques sur ses poignets indiqueraient qu'on l'a suspendu à un arbre pour ce faire.

Juste après la mort de Stritch, ces révélations promettaient d'attirer à Dark Hollow, dès le lendemain, une horde de journalistes, et encore plus de policiers.

— Louis a passé deux, trois coups de fil et parlé à quelques-uns de ses associés, déclara Angel. Il a appris qu'Al Z et une équipe d'extras siciliens avaient atterri à Bangor hier soir. Faut croire que le délai qu'ils avaient donné à Tony Celli est expiré.

Ainsi donc, la meute se rapprochait. L'heure des comptes avait sonné, je le sentais. Je fis quelques pas jusqu'à la porte et contemplai le centre commercial, si calme, avec son armurerie, son kiosque d'informations touristiques, son parking désert. Louis me rejoignit.

— Hier soir, juste avant d'apercevoir Stritch, tu as crié le nom de ce gamin.

Je hochai la tête.

— J'ai vu quelque chose, mais je ne sais même pas ce que c'était.

J'ouvris la porte et sortis. Louis changea de sujet :

— Et maintenant ? Tu es habillé comme si tu partais pour le pôle Nord.

— Je retourne voir le vieux ; je voudrais qu'il m'explique comment il a récupéré les chaussures de Ricky avant de les vendre à Stuckey.

— Tu veux qu'on vienne aussi ?

— Non, je n'ai pas envie qu'il panique, et il vaut mieux qu'on ne vous voie pas à Dark Hollow en ce moment. Une fois que je l'aurai vu, on pourra aviser. En attendant, je peux me débrouiller seul.

Je me trompais.

TROISIÈME PARTIE

A mi-parcours de ce voyage qu'est notre vie, je me suis écarté du droit chemin et me suis réveillé dans une sombre forêt.

Dante, *L'Enfer*

TROISIÈME PARTIE

27

En roulant vers la maison du vieil homme connu sous le nom de John Barley, je revis l'image de Stritch empalé sur son arbre. Stritch ne pouvait être au courant de la présence de Caleb Kyle et deviner qu'on l'attaquerait sur deux fronts. Il escomptait nous tuer, Louis et moi, ce qui lui aurait permis de venger son copain tout en mettant fin au contrat sur sa tête, mais n'avait pas prévu Caleb.

J'avais la quasi-certitude que c'était Caleb qui avait tué Stritch, mais j'ignorais de quelle manière il avait appris son existence. Sans doute avait-il croisé Stritch alors que tous deux traquaient Billy Purdue. Et finalement, peut-être fallait-il simplement se dire que Caleb Kyle était un prédateur, et que les prédateurs flairent non seulement leurs proies, mais aussi les autres prédateurs qui s'y intéressent. Caleb n'avait pas survécu durant plus de trois décennies sans une formidable aptitude à déceler les dangers imminents. Dans le cas présent, Caleb avait flairé Stritch car celui-ci était susceptible de menacer la vie de Billy Purdue. Billy était la clé. Billy, le seul homme à avoir vu Caleb Kyle sans l'avoir payé de sa vie, le seul survivant capable d'en faire un portrait-robot. Mais, au moment de m'engager sur la route menant à la baraque de John Barley, je me fis la réflexion que la description de Billy se révélerait peut-être superflue. Je descendis de voiture, l'arme au poing.

Il faisait déjà presque nuit lorsque j'atteignis la cahute. En gravissant la petite pente, j'aperçus de la lumière à l'une des fenêtres. J'avais décidé d'arriver par l'ouest, face au vent, dans l'axe de la maison et de l'épave qui tenait lieu de niche au chien. J'étais presque à la porte lorsque j'entendis un aboiement sec en provenance de la voiture. Une chose floue fila à travers la neige. Le clébard, qui avait fini par déceler mon odeur, comptait manifestement m'intercepter. Presque aussitôt, la porte de la maison s'ouvrit brutalement et je vis surgir le canon d'un fusil à pompe. Je le saisis d'une main, tirai le vieux à l'extérieur. Le chien surexcité essayait de me sauter au visage, mordait l'ourlet de mon pantalon. Le vieux gisait à terre, le souffle coupé, mais il tenait toujours son fusil. Le temps d'écarter le chien, je collai le canon de mon pistolet contre l'oreille du vieux.

— Vous lâchez votre flingue et rappelez votre clébard, ou je jure devant Dieu que je vous abats sur place.

Son doigt quitta le pontet, sa main se détacha lentement de la crosse. Il émit un petit sifflement et murmura :

— Du calme, Jess, du calme. Voilà, c'est bien.

Le chien gémit et s'éloigna de quelques mètres, en se contentant de tourner autour de nous et de grogner en me voyant aider son maître à se relever. Je fis signe à John Barley de s'asseoir sur l'un des fauteuils de la terrasse. Il se laissa tomber lourdement en se frottant le coude.

— Vous voulez quoi ?

Ce n'était pas moi qu'il regardait, mais le chien.

Celui-ci le rejoignit avec méfiance, gronda en passant devant moi, s'assit à ses côtés. Barley le caressa doucement derrière l'oreille.

Je lui lançai mon sac à dos Timberland. Il l'attrapa et me regarda enfin, sans comprendre.

— Ouvrez-le.

Il attendit un instant, puis ouvrit la fermeture Eclair et jeta un œil à l'intérieur du sac.

— Vous les reconnaissez ?

Il secoua la tête.

— Non, je crois pas.

En me voyant armer mon pistolet, le chien se mit à grogner un peu plus fort.

— J'en fais une affaire personnelle. N'essayez pas de faire le malin avec moi. Je sais que c'est vous qui avez vendu ces pompes à Stuckey, à Bangor. Il vous en a donné trente dollars. Maintenant, vous voulez bien me dire comment vous les avez eues ?

— Je les ai comme qui dirait trouvées, répondit-il en haussant les épaules.

Je me penchai en avant. Le chien se releva, le poil hérissé, les crocs à l'air. Mon arme demeura un instant pointée vers le vieil homme puis, lentement, vint se braquer sur son animal.

— Non, fit Barley en baissant le bras pour retenir son chien et lui protéger le poitrail. S'il vous plaît, pas mon chien.

J'avais un peu honte de menacer cette pauvre bête, et j'en vins à me demander si ce vieil homme pouvait être Caleb Kyle. Je m'étais toujours dit qu'il me suffirait de tomber sur Caleb pour savoir que j'avais affaire à lui, que je sentirais immédiatement sa véritable nature. Or chez John Barley, je ne lisais que de la peur : il avait peur, et quelque chose me disait que ce n'était pas seulement de moi.

— Dites-moi la vérité, lui dis-je doucement. Dites-moi où vous avez trouvé ces chaussures. Vous avez essayé de vous en débarrasser juste après notre rencontre. Je veux savoir pourquoi.

Il cligna des yeux, ravala sa salive, se mordilla la lèvre inférieure puis, ayant enfin pris une décision, il répondit :

— Je les ai prises sur le corps du jeune. Je l'ai déterré, j'ai pris les bottes et j'ai remis la terre par-dessus. (Il haussa les épaules.) J'ai aussi pris son sac à dos. De toute façon, ça allait plus lui servir.

J'étais à deux doigts de lui flanquer un coup de crosse sur le crâne.

— Et la fille ?

Le vieux secoua la tête comme pour déloger un insecte de sa chevelure.

— C'est pas moi qui les ai tués, bredouilla-t-il (je crus alors qu'il allait se mettre à pleurer). Je voulais faire de mal à personne. Je voulais juste les bottes.

J'en avais la nausée. Je songeai à Lee et à Walter, à toutes les soirées passées ensemble, avec Ellen. Je ne voulais pas avoir à leur annoncer la mort de leur fille. Non, décidément, ce vieux bonhomme pitoyable, ce détrousseur de cadavres, ne pouvait être Caleb Kyle.

— Où est-elle ?

Il frottait à présent vigoureusement le dos du chien, de la tête presque jusqu'à l'arrière-train.

— Je sais juste où est le jeune. La fille, je sais vraiment pas où elle pourrait être.

A la lueur de la fenêtre, le visage du vieil homme était devenu jaunâtre, cireux, malsain. L'œil humide, la pupille réduite à un point, John Barley tremblait légèrement, saisi de peur. En abaissant mon arme, je lui dis :

— Je ne vais pas vous faire de mal.

Il secoua la tête et sa réponse me donna la chair de poule.

— Monsieur, chuchota-t-il, c'est pas de vous que j'ai peur.

Il les avait aperçus près de la rivière, m'expliqua-t-il, près du Petit Briar. Le garçon et la fille se trouvaient à l'avant, et sur la banquette arrière il y avait une silhouette, presque une ombre. Il était allé chasser le lapin et il rentrait chez lui à pied, avec son chien, quand il avait vu la voiture s'arrêter en contrebas. Le moteur faisait un bruit de broyeuse dans laquelle on aurait jeté des pierres. Il était encore tôt, mais il faisait déjà nuit. Il entrevit les deux jeunes gens lorsqu'ils passèrent dans le faisceau des phares, la fille en jean et parka rouge vif, le garçon en noir, blouson de cuir ouvert malgré le froid.

Le jeune homme ouvrit le capot de la voiture, jeta un coup d'œil à l'intérieur à l'aide de sa lampe de poche. Barley le vit prendre un air dépité, prononcer quelques mots inaudibles, puis lancer un juron dans le silence de la forêt.

La portière arrière du véhicule s'ouvrit et le troisième passager descendit. Il était grand, et Barley crut deviner, sans trop savoir comment, qu'il était âgé, plus âgé que lui. Et pour des raisons qu'il avait encore du mal à cerner, même maintenant, Barley sentit un frisson lui parcourir le corps et il entendit son chien, tout près, émettre un petit gémissement. La silhouette, à côté de la voiture, s'immobilisa et parut scruter les bois, comme pour vérifier d'où venait ce bruit inattendu. Barley caressa son chien.

— Chut, bonhomme, chut.

Mais il constata qu'il avait la truffe agitée, et il le sentait trembler. Le chien avait flairé quelque chose, quelque chose qui le terrorisait, et il communiquait sa nervosité à son maître.

Le grand homme se pencha à l'intérieur de la voiture, côté conducteur, et coupa les phares.

— Hé, fit le jeune homme, qu'est-ce que vous faites ? On ne voit plus rien.

Le faisceau de sa lampe de poche illumina le visage de l'homme en train de s'approcher, puis quelque chose qui brillait dans sa main.

— Hé, répéta le jeune, plus doucement, en se plaçant devant la fille pour la forcer à reculer et la protéger du couteau. Ne faites pas ça.

Un coup de lame, et la lampe de poche tomba à terre. Le jeune homme chancela, et Barley l'entendit crier : « Sauve-toi, Ellen, sauve-toi ! » Puis le vieux s'abattit sur lui comme un long nuage noir, et Barley vit le couteau se lever et s'abaisser, et il entendit le sifflement de la lame dans les chairs, bien distinct du frou-frou des arbres.

Ensuite, l'homme se tourna vers la fille. Barley entendit celle-ci essayer de s'enfuir à travers bois, en trébuchant. Elle n'alla pas très loin. Il y eut un hurlement, suivi d'un bruit évoquant un coup lourdement asséné, et le silence revint. A côté de Barley, le chien couché au sol bougea et émit une faible plainte.

Un long moment s'écoula avant le retour de l'homme. La fille n'était pas avec lui. Il souleva le jeune sous les bras, le tira jusqu'à l'arrière de la voiture et le hissa dans le coffre. Il ouvrit la portière, côté conducteur, et lentement mais sûrement commença à pousser la voiture sur le chemin de terre menant au lac.

Barley attacha son chien à un arbre et lui enveloppa délicatement le museau dans un mouchoir, puis il lui tapota la tête en lui disant qu'il allait revenir. Et il suivit le bruit de la voiture dont les pneus crissaient sur les cailloux.

Après avoir parcouru une distance d'environ huit cents mètres, juste avant Ragged Lake, il atteignit une clairière, juste à côté d'un marais à castors dont les eaux sombres étaient hérissées de troncs d'arbres tordus. Dans cette clairière, une fosse avait été creusée; elle était bordée de monticules de terre fraîche qui ressemblaient à des tumuli. D'un côté de la fosse, il y avait une pente grâce à laquelle le vieil homme parvint à faire descendre la voiture. Celle-ci était presque à l'horizontale, et seule la roue arrière droite restait légèrement surélevée. Puis la silhouette grimpa sur le toit du véhicule et, de là, rejoignit le bord de l'excavation. Il y eut le bruit d'une pelle qu'on retirait du sol, le chuchotement de la lame plongeant dans la terre, suivi du claquement de la première pelletée tombant sur le toit de la voiture.

Il fallut au vieil homme une heure, guère plus, pour ensevelir le véhicule. Bientôt, la neige recouvrirait le sol et les congères dissimuleraient toutes les irrégularités. L'homme maniait sa pelle méthodiquement, d'un rythme régulier, sans jamais s'interrompre pour reprendre son souffle, et en dépit de tout ce qu'il venait de voir, John Barley envia sa force.

Mais, juste au moment où le vieil homme achevait de faire le tour des lieux pour s'assurer qu'il avait bien fait son travail, Barley entendit non loin un aboiement, suivi d'un long hurlement, et il comprit que Jess avait réussi à se défaire de sa muselière improvisée. En contrebas, la silhouette se figea, leva la tête, puis jeta la pelle dans le marécage, de toutes ses forces, avant d'attaquer la pente, avec ses longues jambes, pour se diriger vers l'endroit d'où venait le bruit.

Barley s'était déjà empressé de déguerpir, en silence. Il marchait aussi vite qu'il le pouvait en enjambant les rondins abandonnés et en suivant les pistes empruntées par les cerfs et les élans afin d'éviter d'alerter le vieil homme en cassant des branches. Il retrouva son chien en train de tirer sur sa corde, frétillant de la queue, poussant des petits jappements de joie et de soulagement. Il remit le mouchoir en place, le chien se débattit un peu. Puis il détacha l'animal, le prit dans ses bras et rentra chez lui en courant. Il s'arrêta une fois pour se retourner, presque certain d'avoir entendu quelqu'un courir derrière lui, mais il ne vit rien. Arrivé à sa baraque, il s'enferma, rechargea son fusil avec de redoutables cartouches de chevrotines et s'installa dans un fauteuil. Il ne ferma pas l'œil de la nuit. Et, l'aube venue, il sombra dans un sommeil agité et pénible, ponctué de cauchemars où on déversait des pelletées de terre dans sa bouche ouverte.

— Pourquoi n'avez-vous raconté à personne ce que vous avez vu ? lui demandai-je.

Pourtant, je me demandais encore s'il fallait ou non le croire. Comment savoir s'il était bien celui qu'il disait être, si son histoire était vraie ? Et cependant, dans son regard, je ne décelais aucune malice, je ne voyais qu'un vieillard redoutant la mort qui le guettait. Son chien s'était couché à ses côtés. Il ne dormait pas, il avait les yeux ouverts, et de temps à autre il me lançait un regard pour s'assurer que je n'avais pas bougé pendant que son maître me racontait son aventure.

— Je voulais pas d'ennuis, me répondit John Barley. Mais je suis retourné voir si la fille était toujours là, et puis il y avait les chaussures. C'étaient des belles chaussures, et peut-être que je voulais être sûr que j'avais pas rêvé. Je me fais vieux, et des fois ma tête me joue des tours. Mais j'avais pas rêvé, même si la fille était plus là, même s'il y avait même pas de sang par terre. J'ai su que j'avais pas rêvé dès que j'ai vu que le sol s'enfonçait et quand j'ai touché quelque chose de métallique avec ma pelle. Je voulais garder les bottes et le sac à dos, en me disant que peut-être je les montrerais à la police plus tard pour qu'on s'imagine pas que j'étais fou si je racontais mon histoire. Mais…

Il s'interrompit. J'attendis.

— La nuit d'après, j'étais assis ici, sur la terrasse, avec Jess, et je sentais bien qu'il tremblait. C'est pas qu'il aboyait ou quoi, non, il s'est juste mis à avoir des frissons et à gémir. Il regardait la forêt, dans cette direction-là.

Il pointa le doigt vers deux érables striés dont les branches se touchaient presque, tels deux amants tentant de s'effleurer dans l'obscurité.

— Et il y avait quelqu'un, là-bas, qui nous regardait. Il bougeait pas, rien, il faisait que nous regarder. Et j'ai tout de suite su que c'était lui. Je le sentais au fond de moi, et je le sentais chez le chien. Ensuite, il a comme qui dirait disparu dans la forêt, et je l'ai jamais revu.

« Mais je savais que c'était ce qu'il voulait. C'était un avertissement. Je crois pas qu'il était sûr de ce que j'avais vu, et il m'aurait pas tué sans être sûr, mais vraiment, j'ai regretté d'être retourné chercher les bottes. Si je disais quelque chose, il l'aurait su et il serait venu me faire la peau. Je le savais. Ensuite, vous avez débarqué, avec vos questions, et là j'ai compris qu'il fallait que je m'en débarrasse. J'ai vidé le sac et je l'ai vendu avec les chaussures à Stuckey, et j'étais content de prendre ce qu'il me donnait. Les vêtements du jeune, je les ai brûlés. Y avait rien d'autre de spécial.

— Cet homme, l'aviez-vous déjà vu ?

Barley fit non de la tête.

— Jamais. Il était pas du coin, sans quoi je l'aurais reconnu. (Il se pencha en avant.) Vous auriez pas dû venir ici, monsieur. (Son ton se fit presque résigné.) Il va savoir, et il va venir me régler mon compte. Il va nous régler notre compte à tous les deux.

Je scrutai l'ombre des arbres dans la nuit tombante. Les nuages masquaient la lune et on ne voyait pas d'étoiles. On annonçait encore de la neige : une bonne trentaine de centimètres, voire davantage. Et avec une soudaine appréhension, je me pris à regretter d'avoir laissé ma voiture au bas de la route. Nous allions devoir marcher à travers bois, dans l'obscurité…

— Avez-vous déjà entendu le nom de Caleb Kyle ?

Il cligna des yeux, comme si je venais de lui frapper la joue, mais ce n'était pas réellement l'effet de la surprise.

— Bien sûr que je l'ai déjà entendu. C'est une invention. Jamais personne s'est appelé comme ça, du moins par ici.

Mais ma question avait semé le doute dans son esprit. J'entendis presque les rouages de son cerveau se mettre en branle, et je vis ses yeux s'écarquiller lorsqu'il comprit.

Ainsi donc, Caleb avait suivi Ellen et Ricky à la trace et, peu à peu, il avait gagné leur confiance.

C'était lui qui leur avait conseillé d'aller visiter Dark Hollow, comme l'avait rapporté la gérante du motel, et j'avais la conviction que c'était également lui qui avait saboté le moteur de leur voiture, puis leur avait indiqué à quel endroit s'arrêter, tout près de Ragged Lake, où leur tombe les attendait déjà. Ce qui m'échappait, c'était le mobile. Cela n'avait aucun sens, sauf si...

Sauf s'il m'avait espionné depuis le début, depuis que j'avais commencé à aider Rita Ferris. Pour lui, quiconque se rangeait du côté de Rita devenait forcément un adversaire de Billy. Avait-il enlevé Ellen Cole, l'avait-il même tuée tout comme il avait tué son petit ami pour me punir, parce que j'avais osé me mêler des affaires de celui qu'il prenait pour son fils ? Si Ellen était toujours en vie, je ne pouvais désormais espérer la retrouver qu'en me glissant dans l'esprit de Caleb Kyle, et peut-être me faudrait-il également mettre la main sur Billy Purdue. Je songeai à Caleb m'épiant pendant mon sommeil après avoir tué Rita et Donald et placé le jouet sur la table de la cuisine. A quoi pensait-il alors ? Et pourquoi ne m'avait-il pas tué à cet instant, pendant qu'il en avait la possibilité ? La réponse devait être sous mes yeux, et j'étais incapable de la trouver. Mes poings se serrèrent de frustration. Et enfin, la lumière apparut.

Il savait qui j'étais ou plutôt, ce qui était plus important, il savait de qui j'étais le petit-fils. Tourmenter le petit-fils comme il avait tourmenté le grand-père, ce devait être pour lui un régal. Trente ans après, il avait décidé de recommencer son petit jeu.

Je fis signe à John Barley.

— Venez, on s'en va.

Il se leva lentement et regarda en direction des

arbres, comme s'il s'attendait à revoir la mystérieuse silhouette.

— On va où ?

— Vous allez me montrer l'endroit où la voiture est enterrée, et ensuite vous raconterez à Rand Jennings ce que vous m'avez raconté.

Il ne bougea pas, le regard toujours angoissé, fixé sur les arbres.

— Monsieur, je veux pas retourner là-bas.

Je feignis de n'avoir rien entendu, pris son fusil et, après l'avoir déchargé, le jetai à l'intérieur de la baraque. L'arme au poing, je fis signe à Barley de me précéder. Au bout d'un moment d'hésitation, il finit par avancer.

— Vous pouvez emmener votre chien, lui dis-je comme il passait devant moi. S'il y a quelque chose là-bas, il le sentira avant nous.

28

Nous étions à quelques centaines de mètres à peine de la maison lorsque les premiers flocons tombèrent, d'épais et lourds agrégats de cristaux qui recouvrirent la route et ajoutèrent leur poids à celui des chutes précédentes. Quand nous atteignîmes la Mustang, nos épaules et nos cheveux étaient devenus blancs, et le chien batifolait devant nous en essayant de happer les flocons de neige. Après avoir installé le vieux sur le siège avant droit, je pris une paire de menottes dans le coffre pour l'attacher à l'accoudoir de la portière par la main gauche, le bras en travers du corps. Je me méfiais de ce type, et je le croyais bien capable d'essayer de me frapper dans la voiture ou de se sauver à travers bois à la première occasion. Le chien, lui, était déjà en train de tapisser ma banquette arrière d'empreintes boueuses.

On n'y voyait pas grand-chose, et les essuie-glace peinaient à dégager la neige qui masquait le pare-brise. Je ne dépassais pas le cinquante à l'heure, et bientôt je dus réduire ma vitesse à quarante, puis trente. Il n'y avait plus devant moi qu'un voile blanc et, de part et d'autre, les immenses pins et sapins dressés comme des clochers d'églises. Le vieux ne disait rien. Assis inconfortablement, il se tenait au tableau de bord de la main droite.

— Vous n'avez pas intérêt à me mentir, John Barley, lui dis-je.

Il avait le regard vide de celui qui vient d'entendre prononcer sa condamnation à mort et qui sait la sentence définitive.

— Peu importe, me répondit-il (derrière lui, le chien se mit à gémir). Quand il nous trouvera, peu importe ce que vous croyez ou pas.

C'est alors qu'à une vingtaine de mètres de nous, semblait-il, car la neige qui tombait dru faussait la perspective, j'aperçus ce qui ressemblait à des phares. En me rapprochant, je parvins à distinguer deux voitures en train de s'immobiliser sur la chaussée. Elles me bloquaient la route. D'autres phares apparurent dans le rétroviseur, mais ils étaient plus loin. J'avançais toujours. Les phares semblèrent perdre du terrain, puis ils disparurent et, en voyant les arbres sur ma droite s'éclairer, je compris que la voiture qui nous suivait s'était placée en travers de la route. Le piège s'était refermé.

Je roulais au pas. Moins de dix mètres nous séparaient des deux voitures de devant.

— Qu'est-ce qui se passe ? fit le vieux. Peut-être un accident.

— Peut-être, répétai-je.

Trois silhouettes noires qui se découpaient sur le fond blanc et le halo des phares s'approchèrent de nous. Celle du milieu me disait quelque chose, tout comme sa façon de marcher. Un homme plutôt petit. Son bras droit en écharpe dépassait de son manteau jeté sur les épaules. Lorsqu'il pénétra dans le pinceau de mes phares, j'aperçus les points de suture noirs de son front blessé, et son hideux bec-de-lièvre.

Mifflin affichait un rictus amusé. J'étais déjà en train de chercher d'une main la clé des menottes tout en dégainant mon Smith & Wesson de l'autre. A côté de moi, le vieux, sentant que nous avions un problème, commença à tirer sur ses bracelets.

— Détachez-moi ! Détachez-moi !

Et le chien d'aboyer. Je lançai la clé au vieux qui s'empressa de libérer sa main, passai en marche arrière et écrasai l'accélérateur, le pistolet contre le volant, en espérant passer en force. La Mustang percuta la voiture qui nous barrait la route dans un fracas de tôles enfoncées et de verre brisé. Nous fûmes catapultés en avant, mais les ceintures de sécurité se bloquèrent à temps. Le malheureux chien, lui, projeté entre les deux sièges, poussa un glapissement en heurtant le tableau de bord.

Devant nous, c'étaient désormais cinq silhouettes qui marchaient dans notre direction. Dans notre dos, j'entendis une portière s'ouvrir. Je mis la marche avant en me préparant à enfoncer une fois de plus l'accélérateur, mais le moteur cala, et ce fut le silence. J'étais en train de me pencher pour manœuvrer la clé de contact quand le vieux ouvrit sa portière. Le chien, sur ses genoux, avait déjà la tête dehors.

— Non ! Non !

Je voulus retenir Barley, mais à cet instant le pare-brise explosa. Un geyser noir et rouge, constellé d'éclats de verre, aspergea l'intérieur de la voiture. J'en avais partout, je ne voyais plus rien. Le temps de cligner deux ou trois fois des yeux, et je vis le visage ravagé de John Barley basculer lentement vers moi. Sur ses genoux, il y avait les restes de son chien. Je poussai ma portière, m'extirpai de la voiture en restant baissé et roulai à terre tandis que d'autres balles criblaient le capot et l'intérieur de la Mustang. La lunette arrière explosa. Je sentis un mouvement derrière moi, sur ma gauche. Je me retournai et fis feu. Un type en blouson d'aviateur, l'air stupéfait, la joue en sang, virevolta dans la neige et s'effondra à trois mètres de moi. Je vis alors le résultat du choc entre ma voiture et la Dodge : un autre homme avait été écrasé entre la portière et l'habitacle de la Neon au moment où il sortait, et son corps était resté figé à la verticale.

Je fonçai vers le bas-côté, me laissai glisser le long du talus et m'enfonçai dans les bois. Une pluie de balles s'abattit sur la route, cribla le sol enneigé tandis que les cris fusaient dans mon dos. Je courais à l'aveuglette. Des brindilles craquaient sous mes pieds, des branches m'égratignaient la figure, des racines tordues s'acharnaient à retenir mes jambes. Des faisceaux de lampes-torches fouaillèrent la nuit et j'entendis le staccato d'une arme automatique. La rafale déchira la ramure des arbres au-dessus de moi, sur la droite. Le sang du vieil homme était encore chaud. Je le sentais dégouliner sur mon visage, j'avais son goût en bouche.

Je courais sans m'arrêter, l'arme au poing, le souffle court. Je voulus changer de direction et tenter de revenir vers la route, mais très vite je m'aperçus que mes poursuivants étaient presque parvenus à ma hauteur, à droite comme à gauche. Et cette neige qui tombait sans relâche... Elle se prenait dans mes cils, fondait sur mes lèvres, me gelait les mains, tourbillonnait jusque dans mes yeux en m'aveuglant.

Puis le terrain changea et je me fis mal à la cheville en trébuchant sur un caillou avant de dévaler une dernière pente, moitié debout, moitié sur les fesses, jusqu'à ce que mes pieds rencontrent une eau glaciale. J'étais au bord d'un étang dont la surface noire absorbait tous les reflets de l'hiver. Je fis demi-tour, cherchant un moyen de rebrousser chemin, mais les lampes-torches et les cris se rapprochaient. Je vis une lumière tout à gauche, une autre qui progressait entre les arbres, sur ma droite, et je compris alors que j'étais encerclé. Je repris mon souffle, éprouvai l'état de ma cheville en grimaçant de douleur. Je pris le faisceau lumineux qui se trouvait à ma droite en point de mire, visai un peu plus bas et tirai. J'entendis un cri de douleur, et le bruit sourd de la chute d'un corps. Je fis encore feu deux fois au jugé, juste devant les hommes qui approchaient dans l'obscurité, et j'entendis quelqu'un hurler :

— Eteignez ! Eteignez tout !

Une rafale balafra la berge au moment où je plongeais dans l'eau, en gardant mon bras armé tendu. L'étang ne devait pas être profond : malgré la pénombre, je distinguais un amas rocheux qui affleurait à quelques centaines de mètres, au beau milieu d'une sorte de goulet. Mais ces rochers étaient trompeurs : j'avais parcouru peut-être une dizaine de mètres, coupant en diagonale vers la rive opposée, lorsque le fond s'inclina brutalement. Je perdis pied avec un gros *plouf*, refis surface en aspirant l'air à grandes goulées. Le pinceau d'une torche m'effleura, revint en arrière et me cloua sur place. Je pris une longue inspiration avant de plonger tandis que les balles criblaient la surface de l'eau comme s'il pleuvait. Je sentais les projectiles fuser autour de moi et je m'enfonçais de plus en plus dans les eaux noires, les poumons au bord de l'implosion, dans un froid si glacial qu'il en devenait brûlant.

Puis ce fut comme si quelque chose me tirait le

côté. Une sorte d'engourdissement me gagna, et se mua peu à peu en une douleur atroce qui se répandit dans toutes les parties de mon corps. Je me tortillais comme un poisson au bout d'une ligne ; du sang chaud s'échappait de mon flanc. J'avais si mal que j'ouvris la bouche, et un chapelet de précieuses bulles d'air fila vers la surface. Mes doigts lâchèrent le Smith & Wesson. Pris de panique, je remontai aussi vite que je le pus en réussissant tout juste à me calmer suffisamment pour ne pas faire de bruit en crevant la surface de l'eau. Je respirai à fond, gardai le visage face au ciel tandis que la douleur m'envahissait. J'avais les jambes, les bras et le bout des doigts ankylosés. Ma blessure par balle me brûlait, mais ce serait encore pire lorsque je sortirais de l'eau.

Au bord de l'étang, des silhouettes se déplaçaient, mais je ne voyais plus qu'une seule lumière. Ils attendaient que je me montre, ne sachant pas que j'avais perdu mon arme. Je pris mon souffle et replongeai. Je parvins à m'éloigner en nageant d'une main, près de la surface, et j'attendis que mon autre main touche le fond, à proximité de la rive d'en face, pour redresser la tête. En veillant à garder mon côté blessé vers le haut, je poursuivis ma progression dans quelques centimètres d'eau, en cherchant l'endroit où je pourrais regagner la rive sans risques. L'arme automatique redonna de la voix, mais cette fois-ci les balles se perdirent loin derrière moi. D'autres coups de feu suivirent, manifestement tirés au hasard, au jugé. Je longeais toujours la berge, les yeux braqués sur la forêt, tache noire dans la nuit.

J'aperçus enfin sur ma droite une échancrure dans le rivage et de l'eau submergeant des rochers : la rivière. Et cette rivière, je le savais, traversait

Dark Hollow. J'aurais pu essayer d'atteindre le bord le plus éloigné et m'enfoncer ensuite dans les bois, mais si je faisais une chute ou si je m'égarais, je ne pouvais qu'espérer mourir de froid, car nul n'était au courant de ma présence dans les parages, si ce n'étaient les hommes de Tony Celli. Et s'ils me trouvaient, le froid cesserait très rapidement d'être ma principale préoccupation.

Je parvins à trouver un endroit où prendre pied à la naissance de la rivière, mais il me paraissait préférable de continuer à ramper dans l'eau jusqu'à ce qu'un bosquet me dissimule suffisamment aux regards de mes poursuivants pour que je puisse enfin me lever et suivre le lit du cours d'eau. Mon côté me faisait horriblement mal et chaque mouvement déclenchait une nouvelle vague de douleur. L'eau roulait sur des galets, et je dus m'y reprendre à deux fois pour réussir à poser le pied. Mais à peine debout, j'eus tout juste le temps de m'aplatir de nouveau dans la rivière quand le faisceau d'une lampe-torche glissa dans ma direction puis, heureusement, s'éloigna vers l'aval. Je pris le temps de compter jusqu'à dix avant de gagner la rive en trébuchant à chaque pas.

Le vent avait faibli, mais la neige tombait toujours aussi dru, et un épais tapis blanc recouvrait le sol autour de moi. J'avançais difficilement, et la douleur qui me mordait le flanc ne faisait qu'empirer. Je m'adossai contre un arbre pour examiner ma blessure. Il y avait une déchirure irrégulière dans le dos de mon blouson, ainsi que dans mon pull et mon maillot de corps, avec un petit trou d'entrée près de la dixième côte, et un trou de sortie plus large, devant, à peu près à la même hauteur. Je souffrais énormément, mais la blessure n'était pas profonde : il n'y avait que quelques centimètres entre les deux trous. Le sang ruisselait entre mes doigts et s'écoulait sur le sol enneigé, formant une tache sombre. J'aurais dû me méfier, mais j'avais trop peur, j'avais trop mal, et je manquais de vigilance. Malgré la douleur, je parvins à me baisser pour ramasser deux poignées de neige et les plaquer sur mes côtes. Puis je repris mon chemin en glissant et en dérapant constamment, sans m'éloigner de la rivière pour ne pas m'égarer. Je claquais des dents et mes vêtements détrempés me collaient à la peau. Mes doigts gelés étaient en feu, et j'étais au bord de la nausée. Le choc, sans doute.

C'est seulement après avoir parcouru une certaine distance, en m'arrêtant de temps à autre pour me reposer contre un arbre, que je pris conscience de l'endroit où je me trouvais, par rapport à la ville. Devant moi, sur la droite, à une distance d'environ deux cents mètres, peut-être, je distinguais les lumières d'une maison. J'entendis gronder des cascades, j'aperçus le squelette d'un pont de fer, et je sus alors où j'étais et où je pouvais aller.

Il y avait de la lumière dans la cuisine des Jennings lorsque je m'affalai contre la porte de derrière. J'entendis un bruit à l'intérieur, puis la voix de Lorna, affolée :

— Qui est là ?

Les rideaux de la porte s'entrebâillèrent et, en découvrant ma tête, Lorna écarquilla les yeux de stupeur.

— Bird ?

Il y eut le bruit d'une clé dans la serrure, et lorsque la porte qui me soutenait s'effaça, ce fut la chute en avant. Tandis que Lorna m'aidait à m'asseoir sur une chaise, je lui dis d'appeler la chambre 6 au motel India Hill et personne d'autre, puis je fermai les yeux et laissai la douleur me submerger par vagues successives.

Le sang bouillonnait à l'endroit où la balle était ressortie, tandis que Lorna achevait de nettoyer la blessure. Elle avait nettoyé la peau tout autour, et retiré de la plaie quelques brins de tissu à l'aide de pincettes stérilisées. Lorsqu'elle passa dessus un tampon avec de l'alcool, la sensation de brûlure me fit me tortiller sur ma chaise.

— Ne bouge pas, m'intima-t-elle.

Je lui obéis. Lorsqu'elle eut terminé, elle me demanda de me tourner pour pouvoir accéder au trou d'entrée. Elle ne paraissait pas très à l'aise, mais ne se décourageait pas.

— Tu veux que je fasse ça, tu es sûr? me demanda-t-elle lorsqu'elle eut fini.

Je fis oui de la tête.

Elle prit une aiguille sur laquelle elle versa de l'eau bouillante.

— Ça fera un peu mal, me prévint-elle.

Elle était optimiste. Ça faisait horriblement mal. Lorsqu'elle sutura de deux points chacune des plaies, la douleur fut si violente que je sentis des larmes jaillir de mes yeux. Il s'agissait de soins plutôt sommaires, mais je voulais être juste capable de tenir encore quelques heures. Quand Lorna eut achevé de me recoudre, elle appliqua une compresse, puis pour la maintenir en place enroula autour de mon abdomen une bande de gaze.

— Ça tiendra jusqu'à l'hôpital, me dit-elle avec un petit sourire nerveux. Tu as de la chance, j'ai suivi les cours de secourisme de la Croix-Rouge.

J'acquiesçai pour lui indiquer que je comprenais. La blessure était nette. C'était le seul point positif des munitions à haute vélocité : au lieu de se déformer à l'impact et de déchirer les tissus, la balle poursuivait gaillardement sa course en conservant la majeure partie de son énergie, et le blindage restait intact.

— Veux-tu m'expliquer ce qui s'est passé? m'interrogea Lorna.

Lentement, je me mis debout, et c'est alors, seulement, que je vis le sang répandu sur le carrelage.

— Putain…

Une vague de nausée me submergea, mais je parvins à m'accrocher à la table en fermant les yeux jusqu'à ce que cela passe. Le bras de Lorna se lova autour de mon torse.

— Il faut que tu restes assis, Bird. Tu es faible, et tu as perdu du sang.

— Ouais, répondis-je en m'écartant de la table pour me diriger d'un pas chancelant jusqu'à la porte. C'est bien ce qui m'inquiète.

Je soulevai le rideau. Il neigeait toujours, mais la lumière émanant de la cuisine était suffisante pour me permettre de distinguer la trace rouge révélatrice en provenance de la rivière, et qui se prolongeait jusqu'à la porte de la maison. Le sang était si épais, si foncé, qu'il absorbait les flocons de neige.

Je me tournai vers Lorna.

— Je suis désolé. Je n'aurais pas dû venir ici.

Elle me regarda, le visage grave, les lèvres pincées, avant d'esquisser un sourire.

— Où aurais-tu pu aller, sinon? J'ai appelé tes amis. Ils arrivent.

— Où est Rand?

— En ville. Ils ont mis la main sur le type qu'ils cherchaient, ce Billy Purdue. Rand va le garder jusqu'à demain matin. Ensuite, le FBI et beaucoup d'autres gens vont débarquer pour l'interroger.

Ce qui expliquait la présence des hommes de Tony Celli. La nouvelle de l'arrestation de Billy Purdue avait dû se répandre comme une traînée de poudre dans tous les services de police, et Tony Celli avait forcément été mis au courant. Après leur arrivée, combien de temps avaient-ils mis pour me repérer ? En voyant la Mustang, ils avaient sans doute compris que je me trouvais dans les parages et décidé qu'il valait mieux me supprimer que me laisser jouer les trouble-fête.

— Les types qui m'ont tiré dessus, répondis-je calmement, ils veulent Billy Purdue. Et ils tueront Rand et ses hommes si on ne le leur donne pas.

Quelque chose brilla sur la vitre, comme le reflet d'une étoile en train de tomber. Il me fallut une seconde pour comprendre qu'il s'agissait du faisceau d'une lampe-torche. J'attrapai Lorna par la main et la tirai vers le devant de la maison.

— Il faut qu'on sorte d'ici.

Le couloir n'était pas éclairé. Sur la droite, il y avait la salle à manger. Malgré la douleur, je pris soin de marcher courbé jusqu'aux fenêtres et sous les stores, ce qui me permit d'épier ce qui se passait à l'extérieur.

Au fond de la pelouse, j'aperçus deux silhouettes. L'une tenait à la main un fusil à pompe, l'autre avait le bras en écharpe.

Je rebroussai chemin. Dans le couloir, Lorna vit ma tête.

— Ils sont devant, c'est ça ?

J'opinai.

— Pourquoi est-ce qu'ils veulent te tuer ?

— Ils se disent que je risque de leur mettre des bâtons dans les roues, et ils m'en veulent depuis une histoire qui s'est passée à Portland. Tu as bien une arme chez toi. Où est-elle ?

— A l'étage. Rand en laisse toujours une dans la commode.

Elle me conduisit au premier, dans la salle à coucher. Il y avait là un grand lit en pin naturel, recouvert d'une couverture et d'oreillers jonquille, et une commode du même style, face à un gigantesque placard. Dans un coin, une petite étagère bourrée de livres menaçait de s'écrouler. Dans un autre, une radio marchait en sourdine. Je reconnus « Evangeline », du Band, entrecoupé par la voix d'Emmylou Harris. Lorna vida un tiroir de chaussettes, de caleçons d'homme et de maillots de corps avant de trouver le revolver. C'était un Undercover calibre 38 de marque Charter Arms, canon de trois pouces, une arme de flic. Les cinq alvéoles étaient garnies, et juste à côté se trouvait un chargeur rapide, lui aussi plein. Mais, un peu plus loin, il y avait également, dans un étui en Nylon noir, une autre arme de poing, un Ruger Mark 2 au canon effilé.

— Rand s'en sert de temps en temps pour faire du tir à la cible, m'expliqua Lorna, en me montrant du doigt une boîte de cartouches 22 long rifle à percussion annulaire presque vide, dans le coin du tiroir.

— Loués soient les paranoïaques, fis-je.

Il y avait une grande bouteille d'eau en plastique, quasiment vide elle aussi, sur le meuble de chevet. Face au dressing, je vis dans le miroir mon visage blême. J'avais des cernes de douleur et de fatigue sous les yeux, et mon visage était constellé de coupures dues aux éclats de verre, couvert de points de résine et de traces de sang, le sang de John Barley. Je sentais encore son odeur sur moi. Je sentais l'odeur de son chien.

— Tu as du Scotch, du Chatterton ?

— En bas, peut-être, mais il y a un rouleau de

pansements adhésifs dans l'armoire de la salle de bains. Ça pourra aller ?

J'acquiesçai, pris la bouteille en plastique et suivis Lorna dans la salle de bains au carrelage jaune et blanc, tout en chargeant le Ruger. Elle ouvrit le meuble, me tendit le rouleau qui faisait près de deux centimètres de large. Après avoir déversé le fond d'eau minérale dans le lavabo, j'insérai le canon étroit du Ruger dans le goulot de la bouteille, et quelques tours de bande adhésive m'aidèrent à maintenir celle-ci en place.

— Que fais-tu ? me demanda Lorna.
— Je bricole un silencieux, répondis-je.

Je me disais que si les types de Tony Celli venaient fouiller la maison, je pourrais en descendre un avec mon 22 à silencieux improvisé si nécessaire et gagner cinq ou dix secondes. Dix secondes, dans une fusillade, c'est une éternité.

Nous les entendîmes enfoncer la porte de derrière à coups de pied, puis il y eut un bruit de verre brisé, et c'est la porte de devant qui s'ouvrit. Je glissai le 38 dans mon pantalon et, d'un coup de pouce, enlevai la sécurité du Ruger.

— Va dans la baignoire et garde la tête baissée, chuchotai-je à Lorna.

Elle retira ses sandales et, sans faire de bruit, grimpa dans la baignoire. J'enlevai mes chaussures, les laissai sur le carrelage, puis montai à l'étage sur la pointe des pieds et retournai dans la chambre. La radio était toujours allumée, mais le Band avait cédé la place à Neil Young, dont les lamentos se répercutaient dans toute la pièce.

« *Don't let it bring you down...* »

Je me plaçai dans l'ombre, près de la fenêtre. Le Ruger me faisait un drôle d'effet en main, après le

Smith & Wesson, mais au moins c'était un pistolet. J'armai le chien et attendis.

« *It's only castles burning...* »

Je l'entendis monter l'escalier, je vis son ombre le précéder, s'arrêter puis se préparer à pénétrer dans la chambre, sur les traces de la musique. Mon doigt se raffermit sur la détente, et je respirai à fond.

« *Just find someone who's turning...* »

Du pied, il poussa la porte, attendit un instant, puis fit brutalement irruption dans la pièce, prêt à faire feu. Je déglutis, puis vidai mes poumons.

« *... And you will come around...* »

Je pressai la détente du Ruger, et le fond de la bouteille explosa avec le bruit mat d'un sac en papier qu'on aurait fait éclater. Un beau coup, en plein cœur. Je fis un pas en avant et tirai de nouveau pendant que l'autre titubait en arrière et glissait le long du mur en laissant une traînée rouge sombre sur la peinture crème. Je pris son fusil, un Mossberg à crosse sciée, juste avant qu'il ne lui tombe des mains. Après m'être débarrassé du 22, j'enjambai le corps et, toujours sans le moindre bruit — j'étais en chaussettes —, je retournai dans le couloir.

— Terry ? fit une voix, au rez-de-chaussée.

J'aperçus une main qui brandissait un 44 Magnum, puis un bras, un corps, un visage. L'homme leva les yeux. Je tirai en pleine tête, et la déflagration me fit l'effet d'un coup de canon. Ses traits disparurent dans une nuée rouge et il bascula en arrière. Le temps de réarmer, et j'étais déjà dans l'escalier. Une flamme jaillit dans la pénombre de la salle à manger, et une balle frappa le mur à quelques centimètres de mon oreille gauche. Je ripostai, réarmai, tirai de nouveau : deux décharges dans le noir. J'entendis une pluie de verre et de plâtre, puis plus rien. La porte de devant était entrouverte. D'autres coups de feu venus de la cuisine fracassèrent le reste de la vitre et firent voler des éclats de bois. Toujours dans l'escalier, je passai le fusil entre les barreaux de la rampe, tordis la main et tirai au jugé ma dernière cartouche.

Dans la cuisine, une ombre se détacha du mur et, arrivée à la limite du long couloir, déclencha un véritable tir de barrage qui fit siffler la rampe et arracha au mur des nuages de poussière jaune. Les projectiles se rapprochaient. Je saisis le 38 que j'avais glissé sous ma ceinture et fis feu à trois reprises. Il y eut un cri de douleur. Du coin de l'œil, je vis un mouvement dans l'entrée. Profitant de cette diversion, le type que j'avais blessé dans la cuisine prit le risque de s'exposer pour débouler dans le couloir, l'arme au poing, en se tenant l'épaule. J'eus juste le temps de le voir ricaner de toutes ses dents lorsque retentit une détonation formidable, bien plus puissante que tout ce que j'avais entendu jusqu'à présent. Et au milieu de son torse apparut un trou assez large pour qu'on y passe les deux poings. J'eus l'impression de pouvoir apercevoir, à travers, l'évier de la cuisine, les morceaux de verre par terre, le bord d'une chaise. L'homme demeura debout durant une fraction de seconde, puis s'écroula comme une marionnette aux fils coupés.

Et sur le seuil de la porte, je vis Louis armé d'un fusil à pompe, un impressionnant Ithaca Mag-10 Roadblocker dont la crosse garnie d'une plaque de caoutchouc était encore collée à son épaule.

— Monsieur vient de faire connaissance avec mon calibre 10, commenta-t-il laconiquement.

De l'autre côté de la maison, nous entendîmes

d'autres coups de feu, et une voiture démarra sur les chapeaux de roues. Louis bondit par-dessus le corps et je le suivis. La cuisine n'était plus qu'un champ de ruines. Et devant la maison, à côté du portail, Angel, armé d'un Glock 9 mm, nous regarda en haussant les épaules.

— Il s'est tiré, ce con hideux. Je l'ai vu trop tard, il était déjà dans la bagnole.

— Mifflin, fis-je d'un ton plus que las.

Louis se tourna vers moi et lâcha, d'un air éberlué :

— Il est encore en vie, ce taré ?

— On devrait peut-être l'expédier dans l'espace à coups de bastos, plaisanta Angel. Si tout va bien, il sera carbonisé en rentrant dans l'atmosphère.

Je n'avais sur la poitrine que mes bandages déjà rouges de sang, et je frissonnais. Mes tympans, eux, soumis à toutes ces détonations en milieu confiné, sifflaient, et sans doute pour un bout de temps. Louis se débarrassa de son manteau pour le poser sur mes épaules. Malgré le froid, j'avais l'impression d'être en feu.

— Tu sais, me glissa Angel, tu devrais faire plus attention à toi. Un de ces jours, tu vas attraper la mort.

Un bruit, dans notre dos, nous fit tous sursauter, mais ce n'était que Lorna. Je la rejoignis sur le seuil de la maison et mis la main sur son épaule.

Les bras serrés autour d'elle, elle me fixait des yeux en évitant soigneusement de regarder les corps qui jonchaient le sol de sa maison.

— Que vas-tu faire, maintenant ?

— On retourne à Dark Hollow. J'ai besoin de Billy Purdue, et vivant.

— Et pour Rand ?

— Je ferai ce que je peux. Ce serait bien que tu

lui passes un coup de fil pour lui raconter ce qui s'est passé.

— J'ai déjà essayé, mais il n'y a pas de tonalité. Ils ont dû couper la ligne avant d'entrer.

— Va téléphoner chez un voisin. Avec un peu de chance, on sera à Dark Hollow juste après.

Encore fallait-il espérer que les lignes n'aient pas été coupées hors de l'agglomération, sans quoi toute la ville était désormais isolée.

Il était temps d'y aller, mais Lorna m'arrêta.

— Attends.

Elle retourna à l'intérieur, monta à l'étage, en redescendit avec un épais maillot en coton, un pull et un blouson molletonné LL Bean, ainsi qu'une boîte de cartouches pour le 38. Elle m'aida à m'habiller, puis posa doucement sa main sur la mienne.

— Prends bien soin de toi, Bird.

— Toi aussi.

Derrière moi, Angel fit démarrer la Mercury. Louis monta à l'avant, moi à l'arrière. Et Lorna, devant sa maison, nous regarda nous éloigner.

29

La route était déserte, et seuls le ronronnement de la Mercury et le crépitement mat de la neige sur le pare-brise venaient troubler le silence. Mon côté me faisait horriblement mal et, à une ou deux reprises, je dus fermer les yeux, en ayant l'impression de perdre pied l'espace de quelques secondes. J'avais les doigts rouges de sang et une tache couleur ocre s'étendait de mon entrejambe au haut de ma cuisse. Je surpris Louis à me lancer des regards vaguement inquiets dans le rétroviseur, et je levai la main pour lui faire savoir que j'étais toujours avec eux. Un geste qui aurait été sans doute plus convaincant si cette main n'avait pas été couverte de sang.

En nous garant sur le parking du poste de police, nous vîmes deux voitures de patrouille, une Trans-Am orange, cuvée 1974, qu'on imaginait difficilement capable de démarrer sans une intervention divine, et deux autres véhicules qui n'avaient manifestement pas bougé depuis longtemps, car la neige avait fini par en masquer les contours. L'un d'eux était une Toyota louée à Bangor. Aucun signe de Tony Celli ou de ses hommes.

Nous pénétrâmes à l'intérieur des locaux. Ressler, à l'accueil, était en train d'examiner la prise du téléphone. Derrière lui se trouvait un agent apparemment plus jeune dont le visage m'était inconnu, et dans le fond j'aperçus, face aux deux cellules de garde à vue, Jennings lui-même. Près du bureau, il y avait une chaise, et sur cette chaise était assis Walter Cole. Ma présence eut l'air de le choquer. La sienne ne me réjouissait pas davantage.

— Qu'est-ce vous voulez encore ? s'énerva Jennings.

Aussitôt, Ressler se redressa et nous regarda avancer d'un œil méfiant — Louis, Angel puis moi. Visiblement pas très ravi de nous voir débarquer en armes, il laissa sa main droite s'attarder près de son ceinturon, et ouvrit des yeux grands comme des soucoupes en découvrant les marques sur mon visage, et le sang sur mes vêtements.

— Vous avez un problème avec le téléphone ? demandai-je.

— Plus rien ne marche, répondit Ressler après un temps d'hésitation. Impossible de passer un coup de fil. C'est peut-être la neige.

Je me dirigeai directement vers les cellules. L'une était vide, l'autre occupée par Billy Purdue, assis la tête entre les mains. Ses vêtements étaient sales, ses bottes pleines de boue. Il avait l'air traqué, désespéré, d'un animal pris au piège. Il chantonnait quelque chose, tel un petit garçon essayant de fuir le monde qui l'entoure. Je ne pris pas la peine de demander à Rand la permission de l'interroger. Je voulais des réponses, et il était le seul à pouvoir me les fournir.

— Billy, fis-je sèchement.

Il leva la tête.

— J'ai encore fait des conneries, hein ? gémit-il avant de se remettre à fredonner sa chanson.

— Je ne sais pas, Billy. Il faut que tu me parles de l'homme que tu as vu, le vieux. Décris-le-moi.

Derrière moi, j'entendis Jennings :

— Parker, éloignez-vous du détenu.

Je fis mine de n'avoir rien entendu.

— Tu m'écoutes, Billy ?

Il se balançait d'avant en arrière sans cesser de chantonner, les mains autour du corps.

— Ouais, je vous écoute.

Ses efforts de concentration lui déformaient littéralement le visage.

— C'est dur. Je l'ai à peine vu. Il était… *vieux*.

— Essaie encore, Billy. Il était grand, petit ?

Billy se remit à chantonner, puis il s'interrompit.

— Grand. Aussi grand que moi, peut-être.

— Mince ? Baraqué ?

— Il était pas gras. Maigre, mais quand même musclé, quoi.

Il se leva. L'histoire commençait à l'intéresser, et il essayait désespérément de se représenter la silhouette qu'il avait aperçue.

— La couleur de ses cheveux ?

— Merde, les cheveux, je vois pas…

Il se replongea dans sa chanson, mais en ajoutant cette fois des paroles, en avalant certains mots comme s'il ne les connaissait pas vraiment.

Et je reconnus enfin la chanson : «Fair and Tender Ladies». Une chanson interprétée par Gene Clark et Carla Olson, qui n'en étaient cependant pas les auteurs — cette chanson était très ancienne. Et en la reconnaissant, je me souvins alors des circonstances dans lesquelles je l'avais récemment entendue : c'était Meade Payne qui l'avait fredonnée en rentrant chez lui.

— Billy, demandai-je, tu es allé chez Meade Payne ?

Il secoua la tête.

— Je connais pas de Meade Payne.

Je saisis les barreaux de la cellule.

— Billy, c'est important. Je sais que tu voulais aller chez Meade. Tu ne lui attireras pas d'ennuis en l'admettant.

Il me regarda en soupirant.

— J'y suis pas allé. Ils m'ont coffré avant que j'arrive ici.

Je poursuivis à mi-voix, en détachant les mots et en m'efforçant de paraître parfaitement détendu :

— Dans ce cas, où as-tu entendu cette chanson, Billy ?

— Quelle chanson ?

— La chanson que tu es en train de fredonner, « Fair and Tender Ladies ». Où l'as-tu entendue ?

— Je me souviens pas.

Il détourna le regard, et je sus qu'il se souvenait très bien.

— Fais un effort.

Il passa ses mains dans sa chevelure, étreignit les mèches entremêlées au-dessus de sa nuque comme s'il redoutait de les laisser livrées à elles-mêmes, et recommença à se balancer d'avant en arrière.

— Le vieux, celui que j'ai vu chez Rita, je crois que c'est lui qui la chantait, à voix basse, tout seul. Et j'arrive pas à me la sortir de la tête.

Sur ce, il fondit en larmes.

Je commençais à avoir la gorge sèche.

— Billy, à quoi ressemble Meade Payne ?

— Quoi ? fit-il, manifestement déconcerté.

Dans mon dos, j'entendis la voix de Jennings :

— C'est la dernière fois que je vous le dis, Parker. Eloignez-vous du détenu.

Et ses pas qui se rapprochaient.

— Le voilà, Meade, fit Billy en se levant. C'est lui, là, sur la photo.

Il montrait du doigt une photo encadrée accrochée au mur, près du bureau, sur laquelle on voyait trois hommes. J'avais vu la même photo au restaurant, mais avec deux têtes seulement. Je dus bousculer Rand Jennings pour aller la voir de plus près. Au centre, il y avait un jeune homme en uniforme de Marine, tenant par l'épaule, à droite, Rand Jennings, et à gauche un homme âgé qui souriait fièrement face à l'objectif. Et sur la plaque fixée au bas du cadre, on pouvait lire : *Patrouilleur Daniel Payne, 1967-1991*.

Rand Jennings, Daniel Payne, Meade Payne. Si ce n'était que le vieil homme représenté sur la photo était petit, environ un mètre soixante-cinq, voûté, et qu'il avait le regard doux. Que son crâne chauve et tavelé était cerné d'une couronne de cheveux blancs, et qu'une centaine de rides creusaient son visage.

Ce n'était pas l'homme que j'avais rencontré chez Meade Payne.

Et lentement, la vérité m'apparut.

Tout le monde, ici, avait un chien. Meade Payne l'avait indiqué dans sa lettre à Billy, mais je n'avais pas vu de chien lorsque j'y étais allé. Je repensai à la silhouette qu'Erica Schneider avait surprise en train d'escalader la gouttière. Un vieil homme n'était pas en mesure d'escalader une gouttière, un jeune si. Et la réflexion de Rachel à propos de Judith Mundy, qui aurait pu servir de reproductrice, me revint à l'esprit.

Une reproductrice.

Qui avait mis un garçon au monde.

Et je revis ce vieux Saul Mann dont les mains

survolaient les cartes, Saul Mann qui était capable de glisser discrètement la reine dans sa paume ou de récupérer le petit pois caché sous une canette pour délester un gogo de cinq dollars. Jamais il ne bousculait ses « clients », jamais il ne les interpellait, jamais il ne tentait de leur forcer la main. Il les laissait venir à lui.

Caleb savait que Billy reviendrait voir Meade Payne. Peut-être avait-il extorqué le nom de Meade avant de tuer Cheryl Lansing, ou peut-être était-ce l'enquête de Willeford qui l'avait mis au jour. Dans l'un ou l'autre cas, Caleb savait que s'il éliminait tous les obstacles et toutes les alternatives, Billy n'aurait d'autre choix que de se tourner vers Meade Payne.

Car comme tous les escrocs, comme tous les chasseurs, Caleb avait compris une chose : il vaut parfois mieux poser l'appât, attendre et laisser le gibier venir à soi.

En me retournant, je découvris Jennings pointant son Coonan sur moi. Sans doute l'avais-je ignoré un tout petit peu trop longtemps.

— J'en ai marre de vos conneries, Parker. Vous et vos petits copains, vous allez lâcher vos armes et vous allonger. Tout de suite !

Ressler dégaina à son tour. Dans le bureau du fond, le jeune policier avait déjà épaulé un Remington à pompe.

— C'est le congrès des flics hyper-nerveux et on n'a pas nos badges, commenta Angel.

— Jennings, je n'ai pas le temps pour ça, dis-je. Il faut que vous m'écoutiez...

— La ferme ! gueula Jennings. Je ne vous le répéterai pas, Parker : posez ce...

Il s'interrompit soudain et regarda le revolver passé à ma ceinture.

— Où avez-vous eu ce flingue ?

Il arma le chien de son pistolet et fit trois pas en avant. Le Coonan ne se trouvait plus qu'à quelques centimètres de mon nez. Rand avait également reconnu le blouson et le pull. Derrière moi, j'entendis Angel soupirer bruyamment.

— Vous allez me dire où vous avez trouvé cette arme, putain, ou je vous tue.

Je voyais mal comment lui expliquer intelligemment et dans le détail tout ce qui s'était passé. Je m'en tins donc à un résumé sommaire :

— Je suis tombé dans une embuscade, sur la route. Le vieux qui habite près du lac, John Barley, il est mort. Il est mort dans ma voiture. Ils m'ont pourchassé, je suis allé jusque chez vous et Lorna m'a donné une arme. Vous risquez de trouver quelques cadavres dans votre salon en rentrant, mais Lorna n'a rien. Ecoutez-moi, Rand, la fille…

Rand Jennings relâcha doucement le chien, mit la sécurité, puis du canon de son pistolet m'assena un coup violent qui me heurta à la tempe gauche. Je titubai en arrière, et il se prépara à frapper de nouveau quand Ressler intervint et lui saisit le bras.

— Je vais te tuer, connard, je vais te tuer…

Il était violet de rage, mais sur son visage je lus également la peine. Il savait à présent que, désormais, plus rien ne serait comme avant, que l'ampoule avait fini par se briser et qu'au moment même où nous parlions la vie qu'il avait vécue jusqu'à maintenant était en train de s'échapper, de se dissiper comme du gaz dans l'air.

Je sentais le sang dégouliner le long de ma joue et j'avais très mal au crâne. En fait, j'avais mal partout, mais il faut bien savoir qu'il y a des jours comme ça…

— Vous n'aurez peut-être pas l'occasion de me

tuer. Les types qui m'ont piégé travaillent pour Tony Celli. Et Celli veut Billy Purdue.

Jennings cessa de haleter et, du menton, fit signe à Ressler de lui lâcher le bras. Ressler s'exécuta, tout en restant vigilant.

— Personne ne va embarquer mon prisonnier, décréta Rand.

Puis toutes les lumières s'éteignirent, prélude à l'enfer.

Durant quelques instants, le poste demeura plongé dans l'obscurité la plus totale. Puis l'éclairage de secours prit le relais, et quatre caissons muraux fluorescents diffusèrent un semblant de lumière. Depuis les cellules, j'entendis Billy Purdue hurler :

— Hé ! Hé, là-bas, qu'est-ce qu'il se passe ? Dites-moi ce qui se passe ! Pourquoi y a plus de lumière ?

Au fond du poste retentirent trois coups sourds, comme des coups de masse, puis on entendit une porte heurter un mur. Louis entrait déjà en action avec son monstrueux Roadblocker. Je le vis passer devant la cellule de Billy Purdue et se coller à l'angle du couloir menant à la porte de derrière. Je le sentis compter mentalement jusqu'à trois, puis il se retourna, plaqué contre le mur, et tira deux cartouches dans le couloir. Il se baissa, fit feu encore une fois, puis se redressa. Jennings, Ressler et moi courûmes le rejoindre tandis que le jeune flic et Angel s'occupaient de verrouiller la porte principale, accompagné de Walter.

Dans le couloir gisaient deux individus cagoulés, vêtus de jeans et de blousons noirs.

— Ils se sont trompés de tenue de camouflage, observa Louis. Ils auraient dû se renseigner sur la météo avant. (Il tira sur l'une des cagoules et se tourna vers moi.) Quelqu'un que tu connais ?

Je fis non de la tête. Il lâcha la cagoule.

— Je suis sûr que tu perds rien.

Nous avançâmes prudemment jusqu'à la porte restée ouverte. Poussés par le vent, les tourbillons de neige s'engouffraient dans le couloir. Louis prit un balai pour maintenir fermée la porte dont la serrure avait explosé sous l'impact des coups. Plus personne ne tirait. Il aida ensuite Ressler à déplacer un bureau jusqu'à la porte pour la bloquer. Nous le laissâmes là en sentinelle et revînmes dans la salle principale, où Angel et le jeune flic s'étaient placés de part et d'autre d'une des fenêtres pour essayer d'apercevoir les types qui s'activaient à l'extérieur. Il ne devait plus en rester énormément, me dis-je, mais Tony Celli était toujours de la partie.

Walter se tenait en retrait, et je vis qu'il avait son vieux 38 au poing. J'étais certain désormais de savoir où se trouvait Ellen, à supposer qu'elle fût toujours en vie, mais si je le lui disais, il allait foncer tête baissée à travers la meute de Tony Celli pour la retrouver, ce qui ne servirait à rien et lui coûterait la vie.

— Hé, là-dedans ! lança une voix qui ressemblait à celle de Mifflin. On ne veut de mal à personne ! Envoyez-nous simplement Billy Purdue et on s'en va !

Angel me regarda en souriant.

— Quoi qu'il arrive, promets-moi de régler son compte une fois pour toutes à cette larve immonde.

Je vins me poster près de lui pour voir ce qui se passait dehors.

— Il est un peu énervant, concédai-je.

— La porte devrait tenir, m'annonça Louis, qui

nous avait rejoints. S'ils essaient de revenir à la charge, on les entendra avant qu'ils puissent faire des dégâts. (Il jeta rapidement un œil à la fenêtre.) Jamais j'aurais cru m'entendre dire ça, mais j'ai l'impression d'être John Wayne.

— *Rio Bravo*, dis-je.
— Possible. C'est le film où il y a James Caan ?
— Non, Ricky Nelson.
— Merde.

Derrière nous, Jennings et Ressler semblaient vouloir élaborer un plan tactique, et j'avais l'impression de regarder deux gosses en train d'essayer de manier des baguettes avec les pieds.

— Avez-vous une radio ? voulus-je savoir.

Ce fut Ressler qui répondit à ma question :
— On ne capte rien, il n'y a que de la friture.
— Ils vous brouillent, ils sont équipés.
— Si on reste ici, ils laisseront tomber, estima Jennings. On n'est pas en pleine brousse. Ils ne peuvent pas attaquer un poste de police et enlever un prévenu…
— Oh, si, on est en pleine brousse, rectifiai-je. Et ils peuvent faire ce qu'ils veulent. Ils ne repartiront pas sans lui, chef. Celli veut récupérer l'argent que Purdue lui a piqué, sans quoi il va se faire descendre par ses propres associés. (Je marquai un temps d'arrêt.) Cela dit, vous pouvez toujours leur donner l'argent.
— Il n'avait pas d'argent sur lui quand on l'a arrêté, déclara Ressler. Il n'avait même pas de sac.
— Vous pourriez lui demander où il l'a planqué, suggérai-je.

Je vis Billy Purdue m'observer d'un air intrigué. Ressler lança un regard à Jennings, qui haussa les épaules et se dirigea vers la cellule. Au même instant, Angel plongea sur le côté et Louis me poussa au sol. La douleur m'arracha un cri quand mon flanc blessé toucha la moquette.

— Attention, ça va faire mal ! hurla Angel.

La baie vitrée du poste implosa, et les balles frappèrent les murs, les bureaux, les armoires, les lampes et les appliques. Elles pulvérisèrent les séparations vitrées, désintégrèrent la fontaine d'eau minérale et transformèrent dossiers et rapports en confettis. Ressler s'effondra, le dos de la jambe déchiré, déjà rouge de sang. Angel, qui se trouvait près de moi, se releva et ouvrit le feu avec son Glock. Juste à côté, Louis fit parler son Roadblocker.

— On va se faire écharper si on reste ici ! cria Angel.

Dehors, la fusillade cessa. Nous n'entendions plus que des bruissements de papiers hésitants, des bruits de verre écrasé, et l'eau qui s'écoulait, goutte à goutte, des débris de la fontaine. Je regardai Louis et lui proposai :

— On pourrait peut-être aller se battre sur leur terrain.

— C'est faisable, me répondit-il. Tu te sens prêt ?

— Je dirais que oui, mentis-je, en contemplant Jennings qui, agenouillé, découpait le pantalon de Ressler pour pouvoir examiner sa blessure. Vous avez une fenêtre qui donne sur un endroit pas éclairé, qui serait cachée par un arbre, par exemple, ou autre chose ?

Jennings leva la tête et acquiesça.

— La fenêtre des toilettes hommes, au fond du couloir. Elle est juste à côté du mur. Le passage n'est pas assez large pour que quelqu'un puisse entrer, mais de là, on peut accéder au mur extérieur.

— Ça me paraît bien, dit Louis.
— Et moi, je fais quoi ? interrogea Angel.
— Toi, tu leur tires dessus avec ton Glock.
— Tu crois ?
— Ouais. Si tu réussis à toucher quelqu'un, je vais commencer à croire en Dieu, mais ce qui est sûr, c'est que tu leur fous une trouille monstre, aux types de Tony.
— Voulez-vous de l'aide ? s'enquit Walter.

C'était la première fois que je l'entendais prononcer un mot depuis l'enterrement dans le Queens.

— Reste là, lui dis-je. Je crois que j'ai une idée.
— Pour Ellen ?

La douleur qui affleurait dans son regard m'arracha une grimace.

— Tant que l'équipe de Tony est là dehors, cela ne nous avance à rien. On en parlera quand cette histoire sera finie.

Nous nous apprêtions à sortir, mais, manifestement, les obstacles se passaient le relais. Rand Jennings était toujours agenouillé auprès de Ressler. Il avait toujours l'arme au poing. Et cette arme était toujours braquée sur moi.

— Vous n'irez nulle part, Parker.

Je lui lançai un regard, sans m'arrêter. Le canon de son pistolet me suivit.

— Parker…
— Taisez-vous, Rand.

Et à ma grande surprise, il se tut.

Sur quoi nous les laissâmes pour nous rendre dans les toilettes hommes. La fenêtre, couverte de givre, se trouvait au-dessus de deux lavabos. Nous tendîmes l'oreille pour nous assurer qu'il n'y avait pas de bruit à l'extérieur, puis nous soulevâmes le loquet, poussâmes le battant. Quelques pas en arrière, par précaution. Pas de coups de feu. Il nous fallut une poignée de secondes pour nous faufiler par l'ouverture et escalader le mur. De l'autre côté, il y avait un terrain vague. Lorsque Louis toucha le sol, les cartouches tintèrent dans les poches de son manteau. Ma blessure me faisait mal, mais c'était devenu le cadet de mes soucis. Je tendis la main vers Louis au moment où il s'apprêtait à disparaître dans la nuit.

— Louis, le vieux qui est chez Meade Payne, c'est Caleb Kyle.

Il parut presque étonné.

— T'as dit quoi ?

— Il attendait que Billy se pointe. S'il m'arrive quelque chose, tu t'en occupes.

Il hocha la tête, puis ajouta :

— Attends, tu t'en occuperas toi-même. S'ils t'ont pas encore descendu, ils te descendront jamais.

Je souris. Nous avions décidé de nous séparer pour prendre les hommes de Tony Celli en tenaille, devant le poste de police.

30

J'ai un souvenir assez flou de ce qui s'est passé après. Je me souviens d'être parti dans le noir, en frissonnant constamment, alors que j'avais la peau brûlante et le visage luisant de sueur. J'avais l'arme de Jennings, mais impossible de m'y faire. Je regrettais vaguement la perte de mon Smith. Je m'en étais servi pour tuer et ce faisant, j'avais également tué quelque chose en moi, mais c'était mon arme, et son parcours au fil des douze derniers mois reflétait le mien. Peut-être valait-il mieux qu'elle repose désormais au fond d'un torrent.

Il neigeait et le monde était réduit au silence, la bouche pleine de flocons. Je contournai le poste par la droite. Mes pieds s'enfonçaient dans la neige, le froid transperçait mes chaussures et ankylosait mes orteils. De l'autre côté, je le savais, Louis, armé de son gros fusil à pompe, progressait lui aussi, sans perdre de temps.

Je dus m'arrêter à l'angle du bâtiment, car la hauteur du mur se réduisit brutalement. L'enceinte, autour du parking, ne faisait même plus un mètre de haut. Un rapide coup d'œil me permit de constater que rien ne bougeait, et je me mis à couvert derrière une Ford récente, mais mes réflexes étaient lents et sans doute faisais-je trop de bruit. Mes mains tremblaient tellement que je dus stabiliser le canon de mon revolver, et ma blessure ne me laissait pas une seconde de répit. Des taches de sang frais ornaient déjà le pull que Lorna m'avait prêté.

Au fil de la soirée, le vent semblait avoir retrouvé toute sa vigueur. De grandes rafales de neige venaient me fouetter le visage, et j'avais la langue couverte de flocons. Impossible d'apercevoir le silhouette noire de Louis de l'autre côté du parking. Je mis un genou à terre, haletant, au bord de la nausée, et je crus un instant que j'allais m'évanouir. Je pris une poignée de neige pour me frotter le visage, en veillant à m'accroupir. Et s'il n'améliora guère mon état général, ce geste me sauva la vie.

Au-dessus de moi, à gauche, quelque chose bougea derrière l'une des voitures de patrouille. Je vis une chaussure de cuir noir vernie émerger de la neige et, juste au-dessus, un ourlet de pantalon foncé encore saupoudré de flocons blancs, puis le bas d'un pardessus bleu flottant dans le vent. Je n'eus qu'à me relever tout doucement, en position de tir, jusqu'à ce que ma tête et mon revolver dépassent du capot de la Ford. Et quand la silhouette, ayant perçu un mouvement, se retourna, je fis feu, une seule fois, et vis sans états d'âme l'homme, touché en pleine poitrine, s'écrouler dans la congère qui s'était formée contre le mur. Il resta affalé là, le menton sur la poitrine, tandis que son sang noircissait la neige.

Et à cet instant, quelque chose se passa en moi. Tout devint aussi noir que la neige imbibée de sang et mon esprit se brouilla. Le pourtour de l'univers devint flou, mon champ de vision se réduisit à un chas d'aiguille. Et tandis que le monde tanguait et basculait, je crus à la fois sentir et entendre une lame pénétrant la chair, puis il y eut comme le bruit d'un melon tranché en deux d'un seul geste. Je suivis la petite pastille de clarté au-delà du mur, vers la route et le bas-côté qui descendait en pente douce vers les arbres. Dans la neige gisait un homme, affalé sur lui-même. Il avait le thorax ouvert jusqu'au nombril, et les flocons commençaient à recouvrir sa tête dévastée. Autour du cadavre, on distinguait des empreintes de pas, profondes et bien nettes. Elles se dirigeaient vers le centre-ville et suivaient une autre série d'empreintes disparates, déformées par un boitillement. Il y avait du sang entre les traces laissées par les chaussures de Mifflin. Je les suivis et entendis alors, en provenance du poste de police, de nouveaux coups de feu, parmi lesquels je n'eus aucun mal à reconnaître la détonation caractéristique du fusil de Louis.

Je marchai durant cinq, dix minutes, peut-être un peu plus, avant de me retrouver au bout d'une rue résidentielle. Un couple âgé était sur sa terrasse, emmitouflé dans des manteaux et couvertures. Le vieux tenait la femme par les épaules. On n'entendait plus de coups de feu, mais eux étaient toujours là, à attendre, à guetter. Dès qu'ils m'aperçurent, ils battirent instinctivement en retraite ; l'homme tira sa femme, à moins que ce ne fût sa sœur, à l'intérieur et ferma la porte sans jamais me quitter des yeux. Il y avait de la lumière dans certaines des maisons et, ici et là, des rideaux bougeaient. Je vis quelques visages à peine éclairés, mais personne d'autre ne se montra.

J'atteignis l'angle de Spring Street et Maybury. Spring Street allait jusqu'au centre-ville, mais il n'y avait pas de lumière au bout de Maybury, et c'était dans cette direction que se dirigeaient les deux pistes. Environ à mi-distance, elles se séparaient. Les empreintes disparates poursuivaient leur chemin tout droit, vers la zone plongée dans l'ombre, les autres s'orientaient vers le nord-ouest et passaient entre deux propriétés. Je supposai que Mifflin, arrivé le premier, était allé se poster dans l'obscurité, à un endroit d'où il pouvait surveiller la rue, et que son poursuivant avait bifurqué afin de le prendre à revers dès qu'il avait compris ses intentions. Je pris au sud et contournai les maisons, par l'arrière, jusqu'à la lisière d'un bosquet. Un peu plus loin, c'était la forêt. Je fis halte à cet endroit.

Une dizaine de mètres plus haut, à la périphérie d'une flaque de lumière dispensée par le dernier réverbère de la rue, un petit nuage se forma, puis s'évanouit. Quelque chose bougea, d'un geste de surprise et de frayeur. Un visage balaya les alentours du regard, d'abord à gauche, puis à droite, et une silhouette tout entière surgit de derrière un arbre. C'était Mifflin, avec son bras en écharpe. En me rapprochant silencieusement, dans l'ombre, je vis un sang épais dégouliner de ses doigts et grossir la mare qui s'était déjà formée à ses pieds. J'étais presque sur lui lorsqu'un petit bruit attira son attention. Il ouvrit de grands yeux et se dressa aussitôt devant moi en brandissant un couteau. Ma balle le cueillit à l'épaule droite. Il tourna sur lui-même, ses jambes se dérobèrent et il tomba en arrière en laissant échapper un hurlement de douleur. Je le mis en joue. Il cligna des yeux, essayant de distinguer qui était son assaillant, maintenant que la lumière éclairait parfaitement mes traits.

— Vous ! s'écria-t-il enfin.

Il voulut se relever, mais n'avait aucune force. Seule sa tête bougea, et lorsque l'effort se révéla trop pénible, elle retomba dans la neige. Je vis alors qu'une longue déchirure entaillait le devant de son manteau. Et quelque chose d'humide luisait à l'intérieur.

— Qui a fait ça ? demandai-je.

Il tenta de rire, mais ne parvint qu'à tousser. Un brouillard de sang jaillit de sa bouche et tacheta ses dents.

— Un vieux, répondit-il. Un vieux, putain. Il sortait de nulle part, il m'a filé un grand coup de lame, et après il a tué Contorno avant qu'on ait le temps de comprendre ce qui se passait. Je me suis tiré aussi vite que j'ai pu, putain. Connard de Contorno. (Il essaya de tourner la tête pour regarder vers la ville.) Il est quelque part là-bas, maintenant, il nous observe. Je le sais.

Tout était calme dans Maybury, je ne voyais rien bouger, mais il avait raison : ces ombres semblaient aux aguets, comme si, dans les ténèbres, quelqu'un attendait, en retenant son souffle.

— Les secours vont bientôt arriver, lui dis-je sans même savoir si, au poste de police, tout s'était passé comme prévu.

— On va vous soigner.

Il secoua la tête, une seule fois.

— Non, pas de médecin, siffla-t-il en me lançant un regard noir. C'est la fin du voyage. Vas-y, enfoiré, vas-y !

— Non, répondis-je à mi-voix. J'arrête.

Mais il était têtu. De toutes les forces qui lui restaient, il glissa la main à l'intérieur de son manteau, en serrant les dents. Sans réfléchir, je l'abattis sur place, mais lorsque je retirai sa main, elle était vide. Quoi d'étonnant, puisqu'il n'avait qu'un couteau pour se défendre ?

Je fis quelques pas en arrière, et il me sembla

alors que dans le noir, de l'autre côté de la rue, quelque chose brilla, avant de disparaître.

Je repris le chemin du poste de police. J'étais presque arrivé quand une silhouette surgit à ma droite. Je fis volte-face, mais une voix me lança :
— Bird, c'est moi.
Louis émergea de l'ombre, son fusil à pompe niché dans les bras comme un nourrisson en plein sommeil. Il avait des éclaboussures de sang sur le visage, et son manteau était déchiré à l'épaule gauche.
— Tu as esquinté ton manteau, lui dis-je. Ton tailleur va faire la gueule.
— De toute façon, c'était un modèle de l'année dernière, me répondit-il. J'avais l'impression de jouer les clodos. (Il se rapprocha.) Dis donc, je te trouve une petite mine.
— Je me suis fait tirer dessus, tu imagines ?
— Y a toujours quelqu'un qui te tire dessus. S'il y avait pas quelqu'un pour te tirer dessus, te passer à tabac ou t'électrocuter, tu serais complètement avachi. Tu crois que tu vas pouvoir tenir le coup ?
Son ton avait changé, et je sentais que les mauvaises nouvelles allaient suivre.
— Continue, lui dis-je.
— Billy Purdue s'est fait la malle. Apparemment, Ressler a fini par s'évanouir et Billy l'a tiré par le bout de son pantalon jusqu'à la cellule pendant qu'Angel et les autres étaient occupés ailleurs. Il lui a pris son trousseau de clés à la ceinture, il a piqué un fusil sur le râtelier et il a réussi à sortir. En prenant sûrement le même chemin que nous.
— Où était Angel ? Il va bien ?
— Ouais, Angel et Walter sont OK. Ils aidaient Jennings à renforcer la porte de derrière. Le der-

nier des mecs de Tony a encore essayé de l'enfoncer juste après notre départ. Billy a pu se tirer tranquillement, les mains dans les poches.

— Et nous, on lui a dégagé le terrain, maugréai-je.

Je lui parlai de Mifflin, et du type que j'avais retrouvé mort dans la neige.

— Caleb ? fit Louis.
— C'est lui. Il est venu chercher son gosse, et il tue tous ceux qui se mettent en travers de sa route. Mifflin l'a vu, mais Mifflin est mort.
— C'est toi qui l'as tué ?
— Oui.

Mifflin ne m'avait pas laissé le choix, mais il avait cependant fait preuve d'une certaine dignité dans ses derniers instants.

— Il faut que j'aille chez Meade Payne, repris-je.
— On a des problèmes plus immédiats.
— Tony Celli.
— Exact. C'est maintenant que tout va se régler, Bird. Sa voiture est garée à l'est d'ici, à un peu moins d'un kilomètre, juste à la sortie de la ville.
— Comment le sais-tu ? lui demandai-je tandis que nous nous dirigions dans la direction en question.
— J'ai demandé.
— Tu dois avoir des méthodes très persuasives.
— Je suis très poli avec les gens.
— Et tu as un très gros fusil.

Il eut un rictus.

— Un gros fusil, c'est toujours utile.

En arrivant sur place, nous vîmes une Lincoln Towncar noire à l'arrêt sur une petite route, feux de position allumés. Derrière se trouvaient deux autres voitures, de grosses Ford, feux de position également allumés, et deux vans Chevrolet noirs. Une silhouette était agenouillée dans la neige devant la Lincoln, tête baissée, mains liées dans le dos. Avant que nous puissions nous approcher, nous entendîmes cliqueter un chien de pistolet et une voix nous intima :

— Posez-moi tout ça, les enfants.

Nous obéîmes, sans nous retourner.

— Maintenant, tout droit.

La portière de l'une des Ford s'ouvrit, côté conducteur, et Al Z descendit de voiture. La lumière du plafonnier me permit d'entrevoir l'autre occupant du véhicule. Il était gros, avait les cheveux blancs, portait des lunettes noires, tenait à la main une cigarette. Et il replongea dans la pénombre lorsque Al Z referma la portière. Al Z se dirigea vers la silhouette agenouillée pendant que trois autres hommes sortaient de la deuxième Ford, et il resta, debout, à attendre. La silhouette agenouillée leva la tête, et Tony Celli nous regarda, l'œil vide.

Les mains plongées dans les poches de son pardessus anthracite, Al Z nous laissa approcher. Lorsque nous ne fûmes plus qu'à trois mètres de Tony Celli, il leva la main. Nous nous figeâmes. Al Z parut presque amusé.

Presque.

— Je vous avais demandé de ne pas vous mêler de nos affaires, dit-il.

— Comme je vous l'ai dit, c'est ce « nos affaires » qui me posait un problème, répliquai-je.

Je me sentais vaciller, mais je réussis tant bien que mal à persuader mon corps de ne plus bouger.

— C'est plutôt votre oreille qui vous pose un

problème. Vous auriez dû choisir quelqu'un d'autre pour les débuts de votre croisade...

Il retira sa main de sa poche, une main qui tenait un Heckler & Koch 9 mm. Il hocha doucement la tête, murmura à sa manière habituelle, bien distinctement, «Bande de nazes», et abattit Tony Celli d'une balle dans la nuque. Tony s'effondra en avant, l'œil gauche toujours ouvert, un cratère à la place du droit. Puis deux hommes s'avancèrent, et l'un d'eux portait une bâche en plastique. Ils emballèrent Tony Celli et déposèrent son cadavre dans le coffre de l'une des voitures. Un troisième homme fouilla la neige de sa main gantée, finit par retrouver la balle et la glissa dans sa poche, où elle rejoignit la douille qui avait été éjectée. Puis il suivit ses camarades.

— Il n'avait pas la fille, déclara Al Z. Je lui ai posé la question.

— Je sais, dis-je. Il y a quelqu'un d'autre. Il a attaqué deux des hommes de Tony à l'arme blanche.

Al Z haussa les épaules. Sa principale préoccupation était désormais l'argent, et non le sort de ceux qui avaient choisi de suivre Tony Celli.

— J'ai comme l'impression que vous avez fait bien pire.

Je ne répondis pas. Si Al Z décidait de nous tuer à cause des dégâts que nous avions infligés à l'organisation de Tony Celli, je voyais mal ce que je pouvais dire pour le faire changer d'avis.

— Nous voulons Billy Purdue, poursuivit-il. Si vous nous le donnez, nous oublierons ce qui s'est passé ici. Nous oublierons que vous avez tué des hommes que vous n'auriez pas dû tuer.

— Ce n'est pas Billy que vous voulez, rétorquai-je. C'est votre argent, pour compenser ce que Tony a perdu.

Al Z sortit sa main gauche de sa poche et fit un geste explicite : peu importe. Discuter des conditions dans lesquelles il allait retrouver son argent n'était pour lui qu'un pur exercice de sémantique.

— Billy a disparu. Il a profité de la confusion pour s'enfuir, mais je le retrouverai. Vous aurez votre argent, mais je ne vous donnerai pas Billy.

Al Z considéra ma proposition, puis lança un regard à la silhouette assise dans la voiture. La cigarette exécuta un mouvement de dédain, et Al Z se tourna de nouveau vers moi.

— Vous avez vingt-quatre heures. Passé ce délai, même votre ami ici présent ne pourra pas vous sauver.

Puis il réintégra sa voiture. Les hommes qui l'entouraient se dispersèrent dans les différents véhicules, et la petite troupe s'éloigna dans la nuit en ne laissant derrière elle, dans la neige, que des traces de pneus et un peu de sang mêlé de matière cervicale.

31

On avait l'impression que le poste de police avait été attaqué par une petite armée. Il ne restait quasiment rien des vitres de la façade, et la porte ressemblait à une passoire. Lorsque Angel l'ouvrit à notre arrivée, des débris de verre dégringolèrent. Walter apparut derrière lui. Quelques habitants de Dark Hollow, plus courageux que les autres, approchaient par le côté nord.

— Maintenant, on va chercher Caleb, décida Louis.

Je fis non de la tête.

— Les fédéraux ne vont pas tarder à débarquer, et je ne tiens pas à ce que vous soyez là.

— N'importe quoi.

— Non, je suis sérieux, et tu le sais très bien. S'ils te trouvent ici, tu pourras leur raconter ce que tu veux, tu vas être très mal. Et de toute façon, cette histoire ne concerne que moi. Moi, et Walter. Sois gentil, va-t'en.

Louis se figea un instant, comme s'il s'apprêtait à ajouter quelque chose, puis il hocha la tête.

— En route, camarade.

Angel le rejoignit et ils se dirigèrent ensemble vers la Mercury. Walter, à côté de moi, les regarda s'éloigner. A mon avis, je pouvais encore tenir une heure, voire une heure et demie, avant de m'écrouler.

— Je crois savoir où se trouve Ellen, lui dis-je. Tu es prêt à aller la chercher ?

Il opina.

— Si elle est toujours en vie, il va falloir qu'on tue pour la ramener.

— Bon, s'il faut en passer par là…

En le regardant, je vis qu'il ne plaisantait pas.

— Parfait. Je préférerais que ça soit toi qui prennes le volant. Je me sens moyennement en forme pour conduire.

Nous dépassâmes la maison de Meade Payne pour laisser la voiture quelques centaines de mètres plus loin et nous fîmes le reste du chemin à pied en nous servant des arbres pour nous dissimuler. La pièce de devant et l'une des chambres de l'étage étaient éclairées. Nous ne décelâmes aucun signe de vie en atteignant la limite de la propriété. Il y avait là une petite cabane, au toit rapiécé d'une plaque de tôle rouillée, qui tombait lentement en ruine. Des traces de pas, dans la neige, n'avaient pas encore été entièrement recouvertes. Quelqu'un venait de passer ici, et le moteur du pick-up garé à proximité était encore chaud.

Une odeur pestilentielle, une odeur de viande avariée, flottait autour de la cabane. Avec précaution, je fis glisser le verrou. Cela fit un petit bruit, relativement discret. J'ouvris la porte et la puanteur monta d'un cran. Je me tournai vers Walter, et vis l'espoir mourir dans ses yeux.

— Reste là, lui dis-je en me faufilant à l'intérieur.

L'odeur était si forte que je me mis à larmoyer. Mes vêtements s'imprégnaient déjà. Dans un coin trônait un grand réfrigérateur-bahut aux coins mangés par la rouille et dont le câble débranché était lové autour d'un des supports, telle une queue d'animal. Je me couvris la bouche et soulevai le couvercle.

Il y avait un cadavre recroquevillé à l'intérieur. En bleu de travail, pieds nus, une main dans le dos — les doigts en décomposition — et l'autre cachée par le corps. Au milieu du visage boursouflé, des yeux blancs. Des yeux de vieux. Le froid l'avait quelque peu conservé et, malgré les ravages subis, je reconnus Meade Payne, l'homme qui figurait sur la photo exposée au restaurant, l'homme qui était mort afin que Caleb Kyle puisse prendre sa place et attendre que Billy Purdue vienne à lui. Sous le cadavre, j'aperçus une queue et de la fourrure noire : les restes de son chien.

J'entendis la porte grincer sur ses gonds derrière moi. Walter entra lentement, en suivant mon regard fixé sur l'intérieur du réfrigérateur. Lorsqu'il vit le cadavre du vieux Payne, il ne put dissimuler son soulagement.

— C'est le type de la photo ?
— C'est lui.
— Alors, c'est qu'elle est toujours vivante.

J'acquiesçai, sans rien dire. Il y avait des destins pires que la mort et je crois qu'au fond de lui-même Walter le savait également.

— Par-devant ou par-derrière ? lui demandai-je.
— Par-devant, me répondit-il.

Je le suivis au-dehors et pris une longue inspiration.

— On y va.

Une odeur aigre m'accueillit lorsque j'ouvris sans faire de bruit la porte de derrière et pénétrai dans la cuisine. Il y avait une table et quatre chaises en pin. La table était jonchée de pains sous emballage dont la date de consommation était parfois largement dépassée, et de briques de lait que la température très basse de la pièce n'avait pas empêché de tourner. Quelques tranches de viande froide racornies côtoyaient des biscuits et une bouteille de mauvais whisky à moitié vide. Les pires odeurs venaient du sac-poubelle noir posé dans un coin ; il devait bien renfermer l'équivalent d'une semaine de nourriture avariée.

La porte de la cuisine était restée ouverte, ce qui me permit de voir Walter s'introduire dans la maison en fronçant le nez. Il se déplaça sur la droite, dos au mur, en couvrant la salle à manger. J'avançai et fis de même avec le salon télé, sur la gauche. Les deux pièces étaient elles aussi jonchées de sacs de chips éventrés, de bouteilles et de boîtes de bière, d'assiettes sales dont le contenu avait parfois été à peine touché. Dans le salon télé, je découvris en outre un sac à dos vert bien fermé, prêt à être emporté. D'un signe, j'indiquai l'escalier, et Walter prit la tête en longeant le mur pour éviter de faire craquer les marches, l'arme haute, en position de tir à deux mains.

Le premier palier donnait sur une salle de bains qui puait l'urine et les excréments. Il y avait des serviettes sales et encore humides étalées au-dessus de la cuvette des WC ou empilées par terre, près de la porte. Deux marches plus haut, on accédait à la première chambre. Le lit était défait et, là aussi, on ne voyait que de la bouffe éparpillée sur le sol et la commode, mais rien n'indiquait que la chambre avait été récemment occupée. Pas de vêtements, pas de chaussures, pas de sacs. C'était cette pièce dont nous avions vu, depuis l'extérieur, la lumière.

Ellen Cole se trouvait dans la deuxième chambre, allongée sur le lit, les mains attachées au cadre à l'aide de cordelettes. Un chiffon noir lui couvrait les yeux et les oreilles, sur lesquelles on avait également collé du coton pour l'empêcher d'entendre. On l'avait bâillonnée avec du ruban adhésif. Une petite ouverture avait été ménagée au niveau de la bouche. Deux couvertures lui recouvraient le corps. Il y avait une bouteille d'eau en plastique sur la petite table de chevet.

Lorsque nous pénétrâmes dans la pièce, Ellen ne bougea pas, mais elle parut deviner notre présence. Lorsque Walter tendit la main pour la toucher, elle se rétracta avec un petit couinement de peur. Lentement, je retirai les couvertures. Elle ne portait que ses sous-vêtements, mais ne paraissait pas avoir subi de violences. Je les laissai là pour aller inspecter la pièce voisine. Elle était déserte, mais quelqu'un avait manifestement dormi dans le lit. En retournant dans la deuxième chambre, je trouvai Walter en train de maintenir délicatement la tête d'Ellen tout en la délivrant de son bandeau. Elle cligna des yeux, comme si la quasi-pénombre qui régnait dans la pièce l'éblouissait, puis elle vit son père et se mit à pleurer.

— Il n'y a personne, dis-je.

J'avançai jusqu'au lit et me servis de mon couteau de poche pour trancher les liens qui retenaient les mains d'Ellen tandis que Walter lui enlevait son bâillon. Il la prit dans ses bras, secouée de sanglots. J'aperçus ses vêtements entassés près de la fenêtre.

— Aide-la à s'habiller, dis-je à Walter.

Ellen n'avait toujours pas prononcé un seul mot, mais pendant que son père guidait ses pieds dans son jean, je lui pris la main et attirai son attention vers moi.

— Ellen, ils ne sont que deux, c'est bien ça ?

Il lui fallut quelques secondes pour répondre, puis elle hocha la tête.

— Deux.

Elle avait la voix éraillée, elle qui n'avait pas parlé depuis si longtemps, et la gorge sèche. Je lui tendis la bouteille dans laquelle était fichée une paille, et elle but une petite gorgée d'eau.

— Ils t'ont fait du mal ?

Elle fit non de la tête, puis se remit à pleurer. Je la pris dans mes bras avant de m'écarter pour permettre à Walter de lui enfiler son pull. Il la prit par les épaules et voulut l'aider à se lever, mais presque aussitôt ses jambes se dérobèrent sous elle.

— Tout va bien, mon lapin, lui dit-il. On va t'aider à descendre.

Nous nous apprêtions à descendre l'escalier lorsque nous entendîmes la porte d'entrée s'ouvrir.

Je sentis mon ventre se nouer. Nous tendîmes l'oreille, mais aucun bruit ne monta de l'escalier. Je fis signe à Walter de laisser Ellen. Si nous tentions encore de la déplacer, nous allions alerter quiconque se trouvait au rez-de-chaussée. Elle émit un miaulement à peine perceptible lorsqu'il se détacha d'elle, et voulut le retenir, mais il déposa un baiser sur sa joue pour la rassurer et m'emboîta le pas. La porte d'entrée était grande ouverte, et des tourbillons de neige fuyaient la nuit pour se réfugier à l'intérieur de la maison. Nous étions presque au bas de l'escalier lorsque sur ma droite, dans la cuisine, je vis une ombre se déplacer. Je me retournai et mis un doigt sur mes lèvres.

Une silhouette franchit le seuil de la pièce sans regarder dans notre direction. C'était le jeune homme que j'avais aperçu lors de ma première visite ici : Caspar, celui que j'imaginais être le fils de Caleb. Je déglutis et avançai, la main en l'air pour être prêt à indiquer à Walter de se placer près de la porte d'entrée. Je comptai jusqu'à trois et m'engouffrai dans la cuisine, l'arme au poing, pointée sur la gauche.

Il n'y avait personne dans la cuisine, mais la porte de séparation avec la salle à manger était désormais ouverte. Je ressortis d'un bond pour mettre Walter en garde, et j'eus tout juste le temps de voir une forme surgir derrière lui et une lame briller dans la pénombre. Walter vit mon expression et il était déjà en train de bouger lorsque le couteau s'abattit sur lui et le frappa à l'épaule gauche. Son dos s'arqua, il tordit la bouche de douleur. Il ramena son arme et tira sous son bras gauche, mais la lame se leva de nouveau et, cette fois, lui tailladale dos. Puis Caspar poussa violemment Walter, dont la tête heurta le bout de la rampe. Walter se retrouva à quatre pattes, hébété, le visage ensanglanté.

Le jeune homme se tourna ensuite vers moi, couteau baissé. Une balle venait de le blesser à la hanche et son pantalon sale était déjà en train de virer au cramoisi, mais il semblait ignorer la douleur. Bien au contraire, il se ramassa sur lui-même et fonça dans le couloir, droit sur moi, bouche ouverte, toutes dents dehors, le couteau prêt à frapper.

Ma balle le toucha au thorax. Stoppé en plein élan, il chancela, posa la main sur sa blessure et contempla le sang, comme pour se persuader qu'il avait bien été blessé. Il me regarda encore une fois, pencha la tête de côté et fit mine de se jeter de nouveau sur moi. Second coup de feu. Cette fois, ma balle lui transperça le cœur et il bascula en arrière. Sa tête vint cogner le plancher à deux pas de Walter qui, toujours à quatre pattes, tentait de se relever. La mort avait dû être instantanée. Au-dessus de moi, j'entendis Ellen crier « Papa ! » et je la vis apparaître en haut de l'escalier, prête à se traîner jusqu'à son père.

Le cri d'Ellen me sauva la vie. En me retournant, j'entendis derrière moi comme un sifflement, et je vis une ombre se déplacer un peu plus loin. Quelque chose me heurta l'épaule, à quelques centimètres de ma tête, puis la lame d'une bêche fouetta l'air juste à côté de moi. Je parvins à saisir le manche de la main gauche et à frapper de la main droite. Je sentis mon poing s'écraser sur une mâchoire. Tirant sur la bêche, je fis passer mon assaillant devant moi en profitant de son élan et tendis le pied. Il trébucha, tomba à genoux un peu plus loin, demeura à terre quelques secondes, puis se releva, et sa silhouette se découpa sur le rectangle de la porte ouverte sur la nuit.

Et je sus alors, enfin, que je me trouvais bien face à Caleb Kyle. Il ne jouait plus les vieux courbatus et arthritiques, mais se tenait bien droit. Un jean et une chemise bleus habillaient son corps mince. C'était un vieil homme, mais je percevais sa force, sa rage, son aptitude à faire souffrir, comme un phénomène presque physique. Un phénomène qui irradiait comme une vague de chaleur, et qui faisait trembler l'arme que je tenais à la main. Une lueur féroce embrasait le fond de son regard et, instinctivement, je pensai à Billy Purdue. Et mes pensées allèrent ensuite à ces jeunes femmes retrouvées pendues à cet arbre, aux souffrances que Caleb leur avait fait endurer, à mon grand-père, hanté à jamais par l'image de cet homme. Caleb avait fait subir au monde qui l'entourait cent fois ce qu'il avait lui-même subi.

Caleb contempla son fils mort gisant près de lui, puis c'est moi qu'il regarda et l'intensité de sa haine me fit presque perdre l'équilibre. Au fond de ses yeux brûlait une intelligence maléfique. Il nous avait tous manipulés, il avait échappé à la police des décennies durant, et il avait presque réussi à nous filer une fois de plus entre les doigts, mais son fils y avait laissé la vie. Nul ne savait ce qui se passerait ensuite, mais un début de justice avait été rendu pour ces pauvres filles accrochées aux branches d'un arbre, et pour Judith Mundy qui avait dû trouver la mort, seule et suppliciée, quelque part dans les forêts du Nord.

— Non, glapit Caleb. Non.

C'est alors seulement que je commençai à comprendre pourquoi il avait tellement voulu avoir un garçon. Si Judith Mundy avait eu une fille, je pense que sa haine aurait été telle qu'il aurait tué l'enfant avant de réessayer de lui faire un garçon. Il voulait ce que voulaient tant d'hommes : laisser son double sur terre, voir ce qu'il y avait de mieux en lui lui survivre. Mais celui que Caleb voulait voir grandir n'était que mal et perversion, et aurait détruit des vies, tout comme son père avant lui.

Caleb avança d'un pas et j'armai le chien de mon revolver.

— Reculez. Je veux voir vos mains.

Il secoua la tête, mais recula de quelques pas, les mains écartées du corps. Il ne me regardait pas, il gardait les yeux fixés sur le cadavre de son fils. Je rejoignis Walter, qui avait enfin réussi à s'asseoir et à s'appuyer contre le mur, le visage en sang. Il n'avait toujours pas lâché son arme, mais je compris, à son regard vague, qu'il souffrait énormément. J'étais moi-même en assez piteux état. Ellen avait parcouru la moitié des marches de l'escalier, mais je levai la main et lui dis de ne pas aller plus loin. Je ne voulais pas qu'elle s'approche de cet homme. Elle s'immobilisa, et je l'entendis pleurer.

— Tu mourras pour ce que tu lui as fait, cracha Caleb dont l'attention était désormais entièrement rivée sur moi. Je te déchirerai à mains nues, et ensuite je baiserai cette salope à mort et la laisserai dans la forêt pour que les bêtes viennent la bouffer.

Je ne répondis pas à ses provocations.

— Continue de reculer, grand-père.

Je ne voulais pas rester à proximité de lui dans un espace clos, que ce soit dans le couloir ou sur la terrasse. Il était dangereux. J'en avais conscience, même si c'était moi qui le menaçais d'une arme.

Il recula, franchit le seuil de la porte, puis descendit lentement les quelques marches et resta là, la tête sous la neige, les bras loin du corps, légèrement nimbé de lumière. Je vis la crosse d'une arme de poing dépasser de la ceinture de son pantalon.

— Retournez-vous, lui dis-je.

Il ne bougea pas.

— Retournez-vous, ou je vous tire dans les jambes.

Je ne pouvais pas le tuer. Pas maintenant. Il était trop tôt.

Il me lança un regard mauvais, se tourna sur la droite.

— Du pouce et de l'index, vous allez prendre la crosse de votre arme et jeter votre arme par terre.

Il s'exécuta. Le revolver atterrit dans les rosiers, en contrebas de la terrasse.

— Maintenant, face à moi.

Il se retourna.

— C'est bien vous, hein ? Vous êtes Caleb Kyle.

Il sourit, d'un sourire gris, glacial, pareil à une cloque sur les organismes vivants qui l'entouraient.

— C'est qu'un nom, petit. Caleb Kyle en vaut bien un autre. (Et il ajouta, avec un mépris sec :) Alors, t'as peur ?

— Vous êtes vieux, lui rétorquai-je. C'est vous qui devriez avoir peur. Le monde des vivants vous jugera sévèrement, mais moins que celui des morts.

Il ouvrit la bouche, et j'entendis la salive claquer derrière ses dents.

— Ton grand-père avait peur de moi, me dit-il. T'es son portrait tout craché. On voit que tu as peur.

Au lieu de répondre, je désignai d'un signe de tête le cadavre qui gisait derrière moi.

— Votre gosse qui est mort, c'était Judith Mundy, sa mère ?

Il montra les dents, fit mine de vouloir se jeter sur moi. Je tirai une balle dans le sol, juste devant lui. L'impact souleva un nuage de terre et de neige. Caleb Kyle s'arrêta net.

— Ne faites pas ça, lui dis-je. Répondez-moi : avez-vous enlevé Judith Mundy ?

— Je te jure que j'aurai ta peau, siffla-t-il.

Son regard se fixa sur le cadavre de son fils, sa mâchoire se crispa, ses dents se serrèrent de douleur. On aurait dit un démon étrange, venu d'une autre époque, aux tendons du cou saillants comme des câbles, aux dents longues et jaunies.

— Je l'ai prise pour me reproduire, parce que je croyais que mon autre gosse était perdu, qu'il avait disparu dans un tuyau de chiottes.

— Est-elle morte ?

— Je vois pas en quoi ça te regarde, mais elle a

tellement saigné, après la naissance du môme, qu'elle en est morte. Je l'ai laissée saigner, c'te conne. Elle comptait pas, de toute façon.

— Et maintenant, vous revoilà.

— Je suis revenu pour le gamin, le gamin que je croyais avoir perdu, le gamin que cette salope m'avait caché, le gamin que toutes ces salopes et tous ces salopards m'avaient caché.

— Et vous les avez tous tués.

Il acquiesça fièrement.

— Tous ceux que j'ai pu trouver.

— Et Gary Chute, le forestier ?

— Il avait rien à faire là. Ceux qui se mettent en travers de mon chemin, je vais pas les épargner.

— Et votre petit-fils, votre propre petit-fils ?

Il battit un instant des paupières, et je crus déceler dans son regard un semblant de regret.

— C'était une erreur, me répondit-il. Il gênait. De toute façon, il était tout le temps malade. Il aurait jamais survécu, là où on allait.

— Vous n'avez nulle part où aller, grand-père. Leur forêt, ils sont en train de la reprendre. Vous ne pouvez pas tuer tous les hommes qui débarquent.

— Je connais des coins. Il y a toujours des endroits où on peut aller.

— Non, plus maintenant. Il n'y a qu'un seul endroit où vous, vous pouvez aller.

J'entendis un mouvement dans l'escalier. Ellen, ignorant mes instructions, était allée aider son père. Je m'y attendais un peu.

Caleb la regarda par-dessus mon épaule.

— C'est ta fille ?

— Non.

— Merde, maugréa-t-il. Je t'ai vu, et j'ai vu que

tu tenais de ton grand-père, mais mes yeux, ils ont dû me tromper quand j'ai cru qu'elle tenait de toi.

— Et elle aussi, vous l'aviez choisie pour vous « reproduire » ?

Il secoua la tête.

— Elle, c'était pour le gamin. Pour mes deux gamins. Tu vas crever, toi. Avec ce que t'as fait à mon gamin, tu vas crever.

— Non, c'est vous qui allez vous retrouver en enfer, rétorquai-je en lui braquant mon revolver sur la tête.

J'entendis derrière moi Walter pousser un grognement et Ellen crier « Bird ! » de sa voix étrangement rauque. Quelque chose de froid me toucha la nuque. Et la voix de Billy Purdue résonna :

— Si vous ôtez pas votre doigt de cette détente, vous aurez jamais plus l'occasion de faire autre chose.

Après un instant d'hésitation, j'enlevai mon doigt et l'écartai du pontet. Je levai mon arme pour bien montrer à Billy que j'avais obéi à son ordre.

— Vous savez ce qu'il faut en faire, me dit-il.

Je jetai l'arme sur la terrasse.

— Maintenant, à genoux.

La douleur qui me tenaillait le côté était presque insupportable, mais je me mis à genoux et Billy fit le tour. Il avait glissé le revolver de Walter sous la ceinture de son pantalon et tenait à la main un Remington à pompe. Il recula de quelques pas afin de pouvoir nous garder tous les deux à l'œil.

Caleb Kyle le regardait avec admiration. Après tout ce qui s'était passé, après tout ce qu'il avait fait, son fils lui était revenu.

— Tue-le, mon fils, lui dit-il. Il a tué ton demi-frère, il l'a abattu comme un chien. Vous étiez de la même famille. Le sang appelle le sang, tu le sais, ça.

Sur le visage de Billy se lisaient une grande confusion et un terrible conflit d'émotions. Le fusil vint se braquer sur moi.

— C'est vrai ? Il était de la même famille ? fit Billy, en reprenant les mots du vieux.

Je ne répondis pas. Ses narines se dilatèrent et, de la crosse du fusil, il me frappa à la tempe. Je tombai en avant, et j'entendis alors le rire de Caleb.

— C'est bien, mon fils, tue-le, ce salaud.

Puis le rire s'estompa et, dans un demi-brouillard, je le vis avancer d'un pas.

— C'est pour toi que je suis revenu, mon fils. Moi et ton frère, on est revenus te chercher. On a appris que tu voulais savoir où on était. On a appris que tu avais engagé quelqu'un pour me trouver. Ta maman, elle t'a caché, mais je t'ai cherché et, maintenant, la brebis égarée a été retrouvée.

— Vous ? fit Billy à mi-voix, d'un ton éberlué que je n'avais jamais entendu dans sa bouche. C'est vous, mon papa ?

— Je suis ton papa, répondit Caleb en souriant. Maintenant, tu vas l'achever pour lui faire payer ce qu'il a fait à ton frère, le frère que tu n'as jamais pu voir. Tue-le pour lui faire payer ce qu'il a fait à Caspar.

Je me mis à genoux en m'aidant de mes poings et intervins :

— Demande-lui ce qu'il a fait, lui, Billy. Demande-lui ce qui est arrivé à Rita et à Donald.

Le regard de Caleb Kyle s'embrasa, et des postillons accompagnèrent sa réplique.

— Ferme-la, toi. Ce sont pas tes mensonges qui vont me séparer de mon gamin.

— Demande-lui, Billy. Demande-lui où se

trouve Meade Payne. Demande-lui comment Cheryl Lansing est morte, comment sa belle-fille, comment ses petites-filles sont mortes. Demande-lui donc, Billy.

Caleb bondit sur les marches et m'expédia un coup de pied dans la mâchoire. Je sentis des dents se briser et ma bouche se remplir de sang. Cela faisait horriblement mal. Je vis le pied prêt à frapper de nouveau.

— Arrêtez ! cria Billy. Arrêtez. Laissez-le.

En levant la tête, je compris que mes souffrances n'étaient rien comparées au supplice qui ravageait le visage de Billy Purdue. Toute une vie de douleur brûlait dans son regard, une vie d'abandon, de manque, de lutte contre un monde qui aurait toujours le dernier mot, une vie d'efforts, sans passé ni avenir, une vie qui se résumait à un présent âpre et insupportable. Aujourd'hui, un voile s'était levé, et Billy pouvait entrevoir ce que sa vie aurait pu être, ce qu'elle pouvait encore être. Son père était revenu pour lui, et toutes les choses qu'il avait faites, toutes les souffrances qu'il avait infligées, c'était pour l'amour de son fils.

— Tue-le, Billy, finis-en, insistait Caleb.

Mais Billy ne bougeait pas, Billy ne nous regardait pas. Billy avait les yeux fixés sur cet endroit, au plus profond de lui-même, où tout ce qu'il avait toujours redouté et tout ce qu'il avait jamais désiré étaient désormais étroitement entrelacés.

— Tue-le, siffla le vieux, tandis que Billy levait son fusil. Fais ce qu'on te dit, gamin. Tu m'écoutes, je suis ton père.

Et dans les yeux de Billy Purdue, quelque chose disparut.

— Non, dit-il. Vous représentez rien pour moi.

Le fusil tonna et le canon sursauta dans ses

mains. Caleb Kyle se plia en deux et bascula en arrière comme s'il venait de prendre un monstrueux coup de poing en plein ventre, mais, à la place de son abdomen, il n'y avait désormais qu'une tache sombre de plus en plus large, au milieu de laquelle brillaient des viscères et d'où émergeaient, telles des têtes d'hydres, des portions d'intestin. Caleb s'effondra et, gisant sur le dos, leva les mains pour tenter de recouvrir le trou béant. Puis, lentement, au prix de mille souffrances, il parvint à relever le haut de son corps. Il dévisagea Billy Purdue, bouche bée, des bulles de sang au coin des lèvres, le visage plein de tristesse et d'incompréhension. Après tout ce qu'il avait fait, après tout ce qu'il avait enduré, son propre fils s'était retourné contre lui.

J'entendis le claquement de la culasse, je vis les yeux de Caleb Kyle s'écarquiller, puis son visage disparut, et une main chaude, une main rougeoyante m'aveugla. Une main au milieu de laquelle la lumière de l'hiver virevoltait comme les idées dans le crâne de Dieu.

De Dark Hollow vinrent des ululements de sirènes, portés par l'air glacial comme des hurlements d'animaux blessés. Il était minuit cinq, et on était le 12 décembre.

Il y avait exactement un an que ma femme et ma fille étaient mortes.

Épilogue

On est le 12 décembre, et Noël approche. A Scarborough, on aime le givre artificiel sur les pelouses et les arbres, les guirlandes lumineuses de toutes les couleurs derrière les fenêtres des maisons, et les couronnes sur les portes. J'ai coupé un sapin dans le jardin, l'un de ceux que mon grand-père a plantés l'année de sa mort, et je l'ai placé juste devant la maison. La veille de Noël, je le décorerai de petites lumières blanches en souvenir de ma fille, de sorte que si elle regarde depuis la forêt, dans le noir, elle sache que je pense toujours à elle.

Au-dessus de la cheminée, il y a une carte de Walter et Lee, et une petite boîte enveloppée dans du papier cadeau, offerte par Ellen. Juste à côté, il y a une carte postale de la République dominicaine, qui n'est pas signée, et dont le texte a été écrit par deux mains différentes : *Le contact d'un homme avec ses amis produit deux effets contraires, car il redouble les joies et diminue les peines de moitié.* L'auteur de la citation n'est pas mentionné. Je les appellerai à leur retour, quand l'intérêt pour les événements qui ont marqué Dark Hollow sera retombé.

Et enfin, il y a un petit mot. J'ai reconnu l'écriture sur l'enveloppe quand il est arrivé, et j'ai ressenti un petit pincement au cœur en l'ouvrant. Le message disait simplement : *Appelle-moi quand tu pourras.* Sous ces quelques mots, elle avait indiqué son numéro de téléphone personnel et celui de ses parents. Elle avait signé. *Je t'embrasse, Rachel.*

Je suis assis près de la fenêtre, et je repense à tous les morts de cet hiver, et à Willeford. On a retrouvé son corps il y a deux jours, et cette nouvelle m'a porté un coup terrible. Tout au début, alors qu'il venait de disparaître, je l'avais à demi soupçonné. J'avais été injuste à l'égard de ce vieux détective et d'une certaine manière, c'est peut-être moi qui lui ai fait rencontrer la mort. Son corps était enterré au fond de son jardin, à quelques centimètres de profondeur. D'après Ellis Howard, on l'avait torturé, mais rien ne permettait d'identifier le coupable. Je me disais que c'était peut-être Stritch, ou bien l'un des hommes de Tony Celli, mais en mon for intérieur je crois qu'il est mort à cause de Caleb Kyle, et qu'il n'est pas impossible que ce soit le fils de Caleb, Caspar, qui l'ait tué.

Le nom de Willeford était lié aux recherches en paternité de Billy Purdue. C'était son numéro que la vieille dame, Mme Schneider, avait appelé. Si elle avait réussi à le trouver, Caleb avait pu en faire autant, et Caleb avait forcément voulu savoir tout ce que savait Willeford. Avec un peu de chance, l'alcool l'avait peut-être aidé à mieux supporter la douleur, à avoir un peu moins peur dans les derniers moments. Avec un peu de chance, il avait révélé d'emblée tout ce qu'il savait, mais je savais que je me berçais sans doute d'illusions. Willeford avait toujours eu ce côté homme d'honneur, homme de courage, à l'ancienne. Il n'avait vraisemblablement pas livré facilement le nom de son client. Je le revoyais sur son tabouret au Sail Loft, devant son whisky et sa bière, vieil homme à la dérive. Lui qui était persuadé de finir sur l'autel du progrès n'aurait jamais imaginé être victime d'un démon d'autrefois, qu'il avait réveillé en voulant rendre service à un pauvre gosse perturbé.

Et je pense à Ricky, au grincement du coffre lorsqu'on l'a ouvert, à son corps recroquevillé près de la roue de secours, à son geste pour sauver Ellen juste avant de mourir. Je lui souhaite d'être en paix.

Lorna Jennings a fini par quitter Dark Hollow, et Rand. Elle m'a appelé pour m'annoncer qu'elle allait passer les fêtes de Noël dans l'Illinois, chez ses parents, et qu'ensuite elle irait s'installer ailleurs. Elle a laissé le message sur le répondeur. J'étais là lorsqu'elle a téléphoné et j'ai entendu sa voix sur le ronronnement de la bande, mais je n'ai pas décroché. Je me suis dit que c'était mieux ainsi.

Quant à l'individu connu sous le nom de Caleb Kyle, on l'a enterré dans un petit cimetière des environs d'Augusta, dans l'allée des indigents, côté nord, en même temps que le jeune homme qu'il appelait Caspar, et des prières ont été dites pour leurs âmes. Quelques jours plus tard, un homme a été aperçu près de la sépulture, un homme grand et fort, dont la douleur se lisait dans le regard. Il contemplait le sol bombé sous la neige, à l'endroit où la terre avait été fraîchement retournée. A sa gauche, le soleil sombrait lentement à l'horizon, en laissant des stries rougeoyantes sur les nuages. L'homme avait un petit sac à dos et un bout de papier sur lequel figurait la date de sa comparution au tribunal, inscrite par l'agence qui avait avancé l'argent de sa caution. L'homme ne se présenterait jamais à l'audience, et l'agence le savait. Une partie de l'argent d'Al Z avait servi à monnayer sa complicité et son silence. Al Z pouvait se le permettre, me dis-je.

C'était le deuxième cimetière dans lequel Billy Purdue se rendait ce jour-là, et on ne l'y reverrait jamais. On ne reverrait jamais Billy Purdue nulle part. Il disparaîtrait, sans laisser la moindre trace.

Mais moi, j'avais une idée de la destination de Billy.

Billy allait dans le Nord.

Deux jours après la date anniversaire, je suis allé à la messe, à St Maximilian Kolbe, et j'ai écouté le prêtre, derrière son autel, énoncer les noms de Susan et Jennifer Parker. Le lendemain, le 15, je suis allé sur leur tombe. Il y avait des fleurs qui venaient d'être déposées, sans doute par les parents de Susan. Nous ne nous étions pas reparlé depuis la mort de leur fille, et je pense qu'ils m'estimaient toujours responsable de ce qui s'était passé. Moi aussi, je m'estimais responsable, mais j'essayais de me racheter. Je ne pouvais pas faire plus. Aucun d'entre nous ne pouvait faire plus.

La nuit du 15, ils sont venus me voir. Je me suis réveillé en les entendant dans les bois. Ce n'étaient pas vraiment des bruits mais des mondes qui, lentement, se rejoignaient, à l'intérieur d'autres mondes, et je me suis levé pour aller sur la terrasse, mais je me suis arrêté là.

Dans l'ombre, entre les arbres, j'ai vu bouger toute une foule. Au début, il ne s'agissait peut-être que de jeux de lumière dus au vent dans les branches, de fantasmes de mains et de visages, car les silhouettes sont restées silencieuses lorsqu'elles se sont avancées vers moi pour témoigner.

C'étaient des jeunes filles, et leurs robes, jadis déchirées, maculées de sang et de terre, paraissaient maintenant intactes, comme illuminées de l'intérieur, et épousaient des petits ventres tout doux qui avaient peut-être, à une lointaine époque, incité les jeunes gens à se trémousser sur les sièges de leurs voitures rouge vif, à les siffler depuis leurs banquettes de vinyle, à se pencher vers elles pour leur chuchoter des mots, à faire mine de les empêcher de passer tandis qu'elles, aux anges, savouraient leurs regards gourmands. La lune caressait le duvet de leurs bras, leurs chevelures ondoyantes, leurs lèvres au brillant discret. Les filles s'étaient rassemblées, en robes d'été, dans la neige toute fraîche.

Et plus loin, derrière elles, d'autres se regroupaient : des femmes et des hommes âgés, avec leurs chemises de nuit qui voletaient comme des papillons nocturnes, leurs salopettes mouchetées, ornées de taches et de traces de vernis en guise de peintures de guerre, et leurs mains noueuses sillonnées de grosses veines semblables aux racines ancrées dans le sol, sous leurs pieds. Les hommes plus jeunes s'écartaient devant eux, en tenant la main de leurs épouses. Il y avait là des maris et des femmes, et de jeunes amants, jadis brutalement séparés et aujourd'hui réunis. Entre leurs jambes glissaient des enfants graves et attentifs qui avançaient avec précaution vers la lisière de la forêt, des enfants dont les os des doigts avaient été miraculeusement recollés, des enfants qui avaient été écartelés dans des caves livrées à la nuit et à la souffrance et qui avaient à présent retrouvé la beauté, des enfants dont le regard vif et lucide brillait dans la pénombre de l'hiver.

Un cortège de morts s'était rassemblé devant

moi, un cortège tellement immense qu'il remontait dans la nuit, et dans le passé. Ils ne parlaient pas, ils se contentaient de me regarder, et une sorte de paix s'est emparée de moi, comme si une jeune femme m'avait doucement caressé le visage, au beau milieu de la nuit, en murmurant qu'il fallait que je m'endorme.

pour l'instant

Et je suis resté là, près de la balustrade, là où le vieux s'asseyait avec son chien, là où ma mère, toujours aussi belle malgré les ans, avait pris l'habitude de s'appuyer, et j'ai senti les regards posés sur moi. Une petite main s'est accrochée à la mienne et, quand j'ai baissé les yeux, j'ai presque réussi à la voir, radieuse, métamorphosée, petite beauté flattée par la douce luminosité de la neige.

Et une main a effleuré ma joue, et un baiser s'est posé sur mes lèvres, et une voix a chuchoté :

endors-toi

Et je me suis endormi.

Remerciements

Diverses personnes m'ont fourni des renseignements et des conseils qui m'ont aidé à écrire ce livre. Je voudrais remercier tout particulièrement Rodney Laughton, historien et propriétaire du Breakers Inn, à Higgins Beach, Scarborough ; les guides Bullwinkle's de Greenville, Maine ; Duane Alexander, chef de la police de Greenville ; la police de Portland ; et les collaborateurs de Qüark, Inc., à New York, dont les connaissances en matière d'armes et de systèmes de sécurité m'ont été extrêmement utiles. J'ai également puisé de précieux détails dans des ouvrages tels que *A Year in the Maine Wood* de Bernd Heinrich (Addison Wesley, 1994), *The Coast of Maine* de Louise Dickinson Rich (Down East Books, 1993) et *Fiasco* de Frank Portnoy (Profile, 1997). Si ce roman comporte des erreurs, elles me sont imputables.

Dans un registre plus personnel, j'aimerais remercier Anne et Catherine, qui ont assisté à l'évolution de mon manuscrit, et Ruth, pour ses conseils et son soutien. Et comme toujours, je dois beaucoup à mon éditrice chez Hodder & Stoughton, Sue Fletcher, à son assistante, Rhiannon Davies, ainsi, enfin, qu'à Kerith Biggs et à mon agent et amie, Darley Anderson.

Impression réalisée sur Presse Offset par

BRODARD & TAUPIN

GROUPE CPI

31875 – La Flèche (Sarthe), le 10-11-2005
Dépôt légal : avril 2003
Suite du premier tirage : novembre 2005

POCKET – 12, avenue d'Italie - 75627 Paris cedex 13
Tél. : 01.44.16.05.00

Imprimé en France